KAT MARTIN

Teuflischer Verführer

Buch

Die leichtsinnige Alexa Garrick ist völlig sicher, am Spieltisch eine Glückssträhne erwischt zu haben – doch mit der Gerissenheit von Damien Lord Falon hat sie nicht gerechnet. Als er die reiche junge Erbin um ihr Vermögen erleichtert hat, macht er ihr schließlich ein zweifelhaftes Angebot: Für eine Liebesnacht wird er ihr die Spielschulden erlassen. Alexa hat keine andere Wahl, als sich auf den Handel einzulassen, doch sie ist auf der Hut. Denn Damien ist für seine Verwegenheit und seine skandalösen Affären bekannt und hat überdies einen üblen Ruf als Schmuggler. In der Nacht der Nächte jedoch spürt sie, wie im Feuer seiner hungrigen Umarmung ihr Innerstes zu schmelzen droht, und plötzlich geht es nicht mehr um Schuld und Ehre, sondern um ihr Herz …

Autorin

Kat Martin studierte Geschichte und Anthropologie an der University of California, bevor sie sich ganz dem Schreiben widmete. Heute lebt sie mit ihrem Mann Larry, ebenfalls Schriftsteller, in Bakersfield, Kalifornien.

Bei Goldmann außerdem lieferbar:

Der Pirat und die Wildkatze (42210)
Duell der Herzen (42623)
Dunkler Engel (42976)
Heißer als die Sonne (42781)
Heißer Atem (42224)
Hungrige Herzen (42409)
In den Fängen der Leidenschaft (42699)
Kreolisches Feuer (42054)
Süße Rache (42826)
Wilde Rose (43215)

Originaltitel: Devil's Prize
Originalverlag: St. Martin's Press, New York

Umwelthinweis:
Alle bedruckten Materialien dieses Taschenbuches
sind chlorfrei und umweltschonend.
Das Papier enthält Recycling-Anteile.

Der Goldmann Verlag ist ein Unternehmen
der Verlagsgruppe Bertelsmann

Deutsche Erstveröffentlichung März 1997

Umschlaggestaltung: Design Team München
Umschlagillustration: Accornero/Schlück, Garbsen
Satz: Uhl + Massopust, Aalen
Druck: Elsnerdruck, Berlin
Verlagsnummer: 43546
Lektorat: SK
Redaktion: Barbara Gernet
Herstellung: Heidrun Nawrot
Made in Germany
ISBN 3-442-43546-3

1 3 5 7 9 10 8 6 4 2

KAT MARTIN

Teuflischer Verführer

Roman

Aus dem Amerikanischen
von Elke Iheukumere

GOLDMANN

1. Kapitel

London, England, Frühjahr 1809

Katz und Maus, dachte Damien spöttisch, beziehungsweise eher ein erfahrener Panther und eine wachsame Gazelle. Er beobachtete sie durch die Terrassentür hindurch, die in den großen Salon des Stadthauses von Lord Dorring führte. Ihr Seidenkleid schimmerte smaragdgrün wie ihre Augen, und sie lachte leise mit einem ihrer Bewunderer, während sie den jungen Mann zur Tanzfläche führte.

Der prächtige Saal mit der hohen Decke war überfüllt, die höchsten Kreise Londons hatten sich hier versammelt: Männer in Frack und Brokatwesten, Frauen in Seide und Samt; einige von ihnen trugen zweifellos kostbarere Kleidung als sie, doch keine bewegte sich auch nur annähernd so graziös. Voller Eleganz und Anmut schritt sie über den mit Intarsien verzierten Marmorboden, eine weißbehandschuhte Hand ruhte leicht auf dem Arm ihres Galans. Für einen kurzen Augenblick schweifte ihr Blick zur Terrasse.

Sie wußte, daß er sich dort draußen befand.

Genauso wie er sie, hatte auch sie ihn im Blickwinkel behalten.

Damien, der sechste Graf von Falon, lehnte mit einer Schulter an der geklinkerten Mauer der Villa. Er hatte es sich zur Aufgabe gemacht herauszufinden, auf welchen Bällen, Soiréen, Hauspartys und Musikveranstaltungen die junge Frau anwesend sein würde. Die Saison hatte gerade erst begonnen, und die gesamte Elite des Landes war in London vertreten – unter ihnen Alexa Garrick.

Er betrachtete sie, während sie einen Reigen tanzte, ihr

hübsches Gesicht war leicht gerötet, das kastanienbraune Haar schimmerte im Licht; dann verließ sie mit ihrem Partner die Tanzfläche. Er war ein schmalbrüstiger junger Mann, der Herzog von Roxbury, doch er hatte etwas an sich, das das Fräulein an seiner Seite offensichtlich verzauberte. Eifrig bat er um einen weiteren Tanz, doch Alexa schüttelte den Kopf. Der Herzog verbeugte sich ein wenig steif vor ihr und ließ sie dann in der Nähe der Tür allein.

Damien hob seinen Brandyschwenker, den er in der dunklen Hand mit den langen Fingern hielt, und nippte daran. Sie kam auf die Terrasse zu, aristokratisch sah sie aus, wie sie sich hoheitsvoll vorwärts bewegte. Nun schritt sie zur Balustrade und vermied absichtlich die Stelle, wo er im Dunkeln wartete. Am anderen Ende der Terrasse blieb sie stehen und blickte in den Garten hinaus. Das schwache Licht einiger Fackeln erhellte die gepflegten und mit Muschelschalen bestreuten Wege, das Mondlicht spiegelte sich in den sprudelnden Brunnen.

Damien lächelte ein wenig, er stellte sein Glas auf ein kleines, verziertes Postament und näherte sich seiner Beute.

Sie wandte sich um, als sie seine Schritte hörte, etwas blitzte in ihren grünen Augen auf. Damien wußte nicht, war es Interesse – oder Unmut. Aber das spielte auch gar keine Rolle. Sein erstes Ziel hatte er vorläufig erreicht.

»Guten Abend ... Alexa.«

Überraschung malte sich auf ihren Zügen, sie musterte ihn, seinen schwarzen Frack, der ihm auf den Leib geschneidert zu sein schien, und die weiße Krawatte; offensichtlich stellte der Anblick sie zufrieden, obwohl sie deutlich verwundert war, mit ihrem Namen angesprochen zu werden.

»Es tut mir leid«, sagte sie. »Ich glaube nicht, daß wir einander bereits vorgestellt wurden.«

»Das stimmt. Aber ich weiß, wer Ihr seid ... und ich bin Euch vermutlich ebenfalls bekannt.«

Sie hob den Kopf ein wenig höher in Anbetracht des ungewöhnlichen Umstands, daß ein Mann sie herausforderte. Es war der Schlüssel, so hatte Damien herausgefunden, die Neugier einer Frau zu erregen, ihre Aufmerksamkeit auf sich zu lenken und sie in sein Netz zu locken.

»Ihr seid Falon.« Der Ton ihrer Stimme sagte ihm, daß sie die Geschichten über ihn gehört hatte, von denen die meisten stimmten. Dennoch war es offensichtlich, daß sie keine Ahnung hatte, wer er wirklich war.

»Damien«, korrigierte er und kam noch ein wenig näher. Jede andere Frau hätte jetzt den Rückzug angetreten; er war sicher, Alexa würde es nicht tun.

»Ihr verfolgt mich seit geraumer Zeit. Ich habe Euch schon in der letzten Woche gesehen und auch in der Woche davor. Was wollt Ihr von mir?«

»Nichts, was nicht auch jeder andere Mann von Euch wollte. Ihr seid eine schöne Frau, Alexa.« Er war ihr nahe genug, um ihr Parfüm riechen zu können, einen sanften Fliederduft, und sah die Unsicherheit in den Tiefen ihrer dichtbewimperten Augen. »Dazu kommt, daß Ihr mich neugierig macht. Das ist mir schon seit langer Zeit nicht mehr widerfahren.«

Sie schwieg einen Augenblick. »Es tut mir leid, Graf Falon, ich weiß nicht, was Ihr von mir erwartet, aber Euer Eifer scheint mir ein wenig übertrieben.«

Einer seiner Mundwinkel zog sich ein wenig hoch. »In der Tat? Das wird sich noch herausstellen... wenn Ihr es gestattet.«

Sie starrte ihn an, war auf der Hut, doch ihr Interesse regte sich unbestreitbar. Dann blickte sie in die Schatten des Gartens hinaus und leckte sich nervös über die Lippen. »Es... es ist schon spät«, sagte sie mit einem leisen Zögern in der Stimme. »Man wird nach mir suchen. Ich gehe lieber wieder hinein.«

Es war ihm also gelungen, sie ein wenig zu verunsichern. Gut. Nach allem, was er bis jetzt mitbekommen hatte, war das gar nicht so einfach. »Warum wollt Ihr ins Haus gehen, wenn es hier draußen doch viel angenehmer ist?«

Ihre Miene entzog sich ihm, als sie den Kopf ein wenig abwandte. »Und viel gefährlicher, würde ich denken. Ich weiß, wer Ihr seid, Graf Falon – ein Schurke mit einem denkbar schlechten Ruf! Ihr sollt ein Wüstling der schlimmsten Sorte sein.«

Er lächelte. »Also habt Ihr Euch nach mir erkundigt. Nun, das ist wenigstens ein Anfang.« Ein kleines Grübchen zeigte sich in ihrem Kinn, als sie es trotzig vorschob.

»Ihr schmeichelt Euch selbst, Herr Graf.«

»Was habt Ihr sonst noch über mich in Erfahrung bringen können?«

»Nicht viel. Gemeinhin werden verschiedene Themen angeschlagen beim Abendessen.«

»Trotzdem habt Ihr herausgefunden, daß ich für ein unschuldiges junges Mädchen nicht der rechte Umgang bin.«

»Das wißt Ihr selbst wohl am besten.«

»Und Ihr glaubt nicht, daß solch ein Schwerenöter wie ich sich ändern könnte?«

Sie blickte prüfend in sein Gesicht. Weder Schüchternheit noch Unruhe lagen in ihrem Blick und auch nicht die geringste Zurückhaltung. Doch das hatte er auch nicht erwartet.

»Davon ist nicht die Rede. Wie könnte ich so etwas auch behaupten? Mein Bruder war ein noch viel größerer Salonlöwe als Ihr, wenn das überhaupt möglich ist. Jetzt ist er der glücklichste Ehemann.«

»Ihr seht also, auch für mich besteht Hoffnung.«

Wieder sagte sie nichts, sie maß ihn mit Blicken, die Bände sprachen. »Ich muß jetzt wirklich gehen.« Sie setzte sich in Bewegung.

»Werdet Ihr auf der Soirée bei Lady Birmingham sein, am Sonnabend?«

Obwohl sie innehielt, wandte sie sich nicht zu ihm um. Im Licht der Fackeln glänzte ihr kastanienbraunes Haar so hell wie die Flammen. »Möglicherweise«, sagte sie, und schon im nächsten Augenblick war sie verschwunden.

Damien lächelte in der Dunkelheit, doch seine Hände ballten sich zu Fäusten. Wie schnell es ihr gelang, das Blut eines Mannes aufzuheizen. Die Hälfte der jungen Stutzer Londons hatte schon um ihre Hand angehalten, doch sie verweigerte sich unbeugsam. Statt dessen hielt sie sie zum Narren, ermunterte sie und flirtete heftig mit ihnen, flatterte von einem der blindverliebten Dummköpfe zum anderen.

Ein Dutzend von ihnen hatte ihr schon die Ehe angeboten.

Sie hätte einwilligen sollen, so lange ihr die Wahl noch offenstand.

»Alexa! Wir haben dich schon überall gesucht. Wo, um alles in der Welt, hast du nur gesteckt?« Lady Jane Thornhill, ein zierliches Mädchen mit einem rundlichen Gesicht, zweiundzwanzig Jahre alt, eilte auf sie zu. Sie trug ein tunikaähnliches Kleid aus blaugrüner Seide mit kunstvoller Goldstickerei. Jane war die Tochter des Herzogs von Dandridge und Alexas beste Freundin.

»Ich habe nur draußen auf der Terrasse etwas Luft geschnappt.« Alexa zupfte an einem Knopf ihres langen weißen Handschuhs. »Es ist so warm hier drinnen.«

»Auf der Terrasse? Aber du vergißt doch hoffentlich nicht Lord Perry? Schließlich ist er der begehrteste Junggeselle der Stadt. Und er sieht so gut aus...«

»Lord Perry, ja... Es tut mir leid, Jane. Wie ich schon sagte, es ist so warm hier.«

Jane warf ihr einen forschenden Blick zu; ihren sanften braunen Augen entging nicht die ungewöhnliche Röte ihrer Wangen. Argwöhnisch erkundete sie die Terrassentür, durch die gerade in diesem Augenblick Graf Falon trat.

»Du liebe Güte, Alexa, du warst doch hoffentlich nicht mit ihm dort draußen!«

Alexa zuckte die Schultern. »Wir haben nur ein paar Worte gewechselt, das war alles.«

»Aber er … er ist … Also, ihr seid einander noch nicht einmal vorgestellt worden!«

»Nein, und wahrscheinlich kommt es auch nie so weit.«

»Da hast du völlig recht. Deinen Bruder würde auf der Stelle der Schlag treffen, wenn er wüßte, daß dieser Mann in deiner Nähe ist.«

»Ich verstehe gar nicht, was an ihm so schrecklich sein soll. Viele Männer haben Affären mit verheirateten Frauen.«

»Aber nicht viele von ihnen haben drei Ehemänner im Duell wegen dieser Frauen umgebracht.«

»Mein Bruder hat selbst mehrere Duelle ausgefochten. Und es ist wohl auch kein Geheimnis, daß Rayne mit Lady Campden intim gewesen ist. Also, er war …«

»Rayne hat sich geändert, Lord Falon dagegen nicht, und er unternimmt in dieser Hinsicht auch keinerlei Anstrengungen.«

Alexa spielte mit einer Strähne ihrer üppigen Haarpracht. »Ich kann mich gar nicht daran erinnern, ihn jemals gesehen zu haben – eigentlich ist er mir erst in dieser Saison aufgefallen.«

»In den letzten Jahren mußte er sich außer Landes begeben, nach Italien, glaube ich, oder war es vielleicht Spanien?«

Sie warf dem Grafen einen Blick zu. »Auf jeden Fall hält er es nicht mit der Gesellschaft. Und sie halten auch nicht gerade große Stücke auf ihn.«

»Aber warum, glaubst du, ist er dann hier?«

»Das kann ich mir nicht vorstellen.« Die beiden schauten ihm nach auf seinem Weg durch den großen Salon; mehr als ein Kopf wandte sich zu ihm um, als er ausgesprochen unbekümmert auf das geschnitzte Hauptportal zustrebte. Er war größer als die meisten anwesenden Männer, schlank, doch mit breiten Schultern. Sein lockiges schwarzes Haar umrahmte ein dunkles Gesicht, hohe Wangenknochen und strahlende blaue Augen. Er sah unwiderstehlicher aus als alle Bewerber, die Alexa je vorgestellt worden waren.

»Glaubst du, daß er ein Glücksritter ist?« fragte sie und fürchtete sich beinahe vor der Antwort ihrer Freundin. Immerhin war sie unverheiratet und inzwischen eine der reichsten Erbinnen Londons.

»Um ehrlich zu sein, das glaube ich nicht. Nach allem, was ich gehört habe, hat sich zwar der Besitz von Graf Falon verringert. Aber wirklich arm ist er nicht – allerdings auch kein Kandidat für den Heiratsmarkt. Wenn er es wäre, dann wüßte ich eine ganze Reihe betuchter junger Damen, die ihn auch trotz seines schlechten Rufes heiraten würden. Ganz zu schweigen von all den verfügbaren Witwen, mit denen er sich normalerweise amüsiert.«

»Was weißt du denn sonst noch von ihm?«

»Eigentlich nichts. Er lebt in einem düsteren alten Schloß an der Küste. Irgendwann einmal wurde gemunkelt, daß er in Schmuggelgeschäfte verwickelt war. Und dann hieß es, er sympathisiere mit den Franzosen.«

»Mit den Franzosen!« Ihr Bruder Chris war von den Franzosen umgebracht worden. Sie haßte Napoleon und seine endlosen blutigen Kriege.

»Teilweise ist er französischer Abstammung, von seiner Mutter her«, erklärte Jane. »Das erklärt auch seinen dunklen Teint und sein gutes Aussehen.«

Alexa seufzte. »Ein Schurke, ein Schmuggler – vielleicht sogar noch Schlimmeres. Viel spricht ja nicht gerade zu seinen Gunsten.« Bei diesem Gedanken runzelte sie die Stirn, es brachte sie ein wenig aus dem Konzept, warum dieser dunkelhäutige Graf sie so faszinierte. Dann aber lächelte sie, so strahlend wie schon seit langer Zeit nicht mehr. »Trotzdem sieht er erstaunlich aus. Und diese Augen – sie sind so blau wie das Meer nach einem Sturm.«

»Ja, und genauso unergründlich. Du kannst sicher sein, daß dieser Mann nur Schwierigkeiten bereitet.«

Londons Idol kaute auf den Lippen. Schon jetzt zählte sie die Tage bis zur nächsten Soirée.

Die Wochentage vergingen viel zu langsam für Alexa, doch für Lady Jane Thornhill vergingen sie wie im Fluge. Jetzt stand sie neben dem langen Tisch mit der weißen Tischdecke im Haus von Lady Birmingham, auf dem eine verzierte Punschbowle stand und silberne Kerzenleuchter. Jane sah ihrer Freundin entgegen, die am Arm des distinguierten Lord Perry auf sie zukam. Alexa lächelte und lauschte höflich wie immer den Worten ihres Begleiters, dabei langweilte sie sich jedoch in demselben Maße wie seit Beginn der Saison.

Geraume Zeit hatte sie in Marden verbracht, nicht weit von Dandridge entfernt, Janes Vaters Besitz, wo die beiden jungen Mädchen einander kennengelernt hatten. Während dieser Saison würde Alexa nun bei ihrem Bruder und seiner Frau in Stoneleigh wohnen, dem Herrenhaus des Vicomtes in Hampstead Heath. Ihr Bruder und seine Frau hatten auf ihrer Rückkehr nach London bestanden; sie zwangen sie förmlich zurück in die Gesellschaft und hofften, sie würde sich einen passenden Ehemann wählen. Wäre nicht die Tragödie mit Peter geschehen, da war Jane sicher, hätte Lord Stoneleigh seine Schwester schon früher dazu aufgefordert.

Statt dessen hatte er sie geschont, weil er wußte, daß ihr der Tod ihres jungen Freundes sehr zu Herzen gegangen war; immer noch quälte sie sich mit Selbstvorwürfen. Er hatte ihr erlaubt, sich während der vergangenen beiden Jahre in Marden abzukapseln.

Doch Alexa war schließlich zurückgekommen, und schon von Anfang der Saison an riß man sich um sie, genau wie damals im ersten Jahr nach ihrer Einführung in die Gesellschaft. Ihre Schönheit hatte sogar noch zugenommen, denn bei allem Charme und aller Warmherzigkeit der Jugend war sie gereift – innerlich hatte sie sich verändert. Sie war nicht mehr das sorglose, unschuldige Mädchen, das sich in der uneingeschränkten Bewunderung der Männer sonnte, gab sich nicht mehr eigenwillig und verwöhnt.

Alexa war jetzt eine Frau, in jeder Hinsicht, bis auf eine.

Der Verlust ihres Freundes hatte sie ihre Jugend gekostet und im Zusammenhang damit auch einen Teil ihrer Arglosigkeit. Zum Leben mußte sie sich jetzt Mühe geben, als wäre ein entscheidender Funke in ihrem Inneren erloschen seit Peters Tragödie damals.

Jane wünschte, daß Alexa so wäre wie die anderen Mädchen in ihrem Alter. Daß sie sich die Aufmerksamkeiten ihrer jungen männlichen Verehrer gefallen ließe, daß sie aus der langen Liste der Bewerber um ihre Hand einen auswählen würde.

Im Grunde wollte Alexa mit alldem nichts zu tun haben.

»Das sind doch alles noch Kinder«, hatte sie einmal erklärt. »Ich möchte einen Mann haben, auf den ich von Herzen stolz sein, den ich respektieren und mit dem ich reden kann. Einen reifen Erwachsenen wünsche ich mir, mit weniger werde ich mich nicht zufrieden geben.«

Jane hatte gelacht und ihre Freundin dafür bewundert, daß sie sich so frank und frei äußerte. Und sie wußte, daß es einer der Gründe für ihre innige Freundschaft und das gegenseitige Verständnis war.

Alexas Mutter starb, als sie noch sehr jung war, genau wie die Mutter von Jane, und hatte sie in der Obhut ihres Vaters und zweier sehr viel älterer Brüder zurückgelassen. Es war deshalb nicht verwunderlich, daß Alexa sich zu älteren Männern hingezogen fühlte. Doch leider bedeuteten ihr all die Nobilitäten, die ihr ihre Aufwartung machten, herzlich wenig.

Bis auf Graf Falon.

Jane hielt ihn von den Männern, unter denen ihre Freundin die Wahl hatte, für den schlimmsten. Natürlich war er sehr geheimnisvoll und weckte ihre Neugier. Doch er galt als unbeständig und gefährlich, vielleicht sogar kriminell. Jedes Interesse, das er an Alexa haben konnte, mußte unehrenhaft sein – obwohl sie widerstrebend einräumte, daß er erwiesenermaßen noch niemals absichtlich ein unschuldiges junges

Mädchen verführt hatte. Mit seinem Besitz konnte er den Garricks nicht das Wasser reichen, und selbst wenn Alexa sich Hals über Kopf in ihn verlieben sollte, so würde doch der Vicomte einer solchen Eheschließung niemals zustimmen.

Immerhin war in Alexas Augen ein Funke aufgeblitzt, der schon lange nicht mehr zu sehen gewesen war.

Unter den flackernden Lichtern eines kristallenen Leuchters beobachtete Jane ihre Freundin, die sich mit angeborener Selbstverständlichkeit in diesen illustren Kreisen bewegte; mit ihrem bereitwilligen Lächeln gelang es ihr, alle zu täuschen, außer Jane. Vielleicht wäre Graf Falon der richtige Mann für sie. Vielleicht konnte er die Lebensflamme wieder anfachen, die in ihr erloschen zu sein schien.

Vielleicht war es alle Gefahren wert.

Lady Jane Thornhill lächelte. Wenn Alexa einen kühlen Kopf bewahrte, was konnte dann schon schiefgehen?

Sie blickte zu der Tür, die in den Garten hinaus führte. Der aufregende Herr war noch nicht eingetroffen, doch Jane zweifelte nicht an seinem Erscheinen.

Was wäre denn so schlimm daran, wenn Alexa ein wenig mit diesem Mann flirtete? Selbst ein harmloser Kuß war doch kein Verbrechen, oder?

Es hatte noch keinen Mann gegeben, mit dem Alexa nicht fertig wurde. Vielleicht war es jetzt an der Zeit, daß ein Exemplar dieser Spezies sie ein wenig in Unruhe versetzte, sie herausforderte und ihr Leben erneut zum Blühen brachte.

Vielleicht, dachte sie – aber ein leises Unbehagen blieb.

Er war da, das konnte sie fühlen, und auch seinen Blick. Alexa lachte fröhlich über etwas, das ihr Begleiter, der korpulente Admiral Lord Cawley mit dem sandfarbenen Haar, gesagt hatte. Sie war entschlossen, niemanden ihre Nervosität merken zu lassen. Der Admiral sprach soeben vom Krieg, er weidete sich zum wiederholten Male an seinem Sieg von Trafalgar vor vier Jahren.

Alexas Gedanken schweiften ab bei seiner monotonen Erzählweise; aus den Augenwinkeln sah sie, wie der Graf den Ballsaal betrat, groß, schlank und dennoch von kräftiger Statur. Schmetterlinge flatterten in ihrem Bauch, als sie ihn beobachtete, seine knappen, fließenden Bewegungen, seine angeborene Überlegenheit, die ihrer Meinung nach den anderen Männern fehlte.

Er blieb hier und da zu einer kurzen Plauderei stehen, dann machte er sich auf in den Garten. Wie lange wird er wohl warten? fragte Alexa sich, weil sie nicht die Absicht hatte, ihm allzu rasch zu folgen.

Stundenlang, schoß es ihr durch den Kopf, als die Zeit verging. Unbezweifelbar war der Graf ein sehr geduldiger Mann.

Nach dem Essen ergriff dann sie die Initiative; es fiel ihr leicht, sich von der Gesellschaft davonzustehlen. Sie war dankbar dafür, daß Rayne und Jocelyn müde geworden und nach Stoneleigh zurückgekehrt waren, das ungefähr eine Fahrstunde entfernt lag. Glücklicherweise hatte ihr Bruder ihr erlaubt, eine ganze Woche bei Jane zu bleiben.

»Ich habe mit dem Herzog gesprochen«, hatte Lord Stoneleigh ihr mit einem liebevollen Lächeln erklärt. Jocelyn stand neben ihm, schlank und elegant, das Gegenteil von Rayne, der kräftig und stark war. »Seine Gnaden wollen noch nicht gehen. Du kannst mit Jane hierbleiben, bis er nach London fährt. Benimm dich und genieße die Zeit, ich werde dir am Montag einen Wagen schicken, der dich abholt.« Mit seinem dichten, kaffeebraunen Haar, seinen markanten Zügen und dem männlichen Charme hatte ihr Bruder schon immer viel Erfolg bei den Damen gehabt.

»Danke, Rayne.« Sie beugte sich vor und gab ihm einen Kuß auf die Wange; flüchtig dachte sie daran, daß ihr Bruder, obwohl kräftiger im Wuchs, der einzige Mann war, der Damien Falons Körpergröße besaß.

»Viel Vergnügen, meine Liebe.« Jocelyn lächelte und drückte sie dann an sich. Jo war zwei Jahre älter als Alexa, groß und schlank wie Alexa. Sie hatte dunkles Haar, war hübsch und intelligent. Seit sie Rayne geheiratet hatte, waren sie und Alexa gute Freundinnen geworden.

»Ich verspreche dir, daß ich keinen Tanz auslassen werde.« Das war nicht die Wahrheit, doch machte die Annahme Jo glücklich, daß Alexa den Ball genoß. Ursprünglich wäre Alexa viel lieber wieder in Marden gewesen, wenigstens bis plötzlich Graf Falon auf der Bildfläche erschienen war.

Sie wartete, bis ihr Bruder und seine Frau sich allseits verabschiedet hatten; dann raffte sie ihren Mut zusammen und ging in den hinteren Teil des Hauses, eines zweistöckigen Ziegelbaus in französischem Stil. Während der letzten Schritte zur Tür strich sie den Rock ihres goldenen Seidenkleides mit der hohen Taille glatt, rückte den tiefen Ausschnitt zurecht, der einen großen Teil ihrer Brüste enthüllte und den ihr Bruder, dank des Zuspruchs von Jocelyn, schließlich unwirsch akzeptiert hatte.

Der Garten der Birminghams war kleiner als der von Lord Dorring, wo sie den Grafen zum letzten Mal gesehen hatte; er besaß nur einen einzigen Brunnen, Insekten schwirrten durch die Dunkelheit, es roch nach feuchtem Laub.

Alexa blickte über die niedrigen Hecken, sie erkannte im schwachen Licht süß duftende Blumen. Krokusse und Tulpen blühten, Keramiktöpfe mit rosa Geranien standen auf der Terrasse, doch Graf Falon war nirgends zu sehen.

Vielleicht war er ja doch nicht so geduldig.

Dennoch stieg sie die Treppe zum Rasen hinunter, in Richtung auf die hohe Mauer, die den Garten nach hinten abschloß. Sie hörte ihn, noch ehe sie ihn sah, seine Schuhe knirschten leise auf dem schwach beleuchteten Weg.

»Ich habe gehofft, daß Ihr kommen würdet«, sagte er mit seiner tiefen Stimme, die an Brandy erinnerte mit einem Hauch von Sahne. Die eigenartige Kombination von rauh und sanft sandte einen leichten Schauder durch Alexas Körper.

Ihre Hand ging zu ihrem Hals, wo eine Topaskette im Mondschein glänzte. Einige dieser tief bernsteinfarbenen Steine hatte sie in ihrem Haar befestigt, das in einem Kranz aus kastanienbraunen Locken um ihren Kopf lag. »Ich hätte nicht kommen dürfen.«

»Nein…«, stimmte er ihr zu. »Das hättet Ihr nicht. Warum habt Ihr es trotzdem gewagt?« Er verschmolz mit den Schatten, seine Haut hob sich dunkel ab gegen die leuchtend weißen Zähne, und seine Augen waren von einem strahlenden Blau.

»Vielleicht… macht Ihr mich neugierig.«

Er lächelte, offensichtlich erinnerte er sich daran, daß er die gleichen Worte auch zu ihr gesagt hatte. Das Lächeln verjüngte sein Gesicht. »Vielleicht ist es die Gefahr, die Euch lockt, weil Ihr etwas tut, was Euer Bruder Euch verbieten würde.«

»Mein Bruder hat es aufgegeben, mir Vorschriften zu machen. Es stimmt, er ist ein wenig überängstlich in seiner Beschützerrolle; das liegt wohl an seiner Zuneigung zu mir.«

»Wie schön für Euch«, meinte er, »jemanden zu haben, der sich so um Euch sorgt.«

»Steht Ihnen denn niemand so nahe?«

Einer seiner Mundwinkel zuckte. Es ist ein harter Mund, dachte Alexa, doch er ist ausgesprochen männlich und bemerkenswert attraktiv. »Nein, eigentlich nicht. Es gab einmal jemanden, an dem mir sehr viel lag, jemand, dessen Glück mir mehr bedeutete als mein eigenes.«

»Eine Frau?«

»Nein.«

Alexa fühlte sich eigenartig erleichtert. Sie wollte ihn drängen, ihr zu sagen, wem seine Sympathien gegolten hatten; doch sie sah an seinem Blick, daß er ihre Frage nicht beantworten würde.

»Warum seid Ihr nach London gekommen? Gesellschaftliche Rücksichten können Euch wohl kaum dazu bewogen haben.«

»Ich hatte Geschäfte zu erledigen. Eigentlich wollte ich nur eine Woche bleiben, doch dann habe ich Euch entdeckt – in der Oper – und habe mich entschieden, meinen Aufenthalt noch ein wenig auszudehnen.«

In Alexa zog sich etwas zusammen. Es war ein eigenartiges Gefühl, das ihr Herz schneller schlagen und ihre Handflächen feucht werden ließ. »Warum seid Ihr …?«

»Keine Fragen mehr, Alexa. Wir haben nicht so viel Zeit.« Im nächsten Augenblick schon hatte er sie an sich gepreßt, sein Arm lag um ihre Taille, seine Beine drängten sich gegen ihre Schenkel. Ihre Blicke hielten einander für den Bruchteil einer Sekunde gefangen, dann legten sich seine Lippen auf ihre, und er küßte sie hingebungsvoll. Alexa keuchte auf, sein Kuß war hart und sanft gleichzeitig, heiß und prickelnd und unglaublich besitzergreifend. Er nutzte den Augenblick der Überraschung zu seinem Vorteil und schob seine Zunge tief in ihren Mund. Wie Feuer rann es durch Alexas Körper. Er schmeckte sie, trank das Verlangen, das er in ihr entfacht hatte, benahm ihr den Atem. Beide Hände legte er um ihr Gesicht, und sein Kuß wurde drängender, er brach damit einen heißen Wirbelwind in ihrem Inneren vom Zaun, streichelte sie mit seiner Zunge, eroberte sie, wie es noch kein anderer Mann vor ihm getan hatte.

Alexa wehrte sich schwach – oder war es mehr ein Flehen? Es dauerte nur Sekunden, bis sie sich an ihn klammerte, unsicher, was mit ihr geschah, voller Furcht vor diesem großen dunklen Mann und vor den Gefühlen, die er in ihr weckte, voller Furcht auch vor sich selbst.

Lieber Gott, was tue ich? Sie zitterte am ganzen Körper, ihre Beine drohten ihr den Dienst zu versagen. Schließlich riß sie sich taumelnd von ihm los. Ihre Wangen brannten vor Hitze und erinnerten sie daran, was sie getan hatte. Alexa holte aus und schlug ihn ins Gesicht, das Geräusch zerriß die Stille des einsamen Gartens. Sie wandte sich um und wollte davonlaufen, doch er hielt sie am Arm fest.

»Alexa.«

»Laßt mich los.«

Langsam ließ er sie los. »Es tut mir leid. Ich weiß, ich habe Euch überrumpelt.«

»Das ändert nichts an der Tatsache, daß Ihr es getan habt.«

Er seufzte ein wenig zögernd. »Vermutlich wollte ich Euch auf die Probe stellen.« Mit einer Hand rieb er über seine Wange. »Wenn es Euch tröstet, Ihr habt mit der besten Note abgeschnitten.«

Alexa antwortete nicht darauf. Sie kannte diese Proben, die sie selbst jahrelang mit den Männern angestellt hatte – und keiner hatte bestanden. »Ich muß ins Haus zurück.« Sie machte ein paar Schritte, innerlich zitterte sie und fühlte sich hilflos. Mit seinen langen Beinen holte Damien sie rasch ein.

»Ihr braucht nicht wegzulaufen. Ich verspreche Euch, es wird nicht wieder geschehen... es sei denn, Ihr selbst wünscht es.«

Alexa wandte sich zu ihm um, sie sah die Schatten, die das Mondlicht auf sein Gesicht warf. »Ich verstehe von diesen Dingen nichts. Was wollt Ihr eigentlich von mir?«

Es dauerte lange, bis er ihr antwortete. »Um aufrichtig zu sein – ich bin mir da im Zweifel«, meinte er schließlich.

Sie kannte dieses Gefühl, auch ihr war nicht klar, was sie von ihm wollte.

»Wann kann ich Euch treffen?« drängte er, und seine Augen verdunkelten sich wie die Nacht ringsumher.

Sag ihm, daß du ihn nicht treffen kannst und willst. Sag ihm, daß du überhaupt kein Interesse daran hast, diese verrückte Besessenheit weiterzutreiben. »Lady Jane Thornhill wird am Mittwochabend eine kleine Soirée veranstalten. Wenn Ihr dorthin kommen möchtet...«

»Und was ist mit Eurem Bruder?«

»Rayne und seine Frau haben für diesen Abend bereits andere Pläne.«

Damien bedachte sie mit einem entwaffnenden Lächeln, er

griff nach ihrer Hand und zog sie langsam an seine Lippen. Sie fühlte die Wärme seines Mundes durch ihre Handschuhe, eine Gänsehaut überzog ihre Arme. »Ihr könnt mit meiner Teilnahme rechnen.«

Alexa wandte sich ab, eine heiße Röte war in ihr Gesicht gestiegen, ihr Herz hämmerte, und sie hastete davon. Auf dem Weg zum Haus fühlte sie seinen Siegerblick in ihrem Rücken.

»Du hast ihn hierher eingeladen?« Jane konnte es nicht glauben. »Mein Vater wird einen Herzanfall bekommen.« Alexa und Jane saßen zusammen auf dem rosafarbenen Satinüberwurf am Fuß von Janes Bett. Soeben waren sie in das Haus des Herzogs am Grosvenor Square zurückgekehrt und hatten ihre Abendkleider ausgezogen; jetzt trugen beide lange weiße Batistnachthemden.

»Dein Vater wird glauben, daß ihn jemand anderes eingeladen hat. Seine Gnaden ist viel zu sehr Gentleman, um den Grafen hinauszukomplimentieren.«

»Sicherlich hast du recht.«

»Ich muß unbedingt herausfinden, was er im Schilde führt. Es beschäftigt mich, ob ...«

»Ob was?«

»Ob er wirklich so schrecklich ist, wie alle behaupten. Wenn ich ihn ansehe, dann sehe ich ... ich weiß es nicht, ich sehe etwas. Es will mir nicht in den Kopf, daß er wirklich so verworfen sein soll.«

»Glaub es ruhig. Dieser Mann ist ein gewissenloser Schuft und ein eingeschworener Junggeselle.«

»Das war Rayne auch. Und auch sein bester Freund, Dominic Edgemont, der Graf von Gravenwold. Und sieh nur, was für wunderbare Ehemänner aus ihnen geworden sind.«

»Du denkst doch wohl nicht ernsthaft daran, mit diesem Gesellen eine Heirat zu erwägen?«

»Das habe ich nicht gesagt, nicht wahr?«

»Nein, aber so hat es in meinen Ohren geklungen.«

Alexa fuhr mit der Hand über die schwere rosafarbene Seide des Bettvorhangs. »Ich weiß, daß du damit nicht einverstanden bist, aber ich kann einfach nicht anders. Wenn er wirklich so schlimm ist wie sein Ruf, dann werde ich ganz sicher die Wahrheit herausfinden. Bis dahin ist Graf Falon auf jeden Fall der erste Mann, der mir bis jetzt das Gefühl vermittelt hat, wieder lebendig zu sein.«

»Sich lebendig zu fühlen ist eine Sache, in seinem Bett zu landen eine andere.«

»Jane!«

»Nun, das ist aber doch die Wahrheit. Du solltest aufpassen, mein liebes Mädchen, und das wissen wir beide.«

Jane war älter als Alexa und überhaupt nicht naiv. Sie hatte sich dafür entschieden, zum großen Leidwesen ihres Vaters, vorerst unverheiratet zu bleiben, weil sie angeblich bis jetzt noch nicht dem Richtigen begegnet war. Doch die Saison hatte ja gerade erst begonnen. Jane besaß ein sehr ansprechendes Äußeres, und wegen des Reichtums und der Macht ihres Vaters hatten sich schon immer Verehrer um sie geschart. Vielleicht würde sie sich allmählich doch für einen von ihnen entscheiden.

Alexa beugte sich vor und nahm ihre viel kleinere Freundin in den Arm. »Ich lasse Vorsicht walten, das verspreche ich dir.«

Es war schon beinahe hell, als Damien zu der kleinen Suite zurückkehrte, die er für diese Saison im Clarendon gemietet hatte, einem der elegantesten Hotels in London. Mit der dunklen Holzverkleidung und den dicken Perserteppichen strahlten die Räume Gediegenheit aus, die ihn an sein Zuhause erinnerte und seine Ablehnung gegen die überfüllten Straßen Londons, den Lärm und Gestank ein wenig milderten.

Ein Lakai hielt ihm die geschliffene Glastür auf, als er die Halle betrat, die von Kerzen in vergoldeten Kandelabern nur mäßig beleuchtet war. Damien nahm es kaum wahr, seine Gedanken beschäftigten sich mit dem vergangenen Abend. Seine Begegnung mit der Dame in dem Garten hatte seinen ganzen Körper angespannt wie einen Bogen.

Seit er sie zum ersten Mal erblickt hatte, ging sie ihm nicht mehr aus dem Sinn, dachte er an die Erfüllung, die sie ihm am Ende gewähren würde. Nach dem Kuß und der feurigen Leidenschaft ihrer Erwiderung befand sich seine Männlichkeit in hellster Not. Also war er zum »Seidenen Strumpfgürtel« gegangen und hatte einen recht hohen Preis gezahlt für eine hübsche kleine Dirne mit kastanienbraunem Haar, die seiner Leidenschaft Linderung verschaffte. Jetzt fühlte er sich ausgeruht, so entspannt wie schon seit Tagen nicht mehr und bereit, in seinen Bemühungen fortzufahren.

Als er die Treppe in dem mit Rosenholz getäfelten Aufgang erklomm, lag ein leichtes Lächeln auf seinen Lippen. Das Treffen in dem Garten war ihm wider Erwarten gut gelungen. Natürlich hatte er nicht die Absicht gehabt, sie zu küssen. Auf keinen Fall wollte er ihr Angst einjagen und sie so vertreiben.

Damien betätigte den Zimmerschlüssel, sein Gesicht wurde bitter und hart. Von Anfang an hatte er gewußt, daß es nicht leicht sein würde, Alexa Garrick aus der Fassung zu bringen. Sie war an ihre Macht über Männer gewöhnt, kundig im Spiel der Geschlechter.

Bis er sie geküßt hatte, bestand nach wie vor die Unsicherheit, ob sie noch Jungfrau war; doch jetzt zweifelte er nicht mehr daran. Ihr Zittern hatte ihm verraten, daß sie die Intimität noch nicht kannte. Und die Tatsache ihrer Unberührtheit machte seine Eroberung um so süßer.

Er dachte an ihre nächste Begegnung in einigen Tagen, im Grosvenor Stadtpalais des Herzogs von Dandridge. Wenn alles gutging, würde am Ende des Abends Alexa Garrick in seiner Schuld stehen, und zwar tief!

Es war ein weiterer Schlüssel, den er entdeckt hatte. Miss

Garrick liebte den Spieltisch über die Maßen. Normalerweise achtete ihr Bruder darauf, daß sie beim Spiel nicht zu viel riskierte und bewahrte sie vor Problemen. Doch da der Vicomte nicht zugegen sein würde und Alexas Gedanken sicherlich bei den Dingen waren, die sich zwischen ihnen zu entwickeln begannen, konnte sie sich ganz schön übernehmen.

Schlecht spielte sie nicht, aber verwegen. Und sollte er sie unterschätzt haben, dann würde er sogar betrügen.

Der Graf schloß die Tür zu seiner kleinen, doch erlesenen Suite auf. Es war stickig in den Zimmern, aber durch die geöffneten Fenster drang nur die schlechte Luft Londons herein. Er wünschte, er wäre zu Hause, im Schloß Falon, mit dem Ausblick über das Meer und der frischen Brise vom Meer her.

Bald würde er dort sein, sagte er sich, vielleicht schon innerhalb der nächsten beiden Wochen. Alexa Garrick hatte den Köder geschluckt, und seine gut ausgelegte Falle mußte demnächst zuschnappen.

Während er auf und ab schritt, löste er seine Krawatte und begann, sein Hemd aufzuknöpfen. Die kleine Dirne war gut gewesen, doch hatte sie sein Verlangen nach Alexa Garrick nicht mindern können. Er war entschlossen, sie zu nehmen, sie für das zu bestrafen, was sie angerichtet hatte. Er würde es für Peter tun.

Und jetzt, nachdem er einen Vorgeschmack ihres Charmes empfangen hatte, vielleicht auch für sich selbst.

Da gab es nichts zu beschönigen, er würde die Angelegenheit in vollen Zügen genießen.

2. Kapitel

»Wie sehe ich aus?« Alexa drehte sich vor dem vergoldeten Spiegel, sie hielt ihren Rock mit beiden Händen hoch und warf dann einen Blick auf den verführerischen Ausschnitt ihres alabasterfarbenen Kleides mit der hohen Taille.

Es hatte kleine Puffärmel aus durchsichtigem Tüll, und das Oberteil war mit Perlen besetzt. In zarten Schnüren hingen sie unter ihren Brüsten – sie raschelten leise, wenn sie sich bewegte, und reflektierten den sanften Schein der Lampen. Perlenschmuck im Haar, um den Hals und an den Ohren ergänzte das Gesamtbild.

»Du siehst schöner aus als je zuvor«, sagte Jane beifällig.

»Danke.« Alexa dachte an den Abend, der vor ihnen lag, und an den attraktiven Grafen. »Ich fühle mich wie eine Hummel, und wahrscheinlich wird es noch Stunden dauern, ehe er kommt – wenn er überhaupt auftaucht.«

»Der Mann mag ja ein Schurke sein, aber ein Dummkopf ist er nicht. Du kannst ganz sicher sein, daß er bald hier ist.« Jane strich sich eine Locke ihres kurzen dunklen Haars aus der Stirn, auch sie sah bezaubernd aus. »Wahrscheinlich wird er bis zum Ende des Abends warten, weil er hofft, dich dann allein sprechen zu können.«

Alexa nickte nachdenklich. »Und was ist mit dir, Jane? Gibt es jemanden, auf den du dich heute abend besonders freust? Vielleicht bleibt auch Lord Perry nicht fern.«

»Lord Perry? Der Marquis zeigt mehr Interesse für dich als für mich«, meinte Jane, und eine leichte Röte stieg in ihre Wangen.

»Das finde ich überhaupt nicht. Lord Perry ist nur deinetwegen so freundlich zu mir. Er weiß, daß wir Freundinnen sind. Bestimmt hofft er, daß ich für ihn bei dir ein gutes Wort einlege.«

Jane strahlte. »Glaubst du wirklich?« Sie trug ein blaßrosa

Kleid, das reich bestickt und mit Brillanten besetzt war; ihre warmen braunen Augen leuchteten auf. Auch sie wirkte heute abend ganz besonders lebhaft.

»Das ist durchaus möglich.« Reginald Chambers, Lord Perry, schien Janes Interesse geweckt zu haben. Alexa hoffte nur, daß er dieses Gefühl auch erwiderte. »Unbestreitbar gibt er sich in letzter Zeit große Mühe – besonders, wenn du in der Nähe bist.«

»Ja, das finde ich auch…« Jane lächelte gewinnend und nahm Alexas Arm. »Ich schwöre, wir werden es baldigst herausfinden. Komm jetzt, meine Liebe. Es ist höchste Zeit, daß wir uns unten sehen lassen.«

Alexa holte noch einmal tief Luft, dann gingen sie beide Arm in Arm zur Tür. Auch heute abend wieder herrschte Aufruhr in ihrem Inneren. Es war schon sehr lange her, seit sie so gefühlt hatte, und es gefiel ihr überaus gut.

Seit Peters Tod hatte sie die meiste Zeit damit verbracht, andere Menschen zu meiden. Da sie die gleiche Liebe zu Pferden besaß wie ihr Bruder, war sie viel ausgeritten; beharrlich hatte sie versucht, sich von ihrem Schuldgefühl zu befreien, und als eine Art Bestrafung hatte sie sich in ihre Studien gestürzt. Doch für Männer hatte sie kein Interesse gezeigt. Ohnehin hatten ihre Besucher in Marden sie hoffnungslos gelangweilt.

Sie dachte an Falon und fragte sich, wann der Graf wohl erscheinen würde. Tatsächlich wußte sie noch immer so gut wie nichts über ihn, dennoch reizte dieser Mann sie wie kein anderer zuvor. Alexa lächelte, er stellte wirklich ein prickelndes Rätsel dar.

Und Alexa nahm sich vor, ihm seine Geheimnisse, die er so sorgfältig zu verbergen trachtete, eines nach dem anderen zu entlocken.

Die Vorstellung des Herzogs von einer kleinen Soirée erwies sich als ein Abend mit dreihundert Gästen, obwohl das in dem riesigen georgianischen Herrenhaus am Grosvenor

Square nicht die geringsten Engpässe bescherte. Unter dem strahlenden Licht der kristallenen Kerzenleuchter spielte ein Orchester im gelben Salon, doch Alexa war viel zu nervös, um sich unter die Tanzenden zu mischen. Statt dessen wanderte sie von einem der prachtvollen Räume zum anderen, machte artig Konversation und fragte sich unaufhörlich, wo der Graf nur blieb.

Zu ihrer Überraschung stellte sie fest, daß er schon eine ganze Weile anwesend gewesen sein mußte, ehe sie ihn im Indischen Zimmer entdeckte; wenigstens schien es so, den Gewinnen nach zu urteilen, die er vor sich auf dem grünen Tuch des Spieltisches angehäuft hatte.

Mit einem flüchtigen Blick auf Damien näherte Alexa sich dem kleinen, kahlköpfigen Mann, der ihm gegenübersaß. »Guten Abend, Lord Cavendish. Ich hoffe, Ihr habt einen angenehmen Abend.«

»Meine liebe Miss Garrick«, sagte der Baron. Beide Herren erhoben sich, und der untersetzte Cavendish nahm ihre Hand, um sich darüber zu beugen. »Wie schön, Euch zu sehen.«

»Es ist schon eine Weile her, nicht wahr? Wenn ich mich recht erinnere, trafen wir uns das letzte Mal in Lord Sheffields Spielsalon. Hoffentlich habt Ihr heute mehr Glück!«

»Bis jetzt nicht, fürchte ich, das Pech verfolgt mich regelrecht. Aber das ist mir schon öfter passiert, wenn ich gegen den Grafen spiele.« Er nickte zu seinem Kontrahenten hinüber. »Sicher kennt Ihr Graf Falon?«

»Oh…«

»Ich fürchte, ich hatte noch nicht das Vergnügen«, unterbrach der Graf sie und neigte sich zum Handkuß.

Cavendish lächelte. »Sie ist eine Tigerin beim Whist. Beinahe hätte sie mich schon einmal ins Armenhaus gebracht.«

»Wirklich?« Der Graf zog die schwarzen Brauen hoch. »Wenn das so ist, warum setzt Ihr Euch dann nicht zu uns, Miss Garrick? Wir spielen nur eine freundliche kleine Partie.«

»Hier ist mein Gegenvorschlag«, unterbrach der Baron

ihn. »Ich habe heute abend schon mehr als genug verloren und stehe kurz vor dem Verhungern. Miss Garrick kann gern meinen Platz einnehmen.« Er lächelte Alexa liebenswürdig an, kleine Fältchen bildeten sich in seinen Augenwinkeln. »Deutsches Whist, meine Liebe, ein Spiel für zwei Hände. Ihr werdet mich gar nicht brauchen.«

Alexa deutete einen Knicks an. »Einverstanden.« Sie blickte auf den Tisch, doch mit den Gedanken war sie ganz woanders. Ihre Aufmerksamkeit galt allein dem gutaussehenden Schurken, seit sie ihn an diesem Tisch entdeckt hatte.

Während Cavendish zur Tür hinkte, zog der Graf ihr den Stuhl zurecht, setzte sich ihr gegenüber und nahm die Karten. Das Klatschen des Mischens übertönte kaum ihr lautes Herzklopfen. Schließlich begann er die Karten auszuteilen, seine Hände bewegten sich anmutig und geübt. Alexa dachte daran, wie warm sie gewesen waren, als sie sich um ihr Gesicht gelegt hatten bei seinem Kuß. Die Erinnerung schickte ihr eine peinliche Röte in die Wangen, ihr Mund war plötzlich ganz trocken.

»Wie ich höre, spielt Ihr gern«, sagte er.

»Ja... das ist richtig.«

»Auf diese Weise können wir uns ganz unverfänglich unterhalten.«

Sie sah in sein Gesicht, betrachtete die Erhebungen und Vertiefungen und bemerkte eine winzige Narbe unter seinem linken Ohr. »Und was ist mit dem Baron?«

»Er war mir noch etwas schuldig.« Er lächelte. »Ich habe ihm gesagt, ich wolle Euch kennenlernen.«

Alexa schwieg. Die Karten waren ausgeteilt, und sie bemühte sich, ihre Gedanken auf das Spiel zu konzentrieren. Normalerweise fiel ihr das nicht schwer, Whist war ihr ein und alles. In Marden hatte sie mit Rayne und Jo stundenlang gespielt, und seit sie nach London zurückgekehrt war, hatte sie noch öfter diesem Steckenpferd gefrönt. Sie liebte die Herausforderung, die rauschende Erregung des Gewinnens, die das Blut schneller fließen ließ. Alle Frauen, die sie kannte, spielten in der Regel nur um ein wenig Taschengeld, aber einige der Damen setzten auch größere Beträge. Alexa hatte bereits gegen sie alle gespielt – und mehr eingesetzt, als sie eigentlich durfte –, doch meistens lief es ohnehin zu ihren Gunsten.

In der letzten Zeit hatte sie eine Menge Stunden damit verbracht, in der Lotterie zu setzen oder Little Go zu spielen – eine kleinere, illegale Version, die vom Staat nicht abgesegnet war. Manchmal gewann sie, oft kam sie ohne Verlust davon, manchmal verlor sie auch ein wenig mehr als wünschenswert. Rayne hatte sie ein- oder zweimal gescholten; er hatte ihr die Geschichte von der Herzogin von Devonshire erzählt, deren unselige Leidenschaft für die Karten mit dem Verlust eines Vermögens endete. Doch Alexa hatte weitergespielt, und Rayne schien das nicht sonderlich zu beschweren.

Sie hatte ihm allerdings versprochen, sich mehr zurückzuhalten, doch war sie ja kein Kind mehr. Ihr eigenes Geld konnte sie ausgeben, wie sie es wollte, dazu brauchte sie nicht die Erlaubnis ihres Bruders.

»Ihr gebt, Miss Garrick.« Die Stimme des Grafen holte sie in die Gegenwart zurück. Er sah unglaublich gut aus in seinem perfekt geschneiderten, taubengrauen Frack, der burgunderfarbenen Weste und den dunkelgrauen Beinkleidern. Die gedeckten Farben, die er offensichtlich bevorzugte, unterstrichen noch seine magische Anziehungskraft.

Die Zeit verging, während die beiden spielten. Alexa warf einen Blick in die Karten und kaute dann auf ihrer Unterlippe. Sie hatte den ganzen Abend über verloren. »Vielleicht sollten wir eine kleine Pause machen. Wie es scheint, hat das Glück mich verlassen.«

»Unsinn«, wehrte der Graf ab. »Habt Ihr denn die beiden letzten Spiele schon vergessen? Euer Glück scheint sich zu wenden.«

In der Tat hatte sie wirklich die letzten Spiele gewonnen.

Seine blauen Augen ruhten auf ihrem Gesicht, und ihr Herz sank bis in den Magen hinab. »Es sei denn, Ihr... Ihr seid der Herausforderung nicht gewachsen.«

Alexa setzte sich gerade. Wenn er sie für einen Feigling hielt, dann irrte er sich gewaltig. »Die Karten bitte, mein Graf. Die Nacht ist noch lange nicht vorüber. In der Tat würde ich sagen, sie hat gerade erst begonnen.«

Er lächelte bei ihren Worten, und Alexa dachte wieder einmal, wie sehr er sie fesselte. Falon sah nicht im üblichen Sinn gut aus mit seinen harten, wie gemeißelten Gesichtszügen, aber seinem interessanten Ausdruck vermochte sie nicht zu widerstehen. Er war ein Mann, kein Junge mehr, und alles an ihm strahlte ein überwältigendes Selbstbewußtsein aus.

Sie blickte sich in dem hohen Raum um, unwillkürlich verglich sie ihn mit den anderen Männern ringsum. Einige der Damen spielten Lu, während an einem der hinteren Tische Männer und Frauen zusammen Pharo spielten. Der Graf, so stellte sie fest, war das Ziel sowohl offener als auch versteckter Blicke von den Damen und etlicher feindlicher Mienen seiner Rivalen. Sie spielten weiter, und während die Zeit verging, lächelte Falon zuversichtlich, während Alexas Gesicht mehr als einmal rot anlief und ihre Hand immer öfter zitterte wegen der Komplimente, die er ihr ziemlich unverhohlen machte.

Er wandte seine Blicke nicht von ihr ab, schenkte ihr seine ganze Bewunderung. Seine Augen verrieten offen sein Verlangen, sagten ihr, daß ihre Anwesenheit an diesem Spieltisch dasjenige war, was er sich erhofft hatte, und mehr.

Die meisten Gäste hatten sich längst zurückgezogen, obwohl noch immer einige hartgesottene Glücksritter im Indischen Zimmer spielten, zusammen mit ihr und dem Grafen. Andere waren zu dem extravaganten späten Menü gegangen, das an einer langen Tafel im Eßzimmer serviert wurde.

Alexa hatte den ganzen Abend noch nichts zu sich genommen. Statt dessen nippte sie an einem kleinen Sherryglas, das von den Dutzenden von Lakaien um sie herum immer wieder aufgefüllt wurde. Vor lauter Hochspannung hätte sie sich wahrscheinlich bereits von dem vielen Alkohol schwindlig gefühlt, säße ihr da nicht dieser Herausforderer gegenüber.

»Ihr seid dran, Miss Garrick.«

Alexa blickte auf ihre Hand. Sie hätte schon vor Stunden aufhören müssen zu spielen – Rayne würde schrecklich wütend sein, wenn er herausfand, daß sie sich so unüberlegt der Gesellschaft des Grafen Falon ausgeliefert hatte. Doch im Augenblick lag sie wieder in Führung mit der Hand voller Pik, der Trumpfkarte.

Das war das beste Blatt, das sie den ganzen Abend über erwischt hatte. Wenn das Glück ihr treu blieb, so konnte sie den Einsatz erhöhen und all das verlorene Geld zurückgewinnen. Dieser Herzensbrecher sollte unbedingt ihre Raffinesse kennenlernen.

Alexa lächelte. »Ich glaube, wir haben bis jetzt viel zu konservativ gespielt, mein Graf. Was würdet Ihr dazu sagen, wenn wir den Einsatz verdoppeln?«

Er hob eine seiner schwarzen Augenbrauen. »Ihr liebt wohl die Gefahr, wie?«

»Wenn Euch das Spiel zu riskant erscheint, mein Graf, dann will ich gerne ...«

»Euer Wunsch ist mir Befehl, hübsche Dame!«

Also wurde der Einsatz erhöht, und das Spiel ging weiter. Zwar hatte sie gute Karten, aber diejenigen des Grafen waren noch besser, ebenso wie seine nächsten und übernächsten.

»Ich ... ich glaube, Ihr habt mich wirklich vollständig besiegt«, gab Alexa einige Zeit später zu. »Ich habe noch nie bei jemandem eine solche Glückssträhne miterlebt.«

»Es war wirklich Zufall.«

»Und Ihr habt ausgezeichnet gespielt.«

»Ihr auch, Miss Garrick.« Mit einer geschmeidigen Bewegung stand er auf und trat hinter sie, um ihr den Stuhl zurechtzurücken. »Um von dem Betrag zu sprechen, den Ihr verloren habt, so werdet Ihr ihn kaum bei Euch tragen. Ich bin gern bereit, einen Schuldschein zu akzeptieren.«

»Einen Schuldschein… ja… ich… ich fürchte, ich weiß gar nicht, um wieviel es sich handelt.« Sie blickte auf den Zettel, auf dem Lord Falon die Spiele notiert hatte.

Er hielt sich den Zettel dicht vor die Nase, seine Mundwinkel zogen sich ein wenig hoch. »Wie es scheint, schuldet Ihr mir ungefähr neunzigtausend Pfund.«

Alexa keuchte laut auf. »Neunzigtausend Pfund!« Ihr Herz schlug ihr bis zum Hals, und es dröhnte immer lauter. «Nein… über einen solch hohen Betrag kann ich leider nicht verfügen!«

»Neunzigtausenddreihundertneununddreißig, um ganz genau zu sein.«

»Da… da muß ein Fehler unterlaufen sein, Ihr habt Euch sicher in der Summe geirrt.«

»So steht es auf diesem Zettel hier.« Er reichte ihr das Papier, und sie sah sich die Zahlen an, die sie vorwurfsvoll anglotzten.

Alexa las den Zettel wieder und wieder. Es bestand kein Zweifel, sie hatte ein kleines Vermögen verloren. Sie zwang sich, die Fassung zu bewahren.

»Hattet Ihr das von Anfang an vor? Wolltet Ihr mein Geld? Ist das der Grund für Euer Interesse an meiner Person?«

Er blickte sich um, um festzustellen, ob irgend jemand ihre Unterhaltung hören konnte. Doch diese Sorge erübrigte sich, denn die anderen Spieler konzentrierten sich ganz auf ihre Belange. »Um Geld ist es mir nie gegangen, Alexa!«

Sie reckte sich ein wenig und fragte sich, wie es ihm so leicht gelingen konnte, sie zu täuschen, und warum sie sich so betrogen vorkam. »Ihr braucht nicht zu befürchten, daß ich Euch das Geld nicht zahlen werde. Ich bin eine reiche Frau, wie Euch zweifellos bekannt sein dürfte. Doch leider werde ich dazu wohl ein wenig Zeit brauchen.«

»Wie lange?« fragte er.

»Ich kann Euch das Geld in kleinen Raten zahlen, wie meine monatlichen Bezüge es mir erlauben. Mein Bruder ist der Verwalter meines Vermögens, bis ich heirate oder bis ich dreiundzwanzig Jahre alt bin. Es besteht keine Möglichkeit, den vollen Betrag auf einmal auszuzahlen.«

»Warum bittet Ihr nicht einfach Euren Bruder um das Geld?«

»Rayne möchte ich da nicht mit hineinziehen, schließlich habe ich diese Schulden verursacht und werde sie selber begleichen.«

Sie hatte geglaubt, daß er widersprechen würde, aber er nickte: »Mit Eurer Eigenständigkeit hatte ich gerechnet.«

»Was ... was wollt Ihr damit sagen?«

»Ich habe Euch klaren Wein eingeschenkt, Alexa, Euer Geld brauche ich nicht. Ihr seid es, meine Schöne, die ich will. Ich habe Euch gewollt, seit ich Euch zum ersten Mal erblickte.«

Ständig brachte er sie in Verlegenheit! »Wovon, um alles in der Welt, redet Ihr überhaupt? Ihr wollt damit doch keineswegs andeuten, daß ...?«

»Neunzigtausend Pfund ist viel Geld.« Eindringliche blaue Augen musterten sie. »Trefft Euch mit mir. Verbringt eine Nacht mit mir, dann werde ich Euch Euren Schuldschein zurückgeben.«

»Ihr verdient eine Ohrfeige.«

»Vielleicht verdiene ich das. Vielleicht aber auch nicht. Ihr seid für mich zu einer Besessenheit geworden, Alexa. Euer Bruder würde mir wohl kaum erlauben, Euch den Hof zu machen. Ich muß tatsächlich zu ungewöhnlichen Mitteln greifen, um Euch zu der Meinen zu machen ... wenn auch nur für eine Nacht ...«

Alexas Sinne standen kopf. Gütiger Himmel, er hatte vor, sie zu verführen, in unverschämter Weise, ohne jegliches Ehrgefühl. Aber das Recht lag nun bei ihm. »Morgen früh werde ich Euch meinen Schuldschein zukommen lassen.«

»Ihr findet mich im Clarendon Hotel.«

Sie nickte und wollte aufbrechen, doch er hielt ihren Arm fest.

»Ich erwarte den Betrag genau in einer Woche von heute an... beziehungsweise das Einverständnis, Euch mit mir zu treffen.« Seine Finger streichelten ihre Hand, er zeichnete prickelnde kleine Kreise in ihre Handfläche. Wallungen stiegen in Alexa auf, eine Gänsehaut überzog ihren Körper.

»Ihr habt das alles geplant, nicht wahr?«

»Ja.«

»So sehr verlangt Ihr nach mir?«

»So sehr und noch viel mehr.« Seine Augen schienen sie zu durchbohren, es war unverhülltes Begehren.

Alexa lächelte gequält. »Ich danke Euch für einen interessanten Abend. Gute Nacht, Graf Falon.« Sie hob ihre Röcke ein wenig und eilte hinaus.

Damien sah ihr nach, diese Begegnung hatte einen Wirrwarr widerstreitender Gefühle in ihm geweckt. Er war froh, daß er die nächste Stufe seines Planes erreicht hatte, aber unsicher, wie sie sich entscheiden würde; das Ergebnis konnte er kaum erwarten. Nach einem Abend in ihrer Gesellschaft brannte das Verlangen nach ihr in seinem Inneren lichterloh. Bereits der Klang ihres Lachens, voll und warm und ein wenig gurrend, genügte, um eine harte, pulsierende Erregung in ihm zu wecken. Auf die eine oder andere Weise hatte er sich verrannt in die Vorstellung, sie zu besitzen, zu ruinieren und Peters sinnlosen Tod zu rächen.

Was auch immer geschah, sie hatte es verdient. All das, was er ihr antun würde...

Doch da nagte dieser leise Zweifel in ihm, der sein Vorhaben in Frage stellte, diese Bedenken, die ihm sagten, was für ein gewissenloser Schuft er sei.

Es war dieser Teil seines Wesens, der letzte rechtschaffene, fast vergessene Anteil, der mahnend seine Entschlußkraft schwächte und ihn mit Zögern erfüllte. Dieser Rest an Anstand hielt ihm vor Augen, daß sie bei weitem nicht so verdorben war, wie er es erwartet hatte. Ihre Arglosigkeit bezauberte ihn. Es störte ihn, daß er sie nie dabei hatte ertappen können, wie sie die Männer an der Nase herumführte oder zu verführen suchte; eigentlich kehrte sie nie die egoistische, verwöhnte junge Erbin heraus, die sie doch war.

Damien bahnte sich einen Weg zum Haustor, er bemerkte nicht die vielen Reihen der Marmorbüsten, die zu beiden Seiten des Eingangs standen, und auch nicht das große bunte Glasfenster über seinem Kopf. Tief sog er die frische Nachtluft ein, als er aus dem Herrenhaus des Herzogs trat. Vorbei an Lakaien in roten und goldenen Livreen stieg er die breiten Empfangsstufen hinunter, nachdenklich, wie es wohl weitergehen würde.

Natürlich waren Gerüchte über sie beide zu gewärtigen – doch es gab ja keine Heimlichkeiten zwischen ihnen, denn zu den unterschiedlichsten Zeiten hatte wohl jedes Mitglied der Oberschicht sich schon einmal den Verlockungen des Glücksspiels hingegeben. Die Dinge standen so, daß Alexas Indiskretion, seine Gesellschaft genossen zu haben, lediglich mit hochgezogenen Brauen und einer etwas lästigen Ermahnung ihres Bruders quittiert werden würde.

Nicht erraten konnte er ihre eigenen Beschlüsse.

Damien nahm den Weg zur Straße, wo ein Diener seinen eleganten schwarzen Einspänner herbeiwinkte. Auf der ganzen Fahrt zum Hotel fragte er sich, ob seine Strategie wohl aufgehen würde. Würde Alexa zu dem Vicomte gehen und ihn um das Geld bitten, das sie Damien schuldete? Oder würde sie versuchen, die Sache selbst zu bereinigen, so wie er es hoffte?

Ganze sieben Tage mußte er sich leider in Geduld üben.

Damien sah Alexa noch zweimal, ehe die Woche vergangen war. Einmal trafen sie einander bei einem Fünfuhrtee des Colonels Sir William Thomas, an einem anderen Abend auf einer

Soirée bei der eleganten Madam Tremaine. Damien blieb nur kurz, er taxierte seine Beute aus der Entfernung, näherte sich ihr nicht und ließ sie dennoch, auch ohne Worte, wissen, wie sehr er nach ihr verlangte. Er hatte ihren Schuldschein wie versprochen bekommen, doch ihr Benehmen stellte ihn weiterhin vor ein Rätsel.

In den Briefen seiner Mutter und seiner Schwester Melissa, die er anläßlich eines Urlaubs von seinem Kontinentaufenthalt damals zu Hause vorfand, hatten die beiden ihm von Peters Selbstmord berichtet und auch von seiner unerwiderten Liebe zu Alexa Garrick, die ihn so früh ins Grab getrieben hatte. Damien wußte also ganz genau, was geschehen war.

Die Frau hatte mit Peter ein unlauteres Spiel getrieben und hatte so getan, als erwidere sie seine Zuneigung. Als Peter dann um ihre Hand anhielt, hatte sie ihm ins Gesicht gelacht. In dem Brief, den man an dem Tag, als er sich erschossen hatte, auf seinem Schreibtisch fand, hatte sein Bruder sich selbst als »mittellosen zweiten Sohn« bezeichnet. Ohne Titel und weit unter dem Vermögensstand der Garricks, war der junge Peter Melford nie als ernsthafter Bewerber für eine Ehe mit Alexa in Frage gekommen. Sie hatte ihn zum Narren gehalten und ihm etwas vorgegaukelt.

Obwohl Damien seine Mutter, Lady Townsend, nur selten sah und obwohl die beiden einander nicht sehr nahestanden, bezweifelte er niemals die Echtheit dieser Briefe. Bis zu Peters Tod war seine Halbschwester Melissa Alexas beste Freundin gewesen. Nach dem Selbstmord jedoch hatte sie ihre Freundschaft mit Alexa abgebrochen, und Alexa war nach Marden gezogen, einem der riesigen Güter ihres Bruders, wo sie sich vor dem Skandal versteckte, den sie mit ihrem gefühllosen Benehmen hervorgerufen hatte.

Wenigstens bis jetzt.

Vor zwei Monaten hatte Damien seine Mission auf dem Kontinent beendet und war nach England zurückgekehrt. Bei seiner Rückkehr hatte er sich geschworen, daß die Frau, die für Peters Tod verantwortlich war, ihrer gerechten Strafe nicht entgehen sollte. Er hatte seiner Mutter und seiner Schwester geschrieben, daß er einen Teil der Saison in London verbringen würde – auf diese Weise konnten die beiden ihm den Rachefeldzug überlassen. Der Liebling der gesellschaftlichen Aktivitäten würde schon sehr bald entdecken, daß sie ruiniert war. Sollte sein Plan nicht aufgehen, würde er sich anderswie schadlos halten.

Damien schlenderte über den weichen Perserteppich zum Fenster im Schlafzimmer seiner Suite. Nebel hing tief über den gepflasterten Straßen und verwandelte das Licht der Gaslaternen in ein sanftes, geheimnisvolles Leuchten. Zu Hause liebte er den wogenden Nebel, der die Klippen in der Nähe des Strandes einhüllte, hier fand er ihn bedrückend. Wieder einmal wünschte er, er wäre auf seinem Landsitz.

Es wird nicht mehr lange dauern, sagte er sich. Mitte der nächsten Woche würde er wissen, ob er der Sieger war. Mit ein wenig Glück würde Peters Tod am Ende der nächsten Woche gesühnt sein, und er würde auf sein Schloß zurückkehren. Damien lächelte bitter bei dem Gedanken an den Ausgang dieser Geschichte, so wie er ihn sich erhoffte.

»Bist du völlig übergeschnappt?« Lady Jane Thornhill starrte entsetzt auf ihr Gegenüber in der Kutsche. Sie saßen beide in dem prächtigen schwarzen Landauer mit dem vergoldeten Wappen des Herzogs an der Tür, um im Hyde Park ein wenig frische Luft zu schnappen, wie es in ihren Kreisen üblich war.

»Um Himmels willen, sprich doch etwas leiser. So schlimm ist das doch gar nicht.«

»Es ist noch viel schlimmer, als du glaubst.« Das Klipp-Klapp der vier edlen grauen Pferde, die perfekt zueinander paßten, füllte die plötzliche Stille.

»Ich habe doch nicht vor, mich von ihm verführen zu lassen, sondern lediglich zugestimmt, mich mit ihm zu treffen.

Unter gar keinen Umständen wird es zu mehr kommen als zu einem gemeinsamen Glas Sherry, und dann…«

»Und dann was?«

Alexa lächelte und hob ein wenig das Kinn. »Vielleicht werde ich ihm sogar erlauben, mich zu küssen.«

»Vielleicht wirst du ihm sogar erlauben, dich zu küssen?«

»Würdest du bitte aufhören, alles zu wiederholen, was ich sage? Um Himmels willen, Jane, ich erzähle dir das, weil ich deine Hilfe brauche. Wie sollte ich ahnen, daß du gleich aus allen Wolken fällst.«

»Nun, darauf hättest du aber gefaßt sein müssen. Wie kannst du dich nur so weit vorwagen, das… halte ich… für Tollheit!«

»Jane!«

»Es ist doch wohl offensichtlich, daß Graf Falon auf mehr aus ist als nur auf ein paar Küsse. Du kannst doch nicht so naiv sein! Für neunzigtausend Pfund wird jeder Mann allerhand erwarten.«

»Das hat er aber gesagt. Der Mann war vollkommen aufrichtig, was seine Absichten anbelangt… ich glaube nicht, daß er mich zu etwas zwingen will. Wenn er sich mit diesem Gedanken trüge, hätte er sich nicht solche Mühe zu geben brauchen.«

»Ist dir eigentlich nie der Gedanke gekommen, daß er dich vielleicht gar nicht zu zwingen braucht?« Jane griff nach der Hand ihrer Freundin. »Hör mir zu, Alexa. Du bist meine beste Freundin, aber manchmal bist du ein wenig… nun ja, impulsiv.«

»Ich bin schon seit viel zu langer Zeit nicht mehr impulsiv gewesen. Du kannst dir gar nicht vorstellen, was für ein herrliches Gefühl das ist.«

»Unter anderen Umständen würde ich dich sogar ermuntern. Aber dieser Mann – und ich sage ›Mann‹ – wird nicht gesittet dasitzen und es dabei bewenden lassen, daß du ihn mit deinem Charme um den Finger wickelst.«

Inzwischen hatte der Wagen den Schatten einer überhängenden Buche erreicht. Auf der anderen Seite des Weges tanzte das Sonnenlicht auf einem kleinen See, der von Trauerweiden umgeben war. Ein kleiner Junge saß am Ufer und ließ ein Papierboot schwimmen.

»Ich glaube nicht, daß Lord Falon mir einen Schaden zufügen will. Wenn ich ihn treffe und ein wenig Zeit mit ihm verbringe, wird er mir meinen Schuldschein zurückgeben und mir erlauben, ihm die Summe später zu erstatten.«

»Und wenn er das nicht tut?«

»Dann werde ich wenigstens sicher wissen, was für eine Sorte Mensch er ist, und diese... diese Gefühle, die er in mir geweckt hat, werden mich nicht länger belästigen.«

»Er ist viel zu gefährlich, Alexa.«

»Alles im Leben ist gefährlich, Jane. Das habe ich nur zu bitter gelernt, als Peter starb. Wenn ich nicht so unverblümt mit ihm geflirtet, ihm nicht so den Kopf verdreht hätte...«

»Sag so etwas nicht. Damals warst du noch so jung. Du hattest doch keine Ahnung, daß Peter den Verstand verlieren würde. Wenn du das gewußt hättest, hättest du es nicht so weit kommen lassen.«

»Nein, das hätte ich nicht. Ich hätte brav zu Hause gesessen, wie in den beiden vergangenen Jahren. Mein Bruder hätte für mich eine Ehe arrangiert mit irgend so einem steifen alten Edelmann, so wie er es auch jetzt am liebsten einfädeln würde.«

»Dein Bruder zwingt dich doch nicht dazu, einen langweiligen Greis zu heiraten!«

»Also gut, dann eben einen engstirnigen, affektierten jungen Aristokraten!«

Jane lächelte, doch gleich wurde sie wieder ernst. »Dein ungestümes Temperament hat dich schon sehr viel gekostet. Ich dachte, du hättest aus deinen Erfahrungen gelernt.«

Alexa blickte in den Park, sie sah die wilden Narzissen, die Butterblumen, Hyazinthen und Krokusse, die sie stets aufs neue erfreuten. »Ich bin nicht mehr das verwöhnte, selbstsüchtige, leichtfertige Mädchen, das ich früher war. Aber ich bin es auch leid, mich vor den Freuden des Lebens zu fürchten, weil ich immer Angst haben muß, dabei die Gefühle eines anderen zu verletzen oder meine eigenen. Diesmal möchte ich meinen Wünschen folgen. Bitte, versuche doch, das zu verstehen.«

Jane legte ihre schmale, behandschuhte Hand auf die der Freundin. »Wenn es etwas ist, wovon du überzeugt bist, dann weißt du auch, daß ich dir gerne helfe. Aber ich werde nicht untätig dabeisitzen und zusehen, wie dieser Mann sich deiner bedient.«

Alexa beugte sich vor und umarmte die Freundin. »Ich möchte doch nur die Möglichkeit haben, mit ihm zu reden, ein wenig mehr über ihn zu erfahren. Länger als ein paar Stunden wird es nicht dauern.«

Jane seufzte. »Also, ich kapituliere. Aber es wäre besser, wenn du dir deine Worte zurechtlegst.«

Alexa bedachte sie mit einem strahlenden Lächeln. »Danke, Jane. Ich kann gar nicht glauben, daß du meine liebe Freundin bist!«

»Und ich kann nicht glauben, wie verrückt ich sein muß, dich als Freundin zu ertragen.« Alexa lachte, und Jane stimmte mit ein.

Doch innerlich lachte Jane keineswegs.

3. Kapitel

Alexa trug ein Kleid in einem dunklen Siena, durchwirkt mit Gold; jetzt zog sie die Kapuze ihres zu dem Kleid passenden Umhangs über den Kopf und stieg in die kleine Kalesche, die Jane gehörte. Das Dach war geschlossen. Der Kutscher, ein schlanker junger Mann mit zerzaustem, weißblondem

Schopf, war absolut zuverlässig, das hatte Jane ihr versichert. Er würde vor der Cockleshell Taverne auf sie warten, dem kleinen, gut eingerichteten und sehr diskreten Gasthof außerhalb Londons, den der Graf für ihr Treffen ausgewählt hatte.

So sah Alexa die Sache – als eine Zusammenkunft und nicht als die vom Grafen geplante Nacht der Verführung. Sie würde ihn dazu bringen, den Gentleman herauszukehren, dessen war sie sicher; und es wäre ihre Chance, Damien Falons geheimnisvolles Wesen zu entschlüsseln, das sie so in Bann schlug.

Alexa lehnte sich zurück in den samtgepolsterten Sitz. Nur Jane wußte etwas von ihrem Ausflug, Jane und natürlich der Graf! Rayne hatte ihr eine weitere Stippvisite in der prunkvollen Residenz des Herzogs in der Stadt erlaubt. Es war nicht zu leugnen, daß sie und Jane die Saison genossen und auch die Zeit, die sie miteinander verbringen konnten. Der Herzog und ihr Bruder stimmten überein: London hatte den beiden gut getan.

Doch wie gut, das würde Alexa heute herausfinden.

Die Taverne lag in der Nähe eines kleinen Weilers, ein wenig abseits der Straße nach Hampstead Heath. Es war die gleiche Straße, die auch nach Stoneleigh führte. Der Graf nahm sicher an, daß sie von dort kommen würde; doch Rayne wäre viel schwerer zu überlisten gewesen als der Herzog, und in seinem Haus wimmelte es von Dienerschaft.

Die eisenbeschlagenen Wagenräder ratterten über das holprige Pflaster, und Alexa lauschte den Geräuschen der Stadt. Apfelverkäufer und Lumpensammler erhoben ihre Stimmen, Bettler baten um ein Almosen, und betrunkene Soldaten grölten zotige Lieder. Von einem Fenster im ersten Stock einer Straße aus beschimpfte jemand die Lärmenden auf der Straße und goß Unrat über sie, um ihr brüllendes Gelächter zum Schweigen zu bringen.

Schließlich nahmen die Geräusche langsam ab, und dann wurde es ganz still um sie herum. Hier außerhalb der Stadt roch die Luft nach frisch gemähtem Gras und süßem Tau. In der Ferne hörte man das Muhen einer Kuh. Ein Stück weiter fuhren sie einer schwarz-braunen Postkutsche entgegen, die roten Räder drehten sich geschwind auf London zu.

Dann lenkte Janes Kutscher die Pferde auf einen schmalen Weg, und wenig später fuhren sie unter einem Bogen hindurch in den Hof der Cockleshell Taverne.

Alexas Magen verkrampfte sich, ihre Hände waren feucht. Sie zog den Umhang eng zusammen, als der Kutscher den Schlag öffnete. Tapfer straffte sie die Schultern, dann stieg sie aus dem Wagen und blickte sich nervös um. Ein strohgedeckter Stall befand sich am Ende des Hofes, ein paar Hunde schnüffelten zwischen den wartenden Kutschen nach etwas Freßbarem, doch Falon war nirgends zu sehen. Unruhe ergriff sie, und ihr Mut begann zu sinken.

Und dann kam er plötzlich, schlank und kräftig, mit langen Schritten auf sie zu. Gekleidet war er in Schwarz bis auf seine Weste aus Silberbrokat, das gestärkte weiße Hemd und die Krawatte. Seine blauen Augen funkelten, das schwarze Haar glänzte im Schein des Mondlichts. Er blieb vor ihr stehen und betrachtete sie von Kopf bis Fuß, ihm entgingen weder ihre geröteten Wangen noch ihr heftiges Atmen, und schon gar nicht das waghalsige Dekolleté.

Er lächelte, und Alexas Herz rutschte in die Tiefe. »Guten Abend, bezaubernde Dame.«

Noch ehe sie eine passende Antwort finden konnte, hatte er schon einen Arm um ihre Taille gelegt. Mit der anderen Hand bog er ihren Kopf sanft zurück und küßte sie. Alexa machte ein leises Geräusch, als sie fühlte, wie es warm durch ihren Körper rann, wie ihr Herz schneller zu schlagen begann und das Blut in ihren Ohren rauschte.

Er beendete den Kuß, noch ehe er richtig begonnen hatte, doch den Arm ließ er besitzergreifend an Ort und Stelle. »Laßt uns ins Haus gehen, dort drinnen ist es gemütlicher.«

Alexa fühlte sich alles andere als gemütlich. Sie war unsicher, aus ihrem Element gerissen, hatte sich viel zu weit vorgewagt – all das erkannte sie nun. Dennoch mußte sie sich den Gegebenheiten stellen. Sie nickte schwach, dann ließ sie sich von ihm zu der großen, weit geöffneten Eichentür der Taverne führen.

Der Gastraum war ländlich eingerichtet, mit einer niedrigen Balkendecke, einem gefliesten Fußboden und einem riesigen gemauerten Herd an der Wand des Schankraumes. Die Möbel waren schlicht, aber gediegen, es gab Sheridan-Tische und mit Chintz bezogene Sofas und Sessel. Die kleinen Walöllampen aus Messing brannten nur auf halber Flamme, zusammen mit dem Schein des Feuers gaben sie dem Raum ein warmes und einladendes Aussehen. Köstlicher Bratengeruch drang aus der Küche in ihre Nasen.

Schweigend stiegen sie die Treppe hinauf. Alexa fühlte den feinen Stoff seines Mantels an ihrem Arm, der Moschusduft seines Toilettenwassers umfing sie. Sie erreichten den ersten Stock und gingen durch den Flur. Alexas Herz hämmerte in ihrer Brust, ihre Hände zitterten mit jedem Augenblick mehr, dennoch konnte sie kaum erwarten, was geschehen würde. Sie wollte hier sein, das stand fest, bei ihm wollte sie sein.

Er betätigte einen großen Messingschlüssel und öffnete die Tür zu einer bescheidenen Suite. In der Nähe des Kamins in der Ecke befand sich ein kleiner runder Tisch, weiß gedeckt für zwei Personen, mit feinem Porzellan und Kristallgläsern. Dampf entwich einigen zugedeckten Schüsseln, ein gemütliches Feuer brannte im Kamin, und der Raum duftete leicht nach Moschus. Eine Ausgabe des Morning Chronicle lag ordentlich zusammengefaltet auf der Armlehne des Sofas, und durch die offene Tür zu ihrer Linken war ein großes Bett mit vier Pfosten auszumachen. Alexas Wangen röteten sich bei diesem Anblick, ihr Herz schlug noch schneller, und am liebsten wäre sie weggelaufen.

Als Graf Falon die Tür hinter ihnen schloß, schallte das

Geräusch in dieser intimen Umgebung wie ein Kanonenschuß.

»Ich bin froh, daß Ihr gekommen seid«, sagte er leise und trat hinter sie, um ihr den Umhang abzunehmen, den er dann achtlos über einen Stuhl warf. Er wartete, bis sie ihre Handschuhe ausgezogen hatte, dann nahm er ihre Hand und preßte sie an seine Lippen. »Ich hatte schon befürchtet, Ihr hättet Eure Meinung geändert.«

Die Berührung seiner Lippen auf ihrer Hand ließ eine wirbelnde Wärme in Alexa aufsteigen. »Tausendmal habe ich meine Meinung geändert. Und ich bin noch immer nicht sicher, was zuletzt den Ausschlag gab für mich, die Verabredung einzuhalten.« Seine Blicke waren so intensiv, daß Alexa nicht ein noch aus wußte. Sie fürchtete sich, doch war sie entschlossen durchzuhalten.

Er lächelte, sinnlich und ein wenig zögernd, und Alexas Knie wurden weich, die Luft in dem Raum schien plötzlich viel wärmer geworden zu sein. Die Ausweglosigkeit ihrer Situation traf sie wie ein Keulenschlag. Sie schluckte und blickte dann zu dem Grafen auf, doch der gab sich völlig unbefangen.

»Sherry, nicht wahr?«

»Ja.« Ein ganzes Faß davon hätte nicht genügt, um ihre Nerven zu beruhigen, doch selbst eine kleine Menge würde ihr guttun. Auf der Anrichte stand alles vorbereitet, und er goß ihr ein Glas ein, das sie mit zitternder Hand entgegennahm. Sich selbst versorgte er mit einem Glas Brandy.

»Auf uns«, lautete sein Toast. »Mögen wir beide die Gewinner sein, noch ehe diese Nacht vorüber ist!«

Alexa konnte keinen Schluck von dem Sherry trinken. »Auf Euch, mein Lord. Darauf, daß Ihr ein so nobler Gegner seid.« Jetzt war es der Graf, der das Glas nicht an die Lippen brachte, ein eigenartiger Ausdruck trat in seine Augen. Alexa nippte an dem Sherry, warm floß er durch ihren Hals, hinab in ihren Bauch. Es war beinahe das gleiche Gefühl, das die schlanke Hand des Grafen mit den langen Fingern auf ihrer Haut ausgelöst hatte.

»Ihr seht zauberhaft aus heute abend, Alexa. Wie oft ich davon geträumt habe, Euch ganz für mich allein zu haben, könnt Ihr Euch nicht vorstellen.«

Alexa blickte noch einmal zu dem Bett, das hinter der halb geöffneten Tür des Schlafzimmers stand. Darauf lag eine aprikosenfarbene Steppdecke, die seitlich bereits aufgeschlagen war. Wieder meldete sich Alexas Magen, und als der Graf auf sie zukam, trat sie rasch einen Schritt zurück.

»Oh... es tut mir leid, mein Lord. Ich beginne gerade erst zu begreifen, wie dumm es von mir war, hierherzukommen. Zwar wußte ich, welche Gefahren mich erwarteten, und dennoch...« Sie wandte sich ein wenig ab, gleichwohl konnte sie ihn immer noch sehen. »Auf jeden Fall war es ziemlich töricht, und in Wahrheit bin ich aus einem ganz anderen Grund gekommen, als Ihr vielleicht annehmt.«

»Wirklich? Und worum handelt es sich da bitte?«

»Ich weiß, was Ihr von mir erwartet. Als ich diesem Treffen zustimmte, habt Ihr geglaubt, ich wollte... meinen Schuldschein von Euch zurückkaufen mit dem Verlust meiner Jungfräulichkeit als Bezahlung. Aber die Wahrheit ist, ich bin in der Hoffnung hier, Euch davon zu überzeugen, ein... nun ja, ein wenig vernünftiger zu sein.«

Er schnitt eine Grimasse. »Wenn es um Euch geht, meine Liebe, ist die Vernunft eine schwierige Sache.« Er kam auf sie zu, doch auch diesmal brachte sie sich in Sicherheit.

»Was ich versuche zu sagen, Graf Falon, ich bin nicht das willige Geschöpf, das Ihr Euch vorgestellt habt. Ich bin kein lüsternes Weib, das seine Unschuld verhökert, ganz gleich, zu welchem Preis. Fälschlicherweise nahm ich an, wir könnten über meinen Schuldschein sprechen, ohne die Regeln des Anstands zu verletzen. Ich hatte gehofft, daß Ihr mir zumindest meine Schuld stunden würdet, bis ich volljährig bin.« Sie lächelte ein wenig matt. »Tatsache ist, mein Lord, ich bin keine Betrügerin. Ich bin ganz einfach noch nicht bereit für diese Art von... von...«

Plötzlich war er sehr ernst geworden. Er kam auf sie zu, und auch als sie versuchte, ihm auszuweichen, rückte er trotzdem näher. Als er sie erreicht hatte, zitterte sie.

»Nicht«, flüsterte sie mit wild klopfendem Herzen, sie fürchtete sich vor seinem nächsten Schritt.

»Es ist schon in Ordnung, Alexa, Ihr braucht keine Sorge zu haben. Ich habe Euch nicht hierher eingeladen, um Euch zu vergewaltigen.« Er hob die Hand und spielte mit einer Strähne ihres Haares, die sich am Ohr aus ihrer Frisur gelöst hatte. »Nie habe ich geglaubt, daß Ihr ein lüsternes Weib seid. Ich dachte, daß Ihr vielleicht... daß auch Ihr die Anziehungskraft empfindet, die ich fühle. Eure Spielschuld hätte uns als Vorwand dienen können, genau das zu tun, wonach wir uns beide sehnen.«

Alexa stand blutübergossen da, denn sie wußte, daß er wenigstens teilweise die Wahrheit sprach. Sie war hier, weil sie es so gewollt hatte. Weil sie ihn sehen, mit ihm reden, in seiner Nähe sein wollte.

Er lächelte dieses verwirrende Lächeln, doch hinter diesem Lächeln verbarg sich noch etwas anderes, es war ein unergründlicher Ausdruck in seinem Blick. »Da wir schon so weit gekommen sind«, hob er an, »können wir den Abend auch genießen. Warum widmen wir uns nicht diesen wundervollen Speisen? Wir sollten einander besser kennenlernen, auch über den Schuldschein sprechen, und später könnt Ihr dann entscheiden, ob Ihr bleiben möchtet.«

Alexa biß sich auf die Unterlippe. Sein Vorschlag klang vernünftig. Der Graf drängte sie nicht, er hatte gesagt, er würde sie zu nichts zwingen. Und da war noch etwas anderes. Dieses Geheimnis, diese Tiefe seiner Augen, die sie schon einmal bemerkt hatte. Sie war zu sehen, sobald er seine Wachsamkeit vernachlässigte – was nicht sehr oft geschah – oder wenn er sie beobachtete und sich dabei selbst unbeobachtet wähnte.

Es war ein Blick, der sie bezwang, der sie beinahe willenlos machte, sie dazu bewog zu bleiben. Sehnsucht lag darin und Verlangen, oder vielleicht war es auch nichts anderes als Einsamkeit?

Dennoch, wenn sie jetzt blieb, würde sie um Stunden zu spät nach London zurückkehren, und Jane würde sich schrecklich grämen. Sie hatte versprochen, noch vor Mitternacht zu Hause zu sein; dieser Zeitraum hätte genügt, um den Grafen zur Rückgabe des Schuldscheins zu bewegen. Sie sah ihn an, er überragte sie um einiges und sah so fabelhaft aus. Am liebsten hätte sie die Hand ausgestreckt und ihn berührt, wäre mit den Fingern durch sein lockiges schwarzes Haar gefahren und hätte seine Haut ertastet. Er sollte sie noch einmal küssen.

»Einverstanden«, hörte sie sich selbst sagen. Jane war ihre Freundin, sie würde sich Sorgen machen, sicher, aber wenn Alexa wieder bei ihr war, würde sie ihr erklären, daß es ein wenig länger gedauert hatte als erwartet. Jane würde das verstehen, und auch im gegenteiligen Falle würde sie doch das gewagte Benehmen ihrer Freundin niemals verraten.

»Der Koch hat uns etwas ganz Besonderes zubereitet«, erklärte der Graf soeben. »Ich hoffe, es schmeckt Euch.« Er legte eine Hand an ihre Taille und schob sie durch den kleinen Raum auf den Kamin zu, dann zog er ihr den hochlehnigen, geschnitzten Stuhl zurecht. Als sie sich vor das Feuer setzte, fühlte sie seinen Atem in ihrem Nacken, und ihr wurde noch wärmer.

»Ihr glaubt gar nicht, wie sehr ich mich auf diesen Abend gefreut habe.« Er setzte sich ihr gegenüber, mit Bewegungen, die trotz seiner Größe und seines kräftigen Körpers sehr geschmeidig wirkten. Seine Schultern waren noch breiter, als sie sie in Erinnerung gehabt hatte, der Teint noch dunkler. Im Schein der Lampen glänzte sein schwarzes Haar wie die Flügel eines Raben.

»Mir ... mir ist es ebenso ergangen.« Das war die Wahrheit.

Zu sehr hatte sie die Begegnung herbeigewünscht. Alexa vermied es, ihn anzusehen.

Er streckte die Hand aus und füllte erneut ihr Glas, das sie wohl ausgetrunken haben mußte. »Ich will Euch haben, Alexa, das streite ich nicht ab. Aber im Augenblick genügt mir die Tatsache, daß Ihr hier bei mir seid.«

Unter dem Tisch zitterten Alexas Hände. Insgeheim sehnte sie sich schon lange danach, einem Mann zu begegnen, einem wirklichen Mann – und das war der Graf erwiesenermaßen. An ihr lag es jetzt, sich zwischen ihrem bisherigen Mädchentum und dem fälligen Frauwerden zu entscheiden.

Barney Dillard, der neben der schwarzen Kutsche im hinteren Teil des Stalles stand, fuhr sich mit der Hand über sein zerzaustes Haar. Er zog die Uhr aus der Westentasche seiner rot-goldenen Livree und schnippte den Deckel auf. Das gnädige Fräulein hatte ihm die kleine gravierte Uhr ausgehändigt, auf die er jetzt einen Blick warf.

Mitternacht! Gütige Maria, das Mädchen befand sich schon seit Stunden in diesem Haus. Um diese Zeit sollte sie bereits auf dem Rückweg nach London sein! Auch die Pferde schnaubten bereits und stampften mit den Hufen auf den Boden, sie schienen noch ungeduldiger zu sein als er.

Was, zum Teufel, tat sie nur dort drinnen? Herr im Himmel, Lady Jane würde einen Anfall bekommen! Seine Herrin war im letzten Augenblick mit der Uhr zu ihm gekommen, ihr hübsches Gesicht war ganz zerfurcht vor Besorgnis um ihre Freundin. Es gab da etwas, das er tun mußte, hatte sie ihm gesagt. Wenn seine Passagierin nicht bis Mitternacht aus dem Gasthof gekommen wäre, so sollte er eines der Kutschpferde ausspannen und wie der Teufel nach Stoneleigh reiten. Dort habe er den Hausherrn zu finden und ihm zu sagen, daß seine Schwester sich in Gefahr befände. Dann sollte er zusammen mit seiner Lordschaft so schnell wie möglich zur Cockleshell Taverne zurückreiten.

Es verstand sich von selbst, daß er den Mund halten mußte über alles, was er gesehen und gehört hatte.

Natürlich hatte das gnädige Fräulein ihm nicht mehr verraten, und es stand ihm auch nicht zu, Fragen zu stellen. Seine Aufgabe war es, das zu tun, was man ihm sagte, und jetzt galt es, zur Tat zu schreiten.

Schnell entschlossen spannte Barney das Leitpferd aus, eines von einem Paar edelster Füchse, und schwang sich auf seinen Rücken. Im nächsten Augenblick schon flog er förmlich den Weg entlang, sein roter Frack segelte hinter ihm her, die Hufe donnerten über den Boden. Er würde nicht lange brauchen bis nach Stoneleigh. Auf einem schnellen Pferd wie diesem wäre jedes Ziel bald erreicht.

Barney fragte sich, wie das alles enden sollte.

Damien füllte Alexas langstieliges Kristallglas noch einmal und lauschte ihrem Lachen über etwas, das er gesagt hatte. Es war ein volles, kehliges Lachen, und dennoch erschien es ihm unwiderstehlich feminin.

Wie er ihr versprochen hatte, hatten sie den Abend in angeregter Unterhaltung verbracht, über Bücher gesprochen, die sie liebten, über Theaterstücke, die sie gesehen hatten, ein wenig über Napoleon und die neuesten Entwicklungen in Europa. Die Themen waren neutral, sorgfältig ausgewählt. Eine kurze Darstellung ihrer Familie hatte sie geliefert, einige vage Antworten über seine Familie hatte er ihr gegeben. Alexa war entspannt, ihr gefiel das Wortgeplänkel, sie neckte ihn ein wenig und zog sich schnell wieder zurück, wenn sie das Gefühl hatte, zu weit gegangen zu sein.

Eine unterschwellige Spannung wollte jedoch nicht weichen, sie war beinahe mit Händen zu greifen. Ganz gleich, wie gesittet sie ihre Worte wählte, wie allgemein die Unterhaltung auch war, es gab keinen Augenblick, wo das gegenseitige Verlangen zwischen ihnen erlahmte.

Und es gab auch keinen Augenblick, in dem er sich nicht

vorstellte, wie es sein würde, sie in seinen Armen zu halten.

Sie beendeten die Tafelfreuden mit Scholle in Cremesauce und Schalotten, gefolgt von kandierten Früchten unter Vanilleschaum, und Alexa warf einen Blick auf die Kaminuhr.

»Ich kann kaum glauben, daß es schon so spät ist.« Sie lächelte, und er dachte wieder daran, wie süß ihre rosigen Lippen geschmeckt hatten. »Es war ein wundervoller Abend, mein Lord, aber ich bin viel zu lange geblieben.«

Ohne ein Wort stand er auf und zog ihren Stuhl zurück; trotz der ausgedehnten Mahlzeit hatten sie doch seinen Zeitplan eingehalten, stellte er fest. Bis zur letzten Minute hatte er diesen Abend vorausberechnet. Für seinen Plan war der genaue Ablauf sehr wichtig. Bis jetzt konnte er recht zufrieden sein, doch der Hauptteil lag noch vor ihnen.

Als sie aufgestanden war, beugte er sich vor und küßte sie auf die Schultern, schmeckte ihre Haut, die so sanft und süß war wie Sahne. »Ich möchte nicht, daß Ihr schon geht«, sagte er leise, und das war die Wahrheit.

Er drehte sie in seinen Armen herum und legte seine Lippen auf ihre, in einem zärtlichen Kuß, den sie ohne zu zögern erwiderte. Ihr Mund erinnerte ihn an einen reifen Pfirsich, ihr Atem roch ein wenig nach Sherry. Damien brauchte seine ganze Willenskraft, um sie nicht in seine Arme zu reißen und sie mit der Leidenschaft zu küssen, die in seinem Körper brannte. Er wollte sie erregen, bis sie sich an ihn klammerte und um mehr bat. Doch in diesem Augenblick zog Alexa sich von ihm zurück.

»Es ist schon spät, ich muß jetzt wirklich gehen!«

Wieder preßte er seine Lippen auf ihre, er fühlte, daß sie zitterte, daß sich ihre Finger in die Aufschläge seiner Jacke krallten. Seine Hände glitten über ihren Rücken, schlossen sich um ihr Gesäß, er fühlte die weiblichen Rundungen und umfing sie kräftig. Seine harte Erregung drängte sich an ihren flachen Bauch, und das genügte, um ihn noch begieriger zu machen. Als er sie mit seiner Zunge zwang, ihm die Lippen zu öffnen, wollte ihn das Verlangen nach ihr überwältigen, und er wußte, daß auch sie vor Sehnsucht brannte.

Alexa riß sich los. Sie atmete heftig, in ihren Augen glänzte die Leidenschaft, sie trat zurück, und es sah so aus, als würde sie im nächsten Augenblick davonlaufen.

»Geht noch nicht.« Vor einem kleinen Queen-Anne-Tisch neben dem Sofa blieb er stehen. Der Kerzenschein warf ein mattes Licht auf ihre hohen Wangenknochen und die dunklen Bögen ihrer Brauen, verstärkte noch das gesprenkelte Grün ihrer Augen. Den ganzen Abend lang war er erregt gewesen, der Hunger nach ihr hatte in seinem Körper gepocht, und das Blut war warm durch seinen Körper geflossen. Dennoch hatte er sich beherrscht, entschlossen, den rechten Augenblick abzuwarten.

Entschlossen, das Spiel zu gewinnen.

»Ich muß gehen«, sagte sie, doch noch ehe sie sich abwenden konnte, legte er ihr eine Hand unter das Kinn, hob ihr Gesicht zu sich und küßte sie von neuem. Sie gab ein klägliches Wimmern von sich, dann löste sie sich noch einmal aus seinen Armen.

»Es... wird höchste Zeit für mich«, wiederholte sie, ihr Atem ging immer noch heftig, ihre Augen waren weit aufgerissen, mit einem erschrockenen Blick ging sie rückwärts zur Tür.

»Bleibt«, flehte er. Er beugte sich vor, um sie noch einmal zu küssen, doch sie wich ihm aus.

»Ich kann nicht.« Sie griff hinter sich nach dem Türgriff, in dem verzweifelten Versuch, ihm zu entkommen.

Jetzt war der richtige Augenblick endlich da. Sie besaß einen stärkeren Willen, als er geglaubt hatte, und auch wenn sie nach ihm verlangte, so würde sie sich doch dieser Schwäche nicht ergeben. Damien hätte beinahe gelächelt. Es war schon eine ganze Weile her, daß eine Frau seinem Charme Widerstand leistete. Auf eine gewisse Weise bewunderte er sie für ihre Haltung. Sie hatte Mut und Feuer, mehr als die meisten weiblichen Wesen, die er kannte. Dennoch hatte er sich ein Ziel gesetzt, und das wollte er durchaus erreichen.

Er trat einen Schritt näher und zwang sie anzuhalten. Als es ihr schließlich gelang, die Tür zu öffnen, schob er sie leise wieder zu.

»Was ... was tut Ihr da?«

Er hatte nicht gelogen, er hatte nicht die Absicht, sich ihr aufzudrängen, sondern brauchte nur noch ein wenig Zeit. Jetzt war er am Zuge, spielte mit ihr und hielt ihr den Köder der Herausforderung hin, mit dem er seine Erfolge zu erringen pflegte.

»Ich nehme an, Euer Bruder weilt derzeit in Stoneleigh.«

Die Wendung ihrer Unterhaltung überraschte sie. »Ja, Rayne ist jetzt dort. Aber was ...«

»Ihr solltet im Bilde sein, daß ich ihn gleich morgen früh aufsuchen werde.«

Einen Augenblick lang sah sie ihn verwirrt an, doch dann wich alles Blut aus ihrem Gesicht, und sie starrte ihn an, in einer Mischung aus Schock und verstehendem Schrecken. Ihr hübscher Mund öffnete sich, doch kein Wort kam heraus. »Ihr ... das könnt Ihr doch nicht wirklich meinen?«

»Ich fürchte, hübsche Dame, das meine ich todernst.«

»Aber ... ich ... ich dachte ... ich meine ... sicher hat es doch Euch als Gentleman auch etwas bedeutet, was wir heute abend miteinander geteilt haben. Das muß doch Entschädigung genug gewesen sein für meinen Übermut beim Whist.« Sie wurde ganz steif. »Wenn das nicht zutrifft, werde ich selbstverständlich meine Schulden bei Euch begleichen, sobald ich die Verfügungsgewalt über mein Vermögen habe – wie ich Euch bereits versicherte.«

»Meine Liebe, es sollte Euch mittlerweile klargeworden sein, daß ich mich weder jetzt noch in Zukunft gentlemanlike verhalten werde. Und wenn wir von den neunzigtausend Pfund sprechen, so könnt Ihr sicher sein, daß ich für einen solchen Betrag einen großen Teil mehr erwarte als einen jungfräulichen Kuß.«

Eine heiße Röte trat in ihre Wangen, und die Wut packte sie mit aller Wucht. In ihren Augen war zu lesen, wie sehr sein Betrug sie getroffen hatte, und Damien verspürte einen dicken Kloß in seinem Hals.

»Ihr seid ein Bastard, Lord Falon.«

»Das, Miss Garrick, ist das einzige, was ich nicht bin. Ihr könnt tausend andere schreckliche Dinge von mir behaupten, doch ausgerechnet dieses nicht.«

»Erwartet Ihr wirklich von mir, daß… daß ich…«

»Jawohl.« Doch selbst als er dieses Wort aussprach, fragte er sich, wie schon so oft seit ihrer Ankunft, ob das, was er vorhatte, wirklich weise war. Denn er hatte seine Vorstellung von ihr gründlich revidieren müssen. Sie war lieblich, erfrischend und bezaubernd. Trotz ihrer Reife und Fraulichkeit lag eine Unschuld um sie, die auch den härtesten Schuft erweichen mußte.

Einen Augenblick lang wünschte er sich wirklich, der Mann zu sein, den sie heute abend hier in diesem Gasthof hatte antreffen wollen. Am liebsten wäre er einfach ein aufregender Fremder, der sich von einer wunderschönen Frau verhexen ließ. Er wünschte sich, dieser lieblichen Unschuld so zu verfallen, daß er alles tun würde, um sie zu erobern. Doch dann dachte er an seinen Bruder, der noch so jung gewesen war und voller Lebenslust, der ihr vertraut, sie geliebt hatte und von ihr so tief verletzt worden war, daß er sich eine Pistole an die Schläfe gesetzt hatte. Er dachte an Peter in seinem Blute liegend, die rauchende Waffe noch in der Hand.

»Vielleicht wird ein weiterer Kuß die nötige Wirkung bringen«, spottete er. »Wenn Ihr es mit noch mehr Hingabe versucht, wird der nächste Kuß mich vielleicht dazu bringen, Eure Schulden zu vergessen.« Er streckte die Hand aus und umfaßte ihr Handgelenk. Grob zog er sie an sich, dann preßte er seine Lippen auf ihre. Alexa biß die Zähne zusammen, wand sich in seinen Armen und riß sich von ihm los. Sie brachte einen kleinen Abstand zwischen sie und schlug ihn dann mit aller Kraft ins Gesicht.

Keuchend starrte sie ihn an, als hätte sie ihn noch nie zuvor gesehen und als könne sie sich nicht vorstellen, warum, um alles in der Welt, sie überhaupt hier war. Etwas rührte sich in seinem Innern, selbst dann noch, als sein Mund sich zu einem bitteren Lächeln verzog. Wie von ungefähr lenkte er seine Blicke auf die Kaminuhr und spielte eine seiner letzten Trumpfkarten aus; er hoffte, seine Menschenkenntnis würde sich auch in dieser Situation wieder einmal als richtig erweisen.

»Die Tür ist dort, Alexa. Wenn Euer Wort so wenig gilt, warum geht Ihr dann nicht einfach hinaus? Ihr könnt Euch nach Hause begeben, zu Eurem großen Bruder, und ihn bitten, Euch aus einer Eurer vielen Dummheiten herauszuhelfen. Er wird Euch ein wenig schimpfen und Euch daran erinnern, daß Ihr immer noch ein kleines Mädchen seid, aber was macht das schon? Es ist sicher ein geringer Preis dafür, daß er Euch Eure kostbare Tugend erhält.«

Er sah die Wut in ihren Augen, ihre Gesichtszüge verhärteten sich plötzlich. Bis jetzt hatte er jeden Zug gewonnen – sie war entschlossen, ihm diesmal nicht den Sieg zu lassen.

»Ich bin hierhergekommen, um meinen Schuldschein zurückzuerhalten«, sagte sie. »Was erwartet Ihr dafür von mir?«

Das war es, sie hatte es ausgesprochen, hatte es vor ihm ausgebreitet, in all ihrer Großherzigkeit. Der Preis, nach dem es ihn verlangt. Nur müßte er Klugheit walten lassen.

»Warum beginnen wir nicht damit, daß Ihr Euer Haar öffnet? Es quält mich schon seit dem Abend, als ich Euch in der Oper sah, die Neugier, es offen zu sehen.«

Ihre vollen Lippen wurden zu einem dünnen Strich. Die grünen Augen blitzten, und ihr ganzer Körper drückte den Zorn aus, der sich ihrer bemächtigt hatte. Mit knappen, eckigen Bewegungen zog sie die Haarklammern aus ihrem Haar und warf sie achtlos auf den Boden, und als sie dann den Kopf schüttelte, fielen ihre Locken bis über die Schultern hinunter. Der Schein der Kerzen färbte sie zu einer rötlichen Flamme, und Damien spürte seine pochenden Lenden.

»Zieht Euer Kleid aus. Es ist an der Zeit festzustellen, ob Ihr überhaupt die ganze Mühe wert seid.«

Alexa schloß die Augen. Er fragte sich, ob sie das wirklich durchzustehen gedachte. Seine Absicht, sie zu verführen, war gescheitert, doch noch immer konnte er seinen Plan weiter verfolgen, indem er sie ein wenig länger in diesem Zimmer festhielt.

»Macht es Euch Spaß, Frauen zu erniedrigen, Lord Falon? Habt Ihr sogar eine perverse Freude daran?«

»Ich will Euch besitzen, Alexa. Das ist alles, woran ich denke. Ihr wußtet das, als Ihr hierhergekommen seid, worauf sonst bezog sich Euer Versprechen? Ich warte darauf, daß Ihr es erfüllt.«

Wieder wurden ihre Augen ganz dunkel. Sie zitterte von Kopf bis Fuß, doch vor Empörung und nicht vor Angst. Sie war erbost über die Forderungen, die er stellte, und weit davon entfernt, sich ihm zu unterwerfen. Er hatte sie über die Grenzen der Vernunft hinweg herausgefordert, genau wie er es beabsichtigt hatte. Alexas Hand wanderte zu den Knöpfen im Rücken ihres Kleides, einige öffnete sie, einige riß sie ab, dennoch gelang es ihr nicht, sich seiner zu entledigen.

Damien trat einige Schritte näher, er schob ihre zitternden Hände beiseite und machte die letzten der Knöpfe auf. Das Kleid glitt an ihrem Körper hinunter und lag in einer schimmernden Wolke zu ihren Füßen. Alexa trat heraus und schob ihre Hüllen mit dem Fuß beiseite; sie trug kein Korsett, nur ein dünnes weißes Baumwollhemdchen bedeckte sie von den Schultern bis unter die Knie, doch es verbarg nicht die volle Rundung ihrer Brust und auch nicht die dunklen Aureolen um die Brustspitzen.

»Soll ich weitermachen, Lord Falon? Oder genügt das, um Eure perverse Lust zu befriedigen?«

»Wenn Ihr irgend etwas zu befriedigen gedenkt, dann kann ich nur sagen, daß wir gerade erst angefangen haben ... Es sei denn, Ihr fürchtet mich zu enttäuschen.«

Alexa stieß einen wilden Fluch aus. Mit heftigen, abgehackten Bewegungen zog sie das Hemd über den Kopf, eine Haarmähne ergoß sich über ihre Schultern, und dann stand sie, bis auf das kleine letzte Dessous um die Hüften, herrlich nackt vor ihm.

Damien stockte der Atem. Sie war all das, was er sich vorgestellt hatte, und noch mehr. Ihre Haut sah aus wie Schnee, ihre üppigen Brüste wie saftige Hügel, deren Aureolen knospige Spitzen umrahmten. Sie hatte lange, schlanke Beine, mit wohlgeformten Unterschenkeln und schmalen Füßen.

Seine Augen gingen zu ihrer schlanken Taille, die er mit beiden Händen beinahe würde umfassen können, zu den geraden, schmalen Schultern und dem anmutig gebogenen Hals. Ihr Anblick erregte ihn, er fühlte, wie sein Blut zu kochen begann, wie das Verlangen ihn rasend machte. Doch dann sah er in ihr Gesicht, und er erstarrte, hart zog sich sein Magen zusammen. Der Atem, den er angehalten hatte, entwich ihm in einem leisen Zischen.

Obwohl Alexa ihm mutig gegenübergetreten war, zitterte doch ihre Unterlippe, und Tränen rannen über ihre Wangen. Ihre Wimpern waren feucht, und eine nasse Spur reichte bis zu ihrem Kinn.

»Ich werde nie unsere erste Begegnung vergessen«, brach es aus ihr hervor. »Ihr saht so umwerfend gut aus ... wie ein dunkler Engel, der vom Himmel herabgestiegen war. Ihr wart so ganz anders als all die anderen Männer, kühn und geheimnisvoll und erregend, dennoch umgab Euch etwas Weiches. Ich fühlte mich von Anfang an zu Euch hingezogen – das will ich gar nicht abstreiten. So etwas habe ich noch bei keinem anderen gefühlt.« Damien schwieg. »Ich wollte heute hierher kommen, mehr, als ich es je zugegeben hätte. Selbst bei dem Risiko, meine Ehre zu verlieren, bei der Möglichkeit, all das zu verlieren, was mir so viel bedeutet, drängte es mich her. In meinem Herzen habe ich wirklich geglaubt, daß es zwischen uns beiden etwas ganz Besonderes gab. Und wenn ich mich Euch dann wirklich hingegeben hätte, dann wäre es die wunderbarste, aufregendste Sache geworden, die ich je erlebt habe.« Sie blinzelte, die Tränen flossen immer reichlicher. »Wie dumm und naiv ich doch gewesen bin!«

Ein Schauder lief durch Damiens Körper. Jeder Muskel in ihm hatte sich angespannt, und sein Mund war so trocken, daß er kein Wort herausbrachte.

Sie lachte, doch es war ein gequältes, bitteres Lachen. »Ich möchte nur, daß Ihr wißt, Graf, wenn Ihr mich heute abend in Euer Bett zwingt, dann werde ich für Euch niemals etwas anderes als Verachtung empfinden.«

Damiens nur mühsam aufrechterhaltene Kontrolle geriet vollends ins Wanken. Er hatte sie betrachtet mit einer Mischung widerstreitender Gefühle. Verlangen, Bedauern – Wut auf sich selbst, gemischt mit der Trauer, die er noch immer im Herzen trug. All diese Dinge und noch etwas, dem er keinen Namen geben konnte, hatten in seinem Innern gestritten. Jetzt machte er einige Schritte auf sie zu und zog sie an seine Brust.

»Verachtung – das ist es, was Ihr fühlt? Das möchte ich selbst herausfinden.« Er küßte sie herausfordernd. Es war ein Kuß voller Zorn, der das Blut in seinen Lenden schneller fließen ließ, und der Drang, sie zu nehmen, war beinahe übermächtig.

Zunächst kämpfte sie gegen ihn an, versuchte, sich aus seinen Armen zu lösen, legte die Hände gegen seine Brust in dem Bemühen, ihn von sich zu stoßen. Er fühlte die Tränen auf ihren Wangen, und ganz unbewußt wurde sein Kuß sanfter. Er wollte ihr doch gar nicht weh tun, versuchte jetzt, sie zu einer Reaktion auf seinen Kuß zu bringen, wollte ihre süßen Lippen schmecken, wie schon zuvor. Der Moment, in dem ihre Wut sich zur Leidenschaft wandelte, ihr unbändiger Zorn in Sehnsucht, übertrug sich ihm ganz von selbst.

Sie schwankte ein wenig, ihr Körper wurde leicht und nachgiebig, ihre warmen Lippen zitterten und öffneten sich seiner begierigen Zunge. Er stöhnte leise auf, als es ihn überwältigte, als die Sehnsucht nach ihr ihm den Atem verschlug. Er hätte sie jetzt auf seine Arme nehmen, sie zu seinem Bett tragen können, hätte sie nicht dieses leise Wimmern ausgestoßen. So leise es auch war, so klang es doch mitleiderregend wie der Schrei eines verletzten Vogels. Es war das herzerweichende, die Seele anrührende Geräusch der Hingabe eines jungen Mädchens, und Damien fühlte sich bis ins Innerste erschüttert.

Er brauchte seine ganze Willenskraft, jeden Funken Anstand, den er noch besaß, um sich zu lösen und sich zu sammeln.

Einen endlosen Augenblick stand er vor ihr, seine Blicke hielten die ihren gefangen, sein Körper schmerzte vor unterdrückter Lust. Aber er schaffte es, sie zu ignorieren, hob das Kleid vom Boden auf und warf es ihr zu.

»Zieht Euch an…« Sie bedeckte sich notdürftig, ihre grünen Augen waren weit aufgerissen und sahen ihn unsicher an, ihre sanften Lippen waren dunkel und von seinen Küssen noch feucht. »…ehe ich meine Meinung ändere.«

Er zwang sich, ihr den Rücken zu kehren, dann ging er durch das Zimmer und goß sich einen Brandy ein. Noch nie hatte er eine Stärkung so dringend gebraucht.

Alexas Gefühle brodelten, als sie hastig ihr Hemd über den Kopf zog und dann rasch in ihr goldbraunes Kleid schlüpfte. Vergebens versuchte sie, die rückwärtigen Knöpfe zu schließen, sie kämpfte wieder einmal mit den Tränen. Es gab ein häßliches Geräusch, als der Stoff hinten einriß, aber das bekümmerte sie nicht. Ihr war übel, und sie fühlte sich all ihrer Illusionen beraubt, unsicher und traurig, bis tief in ihre Seele. Sie vermied es, Damien anzusehen, aus Angst vor seinen Blicken; sie schämte sich und wußte nicht, warum sie auf einmal die Beherrschung verloren hatte.

Sein Nahen hörte sie nicht, weil der dicke Teppich seine Schritte verschluckte, und sie zuckte zusammen, als seine Hand sie berührte. Sofort war sie erneut kampfbereit, doch es schien eine Verschnaufpause eingetreten zu sein. Er schob ihre Hände beiseite und schloß dann die Knöpfe ihres Kleides so liebevoll, wie sie es nie erwartet hätte, und mit einer solchen Geschicklichkeit, die ihr mehr sagte als Worte.

Als er fertig war, trat er zur Seite. »Ich glaube, das gehört Euch!« Er reichte ihr ein kleines Stück Papier, in dem sie ihren Schuldschein wiedererkannte.

Alexa schluckte, weil ein dicker Kloß in ihrem Hals saß, zögernd griff sie danach. »Danke«, sagte sie und bemühte sich, seine Finger nicht zu berühren, als sie ihm das Papier aus der Hand nahm. Wieder einmal hatte er sie überrascht. Sie war sicher gewesen, daß er auf einer Bezahlung ihrer Schuld bestehen würde, daß das Geld für ihn immens wichtig war, und sie wollte alles – koste es, was es wolle – auf Heller und Pfennig begleichen.

Er griff nach ihrem Umhang und hüllte sie in das kostbare Material. »Es ist schon sehr spät, wir müssen gehen.«

Für sie war es bereits seit Stunden zu spät. Als sie nach Hause hätte gehen müssen, hatte sie es nicht getan. Eigentlich war es um sie längst geschehen gewesen, noch ehe sie hier anlangte.

Es hatte sich wohl um eine Lüge gehandelt, um ein böses, hinterhältiges Spiel. Und er war der Meister desselben. Während des Essens hatte er sie umgarnt, hatte so getan, als interessiere er sich für die gleichen Dinge wie sie; er hatte ihre Intelligenz anerkannt und sie glauben lassen, ihre Meinung sei für ihn wichtig. Und mehr als einmal hatte er sie so eigenartig angesehen, mit diesem Ausdruck von Einsamkeit und Sehnsucht. Sie fragte sich, ob das auch Absicht gewesen war. Oder sollte es das einzige gewesen sein an diesem unglaublichen Abend, das wirklich der Wahrheit entsprach?

»Fertig?«

»Ja.« Sie zwang sich, dieses Wort auszusprechen. Damien legte eine Hand in ihren Rücken und führte sie zur Treppe. Am liebsten hätte sie sie abgeschüttelt, doch war sie nicht einmal sicher, ob sie genügend Kraft besaß, allein zu gehen. Sie wollte weg von hier, wollte nach Hause und sich hinter den Mauern von Marden verbergen.

Ganz gleich, was Rayne auch einwenden würde, sie würde ihn schon überreden, sie dorthin zu begleiten.

Damien warf einen letzten Blick auf die Uhr. Halb zwei. Ihnen blieb noch ein wenig Zeit, aber nicht mehr viel. Lord Beechcroft kam nie vor zwei Uhr mit seiner Geliebten, einer Schauspielerin mit dem Namen Sophie Lang vom Theatre Royale in der Drury Lane. Das Theater schloß um halb zwei, und Beechcroft war genauso pünktlich wie wollüstig. Nach Damiens ursprünglichem Plan hatte er eine zufällige Begegnung mit dem Baron arrangiert, auf seinem Weg aus dem Gasthof in der Morgendämmerung, nachdem sie beide einen angenehmen Abend im Bett der jeweiligen Dame verbracht hätten. Aber jetzt… nun, am Ende dieses Abends hatte sich die Lage erheblich geändert.

Er zog Alexa die Kapuze ihres Umhanges über den Kopf,

um ihr Haar zu bedecken, dann ging er mit ihr zur Treppe. Der Schankraum unten war nur mäßig besucht, hauptsächlich von Reisenden, während die Räume im Obergeschoß von reichen jungen Männern und ihren Geliebten gemietet waren. Liebeshändel gehörten hier zum guten Ton, und für heimliche Treffen war dieses Gasthaus bekannt, aber das wußte Alexa natürlich nicht.

Sie liefen schnell die Treppe hinunter und wollten gerade den Schankraum durchqueren, als sich die schwere Eichentür öffnete und einen Schwall frischer Luft hereinließ.

»Ein verdammter Sturm kommt auf«, sagte der Mann mit dem grauen Bart, der samt seiner Begleiterin in einem Umhang mit Kapuze soeben eintrat.

Gütiger Himmel, Lord Beechcroft. Seit Wochen schon war er nicht mehr so früh erschienen. Damien wußte das ganz genau, denn er hatte mit einem kleinen Vermögen eine der Bedienerinnen bestochen für die entsprechenden Auskünfte.

Beechcroft lächelte, als er an ihnen vorüberging. »Guten Abend, Alexa, meine Liebe. Es freut mich immer wieder, Euch zu begegnen... Obwohl ich zugegebenermaßen erstaunt bin, daß sich unsere Wege in einem solchen... solchen Etablissement kreuzen...«

Damien fühlte sich unwohl in seiner Haut. Aus den Augenwinkeln sah er Alexa mit ihrer Kapuze kämpfen, die ihr der Wind vom Kopf gerissen hatte.

»L-Lord Beechcroft«, stotterte sie. »Ich... ich wollte nur, das heißt, wir wollten gerade...«

Er lächelte hinterhältig. »Aber ich bitte Euch, Ihr braucht Euch keine Sorgen zu machen, meine Liebe. Ich bin ein Ausbund an Diskretion.«

Damien stöhnte innerlich auf. So diskret wie die Morning Post. Deshalb hatte Damien auch diesen Abend so akribisch eingeteilt und dieses Gasthaus überhaupt ausgewählt. Beechcroft und seine verdammt lose Zunge waren der Schlüssel zu seinem Plan.

Der Mann mit dem grauen Haar nahm jetzt Damien vertraulich beim Arm. Er war ein Baron, ein niederer Adliger, der sich immer um einen höheren Rang bemühte und der nun in den gehobenen Kreisen einen Aufstand auslösen würde mit dieser Neuigkeit. »Ich muß Euch raten, vorsichtiger zu sein, Graf. Der Ruf einer Dame ist eine äußerst heikle Angelegenheit.«

Damien zwang sich, kühl zu bleiben. »Das hier ist wohl kaum der Skandal, der es zu sein scheint. Die Dame ist nur zufällig hier. Sie war unterwegs nach Stoneleigh, als sie Probleme mit ihrer Kutsche bekam. Es dauerte ein wenig, bis ihr Kutscher den Schaden behoben hatte.«

Diese Notlüge mußte als Ausrede akzeptiert werden, und das wußten alle. Die Schauspielerin bedachte Alexa mit einem gekünstelten Lächeln, während der Baron ungläubig die Brauen hob. Morgen würde die Geschichte von Alexa Garrick in der Cockleshell Taverne in Gesellschaft des berüchtigten Grafen Falon unter all den skandalfreudigen Menschen in London die Runde machen. Alexa war ruiniert.

Genau das hatte Damien ursprünglich vorgeschwebt.

»Wir müssen gehen«, drängte er ein wenig zu grob, er spürte ihr Zittern, und Mitleid wallte in ihm auf. Doch dann dachte er, daß das vielleicht die Gerechtigkeit war: Das Schicksal hatte sich entschieden einzugreifen, um sie für ihr Verhalten Peter gegenüber zu bestrafen, sein eigentliches Ziel von Anfang an.

Alexa nickte schwach. Sie stand am Rande eines Zusammenbruchs, war kurz davor, hysterisch zu werden. Jede andere Frau hätte nicht so lange durchgehalten, das wußte er. In Wirklichkeit war er höchst angetan von der Art, wie sie ihre Fassung bewahrte, angesichts all der Zumutungen dieses Abends.

Sie schwankte ein wenig, und er verstärkte den Halt um ihre Taille. Mit einigen knappen Worten verabschiedete er sich von Beechcroft, dann gingen sie aus dem Haus, die Stufen vor der Tür hinunter und hinüber zum Stall. Fast hatten sie die Kutsche erreicht, als das sich nähernde Donnern von Hufen sie aufmerksam werden ließ. Der Lärm wurde lauter, ein Pferd kam in rasendem Tempo auf sie zu, die Hufe wirbelten den Schlamm auf der Straße auf. Sie starrten dem drohenden Sturm, dem einsamen Reiter entgegen, der in ungebremstem Tempo durch den Torbogen des Gasthofes galoppierte, sein Mantel wehte hinter ihm her.

Vor dem Eingang zügelte er sein Pferd, schwang sich aus dem Sattel, obwohl das Tier hochging und mit den Hufen stampfte. Es war ein großer Mann, stellte Damien fest, mit breitem Oberkörper und muskulösen Schultern. Er stürzte vorwärts, doch dann entdeckte er sie mit einem Seitenblick und wirbelte zu ihnen herum.

»Rayne«, flüsterte Alexa entsetzt.

Damien sah eine ernstzunehmende Konfrontation auf sich zukommen.

»Alex!« wandte sich der Vicomte an seine Schwester und sprach sie mit dem Kosenamen an, den Damien schon zuvor von ihm gehört hatte. »Um Himmels willen, was treibst du hier eigentlich?«

Alexa begann zu weinen. Sie wollte das gar nicht. Gütiger Gott, es schien ihr, als habe sie schon den ganzen Abend geweint, doch sie konnte einfach nicht aufhören.

»Oh, Rayne…« War das alles, was sie herausbrachte? Sie machte einen Schritt auf ihn zu, und er riß sie in seine Arme.

»Bist du in Ordnung? Sag mir, was geschehen ist.«

»Ich… es geht mir g-gut. W-wie hast du mich gefunden? W-woher wußtest du überhaupt, wo ich bin?«

»Lady Jane hatte ihrem Kutscher Bescheid gesagt, daß er mich holen soll, wenn du nicht beizeiten aus dem Gasthof zurückkommst. Sie hat sich Sorgen um dich gemacht.« Er drückte sie noch einmal an sich. »Und jetzt sagst du mir, was, zum Teufel, passiert ist!«

»Nichts. Alles. L-Lord Beechcroft ist hier. Er hat mich mit

Lord Falon gesehen. O Gott, Rayne, was soll ich nur tun?«

Ihrem Bruder entrang sich ein dumpfer Kehllaut. Falon. Schon vor Wochen, als sie den Namen zum ersten Mal ausgesprochen hatte, hatte Rayne sie vor diesem Mann gewarnt. Er bedachte den Grafen mit einem finsteren Blick aus seinen braunen Augen und setzte wie zum Sprung an. »Ich nehme an, Ihr habt meine Schwester ruiniert!«

Damiens Mundwinkel standen ein wenig schief. Er sah grausam aus, brutal. Doch genau das war er ja auch. »Wie es scheint, ist das der Fall.«

Rayne holte aus, der Schlag hätte den Kontrahenten in die Knie gezwungen, aber Falon machte einen Ausfallschritt zur Seite. Dennoch traf Rayne ihn. Sein schwarzes Haar fiel ihm in die Stirn, als er sich aufrichtete, um der Herausforderung zu begegnen, seine Lippe hatte zu bluten begonnen.

»Ich werde Euch umbringen«, schäumte Rayne, »und zwar mit meinen bloßen Händen, und ich werde jeden einzelnen Augenblick genießen.«

»Nein!« Alexa warf sich zwischen die beiden, Schwindel machte ihr zu schaffen. Lieber Gott, würde dieser Alptraum denn nie vorübergehen? »Rayne, das darfst du nicht tun!«

Er riß die Blicke von dem Grafen los und sah sie an. »Wenigstens damit hast du recht, kleine Schwester. So etwas sollte eine Dame nicht mit ansehen müssen.« Er wandte sich wieder zu Falon, der sich mit einem Schneuztuch das Blut vom Mund wischte und es dann in die Tasche seines Fracks steckte. »Ich werde Euch und Euren Sekundanten morgen in der Dämmerung erwarten«, sagte Rayne. »Der Green Park ist dafür der passende Ort. Selbstverständlich überlasse ich Euch die Wahl der Waffen.«

»Gütiger Gott«, flüsterte Alexa.

»Wie Ihr wünscht«, antwortete der Graf. »Ich votiere für Pistolen. Ihr dürft mit meiner Pünktlichkeit rechnen.«

»Seid ihr beide verrückt geworden?« Alexa wandte sich an ihren großen, entschlossenen Bruder. »Rayne, das kannst du nicht wagen. Lord Falon hat bereits drei Männer umgebracht – das gleiche könnte auch dir widerfahren.«

»Danke, liebe Schwester, für das Vertrauen, das du in mich setzt.«

Alexa hörte gar nicht auf ihn, sie wandte sich an den Grafen. »Lord Falon, mein Bruder hat in der Armee gedient. Er ist ein hervorragender Schütze. Sicher möchtet Ihr doch recht gerne noch ein Weilchen leben. Begreift Ihr nicht, daß Ihr sterben könntet, wenn Ihr auf diesem unnötigen Duell besteht?«

Damien begriff das durchaus. Er kannte Stoneleighs Ruf und wußte, daß er nicht im geringsten übertrieben war. Hingegen vertraute er auch auf seine eigenen Fähigkeiten. Morgen in der Dämmerung würde einer von ihnen ins Gras beißen müssen.

Er blickte zu dem Mädchen hinüber. Ihre Kapuze war ihr vom Kopf gerutscht, das dichte, kastanienbraune Haar leuchtete im Mondlicht wie geschmolzenes Kupfer. Selbst mit ihren tränenfeuchten Wangen sah sie bezaubernd aus. In Gedanken sah er sie nackt, fühlte die Hitze in seinen Lenden wie zuvor, als er sie an sich gedrückt hatte.

»Bitte, Rayne«, beschwor sie ihren Bruder. »Ich flehe dich an um unserer Liebe willen. Nun haben wir bereits Papa und Christopher verloren. Dich kann ich nicht auch noch entbehren.«

»Falon ist derjenige, der sterben wird, das steht unumstößlich fest. Und niemand hat den Tod mehr verdient als er.«

Alexa wandte sich zu Damien. »Ich möchte nicht, daß ein Unglück geschieht«, sagte sie leise und überraschte ihn wieder einmal, wie schon so oft am heutigen Abend.

Er schmeckte noch immer ihre Küsse, roch ihr Fliederparfüm… sah ihre Blicke, mit denen sie ihn im Kerzenlicht ihres intimen Dinners angesehen hatte. Ihre Worte fielen ihm ein, als sie ihm stolz gegenübergetreten war, Worte, die bis in seine Seele gedrungen waren.

Im Nu kam ihm ein Gedanke. »Ich weiß, welche Genugtuung es Euch verschaffte, mich umzubringen«, meinte er. »Aber es gäbe noch eine andere Lösung, um dies hier zu bereinigen.«

»Wie interessant!« näselte der Vicomte. »Und was für eine Lösung sollte das sein?«

»Ihr könntet mir erlauben, das zu tun, was ehrenhaft ist. Ich möchte um die Hand Eurer Schwester ersuchen, zum Zwecke der Verehelichung.«

»Was?« keuchte Alexa.

»Ihr seid verrückt«, antwortete Stoneleigh.

Gar nicht so verrückt, dachte Damien. So würde er sie endlich in sein Bett bekommen, und was noch schwerer wog, ihm fiele die Kontrolle über ihren Reichtum zu. Sein Schloß benötigte dringend Reparaturen; auch wenn er weit entfernt von wirklicher Armut war, so konnte er es sich doch nicht leisten, das Schloß standesgemäß instand zu setzen. Wer wäre besser geeignet, dafür zu zahlen, als eine Alexa Garrick, die das Leben seines Bruders zerstört hatte? Zusammen mit den Freuden, die ihm ihr herrlicher Körper schenken würde, was für eine süßere Rache konnte man sich überhaupt vorstellen?

»Das wäre in der Tat sehr vernünftig. Ich bin vielleicht nicht der begehrteste Mann Englands, aber immerhin ein Graf. Eine Heirat mit mir würde alle Skandalgerüchte zum Verstummen bringen und gleichzeitig Alexas Ruf schützen. Außerdem wäre Eure Schwester wohl kaum hier, wenn sie nicht gewisse Gefühle für mich hegte. Stelle ich da eine falsche Behauptung auf, meine Liebe?«

Alexa wollte aufbrausen, doch ein warnender Blick von ihm brachte sie zum Schweigen. »Ich weiß, Ihr seid empört, Alexa. Bitte, hört mich nur einen Moment an.« Er holte des Vicomtes Zustimmung ein. »Gern würde ich allein ein paar Worte mit Eurer Schwester sprechen.«

»Auf keinen Fall.«

»Nur fünf Minuten.« Damien legte sich ins Zeug: »Wenn

morgen wirklich der letzte Tag meines Lebens sein soll, dann denke ich, ist meine Bitte nicht unerfüllbar.«

Stoneleigh trat unschlüssig von einem Bein aufs andere.

»Es ist schon in Ordnung, Rayne. Lord Falon wird mir nichts antun.«

Der Vicomte machte eine knappe Bewegung mit dem Kopf, und Damien führte Alexa ein wenig abseits. Widerstrebend blickte sie zu ihm auf.

»Was für eine Karte spielt Ihr jetzt aus?«

»Eine tödliche«, antwortete er. »Hier geht es um Leben oder Tod.« Er gönnte ihr einen Augenblick, um seinen Bescheid auf sich wirken zu lassen. »Ich bin ein sehr guter Schütze, Alexa. Wenn wir es wirklich zu diesem Duell kommen lassen, dann könnte Euer Bruder dabei umkommen.«

Sie warf den Kopf zurück, in dem Bemühen, ihm ihre geballte Verachtung zu zeigen, wofür er sie aufrichtig bewunderte. »Vielleicht fürchtet Ihr Euch ja auch nur«, meinte sie. »Es könntet auch Ihr sein, den es trifft.«

»Vielleicht... Die Frage ist, ob Ihr gewillt seid, dieses Risiko einzugehen?« Alexa blickte auf ihre Füße mit den goldenen Schuhen. Ihre Zehen waren naß, und der Gedanke, daß sie wahrscheinlich an den Füßen fror, störte ihn.

»Rayne hat eine wunderschöne Frau und ein Baby. Ich möchte nicht, daß ihm ein Leid geschieht. Gar niemandem soll etwas zustoßen.«

»Dann heiratet mich! Es ist der einzige Ausweg.«

Alexas Unterlippe zitterte, und sie blickte fragend in sein Gesicht. Beinahe hätte er die Hand nach ihr ausgestreckt, doch hielt er sich zurück und vermied es, sie anzusehen.

»Eine Ehe kann nicht die Lösung sein.« Sie schüttelte sich. »Ihr seid ein Schuft von der schlimmsten Sorte. Ihr lügt, und wenn ich es genau überlege, seid Ihr womöglich ein echter Betrüger. Was für ein Leben stünde mir bevor an Eurer Seite?«

»Ich bin kein Mann großartiger Versprechen. Allerdings

kann ich Euch garantieren, daß Euer Ruf gerettet wäre und daß Ihr zur Gräfin avanciert. Ich verspreche Euch außerdem, daß ich Euch, als meine Frau, mit meinem Leben beschützen und Euch niemals schlecht behandeln werde. Leider muß ich Euch darauf hinweisen, daß im Falle Eures abschlägigen Bescheids morgen früh in der Dämmerung Euer Bruder vielleicht sterben muß.«

»Es geht Euch um mein Geld, nicht wahr? Hinter dem wart Ihr doch schon von Anfang an her!«

»Ich streite nicht ab, daß Euer Vermögen eine gewisse Anziehungskraft besitzt; aber die schlichte Wahrheit ist, daß ich nicht sterben möchte – und ich bin auch nicht darauf erpicht, einen anderen Menschen umzubringen. Außerdem ist eine Heirat unumgänglich. Immerhin bin ich der Gentleman, der Euren Ruf ruiniert hat.«

»Gentleman! Ihr seid ein Schurke in der Aufmachung eines Gentlemans.« Sie betrachtete ihn von Kopf bis Fuß und nagte dann wieder zweifelnd an ihrer Unterlippe. »Nun denn! Wenn Rayne entschlossen ist, dieses Duell auszufechten, dann verhindere ich das lieber mittels einer offiziellen Verbindung. Aber wir werden eine mariage de convenance haben.«

»Auf gar keinen Fall. Ihr werdet meine Frau sein, in jeder Beziehung, oder ich nehme die Herausforderung Eures Bruders an.« Er machte eine galante Handbewegung. »Wer weiß, vielleicht habt Ihr ja Glück und ich bin derjenige, der dabei über die Klinge springt. Aber andererseits ...«

»Es gibt da noch ein Problem, das Ihr nicht bedacht habt.«

»Und das wäre?«

»Selbst wenn ich einverstanden bin, könnte mein Bruder sich dieser Eheschließung widersetzen.«

Damien lächelte. »Das wird er nicht tun, wenn Ihr ihn davon überzeugt, daß wir uns lieben.«

»Liebe!«

»Jeder weiß doch, wie verfallen er seiner eigenen Frau ist.

Er wird zustimmen, wenn Ihr ihm versichert, daß ich der Mann bin, den Ihr liebt.«

»Ich kann nicht so gut schauspielern.«

»Denkt an das Leben, das Ihr damit retten werdet.«

»Aber nur um den Preis meines eigenen Lebens...«

Damien zuckte zusammen. Es stimmte, was sie sagte. Sie würde sich elend dabei fühlen, mit ihm verheiratet zu sein. Er würde mit ihr schlafen und sie dann links liegenlassen, ihre Person scherte ihn wenig. Hinter ihrem Geld war er her und natürlich hinter ihrem süßen Körper! Die Gefühle, die sie in ihm weckte, Gewissensbisse, die ihm eigentlich fremd sein müßten, hatten nichts zu bedeuten. Irgendwelche Sentimentalitäten konnte er sich gar nicht leisten.

»Alex!« Die herrische Stimme des Vicomte holte sie in die Realität zurück.

Alexa folgte dem Ruf, wie eine stolze junge Aristokratin auf dem Weg zur Guillotine. »Bist du fest entschlossen, dieses Duell auszufechten?« fragte sie.

»Natürlich bin ich das. Der Mann hat dich entehrt. Herrje, was gibt es hier noch lange nachzudenken?«

»Ich erwarte, daß du an Jocelyn und den kleinen Andrew Augustus denkst.«

»Das tue ich sehr wohl. Ihre Ehre würde ich genauso verteidigen wie die deine!«

Männer! Sie würde sie nie verstehen. Mit einem langen Seufzer machte sie ihrem Verdruß Luft, dann legte sie eine Hand auf seinen Arm. »Es gibt noch einen anderen Weg, diese Sache zu lösen, und wir haben ihn gehört. Lord Falon möchte mich heiraten. Er sagt, daß er mich liebt und ich... nun ja, ich liebe ihn auch.«

»Um Himmels willen, Alex, der Mann ist eine verlorene Existenz. Er kann dir nichts bieten, ganz zu schweigen von der Tatsache, daß er die Hälfte der Frauen von London verführt hat. Man beschuldigt ihn zu schmuggeln, und ich habe sogar gehört, daß er ein Spion sein soll.«

»Lady Jane sagt, daß er gar nicht so arm ist, und ich habe genauso haarsträubende Dinge auch über dich gehört.« Rayne öffnete den Mund, um zu widersprechen, doch sie unterbrach ihn. »Auf jeden Fall zählt im Augenblick nichts davon. Wichtig ist, daß Lord Falon mich liebt, und ich liebe ihn. Außerdem ist… ich… es besteht immerhin die Möglichkeit, daß ich seinen Erben unter meinem Herzen trage.«

Rayne fluchte unflätig. »Ich hatte gehofft… es hätte ja sein können, daß…«

Alexa wurde über und über rot, und als Damien das sah, meldete sich zum zweiten Mal an diesem Abend sein Gewissen.

»Hör zu, Alex. Du kannst den Mann heiraten, wenn das wirklich dein Wunsch sein sollte. Alles, was ich möchte und mir seit eh und je gewünscht habe, ist dein Glück!« Er bedachte Damien mit einem vernichtenden Blick. »Nun zu Euch – Ihr könnt sicher sein, daß ich mich vom Wohlergehen meiner Schwester überzeugen werde. Ihr werdet Euch mir gegenüber zu verantworten haben, wenn ihr auch nur das geringste zustößt.«

Damien nickte. »Daran habe ich nicht gezweifelt. Und nun zu der Hochzeit – meiner Ansicht nach müßten drei Tage genügen, um alles vorzubereiten.«

Der Vicomte warf seiner Schwester, der alle Farbe aus dem Gesicht gewichen war, einen fragenden Blick zu. »In der Gemeindekirche von Hampstead, am nächsten Sonnabend«, setzte er den Termin fest. »Der Vikar ist ein alter Freund der Familie. Er wird dafür sorgen, daß die Zeremonie ohne allzu viele Umstände durchgeführt werden kann.«

Damien stellte sich neben Alexa und griff nach ihrer Hand. Sie war so kalt und leblos wie ein welkes Blatt im Winter. Zum ersten Mal wurde ihm das Ausmaß des Schrittes bewußt, der vor ihnen lag, und auf einmal konnte er ermessen, was er damit von ihr verlangte.

»Seid nur getrost, Alexa«, sagte er leise. »Ich bin kein Ungeheuer.« Er berührte flüchtig ihre Lippen mit seinen und ignorierte das Zittern, das dabei durch ihren Körper lief. Jetzt war nur noch Peter wichtig und das Ziel, das ihm vor Augen lag. Das Schicksal hatte ihm hier die Möglichkeit beschert, im Sinne der Gerechtigkeit zu handeln, und diesmal würde er sich diese Möglichkeit nicht mehr nehmen lassen.

Er wollte weder an den Ausdruck des Schmerzes in Alexas Augen denken noch an das Zittern ihrer Hand.

5. Kapitel

Alexas Hochzeitstag brach grau und trübe an, er paßte exakt zu ihrer Stimmung. Sie war bedrückt und in sich gekehrt, auf dem Weg zur Kirche. In der eleganten schwarzen Kutsche ihres Bruders, mit dem Wappen der Stoneleighs, dem Bär und der Schlange auf der Tür, fuhr sie durch die nebelverhangene Landschaft. In ihrem Kleid aus eisblauer Seide mit der hohen Taille saß sie in starrer Haltung auf dem samtbezogenen Sitz neben Jo, die immer wieder nach ihrer Hand griff und sie drückte.

»Wenn du ihn wirklich liebst, brauchst du keine Angst zu haben«, sagte Jocelyn wohl zum hundertsten Mal. Ihr fester Glaube kam von den überwältigenden Schwierigkeiten, die sie und Rayne auf ihrem steinigen Weg zum Glück hatten überwinden müssen. Sie liebten einander von ganzem Herzen, und ihre Liebe war gesegnet worden mit einem entzückenden Söhnchen, das jetzt ein Jahr alt war. Sie hofften, schon bald die Familie zu vergrößern. Die Schwägerin war überzeugt, wenn sie und Rayne es geschafft hatten, so konnte auch Alexandra bei dem Grafen ihre große Liebe finden.

Natürlich kannte Jocelyn ihn nur flüchtig. Sie wußte nicht, wie hart und grausam er sein konnte. Und dennoch war es dieser schillernde Charakter, der sie zu ihm getrieben hatte wie eine Motte zu der verzehrenden Flamme – tatsächlich seit ihrem ersten Blick auf ihn. Es war seine dunkle Rätselhaftigkeit, die sie so aufregend gefunden hatte. Sie wollte sie erforschen, irgendwie in sie eindringen, um den Mann zu entdecken, der sich darin verbarg.

Es war dieser Fremde, der sie anzog, dieser schwer faßbare Mensch, der sie bezwang – ein Mann, den es vielleicht gar nicht gab.

Nur ab und zu hatte sie ein Detail von ihm erhaschen können, in einem geheimen Blick oder einer kurzen Berührung. Er war beispielsweise sichtbar in der Art, wie er mit seinen Mitmenschen umging; denn sie hatte nie beobachten können, daß er einen der Dienstboten schlecht behandelte, sich als Herrscher aufspielte oder schlecht von anderen sprach.

Sie hatte es gespürt in seinen Berührungen, als er ihr Kleid zugeknöpft, sie behutsam die Treppe hinuntergeleitet hatte. Seine Ritterlichkeit war zu fühlen gewesen in dem Kuß, den sie im Mondlicht ausgetauscht hatten, und für einen Augenblick auch in der Nacht der Cockleshell Taverne, als er sich ihr offenbart hatte.

Auch war ihr keineswegs seine Besorgnis entgangen, als er Lord Beechcroft erblickte und ihm klar wurde, daß man ihr heimliches Treffen entdeckt hatte.

Oder war das alles gar nur Einbildung?

Alexa blickte aus dem Fenster der Kutsche. Sie fuhren durch tiefen Schlamm, die Räder der Kutsche warfen große Brocken der schweren schwarzen Erde hoch. Am Straßenrand stand das Gras knöcheltief im Wasser, und nur die Gänse, die über die Wiese watschelten, schienen zufrieden zu sein.

Sie schaute nach vorn in dem Versuch, an den Buchen und Platanen vorbei die Biegung in der Straße zu erkennen, die ihr das Näherrücken der kleinen, weiß gekalkten Kapelle anzeigen würde. Ihr Bruder wartete dort auf sie, und es machte sie nervös, wenn sie daran dachte, daß er dort mit dem Grafen allein war. Gegebenenfalls könnte man ja die Hochzeit doch noch absagen. Sie würde Rayne die Wahrheit gestehen – oder wenigstens einen Teil davon, vielleicht die Unversehrtheit ihrer Jungfräulichkeit oder daß sie dieser Ehe nur aus Fürsorge zugestimmt hatte. Mit ihrem Einfluß könnte sie ihren Bruder dazu bringen, Graf Falon nicht herauszufordern; sie konnte Jocelyn einschalten, ihn anzuflehen.

Vielleicht würde Rayne ja auf sie hören.

Aber wenn sie sein äußerst heftiges Temperament bedachte, wäre vielleicht alles vergebens.

Es schauderte sie, wenn sie daran dachte, was vor ihr lag, und dennoch fühlte sie, daß sie ihre Bestimmung akzeptieren mußte. Selbst wenn sie ihre Zukunft zerstören würde wie die sprichwörtliche Motte, so flog sie doch ergeben weiter auf die Flamme zu.

»Wir sind da, Alexa.« Jocelyns leise Worte rissen sie aus ihren Gedanken. »Versuche bitte, dir nicht den Kopf zu zerbrechen. Du wärst überhaupt nicht auf seine Einladung eingegangen, wenn du nichts für ihn empfändest. Vertraue deinem Instinkt. Einer Frau dient ihr Instinkt meistens recht treu.«

Jocelyns Worte entbehrten nicht einer gewissen Wahrheit. Sie gaben Alexa neuen Mut und Hoffnung. Dann aber dachte sie an das böse Spiel, das der Graf mit ihr getrieben hatte – das Spiel, das er heute gewinnen würde –, und alles in ihrem Inneren verknotete sich.

Damien ging auf das Tor der kleinen, mit Efeu bewachsenen Kapelle hinter der schindelgedeckten Kirche zu. Er war seit Jahren in keinem Gotteshaus mehr gewesen, nicht mehr seit der Beerdigung seines Vaters. Damals zählte er gerade neun Jahre, ein verlorener, einsamer kleiner Junge, der sich tapfer hielt und gegen den Drang ankämpfte, sich an die Röcke seiner Mutter zu klammern. Danach war er dem Sarg aus der Kirche zu der Beerdigungsstätte der Familie gefolgt, auf dem

Hügel mit der Aussicht über das Meer. Sein Vater hatte die Aussicht von hier oben geliebt, ebenso wie er selbst, und der Gedanke machte ihm Mut.

Der Wind war durch sein Haar gefahren, als er am Grab stand und die Tränen ihn würgten; er weigerte sich zu weinen, weil jetzt er der Mann in der Familie sein mußte. Er warf eine Handvoll Erde auf den Sarg und tappte dann seiner Mutter nach ins Haus in der Hoffnung, sie trösten zu können und getröstet zu werden.

Statt dessen ließ sie ihn allein. Am folgenden Tag packte sie ihre Sachen, verabschiedete sich flüchtig von ihm und fuhr mit der Kutsche nach London. Sie müsse sich passende Trauerkleidung kaufen, sagte sie, wolle dem Schloß entkommen und den Erinnerungen an seinen Vater, die sie dort jagten.

Es war die erste ihrer endlosen Reisen. Damals wurde ihm klar, wie wenig seine Mutter sich in Wirklichkeit aus ihm machte. Damit wendete sich sein Leben, und jetzt, als er auf den Altar in der kleinen Kapelle starrte, fühlte er, daß er heute an einem weiteren Wendepunkt in seinem Dasein angekommen war.

Es ernüchterte ihn, als ihm einfiel, daß er zu seiner Hochzeit hier war. Viel Platz gab es in seinem Leben für eine Frau nicht, wenigstens nicht für eine dauerhafte Beziehung. Und was war mit den Kindern, die sie vielleicht zur Welt bringen würde? Ganz gleich, wie sehr er sich auch zurückhielte, so bestand doch immer die Möglichkeit, daß aus ihrer Verbindung Kinder hervorgehen würden. Was für ein Vater würde er ihnen sein? Ganz sicher wäre er nicht das ergebene Familienoberhaupt, das sein eigener Vater dargestellt hatte. Er würde bestimmt nicht ein so guter Begleiter sein wie der, mit dem er neun Jahre seines Lebens gesegnet gewesen war.

Der Graf Falon sah sich in der Kapelle um, blickte zu den flackernden Kerzen, dem mit einem weißen Tuch bedeckten Altar und dem goldenen Meßkelch auf dem erhöhten Platz neben der aufgeschlagenen Bibel. Ein Stück von ihm entfernt stand der kleine kahlköpfige Vikar und unterhielt sich leise mit dem eindrucksvoll gebauten Vicomte Stoneleigh, der zuvor zu ihm gekommen war und ihn erneut gewarnt hatte.

»Ich würde Euch raten, sie gut zu behandeln«, hatte er gezischt. »Denn sonst gibt es in ganz England keinen Ort, an dem Ihr in Sicherheit seid!«

Damien dachte an Alexa und an die Eheschwüre, die er vor dem Altar geloben würde. Eigentlich sollte er gar nicht hiersein, das wußte er. Er sollte die Hochzeit absagen, sollte das Risiko eines Duells auf sich nehmen und vor Alexa und dieser völlig entglittenen Situation davonlaufen.

Statt dessen ließ der Gedanke, daß sie schon bald durch diese Tür treten würde, sein Herz schneller schlagen. Nervös strich er über die Aufschläge seines marineblauen Fracks, nur um etwas zu tun zu haben, dann rückte er die Krawatte zurecht und zupfte an den Manschetten seines blütenweißen Hemdes.

Vielleicht würde sie ja gar nicht kommen.

Diese Möglichkeit verstärkte seine Anspannung noch, und als sie dann durch die Tür trat, fühlte Damien sich unermeßlich erleichtert und nicht unsicher, wie er es erwartet hatte. Dieser eigenartige Wirrwarr an Gefühlen störte ihn, machte ihn wütend, und einen Augenblick lang fühlte er sich wieder so verloren wie der kleine Junge seinerzeit. Das mochte auch der Grund dafür sein, daß er sich innerlich verhärtete, sein Gesicht zu einer ausdruckslosen Maske erstarren ließ und seinen inneren Tumult mit Nonchalance überdeckte.

»Guten Morgen, meine Liebe.« Er lächelte, als er auf Alexa zuging, die verlegen an der Tür der Kapelle stehengeblieben war. »Wie schön Ihr seid!« Und das entsprach der Wahrheit. Auch wenn ihre Wangen bleich und das eisblaue Kleid ein wenig zu auffällig waren, so hatte sie in seinen Augen nie unwiderstehlicher ausgesehen.

»Danke«, antwortete sie steif.

»Es ist schon spät. Ich überlegte mir, ob Ihr doch noch Eure Meinung geändert hättet.«

Sie lächelte ihn gequält an. »Warum, um alles in der Welt, sollte ich so etwas tun?«

Er zuckte die Schultern. »Ja, wirklich, warum wohl?« Dann wandte er sich an den Vikar. »Können wir anfangen? Wir haben noch eine lange Reise vor uns, wenn wir in nur zwei Reisetagen das Schloß erreichen wollen.« Ein Stück weiter entfernt stand die Frau des kleinen Pastors, neben dem breitschultrigen Vicomte und seiner hübschen Frau, doch sonst war die Kapelle leer.

»Das Schloß?« wiederholte Alexa und schien noch mehr Farbe zu verlieren. »Ihr wollt doch damit nicht etwa sagen, daß wir schon heute abreisen?«

»Aber das habe ich doch ganz deutlich verkündet. Ich habe Pflichten, die auf mich warten, und Verantwortungen, die ich schon viel zu lange hinausgeschoben habe. Wir werden aufbrechen, sobald die Zeremonie abgeschlossen ist.«

»A-aber ich dachte, wir würden nach Stoneleigh zurückkehren, wenigstens für einen oder zwei Tage? Meine Koffer sind nicht einmal gepackt!«

Er sah in ihre verhangenen Augen und entdeckte darin einen Anflug von Verzweiflung. Verabscheute sie ihn denn wirklich so sehr? Der Gedanke machte ihn wütend und löschte jedes Mitgefühl aus. »Eure Schwägerin kann eine Reisetasche für Euch packen und sie zu dem Gasthaus schicken lassen, in dem wir übernachten werden.«

»Aber...«

»Die Hochzeitsnacht wird kommen, Alexa. Ihr könnt dessen ganz sicher sein. Ob es nun heute nacht geschieht oder erst am Ende der Woche, das bedeutet keinen großen Unterschied.«

Sie blickte schnell weg, doch er hatte bereits den Schimmer ungeweinter Tränen in ihren Augen entdeckt. Der Anblick schnürte ihm die Kehle zu.

»Zunächst wollen wir einmal dafür sorgen, daß wir hier fertig werden«, meinte er ziemlich barsch; doch als er dann ihre Hand nahm, hielt er sie einen Augenblick sanft in der seinen und legte sie dann auf seinen Arm.

Alexa fühlte sich hin- und hergerissen. Der Graf schien verärgert und abweisend zu sein, wo doch eigentlich alles nach seinen Wünschen verlief. Immerhin hatte er das Spiel gewonnen! Schon bald bekäme er die Kontrolle über ihr Vermögen, und sie würde gezwungen sein, das Bett mit ihm zu teilen.

Niemals würde sie ihn verstehen. Nie würde sie in der Lage sein zu ahnen, was er fühlte. Was denkt er wohl in diesem Augenblick? fragte sie sich. Wie würde er ihr heute abend begegnen?

Die Sorge lag schwer auf ihrer Brust, als er sie zum Altar führte und sich dann zusammen mit ihr die Worte des Predigers anhörte, die sie zu Mann und Frau machten. Um sie herum schien der niedrige Raum zu einem trüben Grau zu verschwimmen, das eisblaue Kleid war ihr viel zu eng, und Alexa schien es so schwer wie Blei.

Aus den Augenwinkeln entdeckte sie Raynes grimmig verzogenes Gesicht, und sie sah auch, wie Jocelyn mit Tränen in den Augen zu lächeln versuchte. Hinter dem Geistlichen flackerten die Kerzen auf dem Altar; eine davon zuckte heftig und ging dann aus.

Alexa rang mit aller Kraft nach Fassung, stockend wiederholte sie die Eheschwüre und lauschte dann der Stimme des Grafen, der sein Jawort überraschend deutlich dem Vikar nachsprach. Als sie fertig waren, hob er den kleinen Tüllschleier, der ihr dichtes Haar bedeckte, zog sie in seine Arme und küßte sie.

Wo Alexa kühle Zurückhaltung erwartet hatte, bekam sie verzehrendes Feuer zu spüren. Es war ein besitzergreifender Kuß, der sie benommen und schwindlig machte und ihre Wangen vor Scham erglühen ließ. Am liebsten hätte sie ihn in sein gutaussehendes Gesicht geschlagen, hätte sich abgewandt und wäre aus der Kirche geflohen. Gleichzeitig wünschte sie sich, er würde sie noch einmal so küssen.

Sein Gesichtsausdruck verhärtete sich wieder, und Alexa fragte sich abermals, woran er wohl dachte.

»Unsere besten Glückwünsche, Alexa«, sagte Jo und nahm sie liebevoll in den Arm. Sie wischte sich ein paar Tränen aus den Augen und lächelte sie zuversichtlich an.

»Jawohl«, schloß sich Rayne an. »Du weißt, daß wir dir nur Glück wünschen.«

Alexa zwang sich zu einem Lächeln. »Danke.« Auch der Pastor und seine Frau gratulierten ihr. Sie unterschrieben die nötigen Dokumente, und es dauerte nicht lange, bis sie abfahrtbereit waren.

»Wir sehen euch zu Hause«, meinte Rayne und legte fürsorglich einen Arm um Jos Taille.

Alexa blickte zu dem Grafen auf. »Ich... ich fürchte, Lord Falon möchte sogleich die Heimreise antreten.«

»Was?« donnerte Rayne.

»Aber das dürft Ihr uns nicht nehmen«, mischte sich auch Jo ein. »Wir haben doch eine Feier vorbereitet. Lady Jane und der Herzog werden dasein und einige von Alexas besten Freunden.« Sie wandte sich bittend an den Grafen. »Bitte, Graf! Eine Frau heiratet doch nur einmal.«

Damien räusperte sich, und Alexa wartete auf seine ablehnende Antwort. »Nun ja, irgendwo werden wir ja sowieso pausieren müssen. Solange wir uns noch heute auf den Weg begeben, sehe ich keinen Hinderungsgrund, noch ein wenig zu bleiben.«

Alexa versuchte, in seinem Gesicht zu lesen, doch es blieb unbewegt.

Jocelyn strahlte, sie sah die Kapitulation des Grafen als ein gutes Zeichen für die Zukunft. »Danke, mein Lord«, flötete sie.

Am Ende blieben sie dann doch viel länger, als Alexa es für möglich gehalten hatte. Es gab Geschenke, die sie auszupacken hatten; ein ausgiebiges Mahl wurde den ungefähr zwanzig Gästen serviert, und sie lauschten sogar einer kurzen Darbietung eines Musikanten aus London auf einem Pianoforte im Musiksalon.

Während dieser ganzen Zeit war der Graf freundlich und doch abwesend, er nahm die Glückwünsche mit größerer Würde entgegen, als Alexa für möglich gehalten hatte. Er blieb an ihrer Seite, lächelte und spielte den aufmerksamen Ehemann so perfekt, daß man daraus auf echte Zuneigung hätte schließen können. Doch die Wirklichkeit sah anders aus, und das wußten sie beide.

Er hatte sie geheiratet, um nicht im Duell erschossen zu werden oder ihres Geldes wegen oder aus beiden Gründen. Was auch immer seine Beweggründe waren, als es an den Aufbruch ging, steckte ein dicker Kloß in Alexas Hals.

»Danke, Rayne, für alles.« Auf der breiten Treppe vor dem Haus stellte Alexa sich auf Zehenspitzen und gab ihrem Bruder einen Kuß auf die Wange. Er zog sie fest in seine Arme. Dann beugte Alexa sich zu Jo und umarmte auch sie. »Ich liebe euch beide so sehr.«

Rayne blickte weg, und Jo wischte sich die Augen. »Schreib, sobald du kannst«, sagte sie.

»Paß auf dich auf«, brummte der große Bruder.

»Das werde ich«, versprach Alexa mit erstickter Stimme.

Rayne überraschte sie, indem er Graf Falon die Hand hinhielt, und auch dieser überraschte sie, weil er sie schüttelte. »Viel Glück!«

»Ich danke Euch«, erwiderte der Graf verbindlich.

Alexa nahm den Arm ihres Mannes und schickte sich an, die Treppe hinunterzusteigen; doch dann sah sie, daß Jane Thornhill sich einen Weg durch die Freunde bahnte. Als hätte er Alexas Gedanken erraten, trat der Graf einige Schritte beiseite und gönnte den beiden so einen ungestörten Augenblick.

»Ich werde dich vermissen«, sagte Jane und umarmte die

Freundin liebevoll. »Ich hoffe nur, daß du mir eines Tages wirst vergeben können.«

»Dir vergeben?« Alexa hatte Jane ein Briefchen geschickt, in dem sie ihr die Wahrheit über die Nacht in dem Gasthof berichtet hatte, und empfing von Jane die Antwort, in der diese sie ihrer Freundschaft versicherte.

»Wenn ich jemals geahnt hätte... wenn mir auch nur eine Sekunde lang ein Verdacht gekommen wäre...«

»Nicht, Jane«, wehrte Alexa ab. »Das geht nicht zu deinen Lasten. Es war ganz allein mein Fehler. Wenn ich nur auf dich gehört hätte, dann wäre dies alles nicht geschehen.«

»Gütiger Himmel, Alexa, wie, um alles in der Welt, wirst du jetzt damit fertig?«

»Ich werde ganz genau so damit fertig, wie wenn mein Bruder einen Mann für mich ausgesucht hätte zum Ehebund. Das beste ist, dem Grafen eine gute Frau zu sein, und ich bete, daß er einen anständigen Ehemann abgeben wird.«

Jane nickte nur. Doch sie hatte Tränen in den Augen.

»Fertig?« Der Graf stand hinter ihr. Alexa war für eine Frau ziemlich groß, doch ihr Gemahl überragte sie noch um ein ganzes Stück. Stärke und Kraft strahlte er aus, und so müde Alexa in diesem Augenblick auch war, das wenigstens vermochte sie dankbar zu registrieren.

»Ich bin fertig.«

Das Wetter hatte umgeschlagen, deshalb reisten sie in der geschlossenen Kutsche von Stoneleigh und nicht in der leichteren Kutsche des Grafen. Damien half ihr in den Wagen, dann reichte er auch ihrer kleinen Dienerin Sarah die Hand zum Einsteigen.

Rayne hatte darauf bestanden, daß das Mädchen, das älter war als Alexa, sie begleitete, und Alexa wußte das zu schätzen. Sie hatten sich so gern wie Freundinnen. Jocelyn hatte sich des molligen Blondchens angenommen, als sie ihre Eltern verloren und dann auf den Straßen Londons um das Überleben gekämpft hatte. Sarah war keine Dienerin im üblichen Sinne – bei weitem nicht –, doch hatte sie all die Dinge gelernt, die sie als Kammerjungfer brauchte, und sie besaß ein freundliches Naturell. In dem unbekannten Schloß Falon würde Sarah sie stets tröstlich an ihre Familie und ihr Zuhause erinnern.

Alexa blickte aus dem Fenster auf das mächtige Herrenhaus von Stoneleigh, wo sie ihre Kindheit verbracht hatte. Ihre Freunde winkten ihr von der großen Treppe vor dem Doppelportal aus zu, Lakaien nahmen ihren Platz hinten auf der Kutsche ein; dann ergriff der Kutscher die Zügel, klatschte mit der Peitsche den vier kräftigen Füchsen auf das Hinterteil, und die Kutsche rollte durch das große Eisentor davon, über London in Richtung der Südostküste von Folkestone.

Sie würden die Nacht im Gasthaus zum Weißen Schwan verbringen, außerhalb von Westerham. Heute würde der Graf seine ehelichen Pflichten einfordern. Vormals hätte Alexa sich darauf gefreut, mit all der Erwartung einer glücklichen jungen Braut. Doch jetzt verwandelte sich ihr Magen bei diesem Gedanken zu einem Klumpen Eis, und hinter ihren Augen begann es zu brennen.

Falon würde gewinnen. Wieder einmal.

Sie fragte sich, wieviel er ihr wohl noch nehmen würde, ehe das Spiel zu Ende war.

Damien betrachtete Alexa von seinem Platz neben ihr in der Kutsche. Sie hatte sich umgezogen und trug jetzt ein taubengraues Reisekleid mit kleinen schwarzen Knöpfen. Die herrliche Masse ihres Haares hatte sie nach hinten gekämmt und unter einer zu dem Kleid passenden Haube verborgen. Die Wirkung war verblüffend, kühl und starr sah sie aus, ihre blassen Wangen und die Müdigkeit in ihren Augen trugen noch zu dem Eindruck bei. Die Anspannung, unter der sie gestanden hatte, zeigte sich in ihrer reglosen Haltung, in der Art, wie sie ihr Handtäschchen auf dem Schoß umklammerte.

Damien runzelte die Stirn und blickte in die schwachgelben Strahlen der untergehenden Sonne. Es würde noch einige Stunden dauern, bis sie den Gasthof erreichten. Bis dahin wären die Pferde rechtschaffen müde, und auch Alexa sah aus, als würde sie es dann kaum noch hinauf in ihr Zimmer schaffen. Wie konnte er ihr da die ehelichen Pflichten abverlangen? Ihre Vereinigung würde wohl kaum erfreulich sein, sie wäre eher ein Leichenschmaus als ein Festmahl. Er konnte sich vorstellen, wie sie reagieren würde, doch hatte er sich zum Ziel gesetzt, sie zu nehmen.

Lange genug hatte er gewartet – und Peter sogar zu lange! Eine Weile war er unsicher geworden, aus seinem Element gerissen, und der Gedanke einer Eheschließung hatte ihm nicht gefallen. Sein Entschluß war ins Wanken geraten, doch jetzt gehörte sie ihm, und er war entschlossen, die Ehe zu vollziehen. Ob sie nun wollte oder nicht, ob sie resigniert hatte oder nicht, er würde ihr ihre Jungfräulichkeit rauben, dann hatte er es hinter sich.

Wenigstens sahen so seine Überlegungen aus, bis sie schließlich kurz vor Mitternacht das Gasthaus erreichten – bis er die Hand seiner jungen Angetrauten nahm, um ihr aus der Kutsche zu helfen, und sie fast in seinen Armen zusammengesunken wäre.

Er wiederholte seinen Schwur, als er sie die Treppe hinauf in ihre kleine Kammer über dem Schankraum führte, und dann noch einmal, als er die Tür öffnete. Doch anstatt mit ihr einzutreten, wie er es geplant hatte, übergab er sie der Fürsorge ihrer kleinen Dienerin.

»Die Gräfin wird Eure Hilfe brauchen«, ermahnte er das Mädchen. »Ich werde Euch etwas zu essen heraufschicken lassen. Seht zu, daß sie alles bekommt, was ihr guttut.« Er brauchte nicht zu betonen, daß er später zu ihr kommen würde. Die Hochzeitsschwüre würden erfüllt werden, noch ehe die Nacht vorüber war.

Das hatte er fest im Sinn, und damit zog er sich zurück.

Doch als er im Schankraum saß und an seinem Brandy nippte, sah er immer wieder die Erschöpfung auf dem bleichen Gesicht seiner Frau vor sich, ihre blassen Wangen und die Anspannung in ihrem herzförmigen, hübschen Gesicht. Mitleid bemächtigte sich seiner, und da war noch etwas anderes.

In Gedanken rief er sich die Augenblicke ins Gedächtnis, in denen er sie in seinen Armen gehalten, sie geküßt hatte. Es waren leidenschaftliche Küsse gewesen, intime Küsse, die ihn benommen gemacht und ihm einen Vorgeschmack einer heißen Leidenschaft angedeutet hatten, die in ihr loderte. Ihm wurde klar, daß er mehr von Alexa wollte als ihre demütige Unterwerfung, während er sich zwischen ihre reizvollen Schenkel drängte. Er wollte in ihren Augen die Leidenschaft aufleuchten sehen, Leidenschaft und Sehnsucht nach ihm. Das Verlangen nach ihm sollte sie verzehren.

Er hob sein Brandyglas und trank es leer, dann erklomm er die Treppe und wußte noch immer nicht, was er tun sollte.

»Gütiger Gott, Sarah, wo ist er?« In dem durchsichtigen weißen Nachthemd, einem Hochzeitsgeschenk von Jocelyn, lief Alexa unruhig vor dem knisternden Feuer in der niedrigen Kammer auf und ab.

»Vielleicht kommt der Herr Graf ja gar nicht, Gnädigste.«

»Er wird kommen, schon deshalb, damit ich noch mehr leide. Warum sollte er sich die Möglichkeit entgehen lassen, das Bett mit mir zu teilen?«

»Aber er sah auch müde aus. Vielleicht sind auch seine Lebensgeister etwas mitgenommen? Oder er denkt, daß er mehr von einem Lämmchen hat, das ausgeruht ist, als von einem Opfertier.«

»Er wird kommen, das sage ich dir. Er wird kommen.« Sie wandte sich um und marschierte in die andere Richtung; doch Sarah trat vor sie und blockierte ihr den Weg.

»Also, meine Gnädigste, warum hört Ihr nicht auf, unsinnig herumzurennen, und begebt Euch zur Ruhe.« Sarah griff nach der Klingelschnur. »Ich werde Euch einen Becher heiße Milch bringen lassen und eine Wärmflasche, damit die Laken nicht so kalt sind. Wir schaffen Euch ins Bett und…«

»Nein.« Alexa schüttelte den Kopf. »Geh nur, Sarah. Es gibt keinen Grund, daß auch du die ganze Nacht aufbleibst.«

»Aber…«

»Bitte, Sarah. Ich wäre wirklich lieber allein.«

Die kleine Blondine nickte nur, dann nahm sie das Tablett mit der Mahlzeit aus kaltem Hammelfleisch und Käse, die Alexa kaum angerührt hatte, und verabschiedete sich. Alexa fuhr fort, unruhig hin und her zu laufen, sie fragte sich, warum der Graf nicht kam. Einerseits war sie sehr erleichtert, doch andererseits sorgte sie sich, ob er ihrer bereits jetzt überdrüssig wäre. Einige Zeit später, als er noch immer auf sich warten ließ, kletterte sie in das breite Bett und zog die Daunendecke bis ans Kinn, wütend auf den Grafen wegen seines Gebarens. In dem Augenblick, als ihr Kopf in die Kissen sank, war sie auch schon eingeschlafen, doch schien es nur Minuten gedauert zu haben, bis das graue Morgenlicht sich ins Zimmer stahl und Sarah leise an die Tür klopfte.

»Seine Lordschaft hat gesagt, ich sollte Euch wecken«, erklärte Sarah, als sie in das Zimmer kam. Sarah war zwei Jahre älter als Alexa, aber ihrer beider Leben hatte sich so unterschiedlich abgewickelt, daß hinsichtlich der Erfahrungen ein breiter Graben zwischen ihnen klaffte. »Er holt soeben den Kutscher«, berichtete Sarah weiter. »Wir sollen in den Schankraum kommen, um schnell noch etwas zu essen. Der Aufbruch soll so früh wie möglich erfolgen.«

Die Benommenheit, die Alexa bis jetzt im Griff hatte, war mit einem Male wie weggewischt. »Früh aufbrechen, wie?« Sie riß sich rasch das weiße Nachthemd vom Leib, dann füllte sie die Waschschüssel mit Wasser aus dem geblümten Porzellankrug und wusch sich den Schlaf aus den Augen. Sarah hatte ihr Reisekleid aus dunkelgrünem Wollstoff mit einer dazu passenden kurzen Jacke schon auf dem Bett ausgebreitet.

»Kommt«, meinte sie, als Alexa mit dem Waschen fertig war. »Ich helfe Euch mit Eurem Haar.«

Alexa hatte mit offenem Haar geschlafen, weil sie auf den Grafen gewartet hatte, jetzt war es ganz zerzaust und verdrückt. Glücklicherweise brauchte Sarah nicht lange, bis sie es gebürstet und frisiert hatte; sie befestigte den dicken Zopf in einem Knoten am Hinterkopf. Sobald Alexa fertig war, lief sie nach unten.

Damien sah seine Braut wütend die Stufen herabspringen, ihre Wangen waren gerötet, obwohl ihre Stirn noch blasser schien als am Abend zuvor.

»Wo wart Ihr in der letzten Nacht?« wollte sie wissen, und ihre Stimme klang angespannt, als sie ihm am Fuß der Treppe gegenübertrat. »Warum seid Ihr nicht zu mir gekommen?«

Er zog eine Augenbraue hoch. »Ich entschuldige mich, meine Liebe. Hätte ich gewußt, daß Ihr enttäuscht sein würdet, hätte mich nichts von Eurem Zimmer fernhalten können. Doch ich dachte, Ihr wäret mir für eine Schonfrist dankbar; ich glaubte, Ihr würdet mich lieber in der Hölle sehen als in Eurem Schlafgemach.«

»Ich bin die halbe Nacht aufgeblieben und habe auf Euch gewartet – das habt Ihr ganz sicher gewußt! Und was das andere anbetrifft, Graf Falon – da bestätige ich Eure Vermutung. Ihr seid ein Teufel, und ich würde Euch gerne im Feuer schmoren sehen.«

Es funkelte vergnügt in seinen Augen. »Da Ihr so empört seid über meinen Mangel an Diensteifer, könnt Ihr ganz sicher sein, daß mir der gleiche Fehler heute abend nicht noch einmal unterläuft.«

Alexa erstarrte. »Was für ein Spiel Ihr auch immer mit mir inszeniert habt, mein Herr, jetzt ist es zu Ende. Solltet Ihr heute abend in mein Zimmer kommen wollen, so werdet Ihr die Tür fest verschlossen finden.«

Die Muskeln in seinem Gesicht spannten sich an. »Auch wenn Ihr vor mir die Tür verschließt, Madam, könnt Ihr sicher sein, daß ich sie aufbekomme.« Er trat einen Schritt näher und nahm ihr Gesicht in seine Hand, doch sie entriß sich ihm mit einem Ruck. »Ich habe die Absicht, Euch zu meiner Frau zu machen, Alexa. Es wäre besser, wenn Ihr Euch darauf vorbereitet.«

»Ein ganzes Jahrhundert würde nicht genügen, mich auf so etwas vorzubereiten.«

In Damien breitete sich eine leichte Verstimmung aus, gefolgt von einem kleinen Bedauern. Sie hatte Temperament, diese Dame, die er geheiratet hatte. Ganz gleich, wie schwierig die Dinge auch für sie standen, sie besaß eine geheimnisvolle Kraft, immer wieder durchzuhalten. Er wünschte beinahe, die Umstände ihrer Vereinigung wären andere gewesen.

Während sie frühstückte, setzte er sich neben sie an den Tisch; sie trank eine Tasse Schokolade und aß dazu einige dünne Waffeln, dann machten sie es sich in der Kutsche bequem.

Damien seufzte innerlich. Er hatte nicht erwartet, daß sie so verärgert sein würde, anstatt ihm zu danken für seine Rücksicht. Doch jetzt stand wiederum Unfrieden zwischen ihnen. Sie war feindselig ihm gegenüber und tief gekränkt; er empfing wütende Blicke, und sie murmelte wenig damenhafte Worte vor sich hin.

Beinahe hätte Damien gelächelt. Das hier war besser, als wenn sie ihn überhaupt nicht beachtete; in Gedanken war er schon bei der Nacht, die vor ihnen lag. Hoffentlich würde sie ihm auch einiges von diesem Feuer bei einem zärtlicheren Tête-à-tête zeigen.

Alexa saß kerzengerade in der Kutsche und tat so, als schaue sie geradeaus; doch die ganze Zeit über beobachtete sie das Gesicht ihres Mannes, auf dem sich die verschiedensten Gefühle widerspiegelten. Obwohl die Muskeln seiner breiten

Schultern angespannt zu sein schienen, sahen seine Züge doch geglättet aus, während sie bleich und mit verkniffener Miene neben ihm saß. Der Himmel draußen glich zweifellos ihrer Stimmung: Dicke schwarze Wolken hingen tief herab, und der Wind blies die Zweige der Bäume heftig hin und her.

Alexa zog ihre waldgrüne Jacke ein wenig enger um sich und fragte sich, warum Sarah darauf bestanden hatte, auf dem Bock neben dem Kutscher zu sitzen. Aber vielleicht war sie ja an dieses Wetter gewöhnt, wenn man bedachte, daß sie als Kind ständig von der Hand in den Mund gelebt hatte.

»Ist Euch kalt?« fragte Falon.

»Nein.«

»Unter dem Sitz des Kutschers liegt eine Wolldecke, ich bin gern bereit anhalten zu lassen, um sie für Euch zu holen.«

»Ich sagte doch, mir ist nicht kalt.«

Er schwieg, und während er aus dem Fenster starrte, betrachtete Alexa sein Profil. Mit den dunklen Brauen und den hohen Wangenknochen, dem glänzend schwarzen Haar und den kobaltblauen Augen war Damien Falon unglaublich attraktiv, ganz gleich, was für einen Charakter er besitzen mochte.

Ob er mich wohl auch anziehend findet? grübelte sie. Hatte er die Worte, die er ihr damals in dem Garten gesagt hatte, wirklich ernst gemeint? Wenn das stimmte, warum war er dann in der vergangenen Nacht nicht in ihr Zimmer gekommen? Und sie zermarterte ihr Hirn, was geschehen würde, wenn er wirklich kam. Das Rattern der Kutschenräder füllte das Schweigen zwischen ihnen aus, doch es konnte die vielen Fragen nicht vertreiben, die durch ihren Kopf wirbelten.

Sie blickte zu ihm hinüber, mehr Geduld stand ihr nicht zu Gebote. »Warum?« fragte sie und lenkte seine Aufmerksamkeit von den Feldern am Rande der Straße auf sich. »Mehr als einmal habt Ihr mir versichert, es sei nicht wegen meines Geldes. Wenn das nicht der Grund war, dann erklärt mir doch bitte, warum Ihr mich geheiratet habt.«

Er starrte sie lange schweigend an, die Spannung zwischen ihnen war mit Händen zu greifen; seine Augen, die sie durchbohren wollten, verrieten seinen inneren Aufruhr, so daß ihr einigermaßen unbehaglich zumute wurde. »Es war auf keinen Fall des Geldes wegen«, entgegnete er schließlich. »Das war ein Bonus, den ich gar nicht in Betracht gezogen hatte.« Noch einmal sah er sie lange schweigend an. »Ich habe es für meinen Bruder getan.«

»Für Euren Bruder?« wiederholte sie verwirrt.

»Ja.« Er runzelte die Stirn. »Ich glaube, Ihr kennt ihn als Lord Peter Melford? Meines Wissens wart Ihr ziemlich gut bekannt mit ihm.«

Alexa sank in dem Sitz zusammen, in ihrem Kopf überschlugen sich die Gedanken, und momentan wähnte sie ihn mißverstanden zu haben. »Peter? Lord Peter war Euer Bruder?«

»Jawohl.«

Dieses eine Wort traf sie wie eine Faust aufs Auge. Die Laternen im Inneren der Kutsche schienen sich plötzlich wild zu drehen, und sie mußte sich an der Lehne festhalten. »Aber Ihr könnt gar nicht Peters Bruder sein. D-der Name seines Bruders war Lee.« Gütiger Gott, was, um alles in der Welt, sagte er da?

»Das ist richtig, Madame. Damien Lee Falon. Peter war mein Halbbruder, aber wir standen einander sehr nahe.«

Einen Augenblick lang wurde Alexa schwarz vor Augen. Sie schüttelte den Kopf, wieder und wieder. »Nein. Ich glaube Euch nicht. Ihr lügt mich wieder einmal an. Ihr… es ist unmöglich.« Doch auf einmal war sie nicht mehr so sicher. Peter hatte kaum von seinem Halbbruder gesprochen. Er war das schwarze Schaf in der Familie, und seine Mutter mißbilligte seinen Lebenswandel auf das entschiedenste.

»Ich versichere Euch, ich bin es wirklich.«

Beim Himmel, nein! Alexa wurde es ganz übel. In den letzten beiden Jahren hatte sie alles getan, was in ihrer Macht stand, um zu vergessen, was mit ihrem Freund Peter Melford geschehen war. Sie hatte darum gekämpft, sich nicht länger für sein Schicksal verantwortlich zu fühlen, hatte versucht, die Vergangenheit hinter sich zu lassen und ihr Leben wieder in Ordnung zu bringen.

»Peter«, flüsterte sie. »Lieber Gott, nicht Peter.« Ihr Magen hob sich, und alles verschwamm vor ihren Augen. Einen Augenblick lang glaubte sie, sie würde ohnmächtig. »H-haltet an, ich... ich muß mich übergeben.«

Lord Falon klopfte laut an die Wand der Kutsche, und der Kutscher zügelte sofort die Pferde. Alexa preßte eine Hand vor den Mund, sie fürchtete, es nicht mehr aus der Kutsche zu schaffen. Noch ehe das Gefährt richtig stand, hatte sie schon die Tür aufgerissen und wollte die schmalen Eisenstufen hinunterstolpern.

»Verdammt! Laßt Euch von mir helfen. Seid Ihr von Sinnen?« Der Graf versuchte sie festzuhalten, er sprang noch vor ihr aus der Kutsche und streckte ihr die Hände entgegen. Sie fühlte seinen Griff um ihre Taille, er hob sie hoch und stellte sie dann auf die Füße. Im gleichen Augenblick, als ihre Füße den Boden berührten, lief sie an den Straßenrand, beugte sich vor und begann zu würgen. Zuerst bemerkte sie gar nicht, daß der Graf einen Arm um sie gelegt und sie am Rock zurückgezogen hatte – daß sie sich an ihn lehnte, weil ihre Beine ihr den Dienst versagten.

»Es ist schon gut, ich halte Euch«, versuchte er sie zu beruhigen und strich ihr eine Haarsträhne aus dem Gesicht. »Gleich werdet Ihr Euch besser fühlen.« Alexa nickte schwach. »Bleibt hier«, befahl er. »Der Kutscher hat Wasser dabei, das wird Euch guttun.« Einige Sekunden später kam er mit einem Wasserbehälter in der Hand und einem feuchten Taschentuch, auf dem sie die Initialen DLF erhaschte.

»Spült Euren Mund aus«, forderte er sie auf, und nach etlichem Gurgeln fühlte sie sich ein wenig besser. Der Graf wischte ihr das Gesicht mit dem feuchten Tuch ab und reichte ihr dann einen Becher. »Nicht soviel auf einmal«, riet er ihr. »Trinkt langsam und in kleinen Schlucken.«

Als sie sich etwas beruhigt hatte, führte er sie zur Kutsche zurück und half ihr hinein. Sie lehnte sich erschöpft in die Polster, schloß die Augen und fühlte sich völlig leer und ausgehöhlt, ja elender als je zuvor in ihrem Leben.

Damien betrachtete das blasse Gesicht seiner Frau und die dunklen Schatten unter ihren geschlossenen Augen; er dachte an die tausend verschiedenen Reaktionen, die er sich in den letzten Monaten ausgemalt hatte. Doch wie sie tatsächlich diese Mitteilung aufgenommen hatte, das überrumpelte ihn geradezu.

Weil er nie auf die Idee gekommen war, daß sie sich etwas aus Peter gemacht hatte.

Er dachte an das soeben Geschehene und wurde sich darüber klar, daß er sich ohne Zweifel geirrt hatte. Der Schmerz in ihren Augen war absolut nicht zu verleugnen. Sie hatte unter Peters Tod gelitten, genau wie er, vielleicht sogar noch mehr.

Diese Erkenntnis erschütterte ihn bis in seine Seele. Und sie warf so viele Fragen auf...

»Dann habt Ihr ihn also geliebt?« erkundigte er sich leise. Er hatte diese Frage gar nicht stellen wollen, hatte nicht hören wollen, daß sie ihm zustimmte, denn diese Vorstellung störte ihn. Dennoch war es etwas, das er unbedingt wissen mußte.

Alexa öffnete langsam die vor Kummer verdüsterten Augen. Es war ein Schmerz, der sehr tief ging, das konnte er sehen, eine Qual, die sie noch nicht vergessen hatte. Der Anblick ließ seinen eigenen Verlust wieder aufleben, verband sie beide in diesem Augenblick so eng miteinander wie noch nie.

»Ich habe ihn geliebt«, gestand sie ihm, und etwas in seiner Brust begann aufzubegehren. »Es war eine sehr tiefe Zuneigung, aber nicht die Sorte, die Euch vielleicht in den Sinn kommt. Peter war mein Freund.«

Erleichterung durchflutete ihn, und das Ausmaß dieses Jubels erschreckte ihn. Dann meldete sich sein Gewissen. In seinen Augen war sie immerhin eine egoistische, verwöhnte Frau, eine Frau, die sich nicht um andere kümmerte, eine Frau, deren eigenes Leben das einzige war, was für sie zählte. Ein herzloses böses Weib wie seine Mutter. Doch es war offensichtlich, daß Alexa ihr nicht zur Gänze glich.

»Ihr habt allen Grund, mich zu hassen«, sagte sie leise. »Ich bin diejenige, die verantwortlich war für das, was mit Eurem Bruder geschehen ist. Ich... ich war so gefangen in der Gesellschaft, so voller Eigendünkel, daß ich nicht genug Zeit hatte für ihn.« Tränen traten in ihre Augen und rannen über ihre Wangen. »Auf unverschämte Weise habe ich mit ihm geflirtet. Ich wußte nicht, was er für mich fühlte... erst, als es schon zu spät war, ist mir das aufgegangen. Vielleicht, wenn ich nicht so unaufmerksam gewesen wäre, so impulsiv...« Sie biß sich auf ihre zitternde Unterlippe und wischte sich die Tränen von den Wangen. Eine einzelne rollte noch abwärts, erreichte das Grübchen in ihrem Kinn. »Ich hatte nie die Absicht, ihm weh zu tun.«

Damien atmete tief ein, doch der dicke Kloß in seinem Hals wollte nicht weichen. Seine eigene Reaktion machte ihm einen Strich durch die Rechnung. Rache sollte doch eigentlich süß sein, statt dessen fühlte er sich beinahe genauso aufgewühlt wie sie.

»Wie alt seid Ihr?« wollte er wissen.

»Neunzehn.«

Und vor zwei Jahren, in dem Sommer, als sein Bruder umkam, war sie siebzehn gewesen. Er fluchte innerlich, denn er hatte sie für älter gehalten. Sie schnüffelte, und er griff erneut nach seinem Taschentuch; doch dann erinnerte er sich, daß er ihr damit zuvor das Gesicht abgewaschen hatte. Er nahm ihr Handtäschchen, öffnete es und zog ein weißes, spitzenbesetztes Tüchlein heraus. Mit zitternden Händen nahm sie es ihm ab und preßte es vor ihre Augen.

Die richtigen Worte, sie zu trösten, fehlten ihm. Er wollte ihr sagen, daß er sich schämte, sie zu dieser Heirat gezwungen zu haben.

Statt dessen lehnte auch er sich in die Polster zurück und lauschte ihrem leisen Weinen. Selbst nachdem sie aufgehört hatte, vermied sie es, ihn anzusehen. Erst als es ganz dunkel geworden war, als sie den kleinen Gasthof nördlich von Tunbridge Wells, den Boar's Breath Inn, erreicht hatten, rührte sie sich. Er war nicht sein eigentliches Ziel, nicht so komfortabel und bei weitem nicht so gemütlich, wie er es sich gewünscht hätte, doch lag er näher als die »Brigantine«, wo er ursprünglich hatte übernachten wollen. Und Damien sah ein, daß er Alexa bis jetzt schon viel zu viel zugemutet hatte.

Der Gasthof war bevölkert von einer Mischung aus Soldaten, die von ihrer Garnison in Folkestone auf dem Weg zur Londoner Garnison waren, und Reisenden, Hausierern, Bauersleuten. Den Schankraum erfüllten kehliges Gelächter, rauhe Späße und die schrillen Stimmen draller Frauenzimmer, die die Leute bedienten. Die Soldaten erzählten Geschichten vom Krieg, sie schimpften auf Napoleon, und es wurden Gerüchte laut über eine Landung auf dem Kontinent.

Damien gelang es, eine Suite von Zimmern für sie zu ergattern, zweifellos die Gemächer des Eigentümers, denn er hatte den doppelten Preis verlangt, den die Unterkunft wert war. Damien bestellte eine Mahlzeit für seine Dienerschaft und ließ Taubenpastete, Kohl und Apfeltorte in Alexas Suite schicken, bevor er sich wieder seiner Braut widmete.

Sie sah ihm so vorsichtig entgegen, so zurückhaltend, wie sie schon den ganzen Nachmittag über gewesen war, dann blickte sie zur Decke. »Jetzt verstehe ich, warum Ihr mich in der letzten Nacht nicht aufgesucht habt«, räumte sie ein.

»Ich bin nur aus dem Grund nicht gekommen, weil Ihr müde wart, in der Annahme, das hättet Ihr verstanden. Außerdem glaubte ich, daß Ihr Euch heute abend … vielleicht ein wenig besser fühlen würdet.«

Sie nickte, als hätte sie begriffen, daß sie kein besseres Schicksal verdiente, und als wäre sie bereit, es demütig zu ertragen. Matt erklomm sie die Stufen.

»Alexa.«

»Ja…?«

»Ihr braucht dringend Schlaf. Ich weiß, das alles hat Euch sehr aufgeregt. Morgen… vielleicht können wir dann über alles reden.«

Hörte sie richtig? »Ich verstehe nicht. Was wollt Ihr damit sagen?«

»Ich meine, daß Ihr Euch ausschlafen sollt… stören will ich Euch nicht… Nicht, bis Ihr genügend ausgeruht seid.«

»Aber wann…«

»Nicht, bis wir miteinander geredet haben.«

»Aber ich… ich dachte… nach dem heutigen Tag… ich fürchte, ich verstehe immer noch nicht…«

Er legte eine Hand an ihre Wange. »Mir ist selber ganz merkwürdig zumute. Vielleicht werden die Dinge morgen ein wenig klarer sein.«

Alexa dachte über seine Worte nach. Die Dinge würden sich nie mehr klären. Sie war verheiratet mit dem Bruder des Mannes, den sie zerstört hatte. Er hatte sie aus Rache geheiratet, wollte sie für ihre Kaltherzigkeit bestrafen – so mußte es sein.

Sie sollte ihn deswegen hassen, sollte ihn verachten für seinen Betrug, den er eingesetzt hatte, um das zu bekommen, was er wollte. Doch ganz tief in ihrem Herzen fühlte sie, daß er das Recht hatte, ihr das alles anzutun.

Eine Rache, die ein ganzes Leben lang dauern würde, dessen war sie sicher, endlose Tage voller Buße für das Ende seines Bruders, des Freundes, mit dem sie so unbedacht geschäkert hatte.

Und dennoch war sie unsicher.

Wieder einmal war es Damien Falon gelungen, sie völlig aus der Fassung zu bringen. Seit sie in der Kutsche von Peter gesprochen hatten, sah er sie mit ganz anderen Augen an. Der Ausdruck von Härte war aus seinem Gesicht gewichen, auch die brutale Entschlossenheit, die sie darin gelesen hatte in jener Cockleshell Tavernen-Nacht. Sie hatte ihren Anteil am Tod seines Bruders eingestanden – eigentlich hätte er jetzt entschlossener sein müssen als je zuvor, Gerechtigkeit zu üben.

Statt dessen hatte sie in seinen Augen milde Sanftmut entdeckt, einen Blick voller Betroffenheit und Sorge.

Sie fragte sich, ob sie sich das alles nur eingebildet haben konnte.

6. Kapitel

»Ein süßes kleines, reifes Geschenk Gottes, findest du nicht auch?«

Der betrunkene Hausierer warf seinem Freund auf der anderen Seite des Tisches im Schankraum einen bedeutungsvollen Blick zu. »Welche? Die Blondine mit dem herrlichen Busen oder die Brünette?«

»Die kleine Blonde mit dem knackigen Hintern. Sieht genauso aus wie ein Weib, das ich einmal in London gekannt habe. Allein der Gedanke, mit so einer ins Bett zu gehen, genügt, und ich kriege einen Ständer. Nur zu gern würde ich dieses süße Schnuckelchen in meine Finger bekommen.«

»Warum wagst du dich dann nicht ran?« schlug Darby Osgood vor. »Du hast es doch gesehen, genau wie ich. Sie haben die Zimmer des Wirtes bekommen, am Ende des Flurs. Das Blondchen ist nur eine Dienerin, wahrscheinlich wird sie froh sein, dir für zwei Pence Vergnügen zu bereiten.«

Fergus O'Clanahan lachte leise. »Ich glaube kaum, daß seine verdammte Lordschaft erfreut sein würde, wenn wir beide in seine hochwohlgeborenen Zimmer rumpeln.«

»Woher soll er das denn erfahren? Die Blonde wird auf keinen Fall bei ihm und der Lady im Zimmer schlafen. Sie ist sicher woanders untergebracht. Komm schon, Fergus, immerhin war es deine Idee. Mittlerweile platzt mir beinahe die Hose, allein wenn ich daran denke.«

Fergus schwankte betrunken hin und her und kratzte sich den Bart. »Ich weiß nicht, Darby. Es wäre schließlich nicht das erste Mal, daß ich wegen einem deiner verrückten Einfälle mit dem Hintern in eine dumme Sache hineinrutsche.«

»Sei kein Feigling. Wo bleibt dein Sinn fürs Abenteuer? Außerdem, wie lange ist es bloß her, seit du dir ein saftiges Frauenzimmer gegönnt hast?«

Es rumorte in Fergus' Lenden. Beim Barte Gottes, da hatte Darby wirklich recht. Seit er die dralle Kleine erblickt hatte, schmerzten seine Eier, so scharf war er auf sie. Und wenn er nicht bald etwas dagegen unternahm, würde es noch viel schlimmer werden. Er rülpste laut und wandte sich dann an seinen Freund.

»Also gut, du verdammter alter Ziegenbock. Laß hören, wie du dir die Sache vorstellst. Aber ich warne dich, es wäre geraten, mir einen vernünftigen Plan zu unterbreiten.«

»Habe ich dich schon jemals im Stich gelassen, Fergus, mein guter Junge?« Fergus stieß einen vulgären Fluch aus und mied geflissentlich die Erinnerung daran, wie oft sein hirnloser Freund sie beide schon bis zum Hals in den Dreck gefahren hatte.

Alexa schlief tief und fest. Zu tief. Sie schlief so fest, daß sie das leise Geräusch der Männerstiefel auf dem Teppich nicht hörte und auch nicht das Geräusch, als der Tisch gegen die Wand stieß, oder den Fluch, den der Mann dabei ausstieß. Weder das Flüstern der Eindringlinge hörte sie noch das Knarzen, als der Mann sich auf das Bett kniete. Auch als er dann die Hand ausstreckte und die Decke wegzog, unter die sie sich gekuschelt hatte, merkte sie nichts.

»Bei allen Heiligen!« brachte der Mann heraus. »Das ist ja die Brünette.«

»Jesus! Und wo ist der verdammte Graf? So wie der sie heute abend angesehen hat, hätte man gewettet, daß er sie die ganze Nacht rannimmt.«

Der Mann stieß einen erneuten Fluch aus. »Wo auch immer er steckt, hier ist er auf jeden Fall nicht.«

»Die Blonde schläft wahrscheinlich nebenan. Los, Darby, wir müssen machen, daß wir hier rauskommen!«

Aber es war schon zu spät. Alexa hatte die Augen geöffnet, sie starrte den Mann an, der über ihr hockte. Es war nicht Graf Falon, wie sie es erwartet hatte, sondern ein betrunkener Hausierer, der ihr heute abend bereits im Schankraum aufgefallen war.

Ein Schrei löste sich aus ihrer Kehle, noch bevor der Mann ihr die Hand auf den Mund pressen konnte.

»Verdammte Hölle!« entfuhr es dem Saufbold.

»Komm schon, Darby.«

Der Hausierer schien unsicher, was er tun sollte. Alexa benutzte den Augenblick seiner Verwirrung und biß ihm kräftig in die Hand. Er brüllte wehleidig auf und ließ sie los. Wieder schrie Alexa, doch in diesem Augenblick kam bereits der Graf in das Zimmer gestürmt.

»Alexa, was zum Donnerwetter ...?« Er sah ihren entsetzten Gesichtsausdruck, und im gleichen Augenblick bemerkte er auch die beiden Hurensöhne. Ein gefährlicher Ausdruck trat in seine Augen. Genauso mußte der Teufel aussehen, wenn er zürnte, dachte Alexa, und ein Schauder lief durch ihren Körper. Er fluchte wild, dann schnappte er sich den ersten der beiden, packte ihn am Hemd und hob ihn in die Luft. Mit der anderen Hand holte er aus und versetzte ihm einen Schlag, daß der Mann gegen den Tisch taumelte, einen Sessel umwarf und dann bewußtlos in einer Ecke landete.

Sein Kumpel kletterte mit unsicheren Bewegungen vom Bett und versuchte, die Tür zu erreichen.

»Du wirst dich hier nicht verdrücken!« Falon ergriff ihn an seinem Rock und zog ihn in den Raum zurück. »Wenigstens jetzt noch nicht.« Er riß den untersetzten Kerl herum und versetzte ihm einen Schlag gegen das Kinn, der den Mann zurücktaumeln und dann über den leblosen Körper seines Freundes stolpern ließ. Der Graf riß ihn wieder auf die Füße und schlug noch einmal zu, genau auf seine Nase, so daß das Blut herausschoß.

»Ich und Fergus... wir wollten niemandem etwas tun, Gouverneur«, jammerte der Wicht und hielt sich die blutende Nase. »Wir haben nach der kleinen Blonden gesucht.« Damien schlug noch einmal zu, und mit einem Stöhnen sackte der Mann zu Boden. »Auch dem Schnuckelchen wollten wir nichts tun, nur ein wenig treiben wollten wir es mit ihr. Wir hätten sogar gut dafür bezahlt.« Schwankend kam er wieder auf die Füße und fuchtelte wild mit den Händen. »Bitte, Gouverneur!«

Alexa kletterte aus dem Bett und lief durch das kalte Zimmer, ihr Nachthemd wehte hinter ihr her. Sie griff nach dem Arm ihres Gemahls, der gerade wieder ausholte, um noch einen draufzugeben. Sie hielt ihn zurück und drehte ihn zu sich herum. Rasende Blicke trafen sie, im letzten Augenblick noch gelang es ihm, den Schlag, der für den armen Wurm bestimmt war, zurückzuhalten.

»Um Himmels willen, Alexa, was, zum Teufel, tut Ihr?«

»Ich versuche, Euch davon abzuhalten, diesen Mann umzubringen.«

Noch immer hatte er die Hand zur Faust geballt. Er hielt sie hoch, und Alexa sah, wie sie zitterte, weil er sich mit aller Kraft bemühte, sich wieder unter Kontrolle zu bringen. »Ich habe ihn in Eurem Bett gefunden«, keuchte er, nur mit Mühe gelang es ihm, diese Worte auszusprechen.

»Die beiden sind betrunken, Damien. Ich glaube kaum, daß ihnen bewußt ist, was sie da anstellen wollten.« Noch immer hielt sie seinen Arm fest, sie fühlte die Anspannung seiner Muskeln und dachte über diese ihr unbekannte Seite an ihm nach.

Falon schluckte, er hatte sichtlich Mühe, seinen Grimm zu bändigen. Dann stieß er den lang angehaltenen Atem aus, trat einen Schritt zurück und fuhr sich mit der Hand durch seine wilden Locken. »Nimm deinen Freund und verschwinde«, sagte er zu dem Hausierer.

»Aye, Gouverneur. Wie Ihr wünscht, Gouverneur.« Der Fettwanst stolperte, doch dann gelang es ihm, aufrecht stehenzubleiben. Er zerrte seinen Freund hoch, und die beiden torkelten zur Tür. Als diese hinter ihnen ins Schloß gefallen war, wandte sich der Graf zu Alexa um und betrachtete sie prüfend.

»Seid Ihr in Ordnung?«

»Sie haben mir kein Haar gekrümmt!«

»Wie sind die beiden hereingekommen?«

Nervös leckte Alexa sich über die Lippen. Er trug nur einen Morgenmantel aus burgunderfarbenem Seidenbrokat, der sanft gegen ihren Körper wehte, als er sich bewegte. Er hatte den Mantel zugebunden, doch das Oberteil war bis zu seiner Taille geöffnet. Im Mondlicht, das durch das Fenster fiel, sah sie seine kräftige Brust, die mit krausem, schwarzem Haar bedeckt war und sich muskulös bis zu seinem Bauch hinunter wölbte. Alexas Hals wurde ganz trocken.

»S-sie müssen durch das Fenster geklettert sein.« Sie zitterte am ganzen Körper, doch wußte sie nicht, ob der Grund dafür die Geschehnisse waren oder der Anblick des halbnackten Grafen.

Er mußte das bemerkt haben, denn er streckte die Hand nach ihr aus, und auch wenn sie hurtig ausweichen wollte, so zog er sie doch in seine Arme.

»Es ist vorüber«, sagte er und hielt sie fest. »Niemand wird Euch etwas antun. Nicht, solange ich in der Nähe bin.«

Alexa versuchte zu lächeln, doch das Herz hämmerte laut in ihrer Brust. »Ich bin wohlauf... wirklich.«

Er strich ihr eine Haarsträhne aus dem Gesicht, die sich aus dem dicken Zopf gelöst hatte. »Verdammt, es scheint, daß Ihr nie den nötigen Schlaf bekommt, den Ihr so sehr braucht.«

War das wirklich Besorgnis, die sie in seiner Stimme vernahm? »Morgen geht es mir sicher wieder besser.« Aber er hatte sie schon hochgehoben und trug sie zum Bett. Sanft legte er sie nieder und breitete die Decke über ihr aus.

»Damien?«

Er hielt inne, in seinen Augen lag ein Ausdruck von Zärtlichkeit, den sie bisher noch nicht darin gesehen hatte. »Wißt Ihr eigentlich, wie selten Ihr mich bisher bei meinem Namen genannt habt?«

Das Lächeln fiel ihr nicht schwer. »Es ist ein schöner Name.« Wenn sie allein war, hatte sie ihn wohl tausendmal vor sich hin gemurmelt, aber nicht mehr in jüngster Zeit, sondern vor all diesen Turbulenzen.

»Meiner Mutter hat er nie gefallen. Deshalb hat sie mich auch Lee genannt.«

»Ihr beide seid nicht gut miteinander ausgekommen, nicht wahr?«

»Nein.«

»Eines Tages werdet Ihr mir vielleicht Näheres verraten.«

Die Linien um seinen Mund glätteten sich. Seine Lippen waren voll und den ihren viel zu nahe, Schmetterlinge jagten durch ihre Eingeweide. Lieber Himmel, er sah so phantastisch aus.

»Vielleicht.« Er zog die Decke bis unter ihr Kinn. »Aber jetzt solltet Ihr Euch ausruhen. Wir werden morgen früh sehr zeitig aufbrechen.« Er wandte sich um und strebte zur Tür.

»Damien?«

»Ja?«

»Danke.«

Sie wünschte, sie hätte das nicht gesagt, denn es schien ihn wieder an die beiden Frechlinge zu erinnern, die er in ihrem

Zimmer gefunden hatte. Er zog die Brauen zusammen und blickte böse um sich. »Der nächste Mann in Eurem Zimmer sollte besser ich selbst sein«, meinte er mit ein wenig drohender Stimme. Dann riß er die Tür auf und schloß sie nachdrücklich hinter sich.

Alexa hörte seine Schritte im Flur, die sich in Richtung Treppe entfernten. Der Hausierer und sein Freund würden sicher nicht zurückkommen und genauso gewiß wußte sie, daß Damien alles in seiner Macht Stehende tun würde, um sie zu beschützen. Es war ein eigenartiges Gefühl, doch gleichzeitig beruhigend. Und mit diesem Gedanken schlossen sich erleichtert ihre Augen.

Ihre letzten Gedanken waren verwirrt. Sie sah Damien Falon, der die beiden Schwadronierer rücksichtslos zusammenschlug, erinnerte sich an den muskulösen Oberkörper, an den Klang seiner Stimme, als er ihr vorhielt, ganz allein das Recht zu besitzen auf ihre Weiblichkeit.

Dennoch war es Betroffenheit und Sorge gewesen, die sie in seinen kampflustigen Augen gelesen hatte, Augen, die sie in ihren Träumen sah, noch lange nachdem all die anderen Bilder längst verblaßt waren.

Damien lief unruhig in dem Schankraum auf und ab. Die ersten Sonnenstrahlen fielen durch das geöffnete Fenster. Er hatte Alexa ausschlafen und nun ein leichtes Mahl in ihr Zimmer bringen lassen. Mit all den Verzögerungen auf ihrer Reise zur Küste würden sie einen ganzen Tag länger unterwegs sein, als er sonst benötigte.

Eigentlich spielte das keine Rolle, dennoch konnte er es kaum erwarten, zu Hause einzutreffen. Das Schloß war der einzige Ort auf der Welt, wo er wirklich hingehörte. In Waitley, dem Herrenhaus in der Nähe von Hampstead Heath, in dem seine Mutter seit ihrer Eheschließung mit Lord Townsend wohnte, war er nie willkommen gewesen. Dort mußte er immer auf der Hut sein, ständig wetteiferte er mit Townsend um die Aufmerksamkeit und die magere Zuwendung seiner Mutter.

Und im Schloß seiner Großmutter, außerhalb von Paris, hatte er auch nie ein Zuhause gefunden. Ihr Ehemann war schon lange tot, und die alte Simone de Latour zürnte ihrer Tochter immer noch, weil sie einen Engländer geheiratet hatte. Sie war entschlossen, den Enkel all die Jahre ihrer Einsamkeit vergelten zu lassen.

Erst später, als er nach Falon zurückgekehrt war, hatte Damien eine Art Frieden gefunden. Das Schloß war der einzige Ort, wo er sich frei fühlen, an dem er ganz er selbst sein konnte, wenigstens so weit, wie er sich das erlaubte.

Er liebte dieses Schloß, genau wie sein Vater an ihm gehangen hatte. Und jetzt fragte er sich, was seine Braut wohl sagen würde, wenn sie es sah. Es stak wie ein Stachel in seinem Fleische, daß sie es vielleicht mit Stoneleigh vergleichen würde oder mit Marden oder dem anderen Dutzend prächtiger Herrenhäuser, die ihrer Familie gehörten – Falon würde diesem Vergleich vielleicht nicht standhalten.

Und auch das, wie so vieles andere, das mit Alexa Garrick Falon geschehen war, seit er sich in sie vernarrt hatte, wäre seine Schuld. Er hätte sie niemals heiraten dürfen. Sie stand weit über ihm, auch finanziell, und jetzt wurde ihm bewußt, daß sein Rachedurst völlig fehl am Platze gewesen war. Sie war nicht viel mehr als ein Schulmädchen gewesen während ihrer Zeit mit Peter, äußerst naiv und hatte an ihm wahrscheinlich nur ihr erwachendes Frausein ausprobiert. Daß Peter sich in sie verliebt hatte, konnte er sehr gut verstehen. Es gab kaum einen Mann in London, der nicht ihrem Charme verfallen war.

Er hätte sie in Ruhe lassen sollen, damit sie ungestört einen Ehemann auswählen konnte, einen dieser dandyhaften Aristokraten, die ihr nachstellten und der sie wahrscheinlich bereits nach den ersten Wochen der Ehe bis zur Verzweiflung gelangweilt hätte. Damien hingegen hatte keine Zeit für eine Ehefrau, er hatte nicht einmal Zeit für eine dauerhafte Beziehung. Eine Ehe bedeutete Kinder, Pflichten, Verantwortungen. Bei dem Leben, das er führte, war er wahrscheinlich nie zur Stelle, wenn er gebraucht wurde.

Vielleicht lebte er nicht einmal mehr lange.

Leider war es anders gekommen. Er hatte sich gebunden, in guten wie in schlechten Tagen, und jetzt, wo das Blatt sich gewendet hatte, war er entschlossen, das Beste daraus zu machen.

Damien blickte auf, gerade rechtzeitig, um Alexa und Sarah zu entdecken, die in diesem Augenblick den Schankraum betraten. Der Tag war sonnig und warm, eine leichte Brise wehte ihnen den Duft von Frühlingsblumen zu. Seine Frau hatte sich entsprechend gekleidet, sie trug ein mintgrünes Musselinkleid, das mit winzigen gelben Blümchen bestickt war. Ein rosiger Hauch überzog ihre Wangen, und ihre Augen blickten klar; als sie jetzt ihre Blicke auf ihn richtete, tat sein Herz einen Satz.

»Guten Morgen«, murmelte er.

»Es tut mir leid, daß Ihr warten mußtet.«

»Ich wollte, daß Ihr genügend Schlaf bekamt.«

»Ich fühle mich herrlich. Danke, mein Lord.«

»Damien«, korrigierte er und nahm ihre Hand. Sie sah ein wenig verlegen aus, unsicher, was sie von ihm zu erwarten hatte, und nach all den Inkommoditäten machte er ihr nicht einmal einen Vorwurf.

»Damien«, wiederholte sie fröhlich, dennoch blickten ihre Augen vorsichtig.

Er wandte sich an ihre Dienerin. »Die Kutsche wartet vor der Tür. Deine Herrin und ich werden gleich einsteigen.«

»Aye, Euer Lordschaft.« Sarah ging zur Tür, und Alexa blickte ihn fragend an.

»Ich sagte Euch doch, daß wir heute miteinander reden wollten... das heißt, wenn Ihr Euch dazu in der Lage fühlt.«

»Mir geht es gut.« Sie blickte sich in dem Schankraum um. »Was ist mit dem Hausierer geschehen?«

»Er und sein Freund haben sich getrollt! Sie schienen wirklich harmlos zu sein. Ich bin froh, daß Ihr mich heute nacht zurückgehalten habt.«

Ein leichtes Lächeln spielte um ihren Mund. Damien nahm ihren Arm, zusammen verließen sie die Herberge. Ein kleiner Bach plätscherte durch eine Wiese hinter dem Haus, Damien führte sie dorthin. Katzenpfötchen, blühende Halme und Hahnenfuß wuchsen im Gras, Himmelsschlüssel und Sumpfdotterblumen blühten am Bachufer.

»Ich weiß, daß die letzten Tage für Euch sehr schwierig gewesen sind. Es tut mir leid, daß ich dabei so viel Raum eingenommen habe.«

Sie warf ihm einen eigenartigen Blick zu. »Es tut Euch leid? Ihr habt große Anstrengungen unternommen, um zu Eurem Ziel zu gelangen; ich kann mir nicht vorstellen, daß Euch das jetzt wirklich bekümmert.«

Er schob das ferne Schuldgefühl flugs beiseite, das sich bei ihren Worten in sein Gemüt einschleichen wollte. »Ich habe darüber nachgedacht – über Peter, meine ich. Ehe ich Euch kennenlernte, zweifelte ich nicht an meinem Urteil über Euch. Ich hielt Euch für verantwortlich für Peters Tod. Ihr mußtet unempfindlich und gefühllos sein, außerdem machtet Ihr Euch nichts aus meinem Bruder – und dafür solltet Ihr zahlen!« Er räusperte sich. »Doch in den letzten Tagen ist mir klargeworden…«

Als er nicht weitersprach, blieb Alexa stehen und wandte sich zu ihm um. »Ja, mein Lord?«

»Es liegt mir am Herzen, Euch zu erklären, daß Ihr aus völlig falschen Gründen in diese Ehe hineingeraten seid. Ich streite nicht ab, daß ich Euch unbedingt verletzen wollte. Die Wahrheit sieht so aus, daß ich Euch systematisch zu ruinieren beabsichtigte. Endlos habe ich das geplant, ich bin Euch gefolgt, habe Euch geködert und schließlich… nun ja, ich habe mein Bestes getan, um mich dann selbst an die Kandare zu nehmen. Denn allmählich regte sich mein Gewissen.«

Lange Zeit sagte Alexa gar nichts. Und als sie dann sprach, hatte ihre Stimme einen gesprungenen Klang. »Ihr habt das alles sehr raffiniert eingefädelt, mein Lord.«

»Ja, das ist wahr. Der Himmel möge mir vergeben. Ich war schon immer gut im Austüfteln von Plänen.«

»Auch wenn es seltsam klingt, ich kann Euch deswegen keinen Vorwurf machen. Peter ist tot, und es ist meine Schuld. Einmal habe ich beinahe Rayne verloren. Ich haßte die Frau, die dafür verantwortlich war. Wenn er gestorben wäre, hätte ich auch alles menschenmögliche getan, um ihn zu rächen. Ich weiß nur zu gut, wie Eure Gefühle mir gegenüber aussehen müssen.«

Damien hielt ihre Blicke gefangen. Tief in ihren Augen glaubte er einen dunklen Schatten wahrzunehmen. »Es stimmt, am Anfang fühlte ich wirklich so... ehe ich Euch kennenlernte. Aber Ihr seid völlig anders, als ich es mir vorgestellt habe. Ihr wart in dem Sommer vor zwei Jahren sehr jung und unschuldig, Ihr habt ganz einfach versucht, Eure Schwingen auszubreiten. Mein Bruder war leider genauso unerfahren. Diese Kombination hat ihn das Leben gekostet – aber ich begreife jetzt, daß Ihr ihm nie schaden wolltet.«

Der Funke eines verborgenen Gefühls blitzte in ihren Augen auf, an ihrem Hals begann eine Ader heftig zu pulsieren. »Nein, das wollte ich niemals.«

»Und ich habe Euch in diese Ehe gezwungen, Alexa. Ich könnte vorschlagen, diese Ehe annullieren zu lassen, doch der Schaden für Euch wäre irreparabel. Wir sind nun einmal verheiratet und können es nicht rückgängig machen.«

Der Funke in ihren Augen erlosch langsam, eine heiße Röte stieg in ihre Wangen. »Diese Tatsache ist mir auch klargeworden.« Sie wandte sich ab und reckte unbewußt die Schultern. Er hatte etwas Falsches gesagt, doch es war ihm schleierhaft, was es gewesen sein könnte. Sie ging langsam wieder zu ihrem Quartier zurück, da hielt er sie am Arm fest.

»Ich glaube, Euch kränke ich andauernd. Bei den anderen

Frauen, die ich bis jetzt kannte, hat das nichts ausgemacht. Bei Euch aber ... die Wahrheit ist, ich habe noch nie mit einer Ehefrau umgehen müssen. Ich weiß nicht, was von mir erwartet wird.«

»Ihr braucht nur das zu sagen, was Ihr denkt.«

Er fuhr sich mit der Hand durchs Haar. »Ich denke, daß der Grund, warum wir diese Ehe geschlossen haben, seine Bedeutung verloren hat. Was zählt, ist, daß Ihr jetzt meine Frau seid. Ich dachte ... ich hoffte ..., daß es uns mit der Zeit hoffentlich gelingt, die Dinge zwischen uns ins reine zu bringen ... das heißt natürlich, wenn auch Ihr das wünscht.«

Alexa hob den Kopf. Ihre Augen, die noch viel unsicherer blickten als zuvor, suchten jeden Zentimeter seines Gesichtes ab. »Nach allem, was geschehen ist, mein Lord, fällt es mir schwer zu glauben, daß es wirklich eine Ehe ist, die Euch vorschwebt.«

»Nichts anderes käme in Frage! Deshalb würde ich auch vorschlagen, daß wir zu Beginn die Dinge langsam angehen, daß wir einander erst einmal kennenlernen. Morgen werden wir in Falon eintreffen. Wenn wir einmal dort sind, nehmen die Dinge ganz von alleine ihren Lauf. Ich werde Euch Euer neues Zuhause zeigen, und wir haben Zeit in Hülle und Fülle, miteinander zu sprechen. Vielleicht kommen wir dann ja zu einem neuen gegenseitigen Verständnis.«

Damien griff nach ihr, er umfaßte ihr Handgelenk, und Alexa fühlte, wie die Wärme seiner Hand in sie eindrang. Es lag Kraft in seinem Griff, dennoch war er gleichzeitig unendlich sanft.

»Und wenn die Zeit dafür reif ist«, fuhr er fort, »werde ich als Euer Ehemann zu Euch kommen.«

Alexa hatte das Gefühl, ihre Brust sei zu eng, ein kleiner Hoffnungsschimmer war in ihr erwacht, minderte ihre Befürchtungen. Sie hatte sich soeben auf ein Leben voller Elend vorbereitet, mit einem Mann, der sie verachtete. Jetzt bot er ihr an, die Vergangenheit zu vergessen, sich eine gemeinsame

Zukunft aufzubauen, von der sie immer geträumt hatte. Meinte er das wirklich ernst? Konnte sie es wagen, das für bare Münze zu nehmen, konnte sie ihm vertrauen?

»Ich möchte Euch so gern glauben … aber es ist so, daß…«

Damien drückte ihre Hand, sein Gesicht hatte sich plötzlich wieder verschlossen. »Ich weiß.«

Sie versuchte, in seinem Gesicht zu lesen, spürte die Anspannung in seinem Körper. Was er ihr bot, war viel mehr, als sie erwartet hatte, und sie zögerte nun nicht mehr, sich diesem Risiko voll auszuliefern.

»Ich bin gewillt, es zu versuchen, mein Lord, wenn auch Ihr Euren Beitrag leistet.«

Damien lächelte. Es war ein Lächeln, das so ganz anders war als das, was sie bis jetzt von ihm kannte. Es leuchtete wie die Strahlen der Sonne am Himmel; er sah aus wie der herrliche, dunkle Engel, als den sie ihn anfangs empfunden hatte.

»Danke.« Er hob ihre Hand und preßte seine Lippen in ihre Handfläche. Alexa hatte das Gefühl, sie würde vergehen. »Meine Lady.«

Sie schwiegen auf dem Weg zurück zur Kutsche. Etwas von der Unsicherheit zwischen ihnen war gewichen, ihre Beziehung hatte eine Änderung erfahren. Wenn er wirklich gemeint hatte, was er versprochen hatte, könnte sie die Vergangenheit endlich vergessen. Damien Falon würde zu ihr kommen, er würde im wahrsten Sinn des Wortes ihr Gatte werden.

Er würde sie in seinen Armen halten, so wie er es in dem Garten getan hatte, würde sie küssen, so wie in der Cockleshell Taverne. Ihre Knie wurden weich, wenn sie daran dachte, ihr Magen zog sich zusammen, und es war ihr ganz flau zumute. Sie betrachtete seinen einladenden Oberkörper, und ihre Brust drängte sich gegen den dünnen Stoff ihres Kleides.

Sie verlangte nach ihm, dessen war sie sicher, und das war immer so gewesen, vom ersten Augenblick ihres Kennenlernens an. Wenn sie zudem den etwas verschleierten

Blick seiner Augen richtig deutete, so verlangte auch er nach ihr.

Trotzdem...

Immer wieder fragte sie sich, ob dieser verständnisvolle Mann wirklich Damien Falon war. Oder war es nur eine weitere Maskierung, um das zu bekommen, was er haben wollte? War noch immer die Rache sein Ziel, oder wollte er nur ein weiches, williges Weib haben, das ihm das Bett wärmte? Mit der Zeit würde sie das schon herausfinden.

Es könnte sein, daß er weiterhin mit verdeckten Karten spielte.

Die Fahrt nach Falon verlief ohne weitere Zwischenfälle. Von Tunbridge Wells reisten sie ostwärts, bis zu dem Dorf Rye und dann nach Norden, an der Küste entlang, bis sie das Schloß erreichten. Damien übte sich in höflicher Zurückhaltung, er kümmerte sich um ihre Bedürfnisse, doch die meiste Zeit war er in sich gekehrt. Eine beträchtliche Strecke verbrachte er auf dem Kutschbock, zusammen mit dem Kutscher, und schickte Sarah zu Alexa ins Wageninnere. Alexa war ihm dankbar dafür. Sie brauchte Zeit, ihre Gefühle zu ordnen – sich darauf vorzubereiten, ihn als ihren Ehemann zu akzeptieren und sich das gemeinsame Leben vor Augen zu halten.

Als sie die Küste erreichten, überkam Alexa eine wachsende Erregung. Vielleicht würde ja doch noch alles gut werden. Früher oder später hätte sie sich sowieso für einen Bräutigam entscheiden müssen. Lord Falon wäre sicher nicht die Wahl ihres Bruders gewesen, aber wie stand es um sie? Sie konnte nicht abstreiten, daß der Graf außerordentlich fesselnd war und daß sie sich von ihm angezogen fühlte. Die Ehe mit diesem ungewöhnlichen Ritter könnte ja die Erfüllung ihrer Träume werden.

Oder vielleicht erwartete sie ein Leben in der Hölle, und Peter würde wirklich gerächt werden.

7. Kapitel

Alexa entdeckte das Schloß, das sich an der windumtosten, kahlen Küste erhob, die großen runden Türme ragten unheilvoll in den grauen, wolkenverhangenen Himmel. Im ersten Augenblick wirkte es einschüchternd auf sie, wie ein mittelalterliches Fort, das sich finster gegen alle Eindringlinge wappnete – oder vielleicht auch wie ein Gefängnis aus grauer Vorzeit.

Doch als sie näher kamen, hörte sie das Rauschen der Wellen und die Schreie der grauflügligen Möwen, die über dem Meer kreisten. Schäumende Wogen schlugen an den Strand, ein heftiger, nach Salz schmeckender Wind drang durch die offenen Fenster der Kutsche. Es war ein erhabener, urtümlicher Anblick, ungezähmt, und dennoch bewegte er sie tief. Ihr Herz begann schneller zu schlagen, das Blut brauste in ihren Ohren.

Das schroffe Land erinnerte sie an seinen geheimnisvollen Besitzer, und genau wie zu ihm, so fühlte sie sich auch zu dieser bezwingenden Schönheit des Landes hingezogen.

Da gab es aber auch noch andere Dinge, stellte sie fest, als sie sich vorbeugte, um eine bessere Sicht auf ihr neues Zuhause zu erhalten. Üppiger Efeu rankte sich malerisch um die Türme des Schlosses, er begrünte die Wände und milderte so den Anblick des rauhen Steins. Was vor langer Zeit einmal ein Burggraben gewesen sein mußte, war jetzt mit Erde angefüllt und blühenden Rabatten bepflanzt. Märzenbecher leuchteten aus einem Bett mit grünem Kerbelkraut, blaue Anemonen und rosa Primeln schwankten im Wind.

Ein paar Minuten später bog die Kutsche in den langen, mit Kieseln bestreuten Weg zum Schloß ein; dann rannte plötzlich eine Meute bellender Hunde herbei, um sie zu begrüßen. Schließlich hielt die Kutsche an. Damien sprang vom Bock und öffnete den Schlag. Alexa war überrascht, als sie seinen feierlichen Gesichtsausdruck sah; sie sagte nichts, erlaubte ihm aber, sie aus der Kutsche zu heben.

»Es ist nicht Stoneleigh oder Marden«, sagte er nur, mit einem eigenartig ruppigen Unterton in der Stimme. »Aber ich denke, Ihr werdet Euch mit der Zeit daran gewöhnen.« Er führte sie zu dem eichenen Eingangsportal, seine Berührung war förmlicher, als sie es erwartet hatte.

Alexa schritt grüßend an dem Butler vorbei in die Halle, doch dann blieb sie wie angewurzelt stehen. Sie stand in dem Raum, der einmal das Zentrum des Schlosses gewesen war, und blickte hinauf zu den vom Rauch der Feuer eines halben Dutzends von Jahrhunderten geschwärzten Deckenbalken. Voller Verwunderung nahm sie die Schönheit dieses zeitlosen Gemäuers in sich auf.

»Es ist unglaublich«, flüsterte sie, verzaubert von den gewaltigen Kronleuchtern und dem massiv gemauerten Kamin. Uralte Rüstungen standen in der Nähe der Tür, und von dem Gewölbe hingen silberne Banner mit dem Familienwappen der Falons, einem fliegenden Vogel, herab.

»Dies ist der älteste Teil des Schlosses«, erklärte Damien gedehnt. »Es gibt noch einige neuere Flügel, doch dies hier ist schon immer der Eingangsbereich gewesen, und auch ich werde daran nichts ändern.«

»Das ist verständlich.«

»Einige der Nebengebäude und auch manche Türme müssen dringend instand gesetzt werden, doch der Rest des Hauses ist in einem annehmbaren Zustand. Wie ich schon sagte, handelt es sich nicht um Stoneleigh oder Marden, aber vielleicht werdet Ihr es irgendwann einmal als Euer Zuhause annehmen können.«

War da etwa ein Anflug von Unsicherheit, den sie in seiner Stimme hörte? Er hatte seine Blicke nicht von ihrem Gesicht gewendet, seit sie aus der Kutsche gestiegen waren. Konnte es sein, daß er sich Sorgen machte, wie ihr neues Heim auf sie wirkte?

Sie lächelte ihn an. »Schloß Falon ist wunderschön, Damien. Es ist so ganz anders als all die Residenzen, die ich kenne. Ich bin hier in ein wildes und schroffes Land gekommen, aber es ist auf seine Weise atemberaubend.«

Beinahe mittelalterlich mutete es sie an. Ein knisterndes Feuer brannte in dem Kamin, der so groß war, daß ein Mann aufrecht darin stehen konnte. Die Möbel waren poliert und glänzten vor Sauberkeit. Auf der anderen Seite des Raumes standen die Dienstboten, sie schauten alle freundlich und gutwillig drein. In der Tat sah man ihnen an, daß sie sich über die Rückkehr ihres Herrn freuten.

»Es ist viel eindrucksvoller, als ich es mir vorgestellt hatte«, bekannte sie. »Und hier herrscht eine Wärme, die mich angenehm überrascht.«

Sie fuhr mit der Hand über die Oberfläche eines polierten Eichentisches, der aussah, als sei er ebenfalls mehrere hundert Jahre alt. »Ihr hattet recht, es ist nicht Stoneleigh oder Marden. Sie sind beide sehr hübsch – wundervoll sogar –, aber sie haben mir nie das Gefühl von Leben und Zuhause vermittelt, das ich hier spüre. Es waren beides einfach nur Häuser für mich, nicht mehr. Ich habe nie eine besondere Zuneigung zu einem von ihnen gehegt, doch hier werde ich bestimmt heimisch werden.«

Damien bedachte sie mit einem seiner strahlenden Lächeln. Die Spannung war aus seinem Gesicht gewichen, und jetzt leuchteten seine blauen Augen begeistert auf. Er sah besser aus als je zuvor, noch wilder und bezwingender. Alexa wußte, daß sie von diesem Lächeln nie genug bekommen könnte.

»Ich fürchtete schon, Ihr würdet das Schloß dunkel und bedrückend finden. Meine Mutter ist dieser Meinung. Sie hat dieses Anwesen gehaßt, von dem Augenblick ihres Einzugs an. Mein Vater dagegen liebte es sehr, genau wie ich.«

Alexas Herz schwoll in ihrer Brust, weil sie ihm eine Freude gemacht hatte. »Ich bin sicher, daß es mir ebenso ergehen wird.«

Befriedigung zeigte sich auf seinen Zügen, und als er sie ansah, wurden seine Blicke samtig und dunkel. Das Verlangen war da, bemerkte sie, die Sehnsucht, die er in letzter Zeit hartnäckig zu verbergen suchte. Es ließ ihr Herz schneller schlagen, belebte ihren Teint zartrosa. Sie wollte noch etwas über das Schloß sagen, doch ehe sie die Worte äußern konnte, war der Butler schon vorgetreten, die Augen in seinem schmalen, alternden Gesicht schlug er nieder.

»Entschuldigung, mein Lord.«

»Ich entschuldige, Montague. Es ist mein Fehler, daß ich Euch einander nicht richtig vorgestellt habe. Wie ich schon in meiner Botschaft an Euch berichtete, habe ich eine Braut mitgebracht.« Mit einem zärtlichen Blick umfaßte er Alexas Gestalt, seine Augen ruhten für einen Augenblick auf ihren Brüsten, und ihr wurde ganz warm. »Ich möchte Euch die neue Hausherrin vorstellen. Lady Falon, dies ist Wesley Montague, unser Butler.«

Der hagere Mann verbeugte sich ungelenk. »Es ist mir ein Vergnügen, meine Gnädigste. Ich und auch der Rest der Dienerschaft entbieten Euch ein herzliches Willkommen auf Schloß Falon.«

»Wie liebenswürdig, seid alle bedankt!«

»Die meisten der Leute sind schon seit Jahren auf Falon«, erklärte Damien. »Ihr müßt sie alle kennenlernen, wenn Ihr Euch erst einmal erholt habt von der Reise.«

Er blickte wieder zu dem Butler, der unruhig von einem Fuß auf den anderen trat. »Ich fürchte, da ist noch etwas, mein Lord.«

Damiens Blick schärfte sich. »Was gibt es?« Er war um einiges größer als der drahtige, grauhaarige Mann, doch Montague brauchte sich nicht unterwürfig zu verhalten. Die beiden Männer gingen recht vertraut miteinander um.

»Ihr spracht von Eurer Mutter, mein Lord. Ich bedaure, Euch mitteilen zu müssen, daß sie gestern hier im Schloß eingetroffen ist.«

»Mein Mutter?«

»Ich fürchte, ja, Sir, und auch Eure Schwester.«

Damien strich sich ungeduldig das Haar aus der Stirn. »Gütiger Jesus, die beiden sind seit Jahren nicht mehr hiergewesen.«

»Ganz richtig, Sir.«

»Haben sie den Grund ihres Hierseins erwähnt?«

Montague warf einen vorsichtigen Blick in Alexas Richtung, und auf seinen blassen Wangen erschienen zwei rote Flecken.

»Sie haben von Eurer Heirat gehört, mein Lord – wie mir scheint, gleich nach der Eheschließung. Sie sagen, die ganze Stadt spricht davon.«

»Das bezweifle ich nicht.« Damien seufzte. »Ich nehme an, sie sind gekommen, um über meine hervorragende Art der Rache zu triumphieren.«

»Ganz im Gegenteil, fürchte ich.« Die Röte auf den Wangen des Butlers vertiefte sich noch. »Vielleicht sollten wir uns unter vier Augen darüber unterhalten.«

»Raus damit, Mann. Die Lady ist meine Ehefrau. Früher oder später wird sie es sowieso mit meinen ›reizenden Angehörigen‹ zu tun bekommen.«

Montague räusperte sich. »Ich habe den Eindruck, die Gnädigsten sind höchst ungehalten über die Wahl Eurer Braut, mein Lord. Sie ließen verlauten, daß Ihr die Erinnerung an Euren toten Bruder beschmutzt hättet.«

Damiens Gesicht verzerrte sich, und Alexas Knie wurden ganz plötzlich weich. Sie wußte, alles hatte sich viel zu einfach entwickelt. So rasch konnten gar nicht alle Nöte aus dem Weg geräumt sein.

»Wo sind die beiden?«

»Sie nehmen ihren Tee im Falkenzimmer. Ich servierte ihnen dort, weil ich hoffte, sie würden erst von Eurer Ankunft erfahren, nachdem ich die Möglichkeit gehabt habe, mit Euch zu sprechen.«

»Danke, Monty.« Damien wandte sich an Alexa. »Es tut mir leid, daß so etwas geschehen mußte. Mir ist nie der Gedanke gekommen, daß meine Familie hier auftauchen könnte – nicht in tausend Jahren.«

»Sie stören uns doch nicht! Früher oder später wären sie sowieso gekommen.«

Er lächelte, doch in seinem Lächeln lag Bedauern und noch immer ein Rest des Verlangens, das sie schon zuvor darin gelesen hatte. »Wenn ich an alle meine Hoffnungen denke, wäre es mir lieber gewesen, sie hätten sich noch etwas Zeit gelassen.« Er griff nach ihrer Hand und drückte sie. »Monty wird Euch nach oben bringen, während ich mich den Löwen in ihrem Käfig stelle.«

»Vielleicht sollte ich gleich mitkommen.«

»Wir haben eine lange Reise hinter uns. Ich denke, es ist besser, wenn Ihr Euch ausruht und dann mit uns zu Abend speist. Da Rachael hier ist, wird es sicher eine sehr interessante Mahlzeit.« Rachael Melford, Lady Townsend, war Damiens Mutter und auch die von Melissa – und natürlich die Mutter des verstorbenen jungen Lord Peter.

Alexa erschauerte. Die Frau machte aus ihrer Verachtung kein Geheimnis. Noch Monate nach Peters Tod hatte Alexa ihr Briefe geschrieben, in denen sie um Vergebung gebeten hatte für ihren Anteil an der Tragödie. Doch Mr. Tyler, Peters Erzieher, hatte immer dafür gesorgt, daß die Briefe ungeöffnet an sie zurückgeschickt wurden. Die Damen hatten sich geweigert, sie zu lesen. Es täte ihm leid, hatte er ihr mitgeteilt, leider könne er nichts für sie tun.

Jetzt waren sie hier, und sie war gezwungen, ihnen endlich gegenüberzutreten. Gott im Himmel, was sollte sie mit ihnen bloß reden?

Und was würden sie ihr sagen?

»Nun, ist das nicht die liebliche Braut?«

Beim Klang der Stimme fuhr Alexa überrascht herum, und als sie ihre Schwiegermutter entdeckte, erkannte sie darin die

Bestätigung ihrer Gedanken. »Lady Townsend...«, flüsterte sie und fühlte, wie Damien neben ihr zur Salzsäule wurde. Doch er hatte sich sehr schnell wieder gefangen und zwang sich zu einem Lächeln.

»Mutter, ich wollte dich gerade aufsuchen. Ich hoffe, der Tee hat dir geschmeckt.«

Sie war eine elegante Frau, von schlanker Gestalt. Ihr einst blondes Haar durchzogen jetzt graue Strähnen. Immer noch besaß sie ein gepflegtes Äußeres, mit ihrer reinen Haut und dem hübschen Gesicht. Damien sah ihr überhaupt nicht ähnlich, nur die intensiven Augen hatte er von ihr geerbt.

»Ich habe nicht eine einzige Sekunde genossen in diesem entsetzlichen Haus, das versichere ich dir. Es ist noch genauso vermodert und muffig wie damals vor dreißig Jahren, als ich mit deinem Vater hierherkam.«

»Wenn du diese Adresse so sehr verabscheust, warum bist du überhaupt hier?«

Ihr Mund bildete einen schmalen Strich. »Ich wollte mich selbst davon überzeugen, ob die Gerüchte, die zu mir gedrungen sind, der Wahrheit entsprechen.« Sie richtete ihren gnadenlosen Blick auf Alexa. »Doch falls dieses Mädchen nicht als deine Mätresse mit dir reist, scheint es ja wirklich zu stimmen.«

Alexa fuhr bei den grausamen Worten dieser Frau zusammen, und in Damiens Wange zuckte ein Muskel. Doch sonst blieb sein Gesicht unbewegt. »Wie merkwürdig, daß du mir nicht zu meiner brillanten Idee gratulierst! Eine Erbin mit einem beträchtlichen Vermögen, die deinen Sohn, das verrufene schwarze Schaf, geheiratet hat... Ich dachte, du würdest darin eine gewisse Gerechtigkeit erkennen.«

»Sie hat deinen Bruder zugrunde gerichtet. Kein Geld der Welt ist es wert, sie zu deiner Frau zu machen.« Sie lächelte bitter. »Obwohl ich es sehr beruhigend finde, deine Gründe für diese Eheschließung zu hören. Es gereicht mir zum Troste, daß du dich nicht geändert hast.«

»Augenscheinlich hast auch du das nicht getan, liebste Mutter.«

Lady Townsends Miene wurde eisig. Alexa beobachtete die Unterhaltung zwischen Mutter und Sohn; sie war erschüttert über die Kälte dieser Frau gegenüber ihrem eigenen Fleisch und Blut.

Damien richtete seine Aufmerksamkeit jetzt auf Alexa, sein etwas ungebührlicher Ton wurde sanft. »Warum zieht Ihr Euch nicht ein Weilchen zurück zum Ausruhen, wie ich es Euch vorgeschlagen habe.«

Alexa nickte und wollte gehen, doch das Rauschen von Röcken hinter ihr ließ sie innehalten. Als sie sich umwandte, sah sie Melissa Melford eintreten.

»Wenn sie mit uns ißt, dann werdet ihr auf meine Anwesenheit verzichten müssen.« Sie trug ein Kleid aus blaßblauer Seide und war eine kleinere, etwas gedrungenere Ausgabe ihrer Mutter bis auf die Augen, denen die tiefe Bläue fehlte.

»Ah, meine reizende kleine Schwester«, spottete Damien und verbeugte sich ausladend vor ihr. »Charmant wie immer. Es ist mir ein Vergnügen, dich zu sehen.«

»Wie konntest du nur, Lee? Selbst du kannst nicht so gefühllos sein.«

Alexa legte eine Hand auf den Arm ihres Mannes, und auch wenn seinem Gesicht nichts anzumerken war, versteifte sich sein ganzer Körper. »Es ist schon in Ordnung«, raunte sie ihm zu. »Ich mache ihr gar keinen Vorwurf deswegen.«

»Um Vorwürfe geht es hier nicht.« Er sah seine Schwester mit hartem Blick an. »Ich weiß, daß es nicht einfach ist für dich, Melly.«

»Nenn mich nicht so.«

Einen Augenblick lang nahm Alexa ein Lächeln auf seinen Zügen wahr. »Es tut mir leid. Du hast recht, der Name ist häßlich und paßt nicht mehr zu dir. Ich sehe, daß du mittlerweile erwachsen geworden bist.«

Melissa wurde über und über rot, ob aus Freude, konnte

Alexa nicht feststellen. Aber vielleicht fühlte sie ja noch mehr für ihren Halbbruder als die Verachtung, die sie ihm jetzt zeigte.

»Am Anfang«, sprach er weiter, »ehe ich es begriffen habe... fühlte ich das gleiche wie du. Ich weiß, du hast Peter geliebt, genauso wie ich. Aber Peter war jung und überschwenglich, was damals auch für Alexa galt. Jetzt lebt Peter nicht mehr, und Alexa ist meine Frau. Du wirst das akzeptieren müssen. Solange du dich in meinem Haus aufhältst, verlange ich von dir, Lady Falon Respekt zu erweisen.«

»Ich werde sie mit der Verachtung bedenken, die sie verdient«, giftete Melissa. »Peter ist tot, und zwar wegen ihr. Um Himmels willen, Lee, wie konntest du sie nur heiraten?« Tränen traten in die wäßrigen Augen seiner Schwester und rannen über ihre Wangen. Sie unterdrückte einen leisen Aufschrei und rannte den Flur hinab.

»Melissa, warte!« rief Alexa.

»Laßt sie nur«, sagte Damien leise. »Es wäre wirklich besser, wenn Ihr jetzt nach oben gingt. Inzwischen werde ich mit Melissa reden. Vielleicht kann ich sie versöhnlich stimmen.«

Alexa nickte nur. Sie fühlte sich am Boden zerstört, und ihre Hände zitterten. Während der ganzen Zeit hatte Lady Townsend mit verbitterter Miene dabeigestanden. Bei Melissas Aufbruch wechselte ihr Gesichtsausdruck zu selbstgefälliger Zufriedenheit.

»Deine Schwester wird deine Hinterhältigkeit niemals begreifen«, höhnte sie. »Aber ich durchschaue das Theater allmählich.« Sie zog einen Mundwinkel hoch, zu einem Lächeln, das genauso rücksichtslos war wie das ehemalige von Damien. »Offensichtlich gelüstet es dich nach dieser Kokotte, genau wie es Peter erging. Ich kann es in deinen Augen lesen, immer wenn du sie ansiehst.«

Alexa ballte die Hand zu einer Faust, so fest, daß sie fühlte, wie die Fingernägel sich in ihre Handfläche bohrten.

»Meine Gründe für diese Heirat gehen dich nicht das geringste an.« Damien hatte diese Worte mit einem warnenden Blick ausgesprochen.

»Ach, wirklich nicht? Was glaubst du wohl, würde dein Bruder fühlen, wenn er wüßte, daß du zwischen den Schenkeln der Frau liegst, die er so sehr geliebt hat, daß er ihretwegen in den Tod ging? Sicher ist dir dieser Gedanke auch schon gekommen. Ich weiß, wie wüst du sein kannst, wie äußerst gefühllos, aber ich weiß auch, daß dir an deinem Bruder sehr viel gelegen hat. Du hast ihm in dieser Sache nicht die Treue gehalten, und das werde ich dir nie verzeihen.« Lady Townsend wandte sich ab und rauschte hinaus, ihr Sohn und Alexa starrten ihr nach.

Alexa legte eine Hand auf Damiens Arm. »Es tut mir leid, Damien. Es tut mir so schrecklich leid. Wenn es eine Möglichkeit gäbe, die Sache für Euch erträglicher zu gestalten oder das, was geschehen ist, zu ändern, täte ich es mit Freuden.«

Weder Lady Townsend noch Melissa würden ihr je vergeben. Und auch ihrem Gemahl würden sie ewig böse sein. Doch was hatte sie erwartet? Die Vergangenheit konnte man nicht wegwerfen wie ein altes Gewand. Hatte sie geglaubt, die Familie würde sie mit offenen Armen empfangen?

Und was war mit Damien? Trotz all seiner Vorsätze, diese Ehe zu einer guten Ehe zu machen, war sein Gesicht jetzt vor Zorn beinahe entstellt. Die bitteren Worte Lady Townsends hatten einen wahren Kern enthalten, den er nicht ableugnen konnte. Er verlangte wirklich nach ihr, da gab es nichts zu beschönigen. Doch jetzt zeigten sich auf seinem Gesicht Schmerz und Schuldgefühle.

»Geht«, sagte er leise und starrte noch immer auf die Stelle, an der seine Mutter zuvor gestanden hatte.

Alexa nickte, doch der Kloß in ihrem Hals drohte ihr die Luft abzuschnüren. Seit dem Morgen, als sie auf der Wiese hinter dem Gasthof miteinander geredet hatten, war ihre Hoffnung auf eine Zukunft mit Damien ständig gestiegen.

Doch diese Szene mit seiner Mutter hatte all ihre Träume zunichte gemacht. Der Abend lag so dunkel und trostlos vor ihr wie ein schwarzes Moor. Sie fragte sich, ob dieses Bild eine Vorahnung ihrer Zukunft war.

Damien saß am Kopfende des Tisches im Speisezimmer, Alexa zu seiner Rechten, seine Schwester links und Lady Townsend ihnen gegenüber.

Über ihren Köpfen erhellte ein riesiger, handgeschmiedeter Kronleuchter den Raum, jede einzelne Kerze steckte in einer vogelförmigen Halterung. Der lange Eichentisch war massiv und mit kunstvollen Schnitzereien verziert. Das Tischgeschirr bestand aus goldgerahmtem Porzellan, jeder der Teller war weit über hundert Jahre alt.

Damien hielt sein Weinglas in der Hand und betrachtete die dunkle, rubinrote Flüssigkeit. Er nahm einen Schluck, um seine Nerven zu beruhigen. Es war ein kostbarer französischer Wein, ein Geschenk von seinem Vorgesetzten für einen Auftrag, den er zu dessen Zufriedenheit erledigt hatte. Es beschäftigte ihn, was seine Frau wohl sagen würde, wenn sie davon erführe.

Er sah sie an. Alexa war sehr blaß, doch in ihrem Kleid aus rostfarbener Seide, die den gleichen rotbraunen Ton aufwies wie ihr Haar, sah sie hinreißend aus. Am liebsten wäre er mit den Fingern durch ihre Locken gefahren, hätte sie gelöst, damit sie schimmernd über ihre Schultern fielen, wie in der Nacht in dem Gasthof.

Ihr Bild drängte sich vor sein inneres Auge, wie sie sich kurzerhand entblößt hatte. Er sah ihre seidenweiche Haut und schmeckte ihre vom Wein süßen Lippen. Ihr tief ausgeschnittenes Kleid enthüllte die Ansätze ihrer hohen, vollen Brüste, und der Wunsch, sie zu streicheln, ließ das Blut schneller durch seine Adern fließen.

Sinnend betrachtete er ihre langen, schlanken Finger, die den Stiel ihres Weinglases umfaßten. Sie hatte heute abend mehr getrunken als er, doch von den köstlichen Kalbsmedaillons, die er so liebte, hatte sie nichts angerührt, und auch nichts von dem schmackhaften Muschelragout, das der Koch extra für sie zubereitet hatte. Ihre Nerven waren bis zum Zerreißen gespannt, das wußte er, doch konnte er nichts tun, um sie zu beruhigen.

Er war nochmals zu seiner Schwester gegangen und auch noch einmal zu seiner Mutter. Melissa hatte zugestimmt, mit ihnen zusammen zu essen, sich hingegen geweigert, das Mädchen, das einmal ihre Freundin gewesen war, als seine Gemahlin anzuerkennen. Seine Mutter hatte auf ihrem Urteil bestanden, daß es von niedrigster Gesinnung zeuge, eine Frau zu begehren, die den eigenen Bruder zerstört hatte.

Und das schlimmste war, daß sie damit den Nagel auf den Kopf traf.

Bis zu dem Augenblick, in dem sie diese Worte aussprach, war er in der Lage gewesen, sie abzuleugnen. Er hatte sich selbst vorgemacht, daß seine Heirat ein reiner Racheakt war und daß er im nachhinein keine andere Wahl mehr gehabt hatte, als die Situation anzuerkennen, und das Beste daraus zu machen.

Jetzt aber prallte er mit voller Wucht auf die Wahrheit. Er hatte Alexa haben wollen, von Anfang an. Er hatte vor Verlangen nach ihr gebrannt, hatte auch ihre Leidenschaft gespürt. Damien konnte ihrer Unschuld, ihrem Feuer, ihrer Offenheit und ihrem Verstand nicht widerstehen. Und er hatte sie zu seiner Frau machen wollen.

Wenn Peter noch lebte, was, um Himmels willen, würde er ihm zu sagen haben? Was würde Peter empfinden, wenn er es wüßte?

Es schwindelte ihn, als er daran dachte. Seine Brust wurde eng, und Bitterkeit stieg in ihm auf. Er hatte ursprünglich die Absicht gehabt, den Tod seines Bruders zu rächen, doch stattdessen hatte er ihn hintergangen. Du lieber Himmel, was sollte er nur tun?

»Deine Einsilbigkeit wird langsam ermüdend, Lee«, beschwerte sich seine Mutter. »Hast du überhaupt nichts zu sagen? Heute nachmittag, so schien es mir, hattest du eine Menge zu diskutieren.«

Er räusperte sich und zwang sich zu einem neutralen Ton. »Ich hatte gehofft, wir könnten das Mahl mit einem Mindestmaß an zivilisiertem Benehmen durchstehen. Also hielt ich es für das beste, meinen Mund zu halten.«

»Was du nicht sagst... Und ich dachte schon, dein Gewissen habe sich plötzlich erhoben.«

Er lächelte sarkastisch. »Seit wann besitze ich denn ein Gewissen, liebste Mutter?«

»Mutter hat recht«, mischte sich jetzt auch Melissa in das Gespräch. Sie hielt ihre Gabel wie eine Waffe in der Hand. »Deine Gefühle für Peter sollten genügen, um Alexa Garrick zu hassen. Statt dessen heiratest du sie und machst sie zu deiner Gräfin.«

Damien blickte zu Alexa und sah sie schneeweiß werden. Anfangs hatte er sich gewünscht, sie in einer so tiefen Verzweiflung zu sehen; ja, er hatte darum gebetet und in der Tat nichts unversucht gelassen, um diesen Ausdruck auf ihrem Gesicht zu sehen. Doch jetzt zog sich sein Innerstes zusammen bei ihrem Anblick, und am liebsten hätte er diejenigen davongejagt, die sie so mutwillig verletzten. Mit hartem Blick wandte er sich an seine Schwester.

»Ob du es glauben willst oder nicht, Alexa ist unschuldig; sie hat nichts Schlimmeres verbrochen, als ein junges, lebenslustiges Mädchen zu sein. Aber du, meine Schwester, wirst wohl in deinem Leben noch eine ganze Anzahl ähnlicher Fehler begehen. Ich kann dir nur wünschen, daß du zu gegebener Zeit keine so grausamen Richter findest, wie du für Alexa einer bist.«

»Wage es auch noch, sie zu verteidigen!« Seine Mutter schob ihren Eichenstuhl zurück, was ein lautes Scharren auf dem Steinfußboden verursachte. »Du warst unterwegs auf einer deiner Reisen nach Weiß-Gott-wohin. Du hast nicht gesehen, wie sie mit ihm geflirtet hat – du hast keine Ahnung von der aufreizenden Art, wie sie ihn anlockte und zu verführen trachtete. Sie hat sich benommen wie eine dieser Dirnen vom Hafen, bis dein Bruder sich in sie verliebte. Und als er ihr dann einen Antrag machte, hat sie ihn ausgelacht, als wäre er ein Hampelmann.«

»Das ist nicht wahr!« Alexa war aufgesprungen. »Ich habe mir sehr viel aus Peter gemacht – Melissa weiß das, sie war dabei. Peter war einer meiner besten Freunde. Ich... ich habe ihn nur nicht geliebt.«

»Aber du liebst seinen Bruder.«

»Nein! Ich... ich meine, Damien und ich, wir kennen einander kaum. Er... das heißt, wir...« Entschlossen hob sie den Kopf. »Die Umstände haben uns zusammengebracht. Damien hat seinen Bruder sehr gern gehabt, er würde ihm niemals etwas wegnehmen.« Sie starrte Damien an. »Er hat mich wegen meines Geldes geheiratet. Und weil er keine andere Wahl hatte.«

Das war nicht die Wahrheit. Er wußte es in seinem Herzen und ebenfalls, daß auch sie das niemals glaubte. Er hatte nach ihr verlangt. Und das tat er noch immer, genau wie sein Bruder!

»Laßt sie in Ruhe«, befahl er. »Alle beide. Wenn ihr zu Ende gegessen habt, würde ich vorschlagen, daß wir dieses Treffen beenden und uns zur Nachtruhe begeben. Es war ein langer Tag für uns alle.«

Als niemand widersprach, zog er den Stuhl seiner Schwester zurück, damit auch sie aufstehen konnte. Vor ihm her zogen die drei Frauen aus dem Speisezimmer. Im Flur nahm er Alexa zur Seite und ließ die beiden anderen weitergehen.

»Es tut mir leid, daß das geschehen ist. Vielleicht werden sie mit der Zeit vernünftig werden.«

Alexa nickte nur.

»Ich möchte Euch danken, daß Ihr mich verteidigt habt«,

sagte er. »Es ist schon lange her, seit jemand für mich das Wort ergriff.«

Sie sah ihm ins Gesicht. »Vielleicht habt Ihr das auch niemandem zugestanden.«

Er schwieg lange. »Mag sein«, räumte er ein. Während er sie die Treppe hinaufführte, konnte er an nichts anderes denken als daran, daß sie im Zimmer nebenan schlafen würde. Es war die Zimmerflucht, die der Gräfin Falon zustand, seiner Ehefrau. Alexa gehörte jetzt zu ihm, und wenn auch sein Körper vor Verlangen nach ihr schmerzte, wann immer er sie ansah, so konnte er sie sich doch nicht zu eigen machen. Er hatte ihr versprochen, ihr Zeit zu lassen – und er würde unter allen Umständen sein Wort halten.

Leider war nun ein weiterer Keil zwischen sie getrieben worden.

Das Bild seines Bruders stand im Raum, es beschuldigte ihn wie nie zuvor. Und zum ersten Mal seit Jahren hatte seine Mutter recht gehabt. Wie konnte er mit Alexa schlafen, wenn sein Bruder sie so innig geliebt hatte? Wie konnte er das für sich in Anspruch nehmen, was seinem Bruder bei Lebzeiten verweigert worden war? Wofür er bereit gewesen war zu sterben?

Es quälte ihn, daran zu denken, und dennoch beugte er sich, als er vor Alexas Tür angekommen war, zu ihr, legte die Hände um ihre Taille und zog sie an sich. Er senkte den Kopf und küßte sie, strich mit der Zungenspitze über ihre Lippen, bis sie zu zittern begann. Willig öffnete sie sich ihm, und als er seine Zunge tief in ihren Mund schob, loderte es in seinen Lenden auf. Er verlangte danach, in sie einzudringen und sie endlich zu der Seinen zu machen. Statt dessen löste er sich von ihr.

»Es ist Zeit, daß Ihr zu Bett geht«, sagte er barsch und bot alle Kräfte zu seiner Beherrschung auf.

Alexa war über und über rot geworden, sanft blickte sie ihm in die Augen: »Gute Nacht!« Zögernd entfernte sie sich und schloß dann die Tür ihres Zimmers.

Er lauschte ihren Schritten, hörte, wie sie mit Sarah sprach, und wußte, daß sie begonnen hatte, sich auszukleiden. Wieder mußte er gegen seine Sehnsucht nach ihr ankämpfen. Verstört wandte er sich ab und legte sich selber schlafen.

In dieser Nacht wälzte er sich unruhig hin und her. In seinen Träumen sah er Peters jugendliches Gesicht, in seinen blassen blauen Augen standen nichts als Vorwürfe. Sie ist mein, schienen sie zu sagen.

Sie hätte Peter gehören sollen. Für sie alle wäre es besser gewesen.

Außerdem gab es noch mehr zu bedenken. Seit Jahren waren Tod und Gefahr seine Gefährten gewesen, nicht die wunderschöne Frau mit dem flammenden Haar, die noch nicht im wirklichen Sinne ihm gehörte. Die Arbeit, die er tat, war alles, wofür er lebte. Sie gab ihm einen Lebenszweck, wenn alles andere versagte. Jetzt war er verheiratet, aber die Gefahr bestand weiterhin. Jeden Augenblick konnte sie erneut auftauchen, das würde sie auch, dessen war er sicher. Neue Aufgaben galt es zu erfüllen.

Niemals hätte er sie heiraten dürfen, dachte er wohl zum tausendsten Mal. Doch seine Reaktion auf diesen Gedanken war stets die gleiche. Er wollte sie haben – mehr, als er je eine andere Frau hatte haben wollen. Früher oder später, ganz gleich, wie sehr es auf seinem Gewissen lasten würde, ganz gleich, wie sehr er auch dagegen ankämpfte, so wußte Damien, würde er sie besitzen.

Doch was käme dann, wie würde er mit sich selbst leben können, wenn er sie erst einmal besessen hatte?

8. Kapitel

Die nächsten drei Tage waren für Alexa eine Fahrt durch die Hölle. Jeden Augenblick wurde sie mit der Wirklichkeit konfrontiert, unentwegt voller Haß und Abscheu angestarrt; mit hoch erhobenem Kopf begegnete sie der Herausforderung der beiden Frauen, doch im Inneren fühlte sie sich, als würde sie im nächsten Augenblick zusammenbrechen.

Selbst Damien konnte ihr nicht helfen, denn er war nur selten zu Hause.

Nach der ersten Nacht hatte er sich die meiste Zeit ferngehalten. Er verließ das Haus in der Morgendämmerung, um sich seinen weitläufigen Ländereien zu widmen. Er war besorgt um das Wohlergehen der kleinen Anzahl seiner Pächter, wie Alexa es nie für möglich gehalten hätte. Am Abend arbeitete er in seiner Bibliothek oder machte einen späten Spaziergang auf dem Pfad oberhalb der Klippen am Strand.

Im Sand hatte er ein kleines Boot liegen, und an den Nachmittagen entdeckte Alexa oft das winzige Segel draußen auf dem Meer, wie es gegen die schäumenden Wogen ankämpfte und dann schließlich seinen Weg sicher zurückfand.

Damien ging ihr aus dem Weg, das wußte sie. Sie fragte sich, was er wohl dachte und wie lange das noch andauern würde. Und die wenigen Male, wo sie einander begegneten, wunderte sie sich über die verschleierten Blicke, mit denen er sie bedachte, und über das Aufleuchten seiner Augen. Doch hatte er sie nicht wieder berührt, nicht mehr geküßt und keinen einzigen Augenblick mit ihr allein verbracht.

Alexa seufzte, als sie auf das aufgewühlte Meer hinausschaute. Die Anklagen seiner Mutter hatten ihr böses Ziel erreicht. Damien fühlte sich schuldig, weil er sie begehrte. Die Versprechen, die er ihr gemacht hatte, würden sich niemals erfüllen. Nicht, solange seine Mutter und seine Schwester sich im Schloß aufhielten.

Und vielleicht auch später nicht.

Alexa selbst hatte sich nach ihrem Gespräch mit Damien auf der Wiese hinter dem Gasthof noch einmal bemüht, die Ereignisse mit Peter schonungslos zu rekonstruieren. Obwohl sie noch immer ein nagendes Schuldgefühl verspürte, das sie wohl für den Rest ihres Lebens begleiten würde, so war es doch in Wirklichkeit genau so, wie Damien es beschrieben hatte. Sie hatte nicht die Absicht gehabt, Peter Melford zu schaden, war damals nur jung und impulsiv gewesen und hatte sich nicht viele Gedanken gemacht. Dann wurde der junge Mann Opfer seiner Verzweiflung, und sie hatte sich verändert.

Sie war nicht mehr die egoistische Frau von vordem und würde auch nie wieder so sorglos in den Tag hineinleben können. Doch sie war auch nicht mehr so zurückhaltend wie seinerzeit, als sie den Grafen kennengelernt hatte. Auf irgendeine Art würde sie ihr Dasein auf Schloß Falon einrichten... ein Leben für sich und für den Mann, den sie geheiratet hatte.

Alexa verließ ihr geräumiges Schlafzimmer und stieg die Treppe hinab. Warum sollte sie nicht gleich damit beginnen... außerdem wäre sie dann beschäftigt, hätte eine Aufgabe und könnte ihre Gedanken von Melissa und ihrer Mutter ablenken.

»Montague«, sagte sie zu dem hageren, betagten Butler. »Ich glaube, es ist an der Zeit, daß ich mich mit meinem neuen Zuhause bekannt mache.«

Der Butler lächelte, sein faltiges Gesicht verzog sich erfreut. »Ganz recht, meine Gnädigste.«

»Vielleicht wäre die Küche der beste Ort, um damit zu beginnen.«

Er nickte. »M'sieur Boutelier ist unser Küchenchef. Er kann Euch die anderen Leute vorstellen, die dort arbeiten.«

In den nächsten Tagen war es Montague, der ihr das Gefühl gab, mit diesem Haus vertraut zu werden. Alexa lernte das Hauspersonal kennen, seine Pflichten und Verantwortungen, und sie erfuhr, was im Haus im argen lag.

»Mrs. Beckett«, sagte sie zu der Haushälterin, einer etwas affektierten kleinen Frau, die den Butler mit liebeshungrigen Blicken zu verschlingen pflegte. »Der gesamte Ostflügel scheint ein wenig heruntergekommen zu sein. Dort gibt es einiges in Ordnung zu bringen.«

»Seine Lordschaft wollte ihn so belassen«, setzte die kleine Frau zu ihrer Verteidigung an. »Er hatte keine Wahl, da nicht genug Geld vorhanden war. Ich bitte um Verzeihung, Milady, aber die Wahrheit ist die Wahrheit.«

»Schon recht, Mrs. Beckett! Ich lege Wert darauf, die Wahrheit zu hören, und danke Euch dafür. Doch von jetzt an wird der Graf genügend Mittel zur Verfügung haben, um auch diesen Teil des Hauses herrichten zu lassen. Meine Familie wird uns gelegentlich einen Besuch abstatten; ich möchte, daß sie sich während ihres Aufenthaltes hier wohl fühlt.«

Der aufsässige Blick der Wirtschafterin verwandelte sich in ein schiefes Lächeln: »Dann werde ich mich persönlich darum kümmern, Milady.«

Als die Tage vergingen, stellte Alexa zu ihrer Verwunderung fest, wie willig die Dienerschaft sie akzeptierte. Lady Townsend, so schien es, war nicht sehr beliebt bei ihnen. Alle, die die Mutter des Grafen nicht mochten, wurden von Alexa ganz besonders gelobt für ihre Arbeit. Es machte ihre Aufgabe um vieles einfacher und hob ihre Laune beträchtlich.

»Ich werde mit Damien sprechen wegen einiger Reparaturen«, sagte sie eines späten Nachmittages zu Montague, und der Butler nickte eifrig.

»Das erfreut seine Lordschaft ganz bestimmt sehr. Der Graf hat Schloß Falon schon immer geliebt.«

»Ja…« Alexa sah in Gedanken sein inzwischen so vertrautes Gesicht vor sich, schon heute abend würde sie ihn wiedersehen. Das gemeinsame Dinner mit seiner Mutter und seiner Schwester war unausweichlich.

Sie befand sich in einer Situation, in der sie allem zustimmen mußte.

»Welches dieser Modelle werdet Ihr anziehen, meine Gnädigste?« Sarah deutete auf ein scharlachrotes Kleid, das mit goldener Spitze besetzt war, und auf ein anderes, cremefarbenes, schwarz paspeliert.

»Lieber Himmel, bloß nicht das Rote! Sie halten mich doch jetzt schon für eine Dirne.«

Sarah lachte, ihre vollen Brüste bebten. »Eine Dirne ... dabei seid Ihr die einzige Jungfrau weit und breit.«

Alexa biß sich verlegen auf die Lippe.

»Laßt sie doch denken, was sie wollen. Ihr braucht Euch nicht zu schämen. Sogar seine Lordschaft weiß das mittlerweile.«

»Du magst ihn, nicht wahr?« erkundigte die neue Hausherrin sich. Sarah hob das cremefarbene Kleid hoch und untersuchte es auf etwaige Falten. »Er kann wahrhaftig sehr charmant sein. Aber ich muß Euch warnen, Gnädigste, einem Mann wie ihm schenkt man sein Herz nicht. Wenigstens jetzt noch nicht.«

»Ich weiß das, Sarah. Niemals werde ich vergessen, wie ich in dieses Durcheinander hineingeraten bin. Falon ist ein außergewöhnlich guter Schauspieler.«

»Er hat viele Gesichter, da stimme ich Euch zu. Es gibt Zeiten, da sieht er Euch an, und ich weiß ganz genau, was er denkt.« Sie grinste, ihr rundes Gesicht schien dabei noch runder zu werden. »Er will Euch haben, daran besteht überhaupt kein Zweifel. Aber zu den anderen Zeiten ... ich weiß nicht, Gnädigste, da kann man nicht sicher sein, was er denkt.«

»Wir haben ja auch nicht aus Liebe geheiratet«, meinte Alexa. »Damien wollte Rache – und vielleicht auch mein Geld.« Unbewußt vermied sie es, Sarah anzusehen. »Was auch immer er bezweckte, jetzt ist er mein Mann. Ich möchte aus unserer Ehe einen Erfolg machen. Dafür werde ich allerlei Unbill auf mich nehmen. Aber ich habe nicht die Absicht, mich in ihn zu verlieben.« Das war nur eine halbe Lüge, da sie sich immerhin nur zur Hälfte in ihn verliebt hatte.

»Gutes Mädchen!« meinte Sarah.

Alexa dankte Gott, daß Rayne darauf bestanden hatte, ihr diesen kleinen Schatz mitzugeben. »Was finge ich nur ohne dich an, Sarah.«

Sarah lachte leise. »Das hat Jo auch immer gesagt, und jetzt kommt sie ganz gut ohne mich zurecht.«

Alexa dachte an ihren Bruder und seine Frau, und ein schmerzliches Heimweh überfiel sie. Wenn sie doch noch einmal von vorn beginnen könnte. Diesmal würde sie auf Jane hören. Sie würde Rayne von dem Geld erzählen, das sie an den Grafen verloren hatte, würde es ihm erstatten und ihm ans Herz legen, die Nacht mit ihr in dem Gasthof zu vergessen. Hätte sie sich ordnungsgemäß verhalten, dann wäre sie jetzt zu Hause, wo sie hingehörte.

Alexa fühlte Tränen in ihren Augen brennen, doch sie drängte sie zurück. Es war zu spät für Tränen, zu spät für nachträgliches Bedauern. Sie dachte an den Brief, den sie von Jocelyn bekommen hatte, gleich nach ihrer Ankunft hier, und auch an ihre Antwort, die sie ihr noch am selben Tag geschickt hatte. Sie hatte Jo nichts von ihren Schwierigkeiten geschrieben, Rayne machte sich ohnehin genug Sorgen. Wenn er glaubte, daß die Dinge sich nicht zu ihren Gunsten entwickelten, würde er wie ein Rächer des Himmels herbeistürmen.

Noch mehr Familienkrieg konnte sie keinesfalls verkraften.

Alexa seufzte. An die Vergangenheit zu denken, würde die Dinge nicht ändern. Diese Lektion hatte sie gründlich gelernt. Sie würde gute Miene zu dem machen müssen, was noch vor ihr lag.

»Kommt schon, Gnädigste. Ihr müßt Euch beeilen. Es liegt noch ein langer Abend vor Euch, und wenn Eure Verwandten nicht abreisen, auch noch ein langer Tag morgen.«

Alexa stöhnte innerlich, und Sarah ging ihr beim Ankleiden zur Hand.

Rayne lief unruhig auf dem kostbaren Teppich vor dem Marmorkamin in seinem Schlafgemach in Stoneleigh auf und ab. Wieder und wieder las er die Botschaft, die er erhalten hatte, dann knüllte er das Papier in der Faust zusammen und warf es ins Feuer.

»Ich kann jetzt nicht wegfahren, Jo. Nicht jetzt, wenn Alexa mich vielleicht braucht.«

»Du mußt dich dazu aufraffen, Rayne. Wie groß der angerichtete Schaden ist, kannst du nur selber beurteilen.« Ein Sturm hatte Mahogany Vale, Raynes Kaffeeplantage in Jamaika, zerstört. Wenn er der Nachricht Glauben schenkte, so waren einige der Arbeiter verletzt worden, einschließlich seines Freundes, des Aufsehers der Plantage, Paulo Baptiste.

»Du brauchst dir wegen deiner Schwester keine grauen Haare wachsen zu lassen. Ihr und Graf Falon geht es gut – sie hat es mir in ihrem Brief geschrieben.«

»Ich weiß nicht...«

Jo strich sich eine Strähne ihres dunklen Haars aus dem Gesicht und legte beschwichtigend die Hand auf den Arm ihres Mannes. »Alexa ist jetzt erwachsen, Rayne. Das mußt du endlich hinnehmen.«

»Und wenn ihr etwas zustößt, während meiner Abwesenheit?«

»Du meinst, ›unserer‹ Abwesenheit?«

»Ich habe dir schon gesagt, daß du nicht mitfahren wirst.«

»Du möchtest doch auch eine Schwester für unseren Sohn Anthony, nicht wahr?«

»Ja, aber...«

»Die wirst du nicht bekommen, wenn ich hier bin und du dort.« Sie stellte sich auf Zehenspitzen und gab ihm einen Kuß auf die Wange. »Außerdem ist es möglich, daß Chita mich braucht.« Chita war Paulos wunderhübsche spanische Frau und außerdem Jocelyns Vertraute.

»Aber was soll aus Alex werden? Was ist, wenn Falon sie schlecht behandelt?«

»Graf Falon kann man vieles vorwerfen, aber ich glaube kaum, daß er seine Frau schlecht behandeln würde.«

»Beschwören kannst du es nicht!«

»Ich weiß, daß bei den beiden nicht alles glatt gehen wird. So ausgeprägte Individuen gewöhnen sich immer schwer an die Ehe, genau wie wir damals. So etwas ist zu erwarten.«

»Ich bete zu Gott, daß es bei ihnen nicht so sein wird wie bei uns.«

Jocelyn dachte an die Zeit, die sie in Ängsten und Nöten um ihre Zukunft verbracht hatte, und unterdrückte einen Schauder des Entsetzens. »Bestimmt wird es glimpflicher ablaufen. Was auch immer vor ihnen liegen mag, sie müssen lernen, sich aufeinander zu verlassen. Jedes Paar bewältigt die Dinge auf seine eigene Art und Weise.«

Rayne stieß den lang angehaltenen Atem in einem Seufzer aus. Er griff nach Jo und zog sie an seine schutzbietende Brust.

»Ich weiß ja, daß du recht hast«, gab er schließlich zu. »Aber sie ist doch noch so jung.«

»Kleine Schwestern bleiben für ihre großen Brüder immer jung. Laß sie gehen, Rayne. Du mußt ihr erlauben, ihr Leben selbst in die Hand zu nehmen.«

Rayne spielte mit einer Strähne ihres langen schwarzen Haares. »Du überzeugst mich – wie immer. Was würde aus mir bloß ohne dich werden?«

Als Antwort küßte Jocelyn ihn. Sie fühlte, wie sein Körper reagierte, eine warme Hand schloß sich über ihrer Brust. Mit einem kleinen Lächeln und einem wohligen Prickeln in ihrem Körper ließ sie sich zu dem großen Bett geleiten. Nebenbei ging es ihr durch den Kopf, was sie wohl für Jamaika alles einpacken sollte.

Damien blieb vor der Tür des Salons stehen, der den schlichten Namen Wings (›Flügel auf!‹) bekommen hatte. Er war in sanften Pastelltönen gehalten und lag gleich neben dem Eßzimmer; dieser große Raum gab den Frauen die Möglichkeit, genügend Abstand zueinander zu halten. Und den nutzten sie auch aus, stellte er fest, als er eintrat. Alexa stand an einem Ende bei der Anrichte, seine Mutter und seine Schwester am anderen, vorm Kamin.

»Guten Abend, meine Damen.« Er hatte sich entschieden, bei seinem freundlichen Ton zu bleiben, und beschleunigte seine Schritte, um nochmals Anstrengungen auf eine Versöhnung hin zu unternehmen. »Möchtet ihr gern einen Drink vor dem Essen?«

Seine Mutter bestellte Ratafia: »Falls du das überhaupt anzubieten hast.« Sie wandte sich in seine Richtung, der Schein der Flammen ließ ihr silbergraues Haar aufleuchten. Sie war noch immer eine blendende Erscheinung, elegant auf eine Art und Weise, wie ihre Tochter es nie sein würde. Er fragte sich, welcher ihrer jungen Liebhaber wohl in letzter Zeit das Bett mit ihr geteilt hatte.

»Ich bin sicher, Melissa wird das gleiche wollen«, meinte sie.

Eigentlich ging ihn das ja nichts an, fuhr er in seinen Überlegungen fort. Der verstorbene Lord Townsend hatte nichts von ihren zahlreichen Affären geahnt, genausowenig, sinnierte Damien, wie seine noch immer naive jüngere Schwester.

»Für mich bitte einen Sherry«, erklärte Melissa in einem Anflug von Eigenwillen. Alexa meldete sich von der gegenüberliegenden Seite und verlangte auch einen Sherry.

Heute abend trug seine Frau ein einfaches Kleid mit hoher Taille und maßvollem Ausschnitt, einem schmalen Rock und kleinen Puffärmeln aus cremefarbener Seide. Es schien, als hätte sie sich für einen Kampf gewappnet, doch auch das brave Kleid konnte das in ihm aufflammende Begehren nicht dämpfen. Natürlich würde sie diese Rüstung brauchen für das, was er vorhatte.

Er goß allen das Gewünschte ein, doch weigerte er sich,

ihnen die Gläser zu bringen; so zwang er sie, zu ihm an die geschnitzte Kommode zu kommen, die etwa in der Mitte des Raumes plaziert war. Walöllampen und viele Spiegel milderten das strenge Aussehen der traditionellen Einrichtung.

»Ehe wir zum Essen gehen«, begann er vorsichtig, »und nachdem alle die Möglichkeit hatten, noch einmal über unsere Lage nachzudenken, möchte ich einen letzten Versuch wagen, unter uns eine gewisse Verständigung zu erzielen.« Ihm selbst war es völlig gleichgültig, ob er je eines seiner Familienmitglieder wiedersah, bis auf seine Schwester. Doch das hier tat er Alexa zuliebe, weil er fühlte, daß der ganze Aufruhr um den Tod seines Bruders und die Vergebung seiner Familie sehr viel für sie bedeuteten.

»Wenn du uns deshalb hier zusammengerufen hast, kannst du gleich deine Rede einstellen«, fuhr seine Mutter ihn an.

Damien tat, als habe er sie nicht gehört. »Ich weiß, daß es ein unangenehmes Thema ist – offensichtlich ist das einzige, was uns verbindet, die Abneigung, über Peters Tod zu sprechen. Dennoch finde ich, daß wir im Augenblick aufrichtig miteinander reden sollten über dieses Unglück.« Er wandte sich zu seiner Frau und hoffte, sie mit seinen Blicken zu ermutigen. »Alexa, ich möchte, daß Ihr meiner Mutter ganz genau Eure Gefühle beschreibt, als Ihr von Peters Selbstmord erfuhrt.«

Alexa hob erstaunt den Kopf, ein klägliches Wimmern entfuhr ihrer Kehle. »Mein Lord, bitte... Ich... ich verstehe nicht, inwiefern das dazu dienen sollte...«

»Nur dieses eine Mal, Alexa. Ich gebe Euch mein Wort, daß Ihr danach nie mehr darüber sprechen müßt.«

Ihre Hand zitterte, sie verschüttete einige Tropfen ihres Sherrys. Dann stellte sie das Glas auf den kleinen Ziertisch.

»Sprecht nun, Alexa«, drängte er. »Ich möchte, daß Ihr genau schildert, wie es Euch traf.«

Sie starrte auf die glänzenden Spitzen seiner schwarzen Schuhe. Einen Augenblick lang dachte er, daß sie sich weigern würde, etwas zu sagen.

»Ich habe mich wie eine Mörderin gefühlt.« Sie hatte diese Worte gepreßt hervorgebracht, ihre Stimme klang ein wenig höher als gewöhnlich. Schmerz lag in ihren Augen, und daran schuld zu sein, tat Damien noch mehr weh.

»Sie hat sich wie eine Mörderin gefühlt«, mischte seine Mutter sich ein, »weil sie genau das gewesen ist. Deshalb hat sie sich auch in Marden verschanzt – um vor dem wegzulaufen, was sie angerichtet hat.«

»Das ist nicht wahr!« Alexa wirbelte herum: »Wir waren bereits nach Marden gereist, ehe Peter starb. Jemand hatte einen Anschlag auf das Leben meines Bruders verübt. Wir alle glaubten, daß wir in Marden sicherer wären.« Sie wandte sich an Melissa. »Du kannst das doch nicht vergessen haben.«

»Ich erinnere mich daran«, antwortete Damiens Schwester mühsam beherrscht. »Aber ebenfalls erinnere ich mich daran, wie sehr Peter sich gegrämt hat. Er hatte dich damals schon gebeten, ihn zu heiraten, und du hattest dich ihm verweigert. Ich weiß auch noch ganz genau, was er in seinem Brief geschrieben hat in der Nacht, als er starb. Ich habe diesen Brief abgeschrieben und ihn dir geschickt. Vielleicht ist er deinem Gedächtnis entfallen?«

Alle Farbe wich aus Alexas Gesicht. Natürlich war ihr der Brief gewärtig – jedes einzelne, herzzerreißende Wort davon.

Meine liebste Alexa,
ich beginne diese Nachricht damit, daß ich Dir gestehe, wie sehr ich Dich liebe. In den letzten beiden Jahren warst Du alles, woran ich denken konnte, alles, wovon ich geträumt habe. Dann bat ich Dich, mich zu heiraten, und Du sagtest nein. Ich mache Dir deswegen keinen Vorwurf. Was solltest Du auch mit einem mittellosen zweiten Sohn anfangen? Dennoch bin ich am Boden zerstört. Ich habe immer geglaubt, daß ein Mann nicht an einem gebrochenen Herzen sterben könnte, und trotzdem bringt mich die Verzweiflung um.

Ich glaubte, ich hätte endlich Trost gefunden, aber selbst der ist zum Schmerz geworden. Ich habe Dinge getan, die ich sehr bedaure, und jetzt überwältigt mich meine Ausweglosigkeit. Ich bitte Dich nur um Vergebung für das, wozu ich mich entschlossen habe. Meine Liebe gehört immer Dir.

Peter

»Ich... ich habe nicht verstanden, wie schwer er es genommen hat«, stotterte Alexa und kämpfte mit den Tränen. »Mr. Tyler sagte, daß Peter von allen Mädchen bezaubert war. Er kannte Peter besser als alle anderen Menschen. Und...«

»Graham Tyler ist ein Dummkopf«, unterbrach Lady Townsend energisch. »Was weiß er schon von Frauen? Er verbringt seine Zeit lieber mit verstaubten alten Büchern als in weiblichen Armen.« Ein hartes Lächeln umspielte ihre Lippen. »Ich bin froh darüber, daß Mr. Tyler nicht länger in unseren Diensten steht. Und was dich angeht, du kleine Kokotte...«

»Das ist genug!« Damiens lauter Protest ließ alle zusammenzucken. »Ich möchte kein Wort mehr hören.« Er stellte sein Brandyglas ein wenig zu heftig ab, es klirrte laut in der plötzlichen Stille. »Verzeih mir, Alexa. Offensichtlich war es ein Fehler von mir, euch hier zusammenzubringen. Und wo wir gerade dabei sind, Mutter, dein Aufenthalt bei uns ist ein Fehler deinerseits, den ich schon gleich bei meiner Ankunft hätte korrigieren sollen.«

Er verzog zynisch den Mund. »Da keiner der Anwesenden diese Peinlichkeiten noch länger ertragen möchte, werde ich euch das Essen auf eure Zimmer schicken lassen. Und wenn du und Melissa gesättigt seid«, wandte er sich an seine Mutter, »würde ich vorschlagen, daß ihr eure Sachen packt. Ich erwarte, daß ihr bis morgen früh Falon verlassen habt.«

Seine Mutter brauste auf: »Du wirfst uns aus deinem Haus?«

»Du kannst es nennen, wie du willst, ich möchte, daß ihr hier verschwindet.«

Lady Townsend drohte vor Empörung zu bersten. »Ich weiß gar nicht, warum mich dein Benehmen so sehr überrascht. Du warst schon als Kind hochfahrend und ungehorsam. Nur Peter hat in dir je etwas Gutes gesehen. Er ist stets für dich in die Bresche gesprungen, und sieh nur, wie du ihm das dankst. Du verhöhnst seine Erinnerung, indem du diese Dirne heiratest, die für seinen Tod verantwortlich ist. Du taugst nichts, Lee, und wirst niemals etwas taugen.«

Sie wandte sich zur Tür, der Rock ihrer pflaumenblauen Seidenrobe raschelte bei dieser Bewegung. »Komm, Melissa. Wenn ich noch einen Augenblick länger die Gesellschaft deines Bruders ertrage, wird mir übel werden.«

Melissa zögerte einen Augenblick, sie warf Damien einen eigenartig verständnisvollen Blick zu, dann folgte sie ihrer Mutter.

Alexa wandte sich zu ihrem Mann um, doch der hatte sich umgedreht und starrte in das Feuer. Schweigend blieb er lange so stehen, einen Arm hatte er auf den Kaminsims gestützt; er ließ den Kopf hängen und blickte trübe in die Flammen.

»Damien?«

Er reckte sich, doch schaute sie nicht an. »Wie ich schon sagte, ich werde Euch das Essen auf Euer Zimmer schicken lassen.«

»Aber ...«

»Gute Nacht, Alexa.«

Mit hoch erhobenem Kopf entfernte auch sie sich.

Alexa sah Damien an diesem Abend nicht mehr, er erschien auch nicht, als seine Mutter und seine Schwester am folgenden Morgen abreisten, um nach Waitley zurückzukehren. Das Haus war verstummt; dennoch vergingen zwei weitere Tage ohne ein Lebenszeichen ihres Ehemannes. Erst nach dem Abendessen des folgenden Tages erwachte in Alexa wieder ihre alte Entschlossenheit.

Vielleicht trieb diese sie ans Fenster ihres Schlafzimmers und zu dem Blick in die Dunkelheit, um nach der großen Gestalt ihres Grafen Ausschau zu halten. Sie fragte sich, ob er auch heute wieder entlang der Klippen spazierengehen würde. Er war schon den ganzen Tag unterwegs gewesen. Montague hatte ihr gesagt, er sei nach Falon-by-the-Sea geritten, dem kleinen Fischerdorf in der Nähe, das nach dem Schloß benannt war. Als er zurückkehrte, hatte er sich umgehend in seinem Arbeitszimmer eingeschlossen.

Alexa hatte ihn nur einmal im Flur gesehen, als sie durch das Haus irrte. Ganz unbewußt hatte er die Hand nach ihr ausgestreckt, ihre Finger hatten sich für einen kurzen Augenblick berührt, hatten gezögert, und wieder flackerte das Begehren in seinen Augen auf, gegen das er eisern anzukämpfen schien.

Er lag mit sich selbst im Krieg, das wußte sie. Seine Mutter hatte ihm ein bohrendes Schuldgefühl eingepflanzt mit jedem ihrer bitteren Worte, und von Tag zu Tag wurde er abwesender. Um jeden Preis mied er sie, wurde wieder der kalte, gefühllose Mann jener Nacht in der Cockleshell Taverne, unermüdlich bemüht, die Kluft zwischen ihnen zu vertiefen.

Doch heute abend ließ Alexa sich nicht mehr abweisen, obwohl er ihr deutlich gemacht hatte, daß sie nicht willkommen war. Heute abend würde sie herausfinden, was er dachte. Sie würde ihren großen dunklen Engel auffordern zu reden, und wenn es die Kluft zu überbrücken hülfe, so würde sie ihn in ihrem Bett willkommen heißen.

Der Wind zerrte an ihrem pelzbesetzten Umhang, und die Luft war schwer von Nebel und Salz, als Alexa sich den Weg entlang tastete, der zu den Klippen über dem Meer führte. Ein schwacher, schwindender Mond schien und warf geheimnisvolle Schatten, doch sie marschierte beherzt voran.

Ein Stück weiter, neben einigen Granitfelsen, stand Damien und starrte auf das Meer hinaus.

Er war ganz in Schwarz gekleidet, bis auf sein weißes Hemd, der Mantel wehte um ihn, und der Wind zerzauste seine Mähne.

Langsam ging Alexa auf ihn zu und rätselte, woran er wohl denken mochte. Sie wußte nicht, was sie tun sollte, wenn er sie erst einmal entdeckt hätte. Er mußte ihre Schritte auf dem knirschenden Schotter gehört haben, denn er zuckte zusammen und wandte sich dann zu ihr um.

»Alexa – was wollt Ihr hier?«

Sie tat, als habe sie die Schärfe in seiner Stimme nicht gehört und zwang sich zu einem Lächeln. »Das gleiche wie Ihr, denke ich. Ich genieße einen Spaziergang in der frischen Nachtluft.«

»Es ist gefährlich für eine Frau, sich allein hier herumzutreiben. Geht wieder ins Haus.«

»Ich bin nicht allein, ich bin bei Euch.«

Die Verlorenheit seines Blicks tat ihr weh. »Ich sagte, geht zurück!«

Alexa zog die Kapuze ihres Umhanges vom Kopf und schüttelte ihr Haar. Sie hatte es geöffnet, jetzt hing es ihr über die Schultern und den Rücken. Es war ein herrliches Gefühl, als der Wind durch die langen Strähnen fuhr. »Ich werde mich gleich wieder trollen. Doch im Augenblick genieße ich es, hier draußen zu sein.«

Damien erstarrte. Er machte einen Schritt in ihre Richtung, seine Miene hatte sich verfinstert. Beide Hände streckte er aus und legte sie auf ihre Schultern. »Ihr verfolgt mich, versucht, mich zu ködern, Alexa. Ich möchte wissen, warum.«

Was sollte sie ihm sagen? Daß sie sich wünschte, er würde Wort halten? Daß sie eine wirkliche Ehe wollte? Selbst sie war nicht mutig genug, diese Worte auszusprechen.

»Ich leiste Euch Gesellschaft, das ist alles. Was sollte daran falsch sein?«

Er fuhr sich mit der Hand durchs Haar und strich sich ein Büschel aus dem Gesicht. In dem schwachen Mondlicht erkannte sie seine hohen Wangenknochen, seine festen, wohlgeformten Lippen. Sie wollte sie berühren, wollte ihren Mund darauf pressen und wieder dieses Feuer fühlen und das Verlangen, das sein Kuß in ihr ausgelöst hatte. Damien mußte ihre Gedanken erfaßt haben, denn sie sah eine kleine Ader an seiner Schläfe heftig pulsieren.

»Ihr solltet nicht hier draußen sein«, wiederholte er noch einmal, doch seine Stimme klang nicht mehr so streng wie zuvor. Alexa schien es eher, als klänge sie heiser.

»Ich wollte Euch sehen«, flüsterte sie. »Ich wollte, daß Ihr mich in Eure Arme nehmt.«

Er schüttelte abwehrend den Kopf, doch zur gleichen Zeit streckte er die Arme nach ihr aus. Alexa schmiegte sich an ihn, tief atmete sie die neblige, salzige Luft ein; sie war ihm so nahe, daß sie sein Herz klopfen hörte.

»Alexa...« Er sah ihr tief in die Augen, dann nahm er ihr Gesicht und hob es zu sich. Im nächsten Augenblick schon küßte er sie, seine Lippen legten sich auf ihre, sein athletischer Körper drängte sich an sie.

Ein Seufzer der Erlösung entrang sich Alexas Brust, sie schlang die Arme um seinen Hals. Ihr Busen rieb sich an seinem Oberkörper, und sie fühlte, wie sich seine Muskeln anspannten. Gütiger Gott, wie sehr hatte sie sich danach gesehnt, in seinen Armen zu liegen. Sie drängte sich noch enger an ihn, und sein Kuß wurde eindringlicher, seine Zunge schob sich tief in ihren Mund. Er legte beide Hände auf ihren Rücken, langsam glitten sie tiefer, schlossen sich um ihr Gesäß und zogen sie so eng an sich, daß sie seine Erregung spürte.

»Gott, ich verlange so sehr nach dir«, flüsterte er rauh, schob eine Hand unter ihren Umhang, in ihr Mieder und umschloß ihre Brust. Er streichelte die rosige Spitze, bis sie hart wurde und sich ihm verlangend entgegenreckte. Ihre Knie wurden weich. Er ging zu weit, alles geschah viel zu schnell, er machte ihr angst, doch wagte sie nicht, ihn aufzuhalten.

»Du hättest nicht kommen sollen«, flüsterte er zwischen seinen Küssen, doch seine Hand hielt nicht inne, sie zu liebkosen, und Alexa fühlte, wie das Blut durch ihre Adern schoß.

»Ich bin deine Frau«, flüsterte sie. »Wo soll ich denn hin?«

Die Hand an ihrer Brust hielt mitten in der Bewegung inne. Minutenlang bewegte Damien sich nicht, und Alexa wünschte, sie könnte ihre Worte zurücknehmen. Zitternde Finger strichen über ihre Haut, als er seine Hand langsam aus ihrem Mieder zurückzog. Ihre Brüste fühlten sich schwer an und voller Erwartung. Damiens Bemühungen, sich im Zaum zu halten, fielen ihm so schwer, daß sich seine Züge verkrampften.

»Du hättest Peters Frau werden sollen, nicht die meine«, sagte er. »Wenigstens einmal in ihrem Leben hatte meine Mutter recht.«

»Peter habe ich niemals gehört. Dich habe ich geheiratet. Mach mich zu deiner Frau, Damien.«

Er schüttelte nur den Kopf. »Geh zurück ins Haus.«

»Bitte ... bitte tu mir das nicht an.«

»Laß mich jetzt allein!«

Sie hob die Röcke und kämpfte gleichzeitig gegen die Tränen, die in ihren Augen brannten. So schnell sie konnte, lief Alexa dem steinernen Schloß in der Ferne entgegen. Am Portal angelangt, riß sie es auf, rannte durch die Halle, die Treppe hinauf in ihr Schlafzimmer. Dort stand sie alsbald am Fenster, lehnte sich gegen die Wand und rang um ihre Fassung, versuchte, wieder zu Atem zu kommen und das Feuer zu ersticken, das in ihr brannte. Sie starrte hinaus zu den Klippen in der Ferne, suchte nach seiner großen, herrlichen Gestalt und konnte ihn doch nirgends entdecken.

Sie hätte nicht zu ihm gehen sollen. Er wollte sie nicht – das hatte er überaus deutlich gemacht. Sie hätte sich ihm gegenüber nicht so erniedrigen sollen.

Doch vielleicht hätte sie sich auch nicht wegschicken lassen sollen.

Alexa sank auf den Fenstersitz. Heiße Tränen rannen über ihre Wangen, und ihr Herz war schwer; doch konnte sie den Kuß ihres Mannes nicht vergessen und auch nicht die Sehnsucht, die sie in Besitz nahm, als sich seine Hand um ihre Brust schloß.

Auch er hatte es gefühlt, dessen war sie sicher. Sie hatte es lesen können, in jeder Linie seiner gemeißelten Züge. Sein Körper hatte reagiert, sie hatte die harte, pulsierende Erregung gefühlt, so heftig, daß es sie erschreckt hatte. Vielleicht war das der Grund gewesen, warum sie sich seiner Aufforderung so rasch fügte.

Wo war er jetzt? Sie wischte sich die Tränen von den Wangen. Wie hatte er sie nur abweisen können? Doch sie kannte die Antwort auf diese Frage – er dachte an Peter, er lieferte sich ein Gefecht mit seinem Gewissen. Sie hatte zwei Jahre gebraucht, um ihren Anteil am Tod ihres Freundes zu akzeptieren, doch schließlich war es ihr gelungen.

Wer konnte wissen, ob es Damien je schaffen würde, über den Tod seines Bruders hinwegzukommen.

»Seid Ihr bereit, schlafen zu gehen, Gnädigste?« Sarah war eingetreten und sah sie besorgt an. Alexa nickte nur, und die gute Seele half ihr schweigend dabei, sich auszukleiden.

»Ihr solltet Euch schlafen legen, Gnädigste«, riet Sarah, als sie fertig waren und Alexa in ihrem weißen, hochgeschlossenen und langärmeligen Nachthemd neben dem Bett stand.

Alexa nickte, doch machte sie keine Anstalten, in die Federn zu schlüpfen. Sarah fühlte ihren Wunsch, für sich zu sein; still verließ sie das Zimmer, und Alexa ging zum Fenster zurück. Sie wußte nicht, wie lange sie dort gesessen hatte. Das Feuer im Herd war heruntergebrannt, doch Damien war noch immer nicht da, sonst hätte sie seine Schritte gehört. Und das bedeutete, daß er sich wahrscheinlich unten in seinem Arbeitszimmer aufhielt. Allein.

Alexa wußte, daß sie das, was sie jetzt vorhatte, nicht tun sollte, doch sie konnte sich nicht mehr zurückhalten. Langsam stand sie von ihrem Sitz am Fenster auf. Sie bewegte Arme und Beine, um das Blut in ihren erstarrten Gliedern wieder zum Zirkulieren zu bringen, dann machte sie sich entschlossen auf den Weg.

9. Kapitel

Am Fuß ihres Bettes blieb Alexa stehen und warf ihren dicken Umhang um, denn in der Halle zog es, und um diese Zeit waren die meisten Feuer im Haus bereits erloschen.

Sie schlüpfte in die weichen Hausschuhe aus Wildleder, griff nach der Lampe neben ihrem Bett und stieg dann leise hinab. Wie sie es erwartet hatte, entdeckte sie einen schmalen Lichtschein unter der Tür der Bibliothek. Sie hob die schwere eiserne Klinke und trat ohne anzuklopfen ein.

Damien lag auf einem weichen braunen Ledersofa vor dem Kamin, in dem noch einige Holzscheite glimmten, die langen Beine hatte er ausgestreckt. Sein schwarzes Haar war zerzaust vom Wind, sein Hemd hatte er bis zur Taille geöffnet, es enthüllte seinen mächtigen Brustkasten. Alexa wurde etwas flau zumute. Sie erinnerte sich an die Nacht, als sie ihn schon einmal so gesehen hatte, die Nacht, als der Hausierer in ihr Zimmer eingedrungen war und Damien sie verteidigt hatte. Es war ihr nicht entfallen, wie sich die harten geschmeidigen Muskeln angefühlt hatten, und ihre Finger zuckten, weil sie sie noch einmal berühren wollte.

Sie ging zu ihm hinüber; beim Klang ihrer Schritte auf dem schweren Orientteppich hob er den Kopf. Er reckte sich und setzte sich auf. »Du solltest längst schlafen.«

»Wir müssen miteinander reden.« Sie stellte die Lampe auf den Tisch vor ihm.

»Es gibt nichts mehr zu besprechen. Geh in dein Zimmer.«

»Nein, diesmal nicht, Damien. Diesmal werde ich nicht davonlaufen.«

Einen Augenblick lang schwieg er, er starrte sie an, als könne er ihre Kühnheit nicht glauben. »Verdammt!« Mit einem ärgerlichen Ausruf sprang er auf die Füße und machte sich am Feuer zu schaffen. Dann durchmaß er den Raum mit unruhigen Schritten, bis er sich plötzlich zu ihr wandte. »Es ist bereits nach Mitternacht. Was, zum Teufel, willst du?«

»Sag mir, was los ist.«

»Das weißt du ganz genau.«

»Sag es«, drängte sie ihn. »Ich möchte es aus deinem Mund hören.«

»Ich will dir sagen, was los ist – ich will dich haben. Ist es das, was du hören wollest?«

»Wenn es die Wahrheit ist...«

»Die Wahrheit? Die Wahrheit ist, daß ich es kaum schaffe, meine Hände von dir zu lassen.« Er sah sie von Kopf bis Fuß an, dann ruhten seine Augen auf ihren Brüsten. »Ich brauche meine ganze Willenskraft, um nicht auf dich zuzustürzen und dir die Kleider vom Leib zu reißen. Ich muß mich zusammennehmen, um dich nicht auf den Boden zu werfen und alles zu vergessen.«

»Warum tust du es dann nicht?«

Einen Augenblick lang sah er sie benommen an. Er schüttelte den Kopf, und eine Locke fiel ihm in die Stirn. »Wir wissen beide, warum ich es nicht tue. Es ist wegen Peter. Seinetwegen wüßte ich nicht, ob ich es mir je verzeihen könnte.«

»Angeblich hast du doch kein Gewissen?«

»Es mag begrenzt sein, aber in letzter Zeit muß es sich wohl wieder durchgesetzt haben.«

Sie lächelte sanft. »Das freut mich. Doch in diesem Fall ist es nicht ganz am Platze!«

»Du willst mir sagen, daß es in Ordnung ist, wenn ich das begehre, wofür Peter gestorben ist? Es tut mir leid, meine

Herzallerliebste, aber selbst ich schaffe es nicht, mir das einzureden.«

»Du hast mich am Anfang auch nicht begehrt – du wußtest nicht einmal, wer ich war. Du hast mich gesucht, um mich zu bestrafen für mein Fehlverhalten deinem Bruder gegenüber. An ihn hast du gedacht und nicht an dich selbst.«

»Das war damals. Doch jetzt ist jetzt.«

»Genau. Was du getan hast, hast du für Peter getan. Weil du ihn liebtest. Peter hat mir wenig von dir erzählt – wenn er von dir sprach, war deutlich zu erkennen, wie sehr er an dir hing. Sicher hatte er dich genauso gern wie du ihn.«

Damien sagte nichts, sein Mund war ein Strich, sein Gesichtsausdruck angespannt.

»Und er mochte mich auch sehr. Das hat er in seinem Brief geschrieben. Glaubst du wirklich, daß Peter uns nicht unser Glück gönnt? Wenn er uns geliebt hat – und ich weiß, daß er das tat –, würde er uns bestimmt keinen Schmerz wünschen.«

Mit Augen so blau wie die Spitze einer Flamme sah Damien sie an. »Glaubst du das wirklich?«

»Ich glaube es von ganzem Herzen.«

Lange starrte er sie an, seine ganze Haltung drückte Not aus. »Es ist so schwer für mich«, sagte er schließlich. »Schwerer, als ich es mir je vorgestellt hätte.«

Ihr Herz flog ihm zu. »Dein Bruder hat dich geliebt, Damien. Genauso, wie du ihn geliebt hast. Er lebt nicht mehr, aber du bist noch hier. Wir leben beide noch. Wir sollten etwas verwirklichen, worüber er glücklich sein kann, etwas, das seinen unnötigen Tod nicht ganz so unnötig macht.«

Er zögerte nur einen Wimpernschlag, nicht länger. Mit langen, geschmeidigen Schritten, wie ein Panther, kam er vom Kamin auf sie zu. Dann streckte er beide Arme nach ihr aus und zog sie an sich. Seine Lippen preßten sich auf ihre, er nahm von ihr, was sie ihm geben wollte; sie bot ihm Trost für seine Verzagtheit, die er noch nicht ganz überwunden hatte. Sie fühlte seine warme Zunge, die Einlaß in ihren Mund begehrte, fühlte, wie es heiß durch ihren Körper strömte, und öffnete ihm die Lippen. Als sich seine Zunge tief in ihren Mund schob, rann ihr das Blut wie Feuer durch die Adern, das Verlangen nach ihm machte sie schwindlig.

»Damien«, flüsterte sie zwischen seinen Küssen. Seine Hände schienen überall auf ihrem Körper gleichzeitig zu sein. Er schob sie unter ihren Umhang, umschloß ihren Hintern, knetete ihn und fachte die Flammen des Begehrens noch mehr an. Hochgehoben auf ihre Zehenspitzen preßte er sie an sich und zwang sie so, seine Erregung zu fühlen.

Hart und pulsierend drängte er sich an ihren Körper; viel größer war er, als sie es sich vorgestellt hatte. Gütiger Gott, würde er sie ausziehen und sie gleich hier auf dem Boden nehmen?

Der Gedanke machte ihr angst, doch hielt sie ihn nicht zurück. Das unsichere Band zwischen ihnen konnte jeden Augenblick wieder zerreißen.

Er küßte ihren Hals, schob ihr den schweren Umhang von den Schultern und knöpfte ihr Nachthemd auf. Sein Mund glitt über ihren Hals zu ihren Schultern, bedeckte sie mit vielen kleinen, feuchten Küssen, und sie keuchte vor Entzücken.

Das Nachthemd glitt ihr von den Schultern, enthüllte ihre Brüste und fiel bis zur Taille hinunter; er beugte sich vor und nahm eine ihrer Brustspitzen in den Mund. Alexa stöhnte auf, eine Woge des Verlangens schlug über ihr zusammen. In ihren Adern schien flüssiges Feuer zu rinnen, und ihre Glieder waren matt. Damien saugte sanft an ihrer Brust, und sie fuhr mit einer Hand in sein schwarzes Haar.

Als er mit den Zähnen an ihrer Spitze knabberte, loderte das Verlangen in ihr noch heller, es wollte sie schier verbrennen. Gütiger Gott im Himmel, noch nie zuvor in ihrem Leben hatte sie so etwas gefühlt. Sie klammerte sich an ihn, ihre Knie waren so schwach, daß sie fürchtete zusammenzusinken.

Damien zog sich ein wenig zurück und sah sie an, die Lust

in seinen Augen ließ sie erbeben. Das Feuer warf einen goldenen Schein auf ihren Körper; das sah sie, als sie an sich hinunterblickte, das Haar hing ihr wirr über die Schultern. Sie sah lüstern und sündhaft aus, und für einen Moment überkam sie Furcht. Deshalb wollte sie ihre Blöße bedecken, doch Damien hielt ihr Handgelenk fest.

»Nicht…« , sagte er leise. »In meinen Gedanken habe ich dich schon tausendmal so gesehen. Ich habe davon geträumt. Wieder und wieder habe ich vor meinen Augen die Nacht in dem Gasthof auferstehen lassen – aber du bist noch viel schöner, als ich dich in Erinnerung hatte.«

Er ließ ihr Handgelenk wieder los, und Alexa trat unsicher von einem Fuß auf den anderen; dann hob sie den Blick und sah in seine Augen. Sie waren von einem tiefen, dunklen Blau, bezwingender, triumphierender, als sie sie je gesehen hatte. Das krause, schwarze Haar auf seiner Brust glänzte im Licht der Flammen. Sie streckte die Hand aus und strich darüber, hörte, wie er leise aufstöhnte.

»Alexa…« Und dann küßte er sie wieder, schob das Gewand über ihre Hüften hinab, so daß es in sanften Falten auf ihre Füße fiel. Seine Hände waren überall gleichzeitig, er streichelte, berührte, liebkoste sie, und seine Lippen – gütiger Himmel, sie erzeugten wahre Wonnen in ihrem Körper. Ihre Brüste waren schwer, die Spitzen schmerzten, und zwischen ihren Schenkeln pulsierte es heftig. Seine Hand glitt an diese Stelle, als ahnte er, was sie fühlte; er streichelte die kastanienbraunen Locken, dann schob sich sein Finger in sie hinein.

Alexa zitterte jetzt, sie klammerte sich an ihn, ihr Busen rieb sich an ihm.

»Du bist so eng«, flüsterte er und schob einen zweiten Finger in sie hinein. Sanft bewegte er seine Finger hin und her, und unwillkürlich bog Alexa sich ihnen entgegen. »Du willst mich, nicht wahr, Alexa? Du bist bereit, mich in dich aufzunehmen?«

Ihr Hals war so zugeschnürt, daß sie kaum sprechen

konnte. »Ja… ich will dich.« Es mußte so sein, nie zuvor war sie so gefangen gewesen, hatte sie so sehr die Kontrolle über sich verloren. Sie zog sein Hemd aus der Hose, fuhr mit den Händen über seine feste, dunkle Haut und hörte, wie er scharf den Atem einsog.

»Wir müssen aufhören, sonst werde ich dich gleich hier nehmen.«

»Aufhören? O bitte, du kannst doch nicht wirklich wollen, daß wir jetzt aufhören.«

Er lachte leise, und Alexa fühlte es an ihrer Brust. »Nur so lange, bis ich dich nach oben gebracht habe.« Er griff nach ihrem Umhang, hängte ihn ihr um die Schultern und hob sie dann auf seine Arme. »Unser Schicksal ist besiegelt, Alexa. Von dem Augenblick an, als du durch diese Tür getreten bist, gab es nicht die geringste Chance umzukehren – vielleicht hat es diese Möglichkeit sowieso nie gegeben.«

Er machte sich auf den Weg, und sie schlang die Arme um seinen Hals, als er sie die Treppe hinauftrug. »Du gehörst mir, Alexa. Wenn ich dich nun ganz besessen habe, wirst du nie wieder einen anderen erhören.«

Sie erschauerte bei der Intensität seiner Worte. Trotz allem war Damien Falon ein rücksichtsloser, gefährlicher Mann. Wie würde ihr Leben aussehen, mit ihm als ihrem Gemahl? Sie fürchtete sich vor dem, was vor ihr lag, dennoch sehnte sich ihr ganzer Körper stürmisch nach ihm.

Sie erreichten Alexas Zimmer, doch Damien ging weiter, zu dem großen Schlafgemach. Die schwierige Entscheidung war gefallen. Seine Frau hatte ihn überzeugt, sie war aus ihrem eigenen, freien Willen zu ihm gekommen, und jetzt würde sie ihm gehören. Vielleicht wäre ja auch er früher oder später zu dem gleichen Entschluß gelangt. Die Vergangenheit lag hinter ihnen, man konnte den Lauf der Dinge nicht zurückdrehen. Alexa hatte recht, und als sie diese Worte ausgesprochen hatte, erkannte er ihre Wahrheit.

Er öffnete die Tür zu seinem Zimmer. Hier würde er sie

nehmen, in seinen eigenen vier Wänden. Beim Aufwachen wollte er sie neben sich haben.

Damien ging durch den Raum und stellte sie dann sanft auf ihre Füße, ließ ihren Körper an seinem heruntergleiten. Seine Erregung stieg noch, als er ihre fraulichen Rundungen fühlte. Der Kammerdiener hatte das Feuer in Gang gehalten, es herrschte eine angenehme Temperatur, dennoch durchrieselte ihn plötzlich ein eisiger Schauder. Es war ein Schauder der Erwartung, das unterdrückte Verlangen, das ihn schüttelte.

»Ich brauche dich, Alexa.« Nie zuvor hatte er sich dies eingestanden. Er nahm ihre Hand und preßte sie an seine Lenden. »Kannst du fühlen, wie sehr ich dich brauche?«

Alexa leckte sich über die Lippen, im Schein der Kerze leuchteten sie rubinrot. »Ja, das kann ich.« Sie bebte, und er wußte nicht, ob aus Furcht oder aus Leidenschaft.

Er wandte sich ab, um sein Hemd und seine Stiefel auszuziehen, doch die Hose ließ er an. Dann kam er zu ihr zurück und schob ihr zärtlich den Umhang von den Schultern.

»Fürchtest du dich?«

Im Schein der Kerzen sahen ihre Augen unglaublich grün aus, und er fand auch Unsicherheit darin. »Ein wenig.«

»Das brauchst du nicht. Ich werde nichts tun, was dir Unbehagen bereitet.« Bis auf diesen einen kurzen Augenblick, aber das war ein Naturgesetz; und vorläufig wollte er sie damit noch nicht ängstigen.

Er nahm ihr Gesicht in beide Hände, beugte sich zu ihr und küßte sie. Ihr Mund schmeckte süß wie Früchte, und er war so weich wie Daunen und so warm wie ein offener Kamin im Winter. Du liebe Zeit, er verlangte so sehr nach ihr. All seine Willenskraft mußte er aufbringen, um seine Leidenschaft zu zügeln, als er fühlte, wie sich ihre weichen Brüste gegen seinen Oberkörper drängten. Er nahm sie in die Hände, knetete sie leicht und streichelte die rosigen Spitzen. Sie verhärteten sich, und er beugte sich vor und nahm eine davon in den Mund.

Alexa zitterte jetzt am ganzen Körper, sie klammerte sich an seine Schultern, unbewußt krallte sie sich in seine Muskeln, und Damiens Lenden zogen sich zusammen. »Langsam, meine Herzallerliebste. Wir haben noch den Rest der Nacht Zeit.«

Doch sie stöhnte leise auf und klammerte sich noch fester an ihn. Er wußte, wie ihr zumute war. Himmel, er selbst hatte das Gefühl zu bersten. Er küßte sie voller Leidenschaft, dabei glitten seine Hände über ihren Körper, ihre Hüften; dann drängte er ihre Schenkel auseinander und schob einen Finger in sie hinein. Sie war feucht und heiß und sehr eng, und sie verlockte ihn mehr als alles andere zuvor in seinem Leben.

Als er sie streichelte, gaben ihre Knie nach. Er hob sie hoch, bettete sie auf das Laken, streifte seine Hose ab und legte sich neben sie.

»Damien?« Alexa fiel es schwer, das Wort auszusprechen. Sie zitterte vor Erregung, wand sich, ihre Haut war feucht, ihre Brustspitzen hart. Es war Verlangen, das wußte sie, doch es gab keinen anderen Mann auf der Welt, der ihr Begehren zu solchen Höhen hätte führen können.

Er ist so wunderschön, dachte sie. So schlank und dunkel und so männlich. Das war ihr Mann – und dennoch fürchtete sie sich vor ihm.

»Damien?« hauchte sie noch einmal, zwang das Wort über ihre zitternden Lippen.

»Ja, Liebste?« Auch seine Stimme klang gedämpft, als käme sie von weit her.

»Ich habe Angst. Ich … ich begreife nicht, was mit mir geschieht.« Alexa fühlte seine Hand an ihrer Brust, mit der Fingerspitze zeichnete er kleine Kreise um ihre Knospe.

Sie sah, daß er lächelte. »Es gibt immer ein erstes Mal. Du hast keine Ahnung, wie glücklich es mich macht zu wissen, daß ich der einzige bin, der dich je so berührt hat.« Damien küßte ihren Hals, dann preßte er seine Lippen voller Leidenschaft wieder auf ihre, so daß sie ganz atemlos wurde. Seine

Zunge schob sich zwischen ihre Lippen, und ihre Haut brannte, wo seine Hände sie berührten.

Sie fühlte, daß die Flamme, die er in ihr entfacht hatte, sie zu verschlingen drohte; sie war machtlos dagegen und konnte sich nicht mehr zügeln, als flöge sie einem Abgrund entgegen, vor dessen unermeßlicher Tiefe sie anhielt. Erschreckt zog sie sich etwas von ihm zurück, als zöge sie es vor, in der Sicherheit der Welt zu bleiben, die sie bisher gekannt hatte.

»Ganz ruhig, mein Liebling«, beruhigte er sie. »Ich weiß, das ist alles neu für dich. Aber ich verspreche dir, schonend vorzugehen. Vertrau mir, dann wird alles gut.«

»Ich ... ich weiß nicht, was ich tun soll.« In diesem Augenblick wurde ihr klar, daß sie sich nicht vor Damien fürchtete, sondern vor sich selbst. Lieber Gott, sie hatte sich nie vorstellen können, daß solche wilden Gefühle in ihr wohnten.

Sie zitterte heftig, als er sie auf den Rücken rollte und sich dann über sie schob. Seine harte Männlichkeit drängte sich zwischen ihre Schenkel, fordernd, heiß und pulsierend.

»Öffne deine Beine für mich«, bat er sie. »Das ist alles, was du tun mußt.«

Sie tat, wie geheißen, war viel zu verwirrt, um sich zu schämen; nun würde er mit einem tiefen Stoß in sie eindringen, und sie fürchtete sich vor dem Schmerz. Statt dessen fühlte sie seine Finger, die sie sanft streichelten; unruhig bewegte sie sich unter ihm, stöhnte auf und konnte an nichts anderes mehr denken als an die Lust, die er in ihr weckte.

»Damien?«

Er erstickte ihre weiteren Worte mit einem Kuß. Es war ein wilder, leidenschaftlicher, brennender Kuß, der alle anderen Gedanken auslöschte, bis sie fühlte, wie er langsam in sie kam, wie er sie dehnte, bis sie seine pulsierende Männlichkeit in sich fühlte. Als er ihre Jungfräulichkeit erreichte, zögerte er einen Augenblick, doch dann schob er seine Zunge weit in ihren Mund und drang gleichzeitig mit einem einzigen Stoß tief in sie hinein.

Der Schmerz riß Alexa hoch, ihr Körper bog sich ihm entgegen, zog sich zusammen und hielt ihn in sich fest, so daß ein Schauder durch seinen Körper peitschte, der ihn fast besinnungslos machte vor Gier.

»Ganz ruhig, Liebes, das Schlimmste ist vorüber.« Kleine Schweißtropfen standen auf seiner Stirn. »Ist alles in Ordnung?«

Alexa nickte, obwohl sie nicht wirklich sicher war.

»Schon bald wirst du Glück verspüren, keinen Schmerz mehr.«

Und so war es auch. Heiß strömte es durch ihren Körper. Sie klammerte sich an seine Schultern, als er sie nochmals in Besitz nahm und sich wieder zurückzog, wieder und wieder. Seine kräftigen Muskeln bewegten sich im Rhythmus, tiefer und tiefer drang er in sie und fachte einen Sturm in ihr an, der ihr den Atem raubte. Und dann geriet die Leidenschaft außer Kontrolle, sie versank in ein Gefühl süßen, brennenden, schmerzhaften Glücks, das immer größer wurde, bis sie glaubte, es nicht mehr ertragen zu können.

Sie schrie Damiens Namen, und er flüsterte beruhigende Worte in ihr Ohr, dann zog sich sein Körper zusammen, und er ergoß seinen Samen in sie. Flüchtig dachte Alexa daran, daß sie vielleicht in diesem Augenblick ein Kind von ihm empfing, und dieser Gedanke entflammte kurz ihr Herz. Doch dann gab sie sich berauscht ihrem Glücke hin. Sie schmiegte sich an ihn, und er hielt sie in seinen starken Armen. Selig schloß sie die Augen und fiel für einen kurzen Augenblick in einen tiefen Schlummer.

Damien beobachtete seine schlafende Frau, wieder zogen seine Lenden sich vor Verlangen zusammen. Er hatte sie gerade erst besessen, aber das genügte ihm nicht. Wieder und wieder wollte er sie genießen, wollte sie ausfüllen und zu der Seinen machen, auf die einzige Art, die er kannte. Statt dessen strich er ihr das feuchte Haar aus dem Gesicht und drückte einen Kuß auf ihre Stirn.

Sie bewegte sich und öffnete langsam die Augen, die grüner waren als die ersten Blätter im Frühling, ihre Wimpern dagegen dicht und dunkel. Als sie ihn sah, errötete sie, und er lächelte entzückt darüber, daß er es gewesen war, der sie zum ersten Mal so intim berührt hatte.

»Ist es schon Morgen?« fragte sie und reckte sich ein wenig; ihr war gar nicht bewußt, daß es zwischen ihnen nichts anderes gab als ihre warme, köstliche Haut.

»Nein. Du hast nur einen kurzen Augenblick geschlafen.« Er lächelte. »Aber es freut mich, daß du so ausgeruht zu sein scheinst.« Über sie gebeugt küßte er eine rosige Brustspitze. Sofort richtete sie sich auf, und Alexas wunderschöne Augen weiteten sich erstaunt.

»Was ist? Wenn ich mich recht erinnere, war das doch deine Idee, nicht wahr?«

»Ja, schon, a-aber ...«

Er nahm die Knospe spielerisch zwischen seine Zähne und zupfte daran. »Aber ...?«

»Ich habe nicht geglaubt, daß wir das schon so bald wiederholen könnten.«

Er seufzte. »Das können wir auch nicht. Du bist sehr wahrscheinlich wund, und ich möchte dir nicht weh tun.«

Alexa biß sich auf die Unterlippe. Sie bewegte sich ein wenig, und sein Glied schmerzte vor Verlangen, als es ihre weiche, weiße Haut berührte. »Herrje!«

Sie runzelte die Stirn. »Tut dir was weh?«

Er nahm ihre Hand und schloß sie um das pulsierende Glied. »Das tut mir weh.« Wenn er erwartet hatte, daß sie die Hand sofort wieder löste, so stellte er jetzt zu seiner Verwunderung fest, daß sie ihn streichelte und ihre Augen ihren Bewegungen ganz genau folgten.

»Vorsichtig, Liebste. Ich verfüge nur über begrenzte Willenskräfte, und du stellst sie im Augenblick auf eine harte Probe.« Es genügte, daß er sie ansah, wie sie nackt neben ihm lag, und er lief Gefahr, seine Selbstkontrolle zu verlieren.

»Damien?«

»Ja, mein Liebling?«

»Ich glaube nicht, daß ich wund bin.«

Damien stockte der Atem. Darauf ließ er resigniert die angehaltene Luft entweichen. »Wenn wir erst einmal angefangen haben, werde ich nicht mehr aufhören können.«

Alexa hatte nichts dagegen: »Das geht mir auch so.«

Damien lachte. »Himmel, was bist du doch für ein Glücksfall!« Er stützte sich auf einen Ellbogen und küßte sie lange und genießerisch. Dann saugte er an ihrer Brust, bis sie zu zittern begann; doch anstatt in sie einzudringen, wie er es beabsichtigt hatte, schob er seine Hand über ihren Bauch hinunter zum Quell ihrer Weiblichkeit. Er wollte sehen, wie sie die Erfüllung erreichte, entschied er, als sein Finger in sie glitt und er hörte, wie sie leise aufstöhnte. Ein zweiter Finger schob sich in sie. Er streichelte sie, fand die kleine Knospe ihrer Leidenschaft und rieb sie.

Sie bewegte sich unruhig hin und her, rief seinen Namen und bat ihn um die Erfüllung. Er hörte nicht auf, bis sie den Höhepunkt erreichte, sich ihr Körper aufbäumte, sie den Kopf zurückwarf und die Augen schloß und Woge um Woge heißer Wonne sie durchströmte. Dieser herrliche Anblick war kaum zu ertragen. Er schob sich über sie und drang mit einem einzigen Stoß in sie ein. Seine harten, rhythmischen Bewegungen ließen ihn tiefer und tiefer gelangen, er fühlte noch ihre letzten Zuckungen, als auch er seinen Gipfel erreichte.

Lieber Gott, das war der Himmel. Er nahm sie heftig und ungestüm, brachte sie noch einmal zum Höhepunkt. Dann ließ er sich an ihrer Seite nieder, und sie schmiegte sich in seine Arme. Zusammen schliefen sie ein. Im ersten Morgengrauen liebte er sie noch einmal.

Alexa lag neben ihrem Ehemann und hatte sich nie zuvor so befriedigt und erfüllt gefühlt. Endlich war sie seine Frau. Damiens Frau. Sie war die Gräfin Falon, seine Liebste, und dieses Bewußtsein ließ ihr Herz vor Freude jauchzen.

Untertags war Damien beschäftigt, er arbeitete mit seinen Pächtern oder saß über den Büchern in seiner Bibliothek, doch schien er immer Zeit für sie zu haben. Er zeigte ihr das Schloß, und es zusammen mit ihrem Mann zu durchwandern, gab Alexa das Gefühl, als kenne sie es noch gar nicht.

Er wußte die Geschichte des Schlosses aus den Begebenheiten, die ihm sein Vater erzählt hatte. Teile des großen Gebäudes waren in den Tagen Wilhelms des Eroberers gebaut worden, erklärte er voller Stolz.

»Meiner Familie gehört es seit dem frühen fünfzehnten Jahrhundert. Einer meiner Vorfahren hat zusammen mit Heinrich dem Fünften in der Schlacht von Azincourt gekämpft.« Er führte sie eine uralte Wendeltreppe hinauf in einen verstaubten Turm, von dem aus man einen märchenhaften Ausblick über das Meer hatte. »Das Schloß hat er bekommen als Belohnung für seine hervorragenden Dienste.« Er zeigte ihr die Pechnasenreihe – Schlitze im Boden, durch die Pfeile geschossen werden konnten und die man während einer Belagerung zur Verteidigung genutzt hatte – und lächelte siegreich.

»Ich weiß nur wenig über meine Familie zu jener Zeit«, sagte Alexa. »Mein Bruder wurde nach einem entfernten Vorfahren aus dem zwölften oder dreizehnten Jahrhundert benannt – einem Ritter namens Raynor Augustus – aber ich weiß nichts über ihn. So vieles hätte ich meinen Vater fragen sollen, als er noch lebte.«

»Mein Vater und ich standen uns sehr nahe«, erklärte Damien. »Ich wünschte nur, ich hätte ihn etwas länger behalten dürfen.«

Alexa kannte dieses Gefühl. Sie war erst dreizehn Jahre alt gewesen, als ihr Vater starb, nur wenige Monate nachdem sie ihren älteren Bruder Chris verloren hatte. Sie vermißte beide immer noch schmerzlich. »Mein Vater war ein sehr freundlicher Mann, so ganz anders als meine Brüder. Ich wünschte, du hättest ihn kennengelernt.«

Damien lächelte sie an. »Ich auch.«

Später an diesem Nachmittag enthüllte er ihr noch einen Teil seines Wesens, den sie nicht vermutet hätte. In einem begehbaren Vogelhaus in einer der Mauernischen des Schloßhofs züchtete Damien exotische Vögel.

Schweigend gingen sie an den Käfigen entlang, voller Begeisterung betrachtete Alexa die vielen Farben, Formen und Größen der Gefiederten. »Sie sind wunderschön«, hauchte sie. »Ich hatte keine Ahnung, daß du dich für so etwas Ungewöhnliches interessierst.«

Er lächelte: »Würdest du genauso überrascht sein, wenn ich dir verrate, daß ich die Poesie liebe? Oder schöne Gemälde?«

»Das ist alles so herrlich neu für mich.« Ein Gefühl der Wärme durchfloß ihren Körper. »Ich bin sehr froh darüber, daß du anders bist, als ich dachte.« Nachdenklich betrachtete sie ihn einen Augenblick, erst jetzt begriff sie, wie komplex er war und wie viel sie über ihn noch lernen mußte. Dann wandte sie sich wieder den Vögeln zu.

»Die dort drüben kenne ich.« Sie deutete auf einen Käfig, in dem Körner auf dem grauen Steinboden lagen. »Das sind Fasane – aus China, wenn ich mich recht entsinne. Aber ich habe keine Ahnung, wie die anderen Arten heißen.« Sie durchschritten die Voliere, blieben vor einzelnen Käfigen stehen. Damien kannte es gut, sein buntes Federvolk; er sah nach, ob sie genug Wasser und Körner bekommen hatten. Die Tiere waren gar nicht scheu in seiner Nähe, sie kamen zu ihm geflogen, als sei er ihr Freund.

»Der Weiße dort drüben, mit dem Federbüschel auf dem Kopf, ist ein Kakadu«, erklärte er. »Die Roten und Grünen sind Papageien.« Er deutete auf einen kleinen, gedrungenen Vogel mit orangefarbenen und roten Federn und einem übergroßen, hakenförmigen Schnabel. »Das ist ein Tukan. Er kommt aus Südamerika. Und die kleinen Vögel dort drüben werden Webervögel genannt. Sie sind in Afrika zu Hause.«

»Wie lange interessierst du dich denn schon für diese kleinen Wunder?«

»So lange ich denken kann. Eigentlich ist es eine Art Erbe. Seit sich die Mitglieder meiner Familie erinnern können, hat immer jemand aus der Familie der Falons sich für Vögel interessiert. Am Anfang ging es um die Jagd: Falken, Habichte und andere Raubvögel. Exotische Exemplare waren die Leidenschaft meines Vaters und davor die seiner Mutter. Es muß sich vererbt haben. Vielleicht stammt auch daher unser Familienwappen... oder das Wappen hat in jemandem den Wunsch geweckt, Vögel zu züchten. Ich weiß nicht, was zuerst da war.«

»Ich finde es wundervoll.«

Er wandte sich ihr zu, der Wind wehte leicht durch sein Haar. »Ich finde, du bist wundervoll.« Er beugte sich zu ihr und küßte sie. Heiß stieg es in Alexa auf, in seiner Nähe bekam sie stets Herzklopfen.

Mehrere Stunden verbrachten sie in der Voliere. Es gab noch viel mehr Vögel, Alexa entdeckte Kiebitze, die als Futter für die Raubvögel gezüchtet wurden, und einen ganzen Käfig voller Tauben.

Vor dem letzteren blieb sie stehen; einige der grauen Vögel, so stellte sie fest, hatten kleine Metallringe um ihre Füße. »Das sind Brieftauben, nicht wahr?«

Damiens Gesichtsausdruck veränderte sich. Er zuckte die Schultern. »Eine Weile lang haben sie mich gefesselt, jetzt züchte ich sie nur als Futtertiere.«

»Warum holen wir sie nicht raus und lassen sie...«

»Laß uns wieder hineingehen«, unterbrach er sie. »Es ist schon spät, und ich habe vor dem Abendessen noch einige Dinge zu erledigen.«

Sie betrachtete ihn aufmerksam. »Einverstanden... unter einer Bedingung.«

»Und die wäre?«

»Daß du mir von deiner Mutter erzählst.« Es war ein

Thema, das sie bis jetzt gemieden hatten, doch wollte Alexa erfahren, warum die beiden nicht miteinander auskamen. Sie mußte die Wahrheit wissen, sowohl Damiens wegen als auch um ihrer selbst willen.

»Ein anderes Mal«, erklärte er kurz angebunden und führte sie zum Haus zurück.

Am Gartentor blieb Alexa stehen. Die Größe des Gartens konnte sich mit der von Stoneleigh nicht messen, doch war er wundervoll gepflegt. »Findest du nicht, daß es auch mich betrifft? Ich bin doch deine Frau. Deine Mutter und deine Schwester gehören jetzt ebenso zu meiner Familie.«

Damien seufzte. »Über das Thema Rachael Falon Melford unterhalte ich mich nicht über die Maßen gerne.«

Alexa lächelte. »Das weiß ich sehr gut, aber irgendwann einmal müssen wir darüber reden. Was ist zwischen euch beiden vorgefallen? Sie kann doch nicht schon in deiner Kindheit eine so harte Frau gewesen sein?«

Der letzte Schimmer von Wärme wich aus seinem Gesicht. »Die Wahrheit ist, sie war bereits damals genau so wie heute.« Er starrte in die Ferne und blinzelte in die letzten Strahlen der untergehenden Sonne. »Allerdings hat sie es damals vielleicht besser kaschiert als heute. Meinem Vater schien es nichts auszumachen. Aus Gründen, die ich wahrscheinlich nie verstehen werde, hat mein Vater sie treulich geliebt.«

»Ich denke, wir können uns nicht immer aussuchen, wen wir lieben.«

Damien sah sie eigenartig an. »Vielleicht nicht... Jedenfalls war ich, als mein Vater starb, neun Jahre alt und meine Mutter siebenundzwanzig. Sie war egoistisch und verwöhnt – in ihrem Leben gab es eigentlich keinen Platz für ein Kind.«

Alexa dachte an ihre eigene Jugend – sosehr sie selbst damals umsorgt gewesen war, wußte sie doch, daß für sie ein Kind immer Vorrang haben würde.

»Sie muß unglaublich schön gewesen sein«, sagte sie.

Er nickte. »Das ist richtig, doch leider wußte sie es. Am Tag der Beerdigung meines Vaters reiste sie ab nach London, und von diesem Tag an habe ich sie kaum mehr gesehen. Es machte ihr nichts aus, ihren neunjährigen Sohn allein zurückzulassen, der gerade erst seinen Vater verloren hatte und vielleicht den Trost einer Mutter brauchte.«

»Oh, Damien.« Alexa legte eine Hand auf seinen Arm und spürte, wie er sich verhärtete.

»Danach gingen die Dinge bergab. Sie verbrachte die meiste Zeit in der Stadt – und dort verjubelte sie auch das meiste Geld meines Vaters. Das Schloß begann langsam zu verfallen. Sobald eine angemessene Frist verstrichen war, hat sie Lord Townsend geheiratet.«

»Aber danach muß sich doch alles gebessert haben?«

Damien lächelte grimmig. »Townsend und ich waren wie Feuer und Wasser. Ich neidete ihm die Aufmerksamkeit, die er von meiner Mutter bekam, und er mochte mich nicht, weil ich ihn ständig provozierte. Als ich dreizehn Jahre alt war, wurde ich nach Frankreich zu meiner Großmutter geschickt.«

Alexa wollte fragen, wie sein Leben dort gewesen war, doch der Ausdruck in seinem Gesicht bewog sie, nicht weiter in ihn zu dringen. Er hatte alles gesagt für den Moment. Vielleicht ein anderes Mal.

»Es tut mir leid, Damien. Ich wünschte, man könnte die Dinge wieder zurechtrücken.«

»Ich habe dir das nicht erzählt, weil ich auf dein Mitleid aus bin. Du solltest nur die Zusammenhänge kennen.« Er umfaßte ihren Arm ein wenig fester als zuvor. »Aber jetzt ist es Zeit, hineinzugehen.«

Den Rest des Abends verbrachte er in trüber Stimmung, doch in der Nacht liebte er sie mit der gleichen wilden Leidenschaft wie immer. Am Morgen schien er verändert zu sein, als hätte es ihm geholfen, über die Vergangenheit zu sprechen. Dennoch war Alexa sich seiner Gefühle für sie noch immer nicht sicher, und es gab eine rätselhafte Seite an ihm, die er weiterhin vor ihr verbarg.

Am nächsten Tag standen sie früh auf und fuhren in das kleine Fischerdorf Falon-by-the-Sea. Es war ein Ort mit schmalen, holprigen Straßen, gesäumt von bescheidenen Katen. Die hölzernen Speichergerüste, die zum Fischetrocknen benutzt wurden, gingen auf das sechzehnte Jahrhundert zurück, erzählte Damien ihr.

»Sie wurden hoch und schmal gebaut, damit sie nicht so viel Grundstücksmiete dafür zahlen mußten«, berichtete er, als sie über die Hauptstraße des Dorfes schlenderten, die parallel zum Meer verlief. Unter ihnen am Strand verkauften die Fischersfrauen jungen Kabeljau, Scholle, Krabben und Hummer.

»Sieh mal, Damien!« Als sie durch den Sand wateten, deutete Alexa den Strand entlang auf große dunkle Flecken, die wie Löcher in dem ansteigenden Gelände aussahen. »Sind das nicht Höhlen, die in die Klippen führen?«

»Richtig, Gnädigste«, sagte eine massige Frau mit rundem Gesicht; ihr graues Haar war mit einem roten Tuch zu einem Knoten auf ihrem Kopf zusammengebunden. An einem einfachen Stand verkaufte sie Fische, die mit ihren offenen Mäulern und glänzenden Augen vorwurfsvoll in die Welt starrten. »Die ganze Küste ist voll davon. Früher einmal war das hier ein Paradies für Schmuggler. Einige sagen, daß es das auch heute noch ist.«

Zweifellos wurde hier in großem Stil geschmuggelt. In den gegenwärtigen Kriegszeiten waren die feinen französischen Produkte eine begehrte Ware, auch wenn der größte Teil des Adels sie nur im verborgenen benutzte und niemals prunkend zur Schau stellte.

»Gibt es in der Nähe von Schloß Falon auch solche Höhlen?« fragte sie Damien und überlegte gleichzeitig, ob daher wohl die ganzen Gerüchte über ihn rührten.

»Nicht, daß ich wüßte.« Sein Gesichtsausdruck schien sich verändert zu haben, er war nicht mehr so guter Dinge wie zuvor. Alexa ließ das Thema fallen. Der Tag war viel zu schön, um sich von vagen Vermutungen ihre gute Laune verderben zu lassen.

»Welcher Fisch sieht am frischesten aus?« fragte sie stattdessen mit einem strahlenden Lächeln. »Ich glaube, ich möchte einen davon heute abend verspeisen.«

Auch Damien lächelte. »Das Abendessen ist wahrscheinlich schon bald fertig. André bereitet diesmal etwas ganz Besonderes vor. Der Fisch wird warten müssen.«

Alexa war das gleichgültig. Wenn Damien so lächelte, fühlte sie sich im siebten Himmel; sie wollte ihn nur dazu bringen, immer wieder so zu lächeln.

Und wegen der Überraschung hatte er auch recht gehabt, mußte sie eine Weile später zugeben. M'sieur Bouteliers köstliche französische Mahlzeiten waren während des Besuchs von Damiens Mutter und seiner Schwester kaum beachtet worden. Jetzt genoß Alexa die reichhaltigen und schmackhaften Speisen, und ihr gefiel der Gedanke, daß Damien all diese Genüsse extra für sie bestellt hatte.

Sie teilten sich coq au vin mit ris de veau aux chanterelles – ein schmackhaftes Hähnchengericht, das mit köstlichem Kalbsbries und Wildpilzen angerichtet war –, dazu tranken sie eine Flasche alten Bordeaux. Später machten sie noch einen Spaziergang über den Klippenpfad. Als sie an die Stelle kamen, wo die Granitfelsen aufragten, zog Damien seinen Mantel aus und richtete damit einen Lagerplatz zwischen den aufragenden Wänden her. Er küßte sie, bis sie am ganzen Leib zitterte und sich an seine Schultern klammerte, dann schob er ihre Röcke hoch, öffnete seine Hose und nahm sie, ohne sie vorher auszukleiden.

Es war skandalös – sündhaft – und so unglaublich erregend!

»Ist dir kalt, meine Liebste?« fragte er und küßte ihre Wangen, als sie sich in seine Arme schmiegte. »Wir sollten uns auf den Weg machen.«

»Noch nicht... bitte...« Sie lehnte den Kopf an seinen

Arm, und er strich mit dem Finger über ihre Wange. »Ich liebe es, dem Rauschen des Meeres zu lauschen… zu hören, wie die Wogen gegen den Strand branden. Es ist beinahe so, als wäre der Ozean lebendig, als hätte er seinen eigenen Herzschlag.«

Auf einen Ellbogen gestützt nickte er: »Er lebt ja auch… wenigstens in meinen Augen. Das ist einer der Gründe, warum ich diesen Ort innig liebe.«

Ihre Augen ruhten auf seinem Gesicht. »Ich mag das alles so sehr, Damien.«

Er küßte sie zärtlich, übermütig strich seine Zungenspitze über ihre Mundwinkel. Dann stand er auf und zog sie zu sich hoch. »Es ist Zeit, daß wir aufbrechen. Zu Hause wartet ein schönes weiches Bett auf uns, denn ich habe für heute noch lange nicht genug von dir bekommen.« Er zog seinen Mantel wieder an und hob sie auf seine starken Arme. »Ich habe die Absicht, dich leidenschaftlich zu lieben, so lange, bis du mich anflehst aufzuhören.«

Sie lachte, als er mit ihr auf dem Arm auf das erleuchtete Haus zuschritt. Nur vage nahm sie den Nebel wahr, der vom Meer her aufzog. »Ihr habt also eine harte Nacht vor Euch, mein Lord«, neckte sie ihn und fühlte, wie das Verlangen sie in Besitz nahm.

In ihrem Zimmer angekommen, fielen sie sich lachend in die Arme und ließen einander nicht mehr los. Als Alexa endlich einschlief, war sie matt und gesättigt.

Als sie einige Zeit später aufwachte, befand sie sich allein auf ihrem Liebeslager.

10. Kapitel

Die Morgendämmerung war noch nicht angebrochen, und obwohl das Fenster ein Stück offenstand, fiel kein Mondschein ins Zimmer. Alexa gähnte und reckte sich. Wo steckte Damien bloß? Hatte er vielleicht nicht schlafen können? Sie lächelte ein wenig bei diesem Gedanken. Gestern abend war er ein sehr anspruchsvoller Geliebter gewesen, und sie hatte begierig all seine Forderungen erfüllt. Als sie ihr Liebesspiel beendet hatten, war sie erschöpft und befriedigt gewesen, und beide schliefen sofort ein.

Aber warum hatte er sie dann verlassen? Sie begann sich Sorgen zu machen, als er nicht zurückkam. Schließlich schlüpfte sie aus dem Bett, zog ihren warmen seidenen Umhang über und schlich leise nach unten. Unter der Tür zu seinem Arbeitszimmer entdeckte sie einen Lichtschein. Sie wollte gerade die Türklinke herunterdrücken, als ihr klar wurde, daß Damien nicht allein war.

Es gehörte sich nicht zu lauschen, und dennoch... Sie drückte das Ohr an die Tür und stellte dann fest, daß nicht nur eine, sondern zwei fremde Stimmen aus dem Zimmer drangen, die leise miteinander redeten. Ihr Herz begann heftiger zu klopfen, als sie erkannte, daß die Männer französisch sprachen.

Gütiger Gott im Himmel. Sie preßte sich noch ein wenig enger an die Tür und gab sich Mühe, etwas aufzuschnappen. Insgeheim zollte sie Miss Parsons, ihrer schrulligen alten Gouvernante, Anerkennung. Die Frau hatte keine Ruhe gegeben, bis Alexa schließlich die französische Sprache erlernte. Zum ersten Mal seit jenen Lektionen war sie dankbar dafür. Dennoch konnte sie durch das massive Türholz kaum ein Wort verstehen.

Sie legte die Hand auf die Klinke und drückte sie langsam, Zentimeter für Zentimeter, hinunter, bis sich die Tür schließlich einen Spaltbreit öffnete. Durch den Spalt konnte sie Damien sehen, der eine enge schwarze Hose und ein weißes Hemd trug und mit zwei fremden Männern konferierte. Sie waren dem feuchtkalten Wetter entsprechend ausgerüstet mit Pullovern, Schals und dicken Mänteln, die über einem Stuhl in der Nähe lagen.

Alexa schob sich ein wenig nach links, um auch noch den Rest des Zimmers überblicken zu können. Ein weiterer Mann stand im Schatten. Er sah kantig und unerbittlich aus, sein Gesicht war vom Wetter gegerbt und voller Falten. Er trug die Kleidung eines Bauern oder vielleicht auch die eines Seemanns. Eine seltsame Versammlung, dachte Alexa und überlegte, was diese Männer hierher gebracht haben mochte – und was sie überhaupt mit ihrem Besuch bezweckten.

Die Antwort auf ihre Frage gab sie sich selbst, rasch und ohne sich etwas vorzumachen – es war eine Antwort, die ihr den Hals zuschnürte, und ihr ganzes Innere zog sich zusammen.

Schmuggler! Es mußte so sein. Lieber Gott, die Geschichten stimmten wirklich! Ihre Finger krallten sich in ihre Handfläche, und ihr Puls begann zu rasen. Lieber Himmel, Damien war in diese Bande verstrickt!

Alexa versuchte, ruhig zu bleiben; jetzt, wo sie die Wahrheit wußte, mußte sie einen Weg finden, ihm da herauszuhelfen. Eigentlich hätte sie gar nicht überrascht sein sollen. Die Beweise lagen doch vor ihrer Nase. Immerhin war er zum Teil französischer Abstammung, liebte französisches Essen, französischen Wein und den teuren Cognac. Sie hatte die Brieftauben gesehen und die Höhlen entlang der Küste.

Obendrein brauchte er Geld, wahrscheinlich war das sogar eines der Motive für seine Heirat. Es konnte sein, daß er sich in einer verzweifelten Lage befand und sich mit den Schmugglern eingelassen hatte, um zu überleben.

Alexa holte tief Luft. Sie hatte keinen Grund, in Panik zu geraten. Er hatte des Geldes wegen geschmuggelt – was jetzt nicht mehr nötig war! Er konnte seine Beteiligung an diesen Machenschaften aufgeben, und niemand würde je etwas davon erfahren.

Sie zwang sich, ihre Aufmerksamkeit wieder auf die Männer dort drinnen zu richten. Jetzt sprachen sie über ihr Vorhaben und baten Damien um seine Hilfe; es war von Papieren die Rede, die benötigt wurden. Er sollte sie beschaffen, sagten sie. General Moreau war darauf angewiesen – er brauchte diese Informationen, um seine nächste Aktion zu planen, Menschenleben standen auf dem Spiel. Damien sollte sich mit seinen Informanten in Verbindung setzen, mußte Dokumente beschaffen und dafür sorgen, daß sie in die Hände der Franzosen gelangten. Die Männer würden in fünf Tagen zurückkehren – in dieser Frist hatte alles erledigt zu sein.

»Ihr könnt Euch auf mich verlassen, wie immer«, sagte Damien auf französisch, und Bitterkeit stieg in Alexa auf. Mit zitternden Händen schloß sie die Tür und lehnte sich dagegen, dankbar, daß sie ihr einen Halt bot. Sie bemerkte, daß sie noch immer den Atem anhielt, und zwang sich, Luft zu holen.

Damien war kein Schmuggler – sondern ein Spion!

Ein verachtenswerter englischer Verräter. Ein Mann, der sein eigenes Land verriet. Ihr wurde richtig übel bei der Erkenntnis, und sie brauchte ihre ganze Kraft, um den Halt, den die Tür ihr bot, zu verlassen, den Flur hinunterzueilen und dann die breite Treppe hinauf. Sie zitterte am ganzen Körper, und ihr Magen hob sich.

Lieber Gott, auf was hatte er sich da eingelassen?

Doch was viel wichtiger war, was, um alles in der Welt, sollte sie tun?

Mit zitternden Händen schloß sie die Schlafzimmertür hinter sich und kletterte in ihr Bett. In Damiens Bett, in dem er sie eben noch geliebt hatte. Ihr Magen hob sich erneut, und bittere Tränen brannten in ihren Augen. Sie wollte das Zimmer verlassen und nie wieder zurückblicken, wollte weglaufen, so weit sie konnte und ihm nimmermehr gegenübertreten müssen. Am besten täte sie so, als wäre sie ihm nie begegnet, vergäße alles, was sie miteinander geteilt hatten … wie er sie berührt hatte. Sie wollte so tun, als sei das alles nie geschehen, als fühle sie nichts für ihn, als hätte er sie nicht angelogen, verraten und betrogen. Als hätte er nie ihr Herz gestohlen!

Alexas Finger krallten sich in das Kopfkissen. Sie wollte hier weg; aber als sie dann die Konsequenzen begriff, wurde ihr klar, daß sie das nicht wagen konnte. Sie mußte hierbleiben, wo Damien sie verlassen hatte. Er durfte nicht ahnen, daß sie die Wahrheit wußte; es wäre unklug, sein Mißtrauen zu erregen. Auf keinen Fall durfte er merken, daß sie um sein schreckliches Geheimnis wußte.

Oh, lieber Gott, lieber Gott! Tränen quollen aus ihren Augen und rollten ihr über die Wangen. Er hatte sie angelogen – schon wieder. Seit dem Augenblick, als sie ihn kennengelernt hatte, hatte er ihr eine Unwahrheit nach der anderen aufgetischt. Absichtlich hatte er sie ruiniert und sie dann ihres Geldes wegen geheiratet. Dennoch hatte sie sich zu ihm hingezogen gefühlt, entgegen jeder Vernunft, jeder Logik. Sie hatte sich von ihm einwickeln lassen und ihm vergeben, ja ihm sogar erlaubt, sie zu verführen.

Eine heiße Röte stieg in ihre Wangen bei dem Gedanken, daß ja eigentlich sie es gewesen war, die ihn verführt hatte.

Alexa schloß die Augen, als die Erinnerung an diese glücklichen Tage wieder in ihr aufstieg. Alles, was sie miteinander geteilt hatten, war eine Lüge gewesen. Alles.

Sie erinnerte sich wieder an Sarahs Worte: »Er ist ein Mann mit vielen Gesichtern.«

Es stand in der Tat noch viel schlimmer um ihn. Er war ein Lügner und Betrüger, ein Mann, der seine Seele an denjenigen verkaufte, der ihm das höchste Gebot dafür machte – was offensichtlich längst geschehen war.

Alexa vergrub das Gesicht im Kissen und versuchte, die

Tränen zurückzudrängen, doch sie konnte nicht aufhören zu weinen. Sie mußte sich zusammenreißen, das wußte sie. Es ging um Leben und Tod für die Menschen in ihrem Land.

Der Gedanke ernüchterte sie. Wenn französische Menschenleben auf dem Spiel standen, falls Damien die nötigen Informationen nicht liefern konnte, so gerieten englische Menschenleben in Gefahr, wenn er diese Informationen ablieferte. Ihr Bruder Christopher war von den Kanonen eines französischen Kriegsschiffes getötet worden, sie versenkten seinen Postfrachter aus Versehen an einem regnerischen Tag vor der Küste von Darthmouth. Rayne hatte ein ganzes Jahr in einem verwahrlosten französischen Gefängnis verbracht.

Sie haßte den Krieg, haßte Napoleon und seine Grande Armée, haßte den Verlust der vielen Menschenleben und die sinnlose Zerstörung. Vor allem den Franzosen galt ihr Abscheu, und sie würde nicht zulassen, daß ihr Mann ihnen dabei half, noch mehr unschuldige junge Briten umzubringen.

Sie wischte sich die Augen mit dem spitzenbesetzten Kissenbezug. Das durfte ihm unter gar keinen Umständen gelingen. Ganz gleich, was es sie auch kosten mochte, nur sie konnte ihn davon abbringen. Aber wie sollte sie das bewerkstelligen?

Alexa biß sich auf die Unterlippe. Rayne würde ihr mit Rat und Tat beiseite stehen, schließlich war er Oberst in der Armee gewesen. Aber ihr Bruder hatte das Land verlassen. Als sie seine Nachricht bekommen hatte, daß er und Jocelyn nach Jamaika reisen würden, nach Mahogany Vale, war es ihr unerheblich erschienen. Nur noch an Damien hatte sie gedacht; ihn hatte sie in ihrem Herzen gehabt, der mit seiner Liebe die Bedürfnisse ihres soeben erwachten Körpers stillte.

Damien, ihr Ehemann! Der Mann, der ein Verräter war, der all das verriet, was ihr lieb und teuer war. Er hatte sie wieder einmal betrogen, belogen und verraten. Er hatte ihre Unschuld genommen und sie in seine Netze gezogen, die genauso kunstvoll gewebt waren wie die einer Todesspinne.

Er war ein Meister dieses Spiels, das hatte sie von Anfang an gewußt.

Sie starrte zu dem schweren blauen Betthimmel aus Samt empor. Sein Benehmen war wirklich beispiellos, dachte sie und erinnerte sich mit einem bitteren Beigeschmack an die Stunden, die sie miteinander verbracht hatten. Wieder kämpfte sie mit den Tränen. Jeden Tag waren ihre Gefühle für ihn gewachsen. Selbst jetzt sehnte sich ihr Herz nach ihm und nach ihrer gemeinsamen Zukunft, an die sie zu glauben begonnen hatte. Trauer preßte ihre Schläfen zusammen, und ihr Herz war schwer.

Damien Falon, Ehemann, Geliebter – Spion. Seine Rollen waren so vielfältig wie seine Sammlung exotischer Vögel, und er spielte sie hervorragend. Doch jetzt würde sie selbst eine noch gerissenere Schauspielerin werden müssen, um ihn zu schlagen.

Alexa bereitete sich innerlich darauf vor. Er hatte sie als Dummchen behandelt, schon vom ersten Augenblick ihres Kennenlernens an. Überall suchte er seinen Vorteil, hatte ihr außerdem das Herz aus dem Leib gerissen und war mit den Füßen darauf herumgetrampelt. Bis jetzt hatte er jedes Spiel gewonnen – doch nun verteilte sie die Karten neu.

Sie stieg aus dem Bett, auf unsicheren Beinen wankte sie zum Fenster hinüber. Draußen hob sich der Nebel. Sie entdeckte eine Bewegung am Rand der Klippen über dem Meer. Die Männer kehrten zum Strand zurück, zu den Booten, die sie wahrscheinlich hergebracht hatten. Damiens große Gestalt entdeckte sie in ihrer Mitte.

Alexa schloß die Augen; es war, als wüte jemand mit einem Messer in ihrem Herzen, während sie daran dachte, daß ihr Mann gemeinsame Sache mit den Franzosen machte. Ganz gleich, was sie auch tun mußte, ganz gleich, wie schmerzlich es sein würde, hier lief eine Partie, die sie nicht verlieren durfte.

Damien zog den Mantel enger um sich. Ein bitterkalter Wind blies mit der Flut über das Land, und jetzt würde dieser stetige Wind Lafon und seine Männer nach Frankreich zurücktragen.

Er hatte nicht erwartet, sie zu sehen; insgeheim hatte er gehofft, der Krieg würde zu Ende gehen und sein Leben würde so friedlich bleiben, wie es von Beginn seiner Ehe an verlief. Doch tief in seinem Herzen wußte er die ganze Zeit, daß sie ihn früher oder später wieder brauchen würden.

Sein vorheriges Leben holte ihn ein, und das idyllische Glück mit Alexa war vorbei.

Er seufzte, als er sich zum Schloß zurückschleppte. Monty würde auf ihn warten, würde sich um sein Wohlergehen sorgen wie immer, ein loyaler, vertrauenswürdiger Kamerad, ganz gleich, was sein Herr auch trieb. Doch es war nicht sein alter Freund, der seine Gedanken beschwerte, es war Alexa. Er würde gezwungen sein, sie wieder einmal anzulügen. Es widerstrebte ihm zutiefst, dennoch gab es keinen anderen Weg.

Vielleicht war es besser so. Seine Lügen würden zwischen ihnen einen gewissen Abstand schaffen, und gerade diesen Abstand brauchte er jetzt. Außerdem war er gar nicht sicher, ob diese unbekannten Gefühle, die sie in ihm weckte, ihm gefielen. Zärtlichkeit und Fürsorge hatten bis jetzt keinen Platz in seinem Leben gehabt, genausowenig wie Gewissen und Mitleid. Sie rührte die gefügigere Seite seines Wesens an, weckte alte Sehnsüchte in ihm und den Wunsch nach Gewißheiten, die nicht sein konnten.

Lafon und seine Männer hatten ihm diese Träume wieder ausgetrieben. Er hatte einen Auftrag zu erledigen, und sein Gewissen konnte er dabei keinesfalls gebrauchen. Zärtlichkeit und Fürsorge würden höchstens dazu führen, daß er sein Leben bei diesem Geschäft verlor.

In der Halle sprach er mit Monty, dankte ihm für seine Diskretion, mit der er ihn geweckt und die Männer versorgt hatte. Oben fand er Alexa zusammengeringelt im Bett, doch gesellte er sich nicht zu ihr. Statt dessen legte er Holz auf das beinahe erloschene Feuer und fachte es mit dem Blasebalg wieder an, dann setzte er sich in den weichen Sessel vor dem Kamin und ließ sich von den Flammen wärmen. Er würde Alexa beim Schlafen betrachten und würde diese letzten Augenblicke genießen, ehe er sie verlassen mußte.

Ob sie ihn wohl vermissen würde, wenn sie allein in seinem großen Bett schlief?

»Ich muß in die Stadt.« Damien nippte an dem starken schwarzen Kaffee; das feine Porzellan klirrte, als er die Tasse zurückstellte. »Aber ich werde so bald wie möglich zurückkommen.« Sie saßen in dem kleinen Salon im hinteren Teil des Schlosses, von dem aus sie das Meer sehen konnten.

Alexa lächelte, sie bemühte sich, sowohl ihren Zorn vor ihm zu verbergen, als auch ihren Schmerz zu betäuben. »Du wirst mich natürlich mitnehmen.« Das Spiel hatte schon vor Stunden begonnen, als sie in dem großen Bett ihres Mannes gelegen und vorgegeben hatte zu schlafen, während er sie betrachtete. In ihrem Kopf herrschte wilder Tumult, und sie war ratlos, was sie tun sollte. »Du weißt doch, wie sehr ich die Stadt liebe.«

Doch er schüttelte nur den Kopf. »Es tut mir leid, mein Herzensschatz, diesmal nicht.« Er blickte aus dem Fenster, als sei er in Gedanken bereits woanders. Möwen flogen unter den grauen Wolken entlang, und eine steife Brise wehte durch die niedrigen Büsche an den Klippen. »Ich werde die meiste Zeit beschäftigt sein, und selbst wenn das nicht so wäre, so ist der Skandal noch nicht vergessen. Du sollst nicht unter all dem Klatsch leiden.«

»Und was ist mit dir? Du wirst genauso Zielscheibe des Getuschels sein wie ich. Vielleicht sogar noch mehr.«

»Ich bin daran gewöhnt. Außerdem rufen mich Dringlichkeiten nach London.«

»Was mußt du denn in der Stadt erledigen?«

»Es geht um Absprachen mit meinem Gutsverwalter, ich war eine ganze Weile weg.« In Italien, hatte er ihr gesagt. Um dort Geschäfte für seine Mutter zu tätigen. Jetzt zweifelte Alexa, ob das überhaupt gestimmt hatte. »Die Dinge sind noch immer nicht alle geregelt.«

Alexa seufzte. »Ich denke, du hast wahrscheinlich recht«, gab sie nach und hoffte, daß ihre Nachgiebigkeit überzeugend klang. »Es wird wohl das beste sein, wenn ich hierbleibe – aber ich werde dich schrecklich vermissen.«

Er beugte sich zu ihr und küßte sie. »…ich dich auch!«

Schmerz und Wut stiegen in Alexa auf, es tat weh, und sie fühlte sich betrogen, so sehr, daß sie sich zusammennehmen mußte, um nicht in Tränen auszubrechen. Mich vermissen? dachte sie und fragte sich, wie weit er mit seinen Lügen wohl gehen würde; sein auf der Hand liegendes Desinteresse an ihr machte sie ganz krank. Sie kämpfte gegen die Vorstellung an, daß er seine Nächte wahrscheinlich im Bett anderer Frauen verbringen würde. Er und sie vermissen? Nichts als süße Worte! Und dennoch, selbst nach all diesen jüngsten Ereignissen würde sie sich am liebsten einreden, daß er die Wahrheit sprach.

»Wann wirst du fahren?« Sie hoffte nur, daß er nicht merkte, wie laut ihr Herz schlug, wie heftig die kleine Ader an ihrer Schläfe pochte. Und genauso dröhnte ihr Kopf, schon seit dem Morgengrauen schmerzte er unerträglich.

»In wenigen Minuten. Ich habe bereits alles gepackt. Monty läßt gerade die Kutsche vorfahren.«

Alexa nickte nur. Ihr Hals war zugeschnürt, und Tränen brannten in ihren Augen. Lieber Gott, wie schwer ihr das fiel – tausendmal schwerer, als sie es sich vorgestellt hatte. Nun, da die Würfel gefallen waren, begleitete sie ihn zur Tür.

»Gib gut acht auf dich!« Alexa zwang sich zu einem Lächeln.

»Du erst recht«, sagte er, und seine Stimme klang ein wenig rauh.

Sie stand im Eingang, legte den Kopf zurück und wartete darauf, daß er sie küßte. Statt des kühlen Abschieds, auf den sie schon gefaßt war, gab er ihr einen brennenden, leidenschaftlichen Kuß, der sie ganz atemlos machte und gleichzeitig ihre Sehnsucht vermehrte.

»Ich werde jeden Abend an dich denken, ehe ich einschlafe«, versprach er ihr, und Alexa wappnete sich gegen eine weitere Attacke von Schmerz.

»Auf Wiedersehen, Damien«, sagte sie kläglich und drängte die Tränen zurück. Von ganzem Herzen wünschte sie, die Dinge hätten sich anders entwickelt.

Doch Wünsche würden nichts an den Tatsachen ändern. Und während sie der Kutsche nachblickte, die langsam davonrollte, wußte sie, daß sie zu Werke schreiten mußte. Mit einem kurzen Nicken zu Monty zog Alexa sich zurück in die oberen Räume und packte eine kleine Tasche für ihr eigenes Vorhaben.

Rayne war nicht mehr in England. Ihn konnte sie nicht um Hilfe bitten; aber sie glaubte zu wissen, was ihr jetzt oblag. Während seiner Jahre in der Kavallerie war sein bester Freund ein Mann namens Jeremy Strickland gewesen. Oberst Strickland hatte mittlerweile den Generalsrang erreicht. Er war immer mit Rayne in Verbindung geblieben, und zuletzt hatte sie gehört, daß er im Hauptquartier des Heeres in London stationiert war.

Die achtzig Meilen bis zur Stadt bedeuteten für Damien eine zweitägige Reise in seiner Kutsche. Sie würde die Postkutsche benutzen. Da diese alle zehn Meilen anhielt, um die Pferde zu wechseln, würde sie die Reise in weniger als vierundzwanzig Stunden hinter sich bringen. Sie könnte mit dem General reden, sich seiner Hilfe versichern und wäre zurück im Schloß Falon, noch ehe Damien an seine Heimkehr dachte.

»Was, bei unserer Jungfrau Maria, tut Ihr da, Gnädigste?« Sarah stand in der Tür mit einem Stapel frisch gewaschener Wäsche.

»Ich habe im Moment eine Nachricht bekommen«, log Alexa und wiederholte so die Geschichte, die sie sich ausgedacht hatte. Sie stopfte Strumpfbänder und Strümpfe in ihre Tasche, zusammen mit einem marineblauen Tageskleid samt dazu passendem langen Mantel. »Lady Jane ist krank geworden. Ich muß nach London.«

»Warum habt Ihr mir das nicht gesagt? Ich werde mich sofort bereitmachen.«

Alexa wollte sie zurückrufen, doch dann überlegte sie es sich anders. Es war eine lange Reise nach London. Sie würde viel weniger auffallen, wenn sie mit ihrer Dienerin reiste. Für Sarah würde sie sich schon eine Erklärung einfallen lassen, wenn sie erst an ihrem Ziel angekommen waren. Vorläufig würde es auch weniger Probleme mit Monty geben, wenn sie Sarah mitnahm.

»Wir nehmen die Postkutsche, Sarah«, rief sie ihr nach. »So kommen wir auf dem schnellsten Wege hin, und Lady Jane braucht uns baldigst.«

Erschöpfung. Es gab kein anderes Wort für das, was Alexa fühlte, und selbst einige Stunden Schlaf in dem gediegenen Grillon Hotel an der Albemarle, wo sie sich eine Suite gemietet hatte, kamen nicht dagegen an.

Sie trug das marineblaue Kleid, besetzt mit Bändern aus pflaumenfarbenem Satin. Sarah war im Hotel geblieben, und für ein paar Kupfermünzen hatte ihr der Portier eine Kutsche besorgt. Das Grillon Hotel erschien ihr passender, weil Damien oft im Clarendon abstieg, und auch wenn das Haus nicht übermäßig elegant war, so galt es doch als respektabel.

In der Kutsche machte sie es sich bequem, ihr ganzer Körper schmerzte von der anstrengenden Reise über Stock und Stein; ihre Gedanken kreisten noch immer um den Auslöser ihrer überstürzten Fahrt in die Stadt. Doch obwohl sie schrecklich müde war, so erregte der Anblick der Straßen Londons sie immer wieder. Auch wenn sie das kahle, stürmische Land am Meer liebte, genau wie das einfache Fischerdorf Falon-by-the-Sea, so gab ihr dieses Getümmel hier immer das Gefühl, ganz besonders lebendig zu sein. Es vermittelte ihr den Mut, den sie so sehr brauchte, auch Hoffnung, gerade jetzt, wo sie sich hoffnungslos fühlte, sowie Kraft, wo sie doch schlechterdings beinahe am Ende war.

Die Menschenmenge, der Boulevard ›Strand‹ mit seinen Händlern, die Kaffeehäuser, Zeitungsläden und Bücherstände, die Zwielichtigkeit um den Covent Garden herum, waren Aspekte, die sie liebte. Sie liebte auch die holprigen Straßen, die Jungen, die die billigen Zeitungen feilboten, den Wald von Kaminen auf den Häusern, die Lumpensammler, den Anblick, die Geräusche und die Gerüche der Stadt.

Es hob ihre Laune, all das zu sehen, und bestärkte sie in ihrem Entschluß. Dies hier war ihr Volk, und sie liebte es. England war ihr Land, und sie hatte die Absicht, es zu verteidigen.

Und zwar wollte sie ihre Vaterlandsliebe auf der Stelle beweisen.

Sie bahnte sich ihren Weg durch den dichten Verkehr; an Phaetons, geschlossenen Einspännern und zweirädrigen offenen Karren vorbei rollte die Kutsche durch die verkehrsreichen Straßen des West End und erreichte schließlich ihr Ziel, das Gebäude der Horse Guards am Whitehall Palace.

Alexa zog die Kapuze ihres Mantels über den Kopf, stieg aus der Kutsche und eilte auf das sich in erlesenen Proportionen erstreckende Gebäude unter dem Glockenturm zu. Wachen in scharlachroten Röcken mit glänzenden Messingknöpfen standen davor, die weißen Federn auf ihren Helmen wehten im frischen Morgenwind.

An ihnen vorbei verschaffte Alexa sich energisch Einlaß, getragen von der Erhabenheit ihrer Pflicht.

Lieber Gott, hilf mir, das durchzustehen. Sie wollte nicht an Damien denken. Nach allem, was er angerichtet hatte, schuldete sie ihm nichts. Dennoch stand sein schönes dunkles Gesicht wie ein Geist vor ihrem inneren Auge. Hätte sie auch nur den winzigsten Zweifel gehegt, hätte es den geringsten Hinweis auf einen Irrtum gegeben, so wäre sie jetzt nicht hier. Wenn sie eine andere Möglichkeit gesehen hätte, ihn aufzuhalten... Doch Alexa wußte, daß es die nicht gab.

Um sich Mut zu machen, holte sie tief Luft; dann schritt sie über den grauen Marmorboden auf einen uniformierten Soldaten zu, der hinter einem großen Schreibpult stand.

»Ve... Verzeihung!« Der junge Mann blickte auf. »Ich denke, Ihr könnt mir vielleicht helfen.« Er hatte haselnußbraune Augen und lächelte sie freundlich an. Sicher ist er nicht älter als dreiundzwanzig Jahre, dachte Alexa.

»Was kann ich für Euch tun, Gnädigste?«

»Ich bin gekommen, um mit General Strickland zu sprechen. Mein Name ist Alexa Garrick.« Sie fühlte sich absolut nicht wie Lady Falon. Und Jeremy Strickland würde sie unter diesem Namen auch gar nicht kennen.

»Es tut mir leid«, antwortete der Soldat. »Aber der General befindet sich nicht in der Stadt.«

»Wann... wann wird er denn zurückkommen?«

»Ich fürchte, Gnädigste, das kann ich Euch nicht sagen.«

»Der Grund meines Kommens ist sehr dringend. Könnt Ihr mir sagen, wohin er gereist ist?«

»Das steht außerhalb meiner Befugnis.«

»Aber ich habe eine lange Reise hinter mir! Der General ist ein Freund meines Bruders... Oberst Garrick? Ich bin sicher, wenn er wüßte, daß ich hier bin...«

»Sagen darf ich Euch nicht, wo er sich aufhält, Gnädigste; ich kann Euch nur so viel verraten, daß der General im Ausland weilt.«

»Im Ausland!« Alexa verursachte bereits einiges Aufsehen, doch war sie viel zu müde, um sich etwas daraus zu machen.

Eine Frau auf der anderen Seite des Raumes blickte zu ihr herüber, und der Offizier, mit dem sie sprach, betrachtete Alexa eingehend durch sein Lorgnon. »Es tut mir leid. Ich… ich dachte nur…« Sie wollte sich gerade abwenden, als jemand neben sie trat.

»Vielleicht kann ich Euch dienlich sein, Miss… Garrick, sagtet Ihr?«

»Ja… das bin ich, aber…«

»Oberst Douglas Bewicke, Siebte Leichte Dragoner, zu Euren Diensten.«

Alexa schüttelte den Kopf. »Es tut mir leid, aber ich glaube nicht, daß Ihr mir helfen könnt.«

»Offensichtlich seid Ihr erregt. Warum gehen wir nicht in meinen Ordonnanzraum, dort könnten wir uns unterhalten?« Er lächelte sie aufmunternd an. Bewicke war ein unscheinbarer Mann, verhältnismäßig kleingewachsen, mit hellbraunem Haar und braunen Augen. Sein Gesicht wies eine leichte Röte auf.

»Ich weiß nicht… ich weiß nicht… Dragoner, sagtet Ihr?«

Er lächelte. »Ich kenne Euren Bruder. Wie geht es Oberst Garrick?«

»Leider ist auch er im Augenblick nicht im Lande.«

Der Mann nahm eine militärische Haltung an. »In diesem Fall bestehe ich darauf, Euch behilflich zu sein. Ich bin sicher, daß Euer Bruder schrecklich böse wäre, wenn ich Euch gehen ließe ohne eine Unterstützung.«

Douglas Bewicke führte die junge Frau in seinen Ordonnanzraum und bot ihr einen roten Ledersessel an. Sie war eine Schönheit, stellte er fest, mit einem feingeschnittenen Gesicht und einer schlanken, wiewohl sehr fraulichen Gestalt. Es überraschte ihn nicht. Gutes Aussehen – zusammen mit Arroganz und Geld – war in der Familie der Garricks eine Selbstverständlichkeit. Douglas ging zu der Anrichte hinüber und goß Brandy in einen Schwenker.

»Hier.« Er reichte ihr das Glas. »Trinkt das. Vielleicht fühlt

Ihr Euch dann ein wenig besser.« Alexa nahm einen großen Schluck. Ihre Hände zitterten, stellte er fest, als er sich hinter seinen Schreibtisch setzte. Neugier bemächtigte sich seiner. Was wollte dieses Mädchen von Strickland? Warum war sie so aufgeregt? Die Garricks besaßen unerhörte Reichtümer. Ihr Bruder hatte sich schon immer recht hochnäsig gebärdet, und es würde zweifelsohne seine Stellung heben, in die Geheimnisse einer so reichen Familie Einblick zu gewinnen.

»Ist Euch wieder wohler?« fragte er, und sie nickte. »Gut. Also, dann erzählt mir doch bitte, worum es geht.« Im ersten Augenblick schwieg sie. Sie sah unsicher aus, und er glaubte schon, sie würde aufstehen und gehen. Dann aber begann ihre Unterlippe zu zittern, und Tränen traten in ihre wunderschönen grünen Augen.

»Es... es tut mir leid.« Sie suchte in ihrem Ausgehtäschchen nach einem Taschentuch und wischte sich die Tränen von den Wangen. »Ich kann immer noch nicht glauben, daß all das wirklich geschehen ist.«

»Erregt Euch nicht unnötig, Miss Garrick. Laßt Euch nur Zeit, Ihr braucht nichts zu übereilen.«

Alexa holte tief Luft, ihr Gesicht war angespannt. »Ich möchte damit beginnen, daß ich nicht mehr Garrick heiße... mein Name ist Falon. Alexa Falon. Damien Falon ist mein Gatte.«

»Der Graf?« Er beugte sich über den Schreibtisch.

»Ja.«

Hochinteressant. Diesen elenden Wüstling verachtete er seit ihren gemeinsamen Tagen in Oxford. Falon war damals der bessere Student gewesen. Er sah unverschämt gut aus, war athletisch gebaut und hatte strahlende Erfolge bei den Damen. Aber an dem Tag, an dem der junge Graf ihn beim Falschspiel ertappt hatte, war er für ihn zum Feind geworden.

Bewickes Hand ballte sich unter dem Tisch unbewußt zur Faust. Auch wenn Falon nie von diesem Vorfall gesprochen hatte, so war doch seit jenem Tag seine Verachtung Douglas gegenüber offen zutage getreten. Mit jedem Blick, mit seinem Mienenspiel, mit jedem Wort hatte er ihr Ausdruck verliehen. Eines Tages, so hatte Douglas sich geschworen, würde er dem Grafen für immer diesen überheblichen Gesichtsausdruck austreiben.

Er lächelte die Gräfin an. »Und dieses… Problem, das Ihr habt, hat es mit dem Grafen zu tun?«

Alexa stand auf, ihr Taschentuch zerknüllte sie in der Hand. »Ich würde Euch wirklich sehr gern vertrauen, Oberst. Aber ehe ich das tue, brauche ich Euer Wort als Offizier und Gentleman, daß Ihr meinen Ehemann fair behandeln werdet.«

»Das versteht sich doch von selbst, Lady Falon. Ich gebe Euch persönlich mein Wort. Also… was genau bekümmert Euch?«

»Mein Mann… ist ein Spion.«

Der Atem entwich seiner Lunge mit einem leisen Zischen. Falon sollte ein Spion sein? Er hatte Gerüchte gehört, natürlich, aber niemand glaubte sie. Wenn er sich recht erinnerte, hatte sogar einer der höheren Amtsinhaber sich persönlich um diese Angelegenheit gekümmert und sie hinterher als aus der Luft gegriffen abgetan.

»Das muß sich doch ganz sicher um einen Irrtum handeln. Also, der verstorbene Graf, der Vater Lord Falons, war ein großer Patriot.«

»Das mag ja der Fall gewesen sein. Doch leider ist er gestorben, als Damien noch sehr jung war. Damien ist von seiner Mutter her französischer Abstammung. Er hat einige Zeit bei seiner Großmutter in Frankreich gelebt. Offensichtlich liegt dort… liegt dort seine Loyalität.«

Er stand auf, kam um den Schreibtisch herum und blieb vor ihr stehen. Eingehend betrachtete er ihr Gesicht, auf dem sich widersprüchliche Gefühle spiegelten. Dann kniete er neben ihr nieder und nahm ihre Hände in seine, sie waren eiskalt.

»Ihr habt den richtigen Schritt getan, Lady Falon, das versichere ich Euch.« Den richtigen Schritt für meine Karriere, dachte er innerlich frohlockend. Wenn er den Verräter fing, würde er zum Helden werden. Es wäre genau der entscheidende Handstreich, den er bräuchte. Und daß dieser Mann Damien Falon hieß, machte die ganze Sache nur noch pikanter.

»Ich habe das Gefühl, daß es da noch eine ganze Menge mehr zu berichten gibt.« Er drückte sanft ihre Hand, dann setzte er sich in den Sessel neben dem ihren. »Warum fangen wir nicht ganz von vorne an?«

11. Kapitel

Alexa lehnte sich in dem harten Ledersitz der Postkutsche zurück, die in beachtlichem Tempo über die Straße nach Hause schaukelte. Ihr gegenüber saß Sarah und sah sie mit besorgtem Gesicht an. Sie hatten gerade Rye verlassen und fuhren an der Küste entlang nach Norden. Ihr Londonausflug war beinahe beendet.

»Seid Ihr sicher, daß es Euch gutgeht, Gnädigste?« fragte Sarah, die neben einem untersetzten Händler mit einem dicken Bierbauch saß. »Ihr seid so blaß wie eine Lilie. Hoffentlich habt Ihr Euch nicht bei Lady Jane angesteckt?«

»Es geht mir gut, Sarah. Ich bin nur müde, das ist alles.« Sie hatte Sarah erzählt, daß Lady Janes Krankheit sich als nicht so ernst herausgestellt hatte. Zu dem Zeitpunkt, als sie die Stadt erreicht hatten, war sie schon wieder auf den Beinen, und hätte die Krankheit gleichsam überwunden.

»Lady Jane ist gesund und munter, und Euch geht es schlecht. Ich hatte bereits Bedenken bei Eurer übereilten Abreise. Euer Mann wird Euch ganz schön die Leviten lesen!«

Ihr Mann. Gütiger Gott, was hatte sie nur angestellt? Sie hatte Oberst Bewicke nichts verschwiegen, hatte ihren Plan so ausgeführt, wie sie es sich vorgenommen hatte. Der Schmerz war beinahe unerträglich gewesen – der Schmerz und das plötzliche Schuldgefühl, mit dem sie überhaupt nicht gerechnet hatte.

Du hattest keine andere Wahl, sagte sie sich wohl zum hundertsten Mal. Aber das linderte ihre Agonie nicht. Schließlich hat er dich nur benutzt. Er macht sich nicht das geringste aus dir, hat dich nur deines Geldes wegen geheiratet und vielleicht auch noch, um seine Lust auf deinen Körper zu stillen. Dennoch blieb das Schuldgefühl hartnäckig bestehen.

Sie dachte an seine Rückkehr und an die Dokumente, die er sicher mitbringen würde. Oberst Bewicke würde mit seiner Truppe warten, wenn die Franzosen kamen, um Englands Geheimnisse zu stehlen. Die Männer würden gefaßt werden.

Und Damien würde man in den Kerker werfen.

Oder noch schlimmer. Einen Verräter würde man unter Umständen hängen, nicht wahr? In einem Winkel ihrer Überlegungen hatte sie das gewußt, aber bis jetzt nicht wahrhaben wollen, daß so etwas wirklich geschehen könnte. Sie mußte seinen Machenschaften als Spion ein Ende bereiten, und dennoch …

Wieder kam der Schmerz, hart und wild überfiel und zermürbte er sie. Warum war das alles nur geschehen? Was hatte sie verbrochen, um einen Mann wie ihn zu verdienen?

Warum hatte sie sich in ihn verliebt?

Das Wissen, daß dies so war, hatte sie beinahe vor Entsetzen erstarren lassen. Sie hatte versucht, es abzuleugnen, hatte mit aller Macht dagegen angekämpft, hatte sich davor gefürchtet und es trotzdem nicht aufhalten können. Herr im Himmel, wie konnte sie nur so einen Rebellen lieben? Sie hatte sich diese Frage schon so oft gestellt, aber die Antwort blieb aus. Die Zweifel nagten an ihr und ließen ihr keine Ruhe.

Als sie schließlich auf Schloß Falon ankam, erschöpft,

voller Kummer und Verzweiflung, suchte Alexa sogleich ihr Schlafzimmer auf. Sarah bemühte sich um sie, brachte ihr eine Schale mit heißer Brühe und eine Wärmflasche für ihre Füße. Monty fürchtete um ihre Gesundheit, und der Koch braute ihr die abenteuerlichsten Arzneien. Doch in Wirklichkeit war nur sie selbst an dieser Krankheit schuld. Ihre Haut nahm eine graue Farbe an, sie weinte ständig, und der Kummer vergiftete ihre Seele.

Die Minuten vergingen, Stunden verstrichen und schienen sich trotzdem endlos zu dehnen. Dennoch wußte sie, daß er kommen mußte. Sein Treffen mit den Franzosen war für diesen Abend angesetzt, ein Mann wie Damien würde diesen Termin nicht tatenlos verstreichen lassen.

Alexa erstarrte, als sie von unten Geräusche hörte, Schritte und Stimmen. Befehle wurden gerufen, und sie wußte, der Graf war heimgekehrt.

»Wo ist sie?« Diese Stimme hätte sie überall wiedererkannt, sie war wie Seide mit einem Unterton aus Stahl. Alexa hörte sie aus der Eingangshalle, als die Dämmerung anbrach. Damien war gekommen, um seine Mission zu Ende zu führen.

»Oben, mein Lord«, sagte der Butler. »Ihre Dienerin Sarah hat ihr gerade eine Schale heiße Brühe gebracht. Vielleicht geht es ihr ja nun etwas besser.«

Damien nahm zwei Stufen auf einmal, und Alexas Herz schwoll. Sie hatte gewußt, daß es schwierig werden würde, doch dieses schreckliche Hämmern hatte sie nicht erwartet.

»Alexa?« Er trat durch die Tür, die ihre Gemächer miteinander verband. »Ist alles in Ordnung? Monty sagt, du warst krank?« Er trug eine Hose aus Ziegenleder und dazu ein weißes Hemd, seine langen Beine steckten in kniehohen Reitstiefeln. Das zerzauste Haar leuchtete im Schein der Lampen schwarzblau auf. »Wie fühlst du dich?«

»Es geht mir gut«, antwortete sie und vermied es, ihn anzusehen. »In einem oder zwei Tagen bin ich wiederhergestellt. Du brauchst dir wirklich keine Sorgen zu machen. Vielleicht habe ich mich doch bei Jane angesteckt.« Mittlerweile wußte er bestimmt von ihrer Reise in die Stadt.

Er nahm ihre Hand, beugte sich über sie und drückte ihr einen Kuß auf die Stirn. »Monty hat mir bereits von deiner kleinen Unternehmung erzählt. Für eine Frau allein sind die Straßen nicht sicher genug.« Bei seinem liebevollen Lächeln flog ihr Herz ihm zu. »Eigentlich sollte ich dich übers Knie legen.«

Tränen traten in ihre Augen, doch Alexa drängte sie zurück. »Ich habe dich vermißt.« Und das war die Wahrheit. Lieber Gott, sie wünschte, es wäre eine Lüge. Sie hatte ihn in jedem einzelnen Augenblick vermißt, sogar dann noch, als sie die Worte ausgesprochen hatte, die sein Geheimnis preisgaben – selbst dann noch, als sie erfuhr, was am heutigen Abend passieren würde. Sie sollte ihn eigentlich hassen, sollte ihn als den Verräter sehen, der er war; doch als sie in seine zärtliche Miene blickte, sah sie nur den faszinierenden Mann, der ihr Herz gestohlen hatte.

»Ich habe dich auch vermißt«, gestand er ihr, und seine Stimme klang belegt. »In den letzten vier Tagen habe ich an nichts anderes denken können als daran, dich in meine Arme zu nehmen.« Er hauchte ihr einen Kuß auf die Lippen. »Ich denke, das wird warten müssen.«

Hatte er wirklich an sie gedacht? War er ihr trotzdem treu geblieben? Vermutlich würde sie die Wahrheit nie erfahren.

»Morgen bin ich sicher wieder auf den Beinen – ich verspreche es dir.« Aber sie wußte, daß es ihr nie wieder bessergehen würde. »Vielleicht können wir dann mit der Kutsche ins Dorf fahren, oder wir machen ein Picknick am Strand.« Sie schloß die Augen, weil sie es nicht ertragen konnte, noch einen Augenblick länger in diese durchdringenden blauen Augen zu sehen. Wenn sie nicht die Wahrheit wüßte, so würde sie glauben, daß er sie wirklich vermißt hatte und daß seine Beteuerungen stimmten.

»Ich gebe dir noch bis morgen früh Zeit. Wenn es dir dann nicht bessergeht, werde ich den Arzt holen lassen.«

Alexa nickte nur. Morgen wäre das alles nicht mehr wichtig. Morgen wäre das Leben, das sie miteinander geteilt hatten, für immer zu Ende.

»Ruh dich aus, mein Liebling. Es erwartet dich einiges in deinem Bett, aber mit deiner Krankheit hat das nichts zu tun.« Er sah aus wie ein schnurrender Kater und küßte sie voller Mitgefühl – doch sein Verlangen nach ihr war deutlich in seinen Augen zu lesen.

Alexas Brust verengte sich, und das Herz tat ihr weh. Am liebsten hätte sie geweint, mit den Fäusten auf ihn eingeschlagen und ihn angeschrien. Sie wollte gegen dieses ganze Dickicht aufbegehren. Er verließ sie und sie hörte ihn in seinem Zimmer auf und ab wandern. Er sprach mit Monty, der dann eindeutig treppab stieg.

Alexa zitterte, ihr war plötzlich eiskalt. Wie lange würde es noch dauern, bis die Männer kamen? Oder würde Damien das Haus verlassen und sich mit ihnen am Strand treffen? Was auch immer geschah, sie hatte dabeizusein! Da sie so weit gegangen war, ohne den Ausgang der Sache zu bedenken, mußte sie es jetzt auch zur Gänze durchfechten.

Mit unsicheren Händen zog sie ein dunkelbraunes Wollkleid über und flocht ihr Haar zu einem dicken Zopf. Dann legte sie eine Decke um die Schultern, um die Kälte zu vertreiben, und setzte sich ans Fenster. Dichter Nebel lag über dem Land, er tauchte das Land in Undurchdringlichkeit. Wellen brachen sich am Strand, wie in Erwiderung des dumpfen Dröhnens ihres Herzens.

Alexa fragte sich, wo Bewicke und seine Männer wohl steckten. Hatte er sie aus dem nahen Folkestone hergebracht, wie er es ihr gegenüber hatte verlauten lassen? Einige Soldaten lagen dort in der Garnison; sie bestückten eine Reihe Martello-Türme, die zur Verteidigung gegen die Franzosen gebaut worden waren.

Abermals galt es zu warten; die mit Goldbronze verzierte Uhr tickte unerträglich laut in der Stille. Als Alexa ein Geräusch vernahm, spannten sich all ihre Sinne an. Es war Damien, seine Schritte kannte sie fast im Schlafe, dann hörte sie, wie eine Tür zuschlug. Alexa nahm all ihren Mut zusammen, sie kämpfte gegen die Panik an, die in ihr aufstieg. Nun legte sie ihren wollenen Umhang um die Schultern und zog die Kapuze über den Kopf. Sie wartete noch einen Augenblick, und als die Schritte ihres Mannes auf der Treppe erklangen, huschte sie ihm nach.

An der Hintertür blieb sie stehen. Sie sah, wie er sich in Richtung Klippen entfernte, und ihr Herz hämmerte wie ein Amboß. Leise verließ sie das Haus und hielt sich im Schatten, bis Damien über die Klippen hinunter zum Strand stieg. Jetzt begann sie zu laufen, ihr Atem ging keuchend, als sie den schmalen Weg entlangrannte. Oben an den Klippen blieb sie stehen; sie sah sich um nach den Franzosen – und nach Bewicke und seinen Soldaten.

Zwei kleine Boote hüpften auf und ab in der Brandung, sie hatten den Mast eingezogen. Sechs Männer standen am Strand in der Nähe des Wassers, drei weitere marschierten durch den Sand. Damien steuerte auf sie zu, unter dem Arm eine lederne Tasche; sie nahm an, daß sich die fraglichen Dokumente darin befanden.

Alexa stockte der Atem, sie duckte sich hinter den Felsen. Unter ihr am Strand, hinter einer Biegung und einem Steinhaufen, der sie vor den Blicken der Männer dort unten verbarg, bewegten sich Bewickes Männer langsam voran. Sie trugen ihre roten Uniformen, und jeder Soldat hielt seine Muskete im Arm, ein Bajonett an der Seite. Bewicke zog seinen Säbel aus der Scheide, er blitzte gefährlich auf in dem schwachen Mondlicht.

Alexa blickte zu Damien, und ihr Herz drohte zu brechen. Bilder ihres Mannes, der sie in den Armen hielt, der sie küßte und ihr leidenschaftliche Liebesworte ins Ohr flüsterte, stiegen vor ihrem inneren Auge auf, Augenblicke, in denen er zärtlich und fürsorglich gewesen war. Sie dachte an die Nacht, in der er in ihr Zimmer im Boar's Breath Inn gestürmt kam, um sie zu beschützen, voller Sorge um ihre Sicherheit. Sie dachte daran, wie er sie seiner eigenen Mutter gegenüber in Schutz genommen und gelitten hatte unter dem Gedanken, daß seine Ehe mit ihr eine Hintergehung seines toten Bruders war. Sie dachte an die wunderschönen Vögel, an die Spaziergänge auf dem Klippenpfad, zu denen er sie eingeladen hatte.

Mit plötzlicher Klarheit erkannte sie, ganz gleich, was man ihm anlasten konnte, daß es für sie unerträglich wäre, wenn er ins Gefängnis geworfen würde, wenn er einen skandalösen Prozeß durchstehen müßte oder vielleicht sogar verletzt würde in der bevorstehenden Auseinandersetzung.

Und den Gipfel des Grauens bildete die Vorstellung von seinem Tod.

Lieber Gott im Himmel, was habe ich getan?

Alexa flog dahin. Wenn sie ihn noch erreichte, ehe Bewicke und seine Männer die Biegung des Strandes umrundeten, konnte sie ihn vor der Gefahr warnen. Er und die Franzosen schafften es dann bestimmt noch in die Boote – in Frankreich wären sie in Sicherheit.

In den Klippen biß der eisige Wind in ihre Wangen. Sie würde ihm die Dokumente entreißen müssen – Gott im Himmel, die Geheimnisse ihres Landes mußte sie bewahren –; wenn ihr das gelang, wären sowohl England als auch Damien gerettet.

Sie flog den steilen, sandigen Weg hinunter, rutschte aus, Steine und scharfe Kanten rissen ihre Hände auf, sie schlug sich ein Knie blutig, und ihr Kleid zerriß. Als sie den Strand erreichte, waren ihre Schuhe voller Sand und Steine, ihre Füße schmerzten. Deshalb schleuderte sie die Schuhe von sich und stürzte weiter. Der tiefe Sand machte das Laufen schwer, irgend etwas schnitt ihr den Fuß auf, Alexa unterdrückte einen Schrei.

Bis jetzt hatten die Männer sie noch nicht gesehen, sie wagte nicht, sich durch Rufen bemerkbar zu machen. Ihre Beine peinigten sie, genau wie ihre Lungen. Es schüttelte sie. Nur noch wenige Meter – gerade als sie ihn erreicht hatte, wirbelte Damien zu ihr herum. Sie riß ihm die Tasche aus der Hand.

»Es ist eine Falle«, keuchte sie und preßte die Tasche an ihre Brust; langsam tat sie ein paar Schritte zurück, ihr Atem ging stoßweise, und das Sprechen fiel ihr schwer. »Die … die Soldaten sind gleich hinter mir – du muß verschwinden!«

Selbst in dem schwachen Mondlicht sah sie, wie alle Farbe aus seinem Gesicht wich. »Gütiger Himmel, Alexa – was hast du getan?« Er wollte sie an den Schultern packen, doch sie wich ihm aus.

Ihre Knie zitterten, heiße Tränen rannen über ihre Wangen. »Du hast keine Zeit mehr, du mußt weg – ehe es zu spät ist!«

Und dann entdeckte er sie, sie tauchten in der Biegung auf, geduckt rannten sie auf ihn zu. Der erste Schuß fiel, nur wenige Zentimeter über ihre Köpfe hinweg sauste die Kugel.

»Lauf zurück zu den Klippen.« Er stellte sich zwischen sie und die Soldaten, packte sie am Arm und zog sie mit sich. »Du mußt nach oben, dort bist du in Sicherheit.« Noch mehr Schüsse fielen, die Franzosen liefen auseinander, die Luft roch nach Schießpulver. Bewicke brüllte den Befehl weiterzufeuern, und Damien stieß Alexa in den Sand, schützte sie mit seinem Körper.

»Du darfst das nicht«, klagte sie, weil sie nicht glauben konnte, was er da tat; ihr Verstand war wie betäubt vor Angst um ihn. »Du mußt fliehen!« Warum machte er sich nicht davon? Lieber Gott, er riskierte sein Leben für sie, kümmerte sich nicht um seine eigene Sicherheit, und jede Möglichkeit zu entkommen schwand. »Damien, schnell!«

Noch mehr Schüsse hallten durch die Nacht, und während die Soldaten ihre Gewehre neu luden, riß Damien sie auf die Füße. Er zog sie zu dem Pfad, der zu den Klippen hinaufführte, entschlossen, sie zu decken.

»Damien!« rief sie, doch es war zu spät. Sechs von Bewickes Soldaten hatten ihn bereits umringt und zogen ihn in den Sand.

Im gleichen Augenblick fühlte Alexa, wie eine Hand sich auf ihren Mund preßte und ein Arm um ihre Taille geschlungen wurde. »Nein!« schrie sie, als einer der Franzosen, ein großer, kräftiger, dunkelhaariger Mann sie in Richtung Meer zerrte. »Laßt mich los!« Sie wehrte sich aus Leibeskräften, kämpfte darum, sich aus seinem Griff zu befreien, doch er behielt freilich die Oberhand. Unflätig fluchend zog er sie immer weiter auf das Meer zu, dann watete er mit ihr durch das Wasser, schubste sie in eines der Boote und kletterte hinter ihr an Bord.

»Damien!« schrie sie und wollte an Land zurück, doch er war umringt von Soldaten, die alle auf ihn einschlugen und ihn traten. Die Franzosen feuerten aus ihren Pistolen, und einige der Soldaten sanken getroffen zu Boden, wo sie leblos liegenblieben.

»Faites vite!« befahl jemand. Beeilt euch! Und die Männer an den Rudern legten sich wild ins Zeug.

Alexa versuchte, sich aus der Umklammerung ihres Überwältigers zu befreien, doch es fiel ihm nicht schwer, sie festzuhalten. Er drückte sie nach unten und feuerte gleichzeitig seine Pistole ab, als ein Trupp Soldaten vom Strand aus auf das Boot zuhielt. Um sie herum bemühten sich die anderen, in Windeseile die Segel zu setzen, und es dauerte nur wenige Minuten, da hatten sie das Land bereits weit hinter sich gelassen. Das kleine Boot hüpfte auf den Wellen und brach dann durch die Brandung, mit geblähtem Segel schossen sie hinaus auf die See. Noch immer dröhnten Schüsse zu ihnen, doch jetzt nur noch vereinzelt und gedämpft.

Alexa starrte auf das Wasser und wußte, daß ihre letzte Chance ein Sprung in das eiskalte Wasser wäre. Sie duckte sich, dann fuhr sie hoch, entschlossen, sich in die Wellen zu werfen; dabei zitterte sie, ob sie wohl schwimmen könnte mit dem ganzen Gewicht ihrer Kleidung.

»Ah, non, anglaise«, bellte ihr Aufpasser sie an und hielt ihre Schultern so fest, daß sie vor Schmerz zusammenzuckte. »Es wäre mir eine Freude, Euch ertrinken zu lassen«, sprach er auf französisch weiter. »Aber der Oberst braucht Euch noch.«

»Paß auf mit der Dame«, warnte ein großer, imposanter Mann, der hinter sie getreten war. Sein dunkelbraunes von silbernen Strähnen durchzogenes Haar umrahmte ein hageres Gesicht. »Sie ist die Frau unseres Freundes. Er wird es nicht mögen, wenn ihr ein Leid geschieht.«

»Dieses Miststück hat uns betrogen!«

»Das weißt du doch gar nicht.« Der Oberst griff nach ihr und nahm ihr die Tasche aus den Händen. Bis zu diesem Augenblick war Alexa gar nicht bewußt geworden, daß sie sie immer noch umklammerte. »Vielleicht ist sie ja eine Verbündete, n'est-ce-pas? Du siehst, daß sie uns das bringt, wofür wir diese Strapaze auf uns genommen haben.«

Alexa keuchte auf bei dem Gedanken, daß sie diesen Männern ganz ungewollt in die Hände gespielt hatte. »Französischer Sohn einer Hure. Ich bin keine Verbündete von Euch!«

Der Oberst lachte leise. »Wir wissen, wer Ihr seid, Madame Falon. Wir wissen auch, daß Eure Familie sehr mächtig ist. Vielleicht wollen Eure Landsleute Euch unter allen Umständen zurückhaben und werden sich das hoffentlich einiges kosten lassen.«

In Alexa erwachte eine leise Zuversicht, doch gleichzeitig fühlte sie auch eine schreckliche Angst. »Was ist es denn, was Ihr haben wollt?«

»Euren Mann, natürlich. Der Major besitzt sehr nützliche Talente.«

»Mein... mein Mann ist ein Major?« Ihr Magen zog sich zusammen.

»Er ist Offizier der Grenadiers de Cheval, Napoleons Elite-Kavallerie. Es handelt sich natürlich nur um einen Ehrenrang, aber er hat ihn verdient. Auch wenn wir für ihn nun keine Verwendung mehr haben, so wird er doch andernorts ohne Zweifel gerne übernommen.« Unerbittlich war sein Blick. »Inzwischen, Madame, solltet Ihr dankbar dafür sein, daß Ihr uns Dienste erweisen könnt.«

Damien stöhnte auf und hob die Hand an sein blutunterlaufenes Gesicht. Seine Fingerknöchel waren aufgeschürft und schmerzten, seine Lippen brannten, man hatte ihn gründlich verprügelt. Seine Rippen waren gebrochen, es schmerzte, wenn er Luft holte. Er zuckte zusammen, als er sich auf dem schmutzigen Strohlager in der Ecke seiner Zelle aufrichten wollte. Rundum sah er nur dicke Mauern, es mußte das Verlies der Garnison in Folkestone sein. Die Anstrengung, sich aufzusetzen, machte ihn schwindlig, er kämpfte gegen eine Welle der Übelkeit an.

Gütiger Himmel, es gab keine einzige Stelle an seinem Körper, die nicht weh tat.

Andererseits konnte er wahrscheinlich von Glück sagen, daß er überhaupt noch lebte – wahrscheinlich wäre das nicht der Fall, wenn Alexa nicht gewesen wäre.

Er dachte an sie, und kochende Wut stieg in ihm auf. Sie war seine Frau, bei Gott, und dennoch hatte sie ihn verraten. Zerschlagen und verwundet lag er in einer schmutzigen, rattenverseuchten Zelle, nur ihretwegen! Mit zusammengebissenen Zähnen brütete er darüber, mit welcher Ungereimtheit sie sich ihm widersetzte. Teufel, immerhin hatte sie ihn doch geheiratet, hatte geschworen, in guten wie in schlechten Zeiten zu ihm zu stehen? Wenn sie ihm schon nicht vertraute, so schuldete sie ihm wenigstens Loyalität.

Dann dachte er daran, wie sie auf ihn zugelaufen war am Strand, sah wieder die Tränen, die über ihre Wangen strömten. Vielleicht hatte sie am Ende doch ihren Eheschwur gehalten, als sie ihr Leben riskierte, um ihm zu guter Letzt die Stange zu halten?

Ein Teil seines Ärgers verrauchte, und statt dessen keimte

so etwas wie Bewunderung in ihm auf. Sie hatte unglaublichen Mut bewiesen, als sie sich selbst der Dinge bemächtigte. Immerhin war er ihr Mann, und eine Frau lehnte sich nur sehr selten gegen den Mann auf, den sie geheiratet hatte. Der Skandal würde entsetzlich sein. Aber Alexa war eine Frau, die überzeugt war von dem, was sie tat. Sie glaubte entschieden, im besten Sinne zu handeln, und ganz tief in seinem Innern war er stolz auf sie.

Damien seufzte in der Dunkelheit und untergrub seine Vorwürfe, daß sie über seine Machenschaften hätte hinwegsehen können, wenn sie ihm wirklich ergeben wäre. Es wäre schön gewesen, wenn er ihr mehr bedeutet hätte als die Politik oder überhaupt das Elend dieses Krieges. Er erinnerte sich an die Zärtlichkeiten, die sie ausgetauscht hatten, die Leidenschaft, das Gefühl der Nähe.

Da hatte es die glücklichen Nächte gegeben, in denen sie in seinen Armen schlief, und gerne hätte er gewußt, ob auch sie wohl daran dachte. Vielleicht... Das konnte sie schließlich auch dazu bewogen haben, ihm doch noch zu Hilfe zu eilen – trotz des großen Risikos für sie selbst, trotz der Schüsse, die sie beinahe getroffen hätten.

Damien erschauerte, wenn er daran dachte, und die Bewegung ließ ihn vor Schmerz leise aufstöhnen. Die Schläge, die man ihm am Strand verpaßt hatte, waren schon schlimm genug, und als sie dann in Folkestone angekommen waren, hatte Bewicke ihn stundenlang verhört. Der Mann war entschlossen, von ihm Antworten auf all seine Fragen zu erhalten – mit allen Mitteln, die ihm zur Verfügung standen –, ob sie nun der Wahrheit entsprachen oder nicht.

»Wer waren die Männer, mit denen Ihr Euch am Strand getroffen habt?« Bewicke hatte ihm diese Frage an die hundert Male gestellt. »Wie lautet der Name Eures Informanten?«

»Ich habe Euch bereits mitgeteilt, daß ich nichts sagen werde – nicht, ehe ich mit General Fieldhurst gesprochen habe.«

»Ihr werdet mit mir sprechen, elender Bastard, und Ihr werdet mir, verdammt noch mal, meine Fragen beantworten!«

»Was ist mit meiner Frau?« hatte er gedrängt, und erneut traf ihn ein Schlag in den Magen. Der Sergeant mit dem kantigen Gesicht, Bewickes Vollstrecker, schien seine Freude an dieser Aufgabe zu haben.

»Eure hübsche Frau ist eine Patriotin und außerdem sehr mutig. Ihr einziger Fehler war, daß sie versuchte, Euch bei Eurer Flucht zu helfen. Wenn Eure bewaffneten Kameraden ihr nichts zuleide tun, dann werden wir einen Weg finden, sie nach England zurückzuholen.«

Sie war nicht in Gefahr, das wußte Damien. Bei seinem letzten Blick auf sie war sie zusammen mit Lafon in einem der Boote gewesen. Politisch verhielt sich dieser Mann vielleicht wie eine Schlange, aber er war Oberst in der Grande Armée und unbestreitbar ein Gentleman. Er würde einer Frau nie etwas zuleide tun, ganz besonders nicht der Gemahlin eines Mannes, den er noch brauchte. Die Gewißheit, daß Alexa in Sicherheit war – wenigstens im Augenblick –, gestaltete sein Los ein wenig erträglicher.

»Hör mir zu, Douglas ...«

»Ihr wagt es, mit mir zu reden, als seien wir Freunde? Das sind wir schon seit Jahren nicht mehr ... wenn wir es überhaupt je waren.« Er nickte dem Sergeanten zu, und der holte aus zu einem Schlag, der Damiens Kopf zurückriß und ein böses Stechen durch seine Schläfen schickte.

»E-entschuldigung ... Oberst Bewicke.« Damien spuckte einen Mundvoll Blut aus. »Aber ich werde trotzdem nicht reden, ehe ich nicht mit Fieldhurst gesprochen habe.«

»Warum? Was gibt es denn so Geheimnisvolles, daß Ihr es mir nicht sagen wollt?«

»Fieldhurst ist ein Mann von Ehre. Ich muß sicher sein, daß, ganz gleich, was auch geschieht, meine Frau unversehrt wieder nach Hause kommt.«

»Der General hat wichtigere Dinge zu erledigen. Eure einzige Hoffnung ist ein Geständnis. Gebt mir den Namen Eures Informanten und sagt mir, was in den Papieren gestanden hat – dann werde ich dafür sorgen, daß Eure Frau zurückgebracht wird.«

Damien schüttelte den Kopf, und der Sergeant schlug noch einmal zu. Als er wieder Luft bekam, lächelte er verzerrt, seine Oberlippe war aufgerissen und geschwollen; er forderte Bewicke heraus, wo er doch alles hätte tun müssen, um ihn milde zu stimmen. »Ich habe Euch gesagt, ich werde nicht reden. In der Zwischenzeit schlage ich vor, bemüht Ihr Euch um die Rückführung meiner Frau. Wenn ihr Bruder herausfindet, was geschehen ist, werdet Ihr Euren Kopf hinhalten müssen.«

Bewicke war so wütend, daß alle Farbe aus seinem Gesicht wich. Er winkte dem kräftigen Sergeanten mit dem kantigen Gesicht zu, und wieder explodierte der Schmerz in Damiens Kopf. Alexas wunderschönes Gesicht erschien vor ihm, und er betete für sie. Das Bild ihrer tränenfeuchten Augen war das letzte, dessen er sich bewußt war, ehe die riesige Faust des Sergeanten zuschlug, wieder und wieder.

»Der Schuft hat recht.« Leutnant Richard Osborne, ein schlanker, scharfzüngiger Mann, Bewickes Adjutant und sein engster Verbündeter im Regiment, äußerte diese Worte. Die beiden standen vor dem Kamin im Quartier des Adjutanten in Folkestone, einem hübschen kleinen Raum mit weißen Wänden, der nur spärlich eingerichtet war. Bewicke lief unruhig auf und ab und überlegte fieberhaft.

»Sobald die Nachricht London erreicht, daß man das Mädchen verschleppt hat«, meinte Osborne, »werden sie hinter uns her sein, und wir werden die Katze zu fühlen bekommen.«

Die neunschwänzige Katze. Sie grub sich in Fleisch und Muskeln und entmannte selbst die potentesten Männer. Wenn Bewicke an den früheren Oberst Garrick dachte und an sein heftiges Temperament, dann wußte er, daß Osborne damit ins Schwarze traf.

»Verdammt und zugenäht! Ich hasse es, diesen Hundsfott zu benötigen.« Bewicke ging zu der Anrichte und goß für jeden einen Brandy ein. Er reichte Osborne ein Glas, nippte an seinem eigenen und entdeckte dann ein Fädchen an seiner scharlachroten Uniform. Er schnippte es weg.

Der Leutnant nahm einen Schluck: »Ich denke, wir haben keine andere Wahl.«

Bewicke mußte seinem Adjutanten beipflichten, doch er gab noch nicht so schnell auf. »Ist unser Kurier schon zurück?«

»Er ist schon eine ganze Weile unterwegs. Ich erwarte ihn jeden Augenblick zurück!«

»Wenn wir Glück haben, werden sie unsere Bedingungen akzeptieren und auch den Ort und die Zeit, die wir für das Treffen vorgeschlagen haben.«

»Warum sollten sie das nicht tun? Der Ort ist in der Nähe von Schloß Falon. Sie kennen sich an dieser Stelle der Küste bestens aus.«

»Ja, warum eigentlich nicht?« stimmte Bewicke ihm zu. Er sprach seinem Brandy zu und schwenkte die bernsteinfarbene Flüssigkeit in seinem Glas. Plötzlich lächelte er, ein Gefühl der Erregung stieg in ihm auf und überlagerte seine Verstimmung. »Es sei denn, sie entdecken vorher noch die Höhlen in den Klippen, die hinter der Biegung der Küste liegen.«

»Höhlen?«

»Genau. Was meinst du, Richard? Vielleicht gelingt es uns, das Mädchen zu bekommen – und den Verräter.«

Osborne warf ihm einen unsicheren Blick zu, doch Bewicke wirkte höchst zuversichtlich. Er betrachtete sich im Spiegel und glaubte schon, das glitzernde Gold an seiner Uniform zu sehen, das seine Beförderung mit sich brächte. In diesem Augenblick fühlte er sich, als hätte er die Tat schon vollbracht.

Alexa stand oben an der Treppe und holte tief Luft, sie bereitete sich auf den ungewissen Tag vor, der vor ihr lag. Aus den Räumen unter ihr stieg der Duft von frisch gebackenem Brot aus der Küche herauf, zusammen mit den Worten der Köchin, die ihren jungen Sohn in blumigem Französisch beschimpfte.

Alexas Hand umschloß das Treppengeländer, als sie die Treppe des Bauernhauses langsam hinunterstieg. Das Haus war aus weißen Steinen gebaut, hatte massive Wände und ein Dach aus Ziegeln; ihr kam es klein vor, aber gemütlich, gut eingerichtet und äußerst sauber.

»Ich sehe, daß Ihr fertig seid. Gut. Hoffentlich empfandet Ihr Euren Aufenthalt hier nicht als furchtbar unangenehm.«

Alexa sah den Mann an, der am Fuß der Treppe stand, und zwang sich zu einem Lächeln. »Ihr wart ein überraschend sympathischer Gastgeber, M'sieur Gaudin, wenn man die Umstände bedenkt. Wahrscheinlich sollte ich mich bei Euch bedanken – und bei Oberst Lafon!« Seit ihrer Ankunft in Boulogne in der letzten Woche, als die Boote ein wenig südlich des kleinen Fischerdorfes gelandet waren, hatte sie im Haus dieses Monsieur André Gaudin gewohnt. Natürlich war wohnen nicht die richtige Bezeichnung dafür.

Sie war hier gefangengehalten worden.

»Eine schöne Frau ist mir immer ein willkommener Gast, kleine Dame, ganz gleich, wie ihre politische Überzeugung aussieht.« Er war schon ein etwas älterer Mann, mit breitem Oberkörper und dichtem weißem Haar. In seiner väterlichen freundlichen Manier hatte er ihre Tobsuchtsausbrüche einfach übersehen, ebenso wie ihre permanente Forderung, freigelassen zu werden, und auch ihre trübe Stimmung.

»Willkommen oder nicht«, meinte Alexa. »Ich bin dankbar für die Annehmlichkeiten, die Ihr mir geboten habt.«

»Und die Gesellschaft? Vielleicht war die ja auch nicht unbedingt eine Zumutung.«

Alexa bestätigte das wehmütig. Es war schwer, auf einen

Mann wie Gaudin böse zu sein, einen Mann, dem ihr Schicksal nicht gleichgültig war, auch wenn seine Loyalität natürlich ausschließlich Frankreich galt. Seine Ruhe wirkte besänftigend, sein ausgeglichenes Wesen war eine willkommene Erleichterung nach den Brutalitäten, die sie erlebt hatte. Von Anfang an hatte er ihr versichert, daß man sie nicht mißhandeln würde, daß sie früher oder später nach England zurück könnte und ihr Mann in Frankreich sicherer wäre.

»Werdet Ihr ihn vermissen?« hatte der Franzose sie gefragt, als er sie dabei ertappte, wie sie aus dem Fenster starrte. In den Hügeln über Boulogne in der Ferne entdeckte sie ein uraltes Schloß, dessen Außenmauern eingestürzt waren.

»Mein Mann ist ein Verräter. Ich sollte glücklich sein, ihn im Gefängnis zu sehen, aber…«

»Aber…?«

»Aber ja… ich werde ihn vermissen. Ich weiß, das sollte ich nicht, aber es ist so.«

»Vielleicht werdet Ihr, wenn der Krieg vorüber ist, zu ihm nach Frankreich kommen?«

»Nein, M'sieur, das steht nicht zur Debatte.« Sie würde nicht zurückkommen, selbst wenn Damien es wünschte; doch nach allem, was geschehen war, würde er das sowieso nicht wollen.

Der Franzose seufzte, seine dichten weißen Brauen zogen sich hoch. »Es ist schon eine traurige Sache, so ein Krieg, n'est-ce-pas?«

»Oui, M'sieur… eine sehr traurige Sache, beim Himmel!«

Das hatte sie ihm damals gesagt, und das dachte sie auch jetzt, als sie an der Haustür stand. Sie trug noch immer das gleiche braune Wollkleid, das sie in der Nacht ihrer Gefangennahme am Strand angehabt hatte, doch es war gewaschen und geflickt worden. Dazu hatte sie ihren schweren Umhang über die Schultern geworfen.

M'sieur Gaudin griff nach ihrer Hand und drückte sie fest. »Vielleicht werden wir uns eines Tages wiedersehen.«

Sie lächelte: »Dann könnte ich Euch diese geliehenen Stiefel zurückgeben.«

»Möge le bon Dieu Euch schützen!«

»Merci, M'sieur. Wenn alle Franzosen so freundlich wären wie Ihr, dann gäbe es keinen Anlaß für einen Krieg.«

Ihre Worte schienen ihm zu schmeicheln, lächelnd öffnete er ihr die Tür. Oberst Lafon stand auf der Veranda, das Sonnenlicht ließ die Messingknöpfe an seiner Uniformjacke aufleuchten. Er trug das dunkle Blau und das Weiß der Grenadiers de Cheval – so wie es auch ihrem Mann zukäme. Seine silbergrauen Schläfen standen im Kontrast zu seinem dichten, dunkelbraunen Haar.

»Die Boote warten, Madame. Ich hoffe, Ihr seid bereit.«

»Mehr als das, Oberst, ich kann es kaum erwarten.«

12. Kapitel

Damien streckte seine steifen Muskeln, obwohl ihm das nicht leichtfiel; seine Hände waren vor seinem Körper gefesselt, das Hemd hing in Fetzen an ihm, und seine Hose war schmutzig und zerrissen – dazu kamen noch die verwilderten Haare.

Trotzdem humpelte er Bewicke und seinen Soldaten voraus den Strand entlang; er trachtete, so rasch wie möglich seinen Bestimmungsort zu erreichen, um den Handel abzuschließen, der seiner Frau die baldigste Heimkehr ermöglichte. Auch wenn er ziemlich sicher annahm, daß ihr nichts zugestoßen war, so kannte er doch ihre Impulsivität. Hatte nicht ihr ungestümes Temperament sie mehr als einmal dazu verleitet, ihm zu schaden?

Auch wenn er hoffte, daß sie sich zusammenreißen und nicht noch mehr Unheil stiften würde, so hatte er sich doch Sorgen um sie gemacht – jeden einzelnen Augenblick, den er in dieser entsetzlichen Zelle verbringen mußte. Und er hatte sie verflucht und auch sich selbst, daß sie in diese Lage geraten waren.

Damien blickte zum dunklen Horizont und suchte nach einem Anzeichen der Boote, die sie an Land bringen würden. Eine Nebelbank lag über dem Wasser, einige Schwaden reichten bis zum Strand. Es war beinahe zehn Uhr, die Zeit, die für diese Begegnung angesetzt war. Auf Lafon konnte man sich verlassen. Wenn es keine unvorhergesehenen Schwierigkeiten gegeben hatte, so würde er pünktlich hier sein.

Bewicke sagte etwas zu einem seiner Männer, dann wandte er seine Aufmerksamkeit Damien zu. »Ihr habt Glück gehabt, Falon. Meine Fragen an Euch sind unbeantwortet geblieben, und Ihr kehrt ungeschoren in Euer Frankreich zurück.«

»Ihr scheint zu vergessen, Oberst, daß Schloß Falon mein Zuhause ist.«

»Ah, ja, ist das so? Dann darf ich also glauben, daß Ihr es vermissen werdet, wenn Ihr in Frankreich seid?«

»Dessen könnt Ihr sicher sein.«

»Und Eure Frau, Falon? Werdet Ihr die auch vermissen?«

Etwas preßte Damiens Brust zusammen. »Das wird leider der Fall sein«, gestand er verbissen.

Bewicke lächelte zufrieden. »Keine Angst, Euer Lordschaft, ich werde mich um das Wohlergehen der Lady persönlich kümmern. Vielleicht finde ich ja einen Weg, sie über den schmerzlichen Verlust ihres Mannes hinwegzutrösten. Vielleicht wird die Gräfin ja in meinen Armen besser aufgehoben sein.«

Damien ging auf ihn los, aber seine Bewacher hielten ihn bei den Schultern und rissen ihn zurück.

»An Eurer Stelle wäre ich vorsichtiger, Lord Falon! Es könnte sein, daß ich Euch sonst eine weitere Lektion in gutem Benehmen erteile, noch ehe Eure Freunde eintreffen.«

Damien schwieg. Er hatte bereits die Umrisse zweier kleiner Segel in der Ferne entdeckt, gerade noch innerhalb der

Nebelbank. In ein paar Minuten würden die Boote den Strand erreichen.

Und das taten sie auch, geschickt wurden sie ins Flache gezogen. Lafon und seine Männer kletterten heraus, mit ihren Stiefeln stapften sie durch das Wasser. Als der Oberst sich umdrehte, um Alexa an Land zu helfen, atmete Damien erleichtert auf.

Sie war zu Hause und in Sicherheit, für den Augenblick fiel ihm ein Stein vom Herzen.

Die Männer waren noch ein Stück entfernt von ihnen. Bewicke schob Damien auf seine Kameraden zu, und er stolperte voran, bemüht, auf den Beinen zu bleiben. Ein Windstoß wehte Alexa die Kapuze vom Kopf, und er konnte sie genauer betrachten. Sie war blaß, ihr kräftiges, kupferfarbenes Haar hing ihr feucht über die Schultern, doch ihr wunderschönes Gesicht bezauberte ihn wie eh und je. Er rang um seine Fassung, am liebsten hätte er sie in seine Arme genommen und hätte sie ohne Ende geliebt. Wie es ohne sie weitergehen sollte, wußte nur der Himmel.

»Macht, daß Ihr fortkommt, Euer Lordschaft.« Bewicke stieß ihn noch einmal vorwärts, und Damien ging weiter. Seine Stiefel knirschten auf dem Sand. Alexa blickte zu ihm, und er fragte sich, was sie wohl dachte, ob sie ihm wohl je vergeben würde.

Alexa sah, wie ihr Mann auf sie zukam, sie konnte ihre Blicke nicht von seinem Gesicht losreißen. Eines seiner Augen war blau unterlaufen und angeschwollen, getrocknetes Blut umgab seine Lippen. Sein Hemd stand offen, und selbst im schwachen Mondlicht sah Alexa die Abschürfungen auf seinen Rippen.

Lieber Gott, Damien, was habe ich dir nur angetan?

Aber er schien sich mit der gleichen Lebhaftigkeit zu bewegen wie immer. Sie erkannte, daß sein Gang ein wenig steifer war, doch offensichtlich hatte er keine Knochenbrüche davongetragen. Dem hocherhobenen Kopf, dem leicht gebeugten Rücken und den schiefen Schultern sah man zwar die Schläge und Verletzungen an, doch besiegt war er nicht. Ein Teil von ihr sehnte sich danach, zu ihm zu laufen, sich in seine Arme zu werfen, während der vernünftigere Teil von ihr ihn als Verräter brandmarkte und ihm ihre Loyalität aufkündigte.

Schließlich standen sie einander gegenüber, Bewicke und seine Soldaten auf der einen, Lafon und seine Männer auf der anderen Seite.

»Es tut mir leid, Madame«, schnarrte der französische Oberst. »Aber Ihr werdet nicht die Möglichkeit haben, Euch von Eurem Gatten zu verabschieden.«

Alexa reckte sich, sie nahm all ihren Mut zusammen und schalt sich für das Gefühl des Verlustes. »Das erübrigt sich ohnehin. Ich habe ihm nichts zu sagen.«

»Wie Ihr meint, Madame!«

Auf Oberst Lafons Wort trat Alexa vor, genau wie Damien. Seine Blicke hielten die ihren gefangen, doch wie immer verbarg er sorgfältig seine Gefühle und ließ sich nichts anmerken. Alexa hatte gerade zwei kleine, unsichere Schritte getan, als der Knall eines Gewehrschusses ertönte. Alexa wirbelte herum, Damien desgleichen. Die Männer begannen zu rufen, englisch und französisch durcheinander, sie gestikulierten heftig, dann hörte Alexa das Geräusch von Flüchtenden.

»Es ist eine Falle!« rief Lafon, und Alexas Herz sank.

Noch ehe sie darüber nachdenken konnte, was sie tun sollte, griff einer der Franzosen nach ihrem Arm und drehte ihn ihr hinter den Rücken. Dann wandte er sich um und wich mit ihr als seinem Schutzschild Richtung Ärmelkanal zurück.

»Nein, ich werde nicht mitkommen!« Alexa versuchte, sich aus seinem Griff zu befreien, doch der Mann hatte schon den ersten Segler erreicht und zog sie durchs Wasser. Er hob sie hoch und warf sie über den Rand in das brackige, abgestandene Wasser im Boot. Alexa sprang auf, rief um Hilfe und suchte verzweifelt nach Damien, doch das Boot wurde bereits ins Tiefe geschoben.

Dann entdeckte sie ihren Gemahl, er kämpfte gegen zwei von Bewickes Männern, einen davon schickte er zu Boden mit einem Schlag seiner noch immer gefesselten Hände. Dem anderen jagte er sein Knie in den Bauch und lief dann auf das Wasser zu. Ein Pistolenschuß zerriß die Nacht. Alexa sah Lafon, der in dem anderen Boot saß: Er hatte geschossen und einen der englischen Soldaten getroffen. Ihr Herz raste, als sie sah, daß Damien gegen zwei weitere Feinde kämpfen mußte, die er ebenfalls niederstreckte. Dann nahm er wieder Kurs auf die Boote.

Sie betete, daß er es schaffen möge, das Herz tat ihr weh, und Tränen quollen ihr aus den Augen. Ihre Hoffnung begann zu schwinden, als das kleine Boot, in dem sie saß, über die Wellen rauschte und sich immer weiter entfernte. Dann entdeckte sie ihn wieder, er stampfte durch das Wasser auf das Boot zu, in dem Lafon und der Rest der Männer saßen.

Lieber Gott, bitte hilf ihm! Es ging ihr durch den Kopf, ob Gott vielleicht Engländer war – oder ob er der Gefahr gegenüber blind war, die die Franzosen darstellten.

Später wußte sie nicht mehr, ob ihr Mann es geschafft hatte, sich zu retten, denn eine Salve von Gewehrschüssen dröhnte durch die Nacht, und ein brennender Schmerz breitete sich in ihrer Brust aus. Sie schrie auf, als sie das Blut sah, dann drehte sich alles um sie herum, und sie sank zu Boden.

»Mon dieu«, sagte einer der Männer in dem Boot. »Die kleine Anglaise ist getroffen worden.«

»Geschieht der Hure ganz recht«, antwortete der kräftige Kumpan, den sie Rouget nannten.

»Damien ...«, flüsterte Alexa, die nicht ein noch aus wußte. Der Schmerz in ihrer Brust wurde immer größer, sie preßte die Hände auf die Wunde nur Zentimeter über ihrem Herzen. Sie versuchte sich aufzusetzen, nach dem zweiten Boot Ausschau zu halten, doch sie waren bereits in die Nebelbank hineingefahren. Sie glaubte, das Eintauchen von Rudern ins Wasser zu hören, doch war sie ihrer Sinne nicht mehr mächtig.

»Wir müssen die Blutung stillen«, sagte der erste Mann. »Preßt etwas auf die Wunde.«

»Warum sollte ich? Major Falon ist in Sicherheit – die Frau bringt uns keinen weiteren Nutzen. Nach allem, was sie ihm eingebrockt hat, wird der Mann uns wahrscheinlich sogar dankbar sein, wenn wir sie abkratzen lassen.«

Der erste Mann schien über die Worte des anderen nachzudenken. »Ich liebe die Engländer auch nicht. Wohl kaum hegt der Major noch Interesse an einer Frau, die ihn verraten hat.« Sein Lächeln war kalt und hinterlistig. »Aber für eine schöne Frau gibt es einen besseren Platz als ein wütender Meeresgrund.«

»Ich verstehe nicht, was du meinst«, nörgelte Rouget.

»Ganz einfach. Falls sie noch lebt, wenn wir in Paris ankommen, bringen wir sie zu Madame Dumaine im Le Monde du Plaisir. Sie kann eines von Madames filles de joie werden. Die Chefin entlohnt uns hoffentlich gut – mit Geld und vielleicht auch mit anderen schönen Dingen.«

»Und wenn der Major dahinterkommt?«

»Er wird nicht lange in Frankreich bleiben. Sie schicken ihn sicher irgendwo anders hin, um zu spionieren. Und er ist nicht der Typ Mann, der sich im Le Monde sehen läßt.«

Rouget nickte. »Ich habe gehört, daß er eine Geliebte hat.«

»Mehr als eine, wird erzählt.«

»Und was tun wir, wenn sie verreckt?« fragte Rouget und preßte einen schmutzigen Lappen auf Alexas Wunde.

»Wenn sie stirbt …« Der erste Mann zuckte die Schultern. Das rauhe Lachen der Männer erreichte Alexa nur noch aus weiter Ferne, tiefer und tiefer versank sie in dem brennenden Schmerz, und dann umfing sie totale Finsternis.

Damien lief unruhig am Strand südlich von Boulogne entlang. Obwohl mittlerweile einige Sonnenstrahlen durchgedrungen waren, türmten sich dennoch am Horizont endlose flache Wolken, und der Wind blies bitterkalt.

»Au nom de Dieu – wo sind sie?« murmelte er auf französisch, mehr zu sich selbst als zu seinem Begleiter.

Victor Lafon folgte seinem Blick über das Meer, die hageren Wangen schienen heute morgen noch tiefer eingefallen. »Zwei der Männer sind beim Kampf am Strand umgekommen. Das heißt, daß nur noch Rouget und Monnard das Boot herübergeschafft haben können. Das Meer war sehr aufgewühlt, offensichtlich sind sie vom Kurs abgekommen. Wenn das so ist und die Männer gezwungen waren, an einer anderen Stelle zu landen, dann haben sie den Befehl, sich auf schnellstem Wege nach Paris durchzuschlagen.«

»Alles in allem wird es einige Zeit dauern, bis sie dort eintreffen.«

Der Oberst nickte. »Mais oui, das ist wahr. Wenn wir ihre Spur in den nächsten beiden Stunden nicht entdecken, dann schlage ich vor, daß wir uns auf den Weg machen.«

Zwei Stunden. Damien erschien es eher wie zwei Tage. Wohin hatte es Alexa verschlagen? Diesmal war Lafon nicht zur Stelle, um sie zu beschützen. Damien kannte die beiden Männer nicht, in deren Boot sie gelandet war; er wußte nichts über sie, außer daß man sie wegen ihrer Seetüchtigkeit ausgewählt hatte. Es stand in den Sternen, wie sie eine englische Frau behandeln würden. Er konnte nur beten, daß ihre Stellung als Lady Falon ihr einen gewissen Schutz bot.

Wie schon tausendmal zuvor wünschte Damien Bewicke zur Hölle.

Die Stunden vergingen, doch der Himmel wurde nicht heller, und kein Boot war in Sicht.

»Wir sollten allmählich aufbrechen.« Lafon kam zu Damien hinüber, der nach wie vor unruhig auf und ab humpelte. »Die Reise nach Paris wird mehrere Tage dauern. Ihr möchtet doch sicher dort sein, wenn die anderen ankommen, n'est-ce-pas?«

Damien nickte nur. Er machte sich Sorgen um Alexa, doch wollte Lafon nicht deren Ausmaß wissen lassen. Im Spiel der

Mächte war es nicht klug, Gefühle zu zeigen. Seine Zuneigung zu Alexa war seine Achillesferse. Solche Schwachstellen könnten sie eines Tages gegen ihn verwenden. Es war ein Fehler, den er sich nachdrücklich verbot.

»Wie fühlt Ihr Euch?« fragte der Oberst unterwegs zu der Kutsche, die in einiger Entfernung auf sie wartete.

»Als hätte man mich dem Mob an der Bastille ausgeliefert.«

»Wenn wir erst einmal in Paris sind und Euer hübsches Mädchen wieder das Bett mit Euch teilt, dann wird es Euch sicher bessergehen – obwohl ich Euch vorläufig nicht darum beneide, glaube ich.«

Damien lächelte ein wenig, er schlüpfte schnell wieder in die Rolle des hartgesottenen Grenzgängers, die man von ihm erwartete. Des abgebrühten, gefühllosen Mannes, der er gewesen war.

»Ihre Loyalität England gegenüber ist sehr ausgeprägt. Mit dieser Marotte hätte ich mich schon früher auseinandersetzen müssen. Etwas mehr Aufmerksamkeit meinerseits wäre angebracht gewesen.« Er blickte den scharfsinnigen Oberst neben sich an. »Tatsache ist, daß dieses Mädchen meine Frau ist. Ihre Loyalität sollte nur mir gehören – diesen Umstand wird sie inzwischen wohl gelernt haben. Und außerdem geht es um ihre Rückkehr ins Ehebett – das ist eine weitere ihrer Pflichten, die ich schon sehr bald von ihr einfordern werde.«

Mit einiger Belustigung wurde Damien klar, daß er letzteres in der Tat ernst meinte.

»Oberst Lafon ist hier, M'sieur.« Der kleine dunkelhaarige Mann stand an der offenen Tür. Damien saß hinter dem Schreibtisch im Arbeitsraum seines Stadthauses – hôtel nannten es die Franzosen – in der Rue St. Philippe, Faubourg St. Honoré. Vor zwei Tagen waren sie in Paris angekommen.

Zwei Tage. Und noch immer kein Lebenszeichen von Alexa.

Wenigstens Lafon war gekommen, und Damiens Herz begann unregelmäßig zu schlagen. »Merci, Pierre«, sagte er zu dem Verwalter. »Laßt ihn rein.«

Der kleine Mann nickte, kein einziges Härchen löste sich dabei aus seiner Frisur, eilends verließ er den Raum. Einige Augenblicke später öffnete sich die schwere Eichentür, und Lafon trat ein. Der Blick auf die tiefen Furchen und den bitteren Gesichtsausdruck des Obersten ließ Damien von seinem Stuhl aufspringen, die Hände umklammerten die hölzerne Armlehne.

»Was ist geschehen? Habt Ihr sie gefunden?«

»Es wäre besser, wenn Ihr Euch setzt, mon ami.«

Damien rührte sich nicht. »Sagt es mir.«

Seine blau-weiße Uniform war makellos sauber, Lafon machte noch ein paar Schritte auf Damien zu, bis er vor dem Schreibtisch stehenblieb. Über die polierte Rosenholzplatte sahen sie einander an. »Eure Frau wurde in die Brust getroffen, als das Boot vom Strand abstieß. Es war eine tödliche Wunde, leider hat sie unsere Küste nicht mehr lebend erreicht.«

Damien sagte nichts. Ganz langsam sank er in seinen Stuhl. »Da muß eine Fehlmeldung vorliegen.«

»Es tut mir leid, Major Falon.«

»Ihr ... Ihr seid da wirklich ganz sicher? Kann es sich nicht um einen Irrtum handeln?«

»Korporal Rouget war bei ihr, als sie starb. Er sagt, sie hätte nicht gelitten.«

»Wo ... wo ist ihre Leiche?« Damien rang mit seiner Beherrschung; verzweifelt bemühte er sich, seine aufgewühlten Gefühle vor seinem Gegenüber zu verbergen.

»Ich fürchte, das ist noch nicht die ganze Tragödie. Das Boot schlug um, als es sich der Küste näherte. Madame Falons Körper ist im Meer untergegangen.«

Damien schloß die Augen. O Herr im Himmel, das konnte nicht wahr sein. »Bewicke. Ich werde dafür sorgen, daß dieser Bastard zur Rechenschaft gezogen wird, das schwöre ich.«

»Wir hätten es eigentlich besser wissen sollen, einem Engländer kann man nicht trauen.«

Damien brachte nur ein Nicken zustande. »Ich danke Euch für Eure Mitteilung.« Er schluckte, denn es würgte ihn plötzlich. Mit äußerster Willenskraft vermochte er sich aufrecht zu halten. Schließlich blickte er zu Lafon auf und schüttelte den Kopf. »Ich habe meiner Frau nicht schaden wollen.« Seine Stimme sollte möglichst unbeteiligt klingen. »Eigentlich mochte ich sie sogar sehr.«

»Die Gräfin war eine wunderschöne junge Frau. Ich versichere Euch meines tiefsten Mitgefühls.«

Damien schob seinen Stuhl zurück und kam um den Schreibtisch herum. Er hoffte, daß Lafon nicht merken würde, wie seine Knie zitterten. »Danke, Oberst.« Ein Klagelaut brach aus ihm hervor. »Unsere Ehe hat nicht gerade sehr lange gedauert. Es ging eigentlich um Geld dabei, natürlich – aber ich war ihre süße Gesellschaft noch lange nicht leid. Ah, solche Sachen passieren nun einmal.«

»Die Welt ist ein Jammertal«, verlieh Lafon seinem Beileid Ausdruck.

»Ein schlechter Witz, nicht wahr? Wären wir noch in England, dann zählte ich jetzt zu den Reichen. Das Schicksal kann wirklich ein rücksichtsloser Feind sein, n'est-ce-pas?«

»Oui, Major Falon. Das Schicksal ist noch viel unbeständiger als die flatterhafteste Frau.«

Damien wartete, bis der Oberst gegangen war, schloß die Tür hinter ihm und lehnte sich, dann dagegen. Sein Kopf dröhnte, sein Magen hob sich, und in seinen Ohren brauste das Blut so laut, daß es alle anderen Geräusche übertönte. Mein Gott, nein, er konnte es nicht glauben. Doch das unsichere Gefühl, das ihn schon die ganze Woche über verfolgt hatte, hätte ihm ein Fingerzeig sein müssen.

Mit wackeligen Knien wankte er zu der kunstvoll gearbeiteten Kredenz in der Nähe des Kamins hinüber. Zitternd zog er den Stöpsel aus der Karaffe und goß sich ein doppeltes Glas

Cognac ein. Er nahm einen großen Schluck davon und dann noch einen.

Es dauerte nicht lange, bis er das Glas geleert hatte; er füllte es erneut und hing daran wie ein Ertrinkender. Er wußte, daß es keinen Zweck hatte, doch hoffte er, damit den Schmerz ein wenig zu lindern. Alexa war tot, seinetwegen – da gab es nichts zu beschönigen. Sie war tot und auf ewig aus seinem Leben getilgt. Der Schmerz wurde immer größer, mit jedem Herzschlag schien er zuzunehmen, bis er ihn zu zerreißen drohte. Wie flüssiges Blei floß er durch seine Adern, erfüllte jede einzelne Faser.

Seit langem hatte er an nichts mehr sein Herz gehängt. Eine Weile hatten Peter und er sich sehr nahegestanden, doch dann war sein Bruder gestorben, und er war wieder allein.

Schließlich trat für eine kurze, süße Zeitspanne Alexa in sein Leben, und er hatte Gefühle entwickelt, die er nie für möglich gehalten hatte. Doch jetzt hatte sie ihn, wenn auch ungewollt, verlassen.

Damien nahm die Cognacflasche und torkelte zu seinem Platz hinter dem Schreibtisch zurück. Er sank mit hängendem Kopf in das weiche Leder, sein Glas war schon wieder leer.

Er hatte tiefen Schmerz gefühlt, als er Peter verlor, doch mit dem, was er jetzt durchmachte, war das nicht zu vergleichen. Ihn füllte ein seelenzerschmetternder, ihn ganz benommen machender Schmerz aus, den auch der Alkohol, den er getrunken hatte, nicht betäuben konnte. Es fühlte sich an, als hätte man ihm bei lebendigem Leib das Herz aus der Brust gerissen, als wäre er selbst gestorben und müßte jetzt im Höllenfeuer schmoren.

Da stand bereits das nächste Glas vor ihm, und er trank es in einem gierigen Schluck leer, seine Finger umklammerten das leere Gefäß. Er griff nach der Flasche – in dem silbernen Medaillon, das daran hing, erhaschte er einen Blick auf sein Gesicht.

Auf einmal bemerkte er, daß es naß von Tränen war.

Celeste Dumaine stand schweigend am Fuß des alten Eisenbettes, die weiße Farbe blätterte überall ab. Unter der abgewetzten Satindecke schlief die neue Errungenschaft. Es war eine schlanke junge Frau, genau wie sie selbst vor zwanzig Jahren. Inzwischen jedoch geriet Celestes einst straffer Körper allmählich aus den Fugen. Ihre Brüste waren nicht mehr fest, ihre Haut nicht mehr straff. Ihr langes, kastanienbraunes Haar wurde immer dünner und hatte den Glanz verloren. Ah, aber einstmals war sie eine Schönheit gewesen – ganz wie dieses schlafende Mädchen.

Celeste umkreiste das Bett. Noch immer atmete das arme Ding flach, der Puls flatterte, was sie an der kleinen Halsschlagader ablas. Celeste streckte die Hand aus und strich mit dem Finger über die cremig zarte Haut. Im Schein der Lampe glitzerte der große Rubinring, den Celeste immer am Mittelfinger trug, wie ein Tropfen Blut an der blassen Wange des Mädchens.

Sie strich sanft darüber. Noch nie hatte sie eine so zarte Haut gesehen, von der Farbe kostbaren Elfenbeins. Niemals war ihr ein so fein geschnittenes Gesicht begegnet oder so üppiges Haar, in einem so lebhaften Kastanienbraun mit dem dunkelroten Schimmer von poliertem Rosenholz. Celeste hatte dieses Haar gebürstet und es dann auf dem Kopfkissen ausgebreitet; wie Seide hatten sich die langen, glänzenden Locken in ihren Händen angefühlt.

Sie beugte sich vor und strich über die schimmernde Masse. Unter ihrem schwarzen Kleid schwollen Celestes Brustspitzen an und pulsierten. Das Blut in ihren Adern schien langsamer zu fließen, und die geheime Stelle zwischen ihren Schenkeln wurde feucht.

Sie beugte sich über das Bett und zog die Decke zurück. Unter dem Verband, der noch immer um den Oberkörper der jungen Frau lag, hoben und senkten sich leicht ihre vollen Brüste. Sie waren perfekt geformt, voll und dennoch fest, die rosigen Spitzen nach oben gerichtet. Celestes Hand zitterte, als sie sich um eine der Brüste schloß. Noch immer wütete das Fieber in dem Körper des Mädchens, die Haut war heiß, und sie bewegte sich unruhig hin und her.

Zögernd zog Celeste die Decke wieder an ihren Platz. Es war schon Jahre her, seit eine solche Sehnsucht sie ergriffen hatte. Ob das Objekt ihrer Begierde ein Mann oder eine Frau war, spielte keine Rolle. Es war die Schönheit des Körpers, Eleganz, Anmut und eine Ausstrahlung von Reinheit, die ihr Blut berauschte und sie erregte.

Was für eine herrliche Gestalt, dachte sie und fühlte ein Verlangen, das sie lange vergessen zu haben glaubte. Ihre Vorfreude wuchs. Und sie gehört mir!

Celeste schwor sich, daß diese Frau überleben mußte. Sie würde persönlich dafür sorgen. Wenn sie erst einmal wieder gesund war, würde sie sie vorsichtig auf ihre neue Aufgabe vorbereiten, würde sie zu ihrem Vorteil einsetzen, ohne ihren Geist zu brechen. Geld war das Wichtigste im Leben, natürlich, aber mit ein wenig Vorsicht konnte sie viel mehr gewinnen als nur die Münzen für ihre Börse. Viel mehr.

Sie hatte ihre eigenen Pläne für dieses wunderschöne Geschöpf.

Damien hob den Kopf ein wenig, als jemand hartnäckig an der Tür seines Schlafzimmers klopfte, doch er stand nicht auf.

Die Klinke bewegte sich, die Tür ging auf, und sein Kammerdiener, ein großer, stattlicher Mann mit sandbraunem Haar, betrat das Zimmer. Claude-Louis Arnaux war nur zwei Jahre älter als Damien, aber bereits verheiratet und hatte einen Sohn; seine Frau betätigte sich als Damiens Haushälterin.

»General Moreau ist hier, um Euch zu sprechen. Er wartet unten in Eurem Arbeitsraum.«

Moreau. Himmel. Auf keinen Fall durfte der General ihn so antreffen. »Sagt ihm, daß ich krank bin. Sagt ihm, ich lasse mich entschuldigen, aber ich bin nicht in der Lage, Besucher zu empfangen. Ich werde ihn heute nachmittag an seinem Amtssitz aufsuchen.«

Claude schien erleichtert. Damien wußte, daß sein Freund sich Sorgen um ihn machte. »Wie Ihr wünscht. Ich werde Euch ein Bad richten lassen und frische Kleidung bereitlegen.«

Damien nickte, wie immer war er dankbar für die aufrechte Gesinnung dieses Getreuen. Er erhob sich aus dem Sessel, in dem er vor dem erloschenen Feuer gesessen hatte. Seit Tagen schon hatte er das Zimmer nicht mehr verlassen. Sein Haar hing in Strähnen herab, er war unrasiert und seine Kleidung zerknittert. Mit dem Fuß stieß er eine leere Cognacflasche beiseite. Ein zerbrochenes Glas splitterte unter seinem Tritt.

»Au nom de Dieu«, murmelte er und zog scharf den Atem ein, als er an dem Spiegel vorbeiging und einen Blick hineinwarf. Gütiger Himmel, er sah ja aus wie ein Schreckgespenst.

So fühlte er sich auch.

Er roch nach Cognac, sein Schädel dröhnte, und seine Zunge war trocken und pelzig. Am liebsten wäre er in die Flasche gekrochen, von der er in den letzten vier Tagen gelebt hatte, aber auch der Alkohol hatte ihn nicht von seiner Verzweiflung befreit, und er konnte sich nicht endlos in seinem Haus verstecken.

Alexa war tot – er würde sich das nie vergeben, und in seinem Inneren würde die Trauer nie enden. Die Außenwelt würde seine Abwesenheit sehr bald bemerken und nach der Ursache seiner Düsterkeit forschen – das konnte er sich nicht leisten.

Claude-Louis trat wieder ein. Er war einer der cidevants, vor der Revolution Angehöriger der Aristokratie, einer der émigrés, die jetzt wieder heimkehren konnten. Wenn das alte Regime geblieben wäre, wenn Louis XVI. das Szepter behalten hätte, dann wäre Claude ein Graf. Statt dessen schlug er sich nun als Diener durch... oder wenigstens schien es so.

»Ich bin froh, daß Ihr unter die Lebenden zurückgekehrt seid«, sagte Claude.

Damien wünschte, es wäre so. »Ich war ein Dummkopf. Keine Frau ist soviel Trauer wert.« Hinter Claude-Louis trugen einige andere Diener eine dampfende Wanne mit heißem Wasser herein. Claude-Louis entließ sie rasch, schloß die Tür hinter ihnen.

»Es ist nicht nötig, daß Ihr mir etwas vorzumachen versucht. Dafür kennen wir uns schon viel zu lange, n'est-ce-pas?«

Damien seufzte. »So ist es, mon ami. Ich habe nicht die Absicht gehabt, etwas zu dramatisieren.« Er fuhr sich mit der Hand durch sein schwarzes Haar. »Manchmal bin ich gar nicht mehr sicher, wo das Spiel aufhört und das richtige Leben beginnt.«

»Es ist schon in Ordnung, mein Freund. Ich glaube, so geht es uns allen.«

Damien zog sich aus und sank dann in den Kupferbottich, das reinigende heiße Wasser tat ihm gut. Er legte den Kopf auf den Rand, und seine Lider senkten sich. Einen Augenblick lang sah er Alexa vor sich, wie sie über etwas lachte, das er gesagt hatte. Sie zollte ihm Beifall für seine wunderschönen Vögel, ihre Augen leuchteten vor Glück und Bewunderung für ihn. Er sah, wie sie ihn vor seiner Mutter verteidigte, wo sie doch für sich selbst hätte kämpfen müssen.

Dann sah er, wie sie am Strand auf ihn zugelaufen kam. Furcht stand in ihren Augen, Bedauern und schreckliche Angst um ihn. Eine Welt von Gefühlen spiegelte sich in ihrem ausdrucksvollen Gesicht – seinetwegen. Der Anblick hatte ihm beinahe das Herz zerrissen. Mit einem Ruck schreckte er hoch. Er griff mit zitternden Händen nach dem weißen Handtuch, das Claude-Louis ihm hinhielt.

»Ihr seid schwach. Tagelang habt Ihr nichts mehr gegessen. Im Augenblick bereitet Euer Koch Masson etwas für Euch vor. Wenn Ihr erst einmal etwas im Magen habt, werdet Ihr Euch besser fühlen.«

Damien schwieg. Der Gedanke an Essen genügte, und

Übelkeit stieg in ihm auf, dennoch würde er sich dazu zwingen. Er hatte einen Auftrag zu erfüllen, und auch wenn nicht alles planmäßig gelaufen war, so mußte er doch einen Weg finden, das Beste aus der Situation zu machen. Die Arbeit würde ihm helfen, den Schmerz zu ertragen, denn seine Arbeit war ihm Lebenszweck. Er würde sich daran halten wie nie zuvor.

Jawohl, er würde sich daran halten, dachte er; doch wie viele Erfolge er auch immer erzielen würde, ganz ohne Zweifel war der Preis, den er dafür hatte entrichten müssen, höher, als ein Mensch ertragen konnte.

»Also, ma belle, wie fühlt Ihr Euch?«

Alexa betrachtete die auffallend gekleidete Frau, die ihr auf einem verschlissenen Chintzsessel gegenübersaß. »Beinahe so gut wie neu, und das verdanke ich Euch, Madame Dumaine.« Sie tranken zusammen Mokka aus feinen Porzellantassen, die so gar nicht in das schäbige, geschmacklos eingerichtete Zimmer paßten.

»Noch ein paar Tage, dann werdet Ihr so weit sein, der Welt gegenüberzutreten, denke ich. Ihr werdet alle zum Staunen bringen.«

Alexa wurde blaß. »Madame, ich weiß, wie großzügig Ihr gewesen seid. Ich... ich verdanke Euch mein Leben, aber ich bitte Euch, mich freizulassen.«

»Wir haben bereits ein dutzendmal darüber gesprochen, mein Kätzchen. Ich habe ein kleines Vermögen für Euch ausgegeben, habe Stunden und Nächte an Eurem Bett verbracht. Von mir habt Ihr Nahrung, Pflege und Schutz erhalten. Ihr seid mir einiges schuldig.«

»Ich habe Euch doch gesagt, daß ich über ausreichende Mittel verfüge. Wenn Ihr dafür sorgen könnt, daß ich wohlbehalten England erreiche...«

»England, bah! Ihr werdet hierbleiben!«

»Aber ganz sicher...«

»Die Vergangenheit ist vorüber, mein Täubchen. Je eher Ihr das akzeptiert, desto glücklicher werdet Ihr Euch fühlen. Jetzt gehört Ihr mir. Und Ihr werdet genau das tun, was ich Euch sage.« Ihr Gesichtsausdruck ließ keinen Widerspruch zu, die Linien um ihren Mund hatten sich tief eingegraben. Sie war eine harte Frau – mußte hart sein. Jede Nachgiebigkeit war ihr längst ausgetrieben worden von dem Leben, das sie hatte führen müssen. Und dennoch…

Ihre Stimme wurde sanft, beinahe beschwörend. »Vertraut mir, ma belle. Euer Leben hier wird recht angenehm sein. Es wird Männer geben, ja – eine Menge Männer. Aber Ihr seid intelligent. Mit der Zeit werdet Ihr lernen, ihnen Vergnügen zu bereiten. Es ist wirklich kein so schlechtes Dasein.«

Alexa fröstelte es, wenn sie daran dachte; Eiseskälte jagte durch ihren Körper. »Bitte, Madame, kann ich denn gar nichts tun, damit Ihr Eure Meinung ändert?« Sie hatte es versucht, lieber Gott, Tage und Nächte hatte sie damit zugebracht, zu betteln und zu weinen, die Frau um Erbarmen anzuflehen. Sie hatte versucht zu fliehen, doch vergebens, denn die Fenster waren von außen vergittert, und ein riesiger, bärtiger Mohr stand vor dem Eingang.

»Psst, meine Schöne. Die Zeit des Feilschens ist vorüber. Gebt auf, vielleicht wird einmal der Tag kommen, an dem Eure Schuld bezahlt ist. Wenn es soweit ist« – sie lächelte –, »dann wird Euer Körper nur mir gehören.«

Alexa sagte nichts mehr, doch ein Schauder des Abscheus kroch ihr den Rücken hinunter. Schweigend sah sie die Dame zur Tür watscheln. Sie hörte, wie der Mohr leise und vertraulich mit ihr sprach und wie die beiden auflachten.

Furcht streckte ihre Krallen nach ihr aus. Was würde nun mit ihr geschehen, fragte sie sich. Wann würde der erste Mann Einlaß begehren? Wie würde er aussehen? Und was für ein Gefühl wäre es, seine Hände auf ihrem Körper zu spüren?

Wie sollte sie das je ertragen?

Sie dachte an Damien, und ihr ganzer Leib schmerzte vor

Sehnsucht nach ihm. Wenn sie nur wüßte, wo er war, ob er noch lebte – und eine jähe Verzweiflung bemächtigte sich ihrer.

Voller Verachtung dachte sie an Bewicke. Es war Bewicke und sein Verrat, der sie hierher gebracht hatte. Ein Mann, dem sie vertraut hatte, und sie war so töricht gewesen, in ihm wahre Güte zu sehen.

Doch er hatte ihr nicht geholfen. Und jetzt war es dafür ohnehin zu spät.

Sie sah der Wahrheit ins Gesicht: Niemanden gab es, der für sie etwas tun würde.

Ratlos starrte sie an die Decke.

13. Kapitel

Damien stieg die Treppe des Petit Hôtel in der Rue St. Philippe hinunter.

Vor dem Terror hatten Aristokraten es eiligst errichten lassen, die fürchteten, ihren Kopf auf der Guillotine zu verlieren; es war ein massiver Bau mit hohen Fenstern und schmiedeeisernen Balkonen, elegant, doch eher einer Festung gleich als einem Zuhause. Mit den dicken Mauern, den Fluchttunneln und Geheimgängen hatte das Gebäude den vogelfreien Adligen einen schnellen Fluchtweg geboten oder einen Ort, an dem sie sich in dieser finsteren Zeit verstecken konnten. Es machte es auch leicht, die Insassen zu kontrollieren, und genau aus diesem Grunde hatten die Marschalle das Petit Hôtel für ihn ausgesucht, wann immer er sich in Frankreich aufhielt.

Damien schritt durch die Halle zur Tür. Pierre Lindet, der Verwalter, stand am Eingang und hielt Hut und Handschuhe bereit, seinen schwarzen seidengefütterten Mantel und einen schmalen Ebenholzstock mit einem goldenen Knauf.

Er war gekleidet für einen Besuch in der Oper, zusammen mit Lafon und Moreau, dem Architekten Cellerier, Major Frochot und der Herzogin d'Abrantes, der Frau des Gouverneurs von Paris. Danach wurden sie zu einer Gesellschaft in der Präfektur erwartet.

In der Vergangenheit hatte Damien so etwas Vergnügen bereitet. Vor seiner Ehe... bevor er Alexa begegnet war. Jetzt graute ihm davor.

»Euer Cape, M'sieur.« Pierre hielt es ihm hin. Damien legte es sich um die Schultern. Er schloß die juwelenbesetzte Spange, zog seine Handschuhe an und griff nach dem Stock.

»Wahrscheinlich wartet die Kutsche bereits auf mich?«

»Oui, M'sieur.«

»Wo ist Claude-Louis?«

»Ich habe ihn nicht gesehen, M'sieur. Er ist vor einer Weile ausgegangen und noch nicht zurückgekehrt.«

Damien nickte abwesend.

»Gibt es sonst noch etwas, M'sieur?«

»Das ist alles, Pierre. Sagt Claude-Louis bitte, daß er nicht auf mich zu warten braucht.«

Der kleine Mann trat schweigend zurück, und Damien wandte sich zum Ausgang. Der Klang einer Kinderstimme und hurtiges Trappeln ließen ihn innehalten. Er wandte sich um und entdeckte den kleinen Jean-Paul Arnaux, der auf ihn zugehoppelt kam. Seine Beinchen bewegten sich hastig, doch seine Schritte waren ungleich, denn er zog ein verkrüppeltes Bein nach.

»M'sieur! M'sieur!«

Damien hob den Jungen hoch und wirbelte ihn herum. »Bonsoir, mon petit, seit wann bist du denn wieder daheim?« Das dunkelhaarige Kind mit den großen Augen war auf dem Land gewesen, zu Besuch bei einem seiner vielen Cousins.

»Heute sind wir erst zurückgekommen, M'sieur. Dann hat Maman mich mit auf den Markt genommen. Ich habe gehofft, Euch noch zu sehen, bevor ich schlafen gehen muß.« Jean-

Paul war erst sieben Jahre alt, doch hatte er auf Damien schon immer einen älteren Eindruck gemacht. Vielleicht war es der Unfall, den er vor drei Jahren gehabt hatte, durch den er gezwungen war, schneller zu reifen.

Damien drückte das Kind an sich, seine Brust tat ihm plötzlich weh, als er daran dachte, daß Alexa und er auch so etwas hätten haben können. »Ich freue mich, dich zu sehen. Es ist viel zu still im Hause ohne dich.«

Die Mutter des Jungen erschien in der Halle und lächelte sanft. »Ich werde ihn nehmen, M'sieur.« Claudes Frau, Marie-Claire, streckte die Arme nach dem Jungen aus, liebevoll drückte sie ihn an ihren wohlgerundeten Busen. »Ich hoffe, er hat Euch nicht gestört.«

»Jean-Paul stört mich nie«, wehrte Damien ab, den der Anblick von Mutter und Sohn seltsam anrührte.

»Bonsoir, M'sieur.« Der kleine Junge winkte ihm über die Schulter seiner Mutter zu.

»Bonne nuit, mon petit«, rief Damien ihm nach. Für dieses Kind hegte er eine große Schwäche. Eigentlich wollte er sich aus jeder Beziehung heraushalten, doch das hatte der Junge nicht zugelassen. Seine Bindung zu dem Kind war gewachsen, und auch wenn sich beide nur selten und flüchtig sahen, so lag ihm dieser Junge doch sehr am Herzen; und offensichtlich erwiderte Jean-Paul seine Zuneigung.

Damien seufzte über die Ungewißheit, wie lange es wohl noch dauern würde, bis sich die Umstände änderten und ihre Freundschaft gezwungenermaßen endete.

Wie würde er sich freuen, wenn die Aussichten nicht so schlecht wären; er erinnerte sich an eine Zeit, als ihm menschliche Bindungen nichts bedeuteten. Jetzt zog er den Kragen seines Umhangs zurecht und ging zur Tür. Doch noch ehe er sie öffnen konnte, begegnete ihm Claude-Louis. Er zog den großen Biberhut vom Kopf, und sein dichtes Haar fiel ihm in die Stirn, als er die Hände ausstreckte und Damien an den Schultern ergriff.

»Ich danke le bon Dieu, daß Ihr noch hier seid.«

»Was ist? Was ist geschehen?«

Claude-Louis blickte sich um, dann wies er auf den Arbeitsraum, Damien folgte ihm gespannt.

»Ich habe keine Zeit, Euch auf das vorzubereiten, was ich Euch jetzt sagen muß, also fasse ich mich kurz: Eure Frau ist nicht tot.«

Damien fuhr zusammen, als hätte ihn ein Schuß getroffen. Ein taubes Gefühl breitete sich in seinem Inneren aus, und einen Augenblick lang vergaß er zu atmen. »Sagt mir, daß ich Euch richtig verstanden habe!« Sicher hatte er sich verhört, aber bei Gott, er wünschte, es wäre die Wahrheit.

»Madame Falon lebt. Sie wird hier in Paris festgehalten.«

»Wenn das nicht stimmt«, sagte Damien verhalten, »werde ich, der Himmel ist mein Zeuge, Euch das nie und nimmer verzeihen.«

»Ich irre mich nicht – wenigstens glaube ich das nicht. Natürlich gibt es nur einen Weg, das herauszufinden.«

»Wo ist sie?« Damiens Herz raste, es klopfte so laut, daß er verwirrt umherblickte.

»Wir sollten uns unverzüglich auf den Weg begeben. Sie wird im Le Monde du Plaisir festgehalten, einem Freudenhaus unten an der Seine.«

Damiens Hals war ganz trocken. »Wie kommt Ihr darauf, daß es Alexa ist? Was habt Ihr gehört?«

»Das erste Gerücht schnappte ich vor drei Tagen auf. Von einem Seemann unten an den Docks, der mit einem Mädchen vom Le Monde zusammen gewesen war. Er sagte, daß es dort eine wunderschöne Frau gäbe, eine Anglaise, die schöner sei als Aphrodite, eine neue Erscheinung im Le Monde; sie sei von zwei Soldaten Napoleons an dieses Etablissement verkauft worden.«

»Das beweist aber noch nicht, daß es sich bei dieser Frau um Alexa handelt.«

»Ganz richtig, deshalb habe ich Euch das auch nicht erzählt. Statt dessen sprach ich erst mit einigen Freunden und forderte einige Gefälligkeiten ein, die sie mir noch schuldeten. So erfuhr ich, daß das Mädchen verwundet worden war und Celeste Dumaine persönlich sie gesund gepflegt hat. Sie sagen, sie würde dort gegen ihren Willen festgehalten. Es heißt, daß am ersten Abend im August – heute also – eine Auktion stattfinden soll. Die Frau wird dem Höchstbietenden überlassen für diese Nacht.«

Damien ließ die lang angehaltene Luft mit einem leisen Zischen entweichen. »Bei allen Heiligen!« Er blickte zur Tür und dann zurück zu seinem Freund. »Trotzdem haben wir keinen Beweis, daß es sich wirklich um Alexa handelt.« Aber er erwartete auch gar keinen, natürlich würde er hineilen. Ein ganzes Regiment von Soldaten hätte ihn nicht zurückhalten können.

»Das Haus ist gut bewacht. Wenn es sich wirklich um Eure Gattin handelt, dann werdet Ihr Papiere brauchen – oder Ihr braucht Oberst Lafon und ein halbes Dutzend seiner Männer.«

Damien schüttelte den Kopf. »Vielleicht hat die Auktion ja bereits begonnen. So viel Zeit haben wir gar nicht mehr.«

»Was werdet Ihr tun?«

Wortlos wandte Damien sich um und holte aus einer Schublade seines Schreibtischs eine Pistole, prüfte, ob sie geladen war, und steckte sie in die Tasche seines Umhangs. Dann schob er ein Bild hinter dem Schreibtisch zur Seite, stellte die Kombination seines Geheimfachs ein und nahm ein Säckchen voller Goldstücke heraus.

Einer seiner Mundwinkel zog sich zu einem spöttischen Lächeln hoch. »Wenn es wirklich meine Frau ist, dann wird der Preis sehr hoch sein. Ich habe nicht die Absicht, mich überbieten zu lassen.«

Claude-Louis schlug seinem Freund auf den Rücken. »Ich werde mich ebenfalls bewaffnen und in der Kutsche auf Euch warten.«

Damien nickte, und die beiden Männer trennten sich.

Lieber Gott im Himmel, wie soll ich das nur überstehen? Alexa blickte an sich hinunter, sie betrachtete das vulgäre weiße Korsett, das sie über einem durchsichtigen Hemdchen trug, das kaum ihr Gesäß bedeckte. Ihre Brüste wurden durch das Korsett gehoben, ihre Brustspitzen, die mit Rouge gefärbt worden waren, standen heraus. Sie wand sich, als sie daran dachte, wie Madame sie dort berührt hatte, wie sie mit zitternden Fingern die Farbe aufgetragen und sich dabei die dicken Lippen geleckt hatte.

Alexa griff dann selbst zu ihrer Wäsche; sie wußte, daß man sie mit Gewalt ankleiden würde, wenn sie sich weigerte. Madame hatte das Korsett geschnürt, während Alexa sich die feinen Strümpfe und die weißen Strumpfbänder aus Satin mit den rosafarbenen Rosen angezogen hatte. Madame hatte ihr Haar gebürstet und offen gelassen, so daß es ihr weich über den Rücken fiel; dann hatte sie ihr ein rosafarbenes Seidenband um den Hals geschlungen.

Alexa hatte nicht geweint. Diesmal nicht. Nicht heute abend.

Tagelang hatte sie geweint bis heute. Sie hatte gebettelt und gefleht und hatte sogar Schläge über sich ergehen lassen müssen, mit einer Weidenrute. Madame hatte sie gewarnt, daß der Mohr seinen Gürtel benutzen würde, wenn sie weiterhin nicht gehorchte. Dann säuselte sie noch, daß der Mann es genießen würde, sie zu schlagen, und Alexa mußte das leider glauben. Sie hatte sein lüsternes Zwinkern gesehen, hatte die unzüchtige Art beobachtet, wie er die Frauen berührte. Die perversen Gelüste dieses Mannes kannten keine Grenzen – und Alexa hatte keine Chance, diesem Tollhaus zu entrinnen, das jetzt ihr Zuhause sein sollte.

Außerdem gab es kein Mitleid von seinen Bewohnern, die alle der Meinung waren, daß man sein Schicksal hinzunehmen hatte.

Sie spürte ihren Widerstand schwinden, als sie oben an der Treppe stand und auf die Menschenmenge unter sich blickte.

Da tummelten sich betrunkene Offiziere aus Napoleons Armee, Händler, die schmutzige Reden führten, und gichtgeplagte, genußsüchtige Mitglieder des »neuen Adels«.

Vielleicht hatte sie aufgegeben, denn sie fühlte sich benommen und voller Resignation. Nichts mehr bewegte sich dort, wo einstmals ihre Seele gewesen war.

Madame stand neben ihr, sie beugte sich zu ihr und küßte sie auf die Wange, dann drückte sie leicht ihre Hand.

»Fürchtet Euch nicht, ma belle. Ich werde einen Freier aussuchen, der Eurer würdig ist, für Eure erste Nacht hier. Er wird den Preis zahlen müssen, natürlich, doch werde ich dafür sorgen, daß er Euch sorgfältig in unsere Freudenwelt einführt.«

Alexa biß sich auf die Lippe. Im Salon am Fuß der Treppe drängten sich die Männer und blickten lüstern zu ihr hoch, sie deuteten mit den Fingern auf sie und leisteten sich unzüchtige Späße. Unter ihnen befand sich etwa ein Dutzend spärlich bekleideter Frauen, mit denen sie in groben Tönen scherzten und die sie in die bloßen Brüste kniffen.

»Ich... ich kann das nicht mitmachen«, sagte Alexa, und etwas von ihrem alten Temperament kam zum Vorschein, ein letztes, schwaches Aufbäumen der Frau, die sie einmal gewesen war. »Bitte, Madame, ich bitte Euch, laßt mich gehen.«

Celeste schlug sie ins Gesicht. »Schluß mit der Ziererei! Ihr werdet jeden Mann erhören, den ich für Euch aussuche, und Ihr werdet Euch Mühe geben, daß er sich mit Euch vergnügt.«

Alexa wimmerte leise. Ihre Wange brannte, und ihre Knie hatten begonnen zu zittern.

Celeste Dumaine lächelte nur. »So ist es schon besser, mein Täubchen. Und jetzt folgt mir schön nach unten!«

Alexa tat wie befohlen, auf halber Treppe blieb sie stehen, während Madame abwärts stieg. Über ihr auf dem Treppenabsatz stand ein Muskelprotz von Aufpasser, der im Le Monde arbeitete; er grinste und versperrte ihr den Rückweg.

Der riesige Mohr stand am Fuß der Treppe, und an jeder Tür waren Wachen postiert.

Alexa schluckte die Tränen hinunter, die in ihren Augen schwammen. Sie würde nicht weinen, auf gar keinen Fall! Diese Nacht konnte sie durchaus überleben und auch all die anderen Nächte, die noch folgten. Es müßte sich ein Weg finden lassen, zurück nach England zu fliehen, irgendwann. Und dann würde sie all die Dinge vergessen, die mit ihrem Körper geschehen waren – und nie wieder ihre Heimat verlassen.

Im Schatten der Galerie über ihm beobachtete Damien die Treppe. Ein Muskel in seinem Knie zuckte, und unbewußt ballte sich seine Hand zur Faust. Er zwang sich, ruhig zu bleiben.

Noch immer trug er den langen, seidengefütterten Umhang, den Kragen hatte er hochgeschlagen zum Schutz gegen neugierige Blicke. Er hatte bei seiner Ankunft mit Celeste Dumaine gesprochen, hatte sein Interesse an der Engländerin bekundet und hatte sogar versucht, sie zu kaufen. Dafür brachte Celeste nur ein nachsichtiges Lächeln auf.

»Ihr könnt ihre Gunst kaufen, M'sieur, doch nur für eine Nacht. La belle anglaise gehört mir. Ich werde die Männer für sie aussuchen – Männer mit genügend Louisdoren in der Börse und Händen, die ihren jungen Körper sanft anfassen. Sie ist mehr wert als ein Vermögen in Gold.«

Er war noch immer nicht sicher, ob es sich bei dieser Frau wirklich um Alexa handelte; doch es wäre dumm, sich etwa Ungeduld anmerken zu lassen. Statt dessen hatte er nur die Schultern gezuckt. »Eine Nacht des Vergnügens reicht einem Mann gut und gerne… wenn die Frau wirklich so viel wert ist, wie Ihr behauptet.«

»Das ist sie – Ihr werdet es sehen. Eher lautet die Frage, ob Ihr es auch seid?« Celeste hatte ein rauhes Lachen angestimmt, das eigenartig unzüchtig klang, und Damien war in den Schatten zurückgetreten.

Er verhärtete sich innerlich, während er auf den Beginn der Auktion wartete; höchstwahrscheinlich war diese Frau nicht Alexa, doch gleichzeitig betete er, daß sie es sein möge – und daß sie, sollte das zutreffen, unversehrt wäre.

Dann stand sie plötzlich oben, ihr offenes Haar fiel in schimmernden Kaskaden über ihre Schultern, und seine letzten Zweifel schwanden. Sein Herz überschlug sich, und eine Welle von Gefühlen überflutete ihn, seine Beine drohten unter ihm einzuknicken.

Alexa. Ihr Name formte sich in seinem Kopf, aber nicht auf seinen Lippen. In seinem Herzen dankte er Gott dafür, daß sie in Sicherheit war, dankte ihm dafür, daß er ihn hierher geleitet hatte. Erleichterung und Verbundenheit stiegen so mächtig in ihm auf, daß er sich bemühen mußte, das Zittern seiner Hände zu verbergen.

Er betrachtete sie von seinem Platz im Schatten, unterdrückte seine Sehnsucht nach ihr und zwang sich, an die Dinge zu denken, die vor ihm lagen. Sie war entsprechend gekleidet für diesen Abend, das stellte er mit saftigem Ärger fest; ihr Körper war auf die erotischste Weise enthüllt, gerade genug bedeckt, um verlockend zu wirken – doch bei weitem nicht genug, um sie vor dem lüsternen Männerhaufen zu schützen.

Sie sah blaß, überanstrengt aus und erschüttert. Trotz ihrer Benommenheit und Verzweiflung war sie viel schöner, als er sie in Erinnerung hatte. Er wollte seine Pistole ziehen und in jedes dieser geilen Gesichter eine Kugel schicken. Auf der Stelle wollte er die Treppe erstürmen, sie in seine Arme reißen und fliehen mit ihr von diesem schrecklichen Ort.

Nichts anderes wollte er als sie halten, sie küssen und ihr sagen, wie sehr er sie vermißt hatte.

Statt dessen ließ er sich Zeit, dachte eisern an den Zweck seines Kommens, wartete mit lässiger Nonchalance im Schatten. Er bemühte sich sorgfältig, sich vor ihren Blicken zu verbergen, damit sie ihn nicht entdeckte und ihn so vielleicht verriet. Einen Fehler konnte er sich keinesfalls leisten, eine zweite Chance würde es nicht geben, höchstens die Seine als sein kaltes Grab! Und was würde mit ihr geschehen? Er wagte es nicht, sich das auszumalen.

Endlich begann die Auktion, und der Raum versank in Chaos. Zehn Francs wurden geboten, zwanzig, hundert. Ein fetter Händler versuchte, die Treppe hinaufzuklettern, entschlossen, die Ware etwas gründlicher in Augenschein zu nehmen; doch der schwarze Mann unten an der Treppe versetzte ihm einen Hieb, der ihn bis zur Tür warf. Die Gebote gingen weiter. Damien hob seinen Stock, und Madame Dumaine lächelte erfreut. Sie war einverstanden mit ihm, das sah er, solange er eine ordentliche Summe mitbrachte. Das letzte Gebot verdoppelte er und hoffte, es sei das Ende – doch der Preis stieg weiter.

Abermals nannte er das Zweifache, und Schweigen senkte sich über den Raum. Alexa machte ein paar Schritte auf den Schatten zu, ihr Gesicht war noch blasser geworden. Ein weiterer Interessent meldete sich, doch er brauchte nur noch einmal seinen Stock zu heben, und die Auktion war beendet. Lauter Jubel brandete auf, und aus Alexas Mund löste sich ein Entsetzensschrei.

Blind stolperte sie die Treppe hinunter, sie kämpfte sich bis zur Tür, doch der gigantische Mohr und zwei andere Männer fingen sie ein und hoben sie hoch über die Menge. Jetzt schluchzte sie, stöhnte so erbärmlich, daß Damien sich zurückhalten mußte, um nicht einfach durch die Menge zu jagen.

Es war wichtig, daß er nicht die Fassung verlor, obwohl sein Körper unter dem Umhang zitterte. Er zwang ein Lächeln auf sein Gesicht, dann reichte er Madame Dumaine seine Börse. »Ich mag eine Frau mit Temperament. Bei dieser Dame ist Euer Preis gerechtfertigt.«

»Ihr habt soeben einen Schatz erstanden – davon werdet Ihr Euch sogleich überzeugen können.«

Damien nickte nur. Er fürchtete um Alexa, konnte es kaum erwarten, sie zu sehen und sie in sichere Gefilde zu schaffen. Er ließ sich von der Frau die Treppe hinaufführen.

Alexa wehrte sich mit Händen und Füßen, wollte sich den Wächtern entwinden. Sie öffnete den Mund, um zu schreien, doch man stopfte ihr einen Lappen zwischen die Zähne. Ein zweiter wurde ihr um den Kopf gebunden, und während die Männer sie auf die Matratze drückten, wurden ihr die Handgelenke an die Bettpfosten gefesselt. Dann schob man ihre Beine roh auseinander und band sie dergestalt fest, daß sie sie nicht mehr bewegen konnte. Voller Scham und Verletzlichkeit erwartete sie so den Mann, der sie nehmen würde. Sie dachte an ihn, oder vielmehr an seinen Schatten, denn mehr hatte sie nicht von ihm erkennen können.

Wie sah er wohl aus? fragte sie sich und erinnerte sich zitternd an den langen schwarzen Umhang mit dem hohen Kragen.

Er ist der Teufel selbst, dachte sie tief verwundet, und ich bin sein Preis.

Eine Woge des Elends flutete über sie hinweg, Bedauern überkam sie und eine unsägliche Verzweiflung. Ihr würde in dieser Nacht die Kontrolle über ihren Körper genommen werden, doch ihre Seele würde sie verschließen. Ganz gleich, was auch geschah, ganz gleich, wieviel Böses ihr dieser Mann antun würde, ihr Innerstes, das nur ihr gehörte, konnte ihr keiner nehmen.

Was sie einst willig ihrem Ehemann geschenkt hatte…

Seine Gestalt fiel ihm ein, und neue Sorge überkam sie. Vielleicht, wenn sie die Augen ganz fest geschlossen hielt, konnte sie sich vorstellen, daß Damien es war, der sich über sie schob. Sie könnte sich das Verlangen in seinem Gesicht vorstellen, die Sehnsucht, die sie vom ersten Augenblick an zu ihm hingetrieben hatte. Vielleicht, wenn sie sich konzentrierte, könnte sie auch wieder die jauchzende Freude spüren, die sie jedesmal fühlte, wenn er sie nahm – das unerhörte Glück, das ihre Liebe zu ihm ihr einst beschert hatte.

Sie hörte ein Geräusch im Flur und blickte zur Tür. Jeden Augenblick würde dieser Kunde eintreten.

Es fror sie. Warum betrog sie sich selbst? Kein Mann konnte sie so berühren, wie Damien es getan hatte. Kein Mann konnte sie so bewegen wie er. Kein Mann konnte ihr Blut erhitzen und ihr Herz rasen lassen. Lieber Gott, wo war er nur hingeraten?

Die Tür flog auf, und Celeste Dumaine ließ sich blicken. Der große Mann in dem schwarzen Umhang wandte sich ab, noch ehe sie ihn sehen konnte. Er löste den juwelenbesetzten Verschluß unter seiner weißen Krawatte, dann legte er den Umhang über einen Stuhl.

»Ich freue mich auf einen angenehmen Abend«, sagte er. »Merci beaucoup, Madame.«

»Ah, non, M'sieur. Ihr versteht nicht. Unser Geschäft ist noch nicht beendet. Ich werde eine Weile bleiben. Schließlich möchte ich sichergehen, daß ma belle sanft behandelt wird.«

Eine dichte schwarze Braue wurde hochgezogen, und Alexa stockte der Atem.

»Sicher habt Ihr nicht die Absicht zuzuschauen«, meinte der Mann, und der wohlbekannte Akzent seiner französisch gesprochenen Worte bewirkte, daß sich der Raum um Alexa zu drehen begann.

Lieber Gott im Himmel! Damien! Sicher träumte sie nur, er konnte es ja gar nicht sein!

Celeste lächelte ihn an. »Was macht es Euch schon aus, wenn ich bleibe? Ihr seid doch ohnehin mit Intimitäten beschäftigt.«

»Aber das ist absurd. Ich habe Euch doch sicher ausreichend bezahlt. Wenn Ihr mehr Geld wollt...«

Celeste reckte sich. »Wenn Ihr so argumentiert, M'sieur, dann könnt Ihr Eure Börse nehmen und verschwinden. Ich habe Euch bereits erklärt, daß la belle unter meinem Schutz steht. Wenn Ihr nicht wollt, daß ich bleibe – wenigstens für einen Augenblick –, dann werde ich einen Mann finden, der damit einverstanden ist.«

Damien warf ihr einen vorsichtigen Blick zu, dann betrachtete er den Mohren, der direkt neben ihr stand. Er winkte lässig ab. »Ich denke, es tut nichts zur Sache. Vielleicht wird es ja den Genuß noch verstärken, n'est-ce-pas?«

Celeste kräuselte ihre Lippen zu einem Lächeln. »Vielleicht.« Sie schien zufrieden, setzte sich in einen Sessel am Fuß des Bettes, während der Mohr sich draußen vor der Tür postierte. »Das wird sich demnächst herausstellen.«

Damien fluchte innerlich. Möglicherweise wurde er mit ihr fertig, noch ehe sie Alarm schlagen konnte, vielleicht aber auch nicht. Vorläufig wagte er den Versuch noch nicht. Alle seine Sinne waren angespannt, als er seine Aufmerksamkeit Alexa zuwandte. Er ergötzte sich an ihrem Anblick, sein Herz schmerzte vor Verlangen nach ihr, dennoch stellte er all das hintan, da er sie vorerst in Sicherheit bringen wollte. Eindringlich blinzelte er ihr zu, teilte ihr eine geheime Botschaft mit und hoffte, daß sie in seinem Gesicht all die Zärtlichkeit erkannte, die er für sie fühlte, und auch seine Seligkeit, sie lebend wiedergefunden zu haben.

Als er ihre Fesseln und Knebel entdeckte, wurde er wütend, dennoch wich ein Teil seiner Anspannung. Was auch immer sie denken mochte, sie würde ihn nicht verraten, und schon bald wäre er in der Lage, sie zu befreien.

Er kniete neben dem Bett nieder, ihre Blicke hielten einander gefangen. Unsicherheit las er in ihren Augen, Schmerz und Hoffnung, gemischt mit Furcht.

Er beugte sich über sie, umfing sanft ihre Wangen. »Seid unbesorgt, chérie. Ihr müßt mir vertrauen.«

Sie nickte und schloß die Augen. Einige Tränen verfingen sich in ihren dichten Wimpern. Damien löste den Knebel und zog ihn aus ihrem Mund. Sie leckte sich über die Lippen, und er sah, daß sie zitterten.

»Habt keine Angst«, sagte er so laut, daß Celeste es hören konnte. »Ich werde Euch nicht weh tun.« Er beugte sich vor und küßte sie, streichelte mit seiner Zunge ihre Lippen, fuhr den sanften Umrissen ihres Mundes nach und erinnerte sich daran, wie ihre Küsse schmeckten. Er kämpfte gegen das Verlangen an, das ihn zu überwältigen drohte, schob nur seine Zunge in ihren Mund, glitt wieder heraus und dann wieder hinein. Ein Kuß folgte dem andern, und sie erwiderte sie hingebungsvoll, preßte ihre Lippen gegen seine; ihre Zunge streichelte ihn und sagte ihm das, was sie mit Worten nicht zu sagen wagte.

Er legte die Hände auf ihre Schultern, seine Lippen glitten über ihren Hals und bedeckten ihn mit Küssen. »Vertraut mir«, wiederholte er und dachte an die Frau, die sie beobachtete. Da sie sein Liebesspiel erwartete, nahm er eine von Alexas Brüsten in seine Hand, drückte sie leicht und stellte fest, daß die kleine, rot gefärbte Spitze sich aufrichtete.

Alexa entrang sich ein Wonnelaut, dann blickte sie zu Celeste, und ihre Wangen färbten sich rot.

»Möchtet Ihr, daß Madame geht?« fragte Damien, und sie nickte.

»Gleich, mein Täubchen«, versprach Celeste. »Bald dürft Ihr ihn ganz für Euch allein haben.«

Damien verfluchte diese Person inbrünstig. Er senkte den Kopf und saugte zart an der wunderschönen Brust seiner Frau, streichelte die rosigen Spitzen mit der Zunge und versagte sich alle weiteren Phantasien. Auch wenn er sich dagegen wehrte, so fühlte er doch, wie die Erregung seinen Körper ergriff, wie sich sein Glied verhärtete und seine schwarze Hose unangenehm spannte. Er drehte sich ein wenig, und es hob sich gegen seinen Bauch.

Dann griff er nach dem seidenen Band, mit dem Alexas Handgelenke am Bettpfosten festgebunden waren, und befreite das erste. Er küßte ihre Brust weiter, zupfte mit den Zähnen an der rosigen Spitze. Sie stöhnte auf und vergrub die

Finger in seinem Haar. Als sie ihm ihren Körper entgegenbog, öffnete er den Mund, um noch mehr ihrer Brust in sich aufzunehmen; der Duft ihrer weichen Haut ließ ihn vergessen, wo er war und daß die Frau sie noch immer beobachtete. Nun löste er das zweite Band, Alexa schlang die Arme um seinen Hals. Er preßte seine Lippen auf ihre und küßte sie ausgiebig, tief schob sich seine Zunge in ihren Mund, sie schmeckte wie Honig.

»Mon Dieu, Ihr seid so süß«, flüsterte er und kämpfte gegen das heiße Verlangen an, das in ihm aufstieg. Er war ärgerlich, daß ihm die Kontrolle zu entgleiten drohte, und noch viel wütender auf diese Schlampe mit ihren Machenschaften.

Alexa wollte etwas sagen, doch er erstickte ihre Worte in einem neuerlichen, eindringlichen Kuß, der sie beide erschütterte und alles andere um sie herum in den Hintergrund treten ließ. Himmel, er wollte sie haben. Sie lebte und gehörte ihm; nie zuvor hatte er sich so nach ihr verzehrt.

Seine Hände glitten über ihren Bauch, hinunter in das krause, dichte Haar zwischen ihren Schenkeln. Einen Augenblick lang gab sie nach, stöhnte leise auf und drängte sich gegen seine Hand. Als sie scharf den Atem einsog und dann die Beine bewegte, die noch immer an die Bettpfosten gefesselt waren, hielt er inne, weil ihm plötzlich klar wurde, wozu er sich beinahe hätte hinreißen lassen. Tränen standen in seinen Augen, als er sie ansah, und er verfluchte sich lautlos.

Damien wandte sich um, seine eindringlichen Augen trafen Celeste wie Pfeile. »Wollt Ihr uns jetzt verlassen, Madame, oder besteht Ihr darauf, daß diese Dame unter Euren abartigen Gelüsten leidet?«

Celeste stand aus dem Sessel auf. Sie war sehr aufgebracht, und er machte sich schon bereit, sie zum Schweigen zu bringen. Er hoffte nur, daß ihm das gelingen würde, ehe sie zu schreien begann. Dann sah Celeste die Tränen auf Alexas Wangen.

»Ihr habt recht, M'sieur«, seufzte sie entsagungsvoll. »Es

ist mein Fehler. Das Mädchen hat keine Erfahrung auf diesem Gebiet. Wir haben noch viel Zeit, n'est-ce-pas? Vielleicht eines Tages, in der Zukunft...«

Damien lächelte. »Ihr seid sehr weise, Madame Dumaine. Seid versichert, daß Eure zauberhafte belle anglaise bei mir in besten Händen ist.«

Celeste erwiderte sein Lächeln und ging zur Tür. »Viel Vergnügen, mein Kätzchen«, sagte sie und ließ sie endlich allein.

Damien wandte sich wieder zu Alexa. Mit einigen schnellen Handbewegungen löste er die Fesseln von ihren Fußgelenken und zog sie dann in seine Arme. »Alexa... meine einzig Geliebte, ich dachte, du seist tot!«

»Damien...« Sie schluchzte an seiner Schulter und klammerte sich an ihn, als wolle sie ihn nie wieder loslassen.

»Es ist schon gut, ma chérie, niemand wird dir mehr etwas tun.« Er hielt sie noch einen Augenblick in seinen Armen, küßte ihre Wange und strich ihr das Haar aus dem Gesicht, dann holte er seinen Umhang, um sie schützend darin einzuhüllen.

»Wie... wie werden wir hier herauskommen? Madame hat alle Fenster vergittert.«

Er durchquerte den Raum und zog die schwere Gardine zur Seite. Die schmale Balkontür war von außen mit einem Brett vernagelt, damit wurde jede Flucht vereitelt. Doch jetzt hatte jemand an einer Seite die Nägel gelöst, und ein sehr besorgter Claude-Louis stand auf dem winzigen Balkon mit dem schmiedeeisernen Gitter.

»Wir müssen uns beeilen«, flüsterte er. »Man könnte jeden Augenblick die Kutsche entdecken.«

Damien nickte, er war erleichtert, daß sein Freund so flink herausgefunden hatte, in welchem Zimmer sie sich befanden. Er ging zum Bett zurück, hob Alexa auf seine Arme und trug sie zum Fenster. Dann reichte er sie Claude-Louis, kletterte über das Geländer und sprang auf die Straße.

»Ich bin bereit«, sagte er, und noch ehe Alexa begriff, was

mit ihr geschah, flog sie schon durch die Luft, mit laut klopfendem Herzen landete sie im Handumdrehen in den starken Armen ihres Gatten.

»Alles in Ordnung?« fragte er und lächelte sie zärtlich an. Sie nickte und barg den Kopf an seiner Schulter, die Arme schlang sie um seinen Hals.

Er bestieg mit ihr die Kutsche, setzte sie auf seinen Schoß und hielt sie fest an sich gedrückt. Der Mann, den er Claude genannt hatte, kletterte auf den Kutschbock, nahm die Zügel und trieb die Pferde zu einem forschen Trab an durch die dunkle, schmale Straße.

Liebevoll strich Damien Alexa das Haar aus der Stirn. »Du warst doch nicht... sie haben dir doch nicht weh getan, oder?« Sie schüttelte den Kopf. »Gott sei Dank.« Er nahm ihr Gesicht in seine Hände und küßte sie.

Es war ein heißer, brennender Kuß, der all das Feuer erneut anfachte, das er in diesem schäbigen Zimmer bereits entzündet hatte. Dort oben hatte sie sich ihrer Reaktion wegen geschämt, doch hier sah niemand ihnen zu. Sie erwiderte seinen Kuß, öffnete ihm die Lippen, umspielte seine Zunge mit ihrer, neckte ihn und fühlte die glatten Muskeln, die sie an einen anderen Muskel erinnerten, den sie sehnlichst in sich zu spüren wünschte.

»Damien, ich hab dich so furchtbar vermißt.«

Sein Kuß war sanft und leidenschaftlich zugleich. »Wenn ich nur eine Ahnung gehabt hätte... wenn auch die entfernteste Hoffnung bestanden hätte, daß du am Leben bist...« Er küßte ihre Augen, ihre Nase, ihre Lippen, dann öffnete er den Umhang und senkte seinen Kopf zu ihren Brüsten. Die Leidenschaft wurde unerträglich, es war wie ein Feuersturm, der außer Kontrolle geriet.

Nun kamen ihre Brüste an die Reihe, er schmeckte sie, streichelte sie mit seiner Zunge, zupfte daran und schürte die Flamme in ihrem Leib noch mehr. Unter dem Umhang fühlte sie seine Hände auf ihrem Hintern, er umschloß ihn, drückte ihn sanft, bis es zwischen ihren Schenkeln heiß pulsierte.

»Damien«, flüsterte sie und knöpfte sein Hemd auf, weil sie sich verzweifelt wünschte, ihn zu berühren. Sie fuhr mit der Hand über seine mächtige Brust, ihre Finger umkreisten die kleinen dunklen Brustwarzen und spielten mit seiner Behaarung. Dann schob er sie auch schon auf den Sitz zurück, drückte sie in das schwarze Leder. Sie fühlte das kühle Seidenfutter seines Umhanges auf ihrer Haut, das einen merkwürdigen Kontrast bildete zu der Hitze, die in ihr loderte.

Er küßte sie heiß und voller Leidenschaft, dann drängte er ihre Schenkel auseinander und schob sich dazwischen. Im Nu hatte er seine Hose geöffnet und sein hart aufgerichtetes Glied befreit. Alexa griff danach, sie konnte es nicht länger erwarten, ihn zu berühren, ihn in sich zu fühlen; sie war beinahe außer sich vor Verlangen und Sehnsucht, und dazu kam etwas anderes, dem sie keinen Namen geben wollte.

»Ruhig, ma chérie«, sagte er und drang behutsam ein Stück in sie ein. Aber sie wollte es nicht ruhig, und es war auch nicht das, was sie bekam. Damien erfüllte sie mit einem einzigen tiefen Stoß, pulsierte in ihr, heiß und drängend. Einen Augenblick hielt er sich bewegungslos, als genösse er es, sie um sich zu fühlen, dann zog er sich zurück und stieß aufs neue vor. Wieder und wieder kam er in sie, wie ein Besessener ritt er sie, nahm sich alles, was sie ihm gab; doch gab er ihr auch das, wonach sie sich gesehnt hatte, sein heißes Verlangen glich ganz dem ihren.

»Damien!« schrie sie auf, als er sie fordernd nahm, das Feuer in ihrem Blut schien sie zu versengen, ihr Herz raste, ihre Lenden schmerzten. Als sie sich dem Höhepunkt der Erfüllung näherte, klammerte sie sich an ihn. Unter ihnen holperte die Kutsche, sie schwankte über die unebene Straße, die Hufe der Pferde dröhnten auf dem Pflaster, während er in sie drang.

Es dauerte nur Sekunden, bis sie aus den Flammen aufstieg

wie ein Phönix empor zum Höhepunkt der Erfüllung. Ein heißes Glücksgefühl durchzuckte sie so süß und so eindringlich, daß sie zu sterben glaubte.

Damien wisperte ihren Namen, als auch er den Höhepunkt erreichte, seine Hüften bewegten sich, sein heißer Samen ergoß sich in sie. Sie war verschwitzt und klebrig, doch das kümmerte sie nicht. Er hatte sie geholt, sie errettet vor einem Schicksal, das schlimmer war als der Tod. Morgen würde sie an diese Nacht denken und an all das, was geschehen war. Morgen würde sie sich mit ihrem Gewissen auseinandersetzen, mit ihrer Treue, und sie würde sich mit dieser neuen Wendung des Schicksals befassen.

Morgen… dachte sie, als sie sich an seine Schulter schmiegte; zum erstenmal seit Wochen fürchtete sie sich nicht mehr, sie dankte Gott, daß er ihn zu ihr geschickt hatte. Erschöpfung überwältigte sie. Noch immer an ihn geklammert schloß sie die Augen und fiel in einen traumlosen Schlaf.

Damien trug seine schlummernde Schöne die Treppe hinauf in seine Gemächer. Sanft legte er sie auf das Bett, öffnete das Korsett und zog es ihr aus, zusammen mit den Strümpfen. Als er ihre Schulter berührte, hatte er plötzlich Puder an seiner Hand, und er bemerkte, daß man versucht hatte, damit eine Narbe zu verdecken. Er betrachtete sie aufmerksam und stellte fest, daß sie gut verheilt war; dann drückte er seine Lippen darauf.

Mit zärtlicher Fürsorge zog er die Decke über sie. Erst jetzt bemerkte er die tiefen Schatten unter ihren Augen, die blasse, wächserne Farbe ihrer Wangen. Sie kam ihm völlig entkräftet vor, gebeutelt von Aufregung und Furcht vor dem Unbekannten – müde von dem Kampf, den sie durchgefochten hatte.

Er ließ sie schlafen, auch wenn er sich danach sehnte, zu ihr ins Bett zu schlüpfen, noch einmal in sie einzudringen, wie soeben in der Kutsche, sie zu besitzen und noch einmal zu der

Seinen zu machen. Statt dessen verließ er sie und gesellte sich zu Claude-Louis, der in seinem Arbeitsraum auf ihn wartete. Dann wurde ein Bote zur Oper geschickt mit einer Entschuldigung für seine Bekannten; schließlich goß er sich einen Cognac ein und setzte sich seinem Freund gegenüber.

»Schläft sie?« fragte Claude.

Damien nickte. »Ich werde es mit Worten nie ausdrücken können, wie dankbar ich Euch bin.«

»Unter Freunden ist Dank nicht erforderlich.«

Das stimmte, deshalb sagte er nichts mehr, trank sein Glas leer, winkte seinem Getreuen einen Gruß zu und kehrte nach oben zurück.

Noch immer legte er sich nicht zu seiner wie ein Murmeltier schlafenden Frau. Wenn er das täte, würde er sie aufwecken. Doch sie brauchte Ruhe, und er würde dafür sorgen, daß sie sie bekam. Also setzte er sich auf einen Stuhl daneben und betrachtete sie. Er sah, wie sie gleichmäßig atmete, und sein Herz schwoll vor Dankbarkeit, daß er sie wiederhatte.

14. Kapitel

Alexa bewegte sich, sie bemerkte, daß sie nackt war, und riß erschrocken die Augen auf. Lieber Gott, wo bin ich? Ihre Umgebung sah weder schäbig noch zerschlissen aus, im Gegenteil, die Einrichtung war prunkvoll. Sie lag in einem Himmelbett unter einem Baldachin aus goldener und grüner Seide, auf einer gemütlichen Federmatratze. Schwere Vorhänge aus Seidenbrokat in dem gleichen Grün-Gold-Ton hingen vor den hohen Fenstern, und auf dem polierten Parkett erstreckte sich ein kostbarer Perser.

Alexa setzte sich im Bett auf, zog die Decke bis unters Kinn. Ganz langsam kehrte die Erinnerung zurück. Bewicke und die Engländer, der Schuß aus der Muskete und der schreckliche Schmerz in ihrer Brust, die entsetzlichen Tage im Le Monde, Celeste Dumaine und ihre Auktion, Damien…

Ihr Herz flatterte, genau wie ihr Magen. Scheu sah Alexa sich in dem noblen Ambiente um, voller Hoffnung und zugleich voller Angst, daß sie ihrem Mann gegenübertreten mußte. Damien war nicht da, doch sein Geruch hing in der Luft.

Sie erinnerte sich daran, daß er sie hier hereingetragen hatte, dabei hatte er ausgesehen wie der leibhaftige Teufel. Sein brennender Blick erstand vor ihren Augen, wie seine blauen Augen sie fixiert und ihr etwas von seiner Kraft übermittelt hatten. Zärtlichkeit hatte sie in seiner Miene entdeckt, gemischt mit Erleichterung und heftiger Entschlossenheit.

Voller Scham erinnerte sie sich daran, wie er sie geküßt hatte, wie er ihren halbnackten Körper in Anwesenheit von Madame Dumaine gestreichelt hatte. So unschicklich es auch gewesen war, hatte sie dennoch auf seine Zärtlichkeiten reagiert, wie sie es immer tat; ihr Körper war ihm gegenüber völlig willenlos – sie hatte sich nach ihm gesehnt wie eine vertrocknende Blume nach Regen.

Ebenfalls war ihr die Fahrt in der Kutsche gewärtig, die donnernden Hufe der Pferde, die im gleichen Rhythmus auf das Pflaster getrommelt hatten, wie er sich in ihr bewegte. Ihre Wangen brannten vor Scham, als sie sich an ihr lüsternes Benehmen erinnerte, daran, wie sie sich ihm hingegeben hatte, ohne einen Gedanken an die jüngsten Geschehnisse zu verschwenden.

Sie hatte seine Rücksichtslosigkeit vergessen, das infame Spiel, das er gespielt, die Lügen, die er ihr erzählt hatte.

In ihrem Liebeswahn übersah sie völlig, daß ihr Mann ein Verräter war.

Alexas Magen zog sich zusammen. Sie verdankte ihm ihr Leben; dennoch war sie ja nur aufgrund seiner Heimtücke in eine solche Situation geraten. Allein er trug die Schuld

– aber in der letzten Nacht war ihr das völlig gleichgültig gewesen.

Es klopfte leise an der Tür. Auf Alexas Ruf hin trat eine kleine, dralle und hübsche Frau ein. Sie war doch hoffentlich keine der Geliebten Damiens, dachte Alexa erschrocken und erinnerte sich zum ersten Mal wieder an die Soldaten in dem Boot und ihre grausamen Worte. Eine heiße Woge der Eifersucht schlug über ihr zusammen.

»Bonjour, Madame«, begrüßte die Frau sie. »Ich bin Marie-Claire, die Haushälterin, und die Frau von Claude-Louis, des Kammerdieners Eures Gemahls.«

Alexa war bei ihren Worten so erleichtert, daß ihr ganz schwindlig wurde. »Guten Morgen.« Sie errötete ein wenig und kam sich sehr dumm vor wegen ihres Verdachts; Zorn erfüllte sie auf sich selbst, weil die Treulosigkeit ihres Mannes sie so durcheinanderbrachte.

»Da wir nicht auf Eure Ankunft vorbereitet waren, haben wir auch keine Kammerzofe für Euch. Ich dachte, Ihr könntet vielleicht mit mir vorliebnehmen, bis der Graf das passende Mädchen gefunden hat.«

»D'accord. Danke, Marie-Claire.« Alexa kletterte aus dem Bett und erlaubte der guten Seele, sie zu versorgen; sie bestellte ein Bad, half ihr beim Waschen und Trocknen ihres Haars und reichte ihr dann ein geliehenes Tageskleid aus Musselin. Das Kleid war sehr elegant, mit hoher Taille und rosenbestickt. Zwar reichte es ihr nur bis zu den Waden und kniff ein wenig an der Brust, doch es war das hübscheste Kleid, das sie seit Wochen getragen hatte. Als sie sich im Spiegel betrachtete, fühlte sie sich schon besser.

»Euer Mann wird erfreut sein«, sagte Marie-Claire und lächelte sie an, betrachtete das Kleid und ihr hochgestecktes, kastanienbraunes Haar. Gleichzeitig wandten sie sich um, als die Tür geöffnet wurde. Marie-Claire runzelte unwillig die Stirn, doch Alexa lächelte, als sie das dunkelhaarige Kind entdeckte, das hereinhopste.

»Jean-Paul, mon Dieu, was tust du hier? Du weißt doch, daß man das Zimmer einer Dame nicht betreten darf, ohne vorher anzuklopfen.«

»Es tut mir leid, Maman. Ich wußte doch nicht, daß eine Dame hier ist.«

»Das konntest du auch nicht«, versicherte Alexa ihm freundlich. »Ich bin erst gestern abend angekommen. Für alle war das eine Überraschung.«

»Wer seid Ihr?« fragte der Junge und machte einen unsicheren Schritt zurück. Hierbei bemerkte Alexa, daß er den Fuß hinkend nachzog und daß der Schuh, den er trug, in einem unnatürlichen Winkel abstand. Die Blicke seiner Mutter folgten denen von Alexa, und sie legte schützend die Arme um ihren Sohn.

»Du sollst nicht unhöflich sein, Jean-Paul«, ermahnte sie ihn trotzdem. »Die Dame braucht dir nicht zu antworten.«

Alexa betrachtete immer noch den Jungen. »Ach was, junger Mann, früher oder später wären wir einander sowieso begegnet. Ich bin … M'sieur Falons Frau«, gestand sie dann zögernd.

Der kleine Junge entzückte sie mit einem Lächeln. »C'est bon. Dann werden auch wir sicher Freunde werden!«

Alexas Herz machte einen Satz. »Das würde mich freuen. Das würde mich sogar sehr freuen!«

»Da Ihr zu M'sieur Damien gehört«, meinte er, »bedeutet das, daß auch Ihr Vögel liebt?«

Alexa lächelte. »Ja, das stimmt.«

»Dann zeige ich Euch meinen Vogel. Er heißt Charlemagne und ist der wunderschönste Vogel der Welt.«

»Ich würde ihn gern anschauen.«

»Aber nicht heute«, unterbrach seine Mutter ihn. »Lauf nur, mon chou. Madame Falon hat wichtigere Dinge zu erledigen, als mit dir zu schwatzen.« Aber es lag keine Rüge in ihrer Stimme, und in ihren hübschen dunklen Augen leuchtete der mütterliche Stolz.

»Er ist ein hinreißendes Kerlchen«, bemerkte Alexa, als das Kind mit schnellen Schritten davonstakste. Sie fragte sich, was wohl mit seinem Bein geschehen war; es war traurig, daß eine solche Tragödie einem Kind zustoßen mußte.

»Der Graf ist immer sehr freundlich zu ihm gewesen. Er hegt für Jean-Paul mehr Zuneigung, als er eigentlich sollte.«

Damien sollte diesem Kind zugeneigt sein? Alexa konnte es kaum glauben. Dennoch mußte er es gewesen sein, der ihm den Vogel geschenkt hatte.

»Wo ist er?« Sie bemühte sich, ihre Stimme unbeteiligt klingen zu lassen, doch als das Bild der letzten Nacht vor ihr aufstieg, fühlte sie sich alles andere als unbeteiligt.

»Wenn du mich suchst«, ertönte es von der Tür her, »dann höre die erfreuliche Mitteilung, daß du mich gefunden hast.« Er betrachtete sie voller Wohlgefallen.

Alles an ihm strahlte Lebensfreude aus. Alexa fühlte sich zu ihm hingezogen, wie immer, doch heute war sie entschlossen, dieses Gefühl zu ignorieren.

»Danke, Marie-Claire«, sagte Damien. »Das ist alles für den Augenblick. Ab sofort werde ich mich persönlich um meine liebe Frau kümmern.«

»Wenn Ihr noch etwas braucht, Madame, dann laßt es mich bitte wissen.«

»Merci, Marie-Claire«, sagte Alexa.

»Wie fühlst du dich?« Damien kam auf sie zu, sein taubengrauer Frack saß makellos, seine Hose schloß sich eng um seine schlanken Hüften und die muskulösen Schenkel. Er sprach noch immer französisch, wie vom ersten Augenblick an, als sie ihn erkannt hatte. Es erinnerte sie an all das, was ihr zugestoßen war, deshalb wich Alexa vor ihm zurück.

»Ich … es geht mir gut«, antwortete sie leise in der gleichen Sprache, die Worte kamen wie von selbst aus ihrem Mund. »Danke für gestern abend … ich … ich meine, danke dafür, daß du mich dort herausgeholt hast. Ich weiß nicht, was ich getan hätte, wenn … wenn …«

Er machte noch ein paar Schritte auf sie zu und umfing sie liebevoll. »Denk nicht mehr daran. Du bist jetzt in Sicherheit. Deine Zeit im Le Monde ist nichts als ein schlimmer Traum gewesen.«

Ein Anflug von Bitterkeit lag in dem Lächeln, das ihren Mund umspielte. Wenn sie doch wirklich das Vergangene vergessen, wenn sie so tun könnte, als hätte ihr Leben erst gestern begonnen! »Vielleicht hast du recht. Aber wir befinden uns noch immer in Frankreich. England liegt mit diesem Land im Krieg, und du... du bist ein Verräter geblieben.«

Etwas blitzte in seinen Augen auf – Schmerz? Bedauern? –, doch dann war es schon verflogen. »Vielleicht ist das deine Art, die Dinge zu sehen. Es kommt immer alles auf den Standpunkt an.«

Alexa löste sich aus seinen Armen. »Wie kannst du nur so tief sinken, Damien? Du bist doch Engländer, um Himmels willen, ein Mitglied unserer Elite.«

»Franzose bin ich aber auch. Oder hast du das gar vergessen?«

»Offensichtlich habe ich das... oder zumindest war es mir gestern abend entfallen.«

»O ja... gestern abend.« Er sah sie an, als könne er durch ihre Kleidung hindurchblicken, und das Blut schoß in Alexas Wangen.

»Ich will damit nicht sagen, daß ich dir nicht dankbar bin.«

»Was genau meinst du dann?«

»Ich weiß sehr gut, daß ich dir mein Leben verdanke, dennoch...«

Anzüglich kniff er die Augen zusammen. »Dennoch?«

»In diese Situation wäre ich gar nicht erst gekommen, wenn du nicht gewesen wärst. Du und deine Spionage – dein Verrat und dein Betrug. Es wischt alles beiseite, woran ich glaube. Mit solchem zwielichtigen Treiben kann ich auf keinen Fall leben.«

»Gestern abend schien es dir aber keine Schwierigkeiten zu bereiten...«

»Was gestern abend geschehen ist, hätte nie geschehen dürfen. Ich habe nicht die Absicht, es zu einer Wiederholung kommen zu lassen.«

Die Muskeln in seinem Gesicht waren angespannt, Damien bemühte sich, ruhig zu bleiben. »Ich weiß, daß du aufgeregt bist. Du hast eine Menge durchgemacht – mehr, als die meisten Frauen hätten ertragen können. Du lebst in einem fremden Land, mit einem Mann, dem du nicht länger vertraust. Ich kann dir keinen Vorwurf machen, wenn du verwirrt bist.«

»Dann hast du doch sicher auch nichts dagegen, wenn ich in einem anderen Zimmer schlafe.«

Sein eindringlicher Blick schien sie zu durchbohren. Alle Zärtlichkeit war aus seinem Gesicht gewichen, es war ausdruckslos, als sei es aus Stein. »Oh, aber ich habe entschieden etwas dagegen. Ich werde dir Zeit gönnen, dich an die neuen Verhältnisse zu gewöhnen; aber vor dem Gesetz bist du meine Frau, Alexa. Solange du dich in Frankreich aufhältst, wirst du in meinem Zimmer schlafen – in meinem Bett. Du hast dem zugestimmt bei unserer Hochzeit. Nun fordere ich dieses Versprechen ein.«

»Ich habe nicht gewußt, daß du ein Verräter bist, als ich dich heiratete.«

Ein zynisches Lächeln umspielte seine Lippen. »Vergiß nicht, meine Herzallerliebste, ein Verräter für das eine Land ist ein Patriot für das andere.«

Alexa schwieg, sie preßte den Mund zusammen und starrte ihn erbost an. Wenn sie doch nur glauben könnte, daß er ein Patriot war. Vielleicht würde sie es später verstehen... irgendwann einmal würde sie ihm vielleicht sogar vergeben können.

Jetzt sah sie ihn nur an, versuchte, in seinem Gesicht zu lesen; inständig wünschte sie, sie könne an die Ehrenhaftigkeit seiner Motive glauben und nicht an deren Tücke. Ihr Herz wußte freilich Bescheid.

Sein Gesicht war hart und grimmig verzogen. Damien wandte sich ab und verließ sie mit energischen Schritten. Noch lange nachdem er gegangen war, blickte Alexa wie gebannt auf die Stelle, an der er gestanden hatte.

Damien stieg aus der Kutsche in der Nähe des Eingangs zur École Militaire im Faubourg St. Germaine. Er hatte eine Besprechung mit General Moreau, einem Ritter der Ehrenlegion und Napoleons Adjutant.

Heute trug der Graf seine Uniform, die blau-weiße Tunika und die engen weißen Hosen der Grenadiers de Cheval, das goldene Band an seiner Jacke glitzerte in der warmen Augustsonne. Oft hatte er die Uniform nicht an, nur bei offiziellen Anlässen wie diesem, und heute fühlte er sich ganz besonders unbehaglich darin. Er hatte noch nicht einmal darüber nachgedacht, bis er auf seinem Weg aus dem Haus Alexa begegnet war und ihr bei seinem Anblick alle Farbe aus dem Gesicht wich.

Ohne ein Wort hatte sie sich an ihm vorbeigedrängt, hatte ihn ignoriert, wie schon die ganze Woche über; mit steifen Schritten war sie in den Garten stolziert. Vom Fenster aus hatte er gesehen, daß sie sich zwischen die Rosen und Gladiolen setzte und blicklos in die Ferne starrte. Er wußte, was sie dachte, wußte, daß sie ihm seine Lügen und seinen Verrat gegen ihr geliebtes England nie verzeihen würde.

Könnte er ihr doch nur die Wahrheit gestehen.

Doch das durfte er natürlich nicht. Gefahr umgab ihn wie ein See mit unsichtbaren Strudeln, die kleinste Welle könnte sie beide in die Tiefe befördern.

Damien ging an den Kolonnaden des Gebäudekomplexes entlang und dachte dabei an Alexa, an die Spannung zwischen ihnen. Ihr Heim hatte sich in ein Schlachtfeld verwandelt; jedes Wort wurde sorgfältig überlegt, jede Handlung abgeschätzt, Stärke gegen Schwäche abgewogen. Damiens Spielraum war sehr eingeschränkt durch die Rolle, die er spielte.

Er wurde beobachtet, das wußte er, und Alexa ebenso. Es war gefährlich, sie in die ganze Sache einzuweihen. Er mußte sie beschützen, ganz gleich, was es ihn kostete.

Jeden Tag, den sie länger in Frankreich blieb, war sie bedroht.

Er betrat eine kleine kuppelüberwölbte Vorhalle, ging über den schwarz und weiß gefliesten Boden und öffnete die zwölf Fuß hohe Tür, die in die Räume des Generals führte. Ein junger Leutnant im Vorzimmer stand auf und führte ihn in die herrschaftlichen Amtsräume des Generals. Damien salutierte vor dem untersetzten kräftigen Mann, der hinter dem ausladenden Louis-XVI-Schreibtisch saß.

General Moreau erwiderte den Salut, und sie setzten sich beide. »Gute Neuigkeiten, wie, Major? Eure hübsche Frau ist von den Toten auferstanden.«

»So kann man es nennen, General. Sie ist jetzt in Sicherheit, ich freue mich, Euch das berichten zu können.«

»Ihr könnt dessen gewiß sein, daß die Missetäter streng bestraft worden sind.«

»Danke, Sir.« Sie unterhielten sich kurz über die dunklen Wolken, die von England herüberzogen; Moreau berichtete über die Lage der Dinge in Spanien und Portugal, die den Spanienfeldzug beeinflußten, einschließlich des kürzlichen Sieges von General Wellesley, den man nach der Schlacht von Talavera im Mai zum Lord Wellington gemacht hatte.

»Genau besehen war es ein geringer Erfolg«, rief ihm Damien ins Gedächtnis. »Der Mann hatte Glück, daß er ungeschoren davonkam.«

Moreau grunzte zustimmend. »Wellington hat selbst zugegeben: ›Hätte sich der gute alte Napoleon blicken lassen, wären wir geschlagen worden.‹«

»Das bezweifle ich nicht«, stimmte Damien ihm zu. Aber Wellington hatte Glück gehabt. Napoleon hatte auf seinen Bruder Joseph vertraut und war nach Paris zurückgekehrt, um sich um die Probleme daselbst zu kümmern.

Sie sprachen über Gerüchte eines neuen Vorstoßes der Engländer, die Moreau zu Ohren gekommen waren. »Unsere Informanten sind sicher, daß sie noch einmal auf dem Kontinent landen werden.«

»Wann?« Damien beugte sich vor und stützte eine Hand auf das Knie.

»Es könnte jeden Tag geschehen.«

»Und wo erwartet man die Landung?«

Moreau lachte leise. »Wenn Ihr noch in England wärt, Major, dann könntet Ihr uns das vielleicht verraten, n'est-ce-pas?«

Damien seufzte. »Ein unglückliches Ende einer unschätzbaren Mission.«

»Verzweifelt nicht, Major Falon. Es gibt immer einen Platz für einen fähigen Mann wie Euch.«

Damien erkannte das Stichwort, auf das er gewartet hatte; es war der Grund, warum er um diese Audienz nachgesucht hatte. »Dessen bin ich sicher. Und das ist der Zweck meines Besuchs.«

»Darf ich erfahren, was...?«

»Ich möchte darum bitten, daß meine Frau in ihr Heimatland zurückgebracht wird.«

Moreau zog eine Braue hoch, dann kratzte er sich an seinem Schnurrbart. »Aber Eure Frau ist doch gerade erst eingetroffen – sie hat noch gar nichts von unserer wunderschönen Stadt gesehen. Und Ihr seid noch nicht lange verheiratet – Ihr selbst habt doch versichert, daß Ihr ihrer noch nicht müde seid.«

»Das ist wahr, General, aber...«

»Es heißt, daß sie schöner ist als Venus.«

Damien mußte seine Beherrschung bewahren, er bemühte sich um einen unbeteiligten Ton. »Meine Frau ist sehr hübsch.«

»Ist das nicht Grund genug, sie hierzubehalten?«

»Und wie steht es mit meinem neuen Einsatz?« konterte

der Major. »Sie kennt niemanden in Paris. Wenn ich nicht hier bin, wird sich niemand um sie kümmern.«

»Bis zu diesem Zeitpunkt hat es noch gute Weile. Wenn es soweit ist, werden wir ihren Rücktransport veranlassen.« Moreau lächelte. »In der Zwischenzeit möchte ich sie gern kennenlernen. Wie wäre es, wenn Ihr mich an diesem Wochenende in meinem Château besuchen kämt? Es ist nicht sehr weit von Paris, nur wenige Meilen auf dem Land, in St.-Germaine-En-Laye. Natürlich kommen noch andere Gäste. Meine Frau hat ein verschwenderisches Fest geplant. Es wäre die perfekte Gelegenheit für Euch, uns Eure belle anglaise vorzustellen.«

Damiens ganzer Körper spannte sich an. Es war bekannt geworden, was im Le Monde geschehen war; man hatte von der Auktion gehört und auch von Falons wunderschöner Gemahlin sowie ihrer Errettung. Die Geschichte hatte das Interesse des Generals geweckt. Seine Einladung war in Wirklichkeit ein Befehl zu erscheinen.

»Wir würden uns freuen, General Moreau.«

»Q'est bon!« Der untersetzte Mann kam hinter seinem Schreibtisch hervor, und auch Damien erhob sich.

»In der Zwischenzeit hoffe ich, daß Ihr dem Ball morgen abend beiwohnen werdet, zur Unterstützung von Napoleons Österreichfeldzug.«

Noch ein verschleierter Befehl. »Mit Freuden.« Er würde für Alexa etwas zum Anziehen besorgen müssen, doch diesen Punkt hatte er ohnehin längst ins Auge gefaßt.

»Leider muß ich mich jetzt um dringende Angelegenheiten kümmern.« Moreau seufzte. »Ah, wenn man noch einmal jung und ungezwungen sein könnte. Es wäre sicher der Himmel, n'est-ce-pas?«

»Absolument.«

Der General entließ ihn, nicht ohne ihn noch einmal an seinen Besuch auf dem Lande zu erinnern, und Damien salutierte.

»Einen schönen Abend wünsche ich, General«, damit trat Major Falon ab.

Draußen in der Halle maß Victor Lafon ihn aus den Augenwinkeln. Er betrachtete die geschlossene Tür zu Moreaus Arbeitszimmer ein wenig unsicher, weil er nicht wußte, worum es bei dieser Unterredung gegangen war. Es fehlte jeder Hinweis, was besprochen worden war und warum er, als Major Falons direkter Vorgesetzter, nicht dazugerufen worden war. Was auch immer die beiden zusammengeführt hatte, es gefiel ihm nicht. Es war nicht klug von einem Mann wie dem Major, zu viele Vergünstigungen zu beanspruchen.

Er wandte sich an seinen Adjutanten, einen jungen Leutnant mit Namen Colbert, der wache graue Augen und ein gesundes Maß an Ehrgeiz besaß. »Dieser Herr muß noch gründlicher unter die Lupe genommen werden«, sagte der Oberst. »Sagt Pierre, daß er die Augen offenhalten soll.«

Der Leutnant lächelte nur. »Pierre Lindet ist ein loyaler Diener des Kaisers. Außerdem hat unser kleiner Verwalter fünf hungrige Mäuler zu füttern – er braucht jeden Franc, den er bekommen kann. Ihr könnt Euch auf ihn verlassen.«

Einem Mann nachzuspionieren verursachte einen bitteren Geschmack im Munde des Obersten. Aber in Falons Fall war das unbedingt geraten. Er zuckte die Schultern, schüttelte es ab als eine weitere Unannehmlichkeit des Krieges und schritt dann auf die Amtsräume des Generals zu.

Alexa verbrachte den Morgen mit dem kleinen Jean-Paul und seinem wunderschönen Vogel. Charlemagne war ein schneeweißer Kakadu, der in einem Käfig im Kutscherhaus gehalten wurde. Der Vogel war offensichtlich der Stolz und die Freude des Kindes, und Damien hatte dem Jungen erfolgreich gezeigt, wie er mit dem Tier umgehen mußte.

Alexa fragte sich wieder, was wohl mit Jean-Pauls Bein geschehen war, doch bis jetzt hatte sie es noch nicht herausfinden können.

Statt dessen verabschiedete sie sich von ihm, ließ ihn bei seinem Vater zurück und ging wieder ins Haus. Damien kam kurze Zeit später zurück, rief nach ihr und entdeckte sie dann in dem kleinen Salon, in dem sie über ihrer Lektüre saß. Seine Stimme erinnerte sie an edlen Wein, voll und tief. Alexa ignorierte das Gefühl von Wärme, das dabei in ihr aufstieg.

Insgeheim bewunderte sie seine große, schlanke Gestalt und die Kleidung, die seinen Körper so vorteilhaft hervorhob, auch wenn sie sich über diese Gefühle ärgerte. Er hatte seit dem Morgen ihres Zusammenstoßes kaum mit ihr gesprochen und die ganze Zeit über im Zimmer nebenan genächtigt.

Sie war neugierig, was er jetzt wohl von ihr wollte.

»Ah, da bist du ja.« Er trug nicht mehr seine Uniform, sondern ein graues Wams und eine hellgraue Hose. Er sah weniger abschreckend aus, eher lässig, und Alexa entspannte sich ein wenig. Als sei nichts geschehen beugte er sich über ihre Hand und berührte ihre Finger leicht mit seinen Lippen.

»Du siehst bezaubernd aus, meine Liebste.« Noch immer hielt er ihre Hand, doch hatte er sich wieder aufgerichtet. »Aber ich denke, es ist an der Zeit, daß du deine eigene Kleidung bekommst.«

Alexa erstarrte und entzog ihm ihre Hand. »Das erübrigt sich, denn so lange werde ich nicht mehr bleiben.«

»Das hatte ich auch angenommen. Doch leider hat General Moreau da ganz andere Vorstellungen.«

»Du meinst, ich kann nicht so bald heimkehren?«

Er machte eine ausladende Handbewegung. »Der General ist entschlossen, dich kennenzulernen, und wenn ich so darüber nachdenke, so sehe auch ich keinen Grund, dich überstürzt nach Hause zu schicken.«

»Keinen Grund? Aber ich bin Engländerin – und wir befinden uns im Krieg.«

»Aber du bist auch meine Frau«, meinte er mit einer leicht versteckten Warnung in der Stimme. »Es ist deine Pflicht, bei deinem Mann auszuharren, solange es ihm gefällt.«

»Aber ...«

»Sei ein gutes Mädchen, Alexa, lauf nach oben und hole deinen Umhang. Wir müssen an einigen offiziellen Anlässen teilnehmen, und ich möchte, daß du dafür entsprechend gekleidet bist.«

Sei ein gutes Mädchen, Alexa? Wer, sapperlot, glaubte er eigentlich, war er? Dennoch ging sie, um ihren Umhang zu holen, denn sie brauchte Bedenkzeit. Er schickte sie nicht nach Hause, wenigstens jetzt noch nicht. Sie könnte selbst die Initiative ergreifen, doch nach ihrer Erfahrung im Le Monde war sie nicht unbedingt erpicht darauf. Es wäre vielleicht klüger, in Paris zu bleiben, bis sie eine absolut sichere Reisemöglichkeit gefunden hatte.

Früher oder später würde sie das schaffen. Rayne würde aus Jamaica zurückkehren, und die Engländer würden beginnen, Forderungen zu stellen. Auch wenn zwischen den beiden Nationen Krieg herrschte, gab es für solche Dinge doch diplomatische Kanäle. Eine Frau ihres Reichtums und ihrer Stellung würde man nicht einfach als ein Opfer des Krieges beiseiteschieben.

Und Damien hatte ihren Wunsch respektiert, sie in Ruhe zu lassen. Sicher konnte sie sich ihn noch ein wenig länger vom Leibe halten. Vielleicht wäre er ja bald ihrer Abweisungen überdrüssig und würde den General überreden, sie nach Hause zu schicken.

Die Gedanken wirbelten durch ihren Kopf, als Alexa ihren Kaschmirumhang holte und sich dann zurückmeldete.

»Fertig?« fragte er.

»Ich denke schon.«

»Gut.« Mit seiner angeborenen Eleganz der Bewegungen, die sie stets entzückt hatte und die sie nun mit aller Kraft zu übersehen versuchte, nahm er ihren Arm und führte sie hinaus zu der wartenden Kutsche. Er lächelte, sein Gesichtsausdruck war entspannt; doch in ihren Augen vollführte er reines Theater!

Welche Rolle spielt er heute? fragte sie sich und wünschte, sie würde ihn verstehen. Was waren seine Motive – und warum geisterte er immer noch durch ihr Gemüt?

Sie wollte das abstreiten, doch ständig kam ihr die schreckliche Nacht im Le Monde in den Sinn. Seine Sorge um sie war auf seinem Gesicht zu lesen gewesen, und ganz gleich, wie distanziert er sich auch gab, er hatte sie nicht leugnen können.

Alexa seufzte bei all diesen verwirrenden Gedanken und bei der unsicheren Zukunft, die vor ihr lag. Entschlossen, ihre Nöte einstweilen zu vergessen, blickte sie aus dem Fenster und betrachtete die Gegend, durch die sie fuhren. Zum ersten Mal an diesem Tag lächelte sie. Paris war eine Stadt, die genauso lebendig und lebhaft war wie London; in den Straßen wimmelte es von Menschen; die bunten Szenen, die Geräusche und Gerüche erregten ihr Interesse. Sie fuhren an einem Straßenkehrer vorbei, der die Pflastersteine säuberte, an einem Besenhändler, einem Messerschleifer, einem Möbelschnitzer, der einen umgekehrten Stuhl auf dem Kopf trug.

Dann passierten sie ein kleines Café, die Kunden saßen vor der Tür, Tauben pickten die Krumen auf, die von den Tischen gefallen waren.

»Wo fahren wir hin?« fragte Alexa abwesend, doch eigentlich war ihr das gleichgültig. Sie blickte zu den kleinen, mit schmiedeeisernen Gittern versehenen Balkonen hinauf und zu den hohen Bogenfenstern, genoß den Anblick und den Lärm der Straßen von Paris.

»In der Rue des Petits-Champs gibt es eine Schneiderin. Sie wird Euch alle Roben anfertigen, die wir benötigen.«

Sie fuhren durch die Rue St. Honoré, am Elysée Palast vorbei, zur Rue de Richelieu und dann in die Rue des Petits-Champs. Neben einer Puppenvorstellung auf dem Bürgersteig, vor einem kleinen Geschäft mit winzigen Fenstern, hielt die Kutsche an. Am Haus hing ein Schild, auf dem in großen roten Buchstaben »Schneiderin« stand.

Damien geleitete sie hinein, und ein zierliches Dämchen

mit vielen Falten im Gesicht kam aus einem Hinterzimmer, das mit einer Gardine abgetrennt war. Der Laden hatte eine hohe Decke; auf den Tischen türmten sich Stoffballen, und der strenge Geruch nach Farben, mit denen die Stoffe gefärbt waren, lag in der Luft. Einige Frauen standen an der Theke und unterhielten sich miteinander, eine von ihnen bewunderte ein Paar rosafarbener Seidenschuhe.

»M'sieur Falon, wie schön, Euch zu sehen.« Die zerbrechliche kleine Frau trat auf Damien zu, vor seiner großen Gestalt und seinen breiten Schultern wirkte sie noch winziger.

»Ich freue mich auch, Madame Aubrey.«

»Und wen bringt Ihr heute mit?« Sie musterte Alexa von Kopf bis Fuß. »Ich denke, diesmal habt Ihr Euch selbst übertroffen, M'sieur.« Sie lächelte und entblößte dabei ein paar Vorderzähne, die einigermaßen abgenutzt schienen. »Ihr habt schon immer unter den schönsten der Schönen gewählt, aber diese hier...«

»Sie ist meine Frau«, unterbrach Damien sie mit einem leisen Grollen in der Stimme. Damit wollte er sie am Weitersprechen hindern, doch der Schaden war bereits angerichtet.

»Dein Ruf eilt dir voraus«, meinte Alexa bitter, als die kleine Frau aus dem Geschäft nach hinten ging. »Natürlich sollte ich kaum überrascht sein. Du warst schon in London als Weiberheld bekannt – warum sollte das hier anders sein?«

»Alexa...«

»Wenigstens kleidest du deine Frauen gut – mit dem Blutgeld, das dir deine Spionage einbringt.«

»Meine patriotischen Bemühungen gehen dich nichts an«, erklärte Damien knapp. »Und was das andere betrifft, so solltest du zufrieden sein, daß du die einzige Frau bist, mit der ich mein Zuhause teilen möchte.« Er blickte auf und bemerkte, daß die Schneiderin wieder da war. »Eine Situation, die sich nicht ändern wird – solange du mich zufriedenstellst.«

»Dich zufriedenstellen! Ich werde alles tun, was in meiner Macht steht, um dir auszuweichen!«

Ein belustigtes Lächeln umspielte seinen Mund. Seine nächsten Worte erklangen im Flüsterton. »Tatsache ist, ma chérie, daß du das tust.« Er beugte sich über sie und drückte einen leichten Kuß auf ihre Lippen

Alexa starrte ihn böse an. Schon jetzt klopfte ihr Herz unangenehm laut. Guter Gott, wie schaffte er das nur immer, mit den geringsten Mitteln? Doch wieder war dieser Blick in seinen Augen aufgeflammt. Einen kurzen Moment hatte er ihr erlaubt, in ihn hineinzusehen, hinter die Fassade der Rolle, die ihm derzeit abverlangt wurde.

»Komm«, drängte er leise. »Madame Aubrey wird sonst ungeduldig.«

Alexa ließ sich von ihm in einen kleinen Salon führen, wo einige Frauen ihr beim Auskleiden behilflich waren. Nur in ihrem dünnen Hemdchen trat sie dann auf ein rundes Podest, während Damien sich auf ein mit Brokat überzogenes Sofa setzte.

»Solch eine Figur…«, schwärmte Madame Aubrey und umschwirrte sie wie eine Glucke. Sie nahm das Hemd von hinten und zog es eng um Alexas Körper, betrachtete sie aus verschiedenen Blickwinkeln. »Unsere Bemühungen werden hier nicht umsonst sein.« Die kundige Dame lächelte Damien an, während ihre Helferinnen begannen, Alexa in die verschiedensten kostbaren Stoffe zu hüllen.

Durchsichtiger Musselin, Seide und Satin, Tüll, Flor, Taft und Brüsseler Spitze wurden herbeigeschafft. Ein Tunikakleid aus smaragdfarbener Seide über einem Unterkleid aus Goldbrokat wurde für den bevorstehenden Ball ausgewählt. Ein kostbarer Elfenbeintaft, zusammen mit perlenbesetztem amethystfarbenem Flor, wurde zu einem weiteren atemberaubenden Kleid, und ein Stück königsblauen Satins über einem silberbestickten Unterkleid würde die Garderobe vervollständigen.

Damien bestand darauf, daß Alexa noch einige Hüte auswählte und ein halbes Dutzend Paar kurzer und langer

Handschuhe in verschiedenen Farben. Dazu gab es Umhänge, Mäntel und Spencer, einen winzigen Sonnenschirm, einen Pelzkragen aus Schwanendaunen und obendrein einen hübschen, mit Juwelen besetzten Kamm.

Auch einige einfachere Modelle sollten nicht fehlen, und jedesmal, wenn Alexa sich auszog, beobachtete Damien sie. Sein Gesichtsausdruck verriet nichts von seinen Gefühlen, doch in seinen sehnsüchtigen Augen, mit denen er ihren entblößten Körper betrachtete, las sie das Verlangen. Es war ein Blick von solch brennender Sehnsucht, daß wieder einmal die Erregung sie zum Vibrieren brachte. Er weckte ihren eigenen Hunger, bewirkte, daß ihre Brüste schwer wurden und der geheime Quell zwischen ihren Schenkeln feucht. Sie erinnerte sich dabei an die Berührungen seiner Hände auf ihrem Körper, seine sengenden Lippen auf ihrer Haut.

Als sie endlich fertig waren, zitterte Alexa. Damiens begehrliche Blicke schienen sie zu verschlingen. Er stand auf und bewegte sich mit raubtierhafter Anmut auf sie zu. Seine Bewunderung war wie ein Streicheln, und der Gedanke an seinen kräftigen, festen und wohlgeformten Mund verursachte auf ihrem ganzen Körper ein Prickeln.

Er mußte ihren Zustand erkannt haben, denn als er jetzt neben sie trat, waren seine Berührungen anders, nicht mehr reserviert, sondern entschieden besitzergreifender als zuvor. Sofort als sie das Geschäft verließen und in die Kutsche gestiegen waren, zog er sie in seine Arme.

»Gütiger Himmel, weißt du eigentlich, wie sehr ich dich vermisse?« Er küßte sie, gierig bemächtigten sich seine Lippen der ihrigen, erweckten in Alexa das Feuer der Leidenschaft und ließen all ihre guten Vorsätze schwinden.

Einen Augenblick lang genoß sie das köstliche Glücksgefühl, sie schlang die Arme um seinen Hals und erwiderte seinen Kuß, schob ihre Zunge in seinen Mund und schmiegte sich an ihn. Ihre Brustspitzen richteten sich auf und drängten sich gegen den dünnen Stoff ihres Kleides –

Damiens Erregung preßte sich in gleicher Heftigkeit an ihre Hüften.

Eine namenlose Sehnsucht überkam sie, viel stärker, als sie es je für möglich gehalten hätte. Aber zur selben Zeit erschien auch ihr Gewissen wieder auf dem Plan.

Lieber Gott, das darf ich nicht geschehen lassen!

Sie zitterte vor Anstrengung, als sie die Hände auf seine Brust legte und ihn von sich schob. »Ich… ich kann nicht«, flüsterte sie. »Ich kann das nicht gestatten.«

»Du willst mich doch. Das wirst du doch sicher nicht abstreiten?«

»Ich will den Mann, den ich zu heiraten geglaubt habe.«

Damien stieß einen unflätigen Fluch aus, grimmig sah er sie an und forderte sie heraus, ohne Worte. Mit einem tiefen Seufzer rückte er dann beiseite und fuhr sich mit der Faust durch sein Haar. Noch immer schwieg er, und auch Alexa äußerte nichts mehr. Sie stand ganz im Banne ihrer Gefühle. Wie war es möglich, daß er ihr immer noch so viel bedeutete? Wie konnte sie so auf ihn reagieren, wo sie doch sein Sündenregister kannte, all seine Lügen durchschaut hatte? Wie konnte sie ihn da immer noch wollen?

Sie mußte sich so weit wie möglich von ihm fernhalten, soviel stand fest.

Die einzige Frage war, wie zum Kuckuck sollte sie das schaffen?

15. Kapitel

Das golden- und smaragdfarbene Kleid war am Abend des Balls, zu dem der Kaiser einlud, fertig. Es sollte ein großartiges Fest werden, auch wenn Napoleon selbst nicht daran teilnahm, der sich inzwischen im Palast Schönbrunn außerhalb von Wien eingenistet hatte.

Viertausend Menschen der gehobenen Pariser Gesellschaft wurden erwartet, illustre Gäste aus Militär, Handel und Bankwesen. Die Plätze und Uferstraßen, die zum Hôtel de Ville führten, waren hell erleuchtet, und das wunderbare Innere der Residenz erstrahlte in den Farben des Kaisers, Gold und Grün.

Zum ersten Mal wurde Alexa klar, daß Damien die gleichen Farben für ihr Kleid gewählt hatte.

»Das hast du absichtlich so eingerichtet, nicht wahr?« brachte sie zwischen zusammengebissenen Zähnen hervor, als sie sich einen Weg durch die Menge bahnten.

Damien lächelte nur. »Ich habe die Farben ausgewählt, weil sie zum Grün deiner Augen passen… und weil ich wußte, daß dein Anblick die anderen erfreut. Moreau wird vielleicht nicht dasein, aber immerhin eine Menge anderer wichtiger Leute.«

»Ich hätte mich weigern sollen, es zu tragen.«

Er schnitt eine Grimasse. »Es wäre dir sicher ein wenig unangenehm gewesen, nur in deinem Hemd hier aufzukreuzen.«

Sie warf ihm einen bösen Blick zu, doch sagte nichts mehr. Er war das Ebenbild eines gutaussehenden französischen Offiziers an diesem Abend, in seiner engen weißen Hose und den hohen Husarenstiefeln. Glänzende Goldknöpfe blitzten an seiner weiß-blauen Tunika mit dem scharlachroten Besatz, und an den breiten Schultern funkelten die Epauletten.

Zur Musik des Orchesters im Hintergrund führte er sie durch die kostbar gekleidete Menschenmenge, vorbei an Wänden, an denen der kaiserliche Adler prangte und die in der dunkelgrünen Farbe des Kaisers tapeziert waren, verziert mit den winzigen goldenen Bienen. Am Fuße einer ausladenden Marmortreppe im großen Salon blieb er stehen.

»Es sind einige Leute hier, die ich dir gern vorstellen würde.« Er begrüßte einen kleinen Kreis von Menschen, der sich dort versammelt hatte, dann präsentierte er Alexa.

»Enchanté«, begrüßte ein Gentleman namens Brumaire sie.

»Bonsoir, M'sieur«, antwortete sie ein wenig steif. Es war ein eigenartiges Gemisch von Menschen: ein Mann namens Fouchet war Polizeiminister, ein Oberst der Dragoner befand sich unter ihnen, ein Hauptmann der Husaren, der Architekt Cellerier, ein Kommandant des Jägerbataillons, eine Schauspielerin der Comédie Française und ein Abt, der keiner Abtei vorstand. Er trug zwar das Gewand der Kirche, doch gehörte er keiner Kirche an – statt dessen übte er sein Amt »mitten im Leben« aus.

Die Schauspielerin, eine attraktive Blondine mit einem üppigen Busen, betrachtete Damien viel zu vertraulich. Alexa umfaßte seinen Arm etwas fester, sie preßte die Lippen zusammen.

»Ihr braucht Euch nicht zu sorgen, meine Kleine«, ertönte eine wohlbekannte Stimme neben ihr. »Gabriella ist nicht mehr seine chère amie. Ich denke, die Augen Eures Mannes sehen nur noch Euch.«

»M'sieur Gaudin!«

»Ich freue mich, Euch zu sehen, Madame Falon.« Er beugte sich über ihre Hand und drückte sie liebevoll.

Damien lächelte ihn freundlich an. »Guten Abend, André. Ich hatte gehofft, Euch hier zu sehen.«

»Oh? Darf ich erfahren, warum?«

»Um Euch zu danken, natürlich, weil Ihr Euch in meiner Abwesenheit um meine Frau gekümmert habt.«

»Es war mir ein Vergnügen, obwohl es mich traurig stimmt, daß sie immer noch hier ist.«

»Um ganz ehrlich zu sein, mein Freund, mich auch. Aber wenn General Moreau es so wünscht, wie könnte ich mich ihm da widersetzen?«

André runzelte die Stirn, seine buschigen weißen Brauen zogen sich zusammen. »Leider geht das nicht.« Er wandte sich wieder an Alexa. »In der Zwischenzeit sollte man aus der Situation das Beste machen, n'est-ce-pas?«

»Das versuche ich, M'sieur.«

Monsieur Gaudin stellte sie den Leuten vor, mit denen er an diesem Abend gekommen war. Oberst Lafon gehörte auch dazu, die Herzogin d'Abrantes und ein gutaussehender Blondschopf namens Julian St. Owen, den aber alle Jules nannten. Er sei gerade in der Stadt eingetroffen, erklärte der aufmerksam blickende Mann Anfang Dreißig mit angenehmen Manieren und sichtbarer Intelligenz. Als er sich über Alexas Hand beugte und sie ein wenig länger als üblich in der seinen hielt, trat Damien dazwischen, indem er Alexa zum Tanz aufforderte.

»Bist du sicher, daß du nicht doch lieber mit der Schauspielerin tanzen würdest?« Alexa konnte sich diese Spitze nicht verkneifen.

»Man spielt einen Walzer. Es gibt niemanden hier, mit dem ich den Walzer mehr genießen würde als mit dir.«

Sein ernster Ton überraschte sie, doch nicht der heiße Blick aus seinen Augen. Schon den ganzen Abend hatte er sie so angesehen, seit er in den Salon gekommen war und sie mit ihrem tiefen Dekolleté erblickt hatte. Der Ausdruck in seinem Gesicht ließ ihr Herz schneller schlagen, und ihre Handflächen wurden feucht. Sie sehnte sich nach den kurzen Augenblicken des Tanzes, wo er sie in seinen Armen halten würde, obwohl sie sich ihm eigentlich verweigern sollte.

Statt dessen ließ sie sich von ihm auf das Parkett führen, er drehte sie zu sich herum und nahm sanft ihre Hand in seine. Ein Meer von Paaren bewegte sich zum Takt der Musik, sie drehten und wendeten sich im Kerzenlicht unter den blitzenden Lüstern aus Kristall. Die Musik wurde lauter und erfüllte schließlich den Ballsaal bis in alle Winkel.

»Weißt du eigentlich, daß dies unser erster gemeinsamer Walzer ist?« fragte er und sah ihr tief in die Augen. Dann ruhten seine Blicke auf ihren Lippen, und Alexas Beine begannen zu zittern.

»Ich weiß.« Doch es sah aus wie einstudiert: Jeder einzelne

Muskel in ihren Körpern bewegte sich im Gleichklang, sie tanzten in perfekter Harmonie, jede Drehung, jeder Schritt, jede Bewegung ihrer Hüften war aufeinander abgestimmt. Ihre Beine rieben sich aneinander, er schob ein Bein zwischen ihre Schenkel und hielt sie noch fester in seinen Armen.

»Du bist die schönste Frau des Abends«, sagte er leise, und seine Miene bekräftigte sein Kompliment.

»Merci, M'sieur.« Ihre Stimme klang etwas heiser.

»Ich will dich lieben, habe es schon gewollt, seit du in diesem Kleid erschienen bist.«

Alexa vermied es, ihn anzusehen. »Mich zu wollen ist nicht alles. Manchmal bekommt man nicht immer das, was man will.«

»Manchmal aber doch.«

Sie sah ihn an. »Du willst mich haben, und dennoch bin ich dein Feind.«

»Du bist meine Frau. Das ist alles, was zählt. Kannst du nicht einmal unsere Differenzen ausklammern – wenigstens solange wir hier sind?«

Alexa erstarrte in seinen Armen. »Wie kannst du so etwas von mir verlangen? Glaubst du, ich akzeptiere, was du getan hast? Findest du, ich sollte so tun, als sei ich damit einverstanden? Sollte ich dich in meinem Bett willkommen heißen und dann nach England zurückkehren und mein Leben einfach weiterführen, als hätte es dich nie gegeben?«

»Vielleicht gibt es ja noch eine Alternative«, flüsterte er ihr ins Ohr.

»Und was genau sollte das sein?«

»Daß du dich in meinen Schutz begibst und auf meine Fähigkeit vertraust, die Dinge für uns beide ins reine zu bringen.«

Alexa schluckte, sie verspürte plötzlich ein Würgen in ihrem Hals. Sie wünschte sich das so sehr – lieber Gott, nie in ihrem Leben hatte sie sich etwas sehnlicher gewünscht. Aber in Wahrheit wagte sie nicht, sich ihm auszuliefern. Damien hatte sie schon so oft angelogen, er hatte sie betrogen, auf so viele unterschiedliche Arten, daß sie gar nicht daran denken wollte. Es wäre verrückt, sich auf ihn zu verlassen, und dennoch…

»Ich wünschte, das könnte ich. Du wirst nie wissen, wie sehr ich mir das wirklich wünsche, aber…«

»Aber?«

»Aber ich kann es nicht.«

Damien zog sie noch ein wenig näher an sich, preßte sie schon fast unanständig eng an seinen Körper; sie bemerkte seine Erregung und wie die weiße Hose seine Lenden umspannte.

»Verdammt, du bist meine Frau!« knirschte er verbissen. Sie versuchte, ihn von sich zu stoßen, doch er hielt sie umklammert. »Tut mir leid, mein Herzensschatz, aber du wirst hierbleiben.« Er hielt ihre Taille fest umschlossen. »Dein Verschwinden würde uns beide in schreckliche Verlegenheit bringen.« Dennoch lockerte er seinen Griff ein wenig, so daß sie Gelegenheit hatten, sich wieder unter Kontrolle zu bringen.

Als der Tanz ausklang, brachte er sie zu ihrem Platz neben André Gaudin zurück. »Ich möchte Euch um unserer Freundschaft willen bitten, Euch einen Augenblick um Alexa zu kümmern. Ich muß dringend mit Oberst Lafon sprechen.«

»Aber mit Vergnügen«, meinte André.

»Wenn ihr beide mich entschuldigen würdet…« Er verbeugte sich und ging.

»Der Graf ist ein schwieriger Mensch, man kann ihn nicht durchschauen, n'est-ce-pas?« sagte Gaudin.

»Es ist völlig unmöglich.«

»Und dennoch fühlt Ihr tief für ihn?«

»So ist es.«

»Warum?«

Sie riß ihre Blicke von Damien los, dem sie nachgesehen hatte. »Vielleicht ist es etwas, das ich in seinem Inneren sehe.«

Sie seufzte. »Aber … vielleicht bilde ich mir das ja auch nur ein.«

Was auch immer André antworten wollte, es blieb ungesagt, denn in diesem Augenblick trat Jules St. Owen zu ihnen.

»Madame Falon.« Der blonde Mann lächelte sie an, sie stellte fest, daß er himmelblaue Augen hatte; mit der klassischen Nase und dem Grübchen in seinem Kinn sah er fabelhaft aus. »Da Euer Gemahl anderweitig beschäftigt ist, würdet Ihr mir die Ehre erweisen und mir einen Tanz gewähren?«

Warum nicht? dachte Alexa. Damien mißfiel es vielleicht, aber darauf brauchte sie keine Rücksicht zu nehmen. »Es wäre mir eine Freude, M'sieur.«

Wieder erklang ein Walzer. Wunderbar, Alexa hoffte, ihr Mann würde sie sehen. Es könnte ihn ja in Rage bringen. Wenn er sie so schlecht behandelte, so würde das vielleicht helfen, ein wenig Abstand zwischen ihnen zu schaffen.

Am Rande der Tanzfläche legte St. Owen einen Arm an ihre Taille und begann sie zu drehen. Er war kleiner als Damien, doch gut gebaut und sehr männlich, und er tanzte beinahe vollkommen. Dennoch fühlte sie sich in seiner Gesellschaft unsicher, und St. Owen mußte das gemerkt haben, denn er zog sie ein wenig näher an sich.

»Überlaßt Euch nur mir, Lady Falon«, flüsterte er ihr zu, und zu Alexas Überraschung hatte er diese Worte auf englisch gesprochen. »Ich bin gekommen, um Euch zu helfen bei Eurer Heimkehr.«

»Wer … wer seid Ihr?« fragte sie und vergrößerte den Abstand zwischen ihnen, um ihm ins Gesicht sehen zu können.

»Sprecht französisch«, warnte er sie, denn sie war in ihre Muttersprache verfallen. Er schwenkte sie weiter im Kreise umher und tat, als sei nichts geschehen. »Ich bin ein Freund. Für den Augenblick ist das alles, was Ihr wissen müßt.«

»Wer hat Euch geschickt? Und warum sollte ich Euch vertrauen?«

»General Wilcox hat mich geschickt. Er ist der Vorgesetzte von Oberst Bewicke.«

»Bewicke ist die letzte Person, der ich trauen würde.«

»Ich bin in Wilcox' Auftrag hier.«

»Dann seid Ihr also ein Spion?«

»Nein. Ich bin ein ehrenwerter Franzose.«

»Aber was macht Ihr ...«

»Jetzt ist nicht der geeignete Zeitpunkt für Erklärungen. Ihr erfahrt mehr, wenn wir uns das nächste Mal treffen. Aber seid versichert, daß es Menschen gibt, die es gut mit Euch meinen.«

Sie beendeten den Tanz, und Jules St. Owen brachte sie zu André Gaudin zurück. Alexa war erschüttert und verwirrt, unfähig zu begreifen, was geschehen war. Als sie sich zu St. Owen umwandte, war dieser in der Menschenmenge verschwunden. Sie sah noch seinen hellen Kopf, als er durch die Eingangstür enteilte.

»Hat Euch der Tanz mit Jules gefallen?« fragte André, und sie fragte sich, ob er wohl ahnte, was zwischen ihnen vorgefallen war.

»Er scheint ein sehr netter Mann zu sein.«

»Jules ist ein schwerreicher Exporthändler – ein Kapitän, der sich anscheinend von der Schiffahrt zurückgezogen hat. Ich habe ihn schon eine ganze Weile nicht mehr gesehen. In der Vergangenheit war er gelegentlich mit der Politik des Kaisers nicht einverstanden. Offenbar hat er seine Abneigung überwunden.«

Also witterte André nichts davon, was St. Owen plante. Aber das konnte Alexa von sich auch nicht behaupten.

»Ihr habt das Interesse von mindestens einem Dutzend anderer Herren hier erregt. Wenn es Euer Wunsch ist, weiter zu tanzen ...«

»In Wahrheit wäre es mir lieber, nach Hause zu fahren.« Es gab viel zu viel, über das sie nachdenken mußte, in ihrem Kopf wirbelten die Gedanken. Und so, wie die Dinge sich jetzt entwickelten ...

»Vielleicht wird Euer Gatte einverstanden sein, Euch zu erlösen.«

Sie sah Damien auf sich zukommen, seine dunkle, elegante Gestalt hob ihn ab von den anderen Männern. Einige Frauen blickten bewundernd zu ihm hinüber, auf seine schmalen Hüften, die sehnigen Schenkel, und Alexa fühlte einen Stich von Eifersucht.

»Ich habe morgen sehr früh eine Besprechung mit Oberst Lafon«, erklärte Damien, als er sie erreicht hatte. »Würde es dir sehr leid tun, bald aufzubrechen?«

»Genaugenommen wäre ich eher erleichtert darüber.«

Einen Augenblick lang betrachtete er sie nachdenklich. »Dann kümmere ich mich um deinen Paletot und sage dem Kutscher Bescheid.«

Wenig später verließen sie den Ball, bahnten sich einen Weg durch die Menge und warteten dann vor der Tür, bis die Kutsche kam. Obwohl Damien auf dem Weg nach Hause sehr schweigsam war und sie das Haus betraten, ohne miteinander zu sprechen, folgte er jeder ihrer Bewegungen. Sein Verlangen nach ihr hatte nicht nachgelassen. Sie spürte es an der Art, wie er sie berührte, sah es in seinem Blick. Zweifellos dachte er, daß er ihr Mann war und ein Recht besaß auf ihren Körper, ein Recht, das sie ihm nicht verweigern durfte.

Dennoch sagte er nichts, als sie die Treppe emporstieg und dann auf ihr Schlafzimmer zuging. Mit einem erleichterten Aufatmen schloß sie die Tür hinter sich und lehnte sich dagegen; als sie sich umwandte, stand Marie-Claire vor ihr.

»Ich werde Euch beim Auskleiden helfen«, sagte sie hilfsbereit, und Alexa nickte nur. In Gedanken war sie bei dem Mann, den sie im Flur verlassen hatte; sie schlüpfte aus ihrem Gewand und entfernte die Haarnadeln aus dem Haar. Marie-Claire reichte ihr ein langes weißes Nachthemd, doch eine Stimme von der Tür her ließ sie innehalten, noch ehe Alexa das Nachthemd über den Kopf ziehen konnte.

»Danke, es genügt jetzt, Marie-Claire«, sagte Damien.

Alexa hielt das Nachthemd schützend vor ihre Brust und wartete schweigend, während Marie-Claire das Zimmer verließ. Wenn sie sie doch nur bitten könnte zu bleiben, doch wußte sie nur zu gut, wem die Loyalität der Französin gehörte.

»Was... was willst du?« Ihre Worte durchbrachen die Stille, nachdem ihre Helferin die Tür geschlossen hatte.

Damien betrachtete sie von Kopf bis Fuß. »Das weißt du sehr gut!« Er kam von der Tür aus auf sie zu, sein schwarzer Morgenmantel enthüllte seine Beine, an denen die Muskeln bei jedem Schritt spielten. Ein Stück vor ihr blieb er stehen und öffnete den Gürtel. Der Morgenmantel glitt von seinen Schultern, und Alexas Blick fiel auf einen nackten Grafen Falon.

Gütiger Gott im Himmel! Gab es wohl einen Mann auf Erden, der schöner war als er? Ihr ganzes Gesichtsfeld war ausgefüllt mit diesem großen, schlanken und muskulösen Körper.

»Ich bin dein Ehemann, Alexa«, beschwor er sie, als er sich näherte, doch sie wandte sich ab.

»Nicht. Bitte, nicht.« Sie machte einen Schritt auf das große Bett zu, kehrte ihm den Rücken zu und griff nach dem Bettpfosten, um sich daran festzuhalten. Sie fühlte, wie er hinter sie trat – er zog sie an sich, beugte sich vor und küßte sie auf den Hals.

»Ich brauche dich, Alexa.« Warm legten sich seine Lippen auf ihre Schultern, er preßte seinen Unterkörper an ihr Gesäß, und seine Schenkel drängten sich gegen ihre Beine.

»Ich kann nicht«, hauchte sie, doch ihr Leib stand bereits in hellen Flammen. Er legte die Hände auf ihren Bauch, ihre Rippen und tastete sich dann hinauf bis zu ihren Brüsten.

»Du kannst«, erklärte er, während gleichzeitig seine Daumen und Zeigefinger ihre Brustspitzen drückten, die sich unter dieser Berührung sofort aufrichteten. Sie fühlte, wie sein Körper sich anspannte, dann senkte er den Kopf, und sie spürte seine Zunge über ihre Wirbelsäule gleiten. Er schob eine Hand zwischen ihre Schenkel und fühlte, daß sie bereit war für ihn. Er streichelte sie dort, und sie begann zu zittern. Das Blut rauschte in ihren Ohren, ihr wurde schwindlig, und ihre Knie gaben nach – sie stöhnte leise vor Erwartung.

»Öffne mir deine Schenkel, ma chérie.« Er schob einen Finger in sie, als sie ihm ohne ein Wort gehorchte, sie klammerte die Hand um den hölzernen Bettpfosten und bog den Kopf zurück. Ihre Mähne hing über ihren Rücken hinab. Damiens Erregung bemerkte sie an ihren Hüften, und ein heißes Verlangen stieg in ihr auf. Ihr Herz raste, wie geschmolzene Lava schoß das Blut durch ihren Körper. Und dann schob er die sanften Falten beiseite und drang in sie ein, mit einem einzigen tiefen Stoß.

»Ich brauche dich«, flüsterte er, und so, wie er diese Worte aussprach, mußte sie ihm Glauben schenken.

Er drehte sie ein wenig zu sich herum und preßte seine Lippen auf ihre, seine Hände lagen auf ihren Brüsten, er drückte und knetete sie sanft, bis sie schwer waren vor Verlangen nach ihm. Dann aber legte er beide Hände auf ihre Hüften und hielt sie fest, während er wieder und wieder in sie kam. Sein kräftiges Vordringen und seine heftige Erregung führten Alexa schon bald an den Rand ihrer Kontrolle.

»Sag es«, flüsterte er. »Sag mir, daß du mich willst.«

Sie versuchte, dagegen anzukämpfen, biß sich auf ihre zitternden Lippen und knetete den Bettpfosten. Damien zog sich fast völlig aus ihr zurück, dann füllte er sie wieder ganz aus.

»Sag es«, wiederholte er. Er faßte ihre Hüften fester und stieß nochmals in sie hinein.

»Ich will dich, Damien. Ich will dich so sehr, daß mein ganzer Körper weh tut vor Sehnsucht.«

»O Liebste!« keuchte er. Seine Stöße wurden immer nachdrücklicher, seine Hüften bewegten sich auf und ab, seine Hände glühten auf ihrer nackten Haut, sein Kuß verlangte mehr.

»Damien!« rief sie, als sie den Höhepunkt der Erfüllung erreichte und dann hinweggewirbelt wurde, Woge um Woge der Lust flutete über sie hinweg.

Sie bemerkte nicht mehr, wie er seinen Samen in sie ergoß, wußte nicht, daß ihre Knie nachgaben, daß er es war, der sie aufrecht hielt. Sie erbebte am ganzen Körper unter der Wucht ihrer Gefühle, und plötzlich fürchtete sie sich. Doch dann fühlte sie seine zärtlichen Küsse auf ihrem Gesicht, er hatte die Arme schützend um sie gelegt, und sie hörte seine liebevollen Beteuerungen.

»Es ist alles gut, chérie. Du brauchst keine Angst zu haben.«

Doch sie hatte allen Grund, sich zu fürchten. Alexa wußte das, und diese Erkenntnis traf sie wie ein Schlag von hinten. Sie reckte sich und versuchte, sich aus seiner Umarmung zu lösen, dann wandte sie sich zu ihm um und funkelte ihn böse an, als sei er ihr schlimmster Feind. »Du hättest nicht kommen sollen.«

»Alexa...«

»Nein. Sag nichts mehr.« Als er den Schmerz in ihren Augen sah, hob er schweigend ihr Nachthemd mit dem hohen Kragen vom Boden und hielt es ihr hin. Sie nahm es mit zitternden Händen und zog es schnell über den Kopf, während sie gleichzeitig vor ihm zurückwich.

»Ich möchte, daß du gehst«, sagte sie, und ihre Stimme klang in der Tat erbarmungswürdig.

Damien schüttelte den Kopf. »In dieser Verfassung lasse ich dich nicht allein.«

»Bitte, Damien...« Doch er war nicht umzustimmen; mit wenigen Schritten kam er auf sie zu, nahm sie auf seine Arme und trug sie zu dem breiten Bett hinüber.

»Ich werde nur einen Augenblick bleiben.« Er zog die Decke zurück und legte sie sanft auf die Seite, dann schob er ihr das Kissen zurecht und streckte sich neben ihr aus. »Nur, bis du eingeschlafen bist.«

Sein Verhalten schien eigenartig, doch irgendwie fühlte Alexa sich getröstet. Damien legte sich zu ihr unter die Decke, zog sie an sich und nahm sie in seine Arme. Sicher würde er noch einmal versuchen, sie zu lieben, dachte Alexa und blieb reglos liegen wie ein Laternenpfahl. Doch er strich ihr lediglich übers Haar, beugte sich über sie und küßte sie auf die Schläfe.

Langsam begann sie sich zu entspannen. Ihre Gefühle waren noch immer aufgewühlt, als sie schließlich einschlief.

Damien wachte auf, weil die Uhr so laut tickte. Einen Augenblick lang mußte er sich besinnen, wo er war, ihm fehlte der eisblaue Betthimmel des Nebenraums. Dann fiel ihm wieder ein, daß er in seinem eigenen Bett lag... neben der Frau, die er geheiratet hatte. Sein Körper spannte sich an, als er sich daran erinnerte, daß er sie geliebt hatte, ehe sie einschlief. Er dachte wieder an ihre Leidenschaft, ihre Wut, die unglaubliche Hitze ihrer Reaktion. Er griff nach ihr, weil ihn erneut das Verlangen packte, weil er sie brauchte... doch sie war nicht mehr da.

Er setzte sich im Bett auf. Alexa war nicht im Zimmer, und auch von nebenan drang kein Laut herüber. Das Feuer war heruntergebrannt und warf geheimnisvolle Schatten an die Wände; kleine, scharrende Geräusche verrieten, daß sich irgendwo hinter der Wand eine Maus zu schaffen machte. Damien kletterte aus dem Bett und zog sich seinen Morgenmantel über. Er öffnete die Tür und trat in den Flur. Vielleicht war Alexa hungrig gewesen und nach unten gegangen, um etwas zu essen.

So mußte es sein, versuchte er sich einzureden und lächelte, weil er daran dachte, was diesen Hunger verursacht haben könnte. Dennoch hatte ihn ein unangenehmes Gefühl erfaßt. Sie war mehr als nur ein wenig verwirrt gewesen wegen dem, was zwischen ihnen geschehen war. Konnte sie sich so aufgeregt haben, daß sie eine Dummheit beging? Wenn sie nun weggelaufen war? Oder wenn sie versuchte, sich allein nach England durchzuschlagen?

Sein Inneres stand Kopf bei diesem Gedanken. Er hätte nicht zu ihr gehen dürfen, hätte sie nicht nehmen dürfen, das wußte er. Doch er verlangte nach ihr wie nach keiner anderen Frau je zuvor, und er hatte gefühlt, daß auch sie ihn begehrte.

Er hatte gewußt, daß ihr Gewissen rebellieren würde. Doch das war ihm nicht so ernst erschienen. Er hatte gedacht, zum Teufel mit ihrem Gewissen!

Jetzt sah das anders aus…

Seine Besorgnis wuchs noch, als er die Treppe hinunter zum hinteren Teil des Hauses hastete, denn auch in der Küche brannte kein Licht. Er hätte sie genauer beobachten müssen, zankte er sich aus. Doch sein Verlangen nach ihr hatte ihn blind gemacht, und irgendwie trug er ihr noch immer ihren Argwohn nach.

Oder vielleicht war es ja auch nur Enttäuschung, Bedauern, daß das, was sie für ihn fühlte, nicht genügte, um ihre Loyalität ihm gegenüber aufrechtzuerhalten und ihn so zu akzeptieren, wie er war.

Enttäuschung, daß sie ihm nicht vertraute.

Warum versuchte er sich etwas vorzumachen? Er hatte kein Anrecht auf ihr Vertrauen – schließlich hatte er alles menschenmögliche getan, um dieses Vertrauen zu zerstören – nicht absichtlich, wenigstens nicht mehr, seit sie verheiratet waren, aber geschehen war es trotzdem. Er hatte im Grunde damit gerechnet, doch da hatte ihn laufend ein Hoffnungsstrahl zum Narren gehalten. Jetzt wünschte er sich dieses Vertrauen von ihr mit einer Verzweiflung, die seine Seele auffraß.

Noch immer suchte er nach ihr, jetzt ging er entschlossen zum großen Salon. An der Tür zu seinem Arbeitsraum hielt er inne. Ein Lichtstreifen unter der Tür und ein leises Weinen verrieten ihm ihren Aufenthalt.

Er war nicht sicher, ob er erleichtert oder verärgert sein

sollte. Ohne Zweifel war es Alexa, die hinter der schweren Tür schluchzte, und er war der Anlaß dazu. Tief einatmend öffnete er die Tür und trat leise ein. Alexa hatte ihn nicht gehört, sie lag zusammengerollt auf dem Sofa mit den Füßen unter ihrem Nachthemd – ein Häuflein Elend am Ende der Couch; das Gesicht hatte sie auf die Arme gelegt, ihr langes, kastanienbraunes Haar verdeckte ihre Tränen.

Damien setzte sich neben sie und zog sie zärtlich an sich. »Weine nicht, ma chère, so viel Betrübnis ist doch gar nicht nötig.«

Sie entzog sich ihm nicht, wie er es eigentlich erwartet hatte, sondern blieb in seinen Armen und schluchzte an seiner Schulter weiter. »Bitte, Damien, bitte, laß mich nach Hause fahren.«

Er rückte ein wenig ab von ihr, um sie anzusehen. Einen Finger legte er ihr unters Kinn, hob ihr Gesicht und küßte sie behutsam. »Wenn es einen Weg gäbe, chérie, würde ich auf der Stelle alles arrangieren.« Das war die Wahrheit. Sie würde in England in Sicherheit sein, sicherer jedenfalls als hier. »Doch unglücklicherweise wünscht General Moreau, daß du bleibst.«

»Ich bin Engländerin und gehöre nicht hierher.«

»Du bist meine Frau. Du gehörst zu mir.«

»Wenn ... wenn die Dinge anders lägen, würde ich dir vielleicht zustimmen, aber es stimmt nichts mehr.« Sie bewegte sich, hob den Kopf und sah ihn mit tränenfeuchten Augen an. »Du weißt, wie ich fühle ... du weißt, daß ich die Dinge nicht so akzeptieren kann, wie sie sind. Das weißt du, und dennoch, wenn ich bei dir bin, gelingt es dir immer wieder, mich meine Überzeugung vergessen zu lassen. Du zwingst mich zu ... zu ...«

»Zu was, Alexa? Deiner Sehnsucht nachzugeben? Zu akzeptieren, daß du in gewisser Weise noch immer Gefühle für mich hegst?«

»Ja«, gestand sie ihm, und es zerriß ihm das Herz, ihre Verzweiflung mitansehen zu müssen.

»Du mußt mich furchtbar hassen«, sagte er leise.

Sie machte ein leises Geräusch. »Ich hasse das, wofür du eintrittst.«

Damien starrte über ihren Kopf hinweg auf die Wände, die sie einschlossen, die Wände in einem Haus voller Feinde, Wände, die vielleicht Ohren hatten. Er wollte sie fragen, was sie von dem Mann dachte, der er in seinem Inneren war – doch wann hatte sie je die Möglichkeit gehabt, ihn so gründlich kennenzulernen? Manchmal wußte er selbst nicht, wer er eigentlich war.

»Du fühlst etwas für mich, das hast du bereits zugegeben. Wie würdest du denken, wenn ich ein loyaler Engländer wäre? Wenn ich mein Land nie verraten hätte?«

Sie sah suchend um sich. Er las Schmerz in ihrem Blick, Unsicherheit und viele widerstreitende Gefühle. »Wenn das der Fall wäre… vielleicht würde ich dich dann, eines Tages… lieben.«

Sein ganzer Körper befand sich in Alarmzustand, ihre Worte durchdrangen ihn, weckten Wünsche in ihm, die nie erfüllt werden könnten. Gütiger Himmel, er wußte es doch besser. Es war zu gefährlich, diese Worte auszusprechen, damit setzte er ihrer beider Leben aufs Spiel, und dennoch…

»Ich bin ein Spion, Alexa, bin es schon seit meinem fünfzehnten Lebensjahr… aber ich spioniere nicht für Frankreich – sondern für England.«

Ein erstickter Schrei entrang sich ihren Lippen. Ihre grünen Augen wurden tellergroß, als sie sich aus seinen Armen löste und ihn erschrocken anstarrte. »Ich glaube dir nicht. Du… du hast das erfunden. Es ist nur ein weiterer deiner vielen Tricks.«

»Es ist kein Trick.«

»Bewicke hätte das gewußt. Irgend jemand hätte es gewußt.« Sie beugte sich vor und umklammerte seine Schultern. »Lieber Gott, du kannst doch nicht von mir erwarten, daß ich dir das glaube.«

»Beinahe niemand weiß davon. Es ist gefährlich, wenn du davon weißt. Wir werden beide bespitzelt. Ich dürfte dich gar nicht einweihen, aber wenn ich dich so sehe…« Er wischte ihr eine Träne von den Wangen.

»Weißt du eigentlich, wie sehnlich ich mir wünsche, dir zu vertrauen? Kannst du dir das vorstellen?«

»Ich weiß, du hast wenig Veranlassung, mir zu glauben, trotzdem…«

»Sag mir, daß es die Wahrheit ist, Damien. Du mußt mir beweisen, daß es nicht eine weitere deiner ewigen Lügen ist.«

»Es ist die Wahrheit, Alexa.«

»Schwöre es. Schwöre, daß du aufrichtig bist, schwöre es beim Grab deines Vaters!«

Er blickte zu den Wänden. Es war schon spät – er hoffte, daß alle Diener schliefen. »Ich schwöre es.«

Sie griff nach ihm, und er riß sie in seine Arme. Er fühlte, wie sie zitterte, fühlte ihren Tränenfluß an seinen Wangen. An ihn geklammert schlang sie die Arme um seinen Hals, und ihr langes seidiges Haar glitt über seine Schultern.

Er hielt sie lange fest, während die Uhr tickte, streichelte ihren Rücken, fuhr mit den Händen durch ihr Haar und war selig, sie an seiner Brust zu halten. Schließlich löste sie sich von ihm.

»Wenn das, was du mir gesagt hast, die Wahrheit ist«, sagte sie, und Verzweiflung lag in ihrem Blick, »dann habe ich dich verraten. Lieber Gott, du hast dein Heim verloren. Du bist geschlagen worden, und man hat dich ins Gefängnis geworfen. Und jetzt bist du hier und befindest dich in Gefahr. Du…«

»Psst«, beruhigte er sie. »Ich habe dir das nicht gesagt, um dich aufzuregen, sondern weil ich…« Er blickte in die Ferne, zögerte weiterzusprechen. »Weil ich es nicht ertragen kann, wenn du leidest.«

»Damien…«

»Ich hätte es dir nicht sagen dürfen, aber jetzt ist es geschehen. Nun bist du an der Reihe zu schwören.« Sie starrte ihn verständnislos an. »Du mußt schwören, daß du von diesem Augenblick an nicht mehr darüber sprechen wirst. Du mußt dich so unwissend geben wie eh und je. Ich werde dafür sorgen, daß du baldmöglichst zurückkehren kannst; aber inzwischen müssen wir auf der Hut sein. Wenn irgend jemand die Wahrheit entdeckt, wird keiner von uns beiden dieses Land lebend verlassen.«

Alexa runzelte besorgt die Stirn. »Kannst du mir nicht noch ein wenig mehr erzählen? Erkläre mir, wie...«

»Nein. Jetzt habe ich sowieso schon viel zu viel ausgeplaudert. Ich verlange von dir, daß du dich an die Schweigepflicht hältst, Alexa. Schwöre, daß dieses Thema abgeschlossen ist.«

Unsicherheit lag in ihrem Blick und viele unbeantwortete Fragen. »Ich... ich schwöre es.«

Er hoffte, er könnte ihr glauben. Es arbeitete sichtlich hinter ihrer Stirn, Gedanken formten sich und wurden wieder verworfen, einige von ihnen drangen bis an die Oberfläche.

»Damien?«

»Ja, Liebste?«

»Da wir nun beide auf der gleichen Seite sind, gibt es vielleicht einen Weg, dir zu helfen?«

»Um Himmels willen, Alexa, versuche bitte unter gar keinen Umständen, dich in die Sache einzumischen.«

Sie streckte die Hand nach ihm aus, legte sie an sein Kinn, und die Wärme in ihrem Blick verursachte ihm Atemnot. »Du hast recht. Ich werde alles tun, was du befiehlst.«

Er lächelte sie zärtlich an. »Da ist noch eine letzte Bitte.«

»Ja?«

»Unter allen Umständen müssen wir unsere Rollen weiterspielen. Wir können uns einander langsam anpassen, aber die Menschen um uns herum dürfen auf keinen Fall mißtrauisch werden.«

»Ich kann blendend schauspielern – wenn ich das will.«

»Darauf zähle ich.« Er beugte sich vor und küßte sie, lange

und innig; der Kuß ließ sein Herz schneller schlagen, und das Verlangen ergriff erneut von ihm Besitz. »Inzwischen könnten wir wieder nach oben gehen.«

Alexa nickte, und er nahm ihre Hand; dabei stellte er sich vor, wie diese Nacht enden würde. Er gab sich unbekümmert, doch mittlerweile bedauerte er schon, was er getan hatte. Es sah ihm so gar nicht ähnlich, ein so großes Risiko einzugehen, ganz besonders nicht, wenn außer seinem eigenen noch ein weiteres Leben gefährdet wurde. Verdammt, aber diese Frau ging ihm unter die Haut.

Er hoffte bei Gott, daß das nicht mit einem Debakel für sie beide endete.

16. Kapitel

Zwei Tage vergingen. Das Wissen um Damiens Geheimnis besserte Alexas Laune und erfüllte sie mit Hoffnung, sagte ihr, daß ihre Instinkte von Anfang an richtig reagiert hatten. Damien war ein harter Mann, aber dafür gab es also eine Erklärung. In Wahrheit steckte mehr in ihrem Ehemann, als selbst sie vermutet hatte.

Sie saß vor ihrem Spiegel und bürstete ihr langes Haar. Alexa lächelte. Damien war ein Patriot, kein Verräter. Er arbeitete für England – nicht für Frankreich. Sie hätte am liebsten ihr Glück der ganzen Welt mitgeteilt, dankte Gott, die unerträgliche Last von ihren Schultern genommen zu haben. Nun durfte sie mit ihrem Mann im Bett liegen, nächtelang, wollte jeden einzelnen Zentimeter seines wunderbaren Körpers erforschen. Glücklich wollte sie mit ihm sein, wollte ihm zeigen, wieviel ihr an ihm lag.

Doch statt dessen hielt sie sich vorsichtig zurück, kontrollierte ihre Zuneigung streng. Nur im Bett ließ sie ihren Gefühlen freien Lauf. Diese herrlichen Augenblicke waren voller Leidenschaft und Liebe; es waren Zeiten, zu denen die Welt außerhalb ihrer Mauern aufhörte zu existieren, für wenige Augenblicke waren sie beide befreit von den Gefahren ringsum. Bei einigen Gelegenheiten, nachdem sie einander geliebt hatten, nahm Alexa Anlauf, ihm von einem gewissen Jules St. Owen zu erzählen, den sie im Hôtel de Ville kennengelernt hatte, doch jedesmal ließ ihr Versprechen ihm gegenüber sie vorzeitig verstummen.

Sie hatte geschworen, das Thema seiner Spionage nie wieder zu erwähnen, und ihr Wort galt!

Aber in Wirklichkeit war es etwas in ihrem Inneren, das sie schweigen ließ. Eine kleine Stimme riet ihr zur Wachsamkeit.

Vielleicht war es teilweise ihre Reaktion auf die Rolle, die ihr Mann noch immer spielte; denn die meiste Zeit verbrachten sie in Gesellschaft anderer Menschen, und Damien blieb kühl und reserviert ihr gegenüber. Er behandelte sie beinahe so wie eine seiner Geliebten – eine empfindliche Kränkung –, obwohl sie ihn jetzt zu verstehen glaubte. Sie tröstete sich mit der Hoffnung, daß sie bald nach England zurückkehren würden, nach Hause, in die Sicherheit und zu dem Leben, das sie miteinander geteilt hatten, ehe das alles entgleiste.

An diesem Gedanken hielt sie sich auch heute abend fest, als sie in die Opéra fuhren. Sie wollten sich Cherubins Les Deux Journées ansehen, zusammen mit Oberst Lafon, M'-sieur Cellerier und François Quinault, einem Hauptmann der Husaren.

Doch leider stellte sich heraus, daß Quinault von der vollbusigen Schauspielerin Gabriella Beaumont begleitet wurde, Damiens früherer chère amie. Den ganzen Abend lang ignorierte die üppige Blondine ihren Begleiter und flirtete ungeniert mit Damien; sie wedelte mit ihrem handbemalten Fächer, lachte und küßte ihn neckend.

Alexa saß auf dem mit blauem Samt bezogenen Sessel in Lafons privater Loge und mußte sich gut zureden, daß das alles nichts zu bedeuten hatte. Schließlich flirtete Damien nicht mit ihr, und auch wenn er die Bewunderung dieser Frau entgegennahm, als hätte er sie verdient, so hatte er doch besitzergreifend seine Finger mit denen Alexas verschränkt, als wolle er um ihr Verständnis bitten.

Das habe ich ja, verteidigte Alexa sich lautlos. Er spielt eine Rolle, und ich erfülle meine...

Im Schein der vielen Lampen lächelte sie plötzlich. Wenn Damien sich so perfekt verstellte, so würde auch ihr das gelingen. Damien gefiel es vielleicht nicht, aber am Ende gab es Grenzen dessen, was sie zu ertragen gewillt war. Sie entzog ihm ihre Hand, stand auf und wandte sich an diese Gabriella, die zwischen Damien und Hauptmann Quinault thronte.

»Madame Beaumont«, meinte sie und musterte die unverschämte Frau von Kopf bis Fuß. »Mir ist klar, daß Ihr und Major Falon außerordentlich gut bekannt seid – aber falls es Euch entgangen sein sollte, jetzt ist er mit mir verheiratet. Im Namen des guten Geschmackes verlange ich von Euch, daß Ihr Eure Hand von seinem Bein nehmt.«

Die Frau japste auf und sprang dann von ihrem Sitz auf, ihre Tiara rutschte ihr von ihrem sorgfältig frisierten Kopf. »Wie könnt Ihr es wagen!«

»Ich wage es, weil ich das Recht dazu habe. Vielleicht erlaubt in diesem Land eine Ehefrau so etwas. Vielleicht übersieht sie es auch. In meinem Land allerdings...«

»Das reicht, Alexa«, unterbrach Damien sie und stellte sich zwischen die beiden. Doch seine Augen blitzten belustigt auf, und er sah sie mit unausgesprochener Zustimmung an. »Du wirst Madame Beaumont nicht weiter beleidigen.« Er wandte sich zu Gabriella und beugte sich formell über ihre Hand. »Excusez, Madame. Meine Frau ist sonst nicht so unhöflich.« Wieder wandte er sich zu Alexa: »Die Vorstellung endet sogleich. Vielleicht ist es an der Zeit aufzubrechen.«

Alexa warf der Blondine einen verächtlichen Blick zu. »Nichts würde mich mehr freuen.« Sie ignorierte den triumphierenden Gesichtsausdruck der Dame, hob ihr Kinn und verließ in königlicher Haltung die Loge.

Damien sagte nichts, als er sie aus dem Theater auf die Rue de Richelieu führte, doch im Schatten der nächsten Ecke zog er sie aus der Menge und drängte sie gegen eine Hauswand. Alexa erwartete eine Strafpredigt, aber statt dessen fand sie seine Mundwinkel zu einem Lächeln verzogen und belustigt blitzende Augen vor.

»Du warst wohl eifersüchtig, wie?«

Sie kräuselte anzüglich die Lippen. »Vielleicht. Aber vielleicht habe ich ja auch nur so getan.«

»Hast du?«

»Das hängt davon ab, warum du die Frau dazu ermuntert hast, sich so zu benehmen.«

»Weil es das ist, was Lafon und die anderen von mir erwarten.«

»Und als Engländerin – und als deine Frau – würden sie von mir erwarten, dieser Szene umgehend ein Ende zu bereiten.«

Er lachte, und Alexa dachte, daß sie ihn schon viel zu lange nicht mehr lachen gehört hatte. »Ich nehme an, das stimmt.«

»Dann bist du also nicht böse?«

Anstatt einer Antwort beugte er sich vor und küßte sie, fest preßte er seine Lippen auf ihre, Alexa fühlte den Kuß in ihrem ganzen Körper, und Erwartung erfüllte sie.

»Nein, ma chérie, ich bin nicht böse.« In Wahrheit war er sogar froh, daß sie sich seinetwegen zu einem solchen Auftritt hinreißen ließ. »Laß uns nach Hause gehen.« Der etwas rauhe Ton in seiner Stimme verriet ihr ganz genau seine Stimmungslage, doch seine Worte weckten einen anderen Gedanken in ihr.

Sie hob das Gesicht: »Ich möchte richtig nach Hause, Damien. Ich wünsche es mir mehr als alles andere auf der Welt.« Aber damit meinte sie nicht die Rückkehr zu ihrem Haus im Faubourg St. Honoré, und Damien wußte das auch. »Wann können wir wieder dahin zurückkehren, wohin wir gehören?«

Mit einem Finger strich er über ihre Wangen. »Ich werde alles in die Wege leiten für deine Heimkehr, so bald es sicher ist.«

»Und was ist mit dir?«

»Ich kann nicht mit leeren Händen zurückkommen. Wenn das alles vorüber ist, werden sich meine Dienste erübrigen; deshalb möchte ich jetzt noch etwas mitbringen, das für die Briten von Nutzen ist.«

»Aber wenn…«

»Nein, Alexa, sprich nicht weiter. Du hast mir dein Wort gegeben.«

Sie sagte nichts mehr, ließ sich von ihm zur Kutsche führen, und er half ihr beim Einsteigen. Als er sich in den Sitz zurücklehnte, beugte Alexa sich vor und küßte ihn. Es dauerte nur Sekunden, bis er ihren Kuß erwiderte, sie auf seinen Schoß zog und seine Hand unter das Mieder ihres Kleides schob. Er hörte nicht auf, bis sie zu Hause waren, und selbst dort unterbrach er seine Liebkosungen nur für einen Augenblick.

Hand in Hand stiegen sie die Treppe hinauf, und als sie ihr Schlafzimmer erreicht hatten, entkleideten sie einander in aller Eile. Sie liebten sich unersättlich bis in die frühen Morgenstunden.

Später an diesem Nachmittag schlug Damien zu Alexas Entzücken eine Ausfahrt durch die Stadt vor, denn der Himmel erstrahlte in einem herrlichen Blau, und ein leichter Wind vertrieb die Hitze. Nur wenige Kutschen waren in den Straßen zu sehen; wie es schien, nutzten die meisten Menschen das schöne Wetter, um sich in ihren Gärten zu ergehen.

»Es ist unglaublich, nicht wahr?« meinte Damien und blickte voller Begeisterung aus dem Fenster. »So wie hier ist es sonst nirgends auf der Welt.«

Sie warf ihm einen vorsichtigen Blick zu. »Es überrascht

mich, daß es dir gefällt. Ich hatte den Eindruck, das Stadtleben sei dir zuwider?«

»Paris ist anders.«

»Ja… du magst recht haben. Es muß schwierig sein, seine Loyalität zwischen zwei Nationen aufzuteilen.«

Sein Gesichtsausdruck änderte sich ein wenig. »Eine so wunderschöne Stadt zu lieben hat nichts mit Loyalität zu tun. Und das ist auch kein Thema, über das wir uns unterhalten sollten.« Er besänftigte sie mit einem Kuß. »Bitte, ma chérie, es ist auch so schon schwierig genug.«

Alexa nickte nur. Es gab so viele Fragen, die sie ihm gern gestellt hätte, so vieles, was sie wissen wollte. Doch statt dessen schwieg sie, entschlossen, ihr Versprechen zu halten.

Der Tag verging in einer angenehmen Zweisamkeit. Sie spazierten durch den Tivoli Park und aßen im Café Godet auf dem Boulevard du Temple, in dem sich Soldaten mit bunten Kokarden an den Mützen drängten und Damen an ihrer Eiscreme nippten. Sie spazierten über die Straßen des Palais Royal, im Schatten überhängender Zweige der Platanen, und entdeckten in der Nähe einen kleinen Jahrmarkt.

»Können wir ihn uns ansehen?« fragte Alexa aufgeregt, sie war hingerissen von den Possen eines riesigen Braunbärs und von einem Schwertschlucker, der mit nacktem Oberkörper ein spärliches Publikum ins Zelt lockte.

»Wenn du möchtest.« Damien lächelte sie so zärtlich an, daß ihr der Atem stockte. »Obwohl ich zugeben muß, daß mir etwas einfällt, was ich noch viel lieber täte.« Er beugte sich zu ihr und küßte sie auf den Hals, dann führte er sie in die Schaubude.

An diesem Abend liebten sie sich langsam und eindringlich, da der Tag nicht sehr anstrengend gewesen war. Alexa fühlte sich danach zufrieden und erfüllt und sah so hoffnungsvoll in die Zukunft wie schon seit Wochen nicht mehr.

Marie-Claire half ihr beim Ankleiden, doch als Alexa nach unten kam, war Damien schon weg. Er hatte noch einige

Dinge besorgen müssen für die Einladung bei Moreau an diesem Wochenende, hatte er Pierre gesagt. Als Alexa an diese Gesellschaft dachte, fiel ihr ein, daß auch sie dafür noch einiges benötigte. Und da Damien nicht mit der Kutsche unterwegs war, ließ sie anspannen; sie wollte zu einem kleinen Geschäft in der Nähe der Rue des Petits-Champs fahren, um sich dort einen Fächer zu kaufen, der zu ihrem blau-silbernen Kleid paßte, und noch ein paar zusätzliche Pantöffelchen.

»Möchtet Ihr, daß ich mit Euch komme?« fragte Marie-Claire.

»Ah, non.« Alexa freute sich, einmal ganz für sich zu sein. »Es dauert höchstens eine Stunde.«

»Dann laßt Euch wenigstens von Claude-Louis kutschieren. Euer Mann wird böse sein, wenn Ihr allein ausgeht.«

Alexa war einverstanden. Sie mochte den Mann mit dem sandfarbenen Haar, der der Kammerdiener ihres Mannes war – sie mochte die ganze Familie Arnaux. Und da sie sich in der Stadt nicht auskannte, wäre es angenehm, ihn bei sich zu haben.

Ihr Ausflug, den sie in einer Stunde hatte erledigen wollen, dauerte dann doch drei Stunden. Als sie nach Hause kam, war ihr Wagen beladen mit Paketen. Eine elegante schwarze Kalesche mit vielen goldenen Verzierungen, die sie noch nie gesehen hatte, stand vor dem Haus. Vier herrlich aufeinander abgestimmte Pferde waren angeschirrt, und da im Krieg jedes Pferd gebraucht wurde, konnte es sich hier nur um das Gefährt einer hochgestellten Persönlichkeit handeln.

Sie betrat das Haus voller Unruhe, wer dieser Gast wohl sein mochte, und hoffte, daß er Gutes brachte und nichts Böses.

Vor der Tür zu dem großen Salon blieb sie stehen. Sie hörte die Stimme eines Mannes, doch wollte sie nicht gleich eintreten. Trotzdem war sie entschlossen herauszufinden, was vor sich ging. Zwei Türen führten in den Raum, eine von der

Halle und eine zweite von einem kleineren Gesellschaftszimmer dahinter. Dorthin lenkte Alexa ihre Schritte.

Die Türen sahen geschlossen aus, doch erleichtert stellte sie fest, daß eine davon nur angelehnt war. Durch einen Spalt erkannte sie die schlanke Gestalt von Oberst Lafon und entdeckte noch einen weiteren, untersetzten Mann mit dunklem Haar, buschigen Brauen und einem prächtigen, gezwirbelten Schnurrbart. Beide trugen Uniform – die des kleineren Mannes war mit so vielen goldenen Orden geschmückt, daß er ein Zimmer auch ohne Kerzenlicht hätte erhellen können.

»Es freut mich immer wieder, Euch zu sehen, mon général«, sagte Damien gerade. »Doch ich beginne zu glauben, daß dies keine Freundschaftsvisite ist.«

»Wohl kaum«, meinte Lafon, seine Haltung war beinahe so militärisch wie die des Generals. In der Hand hielt er das übliche Glas Cognac, doch getrunken hatte er noch nicht davon.

»Nein, mein lieber Major, ich fürchte, das ist es in der Tat nicht.« Anspannung lag in der massigen Gestalt des Generals. »Leider geht es hier um eine Unterredung, die Ihr vor einigen Abenden in diesem Hause führtet.«

»Oh?« Damien steckte die Daumen in seine Weste. »Und was für eine Unterhaltung sollte das gewesen sein?«

»Die Unterhaltung, in der Ihr Eurer hübschen Frau gestanden habt, daß Ihr für England spioniert.«

Lieber Gott im Himmel! Alexa preßte die Fingernägel in die Handflächen. Damiens Befürchtungen waren nicht unbegründet gewesen. Bei allen Heiligen, was sollten sie jetzt tun?

Voller Entsetzen beobachtete sie ihn durch die Tür, er zögerte nur kurz, doch hatte sie es sich bestimmt nur eingebildet. Dann lachte er laut auf.

»Das war sehr klug von mir, nicht wahr?« Er ging zur Anrichte und füllte sein Glas noch einmal mit Cognac; die Hand, mit der er es umfaßte, zitterte nicht. »Sie war mißgelaunt und unmutig vorher. Jetzt heißt sie mich wieder in ihrem Bett willkommen. Sie ist sogar eifersüchtig auf meine Geliebten –

ganz besonders auf Gabriella. Das stimmt doch, nicht wahr, Lafon?« Er wandte sich von dem Obersten zu dem General um und sah ihm offen ins Gesicht. »Ich habe nur das gesagt, was diese Frau hören wollte. Es war mir nicht bekannt, daß ich meine ehelichen Probleme mit einem General der Grande Armée besprechen soll.«

»Ihr wollt uns also weismachen, daß Ihr das nur erfunden habt?« fragte Lafon ungläubig, er schien genauso erstaunt wie Alexa.

Damien zuckte lässig die Schultern. »Ich dachte, es war brillant; doch wie ich schon sagte, ich habe kaum angenommen, daß mein Ehestreit die Grande Armée etwas anginge.«

Der General betrachtete ihn nachdenklich und strich sich dabei über seinen Schnurrbart. »Wir kennen einander schon seit vielen Jahren, n'est-ce-pas?«

»Seit sehr vielen Jahren, mon général – und seit sehr vielen Frauen.«

Ein Lächeln erschien auf den Lippen des Generals, es wurde zu einem Grinsen, dann lachte auch er laut auf. Sein breiter Brustkorb bebte, und zahllose Fältchen erschienen um seine Augen. »Ich hätte es wissen müssen.« Ein weiterer Heiterkeitsausbruch folgte, und die Orden auf seiner Brust klimperten. »Ihr überrascht mich immer wieder, mon ami.«

Alexa stand wie benommen hinter der Tür. Das ist nur seine Art, uns zu schützen, sagte sie sich. Lieber Gott, es konnte doch nicht die Wahrheit sein. Dennoch fühlte sie einen scharfen Schmerz in ihrer Brust, und ihr Hals war so eng, daß sie kaum Luft bekam. Sie hörte, daß Lafon in das Lachen mit einstimmte, sah, wie er den Kopf schüttelte, und auch Damien verzog den Mund. Es war alles viel zu wirklich, zu schrecklich, unerträglich greifbar!

Sie erinnerte sich daran, wie er sie von Anfang an manipuliert hatte, an seine rücksichtslosen Versuche, sie zu verführen, und an die Art, wie er sie dann in eine unerwünschte Ehe gedrängt hatte. All die Lügen fielen ihr ein, die er ihr aufgetischt hatte, die Mühe, mit der er seine Rache eingefädelt hatte, den Affront gegen ihren Bruder. Sie dachte wieder an die Nacht, in der er sich mit den Franzosen getroffen hatte. Auch damals hatte er sie angelogen und dann gleich noch einmal, als er sich in die Stadt davonmachte.

Wenn er ein englischer Spion war, warum hatte er ihr das denn nicht gesagt? Sie dachte an Jules St. Owen. Sicher würde General Wilcox im Bilde sein. Irgend jemand mußte doch die Wahrheit wissen!

Lieber Gott, sie wollte ihm so gern glauben. Sicher würde Damien ihr von den Männern erzählen, dachte sie voller Verzweiflung – er würde ihr erklären, was er ihnen gesagt hatte und ihr beweisen, wo seine Loyalität lag. Vielleicht sollte sie ihn ganz einfach damit konfrontieren, daß sie gelauscht hatte, und ihn bitten, ihre Zweifel zu zerstreuen.

Das würde sicherlich geschehen, er würde ihr alles logisch erklären, doch ihr Mißtrauen war erneut geweckt.

Alexa verfiel in dumpfes Brüten, einen Augenblick lang glaubte sie, ihre Welt stürze ein. Du bist ein Dummkopf, Alexa, stachelte eine innere Stimme sie auf. Du verteidigst diesen Mann immer wieder, sogar seine Lügen, selbst wenn dein Verstand dir das Gegenteil beweist.

Du glaubst, daß er der Mann ist, in den du dich verliebt hast, wo es doch diesen Helden überhaupt nicht gibt.

Alexa kämpfte mit den Tränen, leise verließ sie das Gesellschaftszimmer und flüchtete sich in ihre Gemächer. Sie fühlte sich zerschlagen, ausgenutzt und betrogen. Lieber Gott, sie war es so leid, dieses unsichere Balancieren.

Es war ihr eigener Fehler, das wußte sie, weil sie sich so sehnlich wünschte, ihm vertrauen zu können. Sie hatte in ihn etwas hineingesehen, das es gar nicht gab. Wankend schritt sie zum Fenster und sank dort in einen hochlehnigen Sessel. Durch einen Schleier von Tränen blickte sie hinaus in den Garten, doch alles verschwamm vor ihren Augen zu einem bunten Gemisch von Farben.

Sie hatte viel zuviel geweint, seit sie verheiratet war, seit dieser Nacht in dem Gasthof, als ihr Herz zum ersten Mal mit Damien Falon konfrontiert worden war. Wieder und wieder hatte er über sie triumphiert, dennoch hatte sie ihre Lektion noch immer nicht gelernt. Man hatte sie entführt und mißhandelt, auf sie geschossen, sie in die Sklaverei verkauft, und nichts vermochte ihr die Augen zu öffnen. Sie liebte diesen Mann, der ihr Gatte geworden war, und dennoch war sie von ständiger Unsicherheit begleitet. Benutzte er sie jetzt wieder, oder sprach er die Wahrheit?

Alexa hörte, wie die Haustür geschlossen wurde, sie sprang von ihrem Platz am Fenster auf. Schnell wischte sie sich die Tränen aus den Augen, dann warf sie einen Blick in den Spiegel, wandte sich um und lief aus dem Zimmer zur Dienstbotentreppe.

Du mußt ganz ruhig bleiben, ermahnte sie sich, du mußt so tun, als hättest du keine Ahnung. Sie zwang sich zu einem Lächeln, eilte hinunter in die Halle und zu der Tür, die ins Kutscherhaus führte. Sie öffnete sie, schlug sie fest wieder zu und tat so, als sei sie soeben zurückgekehrt.

»Ich bin da«, rief sie und suchte fröhlich ihren Mann auf, betete, daß er nicht ihre geschwollenen Lider bemerkte. Von ganzem Herzen und von ganzer Seele hoffte sie, er würde ihr von den Besuchern erzählen und sie wieder einmal davon überzeugen, daß sie sich geirrt hatte. »Hast du mich vermißt?«

»Natürlich habe ich dich vermißt. Ich vermisse dich immer.« Er erwiderte ihr Lächeln, doch sie bemerkte eine leichte Abwesenheit in seinem Gesicht.

Alexa blickte zur Eingangshalle. »Ich dachte, ich hätte jemanden gehört. Hattest du Besuch?«

»Oberst Lafon und General Moreau waren hier.«

»W-was wollten sie denn?« Ihre Hoffnung stieg, ihr Herz begann schneller zu schlagen.

Doch Damien winkte ab. »Nichts Besonderes. Der General wollte sich nur noch einmal vergewissern, daß wir an seinem Fest im Grünen teilnehmen.«

»Ich verstehe.« Doch ihr Herz zog sich schmerzlich zusammen, und ihr Magen rebellierte. Tränen brannten in ihren Augen. Schnell blinzelte sie und lächelte tapfer weiter. »Am liebsten möchte ich mich jetzt umziehen, wenn du nichts dagegen hast. Meine Füße tun mir weh, und es ist Zeit, daß ich aus diesen Kleidern komme.«

»Vielleicht sollte ich dir helfen.« Er betrachtete sie von Kopf bis Fuß, dann ruhten seine Augen auf ihren Brüsten.

Bedauernd schüttelte Alexa den Kopf. »Mein Kopf dröhnt ein wenig, fürchte ich. Ich denke, ich werde mich einen Augenblick hinlegen.«

»Wenn das so ist, dann ruhst du dich natürlich aus. Vielleicht könnten wir später dann Oberst Lafons Einladung Folge leisten, ihn und seine Freunde im Theater zu treffen.«

Alexa brauchte ihre ganze Kraft, doch sie nickte. »Das klingt hübsch. Ich bin sicher, bis dahin geht es mir wieder gut.« Damien gab ihr einen Kuß auf die Wange, und Alexa erklomm mit zitternden Knien die Treppe. In der Abgeschiedenheit ihres Zimmers ließ sie den Tränen freien Lauf, und eine Woge der Verzweiflung schlug über ihr zusammen.

Lügen. Noch mehr Lügen, eine nach der anderen.

Was hast du denn erwartet? meldete sich der Quälgeist in ihrem Innern. Selbst du kannst doch nicht so blind sein: Verrat, Betrug, eine permanente Heimlichtuerei. Lieber Gott, haßte sie ihn dafür!

Der Kummer legte sich schwer auf ihre Schultern, es war wie ein mit Wasser vollgesogenes Kleid, das sie herunterzuziehen trachtete, sie verwirrte und erschöpfte. Wieder einmal war er als Sieger hervorgegangen, ungeschlagen. Vielleicht sollte sie ganz einfach nachgeben und ihn das Spiel gewinnen lassen.

Warum sollte sie sich nicht einfach der Verzweiflung hingeben, sich sozusagen unsichtbar machen und aus allem heraushalten?

Alexa biß die Zähne zusammen, ihr Inneres schrie auf vor Protest, ihre Entschlossenheit härtete sich, als ihre Natur gegen ihn rebellierte. Vielleicht war es das englische Blut oder nichts als Stolz und starker Wille. Das Herz tat ihr weh, Verzweiflung hatte von ihr Besitz ergriffen, und sein Verlust schmerzte sie bitterlich. Doch da tobte ebenso Wut in ihr.

Verdammt. Verdammter Kerl, ich wünsche dich in die Hölle, du Bastard! Hätte sie in diesem Augenblick ein Messer gehabt, sie hätte es ihm in den Leib gerammt.

Bleib ruhig, warnte die innere Stimme sie. Du hast schließlich alles zu verlieren. Vorläufig bist du die Leidtragende, und du wirst so lange leiden, bis du endlich etwas dagegen unternimmst.

Die Stimme hatte recht, das wußte Alexa. Es mußte ihr etwas einfallen, die Dinge wieder ins reine zu bringen, ein Mittel, sich zu retten... einen Weg, die Bilanz auszugleichen.

Ihre Gedanken begannen zu arbeiten, sie versuchte, ihnen ein klares Schema zu geben, setzte sie zusammen, verwarf eine Version nach der anderen wieder und machte sich an neue Entwürfe.

Alexa blickte aus dem Fenster, ihr Herz klopfte laut in ihrer Brust. Sie brauchte ein Schlupfloch aus ihrer Sackgasse. Gütiger Gott im Himmel, plötzlich wußte sie, was sie zu tun hatte.

Ihre Finger preßten sich gegen das kühle Glas, in ihrem Kopf begann ein Gedanke Gestalt anzunehmen, die Lösung stand ihr plötzlich kristallklar vor Augen. Damien war ein Spion – ein sehr erfolgreicher, wie es schien. Wenn seine Geschichte stimmte, dann war der Grund seines Aufenthaltes in Frankreich, Informationen zu sammeln. Er verkehrte mit den ersten Beratern Napoleons, mit seinen Generälen und den Marschällen seines Stabes. Alle luden ihn in ihre Häuser ein, besaß er doch ihr Vertrauen, und man behandelte ihn wie einen guten und loyalen Freund.

Er hatte Zugang zu einem Großteil von internem Wissen.

Wenn sie genügend aufpaßte, dann würde ihr der gleiche Zugang offenstehen. Alexas Herz raste, als ihr diese Gedanken durch den Kopf kreisten und die letzten Tränen auf ihren Wangen trockneten. Das Blut floß mit neuer Entschlossenheit durch ihre Adern, ihre Wut und auch ihre Resignation wich.

Was Damien konnte, würde sie auch schaffen. Sie mußte nur lernen, ihre Gefühle unter Kontrolle zu halten. Er hatte schon so viele Spiele gespielt, daß sie sie nicht mehr zählen konnte, und bis jetzt hatte er alle gewonnen. Stets waren es ihre Gefühle gewesen, die ihr die Niederlagen einbrachten, die Gefühle, die er in ihr geweckt hatte, das Verlangen, das sie in seinen Augen gelesen zu haben glaubte, wann immer er sie ansah. Wenn sie lernen könnte, sich mit eiserner Disziplin zurückzuhalten, dann würde auch sie gewinnen.

Alexa lief unruhig im Zimmer auf und ab. Am Ende der Woche wäre die Soirée des Generals fällig. Sicher könnte sie dort irgend etwas aufschnappen, etwas, das ihrer Heimat Nutzen brächte.

Bis dahin würde sie einen Vorwand finden, Damien aus dem Weg zu gehen. Sie könnte einen Streit anzetteln, der ihn so wütend machte, daß er sich von ihr distanzierte. Einen Augenblick dachte sie daran, ihm zu sagen, was sie gehört hatte. Damien würde sich schwarz ärgern, toben, daß sein Betrug entdeckt worden war. Es wäre möglich, daß er sie dann mied – aber vielleicht auch nicht. Vielleicht hätte er damit sogar einen Grund mehr, die Fassade des liebevollen Ehemanns aufrechtzuerhalten, sich einfach das zu nehmen, was er haben wollte. Aber unter Umständen wäre er auch erneut auf der Hut vor ihr.

Nein, die Wahrheit würde ihr nichts nützen. Sie brauchte eine tiefgehende Auseinandersetzung, etwas, das ihn von ihrem Bett fernhalten würde und seine Aufmerksamkeit auf andere Dinge richtete.

Alexa faltete die Hände, um sich Mut zu machen. Sie würde

alles tun, was nötig war, um aufrichtig ihrem Lande zu dienen. Den schrecklichen Schmerz würde sie beiseite schieben und auch die Verzweiflung, die an ihrer Seele fraß – so sehr, daß es sie beinahe in Stücke riß. Den Verlust müßte sie eisern ertragen, würde sich innerlich dagegen verschließen und nicht mehr an ihre Passion für ihn denken.

Der Himmel würde ihr beistehen, die Last erträglich zu machen, und sie würde inzwischen ihre ganze Hoffnung auf Jules St. Owen richten. Jules konnte dafür sorgen, daß sie nach England zurückkam. Dort gäbe es dann endlich ein Aufatmen, und dieser schreckliche Alptraum hätte ein Ende.

Alexa dankte dem allmächtigen Gott und ihrem eigenen wachen Verstand, daß sie ihrem ersten Eindruck nicht nachgegeben und den armen Kapitän verraten hatte.

17. Kapitel

Damien stieg aus der Kutsche vor dem Château von General Moreau in St.-Germaine-En-Laye, ein Stück nordwestlich von Paris.

Das Schloß war für den Duc de Torcy erbaut worden, es zählte vier Stockwerke mit zwei langen, überdachten Pavillons, einer an jedem Ende, und vielen Reihen hoher Bogenfenster, vor denen sich jeweils ein kleiner, schmiedeeiserner Balkon befand. Dutzende große, aus Ziegelsteinen gemauerte Kamine erhoben sich über dem Dach, und jenseits weiter Wiesen lag der Haupteingang des Hauses.

»Es ist wunderschön«, sagte Alexa, als Damien ihr aus der Kutsche half. »Ich frage mich, welcher Aristokrat wohl seinen Kopf verlieren mußte, damit General Moreau diesen Besitz erwerben konnte.«

»Alexa…«, warnte Damien sie, und Alexa preßte die Lippen zu einem Lächeln zusammen.

»Tut mir leid. Wir sind schließlich Gäste hier, nicht wahr? Ich hätte das beinahe vergessen.« Das Lächeln blieb auf ihrem Gesicht, genau wie all die letzten Tage. Seine Frau hatte sich kühl und reserviert verhalten seit dem Theaterabend mit Lafon. Ihr Benehmen beruhte wohl auf ihrem Streit mit Gabriella. Die ganze Zeit schon behauptete Alexa Kopfschmerzen zu haben, hatte seine Annäherungsversuche abgelehnt.

Zuerst dachte er sich nichts dabei, hatte geglaubt, daß sie Grund genug dazu hatte. Gabriella hatte sich wirklich ganz unmöglich benommen, ihm so unverfroren schöne Augen zu machen in der Loge des Théâtre Française.

Leider hatte Alexa das gesehen. Sie war schrecklich wütend gewesen, und er konnte ihr dafür wohl kaum einen Vorwurf machen. Er hatte versucht, es ihr zu erklären, und seine geliebte Gemahlin war dann einem nächtlichen Intermezzo keineswegs abgeneigt gewesen.

Auch die Kutschfahrt durch Paris schien sie noch eifrig zu begrüßen, jedoch danach mußte an ihr wohl die Gabriella-Affäre erneut zu nagen begonnen haben.

Ihre Ablehnung dieser Frau gegenüber war kaum eine Überraschung, dennoch vermutete er, daß ihre Verstimmung wohl eine ernstere Ursache hatte. Er spürte diese neuerliche Anspannung zwischen ihnen, die zuvor nicht vorhanden gewesen war – ein unterschwelliges Trachten ihrerseits, ihm aus dem Weg zu gehen. Vermutlich war nicht nur Gabriella der Grund dafür, sondern Alexas Gefühle für ihn – oder der Mangel an solchen –, die wieder abgekühlt waren.

Oder vielleicht ging es ja auch um den zu einem reichen Mann gewordenen ehemaligen Kapitän, Jules St. Owen, den Alexa an dem Abend des Balles im Hôtel de Ville kennengelernt hatte. Damien sah sie an diesem Abend mit dem Mann tanzen, doch zu dem Zeitpunkt hatte er ihr gerne das Vergnügen gegönnt. Noch ein weiteres Mal fiel ihm St. Owen auf, im Théâtre Française, wo sich dieser aufdringliche Kerl gleich neben sie gesetzt hatte.

Unbewußt umfaßte Damien Alexas Taille ein wenig fester, als er sie jetzt die breite Treppe des Schlosses hinauf geleitete. Der blonde Mann sah sehr gut aus, er konnte einer Frau schon den Kopf verdrehen, und St. Owen zeigte ganz unmißverständlich mehr als nur ein flüchtiges Interesse an der Lady Falon.

Er betrachtete die sanfte Schwingung ihrer Hüften, als Alexa an den Lakaien in Livree vorbeischritt, die Nachmittagssonne ließ ihr Haar rötlich glänzen. Sie war wunderschön und unglaublich begehrenswert. Ehe er sie geheiratet hatte, hatte sich die Hälfte der Männer Londons ihr zu Füßen geworfen, unter ihnen sein Bruder Peter.

Vielleicht vermißte sie ja die Aufmerksamkeit der Kavaliere. Er kannte keine Frau, deren Interesse man lange fesseln konnte. Möglicherweise plagte auch sie bereits der Überdruß. Am Ende war sie genauso, wie seine Mutter und seine Schwester Melissa sie beschrieben hatten, so wie er sie früher auch beurteilte; sie lebte von der Aufmerksamkeit der Männer. Vielleicht brauchte sie all diese Verehrung, um sich von ihnen ihre Schönheit und ihren Charme bestätigen zu lassen.

Damien biß die Zähne zusammen, ein kleiner Muskel an seinem Kinn zuckte. Er würde ihr ein wenig Zeit lassen, würde versuchen, die Wahrheit herauszufinden, doch was auch immer der Grund für ihre ablehnende Haltung sein mochte, sie war seine Frau und würde es bleiben! Zum ersten Mal begriff er die Besessenheit seines Vaters von seiner Mutter. Er hielt an ihr als seiner Ehefrau fest, ganz gleich, was es ihn kostete. Es war eine beunruhigende Parallele, die ihn unsicher machte und einen kalten Schauder durch seinen Körper schickte.

Dennoch war die entsetzliche, ihm den Verstand raubende Wut, die ihn bei der Vorstellung packte, daß seine Frau die Gesellschaft eines anderen suchte, noch viel peinigender.

Ihre Kalkulation schien aufzugehen, und dennoch war es nicht einfach. Damien wirkte bedrückt und nachdenklich, mit unruhigem Blick verfolgte er sie, ärgerlich, daß sie sich gestritten hatten, und rätselnd, worum es überhaupt ging. Natürlich blieb er höflich, und in Gegenwart des Gastgebers und der Gastgeberin gab er sich charmant. In ihrer eleganten Zimmerflucht, die in Elfenbein- und Goldtönen eingerichtet war und deren Decken üppige Barockmalerei zierte, vergrub er die Hände in den Hosentaschen und verlangte schnaubend, die Wahrheit zu erfahren.

»Ich habe dir gesagt, was los ist. Du und diese... diese Schauspielerin! Ich beginne zu glauben, daß du dich immer noch mit ihr triffst. Es würde mich nicht wundern, wenn du sie herher eingeladen hättest!«

Auf einmal fiel es ihr leicht, diese Rolle zu spielen, da sie sich nur daran zu erinnern brauchte, wie Gabriella ihn geküßt hatte, um erneut in Rage zu geraten. Das, zusammen mit all den anderen Lügen, genügte, um sie zum Kochen zu bringen und ihr Schauspiel natürlich aussehen zu lassen.

Damien fuhr sich mit der Hand durchs Haar. »Ich habe dir gesagt, daß Gabriella längst nicht mehr meine Geliebte ist. Warum fällt es dir so schwer, das zu glauben?«

»Das wagst du noch zu fragen, nach dem, wie sie sich im Theater benommen hat?«

»Ich dachte, du hättest es begriffen. Meine Bekannten...«

»Nun, ich habe es nicht begriffen und möchte auch nicht mehr darüber reden.«

»Wie du meinst!« Aber er schien noch viel verwirrter zu sein als vorher, als er aus dem Zimmer stürmte und die Tür hinter ihm zukrachte.

Alexa sank aufs Bett. Er hatte sich so ins Zeug gelegt, als wären ihm ihre Gefühle wirklich wichtig. Als wäre... Verdammt, nein! Sie würde sich nicht noch einmal von ihm an der Nase herumführen lassen. Ihr Entschluß stand fest, sie würde das tun, was sie zu tun hatte.

Einige Stunden später hörte sie ihn im Nebenraum sich an den Kleiderschränken zu schaffen machen. Sie war schon seit einiger Zeit mit ihrer Garderobe fertig: einem königsblauen Satinkleid mit hoher Taille über einem silbernen Unterkleid; das Haar hatte sie zu einer geflochtenen Krone aufgetürmt. Eine Kammerzofe war ihr für ihre Toilette zugeteilt worden, und jetzt wartete Alexa darauf, daß ihr Mann erschien, um sie abzuholen.

Es dauerte nicht lange, bis er anklopfte und einfach die Tür ohne lange Zeremonien öffnete. Er war förmlich gekleidet, in einen schwarzen Diplomatenfrack mit Samtkragen, dazu trug er eine silberne Weste und enganliegende Beinkleider. Die weiße Spitzenkrawatte um den Hals hob seine dunkle Haut noch hervor, und seine Augen waren Alexa nie so blau erschienen wie jetzt, als er sie eingehend musterte, mit nicht zu leugnender Verehrung.

»Du siehst wunderschön aus.« Sein Haar schimmerte beinahe blauschwarz im Licht der Kerzen, sein Gesichtsausdruck sprach Bände, so daß Alexa das Blut in die Wangen stieg.

Sie verhärtete sich gegen den Ansturm der Gefühle, die sie bei seinem Anblick überfluteten. »Es freut mich, daß es dir gefällt«, antwortete sie ein wenig patzig. Lieber Gott, warum mußte er sie nur so anstarren, mit einem Blick, der sie zu verschlingen schien, mit einem solchen Verlangen, einer so großen Sehnsucht und auch noch etwas anderem in seinem Blick, das sie nicht zu benennen vermochte.

»Ich hatte gehofft, daß du mittlerweile zu Verstand gekommen wärest.« Seine tiefe Stimme vibrierte vor Enttäuschung. »Doch das scheint ein Irrtum zu sein.«

Alexa schwieg. Es fiel ihr schwer, die richtige Antwort zu geben, wenn ihr Herz so ein Getöse veranstaltete.

Er streckte die Hand aus und strich mit einem Finger über ihre Wange. »Wenn ich wirklich glauben würde, daß du eifersüchtig bist, dann würde ich mich geschmeichelt fühlen.

Ich könnte es als ein Anzeichen dafür nehmen, daß deine Gefühle für mich im Wachsen begriffen sind. Doch leider glaube ich nicht, daß es hier um Eifersucht geht... das stimmt doch, nicht wahr, Alexa?« Er forschte in ihrem Gesicht, entschlossen, die Wahrheit herauszufinden. Sie wollte sie allerdings genauso verbissen vor ihm verbergen.

Ärger zeichnete sich auf seinem Gesicht ab. Kleine harte Linien gruben sich in seine Mundwinkel, und seine Augen schienen von innen heraus zu glühen. Eine Weile schwieg er, dann hielt er ihr steif den Arm hin, und Alexa legte ihre Hand darauf. Neben ihm spazierte sie zu der breiten Marmortreppe und gab sich Mühe, seinen Grimm zu ignorieren – die Anspannung konnte sie in jedem einzelnen Muskel seines Körpers spüren. Wie lang gelänge es ihr noch, ihm aus dem Weg zu gehen und an ihrem Plan festzuhalten? Vielleicht noch einen Tag, höchstens zwei. Damien war kein Mann, mit dessen Geduld man rechnen konnte.

Wenn sie Frankreich nicht bald verließ, würde er auf seinen ehelichen Rechten bestehen. Alexas Magen zog sich bei diesem Gedanken zusammen, doch es war Verlangen, das sie fühlte, keineswegs Ablehnung. Lieber Gott, allein der Gedanke seiner intimen Nähe ließ sie zittern vor Erregung. Bilder einer samtigen Haut, eines harten, muskulösen Körpers stiegen vor ihrem inneren Auge auf.

Unter ihrer Hand zogen sich die Muskeln seines Armes zusammen, und sie stellte sich vor, wie sich sein langer schlanker Körper über ihren erhob. In ihrer Phantasie schob er ihre Schenkel auseinander und drang in sie ein.

Ein erstickter Laut entrang sich ihrer Kehle, und Damien warf ihr einen fragenden Blick zu. Ihre Knie gaben nach, und sie begann zu zittern.

»Was ist los, chérie? Du hast doch nicht etwa Angst vor dem General?«

»Nein, nein, Unsinn!« Es ist nicht der General, vor dem ich mich fürchte, du bist es. Und ich selbst.

»Dann wird es höchste Zeit, daß wir uns unten blicken lassen.«

Alexa nickte nur, und Damien führte sie die Treppe hinab in den Grand Salon. Es handelte sich um einen eindrucksvollen Festsaal mit vergoldeten Wänden und goldenen Kandelabern, Spiegeln und hohen Decken. Das mit Intarsien versehene Parkett war freigeräumt worden bis auf einige Goldbrokatchaiselongues und hochlehnige Sessel; an beiden Enden entdeckte Alexa große Marmorkamine.

»Also, Major, endlich dürfen wir Euch und Eure hübsche Frau begrüßen.«

»Wir wären schon früher gekommen«, meinte Damien und lächelte entwaffnend. »Aber leider… mit einem solchen Juwel in meinen Räumen gerät man in Gefahr, die Zeit zu vergessen.«

Moreau lachte leise, und Alexa erkannte an diesem Lachen den Mann wieder, den sie in Damiens Arbeitszimmer gehört hatte. »Das verstehe ich sehr gut, mon ami. Man hat mir berichtet, daß Eure Frau eine Göttin ist – und ich muß sagen, das entspricht den Tatsachen.« Der General beugte sich über Alexas Hand, seine dunklen Augen glitten über jede Rundung ihres Körpers, erst dann sah er in ihr Gesicht, mit unverhüllter Bewunderung.

Alexa dachte daran, wie viele Schlachten dieser Mann schon geschlagen hatte. Eine ganze Anzahl vermutlich, denn er hatte das Aussehen eines harten Kriegers. Wie oft war er wohl schon gegen die Briten angetreten – wie viele junge Engländer hatte er umgebracht?

»Wie gefällt Euch unser Land?« fragte er. »Ich weiß, daß Eure erste Begegnung mit Paris etwas zu wünschen übrigließ, aber solche Dinge geschehen nun einmal, n'est-ce-pas?«

Also wußte er von ihrer Zeit im Le Monde. Waren seine Spitzel seine Informanten, oder hatte ihr Mann ihm diese Geschichte erzählt, um ihn zu amüsieren?

»Es ist eine sehr hübsche Stadt«, antwortete sie mit reservierter Nonchalance. »Natürlich gibt es hier Viertel, die ich lieber nicht noch einmal aufsuchen möchte.« Es schmerzte sie zu denken, daß Damien ihr Mißgeschick ausgeplaudert haben könnte. Sie suchte in seinem Gesicht nach einer Antwort auf ihre Vermutung. »Wie jede große Stadt birgt auch Paris seinen Anteil an Unerfreulichkeiten.«

Sie fühlte, wie ihr Mann besitzergreifend einen Arm um ihre Taille legte. »Von jetzt an wird meine Frau nur mehr die guten Seiten unserer geliebten Stadt erleben.« Seine Stimme hatte einen etwas brüchigen Unterton, und Alexa begriff, daß es eine Warnung an Moreau sein sollte, dieses Thema nicht weiter auszuspinnen. Sie fühlte seinen Wunsch, sie zu beschützen, und in diesem Augenblick wußte sie auch, daß nicht er es gewesen war, der dem General oder sonst irgend einem Menschen von diesem Mißgeschick erzählt hatte. Eine Woge der Dankbarkeit stieg in ihr auf, und es ergriff sie eine beinahe unerträgliche Sehnsucht nach seiner Umarmung.

»Ich bin sicher, Major Falon, daß Eure Frau unser Land genauso lieben wird, wie Ihr das tut.« Moreau wandte sich wieder an Alexa. »Und jetzt, Madame Falon, darf ich Euch meine bezaubernde Frau Lucille vorstellen.« Eine grauhaarige Dame unterbrach ihr Gespräch mit einer Partnerin, die ganz in Schwarz gekleidet war, und lächelte ihrem Mann zu. Sie war klein, aber stattlich, mit einer etwas römischen Nase und ausdrucksvollen schiefergrauen Augen.

»Bonsoir, Madame Falon«, begrüßte die Frau sie. »Ich bin erfreut, Euch kennenzulernen.«

»Ganz meinerseits, Madame Moreau!« Sie unterhielten sich einen Augenblick, während dessen der General Alexa weiterhin musterte; erst nach einer Weile entschuldigte er sich, um seinen Pflichten als Gastgeber nachzukommen.

»Ich wünschte beinahe, er wäre nicht so beeindruckt von dir«, meinte Damien, als sie wieder unter sich waren. »Vielleicht würde er dich dann eher nach Hause lassen.«

Alexa antwortete ihm nicht. Wollte er sie wirklich in Sicherheit bringen oder einfach nur frei sein für seine diversen Geliebten? Eine Hälfte von ihr sehnte sich danach, nach England zurückzukehren, während eigenartigerweise die andere sich wünschte zu bleiben.

Zum erstenmal, seit sie aus dem Le Monde entkommen war, dachte sie an ihr Zuhause bei Hampstead Heath, und Heimweh überkam sie. Hatte Rayne schon davon gehört, daß sie entführt worden war? Wenn nicht, dann würde er es sicher sofort erfahren, doch er konnte noch nicht wieder in England eingetroffen sein.

Und wenn er Bescheid wüßte und es St. Owen nicht gelänge, sie nach Hause zu bringen, dann würde Rayne die Regierung dazu drängen, wegen ihrer Freilassung zu verhandeln – irgend eine List würde er sich schon einfallen lassen. Auf die eine oder andere Weise würde sie nach Hause zurückkehren. Damien verschwände aus ihrem Leben, und mit der Sehnsucht nach ihm müßte sie leben. Vielleicht hätte sie bis dahin etwas Wertvolles herausgefunden, das sie mit nach Hause nehmen konnte, irgendein Staatsgeheimnis. Etwas, das den Schmerz ein wenig erträglicher machen würde…

Während sie unter den vergoldeten Kandelabern hin und her schritten, dem Orchester lauschten, stellte Damien sie den verschiedensten Leuten vor; sie unterhielten sich mit einem halben Hundert Menschen, die ebenfalls geladen waren. Alexa lauschte aufmerksam jeder Konversation, versuchte, sich jeden Namen einzuprägen, den sie hörte, während sie artig mit den Leuten plauderte. Die Männer sprachen meistens vom Krieg; sie diskutierten über einen Artikel, der im Moniteur oder im Courrier Française erschienen war, und fügten oft kleine, aber vielleicht bedeutende Einzelheiten hinzu.

Sie sprachen von dem Österreichfeldzug des Kaisers, und Alexa erfuhr, daß der französische Sieg bei Wagram ihn teuer zu stehen gekommen war. Man konnte ihn kaum als den Triumph bezeichnen, von dem sie in den Zeitungen gelesen hatte. In Wahrheit mußte die Grande Armée einen hohen Blutzoll dafür entrichten.

Auch die englischen Truppenbewegungen waren im Gespräch, und das weckte Alexas Interesse noch mehr. Erst vor drei Tagen, so erfuhr sie, waren die Briten in Walcheren gelandet. Auch wenn diese Neuigkeit noch nicht in den Zeitungen stand, so wurde sie doch in Regierungskreisen heftig diskutiert, und offensichtlich wohnte auch aus diesem Grund Monsieur Fouchet, der Polizeiminister und amtierende Minister des Inneren, dieser Gesellschaft heute nicht bei.

Alexa ließ die Leute reden, wann immer es möglich war; sie versuchte, die Unterhaltung unauffällig auf die wichtigen Themen zu lenken, gab sich selbst jedoch unbeteiligt. Sollte Damien wirklich für die Engländer arbeiten, so verstand sie, wie wichtig eine solche Gesellschaft für ihn sein mußte.

Sie wandte sich zu ihm und sah seinen scharfen Blick auf sich ruhen. »Ich bin froh, daß du dich gut amüsierst«, sagte er ein wenig verärgert, da die Unterhaltung ihn kaum mit einbezogen hatte.

»Jetzt, wo ich meinen… meinen Besuch hier in Frankreich zu akzeptieren beginne, habe ich die Absicht, das Beste daraus zu machen.«

»Ich würde dir von ganzem Herzen zustimmen, falls du deine Pflichten mir gegenüber ebenso ernst nehmen würdest.«

»Meine Pflichten dir gegenüber? Und wie verhältst du dich mir gegenüber?«

»Alexa…«, begann er, doch sie drehte ihm den Rücken zu und lächelte gewinnend, während sie sich weiter mit anderen Gästen unterhielt, die sie gerade kennengelernt hatte.

Sie waren bemerkenswert freundlich zu ihr, stellte sie fest, vielleicht, weil sie auf Wunsch des Generals an dieser Soirée teilnahm und irgendwie auch unter seinem Schutz zu stehen schien. Es konnte auch sein, daß ihr fließendes Französisch Beifall fand.

Was auch immer der Grund war, es machte ihre persönliche Aufgabe viel einfacher. Sie hatte schon eine Menge über Paris selbst erfahren, hörte von Napoleons überraschendem Interesse an der Entwicklung der Stadt, angefangen vom Pflastern der Straßen bis hin zum Abwassersystem und den Kanälen, Hospitälern, Schulen, Brunnen und Gärten.

Die Wasserleitung in der Rue St. Denis war auf seinen ausdrücklichen Befehl hin gebaut worden, genau wie das Waisenhaus La Pitié. Es gab natürlich auch Ruhmeshallen und Monumente, die meisten davon Männern gewidmet, die ihr Leben im Krieg gelassen hatten, und nicht etwa Napoleon selbst.

Zu diesem Thema und in dieser Gesellschaft hörte Alexa nur Lob für den Kaiser. Einige der Frauen sprachen flüsternd über Josephine und die ehelichen Zwistigkeiten des Kaisers. Es wurde von einer möglichen Scheidung gemunkelt, ein Gerücht, das Alexa schon früher vernommen hatte, auch wenn sie nicht glauben konnte, daß Napoleon dazu wirklich imstande wäre. Jetzt allerdings war sie nicht mehr so sicher.

»Glaubst du wirklich, daß er sich scheiden lassen wird?« fragte sie ihren Mann.

Damien runzelte die Stirn. »Es ist ziemlich sicher.«

»Eine Ehe hat in diesem Land keine große Bedeutung«, warf sie ihm vor und verspürte ein unangenehmes Gefühl.

»Der Kaiser wünscht sich einen Erben. Verzweifelt sogar. Er ist gewillt, alles zu tun, um das zu erreichen. Selbst wenn er dafür die Frau aufgeben muß, die er liebt.«

Erstaunt sah Alexa zu ihm auf. »Du nimmst an, daß er sie liebt?«

»Ja. Und ich glaube, daß am Ende ihre Beziehung fortdauern wird, ob sie nun weiter verheiratet sein werden oder nicht.«

Alexa beobachtete ihn aufmerksam. Sie konnte sich nicht entscheiden, ob Napoleon ein noch schlimmeres Ungeheuer war als bisher geargwöhnt oder ob es sich einfach um einen Menschen handelte.

Sie ging weiter durch die Menge, Damien blieb an ihrer Seite. Seine Hand an ihrer Taille war eigenartig beruhigend, doch dann fühlte Alexa, wie seine Finger stärker zudrückten. In einer Ecke des Raumes, nur ein kleines Stück von ihnen entfernt, stand Jules St. Owen mit einem Glas in der Hand.

Der gutaussehende Franzose kam auf sie zu. »Guten Abend, Major.«

»St. Owen. Ihr erinnert Euch sicher an meine Frau Alexa!«

»Ein Mann müßte wohl krank sein, um eine so zauberhafte Kreatur zu vergessen.« Er beugte sich formvollendet über Alexas Hand, und sie fühlte eine warme Röte in ihr Gesicht steigen, als sie in seine himmelblauen Augen sah.

»Ich stimme Euch zu«, meinte Damien. Seine eigenen Augen blitzten, sie schimmerten kobaltblau und enthielten eine Warnung – dazu noch etwas anderes, ein Gefühl, das er sorgfältig zu verbergen suchte.

Sie unterhielten sich einen Augenblick, dann entschuldigte St. Owen sich und beugte sich nochmals über Alexas Hand. Sie fühlte, wie er einen Zettel in ihren Handschuh schob, und schloß fest ihre Faust.

»Adieu, Madame.« Er lächelte, und Alexa mußte sich zwingen, sein Lächeln zu erwidern.

»Bonsoir, M'sieur St. Owen. Es ist immer wieder ein Vergnügen, Euch zu sehen.« So unauffällig wie möglich steckte sie das Zettelchen in ihren Beutel, und als Damien sich später um etwas zu trinken kümmerte, las sie es schnell.

»La bibliothèque«, war alles, was darauf stand. Die Bibliothek. Alexa begann zu zittern. Sie wußte nicht, wo dieser Raum lag, doch das würde sie schon herausfinden. Wenn sie nur irgendwie hier herausgelänge.

»Dein Punsch, meine Liebste«, sagte Damien und betrachtete sie aufmerksam.

Was dachte er wohl, fragte sie sich, und wie konnte sie sich von ihm wegstehlen? Doch schon sehr bald wurde ihr Gebet erhört, als einer der Diener kam und auf einem silbernen Tablett eine Nachricht für Damien brachte. Damien nahm das Papier und überflog es.

»Ich fürchte, unser Gastgeber ruft mich, und lasse dich in der Obhut von M'sieur Cretets Frau Jacqueline.« Alexa hatte die Frau des Ministers zuvor kennengelernt, und sie schwatzten angeregt miteinander. »Sicherlich wird es nicht lange dauern.« Als Alexa nur nickte, beugte Damien sich vor und küßte sie auf die Wange. »Ich komme zurück, sobald ich kann«, versicherte er ihr und machte auf dem Absatz kehrt.

Alexa sah ihm nach, wie er sich durch die Menschenmenge bewegte, und etwas regte sich in ihr. Lieber Gott, dieser Mann brauchte sie nur mit einem einzigen Blick zu bedenken, um ihr Blut in Wallung zu bringen. Es war unmöglich, ihn zu durchschauen, unmöglich, ihm zu trauen, und dennoch...

Was hatte er nur an sich, daß sie immer so in Aufruhr geriet? Sie würde ihre Gefühle für ihn nie verstehen... niemals!

Nachdem Damien gegangen war, entschuldigte sie sich bei Madame Cretet und zog sich in das Ankleidezimmer der Damen nach oben zurück. Noch ehe sie dort angekommen war, hatte sie das Zettelchen von St. Owen bereits verschwinden lassen und hatte auch von einem der Diener erfahren, wo sich die Bibliothek befand.

Jules St. Owen wartete bereits auf sie, als sie den Raum betrat.

»Schließt die Tür«, empfahl er ihr leise, und Alexa beeilte sich, ihm zu gehorchen.

Nervös ging sie auf den Herrn zu, der zwischen den Regalen stand, die vom Boden bis zur Decke mit in Leder gebundenen Büchern gefüllt waren. Hoch über ihren Köpfen, an der majestätisch verzierten und vergoldeten Decke, hingen riesige Kronleuchter aus Glas; mitten im Raum, in einer Reihe, stand eine Anzahl Pulte aus Rosenholz, jedes mit einer kleinen Glaslampe versehen.

»Ich bin hier, wie Ihr es gewünscht habt, M'sieur St. Owen! Aber zuerst müßt Ihr mir verraten, warum Ihr Euch entschieden habt, mir zu helfen. Nur so können wir weiter miteinander reden.«

»Zunächst möchte ich wissen, ob es wirklich Euer Wunsch ist, nach Hause zurückzukehren.«

»Wenn Ihr wissen wollt, ob ich meinen Ehemann verlassen möchte... dann lautet meine Antwort – ja.« Als sie diese Worte aussprach, zog sich alles in ihr zusammen. »Zu viel ist zwischen uns geschehen.« Zu viel Elend und nicht genug Liebe. »Und dazu kommt der Krieg.«

Er senkte ein wenig den Kopf, im Licht der Lampen leuchtete sein Haar golden auf. Dann griff er in seine Jacke und holte einen kleinen mit Wachs versiegelten Umschlag hervor. Alexa entdeckte, daß der Brief das Siegel der britischen Armee trug. Schnell brach sie es auf und überflog die Nachricht; als sie fertig war, blickte sie ihm ins Gesicht.

»Wie ich Euch bereits sagte«, sprach der ehemalige Kapitän weiter, »bin ich kein Spion, sondern ein loyaler Franzose, der das tut, was er für sein Land als das Beste erachtet.«

»Das Beste. Ich frage mich längst, was, in Gottes Namen, das wirklich sein mag.«

»Es gibt Zeiten, da geht es mir ganz genauso – aber ein Mann ist heutzutage gezwungen, sich zu entscheiden.«

Alexa reichte ihm den Brief zurück, es war ein Empfehlungsschreiben von General Wilcox mit einer dringenden Bitte an sie, ihr Schicksal in die fähigen Hände von St. Owen zu legen. »Was genau ist Eure Absicht, M'sieur St. Owen?«

»Um ganz ehrlich zu sein, Madame Falon, meine Überzeugung – und die einer Menge anderer Menschen – ist nicht länger die gleiche wie die unseres geliebten Kaisers. Obwohl ich diese Worte nicht in der Öffentlichkeit auszusprechen wage, so gibt es doch allerhand Dinge, die ich tun kann – Euch zu helfen beispielsweise.«

»Ich fürchte, ich verstehe Euch immer noch nicht.«

»Im Grunde ist es ganz einfach. Es gibt Männer in Eurer Regierung, Männer wie General Wilcox, die seit einiger Zeit von meinem Friedenswillen Kenntnis haben. Sie baten mich, Euch zu helfen, und indem ich Euch einen Gefallen erweise, vertieft sich mein Kontakt zu Wilcox. Vielleicht gelingt es uns in gemeinsamer Anstrengung, die Zwistigkeiten zwischen unseren Ländern zu beenden. Wenn das gelingt, dann können wir dieses Schlachten, das unser Kaiser den glorreichen Krieg nennt, endlich einstellen.«

»Damit wieder Frieden herrscht?«

»Ja.«

»Aber zu welchem Preis?«

»Nicht zum Preis der französischen Ehre, wenn Ihr das ansprechen wollt. Aber ich glaube, daß es Wege gibt...«

Alexa betrachtete ihn nachdenklich. Er schien es ehrlich und aufrichtig zu meinen, wirkte überzeugend in seiner Entschlossenheit, genau wie der General es in seinem Brief geschrieben hatte. Ein Mann, dem sie vertrauen konnte. »Aber wie? Wie könnt Ihr mir helfen?«

»Viele Jahre habe ich ein Schiff befehligt. Ich könnte arrangieren, daß Ihr das Land auf die gleiche Art verlaßt, wie Ihr gekommen seid. Während der Mondfinsternis in zwei Wochen wird ein kleines Boot von Le Havre aus lossegeln. Ihr werdet allerdings einige Tage früher aufbrechen müssen, um von Paris nach Rouen zu reisen und dann gen Norden. Ich werde dafür sorgen, daß Ihr sicher bis zur Küste gelangt. Das Boot wird von dort in See stechen, und am nächsten Tag schon werdet Ihr zu Hause anlangen.«

Zu Hause. Diese Vorstellung preßte ihr das Herz zusammen. Lieber Gott, wie sehr sehnte sie sich zurück! Dankbarkeit für diesen Mann stieg in ihr auf, der sein Leben aufs Spiel setzte, um sie zu unterstützen. Ihre Gedanken schweiften für einen Augenblick ab, zu einem anderen, der das gleiche für sie getan hatte – das große, dunkle Rätsel, mit dem sie verheiratet war. Der Fremde, den sie noch immer liebte, wie sehr sie dem auch zu entrinnen trachtete. Sie stellte sich vor, wie es sein würde, ihn nie wiederzusehen, ihn nie wieder zu berühren, und ihr Herz wurde schwer vor Verzweiflung.

Sei kein Dummkopf, sagte die vertraute Stimme in ihrem Inneren. Du hast keine andere Wahl, und das weißt du auch.

»Ihr sagt, Ihr seid von Regierungskreisen hergeschickt worden. Hat General Wilcox oder einer der anderen Männer je meinen Gatten erwähnt?«

»In welchem Zusammenhang?« fragte er, und seine hellen Augen betrachteten sie prüfend.

»Ist es möglich... besteht eine Möglichkeit, daß er kein englischer Verräter ist? Daß er vielleicht sogar für sein Heimatland arbeitet?«

St. Owens Gesichtsausdruck wurde weich. »Ich bin untröstlich, meine Gnädigste, aber ich fürchte sehr, daß Eures Gatten Loyalität nicht sehr tief geht. Irgendwie macht ihn eben dieser Umstand so wertvoll, darum beschattet man ihn auch ziemlich eingehend.«

»Eure Regierung bezahlt ihn gut, nehme ich an. Vielleicht haben die Engländer ihm ja eine noch größere Summe geboten?«

»Das glaube ich nicht. Nach meiner Kenntnis der Dinge arbeitet er schon eine ganze Weile für uns.«

»Aber sicher sein könnt Ihr nicht!«

»Ich kann nur das sagen, was ich glaube – was General Wilcox mir bestätigt hat –, daß Euer Mann für Frankreich spioniert.«

Alexa versuchte zu schlucken. Wenn er vielleicht noch andere Gründe gehabt hätte außer Geld, wenn er ein ehrenhafter Franzose wäre, der für sein Land eintrat, dann hätte sie ihm vielleicht vergeben können. Sie sah St. Owen an und wollte etwas sagen, doch ein Geräusch an der Tür ließ sie innehalten.

»Ihr werdet wieder von mir hören«, flüsterte Jules, als er sich abwandte. Er war schon ein Stück weit durch den schmalen Gang verschwunden, als sie die tiefe Stimme ihres Mannes vernahm.

»Sie ist hier, nicht wahr?«

»Mais oui, ich habe sie zufällig hier getroffen. Wir haben ein wenig geplaudert.«

»Ich sollte Euch fordern.«

»Das würde ich ablehnen, Major Falon, denn wie Ihr seht, gibt es keinen Grund für ein Duell.« Alexa trat aus dem Schatten. »Beleidigt Eure zauberhafte Frau nicht mit einer so grundlosen Anschuldigung.«

Alexa war dankbar dafür, daß sie so makellos aussah, kein Härchen war gekrümmt, ihre Wangen schimmerten hell bis auf das leichte Rouge, das sie in ihrem Zimmer aufgelegt hatte; ihre Lippen waren unberührt, genauso wie zu dem Zeitpunkt, als ihr Mann sie verlassen hatte.

»Ich war müde«, sagte sie, »und bin einfach herumgewandert, um Ruhe vor der Menschenmenge zu finden. M'sieur St. Owen kam herein und suchte nach einer Lektüre.« Sie war selbst überrascht, als sie entdeckte, daß er ein kleines, in Leder gebundenes Buch in der Hand hielt.

»›Les Dangereuses‹«, sagte St. Owen. »Ich versichere Euch, mein Freund, das ist alles, was ich im Sinn hatte.«

Damien verbeugte sich steif. »Meine Entschuldigung – an euch beide!«

Er wartete, bis St. Owen gegangen war, dann betätigte er sich an der Tür. Das Geräusch des großen Messingschlüssels im Schloß kreischte durch die Stille des Raumes. Alexa leckte sich über die Lippen, als er mit geschmeidigen Schritten und einer Anmut auf sie zukam, die von einer animalischen Entschlossenheit zeugten.

»Es ist offensichtlich, daß dieser Mann dich nicht angerührt hat. Die Frage allerdings bleibt offen – wolltest du, daß er es tat?«

Alexa schüttelte den Kopf. »Nein«, wehrte sie sich entschieden. »Das wollte ich nicht.«

»Möglich...« Damiens Stimme klang eisig und verriet ihr seinen Zorn. »Vielleicht sehnst du dich aber doch nach der Berührung eines Mannes, so wie du dich früher nach der meinen gesehnt hast.«

»Damien, bitte...«

»Vielleicht ist es ja das, was du wolltest...« Er nahm ihr Gesicht in beide Hände, seine Daumen lagen unter ihrem Kinn und drückten ihren Kopf zurück. Dann beugte er sich über sie und preßte seine Lippen auf ihre, in einem wilden Kuß. Es war ein rücksichtsloser Kuß, brutal und strafend. Dennoch lag unterschwellig etwas in dieser Wildheit, das viel drängender war. Er schob seine Zunge tief in ihren Mund, nahm sie in Besitz, grob und dennoch auf eine intime Art; seine Hände, die an ihren Wangen lagen, zitterten, und das Verlangen in seinen Augen und die Sehnsucht, die seinen kräftigen Körper erbeben ließ, rührten sie an.

»Damien...« Das gegenseitige Begehren war so groß, daß Alexas Herz weh tat. Sie vergrub die Hände in seinem Haar, ihre Brustspitzen richteten sich auf und drängten sich gegen ihn. Am liebsten hätte sie ihm die Knöpfe vom Hemd gerissen, hätte ihn entblößt und mit den Händen seinen Oberkörper umfaßt. Sie wollte ihn nackt über sich fühlen, wollte, daß er sie auf den Teppich zu ihren Füßen drängte.

Damien mußte ihre Gedanken gelesen haben, denn er schob sie zurück, gegen ein Regal voller Bücher, bis ihr Gesäß an die ledergebundenen Rücken stieß. Dann griff er nach dem Saum ihres Rockes und schob den Stoff über ihre Hüften hoch, desgleichen den dünnen Stoff ihres Hemdchens.

Wieder küßte er sie, wild und rücksichtslos, heiß schlossen sich seine Lippen über ihren, seine Zunge versenkte sich in ihren Mund.

»Öffne mir deine Schenkel«, befahl er.

»Damien, lieber Gott...«

»Tu es, Alexa. Du weißt ganz genau, daß es das ist, was du willst.«

Ihre Schenkel zitterten, es gelang ihr kaum, sich aufrecht zu halten. Sie schob die Beine auseinander, öffnete sich ihm, und er kniete zwischen ihren Schenkeln nieder, stützte sich mit den Armen gegen die Wand neben ihr und hielt den Stoff ihres Kleides in seinen Händen. Er küßte die Stelle unter ihrem Nabel, fuhr mit der Zungenspitze den Umrissen ihres Nabels nach, dann beugte er sich noch tiefer, küßte die Innenseite ihrer Schenkel und hinterließ eine heiße feuchte Spur auf ihrer Haut.

Alexas Inneres bäumte sich auf, eine feurige Woge schien sie einzuhüllen, verbrannte sie und machte sie schwach. Ihre Brustspitzen wurden hart. Sein Mund berührte die weichen Falten ihrer Weiblichkeit, raubte ihr die Sinne auf eine Art, auf die sie niemals gefaßt gewesen wäre. Mit der Zunge schob er die weichen Falten auseinander und preßte heiße Küsse auf die kleine Knospe, die sich dahinter verbarg.

Sie stöhnte auf, als er die Zunge in sie hineinschob, sie erzitterte unter dem Feuer seiner Lippen an dieser verborgensten Stelle ihres Körpers. Sie fühlte seinen warmen Atem, während es in ihr aufloderte.

»Damien ...«, flüsterte sie, kaum brachte sie ihren Mund auf, ihr ganzer Körper erbebte unter dem Ansturm der Gefühle. »Gütiger Gott ...« Unbewußt krallte sie eine Hand in sein Haar, und die Finger der anderen gruben sich in seine Schulter.

Sie war halb von Sinnen, helle Flammen schienen sich von ihrem Inneren her auszubreiten, sie konnte nicht mehr klar denken. Er saugte sanft an der kleinen Knospe, dann wieder schob er die Zunge tief in sie hinein.

Alexa schrie auf, als ihr Körper erstarrte und sie dann den Höhepunkt der Erfüllung erreichte. Schauder durchzuckten sie, und ein überwältigendes Glücksgefühl ließ alles andere um sie herum versinken. Sie bewegte sich unruhig, dann sank sie matt und benommen über ihm zusammen.

Als sie die Augen wieder öffnete, knöpfte Damien gerade seine Hose auf.

»Sag mir, daß du mich willst.«

Sie zögerte nicht: »Ich sage es!« Wild nahm er sie, drückte sie an die Regale und füllte sie ganz aus, wieder und wieder drang er tief in sie ein. Er preßte seine Lippen auf ihre und küßte sie, wild und heiß, fachte ihre Leidenschaft erneut an und führte sie noch einmal zum Höhepunkt. Sie hielt die Hände vor seine Brust, fühlte das Spiel seiner Muskeln und seine unglaubliche Kraft.

Zum zweiten Mal verlor sie die Kontrolle über ihren Körper, das Glück riß sie erneut mit sich, hob sie zu den höchsten Höhen und schien sie zu verbrennen. Sie hatte das Gefühl zu schweben, hochgehoben wie eine Blüte von einem unsichtbaren Sturm, die dann auf den Sand niedersinkt. Damien folgte ihr zum Höhepunkt, sein kräftiger Körper spannte sich an, seine Muskeln zogen sich zusammen, er erschauerte und füllte sie dann mit seinem Samen. Für einen Augenblick legte er seinen Kopf auf ihre Schultern, dann ließ er ihre Röcke über ihre zitternden Beine hinabfallen.

»Glaubst du wirklich, daß St. Owen dir solches Glück verschaffen kann?« fragte er triumphierend und zog sich aus ihr zurück. Er rückte seine Kleidung und auch die ihrige zurecht, dabei hielten seine Blicke sie die ganze Zeit gefangen. »Ich glaube nicht, daß er das kann.«

Lieber Gott, noch nie zuvor hatte sie Damien so gesehen – seine schönen Augen blickten so verwirrt, so voller Trauer und Verlangen. Sie sprachen von einer unstillbaren Sehnsucht und unauflösbarer Zuneigung. Wie konnte das nur einem Mann widerfahren, der sich so eisern unter Kontrolle hatte?

Schweigend wandte er sich ab und ging hinaus, mit hoch erhobenem Kopf und geradem Rücken, obwohl Alexa glaubte, ein leichtes Schleppen in seinen langen Schritten wahrzunehmen.

Sie wollte ihn gehen lassen. Es gab nichts, was sie ihm sagen konnte, und selbst wenn es etwas gegeben hätte, was konnte es jetzt noch nützen.

Sollte er doch verschwinden, und dennoch...

»Damien!« An der Tür blieb er stehen, aber wandte sich nicht um. »Jules St. Owen bedeutet mir nichts. Es hat für mich niemals einen anderen Mann gegeben als dich.« Ihre Stimme brach, und Damien erstarrte.

Mit zitternden Händen griff er nach der Tür. Er drehte den Schlüssel herum, öffnete sie dann langsam und trat in den Flur. Leise schloß er die Tür hinter sich.

Alexa stand immer noch jämmerlich da, wo er sie verlassen hatte. Das Herz tat ihr weh, ihr Magen hatte sich zusammengezogen, und ihr Kopf war so benommen, daß sie kaum denken konnte. Dennoch bedauerte sie ihre Worte nicht. Was auch immer ihnen bestimmt war, sie hatte ihm die Wahrheit gesagt.

Seit ihrer allerersten Begegnung damals, allein in dem Garten, hatte es keinen anderen Mann mehr für sie gegeben. Und sie wußte, daß es auch nie einen anderen geben würde.

Leider standen so viele Lügen zwischen ihnen!

Damien mochte selbst entscheiden, ob er ihr glauben wollte oder nicht. Sie kannte das Gefühl nur zu gut, Tag für Tag mit dem Schmerz der Unsicherheit und des Mißtrauens leben zu müssen.

18. Kapitel

Damien stand in einem Alkoven und beobachtete die Tür der Bibliothek, bis Alexa sie öffnete und dann den Flur hinunter floh. Er entspannte sich ein wenig, als er sah, wie sie in Windeseile die Treppe erklomm zu der üppig eingerichteten Suite ihrer Räume, in Sicherheit vor den Klatschmäulern und neugierigen Blicken.

Er fühlte sich eigenartig, sonderbar berührt von dem, was geschehen war. Sehr selten verlor er die Kontrolle über sich, doch bei Alexa war ihm das schon mehr als einmal passiert. Heute abend war er völlig außer sich geraten – und wie! – in dem Augenblick, als er ihr Verschwinden konstatierte. Und als er sie dann gefunden hatte…

St. Owen konnte von Glück sagen, daß er ihm nicht den Hals umgedreht hatte.

Damien seufzte und trat hinaus auf die Terrasse. Sie hatte sich nicht mit St. Owen eingelassen – wenigstens war der Mann nicht ihr Geliebter. Er hatte es sofort gewußt, als er sie küßte, und war davon felsenfest überzeugt, nachdem er sie geliebt hatte.

In Wahrheit hatte sie ihm auch nie Anlaß geliefert, ihre Treue zu bezweifeln. Was geschehen war, hatte er zu verantworten und nicht sie.

Gütiger Himmel! Als er daran dachte, wie er die Dinge zwischen ihnen gehandhabt hatte, schlug er mit der Faust gegen die rauhe Mauer. Er hätte ihr vertrauen sollen, doch es fiel ihm schwer, sich irgendeinem Menschen zu öffnen. Sein Vater hatte seiner Mutter vertraut, doch sie hatte ihn gründlich hintergangen. Als Kind hatte Damien sie geliebt, und sie hatte ihn verlassen. Danach baute er auf seine Großmutter, als man ihn nach Frankreich geschickt hatte.

Doch Rachael und Simone waren vom gleichen Schlag. Wie die Mutter, so die Tochter, hatte er oft gedacht. Seine Großmutter behandelte ihn wie einen Diener und nicht wie ihren Enkel; sie benutzte den Birkenstock, wann immer er etwas angestellt hatte, womit sie nicht einverstanden war, und sie war nie zufrieden mit ihm. Verdammt, zuguterletzt verachtete er sie. Wäre Fieldhurst nicht gewesen, er hätte sich geweigert, Frankreich jemals wieder einen Besuch abzustatten.

Damien zog eine dünne Zigarre aus der Tasche, nahm sie in den Mund und beugte sich dann zu einer der Fackeln, die den Weg durch den Garten erhellten. Tief sog er den Rauch ein. Fieldhurst ist meine Rettung gewesen, dachte er und stieß kleine Wölkchen in den klaren Nachthimmel. Er erinnerte sich an ihre erste Begegnung, an seinem fünfzehnten Geburtstag. Es war eine ähnliche Nacht gewesen wie die heutige, in Waitley, dem Landsitz seines Stiefvaters in der Nähe von Hampstead Heath.

Fieldhurst war ein Bekannter Lord Townsends, ein stattlicher, ernster Mann, der sich absolut der britischen Tradition verschrieben hatte. In seiner kompromißlosen Loyalität sowie energischen Entschlossenheit hatte er Damien an seinen Vater erinnert, und er fühlte sich zu ihm gleich von Anfang an hingezogen.

Zu seiner Überraschung schien auch Fieldhurst ihn zu mögen. Sie gingen am nächsten Tag zusammen auf die Jagd, und beide erlegten ein köstlich fettes Moorhuhn. Der Major, denn das war Anthony Fieldhurst damals gewesen, hatte ihm die Idee eingeflößt, Informationen zu sammeln; am Anfang waren es keine schwierigen Aufgaben gewesen, er hatte nur seine Augen offenhalten müssen, wenn er in Frankreich weilte, und hatte dann alle interessanten Dinge, die er vielleicht aufschnappte, dem Major zu berichten gehabt.

Das war im Jahr 1794 gewesen. In diesem Jahr hatte er gesehen, wie Robespierre und St. Just auf die Guillotine gestiegen waren. Danton und Desmoulins hatten ihre Köpfe verloren – im ganzen waren es Dutzende von Menschen gewesen –, und seine Großmutter hatte darauf bestanden, daß sie einem großen Teil dieser blutigen Akte beiwohnten. Als er zum ersten Mal Zeuge einer solchen Hinrichtung sein mußte, war Damien aus der Menge geflohen und hatte sich hinter einem Busch übergeben. Seine Großmutter hatte ihn ausgelacht und ihn einen Feigling genannt. Danach hatte er sich gegen den Anblick verhärtet, doch noch immer weckte er Ekel und Widerwillen in ihm, die auch nie aus seinem Gedächtnis wichen.

Als er einundzwanzig Jahre alt wurde, verpflichtete er sich Fieldhurst gegenüber. Es war das Jahr, in dem Napoleon nach Syrien einmarschierte, das Jahr, in dem der Kleine Korse nur einen unerheblichen Landsieg bei Abukir errang.

Während der ganzen Zeit hatte Damien so getan, als sei er loyal den Franzosen gegenüber, und hatte zahllose Kontakte in Paris aufgebaut – es war keine sehr schwierige Aufgabe gewesen, wenn man bedachte, daß Simones zweiter Ehemann seinerzeit einen hohen Posten in der Regierung einnahm.

Ebenfalls 1799 hatte er das Abkommen mit General Moreau getroffen.

Das Abkommen, englische Staatsgeheimnisse an die Franzosen zu verkaufen.

Tatsache war allerdings, daß die Verschlußsachen, die er den Franzosen verkaufte, direkt von Englands Verteidigungsminister kamen und dazu dienten, die Franzosen in die Irre zu führen. Fieldhurst, zu dieser Zeit längst zum Oberst aufgestiegen, William Pitt der Jüngere und König George selbst waren die einzigen Menschen, die davon wußten. Pitt lebte nicht mehr, und der König hatte kaum noch lichte Augenblicke. General Fieldhurst war jetzt sein letzter Kontaktmann.

Damien lehnte sich an die Mauer der Terrasse und starrte in den Garten. Er konnte sich beinahe vorstellen, daß Alexa am anderen Ende stand, daß das Licht der Laternen in ihrem kupferfarbenen Haar funkelte, und ihre wunderschönen Augen blitzten, als sie ihn entdeckte.

Er hätte sie nicht heiraten sollen, das wiederholte er sich hartnäckig. Dennoch hätte er nicht einen einzigen Augenblick der Tage missen mögen, die sie zusammen verbracht hatten, und wäre nicht die Gefahr gewesen, in die er sie ohne seinen Willen gebracht hatte, er hätte sie nie wieder gehen lassen.

Damien kam nicht in ihr Zimmer zurück, und Alexa war zum Teil froh darüber. Dennoch warf sie sich unruhig in ihrem Bett hin und her und grübelte darüber nach, wo er wohl stecken mochte.

Und mit wem…

Sie war nicht so naiv, daß sie die verheißungsvollen Blicke nicht bemerkt hätte, die einige der Frauen ihm sandten. Aber nachdem sie einander geliebt hatten – nach der intimen Weise, wie er sie genommen hatte –, würde er doch vorläufig keine andere Frau mehr brauchen. Alexa brach bei dem Gedanken daran Schweiß aus allen Poren, dennoch konnte sie nicht sicher sein.

Am Morgen lief sie hektisch in ihrem Schlafzimmer auf und ab, dann blieb sie vor dem hohen Fenster mit den seidenen Gardinen stehen, um einen Blick auf die Wiesen hinter dem Schloß zu werfen. Sie würde ihren Mann wahrscheinlich erst am Abend wiedersehen. Die meisten der Herren waren auf die Jagd gegangen, Damien desgleichen. Eigentlich sollte sie froh darüber sein: Sie hätte Muße genug, die Kontrolle über ihre Gefühle zurückzugewinnen, die Dinge wieder ins Lot zu rücken und zu entscheiden, wie es weitergehen sollte.

Obendrein würde sie die Möglichkeit haben, das Schloß zu erforschen und ein wenig mehr Zeit mit den Gästen zu verbringen. Wer wußte schon, ob nicht etwas Interessantes dabei herauskam?

Der Tag verging viel schneller, als sie es geglaubt hatte; die Frauen waren freundlich, wenn auch ein wenig reserviert, die Frau des Generals behandelte sie sehr zuvorkommend. Bis auf ihre Gedanken an Damien und die Unsicherheit zwischen ihnen beiden verging der Nachmittag angenehm, und in der Stunde vor dem Sonnenuntergang entdeckte Alexa tatsächlich etwas.

Im Westflügel, dem Flügel, in dem die Familie lebte, stieß Alexa auf das Arbeitszimmer des Generals. Die Tür stand offen, doch wagte sie es nicht einzutreten, zu viele Menschen waren in der Nähe. Immerhin sah sie den großen Rosenholzschreibtisch, auf dessen lederbezogener Oberfläche einige offizielle Papiere mit Siegel lagen. Doch noch besser gefiel ihr der Schreibtisch selbst, denn einen solchen hatte sie schon einmal gesehen – in Raynes Refugium in Stoneleigh. Ihr Vater hatte ihr das Geheimfach darin gezeigt, als sie noch ein kleines Mädchen war. Es gab nur eine sehr geringe Anzahl dieser Schreibtische, hatte er ihr erzählt, sie waren von Farrier gebaut worden, einem der größten Möbelhersteller Frankreichs.

Ja, sie erinnerte sich sehr gut daran, und dieser hier sah genauso aus wie der von Rayne. Rayne hatte seine wichtigsten Dokumente in dem Geheimfach versteckt.

Ob der General es genauso hielt?

Es lohnt sich bestimmt, einen Blick darauf zu werfen, entschied Alexa, als sie sich für das Abendessen und die Geselligkeit, die danach folgen sollte, umzog. Damien war von der Jagd zurückgekommen, er war in seinem Zimmer und kleidete sich ebenfalls für den Abend um. Er hatte nicht viel mit ihr gesprochen, schien irgendwie bedrückt zu sein. Es konnte sein, daß er bedauerte, was geschehen war – doch bei einem Ehemann, der ihr nur selten seine Gedankengänge verriet, konnte Alexa nur Vermutungen anstellen.

Sie hörte, daß er das Zimmer betrat, noch ehe sie ihn sah. Als sie sich umwandte, stand er in der Tür, in seinem perfekt geschneiderten perlgrauen Frack. Seine schon beinahe unanständig schmalen Hosen erinnerten sie an seine männlichen Vorzüge, und ein wohliger Schauder durchfloß ihren Körper.

»Fertig?« fragte er und sah sie bewundernd an. »Du siehst unwiderstehlich aus … aber das tust du ja immer.«

Sie ging zu ihm und legte die Hand auf seinen Arm. »Danke.«

»Wegen gestern abend«, begann er zu ihrer Überraschung. »Ich … es tut mir leid, was geschehen ist. Eine Menge Dinge tun mir leid, ich hätte nicht die Beherrschung verlieren dürfen.«

Sie hob ihre Blicke zu seinem Gesicht, betrachtete ihn prüfend, während ihr Herz ein wenig schneller zu schlagen begann. »Warum hast du das getan?«

Einen Augenblick schwieg er. »Ich war eifersüchtig«, gestand er dann. Er versuchte, unbekümmert auszusehen, doch konnte er nicht verhindern, daß eine leichte Röte von seinem Hals in sein Gesicht aufstieg. Alexa hatte ihn noch nie so gesehen. »St. Owen ist ein sehr gutaussehender Mann, und er liegt dir offensichtlich zu Füßen.«

Alexa versuchte, sich die Freude nicht anmerken zu lassen, daß ihn der Rivale plagte. »Ich habe gemeint, was ich dir gesagt habe – Jules St. Owen bedeutet mir nichts.«

»Und was ist mit mir?« Seine dunklen blauen Augen suchten in ihrem Gesicht nach einer Antwort. »Was bedeute ich dir, Alexa?«

Nervös leckte sie sich über die Lippen. Alles und doch gleichzeitig auch nichts. Denn Gefühle für ihn konnte sie sich wirklich nicht erlauben. Doch allein diese Überlegung war schon eine Lüge. »Du ... du bist mein Mann.«

Er nickte, und sein Gesicht verschloß sich, doch sie hatte den Anflug von Enttäuschung in seinen Augen wahrgenommen. »Es ist Zeit, daß wir uns den anderen Gästen anschließen.«

»Ja.« Lieber Gott, was erwartete dieser Falschspieler von ihr? Was auch immer es war, sie konnte es sich nicht leisten, es ihm zu geben.

Sie überstanden das Abendessen glimpflich, lächelten beide, unterhielten sich und waren fast unerträglich höflich. Wie konnte er nur so viel mit seinen Augen sagen und doch so wenig mit Worten? Wie konnten seine Blicke ihr immer wieder das eine sagen, während seine Handlungen gleichzeitig auf etwas ganz anderes hindeuteten?

Alexa verspürte den heftigen Drang, vom Tisch aufzuspringen und aus dem Raum zu laufen. Sie wünschte, sie könnte mit den Fingern schnippen und wäre zurück in England, könnte in die Hände klatschen und wäre wieder in der Zeit, bevor sie ihn kennengelernt hatte, in ihrer Jugend vor Peters Tod, noch vor den Monaten der Schuldgefühle und Selbstverachtung – als sie unbekümmert und sorglos gewesen war, nichts als ein schlichtes, verträumtes junges Mädchen.

Du bist ganz einfach müde, sagte sie sich. Seit so langer Zeit hast du dich in Intrigen verstrickt, daß du gar nicht mehr weißt, in welche Richtung du dich wenden sollst. Aber sie wußte, was sie zu tun hatte.

Und einige Stunden später bekam sie die perfekte Gelegenheit, ihren Plan in die Tat umzusetzen. Damien war in ein Gespräch mit dem General und einer Handvoll anderer Männer vertieft, während Alexa zwischen den Damen Platz genommen hatte. Schließlich gelang es ihr, zu entkommen. Sie hob ihre goldenen Röcke, ging durch das Gesellschaftszimmer und wandte sich zum Westflügel des Schlosses. Niemand begegnete ihr, nur ab und zu entdeckte sie einen der Diener, doch im Flur vor dem Arbeitszimmer war niemand.

Alexa hielt sich vorsichtig im Schatten, ihr Herz schlug wild in ihrer Brust, als sie leise die Tür öffnete und einen Blick in das Innere warf. Es lag verlassen da, deshalb huschte sie leise hinein und schloß die Tür hinter sich.

In dem Raum mit der hohen Decke herrschte Dunkelheit. Sie stolperte über eine Kante des Teppichs und wäre beinahe hingefallen, doch fing sie sich wieder und tastete sich dann mit unsicheren Schritten zur gegenüberliegenden Wand. Ihr Herz raste, angstvoll rauschte das Blut in ihren Ohren. Lieber Gott, wenn man sie hier fand...

Mit zitternden Händen öffnete sie die schweren Damastvorhänge hinter dem Schreibtisch, um ein wenig Mondlicht ins Zimmer zu lassen; dann schob sie vorsichtig das Tintenfaß und die Sandbüchse zur Seite und begann, die Papiere, die auf der lederbezogenen Tischfläche lagen, zu durchsuchen. Sie fand nichts von Interesse, es handelte sich nur um Tagesbefehle und Anforderungen von Nachschublieferungen. Alexa fingerte unter der Tischplatte und suchte nach dem hölzernen Hebel, der die Tür zu dem Geheimfach öffnete.

Er war nicht dort, wo sie ihn wähnte. Sie fühlte ein Stück

weiter nach rechts und nach links und lauschte während der ganzen Zeit nach Geräuschen auf dem Flur. Ihr Herz hämmerte gegen ihre Rippen. Enttäuscht wollte sie schon aufgeben, als ihre Finger eine Spalte in dem glatten Holz ertasteten.

Alexa lächelte siegreich. Dieser Schreibtisch war noch kunstvoller hergestellt als der ihres Bruders, der Hebel war so perfekt verborgen, daß ein Uneingeweihter ihn unmöglich finden konnte. Sie zog leicht daran, hörte, wie ein kleiner Messingverschluß sich öffnete, und zog dann die mittlere Schublade auf. Innen drückte sie gegen den hinteren Teil, das Fach öffnete sich geräuschlos.

Alexa griff hinein. Die Wände waren glatt, zuerst schien es leer zu sein. Doch dann stießen ihre Finger gegen eine Rolle, ziemlich lang und dick. Flink zog sie sie hervor und legte sie auf den Schreibtisch.

Sie löste das schmale goldene Band, mit dem die Rolle zusammengehalten wurde, und entrollte sie. Es waren Pläne, stellte sie fest. Ihre Blicke glitten in aller Eile darüber, ihr Herz schlug noch schneller.

Gütiger Gott im Himmel. Hastig blätterte sie durch die Papiere, doch dann hörte sie ein Geräusch an der Tür.

»Damien…« Sie erschrak furchtbar, als er die Tür leise hinter sich schloß und mit wenigen großen Schritten bei ihr war. Im Licht des Mondes konnte sie erkennen, daß sein Gesicht vor Wut verzerrt war.

»Du kleine Närrin«, zischte er sie an. Er kam um den Schreibtisch herum und riß ihr die Pläne aus der Hand. Hinter ihm öffnete sich die Tür nochmals, Licht fiel in das Zimmer, man hörte Schritte. Damien hob die Hand und schlug zu, mit einem Wimmern sank Alexa zu Boden.

»Was, zum Teufel, tust du hier?« verlangte er von ihr zu wissen, er ragte über ihr auf, seine Hände zu Fäusten geballt. Der General betrat das Zimmer, und Damien reichte seinem Gastgeber die zusammengerollten Pläne.

»Es tut mir leid, General Moreau. Ich weiß wirklich nicht, was ich davon halten soll. Einer der Diener sagte mir, daß ich sie hier finden würde. Als ich hereinkam, durchsuchte sie gerade Euren Schreibtisch.« Damien seufzte und schüttelte den Kopf. »Wir wissen beide, daß meine Frau eine Patriotin ist. Doch leider gehört ihre Treue unserem Gegner.«

Der General nahm die Pläne aus Damiens Hand, während Alexa unsicher wieder auf die Füße kam.

»Mais oui, so scheint es wohl«, meinte er gepreßt. Nur ein kleiner Muskel, der in seiner Wange zuckte, strafte seine eiserne Beherrschung Lügen. Er strich sich über seinen braunen Schnurrbart. »Und wie es scheint, haben wir sie wieder einmal unterschätzt.«

Mit hartem Blick wandte er sich zu Alexa, die trotzig ihr Kinn hob, obwohl sie am ganzen Körper zitterte. Ihre Wange brannte, Tränen standen in ihren Augen, und was noch viel schlimmer war, ihr Herz wollte zerspringen vor Leid.

»Ihr seid sehr tapfer, meine liebe belle anglaise«, meinte der General. »Aber Ihr seid auch leider sehr töricht. Was soll ich nur mit Euch anfangen...«

Lieber Himmel, was würde er wohl tun? Damiens Gesicht war zu einer ausdruckslosen Maske verzogen. Lediglich in seinen Augen konnte sie die Wut lesen. Er verteidigte sie nicht, und sie fragte sich, ob er sich wohl Sorgen um sich selbst machte.

»Sagt mir, mon ami«, wandte der General sich an ihn, »bereitet Euer hübsches Frauchen Euch noch Vergnügen?«

Damien zog eine seiner schwarzen Brauen hoch. Er betrachtete sie, und einer seiner Mundwinkel verzog sich zu einem lüsternen Lächeln. »Seht sie Euch doch an, mon général. Habt Ihr je eine reifere Versuchung gesehen? Ich versichere Euch, sie kann sehr ungebührlich sein, störrisch und eigensinnig – selbst ein erfahrener Kämpfer hat viel zu schaffen mit ihr.« Mit der Hand strich er leicht über ihre Brüste. »Aber sie ist ein ganz schön feuriges Biest als Weib. Ein Mann würde ein Leben brauchen, um ihrer überdrüssig zu werden.«

Der General lachte freudlos auf. Seine Stimme klang recht spröde, als er sprach, und in seinen Augen lag ein unausgesprochener Befehl. »Es würde der französischen Gesinnung wohl wenig schmeicheln, wenn wir uns durch ein kleines englisches Biest bedroht fühlten. Für den Augenblick wollen wir die... Indiskretion Eurer Gattin für uns behalten. Ich schlage jedoch vor, daß Ihr sie in Zukunft etwas strenger beaufsichtigt.«

»Darauf könnt Ihr Euch verlassen, Sir.« Damien packte Alexa beim Arm und hielt sie fest. »Und ich werde gleich heute abend damit beginnen«, erklärte er grob. »Mit Eurer Erlaubnis, General Moreau, möchte ich nach Paris zurückkehren.« Er lächelte diabolisch. »Ich denke da an einige Lektionen, die ich der Dame für ihr schlechtes Benehmen zu erteilen gedenke. Wenn Ihr sie beim nächsten Mal seht, dann wird sie sich durch eine ganz neue Erziehung hervortun, das verspreche ich Euch.«

Alexa schauderte es bei seinen Worten. Moreau allerdings nickte nur. »Man wird sehen...«

Victor Lafon beobachtete, wie Damien Falon seine Frau aus der Bibliothek zerrte. Das Gesicht des Majors war versteinert.

Alexa sah genauso stolz und herausfordernd aus wie an dem nebligen Morgen, als Victor sie aus dem kleinen Segelboot gehievt hatte, am Strand in der Nähe von Boulogne. Nur zu gut erinnerte er sich daran, denn sosehr er auch ihren Verrat verachtete, ebenso bewunderte er sie für ihren Mut.

Auch ihre jüngste Tat wäre sicher wieder einmal bemerkenswert.

Er klopfte an die Tür, und die kehlige Stimme seines Vorgesetzten bat ihn herein.

»Oberst Lafon«, sagte der General, und der Rauch seiner Zigarre wehte ihm ins Gesicht. »Tretet ein.«

»Ich sah, daß Major Falon gerade Euer Arbeitszimmer verließ. Er schien eine Meinungsverschiedenheit mit seiner Frau zu haben.«

Moreau starrte ihn mißmutig an. »Es scheint, als würde er mit seiner kleinen belle anglaise nicht mehr fertig. Wir haben sie hier in meinem Zimmer erwischt, wie sie meinen Schreibtisch aufbrechen wollte.«

»Au nom de Dieu«, sagte Victor.

»Ganz richtig, mon ami. Auf diese Frau muß man aufpassen, n'est-ce-pas?«

»Es tut mir leid, das sagen zu müssen, aber man muß wohl auf alle beide aufpassen.«

Moreau nickte nur. »Dafür habt Ihr sicher gesorgt, nicht wahr?«

»Schon seit dem ersten Augenblick, als die Frau des Majors französischen Boden betrat.«

»Gut.« Moreau seufzte. Er betrachtete seine Zigarre, sah zu, wie der blaue Rauch zur Decke stieg. »Es ist eine traurige Sache, so ein Krieg... aber viel trauriger ist, daß man nicht weiß, wer seine Feinde sind.«

Victor warf einen Blick zur Tür. »Das ist wahr, mon général! Sollte der Major einer von ihnen sein, ist es nur eine Frage der Zeit, bis wir das herausfinden. Die Frau wird ihn verraten oder seine Besorgnis um sie, vielleicht sogar beides. Sollte dieser interessante Umstand eintreten, dann versichere ich Euch, erfahren das unsere Leute.«

»Ihr seid ein guter Mann, Victor. Wir wollen hoffen, daß die Loyalität Major Falons sich wenigstens zur Hälfte messen kann mit Eurer.«

Teilweise erleichtert, aber immer noch ziemlich verängstigt ließ sich Alexa von ihrem Mann in ihre Suite verfrachten. Er sagte kein einziges Wort, befahl aber der Kammerzofe, ihre Sachen zu packen. Auch auf dem Weg zu ihrer wartenden Kutsche schwieg er noch immer.

Als sie das Schloß verlassen hatten, schien allmählich sein Ärger zu verfliegen. Und je länger die Reise dauerte, desto mehr entspannte er sich, und seine Haltung war weniger starr. Er lehnte den Kopf an die Rückenpolster, sein Gesicht lag daher im Schatten, und Alexa konnte nicht erkennen, was er dachte.

Sie fühlte sich von Augenblick zu Augenblick elender. Die Dokumente, die sie gefunden hatte, waren mehr als nur wichtig gewesen. Sie besaßen höchsten strategischen Wert, doch sie hatte versagt, hatte sie nicht an sich bringen können.

Ihr Vorhaben war gescheitert, dennoch empfand sie die Ohrfeige als viel empfindlicheren Schlag. In ihrem ganzen Leben hatte noch nie jemand die Hand gegen sie erhoben. Vielleicht wäre das sogar zuzeiten angebracht gewesen – ihr Vater hätte es tun sollen oder Rayne; als sie noch jünger war, gegebenenfalls ihre Mutter oder ihr älterer Bruder Chris. Sie war oft ungezogen gewesen. Mit ihrem unglaublichen Eigensinn hatte sie die ganze Familie tyrannisiert. Doch alle hatten es einfach ertragen, es wäre ihnen nicht im Traum eingefallen, ihr weh zu tun.

Ihr Ehemann war da anders!

Immer noch brannte ihre Wange von seiner Attacke, und wenn sie die Erbitterung auf seinen Zügen bedachte, so kroch nackte Angst durch ihre Seele, was noch kommen würde. Sie schloß die Augen, als das Bild, wie er sich über sie gebeugt hatte, wieder in ihrem Inneren aufstieg. Er hatte mit dem General über sie geredet, als sei sie nichts anderes als eine seiner Dirnen. Tränen quollen ihr aus den Augen, und obwohl sie die Lider senkte, damit er es nicht sah, so rollten sie doch über ihre Wangen bis hinunter zu dem kleinen Grübchen in ihrem Kinn.

Als sie es wagte, ihren Kopf zu heben, hatte Damien sich vorgebeugt, seine Blicke ruhten auf den dicken Tropfen und dem langsam dunkler werdenden Fleck auf ihrer Wange. Er streckte eine zitternde Hand aus und legte sie unter ihr Kinn.

Im schwachen Licht der Straßenlampen betrachtete er ihr Gesicht.

»Es ... es tut mir so leid.« Seine Stimme klang eigenartig unsicher. »Himmel, ich wollte dir wirklich nicht weh tun! Zwar habe ich versucht, den Schlag noch abzufangen, aber er mußte doch echt aussehen ... irgendwie mußte ich den General überzeugen.« Seine Finger fühlten sich unerhört zart an, er drehte ihr Gesicht erst in die eine Richtung, dann in die andere; als er sah, welchen Schaden er angerichtet hatte, verdüsterte sich seine Miene. »Wenn es eine andere Möglichkeit gegeben hätte ... wenn mir etwas anderes eingefallen wäre ...« Sie fühlte, daß die Finger, die sie berührten, bebten.

Damien sah ihr tief in die Augen. »Ich habe noch nie in meinem Leben eine Frau geschlagen. Und daß ausgerechnet du diejenige sein mußt – ich ...« Er hielt inne, die Verzweiflung benahm ihm den Atem. »Zum ersten Mal in meinem Leben konnte ich nicht klar denken, ich wußte, daß der General mir auf den Fersen war – gütiger Himmel, ich habe, solange ich denken kann, noch nie eine solche Angst ausgestanden.«

Alexa blinzelte und versuchte, seine Worte zu verstehen. Sie bemühte sich zu begreifen, was er sagte, und glaubte sich verhört zu haben. »Angst? Um mich oder um dich?« Liebe Güte, es schmerzte sie, wenn sie ihn nur ansah, erneut rannen die Tränen über ihre Wangen.

»Um uns beide! Zum Donnerwetter, Alexa – Spione werden in diesem Land erschossen, in aller Öffentlichkeit ausgepeitscht und dann erschossen! Verdammt, was hast du dir eigentlich dabei gedacht? Wie konntest du nur so eine Unvorsichtigkeit begehen?«

»Willst du ... willst du mir etwa damit sagen, daß dein ganzer Auftritt dort nur Theater war? Daß du nur so getan hast, als seist du wütend auf mich?«

»Natürlich habe ich nur so getan. Ich mußte doch auf der Stelle improvisieren. Wie sollte ich sie denn sonst davon überzeugen, daß ich auf jeden Fall treu zu ihnen stehe?«

»Woher... woher hast du überhaupt gewußt, wo ich war?«

»Einer der Diener hat gesehen, wie du in der Bibliothek verschwunden bist. Er hat Moreau gesucht, glücklicherweise fand er mich dann zuerst.« Damien runzelte die Stirn, als er ihre abwehrende Verbitterung sah. »Du hast doch sicher nicht geglaubt, daß ich... du kannst doch nicht denken...« Der Schmerz in seinem Blick nahm noch zu: »O bitte, glaube mir, daß ich dir nicht absichtlich weh tun wollte.«

Alexa schüttelte nur den Kopf. »Du brauchst mir nichts mehr vorzuspielen. Ich weiß alles. Ich habe gehört, wie du mit Moreau gesprochen hast in deinem Arbeitszimmer, als er dich neulich aufsuchte. Mir ist jetzt klar, daß alles, was du mir erzählt hast über deine Loyalität England gegenüber, eine Lüge war, damit ich stillhielt... und du mich wieder in dein Bett bekamst!«

Schweigen senkte sich über sie. »Kruzitürken!«

Alexa biß sich auf die Lippe.

»Ich habe versucht, dich zu beschützen«, grollte Damien, »uns beide!«

»Deshalb hast du mich angelogen wegen dieser Männer? Deshalb hast du mir nicht den Grund verraten, warum sie gekommen waren?«

»Jawohl, um dir unnötige Ängste zu ersparen.«

»Du lügst ja schon wieder. Das ist alles, was du getan hast seit dem Tag, als ich dich zum ersten Mal traf.«

»Das sind keine Lügen, verdammt. Ich möchte nur uns beide ganz gerne am Leben erhalten!«

»Hör auf!« Alexa preßte die Fäuste an die Ohren, Wut und Schmerz wüteten in ihrem Inneren. »Ich kann es nicht länger ertragen, du bist einfach eine Zumutung!«

Im nächsten Augenblick hielt er sie in seinen Armen, sein Körper zitterte genauso heftig wie der ihre. »Ich muß dafür sorgen, daß du endlich nach Hause kommst«, sagte er leise. »Irgendeine Möglichkeit muß es geben...«

»Sag mir die Wahrheit«, bat Alexa und hatte das Gefühl, in

Stücke gerissen zu werden. »Gib doch wenigstens ein einziges Mal zu, daß du die ganze Zeit gelogen hast... daß du für die Franzosen arbeitest, was mir dieser Zwischenfall in der Bibliothek in St.-Germaine-En-Laye bestätigt.«

Damien hielt sie nur noch fester umschlungen. »Ich mußte diesen Männern etwas vormachen. Es war leider unumgänglich – wie sonst sollte ich dich schützen? Verdammt, ich liebe dich, ich...«

Er zuckte zusammen. Alexa starrte benommen und ungläubig zu ihm auf.

»Was... was hast du da gesagt?« Noch nie hatte sie einen solchen Aufruhr der Gefühle in seinem Gesicht gesehen, so viel bitteres Bedauern, solch unglaubliche Sehnsucht.

Seine Stimme war nur ein Hauch. »Ich sagte, ich liebe dich. Es klingt absurd, aber es ist die Wahrheit. Das wolltest du doch wissen, oder nicht?«

Alexa schloß die Augen, die letzte Kraft schien ihren Körper zu verlassen. Damiens starke Arme waren es, die sie aufrecht hielten.

»Es sollte dir nicht weh tun«, wiederholte er noch einmal flehentlich. »Ich wußte nur nicht, wie wir uns da anders herauswinden konnten.«

Sie wollte ihm glauben. Der Himmel helfe ihr, sie wollte seine Liebe mehr als alles andere auf der Welt. An seiner Schulter begann sie zu schluchzen, vermochte den Fluten nicht mehr Einhalt zu gebieten. Seine großen Hände strichen beruhigend über ihren Rücken, dann zog er die Haarnadeln aus ihrem Haar und löste es behutsam.

»Weine nicht, chérie. Bitte, weine nicht.« Ein Mundwinkel zog sich etwas hoch. »Um mich lohnt es sich doch nicht.«

Sie brauchte ihre ganze Willenskraft, um sich wieder zu fassen. Er hob ihren Kopf ein wenig und küßte sie auf die Lippen. »Ich sage dir die Wahrheit, ich habe sie dir schon die ganze Zeit gesagt. Freilich hätte ich dir von den Männern erzählen müssen, aber ich wollte dich nicht damit belasten. Das sieht natürlich alles sehr undurchsichtig aus und ist schrecklich schwer für dich zu dulden.« Sanft strich er mit einem Finger über ihre Wange. »Wenn du doch nur in mein Herz sehen könntest!«

Alexa schloß die Augen. Erneut flossen die Tränen. Sie schüttelte den Kopf. »Du ...« Sie schluckte, weil ihr ein dicker Kloß im Hals steckte. »Ich weiß nicht, Damien, bin unsicher, was ich dir glauben soll. Es ist alles ungereimt.«

»Was kann ich denn tun, um dein Vertrauen wiederherzustellen?«

Sie nahm das Taschentuch, das er ihr reichte, trocknete sich die Augen und putzte sich die Nase. Hatte er das, was er ihr gesagt hatte, wirklich so gemeint? Konnte es möglich sein, daß er sie liebte? Lieber Gott, wie sehr wünschte sie sich, daß es die Wahrheit wäre.

»Du müßtest mir alles sagen, mir all die Einzelheiten erklären – wie sich die Dinge entwickelten – von Anfang an.«

Damien blickte aus dem Fenster. Sie fuhren an der Seine entlang, durch eine ruhige Gegend, wo sich nur wenige Menschen auf der Straße befanden. Er war dankbar dafür, daß Claude-Louis den Kutscher persönlich ausgesucht hatte. Er klopfte an die Trennwand und befahl dem Mann anzuhalten, dann stieg er aus und hob auch Alexa hinaus. Einen Augenblick lang hielt er sie in seinem Arm, spürte ihr Haar an seiner Wange und hörte den stetigen Schlag ihres Herzens.

Ihr blauer Fleck im Gesicht zeigte ihm, was für ein Schuft er war – der Anblick tat ihm furchtbar weh. Himmel, er hatte ihr bisher nur Kummer bereitet!

Eng umschlungen wanderten sie am Fluß entlang. Durch die dünne Wolkendecke erschien der Mond, hell wie eine silberne Münze, seine Strahlen spiegelten sich im Wasser.

»Ich weiß nicht, wo ich anfangen soll«, sagte er und blieb in der Nähe einer Bank stehen. »Es geht schon so lange so, Alexa, beinahe, seit ich mich erinnern kann. Und ich bin gut – sehr gut sogar. Die Rolle, die ich spiele, ist mir in Fleisch und

Blut übergegangen.« Er erzählte ihr von seiner Großmutter, wie wenig er sie hatte leiden können, von Major Fieldhurst, einem Bekannten von Lord Townsend, und davon, wie dieser sein Freund geworden war und wie sie dann zusammen auf die Idee verfallen waren, Informationen zu sammeln.

Damien schüttelte den Kopf, als all die Erinnerungen wieder auf ihn einstürmten. »Anthony war schlau – und er war kühn. ›Sie werden in dir nichts anderes sehen als einen Jungen‹, pflegte er zu sagen. ›Du wirst für sie nicht die geringste Bedrohung bedeuten. Aber du bist kein Junge mehr, nicht wahr, Damien?‹ ›Nein‹, habe ich ihm versichert. ›Ich bin schon seit langer Zeit kein Kind mehr.‹« Etwas blitzte in Alexas Augen auf, Damien hoffte, daß es kein Mitleid war.

»Also hast du für ihn spioniert, immer wenn du in Frankreich warst?«

»Ja. Zuerst konnte ich ihm nur wenig Wichtiges mitteilen, höchstens hier und da eine interessante Kleinigkeit; doch meine Kontakte wuchsen, und als ich dann erwachsen war, kannte ich eine Menge einflußreicher Leute in der Regierung. Sie waren an meine Anwesenheit gewöhnt und von meiner Loyalität überzeugt. Deshalb habe ich mir auch ihr Angebot angehört, das sie mir in dem Sommer machten, als ich einundzwanzig Jahre alt wurde.«

»Und wie lautete das Angebot?«

»Ich sollte ihnen britische Geheimnisse verkaufen. Es schien ihnen nur gerecht, daß ich – ein Mitglied der englischen Aristokratie, noch dazu ein Graf – gewillt war, an ihrem Spiel der Mächte teilzunehmen – natürlich zum richtigen Preis. Aber das war genau das, was Fieldhurst und ich geplant hatten.«

Er erklärte ihr sorgfältig, wie das alles vor sich ging, daß die Informationen, die er den Franzosen lieferte, eigentlich nur falsche Informationen waren, dafür geschaffen, diese Nation irrezuführen. Da er nichts ausließ, ging er ein gewagtes Risiko ein.

»Und was stand in den Dokumenten, die du in der Nacht bei dir getragen hast, als Bewicke mit seinen Männern an den Strand kam?« fragte Alexa. Es fiel ihr schwer, sich zu konzentrieren. Immer wieder mußte sie an sein Geständnis denken, daß er sie liebte.

»Nichtgeplante britische Truppenbewegungen. Oh, natürlich standen auch einige richtige Dinge darin, um die Echtheit der Urkunden glaubhaft zu machen. Aber die meisten Fakten waren dazu bestimmt, sie zu täuschen.«

»Und wer hat General Moreau verraten, was du mir in der Nacht in deinem Arbeitszimmer erzählt hast? Wer könnte uns bespitzelt haben?«

»Jeder der Diener, nur nicht Claude-Louis und Marie-Claire. Das Haus besitzt eine Ansammlung von geheimen Zimmern und Nebengängen. Diese veranlaßten mich ja auch zu so großer Vorsicht.«

Alexa sah ihn lange schweigend an. »Warum?« fragte sie dann. »Warum tust du das alles?«

Er schaute zum Himmel, eine so persönliche Frage schien ihm unangenehm zu sein. »Es gibt eine ganze Anzahl von Erklärungen: des Geldes, der Aufregung wegen. Vielleicht tue ich es auch nur, weil ich dazu in der Lage bin.« Am Anfang hatte er dabei immer an seinen Vater gedacht. Denn es war eine Sache gewesen, wegen derer er stolz auf ihn gewesen wäre. Doch später machte er weiter, weil es ihm das erhabene Gefühl verschaffte, mitzuwirken bei der Beendigung des Krieges. Aber solche Gründe waren viel zu persönlich, um sie mit jemandem zu teilen, auch nicht mit Alexa.

»Möchtest du sonst noch etwas wissen?«

»Warum hat Fieldhurst dich nicht aus dem Kerker befreit?«

»Weil dieser Hurensohn von Bewicke mir nicht erlaubt hat, mit ihm zu sprechen. Wenn das alles vorbei ist, dann schwöre ich, werde ich seinen Kopf fordern.«

Alexa wandte sich ihm zu und fragte sich, ob er wohl das

Schuldgefühl in ihren Augen lesen konnte. »In dieser Nacht im Schloß... ich wollte nicht, daß dir etwas zustößt, sondern dich nur daran hindern, die Papiere zu übergeben. Ich war entsetzt, wenn ich mir vorstellte, was sie wohl enthalten könnten. In mir ging alles drunter und drüber vor Wut und Verwirrung.« Und verzweifelt verliebt... »Als ich dich dann am Strand sah... als mir klar wurde, daß du dabei umkommen könntest...« Sie hielt inne, wieder weinte sie vor sich hin.

Er beugte sich zu ihr und gab ihr einen Kuß auf die Stirn. »Du hast das getan, was dir richtig erschien. In gewisser Weise bin ich sogar stolz auf dich.«

»Oh, Damien.« Sie schmiegte sich in seine Arme, und er hielt sie fest, in ihrem Kopf wirbelte all das, was er ihr eröffnet hatte. Es ergab alles einen Sinn, aber sie hatte auch nie daran gezweifelt, daß ein Mann wie Damien höchst redegewandt wirken konnte.

»Glaubst du mir jetzt?« Er hatte seine Wange gegen ihre gepreßt, sie fühlte seine rauhen Bartstoppeln.

»Ich glaube dir.« Sie wollte es unbedingt – mit allen Fasern ihres Herzens. Und warum sollte sie ihm nicht vertrauen? Zu diesem Zeitpunkt hatte er keinen Grund mehr, sie anzulügen.

Er zog sie noch enger an sich. »Ich werde dich sicher über den Kanal schippern, das verspreche ich dir. Aber du mußt mir im Gegenzug versprechen, nie mehr so eigenmächtig vorzugehen.«

Alexa dachte über seine Worte nach, dann zog sie sich ein wenig von ihm zurück und sah ihm in die Augen. »Ich habe gesehen, was in diesen Plänen stand, Damien. Wir müssen noch einmal zurück und sie holen.«

»Bist du denn noch bei Troste?«

»Weißt du, was das für Papiere waren? Es waren Pläne für Schiffe, die mit Dampf angetrieben werden – für eine ganze französische Flotte dieser Art. Kannst du dir vorstellen, was das bedeutet? Weißt du, wie wichtig diese Unterlagen sind?«

Es waren die wichtigsten Dokumente seiner ganzen fünfzehn Jahre Spionagetätigkeit. »Ich weiß Bescheid.«

»Im letzten Jahr habe ich in London eine mit Dampf betriebene Kutsche gesehen. Sie lief auf einem Schienenstrang in einem großen Pavillon.«

»Ja, das stimmt. Fang-mich-wer-kann hieß dieses Ding. Ein gewisser Trevithick hat sie gebaut. Ich habe im Chronicle darüber gelesen.«

»So etwas kann man also auch für Schiffe verwenden, Damien. Wir müssen noch einmal zurück, um diese Zeichnungen zu holen.«

»Wir müssen überhaupt nichts. Und du wirst dich da heraushalten. Du fährst zurück nach Hause.«

»Nicht ohne diese Papiere.« Trotzig hob sie das Kinn, sie funkelte ihn an.

»Zum Teufel, Alexa. Ich werde nicht zulassen, daß du da hineingezogen wirst.«

»Wie können wir nochmals in das Schloß gelangen?« fragte sie, als hätte sie seine Worte gar nicht gehört.

»Wir müssen nicht dorthin zurück.«

»Warum nicht?«

Er atmete tief aus. »Weil ich sicher bin, daß der General an einem anderen Ort Kopien versteckt hält und...«

»Und was? Sprich weiter, Damien. Wenigstens einmal solltest du mir die Wahrheit sagen.«

»Weil es vielleicht eine viel einfachere Art und Weise gibt, an diese Pläne zu kommen.«

»Und die wäre?«

Er blickte über den Fluß. Ein kleines Boot fuhr vorüber, in seinem Kielwasser glitzerte das Mondlicht. »Ich kann sie von dem Mann beschaffen, der sie gezeichnet hat.«

»Und woher weißt du, wer das ist?«

»In einer Ecke des Papiers sah ich seine Signatur.«

»Daran erinnere ich mich auch. Es war ein kleiner Kreis mit zwei winzigen Dreiecken, die aussahen wie kleine Segel.«

»Ich weiß, wessen Zeichen das ist.«

Erregung stieg in ihr auf. »Wie heißt er?«

Verdammt, er wollte sie nicht in diese Sache verwickeln. »Meines Wissens handelt es sich um Sallier. Er ist berühmt für seine technischen Entwürfe. Die Möglichkeit, daß er eine Kopie seiner Pläne behalten hat, ist mehr als wahrscheinlich.«

»Dann könnten wir auch gleich herausfinden, wo die Schiffe gebaut werden und wann sie fertig sein sollen. Glaubst du, es steht drauf, wo die Werft ist?«

»Das ist anzunehmen.«

»Dann müssen wir uns ans Werk machen. Es gilt, den Bau dieser Schiffe zu verhindern. Wenn genug davon entstehen, kann Napoleon den Ärmelkanal zu jeder Zeit überqueren. Er braucht dann nie mehr auf günstigen Wind zu warten, kann Nebel zu seinem Schutz verwenden und mit seiner Streitmacht landen, wo er will – und wir müssen ohnmächtig zuschauen.«

Damien sah sie eindringlich an. »Ich weiß.«

Vor ihnen auf dem Weg tauchten Gestalten auf, Damien wandte sich um und führte Alexa zur Kutsche zurück. Sie sprachen nicht mehr. Als ihr Gefährt in Sicht kam, blieb Alexa stehen und wandte sich zu ihm um. »Hast du das wirklich gemeint, was du gesagt hast?« fragte sie leise, und ihre Augen ruhten auf seinem Gesicht. »Eben... als wir noch in der Kutsche waren?«

»Genau so und nicht anders – einem Mann wie mir fällt es schwer, so etwas auszusprechen. Ich liebe dich, Alexa. Soweit mir das klar ist, liebe ich dich schon eine sehr lange Zeit.«

Sie wollte ihm ebenfalls ihre Gefühle enthüllen, doch sie sah ihn immer noch vor sich, wie er im Arbeitszimmer des Generals ausgesehen hatte, kalt, grausam und entsetzlich rücksichtslos. Die Wange, auf die er sie geschlagen hatte, schmerzte allzu deutlich. Und ihre Augen brannten von den vielen Tränen, die sie seinetwegen vergossen hatte, deshalb blieben ihr die Worte im Hals stecken. Damien beugte sich zu ihr und küßte sie; es war ein zärtlicher Kuß, der das bekannte Ziehen in ihrem Inneren weckte, ihr Herz klopfte laut, und es wurde ihr flau zumute.

Schweigend schürzte sie ihre Röcke, Damien half ihr beim Einsteigen.

»Ich bin froh, wenn wir wieder zu Hause sind«, seufzte sie, noch immer ein wenig unsicher.

»Ja...«, stimmte er ihr zu, doch sein Gesicht hatte er besorgt verzogen.

Sie wußte keineswegs, was er dachte, aber hoffte inständig, daß er mit dem Zuhause ebenso wie sie England meinte.

19. Kapitel

Wenn du doch nur in mein Herz sehen könntest! Diese Worte verfolgten Alexa, rührten ihr Gemüt, genau wie der Schmerz, den sie in seinem Gesicht gelesen hatte. An diesem Abend kam Damien nicht in ihr Zimmer, und Alexa war froh darüber. Zu viel war geschehen. In ihrem Kopf wirbelten die Gedanken, Gefühle, Ängste und Unsicherheiten.

Damien mußte das geahnt haben, denn er ließ sie länger schlafen als üblich, und als sie sich schließlich angekleidet nach unten begab, hatte er bereits gefrühstückt.

»Er ist im Kutscherhaus«, erklärte Claude-Louis ihr. »Lord Falon hilft meinem Sohn, seinen Vogel zu füttern.«

Damiens eleganter Kammerdiener mit dem sandfarbenen Haar stand an einem Fenster, von dem aus er den Garten gut überblicken konnte. Damien hatte ihr erzählt, daß vor der Revolution die Familie Arnaux zur Aristokratie gehörte. Die Würde und Intelligenz von Claude-Louis zeugten von seinem edlen Blut.

»Mein Mann und Euer Sohn – sie stehen einander sehr nahe, nicht wahr?«

»Überrascht Euch das?«

»Ein wenig schon.«

»Euer Gemahl weist eine gewisse Härte auf, doch nur an der Oberfläche. Diese Diskrepanz scheint er selbst nicht recht zu verstehen.«

»Er hatte keine sehr glückliche Kindheit. Vielleicht ist das der Grund dafür. Die Menschen erwarten merkwürdigerweise von ihm immer mehr, als er ist.«

»Oder vielleicht steckt ja auch mehr in ihm, als er selbst annimmt.«

Alexa dachte über diese Worte nach, als sie zum hinteren Teil des Hauses ging. Es gab so viele Seiten an dem Mann, den sie geheiratet hatte. Deshalb fand sie ihn wirklich interessant und fühlte sich so mächtig von ihm angezogen.

Hingegen war es auch der Grund, daß sie sich fürchtete, ihm ihr Herz ganz zu schenken, all ihr Vertrauen in ihn zu setzen.

Alexa beschritt den Weg zum Kutscherhaus im hinteren Teil des Gartens. Es war kühl im Inneren des Gemäuers, roch nach altem Holz, Farbe und Wagenschmiere. Auf dem Dachboden über ihrem Kopf hörte sie Tauben, die mit lautem Gurren zurück in ihre Nester geflogen kamen und ihr Gefieder schüttelten.

Alexa ging auf die Stimmen zu, die sie aus einem entfernteren Raum vernahm. Nach einigen weiteren Schritten kam der kleine Jean-Paul auf sie zugerannt.

»Bonjour, Madame Falon«, sagte der Junge, und ein strahlendes Lächeln erhellte sein Gesicht. »Wir hatten gehofft, daß Ihr kommen würdet.«

»Wirklich?« Sie blickte von dem dunkelhaarigen Kind zu ihrem schönen Gatten.

»Ja«, versicherte auch Damien, »das hatten wir.« Seine Augen waren heute morgen von einem tiefen, rätselhaften Blau, er betrachtete sie eingehend, als versuche er, ihre Gedanken zu lesen.

»Ich habe mich schon gefragt, ob du Kinder magst«, sagte sie leise. »Jetzt sehe ich, daß es so ist.«

»Eigentlich mag ich keine Kinder – wenigstens nicht alle. Jean-Paul ist … etwas Besonderes.«

Alexa lächelte. Auch sie mochte längst nicht alle Kinder, abgesehen von Jean-Paul, und sie würde liebend gern ein eigenes haben, vor allem Damiens Kind. »Ja, er ist wirklich eine Freude.« Sie bückte sich zu ihm und lächelte. »Damien kann glücklich sein, dich zu seinem Freund zu haben.«

»Ah, non, Madame. Ich bin der Glückspilz von uns beiden. Wenn M'sieur Damien nicht gewesen wäre, wäre ich heute nicht hier.«

Sie blickte zu ihrem Mann auf, doch der zuckte nur seine breiten Schultern. »Wir haben uns an dem Tag des Unfalls kennengelernt. Wenn ich schneller gewesen wäre, wäre Jean-Pauls Bein vielleicht noch ganz.«

Alexa richtete ihre Aufmerksamkeit wieder auf den Jungen, ihr Herz begann wieder einmal laut zu rasen. Sie hatte schon darüber nachgedacht, was mit dem Kind geschehen war; doch niemals hätte sie Damien damit in Verbindung gebracht. »Stimmt das, Jean-Paul? Damien war dabei, als du verletzt wurdest?«

Er nickte. »Es war der Tag, als die Soldaten hier durchmarschiert sind – es waren so viele, ich konnte sie gar nicht zählen. Sie sahen großartig aus in ihren feinen Uniformen, mit den vielen Orden und den Messingknöpfen. Und dann kamen auch noch Pferde und Wagen, eine Reihe, die überhaupt nicht mehr enden wollte. Meine Mutter und ich haben zugesehen, als gerade eine Kanone vorbeigeschleppt wurde. Etwas hat die Pferde scheuen lassen. Ich erinnere mich noch daran, daß meine Mutter geschrien hat. Und ich sehe auch noch M'sieur Damiens Gesicht vor mir, als er auf mich zulief … An den Rest kann ich mich nicht mehr erinnern … ich weiß nur noch, daß mein Bein weh getan hat und daß ich weinte.«

»Jean-Paul ist unter einen Wagen gekommen?« fragte Alexa Damien, und das Herz tat ihr weh bei diesem Gedanken.

Damien schüttelte den Kopf. »In die Gefahrenzone einer Kanone, die von Pferden gezogen wurde. Jemand hat eine Pistole abgefeuert, und die Pferde drehten durch. Als sie um die Ecke donnerten, ist der Karren umgekippt und hat die Kanone abgeworfen, zusammen mit einigen eisernen Kanonenkugeln. Es ist mir gelungen, Jean-Paul vor der Kanone zu retten, aber eine der schweren Kugeln traf sein Bein.«

»Oh, Jean-Paul, du armes, armes Schätzchen!«

Er zuckte die Schultern, in der Weise, die sie an ihren Mann erinnerte. »Eine Zeitlang hat es weh getan. Jetzt denke ich schon gar nicht mehr daran.«

»So habe ich auch Claude-Louis kennengelernt«, erzählte Damien weiter. »Er war mir dankbar, daß ich seinem Sohn geholfen habe. Und nach einiger Zeit wurden wir enge Freunde. Schließlich kamen er und Marie-Claire zu mir, um mich zu verwöhnen.«

»M'sieur Damien hat mir das Leben gerettet«, erklärte der Junge ernst.

»Dann haben wir beide ja etwas gemeinsam.« Alexa lächelte ihn liebevoll an. »Denn einmal hat er auch mir das Leben gerettet.«

In Damiens Blick lag unendliche Zärtlichkeit. »Ich war es aber auch, der dich überhaupt erst in Gefahr gebracht hat. Also, jetzt geben wir Charlemagne eine Handvoll Körner und dann gehen wir in den Park und essen eine Eiscreme. Ich wette, Madame Falon mag genauso gern Eiscreme wie Jean-Paul.«

Seine Stimme klang wie eine Glocke und rührte etwas tief in Alexas Innerem an. »Oui, M'sieur«, sagte sie. »Da möchte ich wirklich nicht widersprechen.«

Es gab nur noch ein Problem. Jules St. Owen. Was auch immer zwischen ihr und Damien geschah, so war Alexa bereit, das Risiko auf sich zu nehmen. Doch sie schuldete auch Jules noch etwas. Sie wollte ihn nicht auch noch gefährden.

Als der kleine Jean-Paul in ihr Zimmer gelaufen kam und ihr mit seiner schmutzigen Faust einen zerknüllten Zettel reichte, las sie ihn voller Ungeduld.

»Woher hast du diesen Zettel?« fragte sie.

»Von einem blonden Mann vor dem Haus. Er hat gesagt, ich dürfte ihn niemand anderem geben als nur Euch.«

Alexa lächelte, und ihr Herz klopfte schneller. »Das hast du genau richtig gemacht. Danke, Jean-Paul.« Sie strich dem Jungen eine Haarlocke aus dem Gesicht. »Aber jetzt geh wieder spielen – und Dank an deine Mutter, daß sie mir den Tee geschickt hat.«

Alexa hatte sich nicht ganz wohl gefühlt. Zu viel wirbelte ihr durch den Kopf, zu viel stand auf dem Spiel, und noch immer gab es zahllose unbeantwortete Fragen. »Sag ihr, er hat mir sehr gutgetan.«

Jean-Paul hüpfte eilfertig davon, er zog sein verkrüppeltes Bein nach. Alexa sah einen Augenblick lang hinterher, der Anblick rührte sie immer wieder. Trotz seiner Behinderung war er ein lebhaftes Kind, intelligent und scharfsinnig. Sie glaubte, daß er alles bewältigen würde, was das Leben auch für ihn bereithielt.

Alexa setzte sich und las den Zettel nochmals. »Euer Gatte hat morgen um zwei Uhr eine Zusammenkunft mit General Moreau, um über seinen nächsten Einsatz zu sprechen«, stand darauf. Also besaß auch St. Owen seine Informanten in der Regierung. Lieber Gott, in was für eine Welt war sie da nur geraten? »Trefft Euch mit mir im Café de Valois im Palais Royal um halb drei.«

Wie immer, so hatte Damien ihr auch diesmal nichts von seiner Verabredung erzählt. Er erwartete von ihr, daß sie ihm vertraute, doch wann würde er es endlich lernen, auch ihr zu vertrauen?

Am Nachmittag des folgenden Tages kleidete Damien sich an, um das Haus zu verlassen, so wie Jules es ihr geschrieben hatte. Sie stand im großen Salon und sah zu, wie er seine Uniform mit den Messingknöpfen geradezog.

»Wie ich sehe, gehst du aus«, sagte sie mit gespieltem Frohsinn, obwohl es an ihr nagte, daß er ihr noch immer sein Vertrauen verweigerte.

»Ich habe eine Besprechung mit General Moreau.«

»Warum hast du mir denn nichts davon gesagt?«

»Weil es nicht so wichtig ist.« Sein Gesichtsausdruck änderte sich plötzlich, und er warf ihr einen warnenden Blick zu. »Und selbst wenn es wichtig wäre, so würde es dich trotzdem nichts angehen.« Alexa ahnte, daß sie wahrscheinlich beobachtet wurden. Sie hatte ihn ganz unabsichtlich gezwungen, wieder seine alte Schroffheit herauszukehren.

»Bringe mich hinaus zur Kutsche«, befahl er barsch. »Es gibt da etwas, über das ich mit dir sprechen möchte.« Er nahm den Hut mit der Feder darauf, hielt ihn unter dem Arm und öffnete das Portal.

»Wie du wünschst«, meinte Alexa ein wenig zu sanftmütig.

Vor dem Haus blieb er stehen und wandte sich zu ihr. »Es tut mir leid, daß ich mich so benehmen mußte. Sie beobachten uns noch schärfer als zuvor.«

»Es war mein Fehler, nachzufragen.«

»Ich bin mir nicht ganz sicher, was der General von mir will. Du wirst es hören, sobald ich nach Hause komme.«

»Sei auf der Hut.«

Er küßte sie rasch und dennoch voller Hingabe. »Ich werde nicht lange wegbleiben.«

Lange genug, damit sie das Café du Valois erreichen könnte, hoffte Alexa, doch Jules schien sehr fähig zu sein. Er hatte seinen Plan zweifellos gründlich durchdacht. Sie stand vor dem Hause und sah ihrem Mann nach; bei dem herrlichen

Anblick, den er in seiner perfekten Galauniform bot, fühlte Alexa ein sanftes Ziehen in ihrem Bauch. Schnell lief sie ins Haus und holte ihr Ausgehtäschchen und ihren Sonnenschirm.

Sie versicherte sich, daß niemand zugegen war, und erst als sie nichts Ungewöhnliches bemerkte, hielt sie an der nächsten Ecke einen Wagen an, der sie zu dem kleinen Café in einer der Arkaden des Palais Royal trug.

Jules erwartete sie bereits.

»Es ist schön, Euch zu sehen.« Seine teure, dunkelbraune Maßgarderobe entging Alexas Blicken keineswegs. Er führte sie hinaus in einen der Gartenpavillons und bestellte für sie beide Mokka, der serviert wurde mit einem Kännchen heißer, dampfender Milch. »Ich habe mir Sorgen gemacht um Euch.«

»Sorgen?« Alexa beugte sich vor. »Ist denn etwas geschehen?«

Er schüttelte den Kopf, dann hob er seine schmale Hand an den blauen Fleck auf ihrer Wange. »Es kursieren Gerüchte, Spekulationen, warum Ihr und Euer Mann das Château so überstürzt verlassen habt. Man munkelt, daß er Euch geschlagen hat.«

Sie seufzte. »Das ist eine lange Geschichte, Jules. Und sie entspricht überhaupt nicht den Gerüchten.«

»Dann ist also alles in Ordnung?«

Wieviel durfte sie ihm verraten? »Mir geht es gut. Ich bin gekommen, um Euch zu sagen, daß ich Paris doch nicht verlassen werde.«

»Au nom de Dieu. Warum nicht?«

»Mein Mann will sich um meine Belange kümmern. Er wird dafür sorgen, daß ich nach Hause zurückkehren kann.«

»Alexa...«

»Es ist die Wahrheit. Ich würde es Euch erklären, wenn ich sicher wäre, daß Ihr es verstehen würdet. Aber ich fürchte, ich bringe ihn damit in große Gefahr.«

Jules legte seine Hand über ihre. »Hört mir zu! Ihr und ich, wir sind Freunde, ich würde nie etwas unternehmen, das Euch schadet – weder Euch noch Eurem Mann.«

Sie studierte eingehend seinen Gesichtsausdruck. Kleine goldblonde Locken fielen ihm in die hohe Stirn, und seine hellen Augen blickten besorgt.

»Ich wünschte, es wäre so einfach – aber Tatsache ist, Ihr seid Franzose, und ich bin Engländerin. Ich kann nicht sicher sein, daß unsere Ziele übereinstimmen.«

»Mein Ziel ist es, diesen Krieg zu beenden, meinem Land Frieden zu bringen. Das Töten muß ein Ende haben, um das Leben vieler braver Männer zu retten.«

Alexa biß sich auf die Unterlippe. Konnte sie es wagen? Sie hatte Jules schon einmal vertraut, und er hatte ihr Vertrauen nicht mißbraucht. Er arbeitete mit General Wilcox zusammen, und Damien würde vielleicht Hilfe benötigen – vielleicht sogar sie beide. »Mein Mann ist ein Patriot. Ein englischer Patriot.«

Jules lehnte sich in seinem Stuhl zurück. »Also hat er Euch wieder einmal davon überzeugt.«

»Er hat mir alles erklärt, hat alle meine Fragen beantwortet. Es ergab wirklich einen Sinn.«

»Euer Mann ist Experte darin, die Dinge so darzustellen, daß sie folgerichtig erscheinen.«

»Ich glaube ihm.«

»Warum?«

»Weil er gar keinen Grund hatte, zu lügen – und weil er mich liebt. Er hat es mir gesagt, in der Nacht, als wir das Schloß verlassen haben, und bei allen Behauptungen, die er aufstellen könnte, glaube ich nicht, daß er hierin lügen würde.«

»Das glaube ich auch nicht«, meinte Jules, und seine Worte überraschten sie.

»Ihr glaubt das auch nicht?«

Er schüttelte den Kopf. »Ich habe ihn in der Bibliothek gesehen, das wißt Ihr doch. Der Mann war entsetzlich eifersüchtig. Offensichtlich fühlt er sehr tief für Euch. Und genau deshalb würde er lügen hinsichtlich seiner Rolle in diesem Spiel.«

Daran hatte Alexa noch gar nicht gedacht. Es war ein verrückter Gedanke, und ganz sicher irrte Jules sich.

»Es gibt einen General, er heißt Fieldhurst, der kann seine Geschichte bezeugen. Ich habe in der Zeitung über ihn gelesen. Bestimmt können Eure Leute ihn erreichen, und er wird Damiens Aufrichtigkeit bestätigen.«

»Vielleicht, aber das kann einige Zeit dauern.«

»Ich habe etwas gefunden, Jules, etwas sehr Wichtiges. Mein Mann kümmert sich darum, daß diese Information England erreicht.«

Jules beugte sich vor, sein Gesicht war plötzlich sehr angespannt. »Wird es dazu beitragen, den Krieg zu beenden?«

»Das kann ich nicht mit Sicherheit sagen. Aber wenn wir es nicht schaffen, diese Information den Engländern zuzuspielen, wird Napoleon definitiv in England einmarschieren. Könnt Ihr Euch vorstellen, wie viele Tausende von Menschenleben das kosten wird? Auf beiden Seiten findet zweifellos ein fürchterliches Abschlachten statt – ungezähltes nutzloses Sterben – und wofür? Damit der Kleine Korporal Kaiser der ganzen Welt werden kann?«

»Die Dinge liegen anders, Alexa. Seine letzte Möglichkeit, in England einzumarschieren, hat Napoleon in Trafalgar vertan.« Es war die große Seeschlacht gewesen, die mit einem britischen Sieg geendet und die die französische Flotte beinahe vollständig zerstört hatte.

»Leider irre ich mich nicht.«

»Und wenn Ihr Euch nun in Eurem Mann täuscht?«

»Ich… auch ihn verstehe ich jetzt. Fieldhurst kann Euch aufklären. Laßt Euch von Euren Informanten die Wahrheit berichten.«

»Wieviel Zeit haben wir? Wie lange wird es dauern, ehe diese Information wertlos wird?«

Alexa schluckte. Jeder Tag zählte jetzt. Und es bestand unzweifelhaft die Möglichkeit, daß jemand ihnen auf den Fersen war und die Beschaffung der Kopien vereitelte. »Ich … ich bin nicht sicher.«

»Das Boot wird von Le Havre aus in einer guten Woche in See stechen. Wir dürfen Paris nicht später verlassen als am dreiundzwanzigsten, damit wir es noch zeitig bis zur Abfahrt schaffen. Wenn Euer Gatte die Wahrheit spricht und Ihr beide bis dahin in Sicherheit seid, ist alles in Ordnung. Aber wenn etwas dazwischenkommt und Ihr meine Hilfe braucht… oder wenn Ihr die Unterlagen habt und wollt, daß sie sicher nach England gelangen, dann werde ich für Euch dasein. Sagt nur meinem Freund im Hotel Marboeuf Bescheid. Er heißt Bernard, und Ihr könnt auf seine Verschwiegenheit vertrauen. Bernard weiß, wie er sich mit mir in Verbindung setzen kann, und er wird Euch auch sicher verstecken, bis ich wieder in Reichweite bin.«

Jules drückte ihre Hand. »Habt Ihr alles verstanden, Alexa?«

»Ja«, antwortete sie matt, denn all ihre Zweifel waren ganz plötzlich zurückgekehrt, und auch wenn sie sie nachdrücklich abwehrte, so war sie doch plötzlich ganz schwach. »Danke, Jules. Ganz gleich, was auch geschieht, ich werde immer in Eurer Schuld stehen.«

Er zog ihre Hand an seine Lippen und küßte die Innenflächen. »Falon wird nie sein Glück zu schätzen wissen.«

»Das spottet doch jeder Beschreibung!« Rayne Garrick, der vierte Vicomte Stoneleigh, lief grimmig vor dem Sofa im Salon seiner geräumigen Residenz auf der Plantage in Jamaika hin und her. »So etwas mußte ja geschehen. Ich hätte den Bastard erschießen sollen, als ich die Möglichkeit dazu hatte!«

»Beruhige dich doch, Rayne. Vielleicht ist es ja gar nicht so schlimm, wie es aussieht.« Jocelyn nahm ihrem Mann den

Brief aus der Hand und überflog ihn. Der Brief war mit dem letzten Schiff aus England in Kingston eingetroffen und dann mit den wöchentlichen Lieferungen nach Mahogany Vale befördert worden. Ein Oberst Douglas Bewicke hatte ihn geschrieben und am dritten Juli abgeschickt, zwei Tage nach Alexas Entführung. »Der Brief teilt doch nur mit, daß deine Schwester in Frankreich ist, genau wie ihr Mann.«

»Ihr Mann? Du meinst damit doch sicher nicht diesen Schuft, diesen französischen Verräter, den ich ihr zu heiraten erlaubte?« Raynes dunkelbraune Augen blitzten vor Wut, tiefe Furchen hatten sich um seinen Mund gegraben.

»Es hat da vielleicht einen Irrtum gegeben. Du sagst, du kennst diesen Bewicke. Und du hast auch gesagt, daß er ein windiger Feigling ist – ich glaube, genau das waren deine Worte. Vielleicht hat er sich ja in seiner Beurteilung des Grafen geirrt. Alexa glaubt an Lord Falon, so sehr, daß sie ihn sogar geheiratet hat...

»Alexa war doch diejenige, die ihn verraten hat. Das war ihre einzige vernünftige Tat, seit sie ihn kennt!«

»Ich glaube nicht, daß wir diesen Mann verurteilen sollten. Er hat ihr gesagt, daß er sie liebt, an dem Morgen damals vor dem Gasthof. Selbst wenn er ein französischer Spion ist, wird er – aus Liebe – für ihre Sicherheit Sorge tragen.«

»Und wenn er nun gar nichts mehr auf sie gibt? Wenn er nur rücksichtslos genug war, sie zu verführen und sie ihres Geldes wegen zu heiraten? Was wird dann mit meiner Schwester geschehen?«

»Man darf den Teufel nicht an die Wand malen. Wir dürfen nur gute Gedanken hegen, bis wir nach Hause zurückgekehrt sind, und das dauert noch einige Wochen.«

»Wenn dieser Bastard ihr etwas angetan hat, wenn er auch nur ein einziges Haar auf ihrem Kopf gekrümmt hat, dann werde ich ihn finden, und wenn ich dafür bis ans Ende der Welt reisen muß. Ich werde keine Ruhe geben, bis er mir tot zu Füßen liegt!«

Jocelyn legte eine Hand auf den kräftigen Arm ihres Mannes. Sie fühlte, daß er seine Fäuste geballt hatte.

»Es wird alles gut werden, Rayne. Alexa geht es in Frankreich sicher gut, bis wir nach Hause kommen. Und wenn wir wieder da sind, kannst du mit deinem Freund General Strickland sprechen und irgendeine Vereinbarung treffen. Du wirst schon einen Weg finden, sie zu uns zurückzubekommen – da bin ich zuversichtlich.«

Rayne fuhr mit den Händen durch das lange schwarze Haar seiner Frau. In dem Sonnenlicht, das durch ihr Schlafzimmerfenster fiel, leuchtete es wie Onyx und fühlte sich an wie Seide.

»Du bist wie immer optimistisch, nicht wahr, mein süßer Schatz? Was, in Gottes Namen, sollte ich nur ohne dich anfangen!«

»Deine Schwester wird wohlauf sein.«

Rayne lächelte, dann nickte er; doch er war weit davon entfernt, beruhigt zu sein. Alexa war schon immer ungezogen gewesen. Einen Zeitraum, nach dem Tod Peters, hatte sie in sich gekehrt verbracht, doch das war nicht ihre wahre Natur. Sie haßte die Franzosen, weil sie ihren Bruder Chris umgebracht hatten und wegen der Folter, die Rayne in seinem französischen Gefängnisjahr erdulden mußte.

Und jetzt war sie gezwungen, in dem Land dieses Mordgesindels zu leben. Würde sie ihr Temperament unter Kontrolle halten können und ihren Verstand im Zaum halten? Könnte sie die eventuellen Grausamkeiten ertragen, denen sie gar ausgesetzt war?

Wo befand sie sich jetzt? brütete er. Und wo steckte dieser Bastard, den sie geheiratet hatte?

Rayne schalt sich selbst, weil er diesen haarsträubenden Schritt erlaubt hatte, und er verfluchte den Hurensohn Falon in die Tiefen der siedenden Hölle.

Wenn er sie doch nur nicht immer wieder vertrösten würde.

»Worauf warten wir eigentlich?« fragte Alexa immer wieder. »Warum können wir nicht einfach bei diesem Sallier einbrechen, die Pläne holen und verschwinden?«

»Weil es viel zu gefährlich ist. Wir müssen den richtigen Zeitpunkt abwarten.« Damien stampfte die Terrasse entlang, seine Schritte dröhnten laut in dem stillen Garten. Zwar stellte er eine finstere Miene zur Schau, sie konnte jedoch seine Gedanken nicht lesen, und das war schon so seit der Nacht an der Seine.

»Wenn wir noch länger warten, dann erübrigen die Pläne sich. Wir haben doch keine Ahnung, wieviel Schiffe bereits gebaut worden sind. Es könnte sein, daß sie alle schon fertig sind und jeden Tag bereit auszulaufen.«

»Ich habe dir doch gesagt – daß Geduld geboten ist. Alle Einzelheiten müssen vorher geklärt werden, unser Fluchtweg muß gesichert sein. Für Fehler ist hier kein Platz.«

»Aber...«

»Es reicht, Alexa. Und verdammt, bitte sprich nicht mehr darüber – wir wissen doch nicht, wer uns alles zuhört.«

Wenigstens in diesem Punkt hatte er absolut recht. Sie wußte auch, daß alles, was er gesagt hatte, stimmte. Und soweit sie es sah, war Damien noch genauso weit davon entfernt, ihr eine sichere Überfahrt nach England zu verschaffen, wie am Anfang. Selbst wenn er eine Möglichkeit im Auge hatte, sie nach Hause zu schicken, so würde sie nichts davon erfahren, denn der Herr weigerte sich ja, mit ihr darüber zu sprechen.

Und das war einer der Gründe, warum sie ihm kein Sterbenswörtchen von St. Owen verraten hatte. Jules war ihr As im Ärmel in diesem tödlichen Spiel. Und wenn Zweifel übermächtig wurden, was ihr immer öfter widerfuhr, so war er ihre einzige Verbindung zur Wirklichkeit. Sollte alles andere fehlschlagen, so konnte sie sich immer noch an Jules wenden.

Alexa biß sich auf die Lippe. Was würde Jules tun, wenn er

von den Plänen im Schreibtisch des Generals wüßte? Würde er sie bei deren Beschaffung unterstützen können? Er war genauso gegen Blutvergießen wie sie. Gemeinsam mit Bewicke und Wilcox stellte er immerhin in Aussicht, sie sicher nach Hause zu bringen – und Jules hatte ein Boot, das Frankreich am Ende der nächsten Woche verlassen würde.

Alexa stand vor dem Fenster in ihrem Schlafzimmer und fragte sich, ob sie ihrem Mann von St. Owens Angebot erzählen sollte und von der besagten Überfahrt. Wenn er erst einmal die Wahrheit wüßte, würde er sich mehr sputen mit den Plänen und mit ihr zusammen auf dieses Boot flüchten.

Aber wenn Jules aus irgendeinem Grund recht behalten sollte – ebenso wie Bewicke und Wilcox – und nur sie sich irrte?

Dann würde Damien auf gar keinen Fall zulassen, daß diese Dokumente Frankreich verließen.

Dieser Gedanke nagte an ihr, ließ sie sogar spät in der Nacht noch herumwandern, türmte so viele Fragen auf in ihrem Kopf...

Und Damien selbst stellte auch wieder ein Rätsel dar. Er war nicht mehr zu ihr gekommen seit jener Nacht, in der sie aus dem Château geflohen waren, hatte sich sorgsam von ihr ferngehalten. Sie wußte nicht, was er dachte, wußte nicht, ob er seine übereilten Liebesschwüre bedauerte.

Sie war nicht sicher, ob er sie wirklich ernst gemeint hatte.

Ich liebe dich, für einen Mann wie Damien waren diese Worte doch viel einfacher auszusprechen, als er vorgab. Immerhin war er ein Schauspieler, ein Chamäleon, ein Mann mit tausend Gesichtern.

Tatsache war, sie könnte einfach alles laufenlassen – sie könnte Damien das Schicksal ihres Landes in die Hände legen und auch ihr eigenes Leben –, oder sie könnte versuchen, den Schiffsbauer ausfindig zu machen, bei ihm einzubrechen und die Pläne an sich zu nehmen. Sie könnte sie Jules geben, der sie sicher zu General Wilcox bringen würde. Das wäre ganz ohne jeden Zweifel der sicherste Weg, diese Entwürfe ihrem Heimatland zukommen zu lassen.

Jules könnte ihr helfen … wenn sie ihm weiterhin vertraute.

Lieber Gott, alles schien nur darauf hinauszulaufen. Sie liebte Damien, doch konnte sie sich immer noch nicht für ihn verbürgen. Jules war Franzose, aber er arbeitete mit den Engländern zusammen – und er war von Anfang an ehrlich und aufrichtig gewesen!

Wie sie sich auch entschied, das vordringlichste Ziel stellten die Pläne dar. Alexa war entschlossen, das zu erreichen.

»Bonjour, Jean-Paul.« Damien betrat das Haus. »Hast du Madame Falon gesehen?«

»Oui, M'sieur. Madame macht einen Spaziergang. Sie sagt, sie würde bald zurück sein.«

Damien räusperte sich. Er mochte es nicht, wenn sie allein das Haus verließ. Zum Kuckuck, das hatte er ihr schon mehr als einmal gesagt. Sie mußten jetzt ganz besonders aufpassen, der geringste Fehler könnte tödlich enden. Daher schwebte er in permanenter Furcht, daß irgend etwas entgleiste.

Er blickte von Jean-Paul zu dem Fenster, das zur Straße hinausging und wo eine Gruppe Kinder einen kleinen Lederball hin und her schossen. Von Alexa war nichts zu sehen, doch als er dann die andere Richtung inspizierte, tauchte sie dort auf.

»Guten Tag«, rief sie, und ein Lächeln breitete sich über ihr Gesicht.

»Da bist du ja endlich wieder, du solltest nicht allein ausgehen!« Seit der Nacht an der Seine hatte er sie sorgfältig gemieden, doch als er sie jetzt sah, konnte er kaum an sich halten.

»Ich weiß, aber es war ein so schöner Tag.« Ihre Wangen waren leicht gerötet von der frischen Luft, ihr Haar vom Wind zerzaust. »Und was habt ihr beiden gemacht in der Zeit, als ich weg war?«

Jean-Paul warf einen Blick auf die Kinder vor dem Haus. »Ich habe meinen Freunden zugesehen. Manchmal möchte ich so gerne dabeisein.«

»Warum machst du dann nicht mit?« fragte Alexa. »Deine Mutter hat doch sicher nichts dagegen.«

Er schüttelte den Kopf. »Sie lassen mich nicht mitspielen. Sie sagen, mit so einem Bein geht das nicht.«

Damien seufzte. »Kinder können grausam sein, Jean-Paul. Sie wissen nicht, wie schlimm das ist, links liegengelassen zu werden.«

»Mir ist es ganz egal, was sie sagen. Ich wünschte nur, ich könnte den Ball genauso gut schießen wie sie!«

Alexa kniete neben ihm nieder. »Vielleicht kannst du das ja.« Sie betrachtete sein verletztes Bein. »Was glaubst du, Damien? Jean-Paul ist kräftig und flink. Wenn ihr gemeinsam übt, müßte es gehen.«

Sie trug heute ein grünes Kleid aus einem hübsch bestickten Musselinstoff, der den gleichen Ton hatte wie die Farbe ihrer Augen. Es lag ein Ausdruck von Wärme in ihrem Blick, doch auch Abstand entdeckte Damien darin. Sein ganzes Innere zog sich zusammen bei diesem Anblick, und Bedauern stieg in ihm auf.

Warum hatte er ihr gesagt, daß er sie liebte? Es war dumm gewesen, in Anbetracht einer so unsicheren Zukunft, selbst wenn es stimmte – es hatte sie nur noch vorsichtiger gemacht. Seit jenem Ereignis war er nicht mehr in ihr Schlafzimmer gekommen, und sie schien ihm dafür dankbar zu sein. Er sehnte sich danach zu wissen, was sie dachte.

Jetzt schaute er zu dem kleinen Jungen und seinem verkrüppelten Bein. Sie hatte recht, das erkannte er. Der Junge konnte lernen, das Bein so zu drehen, daß er den Ball seitlich traf. Es gab ihm ein besseres Gleichgewicht, als wenn er ihn mit der Fußspitze schoß.

»Ja, ich glaube, daß das möglich wäre, Jean-Paul, wenn wir jemanden finden, der es dir beibringt.«

»Ihr könntet es mir beibringen!« Die großen braunen Augen des Jungen leuchteten auf. »Ich weiß, Ihr könntet es. Und ich lerne sehr schnell.«

Alexa lachte, und Damiens Herz wurde schwer bei diesem entzückenden Klang. Wie lange war es schon her, seit er sie so lachen gehört hatte? Viel zu lange. Verdammt lange schon. Sie war jung und unschuldig und sollte ein viel vergnüglicheres Leben führen. Sie gehörte nicht mitten in einen Krieg.

»Damien?« Alexas Stimme riß ihn aus seinen Gedanken.

Er zwang sich zu einem Lächeln. »Was meinst du, Jean-Paul? Du wirst dich zuerst umziehen müssen, denn sonst reißt deine Mutter mir den Kopf ab.«

»Oui, M'sieur – ich werde alles tun, was Ihr sagt. Ich beeile mich. Ihr müßt aber auf mich warten!« Der Junge hoppelte los und ließ die beiden allein.

Als Alexa aufblickte, sah er eine gewisse Unsicherheit in ihren Augen. Sie wirkten jetzt betrübt und verhangen; doch auch Zärtlichkeit entdeckte er darin und noch etwas anderes, nicht zu Deutendes.

»Du hast ihn sehr glücklich gemacht«, sagte sie leise.

Und was ist mit dir, Alexa? Werde ich dich je glücklich machen können? Doch er sprach diese Worte nicht aus, aus lauter Feigheit, die Wahrheit zu vernehmen.

»Er ist ein guter Junge«, sagte er statt dessen, doch er war nicht ganz bei der Sache. Sie stand so nah vor ihm, und das Blut floß schneller durch seine Adern. Seit der Nacht, in der sie aus dem Château geflohen waren, verspürte er den Wunsch, wann immer er sie sah, ihr die Kleider vom Leib zu reißen... Doch er fühlte sich noch schuldig wegen ihres letzten Zusammenseins, schuldig und seltsam ängstlich.

Er riß seine Blicke von der reizenden Rundung ihrer Brust los und blickte wieder aus dem Fenster. »Am besten ziehe ich mich auch gleich um. Ich habe das Gefühl, diese Aufgabe wird schwieriger, als sie aussieht – wenigstens für jemanden, der seit Ewigkeiten nicht mehr Ball gespielt hat.«

Seine Frau lächelte ihn an, und er wandte sich um und ging.

Alexa sah ihm nach und fühlte einen kleinen Stich in ihrem Herzen. Sie wunderte sich über die widersprüchlichen Gefühle, die über sein Gesicht gewechselt waren, und über den sanften Blick seiner Augen.

Schmerzlich wurde sie sich der Mauer bewußt, die zwischen ihnen stand. Eine Zeitlang, im Schloß Falon, war es ihr gelungen, eine Bresche in diese Mauer zu schlagen und den Schutzwall, den er um sich errichtet hatte, ein wenig zu durchdringen. Dann waren die Franzosen gekommen, und sie hatte den Fehler mit Bewicke begangen. Das bedeutete erneuten Verlust, und sie konnte ihm nicht einmal einen Vorwurf deswegen machen.

Dennoch hatte er sie befreit aus dem Etablissement der Madame Dumaine, und ihr wurde klar, daß ihre Gefühle für ihn sich nicht geändert hatten.

Das Verlangen nacheinander bestand ungemindert in ihnen beiden, doch lag zwischen ihnen ein ganzes Meer von Zweifeln. In der Nacht an der Seine hatte er ihr gesagt, daß er sie liebte – er hatte sie davon überzeugt, die Wahrheit zu sprechen. Doch seit dieser Zeit war er wieder permanent auf der Hut, und sie hatte keinen Zugang mehr zu ihm.

Vielleicht sollte sie noch mal einen Vorstoß wagen, sollte das Risiko eingehen und ihm ihr Herz ohne Vorbehalte schenken. Aber sie hatte das schon einmal getan, und der Schmerz war beinahe unerträglich gewesen. Ein zweites Mal würde sie so etwas nicht durchstehen können.

Sie dachte an Jean-Paul und an die Wärme in Damiens Augen, wann immer er mit diesem Kind zusammen war. Sie fragte sich, ob der einzige Mensch, in dessen Gegenwart sich Damien wohl fühlen konnte, wohl dieser dunkelhaarige Knirps war.

Jean-Paul erwartete einfach nichts von seinem Idol. Wahrscheinlich akzeptierte er Damien so, wie er war.

Dieser Gedanke heftete sich hartnäckig an ihre Fersen, als

sie die Treppe emporstieg. Das Kind liebte Damien um seiner selbst willen, ganz gleich, was er darstellte, ganz gleich, was er trieb. Der kleine Junge vertraute ihm, und im Gegenzug hatte er Damiens Vertrauen gewonnen.

Wenn sie doch nur mutig genug wäre, sich ebenso zu verhalten.

Alexa wußte, daß sie es nicht war.

Sie hatte ihre Entscheidung getroffen. Sie würde sich Jules St. Owen anvertrauen. Wenn es um St. Owen ging, so konnte sie objektiv bleiben. Bei Damien war ihre ganze Person ständig in Aufruhr, immer wieder in Verwirrung, einem Durcheinander von Gefühlen ausgeliefert.

Wenn es um ihren Mann ging, so konnte sie ihrem eigenen Urteilsvermögen nicht trauen.

Und gutes Urteilsvermögen war jetzt unabdingbar, es stand zu viel auf dem Spiel – zu viele britische Leben waren bedroht.

Alexa schlich in ihrem Schlafzimmer auf und ab, sie fühlte sich plötzlich erschöpft. Sie war gerade erst vom Hotel Marboeuf zurückgekommen, wo sie mit einem Mann namens Bernard gesprochen und eine Nachricht für Jules hinterlassen hatte. Wenn er bereit war, konnten sie in das Haus von Sallier einbrechen und dort nach den Plänen suchen. Wenn sie sie fanden, würde Jules sie sicher nach England schaffen.

Sie selbst, nun, sie hatte dann nichts mehr damit zu tun.

Tief in ihrem Inneren hatte sie schon immer gewußt, daß sie nicht mit ihm fahren würde.

20. Kapitel

Jules St. Owen saß an einem kleinen Ecktisch im Café de Valois und nippte an einer Tasse starkem Kaffee. Wenn er sich auf seinem Stuhl ein wenig vorbeugte, hatte er die Tür im Visier, die von der Straße hereinführte. Unmerklich hielt er die Luft an – dann stand er auf, als die schlanke Gestalt in dem Umhang das Café betrat.

Er eilte ihr entgegen, nahm ihren Arm und führte sie an den Tisch. »Ich hatte schon begonnen, auf die Uhr zu schauen«, sagte er, nahm ihr den Umhang ab und legte ihn über einen Stuhl.

»Ich bin nicht auf direktem Wege hergekommen.« Sie ließ sich von ihm den Stuhl zurechtrücken und schob mit einer Hand eine übermütige Haarsträhne unter ihre Haube zurück. »Damit wollte ich etwaige Verfolger abschütteln.«

»Très bien. Ich bin dankbar für Eure Vorsicht.« Er bestellte ihr eine Tasse Kaffee, die der Kellner brachte, mit der üblichen dampfenden Milch.

»Ist alles bereit?« Sie trug ein hellblaues Musselinkleid, schlicht und einfach, unter dem dünnen Stoff hoben sich ihre Brüste verlockend ab, ihre Augen strahlten hell und neugierig. Wie immer sah sie bildhübsch aus, doch ihm entging nicht ihre Blässe.

»Alle Vorbereitungen für unsere Abreise sind getroffen, auch für die Aneignung der Dokumente. Das werde ich persönlich erledigen... sobald Ihr mir sagt, wo ich sie finden kann.«

»Ich habe Euch doch gesagt, Jules, das werde ich Euch erst in der fraglichen Nacht verraten. Da ich die Absicht habe, dabeizusein, ist das meine einzige Handhabe.«

Er stieß einen leisen Fluch aus. »Es tut mir leid, chérie, aber das ist viel zu gefährlich. Ich hatte gehofft, Ihr hättet mittlerweile Vernunft angenommen.«

»Unser Treffen hier ist bereits gefährlich. Ich muß mitkommen, Jules, das ist meine Bedingung.«

»Und wie sollen wir es schaffen, Euch überhaupt aus dem Haus zu lotsen?«

»Das überlasse ich Euch. Ich verlasse mich auf Eure Findigkeit.« Sie war einfach zu allem entschlossen. Er sah ein, daß er ihr keinen Strich durch die Rechnung machen konnte.

»Nun denn, wie es scheint, habe ich keine andere Wahl.« Sie lächelte, weil sie einen Sieg errungen hatte, und Jules fühlte ein eigenartiges Ziehen in seiner Brust. Er seufzte. »Ich werde dafür sorgen, daß Lord Falon an diesem Abend aus dem Haus gerufen wird, dann könnt Ihr unbemerkt verschwinden, und wir treffen uns ein Stück weit von Eurem Haus entfernt.«

»Wann?«

»Am Donnerstag abend. Wir haben nur bis Freitag Zeit, um uns auf den Weg zu machen, wenn wir das Boot in Le Havre rechtzeitig erreichen wollen.«

Nachdenklich biß sich Alexa auf ihre Unterlippe, und er unterdrückte einen Anflug von Verlangen nach ihr. Er hatte nie unter Frauenmangel gelitten, die meisten waren mehr als bereit, sein Bett mit ihm zu teilen. Doch bei dieser Dame lag der Fall anders. Alexa fühlte nur Freundschaft für ihn. Er fragte sich, ob ihr Mann wohl ihre Kraft und Entschlossenheit zu schätzen wußte, so wie er es tat.

»Wegen des Bootes ...«, begann sie leise und blickte sich nervös um. »Ich habe meine Meinung nicht geändert, Jules, ich werde nicht mit Euch kommen.«

»Aber ich hatte geglaubt ...«

»Ich weiß, was Ihr geglaubt habt. Eine Zeitlang war ich mir selbst nicht sicher. Aber es steht unumstößlich fest, daß ich hierbleibe.«

»Das könnt Ihr nicht. Wenn die Pläne erst einmal entwendet sind, seid Ihr hier nicht mehr sicher. Sie werden voller Argwohn sein. Mon Dieu, immerhin habt Ihr die Unterlagen im Schreibtisch des Generals gefunden.«

»Ich muß bei meinem Mann bleiben.« Sie sah jetzt in sein Gesicht, und über ihre Augen breitete sich ein Tränenschleier. »Ich liebe ihn, Jules. Er gehört zu mir, und ich werde ihn nicht verlassen.« Sie blinzelte ein paarmal, um wieder klar zu sehen. »Außerdem kann es, wenn wir vorsichtig sind, Wochen dauern, bis jemand entdeckt, daß die Dokumente überhaupt weg sind. Bis dahin werden Damien und ich längst wieder zu Hause sein.«

»Offensichtlich habt Ihr trotzdem Zweifel, denn sonst wärt Ihr nicht hier. Was wird mit Euch geschehen, wenn Ihr Euch geirrt habt?«

»Bis wir von Fieldhurst hören, gibt es keine völlige Gewißheit. Ich bin nicht bereit, das Leben vieler meiner Landsleute aufs Spiel zu setzen, nur weil ich Damien liebe – aber ich glaube, daß ihm etwas an mir liegt. Sicherlich wird er mich beschützen. Mein Mann wird alle Hebel in Bewegung setzen, daß ich nach England zurückgelange … selbst, wenn er mich nicht begleiten kann.«

Jules wollte etwas dagegen sagen, doch der störrische Blick ihrer Augen ließ ihn innehalten. Mon Dieu, diese Frau hatte Mut. Und auf ihre eigene Weise war sie dem Mann, den sie liebte, treu. Dennoch würde er sie nicht hierlassen können. Er würde auf Zeit spielen, die Unterlagen an sich bringen – wenn es sie überhaupt gab –, und dann erst würde er sich den Kopf darüber zerbrechen, wie er sie außer Landes schaffte.

Er griff nach ihrer Hand, fühlte ihre sanfte, warme Haut und drückte beruhigend ihre Finger.

»Seid guten Muts, wir werden es so machen, wie Ihr es wünscht. Ich hinterlasse eine Nachricht im Marboeuf mit den endgültigen Anweisungen. Am Donnerstag abend werden wir die Pläne holen.«

»Danke, Jules.«

Mit einem Handkuß verabschiedete er sich. »Avec plaisir, chérie. Und jetzt rufen wir den Himmel an, daß alles gutgeht.«

Damien hatte das Hinterzimmer des Kutscherhauses aufgesucht, der einzige Ort, an dem er sicher war, nicht belauscht zu werden. Claude-Louis stand neben ihm. Jean-Pauls großer weißer Vogel schlug mit den Flügeln und krähte, begeistert nahm er den Leckerbissen entgegen, den Damien durch die Gitterstäbe des Käfigs schob.

»Dann ist also alles vorbereitet«, sagte er und schaute durch den Käfig hindurch auf seinen Freund.

»Es ist alles so arrangiert, wie Ihr es wolltet. Am Abend des kommenden Montags werdet Ihr Euch der Etikette gemäß kleiden und dann das Haus verlassen, als wolltet Ihr in die Opéra gehen. Ich warte an der Ecke mit der Kutsche auf Euch, mit Kleidung zum Wechseln für die Fahrt aus der Stadt hinaus. Eure Frau wird mit mir kommen, und wir können unseren Plan ausführen.«

Damien nickte.

»Vor dem Haus des Schiffbauers M'sieur Sallier wird ein Mann namens Charles Trepagnier auf Euch warten. Er ist vollkommen zuverlässig und hält sich dort bereit, um Euch zu helfen.«

»Hoffentlich brauche ich ihn nicht, aber es beruhigt mich, daß jemand da ist.«

»Wenn Ihr Euch die Pläne angeeignet habt, dann werden wir uns im Norden der Stadt treffen und von da ab die Landstraße nehmen.«

»Und das Boot?«

»Es wird vier Tage lang südlich von Boulogne auf Euch warten. Wenn Ihr es bis dorthin schafft, könnt Ihr schon ganz bald zu Hause sein.«

Damien legte Claude-Louis die Hand auf die Schulter. »Danke, mon ami, Ihr wart mir immer ein treuer Freund.«

»Ihr habt mir noch nicht gesagt, was Ihr tun werdet, wenn die Pläne nicht dort sind, wo Ihr sie vermutet.«

»In diesem Falle reisen wir ohne sie ab. Wenigstens wissen wir, was Napoleon vorhat, und ich kann es nicht riskieren, Alexa noch länger hierzulassen. Die Dinge sind uns sowieso schon aus den Händen geglitten.«

»Ich bin froh, das zu hören, da ich mir allmählich Sorgen um Eure Sicherheit mache.«

»Gebt bitte acht auf Euch selbst und Eure Familie.«

»Darauf könnt Ihr Euch verlassen. Und Damien – so wie ich Euch nahestehe, so seid auch Ihr mir sehr ans Herz gewachsen.«

»Ich werde Euch nicht vergessen – keinen von Euch –, ganz besonders Jean-Paul nicht. Sagt ihm, sollte er je nach England kommen...«

»Natürlich richte ich es ihm aus.«

Noch einmal nickte Damien. Es gab nichts mehr zu sagen. Heute abend würde er Alexa einweihen. Nach dem Essen bestellte er dann die Kutsche, und sie machten wieder einen Spaziergang an der Seine entlang, wo sie sich ungestört unterhalten konnten. Alexa würde ruhiger sein, wenn sie wüßte, daß alles in Ordnung käme und ihre Abreise vor der Tür stand.

Und auch er könnte endlich aufatmen.

Die Gefahr, entdeckt zu werden, wurde mit jedem Tag größer. Alexas Anwesenheit erweckte allzuviel Aufmerksamkeit und auch seine Gefühle für sie, obwohl er sorgfältig darauf geachtet hatte, sie zu verbergen. Der Diebstahl der Dokumente würde die Bedrohung noch erhöhen; aber es stand viel zu viel auf dem Spiel, um sich vor diesem Wagnis zu drücken. Wenn ihm irgend etwas zustieß, wenn er es nicht zu dem Treffpunkt schaffte, dann nahm Claude-Louis Alexas Geschicke in die Hände. Er würde sie zu dem Boot begleiten und dafür sorgen, daß es sie nach Hause brachte.

Auf Claude-Louis war Verlaß.

Trotzdem hoffte er, daß alles gutgehen würde und daß er schon bald zusammen mit ihr auf dem Boot wäre.

Am Donnerstag abend bestellte Alexa ein ganz besonderes Essen und tat so, als bereite sie sich auf einen gemütlichen Abend zu zweit vor. Und sie wollte wirklich diese wenigen Stunden mit ihrem Mann genießen.

Inzwischen zündete sie eine Kerze an; sie wollte eine gute

Atmosphäre schaffen, wollte endlich die Mauer zwischen ihnen durchbrechen, wenn auch nur für ein paar Stunden. Viel Zeit hatten sie nicht mehr. So wie er es ihr in seiner Nachricht mitgeteilt hatte, mußte Jules' Plan einfach klappen. Um neun Uhr würde ein Bote kommen mit einer dringenden Aufforderung für ihren Mann.

Eine Anzahl Offiziere würde über eine bevorstehende Truppenbewegung unterrichtet werden. Es war eine ganz normale Angelegenheit, hatte Jules behauptet, den Namen des Majors mit auf die Liste derer zu setzen, die an dieser Besprechung teilnehmen sollten.

Und es würde ihm ein perfektes Alibi verschaffen, wenn irgend etwas im Haus des Schiffsbauers schiefgehen sollte oder der Diebstahl entdeckt würde, noch ehe sie mit Damien die Stadt verlassen hatte.

Zuversichtlich sah sie dem Lauf der Dinge ins Auge, denn was auch immer an diesem Abend geschähe, es würde ihn nicht in Gefahr bringen.

Sie legte eine frische Serviette neben seinen Teller, der Tisch war mit kostbarem Porzellan gedeckt, Kristallgläser funkelten im Kerzenlicht, und ein duftender Blumenstrauß stand auf dem Tisch. Der Küchenchef würde heute abend côtes de veau aux chanterelles servieren, Kalbskoteletts mit wilden Rahmpilzen, obwohl Alexa sicher viel zu nervös wäre, etwas zu essen.

Als sie seine Schritte hörte und er auf sie zukam, so unglaublich groß und stattlich, begann ihr Herz schneller zu schlagen.

»Mon Dieu ...«, sagte er leise, und sein Blick umfaßte sie von Kopf bis Fuß. Seine belegte Stimme weckte einen ziehenden Schmerz in ihrem Herzen. »Wie konnte ich nur in so kurzer Zeit vergessen, wie schön du bist.«

Alexa fühlte, wie ihre Wangen sich röteten. »Ich habe gehofft, es würde dir gefallen.« Sie hatte ein saphirblaues Kleid gewählt über einem durchsichtigen Unterkleid. Es war kühn ausgeschnitten und zeigte die anmutigen Rundungen ihrer Brüste; an der Seite hatte es einen Schlitz, der einen verlockenden Teil ihres Beines enthüllte.

»C'est extraordinaire. Aber noch viel besser ist das, was in dem Kleid steckt.«

Ihre Wangen wurden noch röter. Absichtlich hatte sie speziell dieses Kleid gewählt. Sie wollte, daß in seinen Augen das Verlangen brannte und sein Gesicht voller Sehnsucht nach ihr war. Was auch immer diese Nacht für sie bereithielt, einmal noch sollte er vor Liebe glühen.

Und auch jetzt entdeckte sie diesen Blick, er entzündete sie mit seiner Intensität, ließ ihr Blut schneller durch ihren Körper fließen und ihr Herz rasen. Mit blitzenden Augen und einem sinnlichen Lächeln kam er auf sie zu, die Muskeln in seinen langen Beinen bewegten sich im Takt seiner Schritte. Er trat zu ihr, legte ihr einen Arm um die Taille, zog sie an sich, beugte sich zu ihr und küßte sie.

Der Kuß war heiß und voller Leidenschaft, seine festen Lippen schlossen sich über ihren, rücksichtslos, entschlossen und besitzergreifend.

»Ich habe dich vermißt«, flüsterte er heiser. »Niemals hätte ich so lange warten sollen. Ich hätte zu dir kommen sollen, dich lieben und dich dazu bringen, nach mir zu verlangen so wie ich nach dir!«

»Damien...« Ihre weiteren Worte erstickte er mit einem neuen Kuß, der so stürmisch war, daß ihre Beine ihr den Dienst versagten. Sie klammerte sich an seine Schultern, als sich seine Zunge tief in ihren Mund schob und eine Hand sich um ihre Brust schloß. Sie fühlte die kräftigen Muskeln seines Oberkörpers, fühlte seine heiße Erregung, die sich gegen sie drängte.

»Ich will dich«, flüsterte er. »Ich brauche dich, Alexa.«

Ein leises Geräusch entrang sich der Tiefe ihrer Kehle. Einen Augenblick lang glaubte sie, er werde sich gleich hier ihrer bemächtigen, würde ihre Röcke heben und in sie eindringen, so wie in der Nacht in der Bibliothek. Heiß schoß das Verlangen durch ihren Körper, doch er löste sich von ihr.

Ein sinnliches Lächeln lag um seinen Mund. »Vielleicht sollten wir mit dem Essen noch warten.«

»Das wäre nicht fair«, meinte sie atemlos, doch ihre Worte klangen nicht sehr überzeugend. »Der gute Masson hat den ganzen Nachmittag in der Küche gewirkt.«

»Wir könnten es ihm ja auf eine nette Weise vergelten. Ich bin sicher, uns wird etwas einfallen.«

Sie wollte ja sagen. Gütiger Gott, sie verlangte so sehr nach ihm. Es kam ihr plötzlich in den Sinn, daß er wahrscheinlich den nächsten Schritt von ihr erwartet hatte. Er hatte ihr gesagt, daß er sie liebe, und sie hatte ihm darauf keine Antwort gegeben. Sie hatte ihn zurückgelassen in einem Gefühl der Ungewißheit, verletzt und unbeachtet.

Noch ehe sie etwas sagen konnte, räumte er ein: »Natürlich hat es auch seine Vorteile, wenn man warten kann. Ich habe entdeckt, daß ein gewisser… Appetit größer wird, wenn man sich geduldet.« Er knabberte an ihrem Hals. »Es würde mir Zeit geben, über eine neue Raffinesse nachzudenken, wie ich dich verführen möchte.« Er hob anzüglich eine seiner schwarzen Brauen. »Oder vielleicht sollten wir ganz einfach so tun, als wären wir wieder in der Bibliothek.«

Alexa stand blutübergossen vor ihm. Sie hatte ihn schon öfter erlebt, wenn er verführerisch war, doch so neckisch wie jetzt hatte er sich noch nie gegeben. Zu ihrer größten Erleichterung begehrte er sie immer noch. Lieber Gott, wie hatte sie daran zweifeln können? Sie verspürte einen kleinen Stich in ihrem Herzen, am liebsten hätte sie all ihre Pläne vergessen und sich von ihm nach oben tragen lassen, um einander zu lieben ohne Ende.

»Sicher wäre eine kleine Verzögerung kein sehr großes Problem«, bestätigte sie, stellte sich auf Zehenspitzen, um ihn zu küssen, und schlang die Arme um seinen Hals.

Er lächelte sie verschmitzt an, dann aber schob er sie von

sich. »Wenn ich recht darüber nachdenke, glaube ich, daß dein Plan der bessere ist. Wir werden es ganz langsam angehen. Während des Abendessens sollst du dir vorstellen, was ich hinterher mit dir vorhabe.«

Ein Schauder des Verlangens durchzuckte sie. Ihre Zeit miteinander war begrenzt. Sie wollte das Abendessen vergessen, wollte ihn statt dessen lieben – doch das ging nicht mehr, jetzt war es zu spät, die Dinge noch zu ändern.

Damien rückte ihr den Stuhl zurecht und setzte sich dann mit einem zärtlichen Lächeln ihr gegenüber. Noch immer lag das Verlangen in seinem Blick, doch es wurde überdeckt von einem anderen Ausdruck, den sie nicht zu deuten vermochte. Sie ertappte sich bei dem Wunsch, es wäre die Liebe, die er ihr in der Nacht an der Seine gestanden hatte.

»Danke«, sagte er und streckte die Hand aus.

»Wofür?«

»Dafür, daß du zu mir zurückgekommen bist.«

Eine Faust schien ihr das Herz zusammenzupressen. War sie wirklich von ihm gegangen? Ja, das hatte sie wirklich getan. Genauso, wie er sich davongemacht hatte.

Vielleicht hatten sie sich beide nur gefürchtet.

Er hob sein Weinglas, noch immer hielten seine Blicke die ihren gefangen. »Auf uns«, sagte er.

»Auf uns«, wiederholte Alexa, und ihr Herz wollte überfließen vor Liebe und in einer plötzlich aufsteigenden Hoffnung auf eine gemeinsame Zukunft. Doch der Abend hatte gerade erst begonnen. Unabsehbare Gefahren lagen vor ihnen, und sie zweifelte heftig, ob sie sich richtig entschieden hatte. War es noch Zeit, ihre Begegnung mit Jules abzusagen? Gab es eine Möglichkeit, ihn zu erreichen?

Von Minute zu Minute wurde sie ängstlicher. Sie griff nach ihrem Weinglas und nahm einen großen Schluck, um sich zu beruhigen – dann hörte sie ein Klopfen an der Tür. Erschrocken blickte sie zu der majestätischen Wanduhr. Der Zeiger wies erst auf halb acht.

»Pardon, M'sieur Falon.« Pierre Lindet, der kleine, dunkelhaarige Verwalter, erschien in der Öffnung. »General Moreau hat einen Boten geschickt. Eure Anwesenheit in den Privaträumen des Generals ist dringend erforderlich.«

Damien erstarrte. Er war alarmiert, das konnte Alexa feststellen, und ganz plötzlich machte auch sie sich Sorgen.

»General Moreau will dich sehen?« Ganz sicher war dieser Mann doch von Jules geschickt worden. Es hatte bestimmt nur eine kleine Änderung in seinen Plänen gegeben. Sie brauchte sich sicher nicht aufzuregen.

»Ach, es wird nur eine Routinesache sein. Vielleicht braucht er einige Informationen oder meine Meinung zu irgendwelchen britischen Truppenbewegungen.«

»Ja... du magst recht haben!« Alexa hatte Angst.

Jules hatte nichts von Moreau gesagt. Es wäre nur eine Besprechung einiger Offiziere, hatte er ihr versichert. Von Moreau war nie die Rede gewesen. Sie stand auf und begleitete Damien in die Eingangshalle. »Wie lange wirst du wegbleiben?«

»Das kann ich nicht sagen. Aber wahrscheinlich dauert es nicht lange.« Doch er sah gar nicht so aus, als sei er sicher. Er wandte seine Aufmerksamkeit dem Korporal zu, der ihm diese Nachricht gebracht hatte. »Bitte, geduldet Euch, ich will nur meine Uniform anziehen.«

»Das ist wohl nicht erforderlich, Major Falon«, entgegnete der Soldat. »Der General läßt sich dafür entschuldigen, daß er so spät am Abend noch eine Besprechung einberuft.«

Damien entspannte sich ein wenig und nahm dann von Pierre seinen Umhang entgegen. Er legte ihn sich um die Schultern. Alexa bedachte er mit einem liebevollen Lächeln, dann küßte er sie zum Abschied. Es war ein heißer, leidenschaftlicher und besitzergreifender Kuß – sie zitterten beide, als er sich von ihr löste.

Noch ehe Alexa bewußt wurde, daß sein Lächeln allzu strahlend gewesen war, hatte Damien das Haus verlassen. So offenherzig zeigte er sich nur sehr selten, und deshalb machte sie sich noch größere Sorgen.

Dennoch hatte sie jetzt keine Zeit, darüber nachzudenken, ob ihre Ängste begründet waren oder nicht. Zunächst einmal mußte sie annehmen, daß sich die Dinge wie vereinbart entwickelten: demnach wartete Jules auf sie und hatte alle Zügel in der Hand.

Entschlossen, sich nichts anmerken zu lassen, bestellte sie das Abendessen auf ihr Zimmer, doch machte sie sich keine Mühe, es zu essen. Marie-Claire half ihr beim Auskleiden, sie schlüpfte in ihr Nachthemd und lief dann unruhig in ihrem Zimmer auf und ab, bis es endlich halb elf war.

Rasch warf sie ein schlichtes dunkelbraunes Kleid über und hängte sich einen schwarzen Umhang um die Schultern. Sie öffnete die Tür und blickte zur Dienstbotentreppe. Als sie niemanden sah, schlich sie die Treppe hinunter und aus der Tür, die zum Kutscherhaus führte. Sorgsam hielt sie sich im Schatten, falls ihr jemand folgte, dann ging sie die zwei Steinwürfe weit bis zur Avenue Gabriel, ihrem Treffpunkt mit Jules.

Erleichtert seufzte sie auf, als sie ihn entdeckte, wie er auf sie zukam. Sein Gesicht war angespannt, doch nicht übermäßig besorgt.

»Ist er verständigt worden?« fragte er. »Hattet Ihr Schwierigkeiten wegzukommen?«

»Ich hatte keine Schwierigkeiten, aber der Bote kam viel zu früh. Er sagte, er hätte eine Order von General Moreau.«

»Moreau?«

»D-das sagte er jedenfalls. Stimmt etwas nicht, Jules? Steckt Damien vielleicht in Schwierigkeiten?«

»Nicht, daß ich wüßte. Und sonst war niemand da?«

»Nein.«

»Nun, vielleicht hat es in letzter Minute noch eine Änderung gegeben. Meine Leute sind gut. Solange die Aufgabe gelöst wird, gibt es nichts zu bemängeln.«

Bei seinen Worten beruhigte Alexa sich ein wenig. Moreau maßte sich wirklich Herrscherallüren an. Es war also keine ungewöhnliche Aufforderung, und wenn Jules' Leute davon erfahren hatten, hielten sie es wahrscheinlich für eine willkommene Fügung.

»Da wir nicht wissen, wie lange er dort aufgehalten wird, sollten wir uns sputen.«

Daran hatte sie noch gar nicht gedacht. Sie betete, daß Moreau Damien so lange beschäftigen würde, bis sie wieder zu Hause war.

»Ich denke, Ihr solltet mir endlich sagen, wohin wir überhaupt wollen«, meinte Jules, als er ihr in die wartende Kutsche half.

»Es ist die Werkstatt eines Schiffsbauers mit Namen Sallier. Wir müssen ziemlich weit fahren, in die Rue St. Etienne, in der Nähe des Quai de la Mer. Kennt Ihr die Straße?« Sie hatte sich diskret nach der Werkstatt erkundigt und hatte schließlich die Adresse von einem der Mietkutscher erfahren.

»Ja, ich kenne sie. Es sollte nicht schwierig sein, die Werkstatt dort zu finden.«

Er nahm die Zügel, und das Pferd vor dem schwarzen Einspänner trabte an. Es war ein unauffälliges Gefährt, offensichtlich hatte er es gewählt, um unterwegs nicht aufzufallen.

Es dauerte eine Weile, bis sie die Rue St. Etienne erreicht hatten und schließlich in eine schmale dunkle Gasse bogen, die sie an die Hinterhöfe dieser Straße führte. Jules ließ sie in der Kutsche sitzen, während er sich umsah, dann kam er zurück und half ihr beim Aussteigen.

»Es gibt ein Fenster über einer schmalen Tür, die in den Keller führt. Ich habe es bereits geöffnet. Vermutlich seid Ihr entschlossen, mit mir zu kommen.«

Alexa lächelte. »Aber natürlich. Wie solltet Ihr denn wissen, wonach Ihr suchen sollt, wenn ich nicht dabei bin?«

Er schnaubte unwillig, doch versuchte nicht, sie davon abzubringen. Vor der Hintertür wartete sie, während er durch das offene Fenster kletterte. Ein paar Minuten später wurde die Tür von innen geöffnet, und er winkte sie herein.

»Es gibt nur zwei Räume hier«, sagte er. »Eine Werkstatt und eine Art Zeichenraum von M'sieur Sallier.«

»Wo sollen wir anfangen?«

»In der Werkstatt. Wenn die Pläne sich hier befinden, dann deshalb, weil es Arbeitszeichnungen sind. Ein Mann, der sich jeden Tag mit solchen Entwürfen beschäftigt, kommt normalerweise gar nicht auf den Gedanken, daß sie es wert sind, gestohlen zu werden.«

»Vielleicht hat Damien das auch gedacht.«

»Da bin ich ganz sicher.«

Jules zündete eine kleine Öllampe an und drehte den Docht herunter, damit man von außen das Licht nicht sehen konnte. Sie begannen damit, den schweren Eichenschrank zu öffnen, in dem die Pläne für die Schiffe aufbewahrt wurden. In all den Schubladen befanden sich ganze Stapel von Zeichnungen, und es dauerte lange, jede einzelne durchzusehen, um zu entdecken, ob es sich dabei um das Gesuchte handelte.

Sie durchforsteten die erste Schublade.

Nichts.

»Seht Ihr Euch diesen Packen an«, schlug Jules vor, der nun begriffen hatte, was sie wollte. »Ich nehme einen anderen.«

Alexa nickte. Jede Minute, die sie in diesem Haus verweilten, erhöhte das Risiko, entdeckt zu werden. Sie hockte sich nieder und begann zu blättern. Nichts.

Auch die zweite Schublade brachte kein Ergebnis, genausowenig wie die dritte.

»Habt Ihr etwas gefunden?« rief Jules leise.

»Noch nicht.« Doch so schnell würde sie nicht aufgeben. Sie durchwühlte alles bis zum letzten Winkel; dann reckte sie die Muskeln, die bereits zu schmerzen begannen, und schaute sich weiter in dem Raum um.

Jules war dabei, auch noch sämtliche Regale zu inspizieren, wo die Pläne sein konnten, deshalb ging Alexa in den Zeichenraum von Sallier hinüber. Auf seinem Schreibtisch lag nichts, und die Schubladen desselben waren nicht groß genug, um sie darin zu verstauen.

Sie gab acht, nichts durcheinanderzubringen, dann sah sie sich die Wände an, suchte nach etwaigen Verstecken. Nichts. Sie verspürte einen Anflug von Niedergeschlagenheit und wollte schon gehen; doch als sie nach der Klinke faßte, entdeckte sie einen niedrigen Schrank aus Holz hinter der Tür.

»Habt Ihr etwas gefunden?« fragte Jules von nebenan.

Mit einem letzten Hoffnungsschimmer sah sie sich den Schrank an. »Wenn sie hier nicht sind, dann weiß ich nicht, wo wir noch suchen sollten.«

»Wir müssen uns beeilen«, sagte er, kam zu ihr herüber und kniete sich neben sie.

Alexa nickte, öffnete die oberste Schublade und entdeckte darin eine Anzahl Pläne, genau wie die, die sie schon in dem anderen Zimmer gesehen hatten. Sie hob den ganzen Stapel hoch und sah sich ein Blatt nach dem anderen an bis auf die letzten übriggebliebenen, als sie innehielt – ihr Herz begann schneller zu schlagen.

»Ich habe sie gefunden«, wisperte sie beinahe ehrfürchtig. »Sie sind hier, Jules, genau wie Damien es vorhergesagt hat. Ich hoffe nur, es steht auch darauf, wo die Schiffe gebaut werden.«

»Wir können sie uns ansehen, nachdem wir hier verschwunden sind. Schaut Euch noch einmal um und versichert Euch, daß alle Spuren verwischt sind.«

Alexa tat wie geheißen und hoffte, daß sie alles auf Salliers Schreibtisch an seinen ordnungsgemäßen Platz gerückt hatte, dann lief sie zur Hintertür der Werkstatt. Jules schloß die Tür ab und kletterte dann wieder durch das Fenster hinaus. Er zog es sorgfältig zu und ließ sich neben ihr in die Kutsche sinken.

»Es ist geschafft«, sagte Alexa, als Jules die Zügel nahm und das Pferd antrieb.

»Naturellement, chérie, Ihr habt doch sicher nicht daran gezweifelt.«

Sie lachten beide erleichtert auf, ihr Erfolg machte sie ein wenig schwindlig, und flugs sah sie die Dokumente nochmals durch.

»Hier steht alles drin, Jules, wo jedes Schiff gebaut wird und wann es fertig sein soll. Lieber Gott, sie könnten schon in sechs Wochen auslaufen.«

»Zeit genug für die Engländer, um etwas dagegen zu unternehmen – jetzt erfahren sie es ja noch vorher.«

Alexa sah ihn an, ein Teil seiner feinen Züge wurde vom schwachen Mondlicht erhellt. »Ihr werdet doch dafür sorgen, Jules, so wie Ihr es mir versprochen habt, nicht wahr? Ihr werdet dafür sorgen, daß diese Papiere nach England gelangen?«

Er legte eine Hand an ihre Wange. »Ich werde Euch nicht enttäuschen, chérie. Sosehr ich das alles für den Frieden tue, so tue ich es doch auch für Euch.«

Ihr fiel ein Stein vom Herzen. »Danke, Jules.«

»Kommt mit mir, Alexa. Laßt mich Euch aus Frankreich herausschmuggeln.«

Doch Alexa schüttelte nur den Kopf. »Damien wird dafür sorgen, daß ich nach Hause komme.«

»Au nom de Dieu, Ihr seid nicht sicher, wenn Ihr noch länger wartet.«

»Mein Entschluß steht fest.«

Lange schwieg er, dann stieß er einen leisen Fluch aus. »Gibt es denn keine Chance, Euch umzustimmen?«

»Ihr wißt, daß es die nicht gibt.«

»Wenn Falon lügt ... wenn Euch irgend etwas zustößt – ich schwöre, dann werde ich ihn mit meinen eigenen Händen umbringen.«

Tränen glitzerten in Alexas Augen, doch sie drängte sie zurück. »Ihr seid ein guter Freund, Jules, das werde ich Euch nie vergessen.«

»Euch werde ich auch nie vergessen, chérie!«

Er ließ sie einige Ecken vor ihrem Haus aus der Kutsche steigen und wartete dann, während sie sich ihren Weg durch die Dunkelheit bahnte. Es dauerte nicht lange, da hatte Alexa das Kutscherhaus erreicht. Sie ging durch den Garten und benutzte den Schlüssel für den Dienstboteneingang. Leise erklomm sie die Treppe und huschte durch den Flur in ihr Schlafzimmer. Die ganze Zeit über betete sie, daß Damien noch nicht zurückgekehrt war. Wenn er entdeckte, daß sie nicht zu Hause war, würde er Himmel und Hölle in Bewegung setzen, und alles, was er unternähme, vergrößerte die Gefahr.

Sie schloß die Tür leise hinter sich und lehnte sich mit einem Stöhnen dagegen. Auch in seinem Zimmer lag noch alles an seinem Platz. Da keiner der Diener wach war, konnte Damin noch nicht wieder dasein. Zutiefst erleichtert warf sie einen Blick auf die Uhr.

Halb drei.

Sie hatten viel länger gebraucht als vorgesehen, und sie war entsetzlich müde; außerdem knurrte ihr Magen vor Hunger. Jetzt wünschte sie, sie hätte etwas gegessen, doch vor dem kalten Fleisch und dem verwelkten Gemüse auf dem Tablett grauste ihr.

Alexa ging zu dem Spiegel in der Ecke des Zimmers hinüber und zog sich geschwind aus. In ihrem Nachthemd setzte sie sich dann aufs Bett und wartete auf ihren Mann.

Sie würde ihm nicht verraten, was sie getan hatte – wenigstens jetzt noch nicht. Es wäre unfair Jules gegenüber und gefährdete ihn möglicherweise. Zwar erschöpft von ihrem nächtlichen Abenteuer lauschte sie dennoch auf jedes Geräusch und hoffte auf Damiens Schritte. Insgeheim wünschte sie sehnlichst, daß er in ihr Bett kommen würde, heute abend brauchte sie seinen Trost. Sie wollte seine starken Arme um sich fühlen, wollte ihm sagen, daß sie ihn liebte und wollte auch seine Liebe empfangen.

Statt dessen wälzte sie sich hin und her, lauschte jedem Krachen im Gebälk des Hauses, lauschte dem Summen der Insekten vor dem Fenster und dem Wind, der durch die Bäume rauschte. Sie war immer noch wach, als draußen die Morgendämmerung anbrach.

Und von ihrem Mann fehlte jedes Lebenszeichen.

21. Kapitel

Damien fuhr sich mit der Hand durchs Haar und setzte sich auf dem unbequemen Stuhl gerade. Ihm gegenüber, hinter einem großen Rosenholztisch, saßen General Moreau, Victor Lafon, Grand Chamberlain Montesquiou, der amtierende Innenminister Fouchet und einige der Marschälle des Kaisers – sie studierten eine große Landkarte von Holland.

Die Briten waren in Vlissingen gelandet.

Die Männer hatten die ganze Nacht durch die Situation erörtert, jetzt war es schon heller Tag. Die Unterhaltung hatte sich gewandelt, von Ungläubigkeit am Anfang über Wut zu Betroffenheit bis zu der Überlegung, was die Engländer wohl als nächstes vorhatten.

Dennoch schienen sie sich keine übermäßigen Sorgen zu machen, Fouchet ausgenommen; doch Damien nahm an, daß dies nur Taktik war, womit dieser Mann seine politischen Ambitionen unterstützen wollte. Vor zwei Wochen, nach der Landung der Engländer in Walcheren, hatte er eine Mobilmachung der Nationalarmee befohlen und die Nationalgarde von Paris in Bereitschaft versetzt.

Der Kaiser war blaß geworden. Von seinem Hauptquartier in Schönbrunn aus hatte er Fouchet einen Schwarzseher gescholten und ihm vorgeworfen, ein Komplott gegen ihn zu schmieden. Während Damien den Minister jetzt beobachtete, argwöhnte er dessen altbekannte Angstmacherei.

Damien warf noch einmal einen Blick auf die Landkarte, auf die eingefärbten Gebiete, die die Engländer bereits besetzt hatten, und eine innere Unruhe überkam ihn, die er schon einmal gespürt hatte. Obwohl er nicht ganz sicher sein konnte, so bedrückte ihn dieser neuerliche Vorstoß der Engländer sehr. Das Gebiet in Holland, auf dem die Männer kampierten, war sumpfig und bekannt dafür, daß man sich dort das Fieber holte.

Wellington kämpfte noch immer in Spanien. Damien überlegte, welcher der Generäle wohl die britischen Truppen im Norden befehligte, und er war auch keineswegs von diesem Landemanöver überzeugt.

Hoffentlich sah die Wirklichkeit anders aus.

»Stimmt Ihr mir nicht zu, Major Falon?« Die Stimme des Generals riß ihn aus seinen Gedanken.

»Es tut mir leid, General, meine Konzentration hat mich vorübergehend verlassen. Könntet Ihr noch einmal wiederholen…«

»Entschuldigung, General Moreau…« Sergeant Piquerel betrat das exklusiv ausgestattete Quartier. Er war ein vierschrötiger Mann mit dunkelrotem Haar, ein brutaler, im Kampf gestählter Soldat, der jetzt ungewöhnlich erregt aussah. »Es tut mir leid, daß ich Euch unterbrechen muß, aber Leutnant Colbert hat eine dringende Botschaft für Euch. Er bittet, einen Augenblick mit Euch und Oberst Lafon allein sprechen zu dürfen.«

Der General schob seinen Stuhl zurück, er knirschte auf dem polierten Holzboden. »Ihr werdet mich entschuldigen müssen, Major. Unsere Unterhaltung setzen wir später fort.«

»Natürlich, General Moreau.«

Damien sah, wie er, gefolgt von Victor Lafon, den Raum verließ, wieder ergriff ihn die innere Unruhe von vorhin. Colbert war Victors Adjutant. Er war ein ehrgeiziger und scharfsinniger Mann, der eine rücksichtslose Karriere verfolgte. Was für Informationen hatte er entdeckt? Wie würde das die Briten beeinflussen... oder war es etwas ganz anderes?

Er verfiel in Schweigen, während um ihn herum die Unterhaltung ihren Lauf nahm. Einige Momente später riß der Sergeant die Tür auf.

Draußen im Flur gab es einen Aufruhr. Er hörte stampfende Schritte, dann betraten sechs uniformierte Wachen aus dem Stab des Generals den Raum. Die Männer um den Tisch sprangen auf. Anschließend wurde Moreau sichtbar, gefolgt von Lafon und Leutnant Colbert. Mit finsteren Blicken näherten sie sich Damien.

»Major Falon«, sagte Oberst Lafon. »Es ist mir eine sehr unangenehme Pflicht, aber ich muß Euch unter Arrest stellen.«

Damiens Magen zog sich zusammen: »Wie lautet die Anklage?«

»Hochverrat.«

Damien ballte die Hände zu Fäusten, er zwang sich zur Ruhe. »Ich versichre Euch, Oberst Lafon, es muß sich da um ein Mißverständnis handeln.«

»Das, Major Falon, wird sich herausstellen«, mischte sich General Moreau ein und trat in den Kreis der Männer. »Sergeant Piquerel – tut Eure Pflicht. Entfernt ihn!«

Die uniformierten Wachen umringten Damien. Es gab keine Möglichkeit zu fliehen, keinen Ort, an dem er sich verstecken konnte, schon aus Rücksicht auf Alexa. Damien ließ sich abführen. Während die Schritte auf dem Flur hallten, wirbelten in seinem Kopf die Fragen. Was hatte die Leute auf ihn aufmerksam gemacht? Wo brachten sie ihn hin? Was würde mit Alexa geschehen?

Einige Antworten kamen ihm in den Sinn, er überlegte und verwarf sie wieder, wägte die Wahrscheinlichkeiten ab und dachte an die verschiedensten Lösungen.

Über allem lag seine Angst um Alexa. Was sollte aus ihr werden, wenn er im Gefängnis war... oder wenn man ihn zum Tode verurteilte? War es möglich, daß sie die Absicht hatten, auch Alexa einzusperren? Es gab keine Möglichkeit, das herauszufinden, keine Möglichkeit, ihr beizustehen, es sei denn, er behielt seinen Kopf. Er durfte sich nicht der Panik überlassen.

Als man ihn in den Hof brachte, fühlte Damien die Sonne warm auf seinem Rücken, dann drehte man ihm die Arme auf den Rücken und band mit einem Seil seine Handgelenke zusammen. Schließlich wurde er in einen Wagen geschoben.

Er hatte keine Ahnung von seinem Bestimmungsort, keine Ahnung, wie er vielleicht entkommen könnte. Alexas wunderschöne grüne Augen sah er vor sich, die vor Angst ganz dunkel wurden, so wie am gestrigen Abend beim Eintreffen des Boten. Beinahe körperlich spürte er ihr Entsetzen.

Verdammt! Wenn er wenigstens Claude-Louis eine Nachricht schicken könnte, dann wüßte der bestimmt Rat.

Innerlich fluchte er auf sich selbst. Wenn er doch nur schon vorher verschwunden wäre, dann hätte auch sie jetzt nichts zu befürchten.

Wenn doch nur…

Was auch immer geschah, er würde das Spiel bis zum Ende spielen, aber leider konnte es dafür bereits zu spät sein.

Alexa kreiste ununterbrochen durch ihr Schlafzimmer. Damien war den ganzen Tag nicht zurückgekommen, und jetzt dunkelte es schon wieder. Wo steckte er? Was war ihm dazwischengekommen?

Sie machte sich unendliche Sorgen, stellte sich die gräßlichsten Szenen vor und schalt sich dann für ihre grundlosen Ängste; der Diebstahl der Pläne konnte unter gar keinen Umständen etwas mit dem Verschwinden ihres Mannes zu tun haben.

Während einem dieser optimistischen Augenblicke begab sie sich nach unten und suchte nach etwas, das ihre aufgewühlten Gedanken beruhigen könnte. Vielleicht ein Buch, irgend etwas, das sie ablenken würde. Sie zog einen Band von Rousseaus »Confessions« aus dem Regal in Damiens Arbeitszimmer und wollte sich soeben wieder zurückziehen, als sie in der Eingangshalle Marie-Claire aus dem Fenster nach draußen starren sah.

Sie ging schweigend auf ihre Perle zu und fragte sich, was sie wohl so eingehend betrachtete. Die hübsche Frau lächelte, während zu Alexas Erstaunen in ihren Augen Tränen standen.

»Was ist los, Marie-Claire?«

Im ersten Augenblick erhielt sie keine Antwort, dann schüttelte die junge Mutter leicht den Kopf und deutete aus dem Fenster. Alexa sah auf den Weg, der zur Straße führte, und entdeckte vor dem Haus den kleinen Jean-Paul. Er war umgeben von anderen Kindern, seine Wangen glühten vor Aufregung. Sein weißes Leinenhemd war schmutzig, seine Hose sah völlig ramponiert aus, doch das störte ihn wenig und seine Mutter auch nicht.

»Er tut es wirklich«, erklärte Marie-Claire voller Stolz, als sie sah, wie er den Lederball mit der Seite des Fußes schoß, weiter als all die anderen Jungen. »Ihr habt gesagt, er würde es können, und M'sieur Falon hat ihm gezeigt, wie er es machen soll.«

»Ja ...« Alexa sah, daß die Kinder ihn bewunderten, und ihr Inneres verkrampfte sich. »Ich glaube, Euer Sohn kann alles, was er sich vornimmt, wenn er nur will.«

Die kleine Französin wandte sich zu Alexa um und sah sie mit großen Augen an. »Ich werde das Geschenk der Freundschaft nie vergessen, das Ihr und Euer Mann meinem Sohn gemacht habt.«

Alexa drohte die Fassung zu verlieren. »Wenn mein Mann zur Stelle wäre, wäre er sicher sehr stolz auf Jean-Paul.«

Marie-Claire lächelte. »Er wird ein wundervoller Vater sein, wartet nur ab, selbst wenn er es noch nicht weiß – ich kenne mich damit aus. Es ist die reine, pure Wahrheit.«

Alexa biß sich auf ihre zitternde Unterlippe. Sie wollte Damiens Kind, mehr als sie es je für möglich gehalten hätte. Unbewußt legte sie die Hand auf ihren Leib. Es war möglich, daß sie auch unbestätigt sein Kind bereits in sich trug. Sie betete, daß es so war und daß er sich dieses Kind genausosehr wünschte wie sie.

Sie betete, daß er es aufrichtig gemeint hatte mit ihrer Rückkehr nach England; doch als sie an Jean-Paul dachte und an seine unerschütterliche Liebe zu ihrem Mann, da war es für sie plötzlich gar nicht mehr so wichtig, auf welcher Seite Damien stand.

Es war ihr gleichgültig, womit er sich befaßte oder woran er glaubte. Für sie zählte nur noch, daß sie ihn liebte und von ihm geliebt wurde.

Wenn er doch nur zurückkäme, dann würde sie es ihm auf der Stelle sagen.

War ihm gar etwas zugestoßen?

Sie drückte Marie-Claires Hand, wieder übermannte sie ihre Furcht. Schnell wandte sie sich ab und hastete nach oben.

Und die ganze Zeit über betete sie um Damien und sein Wohlbefinden.

Victor Lafon stand vor der Tür des Kellers unterhalb der Polizeipräfektur, Leutnant Colbert ihm zur Seite. Sergeant Piquerel war den Gang weiter unten bei dem Gefangenen.

»Sollen wir ihn mit dem Diebstahl der Pläne konfrontieren?« fragte Colbert, und seine scharfen Augen blickten abwägend drein.

Victor schüttelte den Kopf. »Noch nicht. Wir werden ihm ein Seil in die Zelle legen und sehen, ob er sich erhängt.« Victor war die Aufgabe zugeteilt worden, die Wahrheit über den Diebstahl herauszufinden, den man im Haus des Schiffsbauers entdeckt hatte, und die wichtigen Unterlagen wiederzubeschaffen – ehe sie in die Hand des Feindes fielen.

»Falon hat die Zeichnungen nicht gestohlen, doch er war

einer der wenigen Männer, die von ihrer Existenz wußten. Es besteht keinerlei Zweifel, daß er hinter dem Ganzen steckt, und mit der Zeit werden wir auch seine Komplizen ausfindig machen.«

»Was ist mit seiner Frau?«

»Ich habe bereits ein paar Männer zu ihr geschickt, die sie holen sollen.«

»Könnte sie daran beteiligt sein?«

»Sehr unwahrscheinlich. Sie besitzt zwar den nötigen Mut, aber Pierre hat nicht gesehen, daß sie gestern abend noch ausgegangen ist. Und selbst wenn sie es getan hätte, so wäre es für eine Frau allein eine ziemlich schwierige Angelegenheit gewesen.«

»Was ist mit St. Owen? Wir wissen, daß die beiden sich öfter getroffen haben.«

»Jules hatte schon immer eine Schwäche für Damen. Wir haben keinen Grund anzunehmen, daß es sich dabei um mehr als ein Stelldichein handelte. Dennoch war er in der Vergangenheit öfter mit der Politik des Kaisers unzufrieden. Es kann nicht schaden, ihm einige Fragen zu stellen.«

Colbert nickte.

»Die Frau ist allerdings sicher der Schlüssel zu der ganzen Angelegenheit«, meinte Victor. »Der Major hegt offensichtlich echte Gefühle für sie. Um ihretwillen wird er bereit sein zu verhandeln – wenn wir ihnen beiden eine sichere Rückkehr nach England anbieten.«

»Vielleicht habt Ihr recht. Auf jeden Fall läßt sich das baldigst klären. Auf die eine oder andere Weise werden wir diese Pläne zurückbekommen und natürlich herausfinden, an wen der Major sie verkaufen wollte.«

»Aber ich dachte…«

»Was? Ihr habt gewettet, er wollte mit den Engländern ins Geschäft kommen? Unsere Informanten konnten uns nie berichten, daß er sich ihnen gegenüber extrem loyal verhalten hat. Ich glaube eher, daß Major Falon sie an den Höchstbietenden zu veräußern gedachte. Es gibt mindestens ein halbes Dutzend Länder, die ein kleines Vermögen für solche Geheimnisse bieten würden.«

»Herr im Himmel, daran habe ich noch nie gedacht.«

»Vielleicht hat deshalb General Moreau mir diese Aufgabe übertragen. Ich kenne den Major länger als jeder andere. Wenn es jemanden gibt, der die Wahrheit aufzuspüren vermag, dann bin ich es.«

Colbert lächelte böse. »Mit Hilfe von Sergeant Piquerel!«

Victor blickte zu der schweren Holztür hinüber, und bei dem Gedanken an das, was sich dahinter befand, erschauerte er. Er stieß einen dramatischen Seufzer aus und schüttelte den Kopf.

»Ein schreckliches Geschäft, die Folter. Ich hatte gehofft, es würde nicht nötig sein, aber offen gestanden habe ich eigentlich schon immer geglaubt, daß es bei dem Major einmal so weit kommen würde.«

Colbert folgte seinem Blick, er hörte den Schlag von Fäusten, selbst noch durch die doppelte Kerkertür. »Persönlich habe ich diesen Mann nie gemocht. Aber ich weiß, daß Ihr immer noch einen Rest widerstrebenden Respekts ihm gegenüber hegt. Es tut mir leid, daß uns die Dinge entglitten sind.«

»Im Krieg sollte einen wirklich nichts überraschen, n'est-ce-pas?«

»D'accord, Oberst Lafon. Auch wenn manche darunter leiden, aber es ist nun einmal nicht zu ändern.«

Victor öffnete das Gefängnistor und blickte die Treppe hinunter. Es war dunkel in dem schmalen Flur, man konnte nichts Genaues erkennen. Er zwang sich, nicht daran zu denken, was dort unten sonst noch im Schatten verborgen lag – statt dessen wandte er seine Aufmerksamkeit zu dem kleinen Lichtfleck am Fuß der Treppe.

Eine Öllampe stand auf einem zerkratzten Tisch; an der Wand, in schäbigen Messinghaltern, steckten Fackeln. Sergeant Piquerel stand dort unten, die massigen Beine gespreizt, seine dicken Hände zu Fäusten geballt. Der Major hing schlaff auf dem Stuhl, an den er mit Seilen gefesselt war; ein Auge hatte sich bereits geschlossen, die Lippen waren aufgerissen und geschwollen.

Victor verhärtete sich. »Laßt mich wissen, wenn sie die Frau bringen«, sagte er zu Colbert, dann ging er die Treppe hinunter. Als Falon diese Worte hörte, richtete er seinen zerschlagenen Körper auf und starrte ihm mit einem vernichtenden Blick entgegen.

Alexa trat von dem Fenster zurück, die Erschöpfung hatte sie müde gemacht, dennoch verließ die Anspannung ihren Körper nicht. Draußen war es dunkel, kein Mond stand am Himmel, keine Sterne – und noch immer hatte sie nichts von ihrem Mann gehört. Der Wind wehte die Äste der Bäume gegen die Fenster, das Klatschen der Blätter an die Scheiben machte sie nur noch nervöser.

Abermals verließ sie das Zimmer, um sich abzulenken, doch auf halbem Weg treppab hörte sie, wie jemand laut an die Tür pochte. Es war mehr ein unmißverständliches Hämmern. Ihr Mund wurde ganz trocken, und ihre Brust verengte sich, die restlichen Stufen flog sie förmlich hinunter.

Pierre schob sich an ihr vorbei, fluchte leise und steuerte dann auf das Tor zu, entschlossen, den Frechling zum Schweigen zu bringen. Alexa folgte ihm nervös, ihr Herz klopfte ihr bis zum Hals.

»Bonsoir, M'sieur«, begrüßte der Verwalter den späten Besucher. »Was wünscht Ihr?«

Alexa sog scharf den Atem ein. »Jules, was, um alles in der Welt…« Sie hielt inne, als sie in sein Gesicht sah.

»Ich fürchte, ich muß Euch dringend sprechen, es ist unaufschiebbar.« Er ignorierte den kleinen Landsmann, ohne zu zögern trat er ein, griff nach ihrem Handgelenk und zog sie mit sich.

»Um Himmels willen, Jules, was ist los?« In dem Augenblick, in dem er die Tür des Arbeitszimmers hinter sich geschlossen hatte, wandte sich Alexa zu ihm um.

»Es hat einen Zwischenfall gegeben. Ich möchte, daß Ihr sofort Euren Umhang holt – und zieht ein Paar feste Schuhe an. Wir müssen hier verschwinden.«

»W-warum? Wie soll ich das verstehen?«

Jules' Miene verdüsterte sich noch mehr. »Man hat Euren Mann eingesperrt, wegen des Diebstahls der Pläne. Heute vormittag ist es entdeckt worden.«

»Aber sie wissen doch, daß er sie nicht gestohlen haben kann – er war doch bei ihnen!«

»Sie glauben, daß er trotzdem dahintersteckt. Und jetzt sind die Soldaten auf dem Weg hierher. Sie kommen, um Euch zu holen.«

»Gütiger Gott im Himmel!«

»Ihr müßt die Nerven bewahren! Holt Euren Umhang und die Schuhe, wie ich sagte. Schnell, Alexa, wir haben nicht mehr viel Zeit.«

Sie nickte und rannte dann die Treppe hinauf, dabei unterdrückte sie das Gefühl der Angst. In Windeseile packte sie eine kleine Reisetasche, zog ein Paar braune Lederstiefel an und griff nach ihrem schwarzen Umhang mit der Kapuze. In der Eingangshalle nahm Jules ihren Arm, zusammen verließen sie das Haus. Er half ihr in seinen Einspänner und kletterte auf den Sitz daneben.

»Wo ... wo fahren wir hin?«

»Ins Hotel Marboeuf. Bernard wartet dort mit einem Wagen. Er kann Euch nordwärts aus der Stadt bringen. Es besteht immer noch die Aussicht, das Boot in Le Havre zu erreichen.«

Alexas Verstand weigerte sich zu begreifen, was er sagte. Sie konnte an nichts anderes denken als daran, daß Damien gefangen war. »Das Hotel Marboeuf?« wiederholte sie benommen.

Jules nickte. »Bernard wird Euch weiterhelfen.«

»Und... und was ist mit Damien?«

Jules drückte ihre Hand. »Es tut mir leid, chérie, aber da gibt es nichts, was wir für ihn tun könnten.«

Alexa erstarrte, ganz langsam begann sie zu begreifen. »Was soll das heißen, wir können nichts tun? Damien ist unschuldig, er muß dort rausgeholt werden.«

Doch Jules schüttelte nur den Kopf.

»Wo ist er?«

Lange sagte Jules gar nichts. »In den Katakomben«, entrang es sich ihm leise. »Dort gibt es einen Raum unter der Polizeipräfektur. Von dort aus will man ihn in das La Force-Gefängnis transportieren.«

»Die Katakomben... lieber Himmel, wie konnten sie ihm nur so etwas antun?« Tränen traten in ihre Augen, als die schlimmsten Bilder sich vor ihr inneres Auge schoben. Sie hatte von den Katakomben gehört. Es waren große viereckige Räume, die die Römer aus den Kalkfelsen unter der Stadt geschlagen hatten. Während der Revolution waren sie als Begräbniskammern benutzt worden für die Tausende von Opfern, die die Guillotine erlitten hatten. Daß Damien in einem dieser gräßlichen Räume als Gefangener gehalten wurde, umgeben von verrottenden Skeletten und modernden Körpern, war mehr, als sie ertragen konnte.

»Es ist völlig unmöglich«, sagte sie langsam und wischte sich die Tränen von den Wangen. »Ich werde ihn nicht dort lassen.«

»Ihr müßt auf mich hören, chérie...«

»Nein! Ihr müßt auf mich hören! Es war meine Idee, die Pläne zu stehlen, und ich werde es nicht zulassen, daß er jetzt dafür zur Rechenschaft gezogen wird.«

»Wenn wir sie nicht gestohlen hätten, hätte er es selbst getan.«

»Das glaube ich auch. Und das beweist, daß er mir die ganze Zeit über die Wahrheit gesagt hat.«

»General Moreau glaubt das durchaus nicht.«

»W-was wollt Ihr damit sagen?«

»Der General glaubt, daß Euer Mann die Pläne an den Meistbietenden verkaufen wollte. Napoleons Armee ist eine Bedrohung für eine ganze Anzahl von Ländern, jedes einzelne davon ließe sich so wertvolle Informationen einiges kosten.«

»Ich... es ist mir ganz gleichgültig, warum er sie stehlen oder an wen er sie verkaufen wollte. Nichts zählt im Augenblick mehr – gar nichts! Ich liebe ihn, Jules, und ich werde ihm helfen. Nichts und niemand kann mich davon abhalten.«

St. Owen fluchte leise.

»Laßt mich raus, Jules, ich werde mir eine Mietdroschke nehmen und allein hinfahren. Es gibt keinen Grund, Euch auch noch in die Sache hineinzuziehen – Ihr habt bereits genug getan – mehr als genug. Von jetzt an mache ich ohne Euch weiter.«

Jules zog hart an den Zügeln, und der kleine schwarze Phaeton hielt an. »Glaubt Ihr wirklich, ich würde Euch allein dorthin gehen lassen?«

»Bitte, Jules, ich kann nicht anders.«

Der blonde Mann sah sie lange schweigend an, dann seufzte er tief auf. »Ihnen die Wahrheit zu sagen ist nicht die Lösung. Sie würden Euch wahrscheinlich beide umbringen, nur um sicherzugehen, daß die Unterlagen nicht außer Landes gelangen.«

»Aber was soll ich denn sonst tun?«

»Wir könnten versuchen, ihn dort herauszuholen.«

Ein Hoffnungsschimmer erwachte in Alexas Herz. »Gibt es denn da irgendeinen Weg?«

»Eine winzige Chance, ja, aber das ist besser als gar nichts.«

»Und wie? Wie könnten wir das anfangen?«

Jules lenkte den Wagen in eine Seitenstraße, in die entgegengesetzte Richtung. »Es gibt einen Eingang zu den Katakomben auf dem Place Denfert-Rochereau, am nördlichen

Ende der Rue de la Tombe-Issoire. Diese Stelle wird nicht sehr streng bewacht – normalerweise ist das nämlich nicht nötig. Von dort aus können wir in einen Tunnel gelangen, der zu dem Schacht unter der Polizeipräfektur führt.«

»Seid Ihr schon einmal dort gewesen?«

»Einmal. Der Tunnel wird gelegentlich benutzt. Wir haben einmal vor einigen Monaten versucht, einen unserer Leute dort herauszuholen.«

»Ist Euch das gelungen?«

»Nein. Man hatte uns gehört. Einer unserer Männer wurde gefangengenommen, ein anderer getötet. Zweien gelang es zu entkommen.«

Alexa leckte sich nervös über die Lippen. »Das tut mir leid.«

Jules zuckte die Schultern. »Vielleicht wird uns diesmal das Glück hold sein.«

»Ja… darum müssen wir beten.« Aber Alexa ging es durch den Sinn, ob die Katakomben danach drei Leichen mehr beherbergen würden, zu den Tausenden, die dort bereits ihr grausiges Grab gefunden hatten.

Victor Lafon stand hinter der Tür oben an der Treppe.

»Sie ist weg«, berichtete ihm Leutnant Colbert. »Sie ist mit Jules St. Owen geflohen.«

»Hol sie der Teufel!« Victor schlug mit der Faust gegen die Tür. »Er muß gewußt haben, daß wir sie holen wollten.«

»Vielleicht ist es ja auch nur ein Zufall. Oder sie hat St. Owen benachrichtigt, daß ihr Mann nicht zu Hause war. Vielleicht lauerte sie schon die ganze Zeit darauf, mit ihrem Liebhaber unterzutauchen.«

»Schon möglich, aber ich zweifle daran. Riegelt die Stadt ab, so gut Ihr könnt. Laßt niemanden hinaus, der auch nur den geringsten Verdacht erregt.«

»Und Falon? Sollen wir ihn weiter foltern wegen der Pläne?«

»Noch nicht. Er hat keine Ahnung, daß der Versuch, die Pläne zu stehlen, von Erfolg gekrönt war, und ich bin nicht gewillt, ihm das zu verraten. Außerdem gibt es eine Menge anderer Fragen, die ich gern beantwortet hätte.« Ein Muskel zuckte in seiner Wange, dann entspannte er sich ein wenig. »Vielleicht besitzen wir ja bald die perfekteste Handhabe. Wenn Eure Aufgabe erledigt ist, könnt Ihr Euch mit mir zusammen davon überzeugen.«

Der Leutnant salutierte zackig. »Es wird nicht lange dauern.«

Victor suchte erneut den Keller des Schreckens auf. Falon war bewußtlos, die Seile schnitten in seinen Körper, sein Kopf hing hinab, einige Locken seines schwarzen Haars fielen ihm ins Gesicht.

»Weckt ihn auf«, befahl Victor dem Sergeanten.

Der Folterknecht grunzte und griff dann nach einem Eimer voll Wasser. Er schüttete den Inhalt dem Major ins Gesicht und warf den Eimer achtlos zur Seite. Falon stöhnte auf, dann öffnete er das eine, nicht getroffene Auge.

»Ihr befindet Euch also immer noch unter den Lebenden. Das ist gut, Major, denn ich habe interessante Neuigkeiten für Euch.«

»Von Euch kann nichts Interessantes kommen, Victor.« Damien betrachtete seinen Häscher, bemüht, sein Auge offenzuhalten. Jeder einzelne Knochen in seinem Körper schmerzte, jede Rippe, jeder Muskel und jedes Gelenk. Er weigerte sich, die Wände um ihn herum anzusehen, er wußte, was dahinter lag, und wenn er daran dachte, würde das Entsetzen ihn zermalmen. Es gehörte wohl zu diesem teuflischen Spiel.

Und in dem Bemühen, ihm Informationen zu entlocken, wußte der Sergeant ganz genau Bescheid darüber, wie es um ihn stand.

»Also glaubt Ihr, daß ich nichts von Bedeutung wissen könnte«, meinte Oberst Lafon. »Doch vielleicht interessiert es Euch zu erfahren, daß, während Ihr hier drinnen ... beschäftigt wart, Eure Frau mit ihrem Geliebten davongelaufen ist.«

Damien blinzelte mühsam. »Ach, wirklich? Und was für ein Geliebter sollte das sein?«

»Jules St. Owen.« Lafon ließ ihm Zeit, diese Neuigkeit zu verdauen. »Ich bin sicher, Ihr erinnert Euch an ihn – gutaussehend, blond, äußerst wohlhabend und sehr mächtig. Sie trifft sich schon seit einer geraumen Weile mit ihm.«

»Ihr seid verrückt, wenn Ihr annehmt, daß ich Euch das glaube.«

»Nicht? St. Owen wurde mehr als einmal vor Eurem Haus gesehen, und wir sind Eurer Frau gefolgt zu zwei verschiedenen Rendezvous mit ihm im Café de Valois.« Der Oberst trat in das Licht einer der flackernden Fackeln. »Denkt einmal darüber nach, Falon. Vielleicht erinnert Ihr Euch dann daran, wie er mit ihr getanzt hat, am Abend des großen Balles ... oder vielleicht daran, wie seine Augen sie ständig verfolgten im Château des Generals. Wenn mir das aufgefallen ist, so ist es doch sicher auch Euch nicht entgangen. Erinnert Euch daran ... vielleicht glaubt Ihr mir dann eher.«

Etwas in Damiens Innerem rührte sich, zuerst war es nicht mehr als nur ein kleiner Zweifel, nur ein Hauch. Wenigstens ein Teil von dem, was Lafon sagte, stimmte. St. Owen hatte mehr als nur ein oberflächliches Interesse an Alexa gezeigt, und in manchen Augenblicken hatte er selbst geglaubt, daß sie seine Aufmerksamkeit erwiderte.

Der Zweifel wurde größer, wuchs zu bedrohlichem Umfang an, vergiftete seine Gedanken.

»Warum erzählt Ihr mir das? Selbst wenn es die Wahrheit wäre, was erhofft Ihr Euch davon?«

»Antworten auf einige unserer Fragen. Jetzt, wo Ihr wißt, wo die Loyalität Eurer Frau liegt, werdet Ihr uns vielleicht verraten, wie es um die Eure steht. Wir möchten wissen, wie lange Ihr schon gegen uns spioniert.«

»Ich arbeite für Euch, Victor. Und das tue ich bereits seit acht Jahren. Wenn Ihr irgend etwas anderes glaubt, dann seid Ihr ein Dummkopf.«

»Wir sind bereit, einen Handel mit Euch abzuschließen. Diese Frau hat Euch nun schon zum zweiten Mal verraten. Vergeßt sie und beginnt, an Euch selbst zu denken. Beantwortet unsere Fragen, dann gewähren wir Euch ein Schlupfloch.«

Damien spuckte auf den Boden, vor Lafons Füße. »Geht zur Hölle, Lafon!«

»Sergeant Piquerel, vielleicht könnt Ihr den Major davon überzeugen, daß es besser wäre, uns entgegenzukommen.«

Doch Damiens Gedanken waren nicht mehr bei den Schlägen, die er würde einstecken müssen, sondern wandten sich Alexa zu... ob Victor Lafon die Wahrheit sagte? Er kannte diesen Mann jetzt seit acht Jahren, das war kein Lügner! Alexa sollte mit St. Owen verschwunden sein. Die Frage lautete: Warum hatte sie das getan?

Damien traf der erste Schlag in den Magen hart, und in seinem Kopf drehte es sich. Dennoch konnte er an nichts anderes denken als an seine Frau und Jules St. Owen. Hatte St. Owen von seiner Verhaftung erfahren und die Gefahr für Alexa erkannt? War er ihr zu Hilfe geeilt? Es war möglich, auch wenn es unwahrscheinlich schien, daß er in so kurzer Zeit Bescheid wissen konnte. Doch selbst wenn er ihr beistehen wollte, welche Gründe bewegten ihn dazu? Warum sollte er sein Leben aufs Spiel setzen für eine Frau, die er kaum kannte?

Und was war mit den Treffen, die Lafon ihm hingerieben hatte? Warum war sie in dieses Café gegangen? Was sonst sollte sie dazu veranlaßt haben, außer Lafons Behauptung?

Piquerels Faust traf krachend sein Kinn, und sein Kopf flog zurück. Ihm schwand das Bewußtsein, dann kam es wieder und mit ihm das Bild von Alexa. Sie lächelte ihn an, es war ein sanftes Lächeln, ein Lächeln des Dankes für seine Bereitschaft, dem kleinen Jean-Paul einige Tricks zu zeigen. Warum nur war sie zu St. Owen gegangen? War sie wirklich die Geliebte dieses Mannes geworden? Die Fragen verfolgten ihn, machten den Schmerz in seinem Körper noch quälender und weckten in ihm die Hoffnung auf die schwarze Nacht der Bewußtlosigkeit.

Statt dessen dämmerte ihm die Antwort auf all seine Fragen, die ihn schnell und hart traf. Weil sie ihm noch immer nicht vertraute. Und weil er, obwohl er sich nach ihrem Vertrauen sehnte, ihr immer noch nicht sein volles Vertrauen geschenkt hatte.

Sie wollte nach Hause. Vielleicht hatte St. Owen ihr ja versprochen, ihr zu helfen. Er besaß eine ganze Anzahl Schiffe und konnte ihr leicht diesen Wunsch erfüllen. Jules war bekannt für seine Verführungskünste, er würde genau wissen, was er sagen und tun mußte, um sie auf seine Seite zu ziehen. Trotz all ihres Mutes war seine Frau noch immer sehr naiv.

Er dachte an Alexa und Jules zusammen und hatte das Gefühl, ein Messer würde in seiner Brust herumgedreht. Vielleicht würde St. Owen sie zurück nach England bringen, in der Absicht, dort bei ihr zu bleiben. Oder er hatte sie nur verführen wollen, sie als Geliebte benutzen, bis er ihrer müde wurde, und sie dann davonjagen.

Damien erhielt noch einen Schlag in den Magen, er krümmte sich zusammen, doch der Schmerz war nicht so überwältigend wie der in seinem Herzen. Diese Bitterkeit wurde immer größer, preßte ihm die Luft aus den Lungen und drückte ihm den Hals zu.

Was jetzt noch mit ihm geschah, war nicht mehr wichtig. Nur um Alexa grämte er sich noch. Er hatte keine Möglichkeit herauszufinden, wo sie war oder ob sie je nach Hause zurückgelangte.

Niemals würde er erfahren, was zwischen ihr und St. Owen geschehen war; doch irgendwie lag das ohnehin in weiter Ferne. Er wußte nur, daß er schuld an all dem war und daß er sich mehr als alles andere auf der Welt ihre Wohlbehaltenheit wünschte.

Zudem beherrschte ihn, zusammen mit seiner Ohnmacht, die Dinge ändern zu können, die Gewißheit, seine wunderschöne Gemahlin nie wieder zu sehen.

22. Kapitel

»Gebt mir Eure Hand.«

Alexa streckte die Hand aus, und Jules umfing ihre zitternden Finger. Sie fühlte, wie seine Kraft in sie überströmte, und im Licht der kleinen Messinglaterne, die sie aus der Kutsche mitgenommen hatten, lächelte sie ihn dankbar an.

»Besser?« fragte er, und sein blondes Haar schimmerte in dem matten Licht.

»Viel besser. Jetzt ist es gut. Danke.«

»Gern geschehen.« Doch er ließ ihre Hand nicht los, und Alexa war ihm dankbar dafür.

Nun nahmen sie die letzten Stufen, die in den Tunnel führten, und Dunkelheit schloß sich um sie. Es war feucht und dumpf hier unten, und ein eigenartiger Geruch lag in der Luft, den Alexa schließlich als den verrottender Kleidung identifizierte. Sie erschauerte, als sie daran dachte, was dieser andere abstoßende Geruch wohl sein mochte, obwohl er nicht so vorherrschend war, wie sie angenommen hatte. Dieser Teil des Tunnels lag schon einige Jahre in Vergessenheit, das hatte Jules ihr erzählt. Die Toten, die sich jetzt noch hier befanden, waren längst vermodert, oder man sah nur noch die Skelette.

Als sie um eine Biegung kamen und das Licht der Laterne auf die Wände des Tunnels fiel, entdeckte Alexa, daß er die Wahrheit gesagt hatte.

Stapel vertrockneter Leichen lagen an den Wänden, viele

davon ohne Köpfe, einzelne Schädel starrten sie aus leeren Augenhöhlen an. Ihr Magen hob sich, und die Galle stieg ihr bis in den Mund.

»Lieber Gott im Himmel.« Ihre Finger umklammerten Jules Hand.

»Es ist alles in Ordnung, chérie. Sie können Euch nichts tun.«

Alexa zwang sich dazu, ihr Entsetzen zu unterdrücken. »Ich… ich weiß. Es tut mir leid. Es ist nur…«

»Ihr braucht das nicht zu erklären. Ich selbst bin auch nicht immun gegen diesen Anblick, daran kann man sich nicht gewöhnen. Versucht, einfach nur geradeaus zu schauen. Kommt, wir müssen uns beeilen.«

Alexa zwang sich dazu, einen Fuß vor den anderen zu setzen, vorsichtig blickte sie auf den Boden, bemüht, nie den kleinen gelben Schein der Lampe zu verlassen. Ihr Herz polterte, und sie zwang sich, regelmäßig zu atmen.

»Was… was ist das für ein Geräusch?« Sie blieb stehen, als sie das Echo der schrillen Töne in dem Tunnel hörte.

»Hört nicht hin. Geht einfach weiter und paßt auf, wohin Ihr tretet.«

»Sagt es mir, Jules.«

»Ratten.« Er hielt ihre Hand fester und zog sie mit sich, zwang sie dazu, nicht auf diese schrecklichen Kreaturen zu achten und auch nicht auf den eisigen Schauder, der sie schüttelte.

»Wir sind jetzt schon ganz in der Nähe«, flüsterte er und zog sie hinter sich, an eine Stelle, an der sich der Tunnel teilte. »Das Geräusch unserer Schritte wird ab jetzt zu hören sein. Wir müssen auf Zehenspitzen gehen und darauf achten, wohin wir treten.«

Alexa nickte, und er blickte witternd um sich. »Bleibt einen Augenblick hier. Ich muß mich erst orientieren.«

Er ließ sie in dem schwachen Schein der Lampe zurück. Alexa wunderte sich, wie er in dieser erstickenden schwarzen

Finsternis etwas erkennen konnte. Sie hörte seine Schritte kaum, und nach einer Weile umgab sie brütendes Schweigen.

Alexa erschauerte und zurrte ihren Umhang fester. In der Stille tropfte irgendwo Wasser. Die Ratten hatten aufgehört zu quieken, doch noch immer vernahm sie eigenartige Geräusche aus der Ferne; sie war froh, daß sie nicht ausmachen konnte, woher sie kamen. Nervös wartete sie darauf, daß Jules wieder auftauchte, die ganze Zeit über mußte sie an ihren Mann denken. Damien war hier unten … irgendwo. Sie betete, daß es ihnen gelingen würde, ihn zu retten, ehe es zu spät war.

In der Dunkelheit vor ihr leuchtete etwas kurz auf. Sie fuhr zusammen, als Jules' blonder Schopf im Licht der Lampe auftauchte.

»Ich habe ihn gesehen!« Alexas Herz überschlug sich. »Wo sich der Tunnel nochmals teilt, steht eine Wache. Wenn wir Euren Gatten befreien wollen, muß ich diesen Mann ausschalten.«

»Geht es ihm gut?«

»Ich habe nur einen flüchtigen Blick auf ihn werfen können. Er steckt ganz weit hinten drin, fast am Ende des Schachts.«

»Waren noch andere Männer bei ihm?«

»Ich habe nur einen gesehen. Sobald die Wache beseitigt ist, werde ich versuchen, ihn abzulenken. Während ich mich darum kümmere, müßt Ihr Euren Mann losbinden.«

Alexa schluckte, dann nickte sie.

»Wenn irgend etwas geschieht, so wird es für Euch nicht schwer sein, den Weg nach draußen allein zu finden. Ihr müßt Euch nur immer links halten. Es gibt vier Abzweigungen im Tunnel, ehe Ihr die Treppe, die zur Straße hinaufführt, erreicht.«

»Es wird nichts dazwischenkommen«, wehrte Alexa ab. »Wir holen Damien heraus und lassen uns hier nie mehr blicken.«

»Bien sur, chérie. Zweifellos werden wir das schaffen, aber für alle Fälle ... denkt daran: immer links bleiben!«

Sie kamen um die letzte Biegung vor der nächsten Abzweigung des Tunnels, und Jules blieb abrupt stehen.

»Wir müssen die Laterne hierlassen. Wenn der Tunnel sich verzweigt, haben wir das Licht des Wachpostens vor uns.«

Sie reichte ihm die Lampe, und er stellte sie auf den Boden, ein Schädel mit offenem Mund erschien in ihrem Schein. Körper waren wie Feuerholz aufgestapelt bis hinauf zur Decke. Die Haut spannte sich wie Pergament über den Knochen, und an einigen herumliegenden Körpern hing zotteliges Haar in die leeren Augenhöhlen.

Alexa schluckte, ihr wurde übel. »Wir müssen gehen.«

»Da ist noch etwas, was Ihr besser wissen solltet.«

»Ja?«

»Lord Falon. Wie es scheint, ist er sehr übel zugerichtet worden. Aber ich hoffe, daß er gehen kann.«

»Lieber Gott.«

»Er ist ziemlich abgehärtet. Wahrscheinlich hat er in seinem Leben schon Schlimmeres erlebt.«

Alexa dachte darüber nach und betete, daß er nie wieder in solch eine Lage kommen möge. Durch die Schwärze schlichen sie das letzte Stück bis zu der Gabelung und bis sie die trübe Laterne des Wächters erkennen konnten. Jules zog sie hinter sich in den Schatten, er reichte ihr ein kurzes Messer.

»Der Graf ist eindeutig gefesselt. Ihr werdet die Seile durchschneiden müssen. Ich kümmere mich um die Wache. Bleibt hier, bis ich zurückkomme.«

Lautlos schlich er davon – als ein kleiner Stein unter seinen Füßen knirschte und die Wache aufmerksam wurde, blieb er wie angewurzelt stehen. Der Posten starrte suchend in die Dunkelheit; nach einiger Zeit, als er sicher war, sich geirrt zu haben, wandte er sich um. Jules schlich hinter ihn, schlang ihm einen Arm von hinten um den Hals und drückte zu.

Alexa biß sich auf die Unterlippe, als der Soldat sich wehrte und nach dem Angreifer treten wollte. Doch es dauerte nur Sekunden, bis Jules ihn zum Schweigen gebracht hatte. Er zog den Mann in den Schatten und legte den Bewußtlosen in den Schmutz.

Plötzlich hörten sie ein Geräusch in dem Tunnel vor ihnen.

»Eh, Henri... bist du das?« Es war die Stimme des Soldaten, der Damien bewachte. Jules drängte Alexa schnell auf die gegenüberliegende Seite, während der untersetzte Mann langsam auf sie zukam.

»Eh, Henri!« rief er noch einmal, und Jules murmelte eine Antwort. »Au nom de Dieu, hoffentlich hast du nicht schon wieder diesen entsetzlichen Fusel getrunken, den dein Onkel braut.«

In dem Augenblick, als der Soldat aus dem Lichtschein heraustrat, schlüpfte Alexa hinter ihm vorbei und überließ das Schicksal des Mannes Jules. Sie hörte das Ächzen und Stöhnen eines Kampfes, doch verschwendete sie ihre Zeit nicht damit, sich um dessen Ausgang zu kümmern.

Statt dessen lief sie auf die Funzel am Ende des Tunnels zu, zu dem dunkelhaarigen Mann hinüber, der auf seinem Stuhl zusammengesunken war.

»Damien?« Ihre Stimme zitterte, als sie neben ihm niederkniete. »Damien, mein Liebster, ich bin es, Alexa«, flüsterte sie und strich ihm dabei das Haar aus dem Gesicht. Er bewegte sich, als ihre Finger seine Stirn berührten, richtete sich langsam auf und hob den Kopf. Sie hatte Angst um ihn, fühlte grenzenloses Mitleid und eine Flut von Liebe, wie sie sie noch nie zuvor erfüllt hatte.

»Alexa?« Damien wiederholte ihren Namen mit einer Stimme, die krächzte vor Schmerz und Erschöpfung. Sein Kopf drehte sich, ihm war schwindlig, und er sehnte sich nach der Erlösung der Besinnungslosigkeit. Er versuchte, die Augen zu öffnen, aber die Welt um ihn herum drehte sich, alles sah verschwommen und düster aus – die Zeit schien stillzustehen. Sein Herz schlug unregelmäßig, wahrscheinlich litt er deshalb unter Sinnestäuschungen...

Kühle Finger fuhren über seine Wange. »Ja, mein Liebster, ich bin bei dir. Jetzt hole ich dich hier heraus!«

Damien versuchte, seinen Mund zu öffnen, wollte verstehen, was er zu hören glaubte, doch irgend etwas bewahrte ihn vor dem Alptraum, den er sehen würde, wenn er die Augen aufschlug. Er murmelte etwas Unverständliches und hörte eine leise Antwort, dann fühlte er, wie jemand an den Seilen zerrte, mit denen er festgebunden war. Irgendwie versuchte jemand, die Fesseln zu lösen.

Das Messer blitzte im Schein der Lampe auf, die erste Fessel gab nach, und ohne ihren Halt sank Damien nach vorn; er wäre gefallen, hätte sich nicht ein schlanker Arm um seine Schultern gelegt und ihn gehalten.

»Nur Mut, Liebster«, hörte er eine weibliche Stimme, und es klang fast wie ein Schluchzen. »Bald hast du es überstanden, wenn wir dich erst befreit haben.«

»Alexa...?« Er hatte zwar ihren Namen gehaucht, dennoch konnte sie nicht hiersein. Er schluckte, und sein Körper begann plötzlich unkontrolliert zu zittern. Diesmal hob er ein wenig die Lider und sah vor sich ihr Gesicht.

Kirschrote Lippen, kastanienbraunes Haar... die wunderschönsten grünen Augen, die er kannte. »Du... bist... zurückgekommen«, sagte er, und sein Gehirn verweigerte ihm noch immer den Dienst, weil er wußte, daß es nicht wahr sein konnte.

Sie biß sich auf ihre zitternde Unterlippe. »Lieber Gott, du hast doch nicht etwa geglaubt, ich würde dich verlassen?«

»St.... Owen. Du hast dich mit... St. Owen davongemacht.« Er kam sich sehr dumm vor, diese Worte laut auszusprechen. Alexa konnte gar nicht hiersein. Er redete zu einem Trugbild, da drüben lag ein Stapel von Leichen, abgehackte Schädel... kein Wunder, daß er den Verstand verlor – immerhin war er gefangen im Abgrund der Hölle.

»Nein, mein Liebster«, hörte er wieder diese sanfte Stimme, während das Messer die Fesseln an seinen Beinen durchschnitt. »Ich bin nicht mit Jules weggegangen, da ich dich nie verlassen würde. Niemals.«

»Alexa...« Er konnte nicht aufhören, ihren Namen zu lallen, konnte seine Blicke nicht von ihrem Gesicht losreißen, von dem Bild, das ihr so ähnlich sah. Durch sein Herz ging ein Riß.

Er dachte an die Nacht, als sie zu ihm in den Gasthof gekommen war, an die Gefühle, die sie schon damals für ihn angedeutet hatte, und an die Art, wie er sie verletzt hatte. Es machte den Schmerz in seinem Inneren noch größer, er verfluchte sich für all das, was er ihr angetan hatte.

»Alles wird wieder gut werden«, sagte die sanfte Stimme, noch immer bewegte sich das Messer, der wunderschöne Geist blieb hartnäckig an der Arbeit.

Und er wünschte sich, daß er nie wieder verschwinden würde.

»Damien, kannst du mich hören?«

Sie nahm sein Kinn in ihre Hand und zwang ihn, sie anzusehen. Er nickte und fragte sich, warum alles nur so merkwürdig echt aussah.

»Damien... ich liebe dich.« Ein Krampf wollte ihn von Kopf bis Fuß lahmlegen.

Er starrte auf das Trugbild vor sich, auf die grünen Augen und wünschte, er könnte die Arme um diese herrliche Vision legen, die die Worte aussprach, nach denen er sich so lange verzehrt hatte. Nur sehr wenige Menschen in seinem Leben hatten zu ihm je von Liebe gesprochen.

»Hast du mich gehört?« drängte die Stimme. Die Wiederholung erfolgte stoßweise: »Ich sagte... ich... liebe dich.«

Tränen brannten in seinen Augen. Er versuchte, sie zurückzudrängen, doch sie rannen in dicken Tropfen über seine eingefallenen Wangen. »Sag es noch einmal«, flüsterte er. »Sag es noch einmal, ehe du wieder verschwindest.«

»Ich werde nicht verschwinden! Nicht ohne dich! Ich… liebe… dich«, kam es stoßweise. »So sehr, daß es schmerzt. So sehr, daß ich glaube, ich werde sterben. Lieber Gott, Damien, bitte… bitte sag mir, daß du mich verstehst – hörst du mich?«

Das Trugbild nahm immer wirklichere Züge an, und sie sah so aus, als meinte sie ihre Worte ernst. Tiefe Sorgenfalten lagen auf ihrem Gesicht, und schreckliche Angst malte sich auf ihren Zügen. Sie liebte ihn. Und sie war nicht mit Jules weggegangen…

»Du… bist nicht weg?« zweifelte er. »Du hast mich nicht verlassen?«

»Wir werden zusammen weggehen«, sagte sie und löste die letzte Fessel. »Verdammt, wir werden sofort zusammen von diesem Ort verschwinden!« Wieder schüttelte sie ihn, doch er konnte nicht aufstehen.

»Du bist besser dran… mit St. Owen«, sagte er zu dem Trugbild – das war seine Überlegung während dieser Torturen, doch gleichzeitig hatte er sich dagegen aufgebäumt. »Ich… bin nicht gut genug für dich. Alles, was ich konnte, war, dich zu verletzen. Ich weiß nicht einmal mehr, wer ich überhaupt bin.«

Das hatte er eigentlich nicht sagen wollen. Er wußte gar nicht, woher die Worte gekommen waren, doch sie entsprachen der Wahrheit. Zu viele Lügen. Zu viele Spiele. Zu viele Jahre des Verrats. Am Ende hatte er sich sogar selbst verraten.

Eine sanfte Hand legte sich an seine Wange. »Ich weiß, wer du bist«, sagte das Trugbild. »Du bist die Summe all der Rollen, die du je gespielt hast. Du bist all das, was ich je gewollt habe, alles, was zu meinem Mann gehört, und ich liebe alles an dir.«

Er sah ihre tränenfeuchten Augen, und aus ihnen leuchtete ihm die Liebe entgegen. Das Bohren in seinem Herzen schien nachzulassen, und zum erstenmal hob sich der Schleier von seinem Bewußtsein. Der Raum um ihn herum drehte sich langsamer und kam allmählich zum Stehen. Das Rauschen in seinen Ohren hörte auf, und auch sein Atemrhythmus normalisierte sich.

»Alexa...«, flüsterte er, erstaunt, daß ihr Bild noch immer nicht gewichen, daß sie Gestalt geworden war. »Herr im Himmel, was tust du hier?«

Sie nahm sein Gesicht in ihre zitternden Hände und drückte einen sanften Kuß auf seine geschwollenen Lippen. »Jetzt ist keine Zeit, dir das zu erklären. Wir müssen machen, daß wir hier herauskommen.« Sie legte ihm einen Arm um die Schultern und half ihm, sich auf die Füße zu stellen. Er stützte sich schwer auf sie.

»Du hättest nicht kommen dürfen. Du hättest mit St. Owen fliehen sollen, dich in Sicherheit bringen...«

»Es gibt eine ganze Menge Dinge, die ich hätte tun sollen. Aber dies hier war das Wichtigste von allem. Und nun laß uns aufbrechen!«

Sein Verstand begann sich langsam in Bewegung zu setzen. Damien nickte, zusammen stolperten sie durch den Tunnel davon. Alexas Arm unter seiner Achsel stützte ihn, und als sie die Wächterlaterne erreicht hatten, gelangen ihm schon etwas sicherere Schritte.

Alexa nahm die Lampe, die auf dem verschrammten Tisch stand, und führte ihn weiter. Bei der Gabelung blieb sie stehen.

»Jules ist mit mir gekommen. Er wußte, daß man dich hierher gebracht hatte und kannte auch den Weg zu dir. Ihm haben wir die Ausschaltung der Wache zu verdanken.« Sie blickte sich um, konnte aber nichts entdecken. »Lieber Gott, ihm muß etwas zugestoßen sein. Er wollte hier auf uns warten.«

Damien reckte sich, er brauchte seine ganze Willenskraft, um ohne ihre Unterstützung stehen zu können. »Halte dich im Schatten.«

»Aber du bist nicht kräftig genug...«

»Jetzt, wo ich weiß, daß du bei mir bist, fehlt mir nichts mehr.« Er nahm die Lampe und bewegte sich vorwärts, ein wenig unsicher zuerst, doch dann mit immer festerem Tritt und grimmiger Entschlossenheit. Alexa hatte ihr Leben für ihn riskiert. Sie hatte ihm gesagt, daß sie ihn liebte. Und er wußte verdammt genau, wie sehr er sie liebte.

Jemand stöhnte in der Dunkelheit, und Damien erstarrte, um besser lauschen zu können. Noch einmal hörte er einen Jammerlaut. Langsam ging er auf dieses Geräusch zu, Alexa hielt sich dicht hinter ihm.

»Hier drüben«, zischte er und ächzte selber, als er auf den Mann blickte, der in der Dunkelheit vor ihm lag. Um St. Owen breitete sich eine Blutlache aus. Ein Messer blinkte im Lichtschein. Ein paar Schritte weiter lag Sergeant Piquerel, sein Hals war in einem unnatürlichen Winkel verrenkt.

Damien hörte das Rascheln von Alexas Röcken, als sie sich niederkniete.

»O bitte – o Jesus – nicht Jules!«

Als er seinen Namen hörte, öffnete der Verletzte seine hellen Augen. Er lächelte, als er Alexa sah und dann auch Damien entdeckte, der neben ihr stand.

»Also... chérie... dann war das alles doch nicht vergebens... Ihr habt... Euren Mann gefunden... und jetzt müßt Ihr... gehen.«

Alexa biß sich auf die Lippen. »Jules...«

Damien hörte den Schmerz in ihrer Stimme, als sie nach der Hand des Mannes griff. In der Vergangenheit wäre er bei diesem Anblick eifersüchtig geworden, doch jetzt fühlte er nur ein aufrichtiges Bedauern, daß seine Frau einen so guten und treuen Freund verlieren sollte.

St. Owen drückte ihre Hand. »Tut... was ich Euch gesagt habe, chérie. Nehmt Euren Mann... und flieht.«

»Ich kann Euch nicht verlassen, Jules, ich werde es nicht tun. Damien, sag ihm, daß wir nicht ohne ihn gehen.«

Damit appellierte sie an die Tatkraft der beiden, Damien

wußte es, genau wie St. Owen. Jede Minute zählte jetzt, jede verschwendete Sekunde konnte den sicheren Tod bedeuten. Und ein Blick in Alexas Gesicht sagte Damien, daß er nicht aufgeben durfte, daß er eher sein Leben zu riskieren hätte, als Alexa noch einmal zu enttäuschen.

»Ihr könnt doch nicht einfach kapitulieren, St. Owen. Wir werden jetzt zu dritt hier verschwinden.« Damien schwankte unsicher, als er sich vorbeugte.

»Ihr habt... keine Zeit mehr«, protestierte der Franzose, doch die beiden hörten nicht auf ihn. Zusammen hoben sie ihn hoch, bis er auf seinen Füßen stand, dann riß Alexa ein Stück ihres Unterrockes ab und preßte es auf die Wunde in seiner Brust.

Jules stöhnte auf, dann kippte er nach vorn. Von beiden Seiten hakten Damien und Alexa ihn unter – dann stolperten sie zusammen durch den Tunnel.

»Nach links«, befahl Alexa, als sie sich wieder an einer Abzweigung befanden. Sie schleppten sich weiter, doch mußten sie mehrere Male anhalten, weil sie keine Kraft mehr hatten. Als sie endlich die Treppe erreichten, die zur Straße führte, konnte Damien kaum glauben, daß sie es überhaupt bis hierher geschafft hatten.

»Es wird nicht leicht sein«, keuchte er.

»Gemeinsam müßte es gehen«, ermutigte Alexa ihn, und er erinnerte sich daran, wie sie genau diese Worte kürzlich zu Jean-Paul gesagt hatte. Er nahm seine ganze Kraft zusammen und hievte St. Owen hoch. Alexa stemmte sich mit all ihrer Kraft unter Jules' Kreuz, und zusammen bewältigten sie Stufe für Stufe aufwärts. Jeder einzelne Schritt schmerzte Damien, doch wuchs in ihm gleichzeitig die Hoffnung auf einen glimpflichen Ausgang.

Hinter ihnen im Tunnel hörten sie Geräusche, und sein Magen revoltierte vor Furcht.

War Lafon zurückgekommen und hatte entdeckt, daß er verschwunden war? Folgten der Oberst und seine Männer ihnen, liefen sie durch die schrecklichen Gänge mit den Leichen und jagten sie? Er drängte seine Furcht und die Schreckensvisionen beiseite, was ihnen blühte, wenn sie sie erreichten. Endlich torkelten sie auf die Straße.

Die kühle Nachtluft belebte ihn, er atmete auf.

»Die Kutsche wartet gleich um die Ecke«, sagte Alexa, die schweißüberströmt neben ihm stand.

Er nickte und nahm seine letzten Reserven zusammen. Hastig blickte er nach rechts und links. Niemand war auf der Straße, nur eine Katze strich an den Häusern entlang, und ein Betrunkener lag schlafend in der Gosse.

Sie erreichten die Kutsche, und St. Owen brachte mit ersterbender Stimme heraus: »Geht... ins... Hotel Marboeuf. Sicher... dort. Bernard...« Als sie ihn in die Kutsche hoben, stöhnte er auf und verlor das Bewußtsein.

Damien schob ihn vorsichtig auf dem Boden des Phaetons zurecht, er selbst hielt sich die schmerzenden Rippen, während Alexa ihm die Stufen hinaufhalf, dann sank er auf den Sitz. Er bemerkte kaum noch, daß sie die Zügel nahm und den kleinen Wagen auf die Straße lenkte.

Für einen Augenblick schloß Damien die Augen und war wohl vorübergehend seiner Sinne nicht mächtig; denn als er sich umsah, fuhr der Wagen gerade in den Hinterhof des Hotels Marboeuf. Ein großer bärtiger Mann ging neben der Kutsche her und blickte besorgt hinein.

»Es ist Jules«, erklärte Alexa dem Hünen, der nur Bernard sein konnte. »Er ist schwer verletzt, und auch mein Mann braucht Hilfe.«

Der Bärtige streckte die Arme aus und hob Jules vorsichtig aus der Kutsche. Wie ein Baby hielt er ihn an seiner Brust. »Ich werde mich um ihn kümmern. Was ist mit Euch, M'-sieur? Könnt Ihr allein aussteigen?«

»Hoffentlich«, knurrte Damien. Nie zuvor in seinem Leben war er entschlossener gewesen.

Alexa streckte die Hand nach ihm aus. »Ich werde dir helfen.« Sie stieg aus der Kutsche und stützte ihn beim Hinunterklettern der Stufen.

Sie würde ihm helfen, begriff Damien, genau wie sie es gesagt hatte. In Wahrheit war sie immer für ihn dagewesen. Heute abend hatte sie sich nicht von dem Grauen der Katakomben abschrecken lassen. Gegenüber seiner Schwester und seiner Mutter hatte sie ihn bereits in England verteidigt, und sogar in jener Nacht am Strand mit Bewicke und Damien als vermeintlichem Verräter hatte sie versucht, ihm beizuspringen. Ohne Zögern hatte sie ihr Leben für ihn aufs Spiel gesetzt.

So wie sie hatte noch nie eine andere Frau zu ihm gestanden und nur sehr wenige Männer. Ganz gleich, was auch geschah, er würde ihr das nie vergessen... ganz zu schweigen von den zärtlichen Worten, die sie ihm zugeraunt hatte.

Jetzt war er an der Reihe, sich schützend vor sie zu stellen.

Er hatte die Absicht, sie in Sicherheit zu bringen, und nichts – und niemand –, nicht einmal Napoleons Grande Armée, würde ihn daran hindern.

Alexa fühlte das Gewicht ihres Mannes kaum, als sie ihn über den Hof zu dem großen Gebäude geleitete, das vorläufig ihre Zuflucht bilden würde. Sie konnte nur daran denken, wie er ausgesehen hatte in dem schauerlichen Verlies dort unten, an die Verzückung auf seinem Gesicht, als sie ihm ihre Liebe gestand.

Er hatte sie lange nur angesehen, und dann hatten sich seine gepeinigten Augen mit Tränen gefüllt. Sie konnte es kaum glauben. Diesem Haudegen, der sich immer davor gefürchtet hatte, seine Gefühle zu zeigen, waren die Tränen über die Wangen gerollt.

Sag es noch einmal, hatte er gebeten, und ein bewegender Ausdruck der Sehnsucht hatte auf seinem zerschlagenen Gesicht gelegen. Ich möchte es noch einmal hören.

Alexas Herz tat weh bei dieser Erinnerung. Nie hätte sie

sich im Traum einfallen lassen, daß er sich nach solch einem Geständnis verzehrte – sie wünschte, sie hätte es schon vor langer Zeit ausgesprochen. Seiner Meinung nach hätte sie mit St. Owen weggehen sollen; obwohl er irrtümlich an ihren Betrug glaubte, hatte er dennoch nur an ihre Sicherheit gedacht. Im nachhinein wurden ihr bei diesem Gedanken nun selbst die Augen naß, Alexa blinzelte heftig gegen die Rührung an.

»Wie fühlst du dich?« fragte sie leise. Zuerst taumelte er noch ein wenig, während sie ihn durch die Tür ins Haus führte, doch merkte sie auch, daß er mit jedem vollzogenen Schritt seine Kräfte zurückgewann. »Geht es dir schon besser?«

»Ich kann nicht klagen.« Er wandte sich zu ihr um und berührte leicht ihre Lippen. »Und das verdanke ich dir.« Alexas Herz flog ihm zu. Sie schafften es bis in die Küche, dort blieb er stehen.

»Was ist?« fragte sie ängstlich, weil sie sah, daß er nicht weiterkonnte.

»Ich brauche etwas, womit ich meine gebrochenen Rippen stützen kann.«

»Bleib hier, gleich bin ich wieder da.« Damien lehnte an einer Anrichte, und Alexa wandte sich um, um den Raum zu verlassen, doch eine Stimme aus einer Ecke ließ sie anhalten.

»Ich werde Euch etwas holen.« Eine grauhaarige Frau hob gerade einen schweren Kessel auf das Feuer, etwas von dem Wasser darin schwappte auf die heiße Herdplatte und verdampfte zischend. Unverzüglich machte sie sich auf den Weg und kam wenige Augenblicke später mit einem frisch gewaschenen Leintuch zurück, das sie in Streifen riß.

»Merci beaucoup«, bedankte Alexa sich und nahm die Bandagen entgegen. Damien hatte währenddessen sein blutverschmiertes Hemd ausgezogen. Alexas Herz krampfte sich zusammen, als sie die Wunden sah und das getrocknete Blut in dem krausen Brusthaar.

»Setz dich«, sagte sie schroffer, als sie beabsichtigt hatte.

»Ich muß zuerst einmal die Schnitte und Wunden säubern.« Sie holte tief Luft, um sich Mut zu machen, weil sie wußte, daß sie kurz vor einem Zusammenbruch stand – aber so weit durfte es nicht kommen.

Dankenswerterweise erschien die Frau wieder in der Küche mit einigen Lappen und einem Topf kochenden Wassers. Alexas Hände gehorchten ihr nicht ganz, als sie Damiens Wunden säuberte. Er mußte es bemerkt haben, denn er hielt ihre Rechte plötzlich fest, zog sie an seine Lippen und hauchte einen Kuß in die Handfläche.

Keiner von ihnen sprach, die fremde Frau rumorte im Hintergrund. Doch Damiens Blick verströmte soviel Zärtlichkeit, daß Worte überflüssig waren. Alexa erfüllte das wohlige Gefühl der Vorfreude, eine angenehme Wärme hatte von ihr Besitz ergriffen. Als sie mit der Versorgung der Wunden fertig war, schlang sie die Bandagen fest um seine Rippen; der Schmerz war so groß, daß Damien scharf die Luft einsog, und Alexa tat dabei der eigene Leib weh.

»Ent... entschuldige bitte! Ich wollte nicht, daß du noch mehr aushalten mußt.«

Doch er schüttelte nur den Kopf. »Das weiß ich doch. Nichts von alldem war dein Fehler – überhaupt nichts.«

Heftige Reue ergriff sie, denn natürlich entsprach das nicht der Wahrheit. »Ich wünschte, es wäre so, doch leider sehen die Tatsachen anders aus. Alles, was geschehen ist, habe ich eingefädelt.« Sie blickte auf und sah, daß die Frau den Raum verlassen hatte, soeben schloß sich die Tür. »Jules und ich... wir waren es, die die Pläne gestohlen haben.«

Mit einem leisen Pfeifen atmete Damien aus. »Darum ging es also? Sie haben den Diebstahl der Pläne entdeckt?«

Alexa nickte, sie wagte es nicht, ihn anzusehen. »Das haben sie dir doch sicher gesagt?«

»Nein. Sie haben versucht, mich in die Enge zu treiben, wollten wissen, wieviel ich wußte.«

Alexa biß sich auf die Lippen.

»Wann habt ihr das denn ausgeführt?«

»In der Nacht, in der Moreau dich zu sich gerufen hat.«

»Und wo sind die Pläne jetzt?«

»Wir haben sie nach Norden geschickt. Jules hat ein Schiff, das nach England ausläuft. Die Pläne sollen General Wilcox erreichen.«

Damien nickte nur. »Ich habe gehört, daß St. Owen die Politik des Kaisers ablehnt, doch hätte ich ihm niemals zugetraut, daß er sich so sehr für seine Überzeugung einsetzen würde.«

»Wilcox hat ihn gebeten, mir zu helfen. Ich wollte es dir sagen, aber ...«

»Aber du hegtest mir gegenüber zu große Zweifel?«

»Ja.«

»Und jetzt?« fragte er.

»Jetzt ... jetzt habe ich begriffen, daß das alles unwichtig ist. Ich liebe dich. Deine Vergangenheit kümmert mich nicht, es ist mir auch gleich, woran du glaubst. Und wenn das, was du mir in der Nacht an der Seine gesagt hast, wirklich von Herzen kam ... wenn du mich auch nur andeutungsweise so liebst wie ich dich, dann kann geschehen, was will, solange wir nur zusammen sind.«

Er zog sie in seine Arme und barg sein Gesicht in ihrem Haar. Unter ihren Händen fühlte sie den stetigen Schlag seines Herzens.

»Ich habe es so gemeint«, flüsterte er. »Ich liebe dich, Alexa, mehr als mein Leben. Ich liebe dich und möchte nie wieder das Risiko eingehen, dich zu verlieren.«

Ihr Herz floß über vor Glück und Freude bei seinen Worten. Sie schlang die Arme um seinen Hals und hielt ihn fest an sich gedrückt. Nur die Sorge um seine gebrochenen Rippen und seine anderen Verletzungen brachte sie schließlich dazu, ihn wieder loszulassen. Sie wollte noch etwas sagen, doch in diesem Augenblick öffnete sich die Tür und die inzwischen bekannte Person trat in die Küche.

»M'sieur St. Owen… er fragt nach Euch. Ihr möchtet mit mir nach oben kommen!«

Alexa geriet in Panik. Lieber Gott, Jules war ein so lieber und treuer Freund.

»Wenigstens ist er wieder bei Bewußtsein«, meinte Damien. »Das ist ein gutes Zeichen.«

Alexa nahm seine Hand, zusammen verließen sie die Küche und erklommen die Treppe. Damien verzog bei jeder Stufe grimmig das Gesicht, doch schließlich gelangten sie doch in das Obergeschoß.

»Hier entlang, M'sieur.« Die alte Frau führte sie in ein großes Zimmer mit schweren seidenen Vorhängen und einer hohen Decke.

»Jules…« Alexa lief zu dem Bett und kniete besorgt daneben nieder. Sein Gesicht war kreidebleich, sein Mund schmerzlich verzogen. Sie blickte zu Bernard auf, der neben dem Bett stand.

»Wird er…?«

»Er wird es überleben – aber das verdankt er nicht seiner Sorglosigkeit. Mon Dieu, dieser Mann sehnt sich ja förmlich nach dem Tod.«

»Wird er imstande sein zu reisen? Hier kann er nicht bleiben. Man wird nach ihm suchen. Er muß die Stadt verlassen.«

»Das überlaßt nur mir«, antwortete Bernard. »Und auch Ihr werdet hier herauskommen.«

Alexa wandte sich zu Jules und sah, daß er die Augen geöffnet hatte. »Oh, Jules, es tut mir so leid.« Tränen rannen über ihre Wangen.

»Es braucht Euch nicht leid zu tun… chérie. Wärt Ihr und der Major nicht gewesen… dann würde ich jetzt nicht mehr leben.«

»Ihr müßt hier weg, Jules. Sie werden entdecken, daß Ihr in die Angelegenheit verwickelt wart. Lieber Gott, Ihr habt alles verloren.«

Seine Lippen verzogen sich zu einem schwachen Lächeln.

»Ich bin ein Mann der Meere ... das wißt Ihr doch. Es gibt ein Dutzend Häfen, in denen ich zu Hause bin. Und Geld ... ist Nebensache.«

»Oh, Jules, wie kann ich Euch das je vergelten?«

»Eines Eurer bezaubernden Lächeln, chérie ... ist Bezahlung genug.« Er starrte Damien an, sein verschleierter Blick wollte die Wahrheit ergründen. »Ihr seid ... ein Glückspilz ... Major Falon.« Wieder sah er zu Alexa. »Eure wunderschöne Frau ... liebt Euch von Herzen.«

Damien begegnete seinem Blick offen. »Bei weitem nicht so sehr, wie ich sie liebe!«

Jules' Blicke hielten die von Damien gefangen. »Wenn das so ist ... dann hoffe ich, daß Ihr meinen Rat befolgen werdet.«

»Ich höre ...«

»Reist nach Norden. Bernard kann Euch ... aus der Stadt bringen, ich besitze Schiffe in Le Havre. Eines davon wird nach Amerika segeln. Ich bin dort gewesen. Es ist ein gutes ... starkes Land, das ... viele Möglichkeiten bietet. Eure Vergangenheit ... ist dort nicht wichtig. Ich werde Euch Geld leihen ... für eine neue Existenz ...«

Damien unterbrach ihn. »Ihr seid ein Prachtmensch, St. Owen. Ich hoffe, eines Tages werdet Ihr mich Euren Freund nennen, so wie Ihr Alexas Freund geworden seid. Und die Empfehlung, uns nach Norden zu wenden, befolge ich gerne; aber das Schiff, das wir besteigen werden, soll einen neutralen Hafen zum Ziel haben, von wo aus wir zurück nach England reisen können. Ich möchte meine Frau nach Hause bringen.«

Alexa war aufgestanden, Unsicherheit hatte sie überwältigt. »Aber wir können nicht nach England zurück. Wenn sie dich fangen, werden sie dich umbringen ... und wenn du fliehen mußt, möchte ich nicht zurückbleiben. Nicht ohne dich. Mein Platz ist an deiner Seite.«

Damien lächelte nur. »Eines Tages, meine Liebste, lernst du hoffentlich, mir zu vertrauen. Wir werden zusammen nach

Hause zurückkehren – zurück nach Schloß Falon. Alles, was ich dir gesagt habe, war die Wahrheit.«

Alexas Beine drohten ihr den Dienst zu versagen, eine Woge der Erleichterung durchflutete sie. »Gott sei Dank.«

»Gott und Jules St. Owen«, sagte er, streckte die Hand aus und ergriff die von Jules.

Ein Lächeln umspielte St. Owens Mund. »Vielleicht werden wir uns eines Tages alle wiedersehen. Doch bis dahin… solltet Ihr Euch eilen. Bernard wird Euch aus der Stadt führen. Dort wartet jemand auf Euch, der Euch weiter transportiert. Wenn Ihr Euch nicht aufhaltet, könnt Ihr immer noch das kleine Boot erreichen… das nach England segelt.« Er wandte sich zu Alexa. »Es wäre doch schön… chérie… wenn Ihr die Pläne selbst übergeben könntet.«

Danach ging alles plötzlich sehr schnell. Noch ehe Alexa wußte, wie ihr geschah, küßte sie Jules' Wange zum Abschied, wurde aus dem Raum geschoben, die Treppe hinunter und auf die Ladefläche eines Wagens. Die kleine Reisetasche, die sie mitgenommen hatte, klatschte hinter ihr auf den Wagen, zusammen mit einigen Decken und Nahrungsmitteln. Damien kletterte nach; dann verschwanden sie unter einer Plane und einer dicken Lage Stroh. Darauf wurden einige blökende Schafe geladen, der Geruch ihrer feuchten Wolle durchdrang alle Schichten.

Bernard kletterte auf den Wagen, und das Gefährt rollte vom Hof auf die Straße hinaus.

Überraschenderweise fiel Damien in ihrem etwas stickigen Versteck in Schlaf. Erschöpfung und Schmerz hatten ihren Tribut gefordert, er war so schwach und abgezehrt, wie Alexa ihn noch nie gesehen hatte.

Tränen brannten in ihren Augen, als sie merkte, wie er selbst in diesem Zustand noch fest ihre Hand umklammerte. Und seine geschwollenen Lippen schmiegten sich trostsuchend daran.

23. Kapitel

Damien lag auf dem Bett in der kleinen Dachkammer des Gasthauses Les deux Poissons am Kai in Le Havre, mit Blick über die Seine. Auf der anderen Seite der Straße ragten die hohen Schiffsmaste in den Himmel und schwankten in der Brise, ihr Takelwerk klapperte leise.

Er liebte diesen Geruch. Es erinnerte ihn an Falon und daran, daß sie mit ein wenig Glück schon bald wieder in ihrem Heim sein würden.

Die Ungeduld packte ihn, nie zuvor hatte er sich so sehnlich gewünscht, England wiederzusehen. Aber er hatte ja auch noch nie eine Frau gehabt, die er liebte, oder eine Zukunft, die strahlend vor ihm lag statt öde und leer!

Alexa stand am Fenster und starrte hinaus, ihre schmalen Schultern senkten sich unter der Last des Kummers, den sie um ihn hatte seit der Befreiung aus dem Tunnel. Sie trug nur ihr Hemdchen, ihr seidiges Haar hing der Länge nach herab. Während er schlief, hatte sie gebadet, und jetzt blickte sie ängstlich auf die Straße in Erwartung irgendwelcher Schergen, vor denen sie sich fürchtete.

»Alexa, Liebste, komm her«, sagte er leise. Er hatte sie schon seit einiger Zeit beobachtet, war völlig verzaubert vom Heben und Senken ihrer Brüste, den verlockenden Bewegungen ihrer Hüften unter dem dünnen weißen Stoff.

Sie wandte sich fragend zu ihm um: »Ich dachte, du schläfst?«

»Schon seit einiger Zeit genieße ich es, dich zu beobachten. Ich wünschte nur, du würdest dir nicht so große Sorgen machen.« Seine Augen glitten über ihr hübsches Gesicht, er sah die bläulichen Ringe unter ihren Augen und die kleinen Furchen, die sich in ihre Stirn gegraben hatten. »Joseph hat Bernard abgelöst. Er steht draußen, in der Nähe der Hintertür, und paßt auf wie ein Luchs.«

St. Owens Mann hatte sie nach Norden aus Paris herausgeschmuggelt, und durch seine Fähigkeiten und Schläue waren sie sicher bis hierher gelangt. »Joseph wird uns Bescheid sagen, wenn ihm etwas Ungewöhnliches auffällt.«

Damien hoffte, daß er sie damit beruhigt hatte. In Wahrheit machte auch er sich große Sorgen, wie schon die ganzen letzten drei Tage ihrer mühseligen Reise durch das Land. Es war nicht gerade bequem für sie beide, doch sobald die Dunkelheit anbrach, würden sie – wenn das Glück ihnen weiterhin hold war – Le Havre verlassen und nach Norden fahren, in das kleine Dorf Etretat, wo das betreffende Segelboot auf sie wartete.

Alexa trat an das Bett. »Wie fühlst du dich?«

Sein Kopf schmerzte noch immer, genau wie seine Rippen. Er war von Kopf bis Fuß voller blauer Flecken und Abschürfungen. Doch ein einziger Blick in ihre großen grünen Augen, auf ihre rosigen Lippen, ein Blick auf ihre Brüste, die sich unter ihrem Hemd abzeichneten, genügte, um das Verlangen nach ihr in ihm zu wecken.

Er lächelte sie liebevoll an. »Im Augenblick fühle ich mich sehr einsam.« Mit einem Finger fuhr er über die glatte weiße Haut an der Innenseite ihres Armes. »Warum kommst du nicht zu mir?« Unter der Bettdecke war er nackt, und schon jetzt reckte sein Glied sich pochend auf.

»Ich fürchte, ich bin nicht sehr müde.«

Er lächelte sie schelmisch an. »Ich auch nicht.«

Ihre Augen wurden ganz groß. »Aber du kannst doch sicher nicht daran denken, zu...« Verlegen fuhr sie sich durchs Haar. »Lieber Himmel, Damien, du bist verletzt. Deine armen Rippen könnten unmöglich diese... Anstrengung aushalten.« Röte stieg in ihre Wangen, und schnell blickte sie weg.

Damien lachte leise. »Es wird nicht einfach sein, das gestehe ich. Aber vielleicht würde es ja auch genügen, wenn ich dich nur ein wenig küsse.«

Sie zögerte einen Augenblick. Dann beugte sie sich vor und drückte einen sanften Kuß auf seine Lippen. Aus ihrem frisch gewaschenen Haar stieg ihm Rosenduft in die Nase. Er legte eine Hand in ihren Nacken und zog sie zu sich, doch sein Kuß war keineswegs zaghaft. Mit der Zungenspitze fuhr er über ihre Unterlippe, in ihre Mundwinkel, bis sie ihm die Lippen öffnete und er die süße Höhlung erforschen konnte. Ihr leises, beglücktes Aufstöhnen entging ihm nicht.

»Meine Liebste, ich glaube, du fühlst dich genauso einsam wie ich.« Er nahm ihr Gesicht in beide Hände, und sein Kuß wurde fordernder, er sog ihre Zunge in seinen Mund, dann glitten seine Hände zu ihren Brüsten. Er umfaßte sie, streichelte die kleinen Knospen, bis sie sich ihm verlangend entgegenreckten; ihr Zittern ging auf ihn über, mit gesenktem Kopf nahm er eine der rosigen Spitzen in seinen Mund.

»Damien ...« Sie fuhr mit den Fingern durch sein Haar und bog ihm ihren Körper entgegen.

Das Hemd wurde feucht von seinen Küssen, wurde durchsichtig und noch verlockender, wie es so an ihrem Körper klebte. Er küßte sie weiter, sein Mund glitt über sie hin, und als er den Saum des Hemdchens erreicht hatte, wand sich Alexa voller Verlangen. Er griff nach dem Saum und zog ihr die letzte Hülle über den Kopf.

Bei ihrem Anblick entrang sich ein leises Stöhnen seiner Brust, er blickte auf die rosigen Aureolen. Dann widmete er sich wieder den Spitzen, nahm eine davon zwischen die Lippen und saugte daran.

»Wir ... wir können das nicht tun.« Sie schob ihn ein wenig von sich. »Mit deinen Verletzungen werden wir niemals ...«

»Vielleicht fällt mir ein Weg ein.« Er beugte sich vor und streichelte eine ihrer Brüste mit seiner Zunge, dann knabberte er sanft daran. »Wenn ich so liegenbleibe und du neben mir ins Bett kletterst ...« Er schob die Decke beiseite und zeigte ihr, wie erregt er war, sah ihre Verblüffung.

»Und ... und wenn ich dir weh tue?«

»Ich bin zu diesem Wagnis bereit.«

Alexa blickte auf den kraftvollen Körper ihres Mannes herunter, sie bewunderte die breiten, festen Schultern, die behaarte Brust, den flachen Bauch und die schmalen Hüften: »Ich habe eine bessere Idee!«

Vorsichtig kletterte sie neben ihn ins Bett, beugte sich vor und küßte ihn. Es war nicht der zärtliche sanfte Kuß, den er erwartet hatte, sondern ein feuriges Ergreifen, das die Muskeln in seinem Bauch anspannte und sein Glied noch härter werden ließ. Sie bedeckte sein Gesicht mit ihren Küssen, seinen Hals, die Schultern und seine Brust. Besonders sorgfältig widmete sie sich den kleinen braunen Brustspitzen, genoß es, mit ihrer Zunge darüberzustreichen und zu fühlen, wie sie hart wurden. Dann küßte sie seinen Oberkörper bis hinunter zu seinem Nabel, und immer noch tiefer.

»Alexa, was in Gottes Namen…?« Aber er hätte nicht zu fragen brauchen, denn ihre Finger schlossen seinen Mund, und ihre Zunge kitzelte ihn leicht.

Sie hörte, wie er leise aufstöhnte, als sie ihn zu streicheln begann. Die Muskeln in seinen kräftigen Schenkeln spannten sich, und eine heiße Erregung stieg in Alexa auf. Seit der Nacht in der Bibliothek hatte sie sich gefragt, ob sie mit ihm das tun könnte, was er damals mit ihr gemacht hatte, und in der heutigen Nacht wollte sie ihm nur Glück schenken.

Noch immer waren sie nicht außer Gefahr, das wußten sie beide. Wenn ihnen etwas zustoßen sollte, wenn, und das mochte Gott verhindern, sie vielleicht gefangen oder sogar getötet werden sollten, so wollte sie diese letzten gemeinsamen Augenblicke unvergeßlich machen – wollte ihn mit sich nehmen in eine andere Zeit.

Langsam streichelte sie ihn mit ihrer Zunge, dann öffnete sie den Mund und nahm ihn in sich auf, während sie nicht aufhörte, ihn zu liebkosen. Er fühlte sich an wie Seide und dennoch hart wie Stahl, und sein Geschmack weckte eine zügellose Gier in ihr.

»Gütiger Himmel«, krächzte er. »Ich kann nicht... ich werde es nicht schaffen... Alexa, mehr kann ich nicht ertragen.«

Dennoch hörte sie nicht auf. Sie wollte ihm die Erfüllung schenken, Glück ohne Schmerzen, und ihm zeigen, wie sehr sie ihn liebte, auf eine Art, die er nie wieder vergessen sollte. Doch als sie sich noch tiefer über ihn beugte, bewegte er sich ein wenig, drängte ihre Schenkel auseinander und schob sich dazwischen. Unter seinen Kopf hatte er ein Kissen gelegt.

»Dieses Spiel kann man auch zu zweit spielen«, erklärte er, dann strich seine Zungenspitze über ihre Schenkel, und seine warmen Lippen preßten sich auf ihre Haut.

Herrje, was tat er da? Erst als er ihre Hüften umfaßte und sich sein Mund über die kleine Knospe schob, die heftig pulsierte, wußte Alexa, was er beabsichtigte. Ein leiser Schrei kam aus ihrem Mund, und das Feuer, das in ihr glühte, flammte lodernd auf. Sie erneuerte ihre Bemühungen, ihm Erfüllung zu verschaffen und dabei sein schamloses Tun zu ignorieren, das Verlangen, das ihren Körper erfaßt hatte; doch als dann seine Zunge sie sanft zu streicheln begann, er einen Finger in sie hineinschob und sie damit im gleichen Rhythmus streichelte wie mit seiner Zunge, wurden alle anderen Gedanken ausgelöscht.

Flammen züngelten durch ihren Körper, sie begann zu zittern. Ein bittersüßer Schmerz ergriff von ihr Besitz und ließ sie in tausend Stücke zerbersten.

»Damien, lieber Gott!« Sie bog ihm ihren Körper entgegen und gab sich ganz diesem Rausch hin, diesen Wogen des Glücks, die über sie hinwegspülten, diesem Spiel von roten und goldenen Farben, die hinter ihren geschlossenen Augenlidern wogten, dieser köstlichen Mattigkeit, die ihre Glieder ergriff. Als alles vorüber war, fühlte sie sich schwach und erschüttert, konnte sich kaum bewegen. Schließlich rückte sie ein wenig beiseite, doch verließ ihn noch nicht.

Statt dessen wandte sie sich um und drückte einen zärtlichen Kuß auf seine Lippen. »So hatte ich das eigentlich nicht geplant.« Noch einmal küßte sie ihn, dann lächelte sie. »Und jetzt bist du dran.«

»Aber…«

»Versprich mir, daß du dich nicht bewegen wirst… es soll dir nichts weh tun.«

Sein hingebungsvoller Blick ruhte auf ihrem Gesicht. »Das, mein süßes Weib, ist wesentlich einfacher, als es klingt.«

Sie küßte ihn noch einmal, und Damien erwiderte ihren Kuß wild und voller Leidenschaft, bis sie zu zittern begann. Doch sie bemühte sich, die Kontrolle über ihren Körper nicht noch einmal zu verlieren, setzte sich rittlings auf ihn und nahm ihn dann langsam in sich auf. Damien rang nach Luft, doch bewegte er sich nicht.

Alexa hob sich langsam hoch, ließ ihn aus sich hinausgleiten, dann senkte sie ihren Körper wieder, bis er sie ganz ausfüllte. Sie kniete sich hin, sank wieder hinunter, kam wieder hoch und wieder hinunter. Spürbar spannte sich Damiens Körper an, begann unter ihr zu zittern. Verlangen brannte in seinem Blick, mit dem er sie beobachtete, und die Liebe zu ihm wuchs mit ihrer Leidenschaft.

Sie beugte sich vor und beschleunigte den Rhythmus.

»Alexa… Liebste«, flüsterte er. Er biß die Zähne zusammen, seine Augen schlossen sich, als sein ganzer Körper anschwoll. Sein Versprechen, sich nicht zu rühren, war dahin, er bäumte sich auf, als der Schmerz ihn erbeben ließ.

Alexa hielt sofort inne.

»Lieber Himmel, hör nicht auf.«

»Aber du bist verletzt. Ich weiß, wir sollten nicht…«

»Der Schmerz, den ich jetzt leide, ist viel größer als der von meinen Rippen.«

Alexa lachte leise, dann bewegte sie sich wieder, preßte sich auf ihn, um ihn ganz in sich aufnehmen zu können; sie streckte ihm ihre Brüste entgegen, und Damien umfing sie wärmend mit seinen Händen.

Diesmal bewegte er sich wirklich nicht. Erst zuletzt griff er nach ihren Hüften, hielt sie fest und drang tief und hart in sie ein. Kleine Schweißtropfen bildeten sich auf seiner Brust, als er wieder und wieder in sie hineinstieß.

Alexa hatte nicht erwartet, eine so wilde Erfüllung zu erfahren, die sie jetzt durchströmte, und zusammen mit ihm erreichte sie den Höhepunkt des Glücks. Matt, erschöpft und zufrieden sank sie neben ihn.

Sie schmiegte sich an ihn, und er schlang die Arme um sie. Im Handumdrehen war sie eingeschlummert, als er sie sanft an der Schulter rüttelte: »Wach auf, mein Herz!«

»Was ist los?« Erschrocken fuhr sie hoch. Als sie sein besorgtes Gesicht sah, begann ihr Herz zu rasen.

»Soldaten. Eine ganze Truppe von Napoleons Häschern ist in die Stadt geritten. Sie durchsuchen sicher jeden Gasthof und jede Taverne. Wir müssen weg.«

»Lieber Gott...« Das war alles, was sie herausbrachte. Hastig kletterte sie aus dem Bett und schlüpfte in ihre Kleider. Sie flocht ihr Haar zu einem langen Zopf, zog ihre Schuhe an, und Damien legte ihr den Umhang um die Schultern.

Draußen im Flur wartete Joseph schon auf sie, ein dunkelhaariger, untersetzter Bretone. Seine Baskenmütze hatte er tief in die Stirn gezogen. Er war ein reizloser Mann, würden viele behaupten, dennoch besaß er einen gewissen Charme, und seine Treue Jules St. Owen gegenüber grenzte beinahe an Fanatismus.

»Wieviel Zeit haben wir?« fragte Damien ihn.

»Nicht viel, fürchte ich. Der Wagen ist abfahrtbereit.«

»Nehmt sie unter Eure Fittiche. Ich sehe mich vor dem Haus um und benutze dann den Küchenausgang.«

Joseph gehorchte, ohne zu zögern; er nahm Alexas Arm und führte sie die Hintertreppe hinab auf eine rückwärtige Gasse. Sie blickte über ihre Schulter zurück und schrie auf beim Anblick vier uniformierter Soldaten, die durch die Vordertür stürmten.

»Lauft zum Wagen!« befahl Joseph, der besorgte Ausdruck auf seinem knorrigen Gesicht ließ ihn noch wilder erscheinen.

Alexa blickte die Treppe hinauf, von wo Damien sich geradewegs in das Getümmel stürzte. Alexa preßte sich an die Wand, und ihr Mann lief an ihr vorbei. Joseph kümmerte sich um den ersten der Eindringlinge, versetzte ihm einen Schlag in den Magen, und der Mann krümmte sich. Ein Hieb gegen das Kinn schickte den Soldaten zu Boden. Dann nahm Joseph sich den zweiten vor, er traf ihn mit der Faust an der Nase, das Blut spritzte, und die beiden Männer verstrickten sich in einen Ringkampf.

Indessen traf Damien auf den dritten Soldaten: Er boxte so zu, daß es ihm selbst Schmerzen bereiten mußte, denn sein Gesicht verzog sich. Einem Schlag des vierten Soldaten wich er aus und wandte sich dann wieder dem dritten zu, der gerade sein Schwert aus der Scheide zog.

»Damien!« schrie Alexa auf, als Damien das Bein hob und dem Mann einen Tritt versetzte, der ihn auf die Treppe schleuderte. Der Mann stöhnte jämmerlich auf, dann blieb er bewegungslos liegen; auf seiner rot-blauen Uniform hatte Damiens Fuß eine schmutzige Spur hinterlassen.

Damien griff nach der Waffe, die der Mann hatte fallen lassen, dann wandte er sich zu dem anderen Söldner um und fing einen Schlag von dessen Klinge ab.

»Lauf zum Wagen!« befahl Damien. »Fahr aus der Stadt – wir werden dich später einholen!« Doch Alexa schüttelte nur den Kopf. »Verdammt, tu, was ich dir sage!« Klinge traf auf Klinge, während die beiden Männer in dem schmalen Flur miteinander fochten.

Joseph schwang die Fäuste, und sein kampferprobter Gegner ging in die Knie. Doch sehr schnell kam er wieder auf die Beine und rang weiter. Beide Männer hatten offene Wunden davongetragen, Josephs Hemd war zerrissen, die Uniform des Soldaten aus den Fugen geraten, und an der Seite klaffte sie auf.

Gleich daneben parierte Damien den Angriff des vierten Mannes, er schwang sein Schwert und zielte auf den Kopf des Widersachers, doch der wehrte den Schlag mit seinem eigenen Schwert ab. Das Metall vibrierte, die Spitze des Schwertes drang in Damiens Hemd und zerriß es. Eine schmale Blutspur zeigte sich dort, wo das Schwert seinen Arm getroffen hatte, und Alexa preßte eine Hand vor den Mund, um ihren Aufschrei zu unterdrücken.

Damien kämpfte weiter, doch seine Kräfte ließen nach. Der Schmerz in seinen Rippen war beinahe unerträglich, und sein Atem ging rasselnd. Die Angst um Alexa hielt ihn jedoch aufrecht. Er blickte zu der Stelle, an der sie gestanden hatte, aber umsonst. Suchend sah er sich um, dann entdeckte er sie. Sie hielt einen großen irdenen Topf mit beiden Händen hoch, genau über dem Kopf des Mannes, der ihn angriff. Sie ließ den Topf fallen, und dem Mann glitt das Schwert aus der Hand, seine Augen verdrehten sich. Er stolperte ein paar Schritte zurück und sank dann zu Damiens Füßen zusammen.

Joseph traf seinen Angreifer mit einer letzten harten Faust. Der Soldat stöhnte auf, taumelte und fiel leblos zu Boden.

Joseph grinste Damien an und blinzelte dann Alexa zu. »Ich glaube, mes amis, wir schauen, daß wir weiterkommen.«

Damien zögerte nicht, er griff nach dem Arm seiner Frau und zog sie mit sich fort. Er war schrecklich wütend auf sie, weil sie ihm nicht gehorcht hatte; gleichzeitig bewunderte er sie für ihr beherztes Eingreifen.

»Du kleine Hexe«, flüsterte er, als er ihr durch die Hintertür nach draußen folgte und dann auf den Wagen kletterte. Die Schafe waren verschwunden, aber das Stroh lag noch dort. Es roch nach Schafdung und feuchter Wolle. »Wann wirst du endlich lernen, das zu tun, was ich dir sage?« Doch er küßte ihren Nacken, als sie sich unter der Plane an ihn kuschelte.

»Nicht so bald«, flüsterte sie, während Joseph auf den Kutschersitz kletterte und der Wagen langsam zu rollen begann.

Damien fühlte, daß Alexa lächelte, und auch sein Mund verzog sich.

Doch bald verging ihr ihr Lächeln wieder. Sie sprachen nicht mehr miteinander, statt dessen lauschten sie dem Holpern der Räder, zuckten unter den Stößen der unebenen Straße zusammen, während der schwere Wagen langsam dahinrumpelte. Die Anspannung kehrte zurück, Damien spürte Alexas Herz klopfen, der Rhythmus stimmte mit dem seinigen überein.

Dutzende französischer Soldaten durchkämmten die Stadt. Sie mußten eiligst nach Norden, um das Boot noch zu erreichen, und jetzt hatten sie die normalen Straßen zu meiden. Es konnte nach wie vor vieles schiefgehen, doch Damien hatte plötzlich die Gewißheit, mit Alexa an seiner Seite beinahe jedes Hindernis zu bewältigen.

Vielleicht war es diese Zuversicht, die sie ohne jeden weiteren Zwischenfall zu der kleinen Höhle außerhalb von Etretat gelangen ließ. Noch zwanzig Minuten waren es bis Mitternacht. In zwanzig Minuten würde das Boot die Segel hissen.

Hätten sie nur zwanzig Minuten länger gebraucht, dann wäre es zu spät gewesen.

»Wir haben es geschafft«, flüsterte Alexa. Sie standen am Strand vor dem kleinen Fahrzeug, das sie zurück nach England bringen würde. »Ich kann es kaum glauben.«

Er beugte sich zu ihr und küßte sie auf den Mund. »Laß uns heimkehren!«

Alexa verabschiedete sich unter Tränen von Joseph, der grinsend eine Hand an die Kappe seiner Mütze legte. Damien schüttelte dem Mann die Hand und half dann seiner Frau an Bord.

Nur drei Männer bedienten das Boot. Sie reichten Alexa die Pläne, die sie mit Jules gestohlen hatte, und Alexa drückte sie an ihre Brust. Dann stießen die Männer das Gefährt ins Tiefe, die Ruder tauchten ein, und sie begannen, durch die

Brandung zu ziehen. Die Wellen rauschten gegen den Bug, als sie von der Küste in die Sicherheit des Meeres entschwanden.

Am Morgen würden sie zu Hause sein.

Damien legte einen Arm um Alexas Taille, und sie lehnte sich an seine Schulter.

»Du bist schon eine großartige Person, Lady Falon«, flüsterte er in ihr Haar. »Eine Frau, die ich jeden Tag meines Lebens lieben und schätzen werde, das gelobe ich.«

Sie wandte sich zu ihm, und er entdeckte einen feuchten Schimmer in ihren Augen. »Ich liebe dich«, hauchte sie.

Er küßte sie mit all der Liebe, die in seinem Herzen überquoll, und auch mit einem Anflug von Besitzerstolz. Jetzt gehörte sie ihm, und er würde sie nie wieder hergeben.

»Ich habe dich geliebt seit der Nacht, als du zu mir in den Gasthof gekommen bist. Niemals werde ich deinen Mut vergessen und das Feuer in deinen grünen Augen.«

Alexa beugte sich zu ihm und küßte ihn. Er fragte sich, ob sie ihn schon genauso lange liebte. Vielleicht war das ja der Grund, warum sie dieser Heirat zugestimmt hatte. Der Gedanke machte ihn selig, ob es nun die Wahrheit war oder nicht. Er zog seinen Umhang um sie beide und nahm sie an seine Brust.

Sinnend schaute er über das dunkle Wasser und ließ seine Gedanken vorauswandern, nach Hause.

Epilog

Schloß Falon, England
25. Oktober 1809

Alexa fühlte den warmen Atem ihres Mannes in ihrem Nacken. Er knabberte an ihrem Ohr und rollte sie dann auf den Rücken, um sie auf den Mund küssen zu können. Sie lag unter der seidenen Decke in dem großen Bett und ruhte sich aus nach einem Morgenritt ins Dorf. Damien kümmerte sich seit einigen Tagen um Geschäfte in der Stadt.

Doch eindeutig war er zurückgekehrt…

Sie lächelte ihn an. »Willkommen zu Hause, mein Schatz.«

Noch einmal küßte er sie, diesmal allerdings gründlicher. »Ich habe dich so sehr vermißt. Aber jetzt, wo ich wieder da bin, denke ich an ein ausgiebiges Willkommen.« Mit einem Finger fuhr er der sanften Rundung ihrer Brust nach.

Dann löste er seine Krawatte, hielt jedoch plötzlich inne, seine Augen blickten besorgt.

»Das heißt, wenn du dich dem gewachsen fühlst.«

Alexa lächelte nur. »Ich bin wohlauf… komm in meine Arme.« Sie waren schon beinahe zwei Monate wieder in England, doch hatten erst seit zwei Wochen Einzug in Schloß Falon gehalten. Und in der vergangenen Woche hatte Alexa herausgefunden, daß sie ein Kind erwartete.

Damien konnte immer noch nicht genug bekommen von ihr. »Im Augenblick bin ich bei dir, leider dauert das Ausziehen immer so lange.« Alexa lachte, und Damien beugte sich über sie zu einem abermaligen Kuß. »Bist du auch sicher, daß es dem Baby nicht schaden wird?«

»Ganz sicher.« Sie war in letzter Zeit ein wenig müde, doch verspürte sie noch keine morgendliche Übelkeit. Ihrem Bauch sah man auch nichts an, nur ihre Brüste waren eine Idee voller geworden. Der Gedanke, daß Damiens Lippen sie bald berühren würden, machten sie schwer, und die Spitzen reckten sich ihm einladend entgegen.

»Ich wünschte, ich hätte dich mitgenommen.« Er knöpfte sein Hemd auf, zog es aus der Hose und streifte es dann von seinen Schultern. »Es war entsetzlich langweilig ohne dich.«

»Beim nächsten Mal werde ich darauf bestehen mitzukommen.«

»Beim nächsten Mal wirst du es nicht mehr müssen.« Er hatte sich Sorgen um sie gemacht, das wußte Alexa, um sie und um das Baby, das in ihr heranwuchs. Als sie es ihm gesagt hatte, hatte er laut gejubelt, und die Liebe, die ihr aus seinem Blick entgegenleuchtete, wann immer er sie ansah, ließ ihr eigenes Herz überfließen vor Glück.

Er küßte sie flugs noch einmal, dann riß er sich ungeduldig seine schwarzen Lederstiefel und seine Hose vom Leib. Als er zu ihr kam, war er bereit für sie, und Alexa erregte seine Nacktheit wie eh und je.

Wie wundervoll er aussieht, dachte sie zum tausendsten Male, so schlank und dunkel und männlich. Und er ist so unglaublich viril. Seine Lippen legten sich auf ihre, er küßte sie begehrlich, seine Hände glitten durch ihr Haar und breiteten es auf dem Kissen aus.

Er warf die Decke zurück und hielt dann inne, um sie zu betrachten.

»Himmel, bist du schön!«

Und dann küßte er sie wieder, weckte das Feuer der Leidenschaft in ihr. Sie schrie auf voller Glück, als sein Mund sich von ihrem löste und er ihre Brustspitze zwischen seine Lippen nahm. Er saugte hungrig daran, schickte Woge um Woge der Wollust durch ihren Körper. Alexa wand sich unter ihm, bis er ihre Handgelenke umfaßte und sie auf dem Kissen neben ihrem Kopf festhielt.

Noch ein heißer Kuß brannte auf ihren Lippen, dann schob er sich über sie, teilte mit seinem Knie ihre Schenkel und drang mit einem einzigen Stoß tief in sie ein. Alexa wären fast die Sinne geschwunden bei dem Gefühl der unglaublichen Fülle in ihr.

»Ich mußte in dir sein«, flüsterte er und knabberte zart an ihrem Hals. »Keinen Augenblick konnte ich mehr warten.«

Sie bog ihm ihren Körper entgegen. »Und ich wollte dich in mir fühlen.«

Es folgten erneut gierige Küsse, dann ließ er ihre Handgelenke los, und sie schlang die Arme um seinen Hals. Wieder und wieder füllte er sie ganz aus, nahm von ihr Besitz, als könne nur ihre Zweisamkeit des Lebens Lasten tragen.

So würde es bleiben, das wußte Alexa, und dafür war sie dankbar. Er brauchte sie, und unbestreitbar brauchte sie ihn auch. Sie erwiderte seine Stöße mit feuriger Leidenschaft, bog sich ihm entgegen, damit er tiefer und immer tiefer in sie eindringen konnte.

»Alexa...«, flüsterte er und barg sein Gesicht in ihrem Haar. Sein Körper spannte sich an, und auch Alexas Kontrolle schwand dahin. Sie flog, über alle Höhen hinaus, zu der blendenden Helle der Sonne.

Die Finger in seinem dichten schwarzen Haar vergraben, rief sie seinen Namen. Doch sie wußte, es war mehr als nur die Vereinigung ihrer Körper, die ihr dieses Glücksgefühl schenkte. Es war die Liebe, die sie füreinander empfanden, der immerwährende Respekt, den sie gegenseitig hegten, und ihr Glaube an Himmel und Zukunft.

Sie schliefen eine Zeitlang, dabei hielten sie einander eng umschlungen, dann stand Alexa auf, wusch sich und begann, sich für das Abendessen herzurichten. Damien zog Hose und Stiefel wieder an und war gerade bei seinem Hemd angelangt, als Alexas Dienerin Sarah laut an die Tür klopfte.

»Um Himmels willen, Sarah, was gibt es?« Alexa öffnete die Tür, ihr Gewand stand noch offen.

»Es ist Euer Bruder, Gnädigste. Er rast unten wie ein Verrückter auf und ab, schimpft und stößt wilde Verwünschungen aus. Der Mann ist außer Rand und Band, jawohl, das stimmt. Ich hatte meine liebe Mühe, ihn davon abzuhalten, gleich hier heraufzustürmen.«

»Allmächtiger!« Alexa griff nach ihrem pflaumenfarbenen Samtumhang und warf ihn sich über. »Ich hatte gehofft, er würde meinen Brief bei seiner Ankunft in London erhalten. Doch offensichtlich hat er ihn nicht gelesen.«

»Lady Jo ist mit ihm gekommen... und der kleine Andrew Augustus, den ich sogleich in das Kinderzimmer geschickt habe mit seiner Nanny. Die gnädige Frau versucht, ihren Mann zur Vernunft zu bringen, doch er scheint nicht auf sie zu hören. Er hat gebrüllt, daß er zu Eurem Mann will.«

»O je! Ich habe schon befürchtet, daß so etwas eintreffen würde.«

Damien ging an ihr vorbei zur Tür, auf dem Weg knöpfte er sein Hemd zu. »Dein Bruder hat das Recht, erbost zu sein. Ich hoffe nur, er erschießt mich nicht, ehe ich die Möglichkeit habe, ihm alles zu erklären.«

Alexa hielt ihn am Arm fest. »Laß mich zuerst mit ihm reden. Ich kann sicher...«

»Das ist meine Angelegenheit. Ich bin derjenige, der die Dinge zurechtrücken muß.«

»Aber...«

Mit einem nachdrücklichen Kuß brachte Damien sie zum Schweigen, dann wandte er sich um und ging zur Treppe. Alexa beendete ihre Toilette, warf einen Blick in den Spiegel, um sicherzugehen, daß sie sich sehen lassen konnte, und lief hinter ihm drein. Als sie unten ankam, konnte sie weder Damien noch Rayne entdecken.

Statt dessen sah sie Jocelyn, die händeringend die Halle durchquerte. Sie blickte auf, als sie Alexa hörte.

»Dem Himmel sei Dank!« Jo kam auf sie zugelaufen, und die beiden fielen sich in die Arme. »Wie steht es mit dir?«

»Mir geht es wunderbar. Wo sind die beiden?« Ein lautes Krachen machte die Antwort überflüssig.

»Im Arbeitszimmer«, sagten sie beide wie aus einem Mund. »Aber die Tür ist abgeschlossen«, jammerte Jo.

»Lieber Gott, der arme Damien. Er hat sich noch kaum von seiner letzten Episode erholt. Ich hoffe nur, Rayne tut ihm nichts an.« Sie blickte zu Jo, die nervös eine Strähne ihres langen Haars um den Finger drehte, und plötzlich war sie gar nicht mehr so sicher. »Ich vermute, Ihr habt meine Nachricht nicht bekommen?«

»O doch, das haben wir durchaus. Mr. Nelson, Raynes Anwalt, hat uns haarklein die Ereignisse beschrieben, während wir in Jamaika waren. Rayne hat dann noch mit seinem Freund, General Strickland, gesprochen, um auch die letzten Einzelheiten zu erfahren, und dann hat er sich noch mit General Fieldhurst getroffen. Dein Bruder kennt die ganze unglückliche Geschichte.«

»Und?«

»Ich fürchte, meine Liebe, er weiß auch, daß auf dich geschossen wurde und daß du beinahe einen ganzen Monat in einem Freudenhaus verbracht hast.«

»Oh!«

»Rayne ist nicht besonders gut zu sprechen auf deinen Mann im Augenblick.« Wieder erschollen Turbulenzen aus dem Arbeitszimmer.

»Das hört man.« Alexa eilte zum Arbeitszimmer und hämmerte gegen die Tür. Zu ihrer Überraschung öffnete sie sich unverzüglich.

Sie entdeckte Rayne, der mit geballten Fäusten und Zornesmiene mitten im Zimmer stand. Eine zerbrochene orientalische Vase lag zu seinen Füßen, er schien einen Stuhl durch das Zimmer geworfen zu haben, denn der lag mit den Beinen nach oben auf dem edlen persischen Teppich. Er blickte zu

Alexa und dann zurück auf das Durcheinander, das er angerichtet hatte. Sein grimmiges Gesicht verzog sich etwas, und er bedachte sie mit einem ganz und gar nicht reumütigen Grinsen.

»Tut mir leid, kleine Schwester. Eigentlich wollte ich auf deinen Gatten losgehen, doch nach allem, was Fieldhurst mir erzählt hat, ist er verwundet worden und hat schon Prügel genug bezogen.«

Alexa lief zu ihm und warf sich in seine Arme. »Oh, Rayne, ich bin so froh, dich zu sehen.« Sie blickte in das geliebte Gesicht und brach auf der Stelle in Tränen aus. Das hatte sie nicht gewollt, sie kam sich vor wie eine Närrin. Doch Rayne war ihr einziger Verwandter; seit ihr Vater nicht mehr lebte, hatte er dessen Stelle vertreten, und sie war von all den Aufregungen ziemlich zermürbt.

»Ich... ich wußte, daß du zurückkommen würdest, sobald du hörtest, was passiert ist«, flüsterte sie schluchzend. »Es gab für mich keine Möglichkeit, dich zu erreichen, nachdem du abgereist warst.« Sie schnüffelte ein wenig. »Es tut mir leid, daß ich dir so viel Kummer bereitet habe.«

Rayne preßte sie heftig an sich. »Ich bin nur froh, daß du in Sicherheit bist.«

»Es war nicht allein Damiens Fehler.« Sie wischte sich mit einem Taschentuch, das Jo ihr reichte, die Tränen aus den Augen. »Als ich feststellte, daß er sich mit den Franzosen eingelassen hatte, bin ich nach London gefahren, um mit deinem Freund General Strickland zu sprechen. Doch unglücklicherweise war Strickland im Ausland. Oberst Bewicke... nun ja, er kann deinem Freund nicht das Wasser reichen.«

»Dieser elende Wurm hat seinen Abschied eingereicht, das verdanken wir Fieldhurst. Er pflegt nämlich gerade einen gebrochenen Kiefer – und den verdankt er mir.«

Damien lachte laut auf. Er ging zu Alexa hinüber, und die schmiegte sich in seine Arme.

»Es tut mir leid, Lord Stoneleigh – alles, was passiert ist.

Eure Schwester hat unter Umständen einen besseren Mann verdient als mich; aber ich versichere Euch, daß es keinen Mann auf dieser Erde gibt, der sie so sehr liebt wie ich.«

Rayne räusperte sich verlegen. »Nun ja... das allein zählt ja. Willkommen in der Familie, Falon.« Ihr Bruder streckte Damien die Hand entgegen, und der ergriff sie freudig.

»Damien«, korrigierte er ihn.

Rayne lächelte. »Und ab sofort solltet Ihr mich Rayne nennen.«

Damien nickte, und Alexa stellte sich auf die Zehenspitzen, um ihm die Wange zu küssen. Rayne zog seine Frau in seine Arme und verabreichte auch ihr einen schallenden Kuß.

»Da ist noch etwas«, sagte Alexa leise und errötete verlegen. »Damien und ich... wir werden ein Kind bekommen.«

»Oh, Alexa!« Jo streckte die Arme nach ihr aus und drückte sie an sich. »Das ist ja wundervoll.«

Rayne grinste noch breiter. »Meinen Glückwunsch, kleine Schwester. Und jetzt, wo Falon und ich unsere Differenzen bereinigt haben, könnte ich nicht glücklicher darüber sein. Der kleine Andrew Augustus wird endlich jemanden haben, mit dem er spielen kann... gleich zwei Spielkameraden, denn Jocelyn erwartet auch noch jemanden.« Stolz und Liebe leuchteten aus seinen Augen, und Jo strahlte.

Helles Lachen war ringsum zu vernehmen, Umarmungen gab es und viele herzliche Gratulationen.

In schönstem Einvernehmen verließen dann alle das Arbeitszimmer, Alexa und Damien gingen nach oben, um sich nochmals zurechtzumachen. Damien war zuerst fertig, er sah phantastisch aus in seinem schwarzen Frack und den taubengrauen Hosen.

Als Alexa nach unten in den kleinen Salon neben dem Eßzimmer kam, unterhielt er sich mit Rayne über den Krieg, Jocelyn spielte mit Andrew Augustus.

»Du erinnerst dich doch noch an deine Tante Alex, nicht wahr, Andy?« Jo lächelte sie an, und der kleine Junge griff nach ihrer Hand, milde Verwunderung lag auf seinem runden Gesichtchen.

»Natürlich tut er das.« Alexa zog den Zweijährigen auf den Schoß und ließ ihn auf und ab hüpfen. Der kleine Wicht griente vergnügt, er griff in ihr Haar und riß daran, Alexa gab einen leisen Klagelaut von sich.

»Geschieht dir recht«, neckte ihr Bruder sie, er trat neben sie und nahm das Kind auf den Arm. »Früher hast du mich jahrelang an den Haaren gerissen.«

Damien lächelte. »Ich denke, das ist nur eines der Anzeichen dafür, was uns noch alles erwartet.« Alexa grapschte nun nach seinem Schopf.

Der kleine Andy wurde nach oben gebracht, und die vier gingen zusammen in das Speisezimmer. Sie wollten sich gerade setzen, als der Butler, der schlanke, stattliche Wesley Montague, den Raum betrat.

»Darf ich einen Augenblick stören, mein Lord?«

»Was ist, Monty?«

»Eure Schwester, mein Lord. Sie ist soeben im Hof eingefahren.«

»Melissa? Was, um alles in der Welt, will sie hier?« Mit großen Schritten folgte Damien Monty aus dem Raum. Draußen war es bereits dunkel, und Melissa hatte sich nicht angekündigt. Er blieb so lange weg, daß Alexa sich schon Sorgen machte wegen einer neuerlichen Tragödie.

Gerade als sie hinausgehen wollte, um nachzusehen, kam Damien mit Melissa in das Zimmer. Damien war ein ganzes Stück größer als das junge Mädchen – und er hielt sich fast so gerade wie die Rüstung, die neben ihm an der Wand stand. Unheil zeigte sich auf seinem Gesicht.

»Damien, lieber Gott, was ist geschehen?«

»Meine Schwester will dir etwas sagen, Alexa. Sie hat eine lange Reise hinter sich, um mit dir zu sprechen. Ich möchte dich bitten, sie anzuhören. Und die anderen bitte ich, daß nichts von dem hier Gesprochenen diesen Raum verläßt.«

»Ehrenwort«, schwor Rayne.

»Was ist, Melissa?« fragte Alexa, das Gefühl der inneren Unruhe wurde mit jedem Augenblick größer.

Die junge Frau öffnete den Mund, sie stotterte, hielt inne und begann dann noch einmal. »Zuerst möchte ich sagen, daß ich dankbar dafür bin, daß du mit meinem Bruder sicher aus Frankreich zurückgekehrt bist. In den Zeitungen werdet Ihr als Helden gefeiert, und ich bin sehr stolz auf Euch beide.«

Alexa schwieg, doch war sie mehr als überrascht.

»Zudem muß ich mich entschuldigen.« Melissa Melford reckte sich zu ihrer vollen Größe. Sie sieht älter aus als beim letzten Mal, dachte Alexa, irgendwie erwachsener und selbstsicherer. Sie hatte ein wenig Gewicht verloren, ihre Figur war fraulicher geworden. Mit ihren hellen blauen Augen und ihrem blonden Haar machte Melissa einen recht hübschen Eindruck.

»Entschuldigen?« wiederholte Alexa. »Ich fürchte, das verstehe ich nicht recht.«

Melissa leckte sich nervös über die Lippen, ihre Hände begannen zu zittern. »Wenn du dich an unsere letzte Unterhaltung erinnerst, dann weißt du sicher noch, daß meine Mutter sagte, sie hätte unseren Hauslehrer entlassen, Graham Tyler. Er war bei uns seit unserer Kindheit.«

»Ja, daran erinnere ich mich noch. Peter hat von Mr. Tyler immer mit der größten Bewunderung gesprochen.«

»Er war sehr nett und intelligent; Peter und er haben einander immer sehr nahegestanden. Es tat mir leid, als er ging, aber ich hatte niemals gedacht... ich hatte nicht die leiseste Ahnung, daß...«

Alexa tat unwillkürlich einen Schritt auf sie zu. »Was ist, Melissa? Was willst du mir sagen?«

Das Mädchen holte tief Luft: »Nachdem er Waitley verlassen hatte, hat Mr. Tyler eine Stelle bei der Clarendon-Familie angenommen, meine Mutter und Lady Clarendon sind gute Freundinnen. Sein Geheimnis wurde nur zufällig entdeckt.

Wäre Lord Clarendon an diesem Tag nicht früher nach Hause gekommen ... wenn er sie nicht überrascht hätte ...«

»Melissa, bitte – rück endlich heraus mit der Sprache!«

»Mr. Tyler wurde in einer kompromittierenden Situation überrascht, mit dem fünfzehnjährigen Sohn Lord Clarendons. Als der Marquis ihn zur Rede stellte, brach Graham zusammen. Er gestand, daß er die Jugend des Jungen und sein Vertrauen in ihn ausgenutzt hatte, und ... und ... und daß das gleiche ... auch mit Peter geschehen war.« Melissas Stimme brach bei diesen letzten Worten, und Damien war sofort zur Stelle. Sie ließ es zu, daß er sie in seine Arme nahm und ihren Kopf an seiner Schulter barg.

»Es ist schon gut, Lissa. Jetzt ist ja alles vorbei.«

Melissa wandte sich mit schwimmenden Augen an Alexa. »Peter war einigermaßen erschüttert, weil er dich verloren hatte. Er teilte sich Graham mit, um bei ihm Trost zu suchen. Und das, was sich zwischen den beiden anbahnte, war der Grund, warum er sich umgebracht hat – Graham Tyler hat das gestanden. Es war nicht dein Fehler, Alexa. Ich hatte immer nur dich in Verdacht, und dabei war es gar nicht deine Schuld.«

Mit drei Schritten war Alexa bei Melissa, und dann lagen die beiden Frauen sich in den Armen. Damien stand daneben, sein Gesicht war verschlossen, Melissas Worte dröhnten in seinem Kopf. Er versuchte, der Wut Herr zu werden, die bei ihrem Bericht in ihm aufgestiegen war; doch in seinem Blick, mit dem er seine Frau und seine Schwester betrachtete, lag viel Zärtlichkeit.

»Was ist mit Tyler geschehen?« fragte er schließlich, und seine Stimme klang stahlhart.

Melissa schüttelte den Kopf. »Lord Clarendon glaubt, daß er außer Landes geflohen ist.«

»Das ist auch besser so«, sagte Damien gefährlich leise. Rayne trat zu ihm, er legte die Hand auf die Schulter von Alexas Mann.

»Laßt es gut sein, mein Freund. Wir haben beide für unsere Rachegelüste einen hohen Preis bezahlt. Euer Bruder ist nicht mehr da, Ihr müßt jetzt an Eure neue Familie denken.«

Damien schwieg lange, dann nickte er schließlich. Seine Hände, die er zu Fäusten geballt hatte, entspannten sich. »Er möge in der Hölle schmoren!«

»Absolut«, bekräftigte Rayne.

Damien wandte sich an seine Schwester. »Was ist mit Mutter? Wie hat sie die Neuigkeit aufgenommen?«

»Du kennst doch Rachael. Jetzt, wo sie die Wahrheit weiß, haßt sie Graham Tyler mit aller Inbrunst; doch sie wird nie zugeben, daß sie sich in Alexa geirrt hat. Vielleicht ist sie eines Tages bereit dazu, doch jetzt giftet sie nach wie vor.«

»Ich denke, wir lassen sie aus dem Spiel.« Damien lächelte. »Viel wichtiger ist, daß du gekommen bist und die Dinge ins rechte Licht gerückt hast. Dazu gehört viel Mut, Lissa. Ich bin sehr stolz auf dich.«

»Und ich bin stolz, daß du mein Bruder bist... und glücklich, wenn Alexa meine Freundin bleiben will.«

»Natürlich will ich das«, stimmte Alexa zu. »Es tut mir leid, was mit Peter geschehen ist, aber Gott sei Dank weiß ich jetzt endlich die Wahrheit.«

Für den Rest des Abends war die Stimmung ein wenig gedämpft, alle hingen ihren eigenen Gedanken nach. Man zog sich früh zurück und freute sich auf ein schöneres Morgen. Alexa stieg neben ihrem Mann die Treppe hinauf. Als sich die Tür ihres Schlafzimmers hinter ihnen schloß, zog er sie in seine Arme, beugte sich zu ihr und küßte sie zärtlich auf den Mund.

»Wie verkraftest du es?« fragte er.

»Mir geht es gut, und dir?«

»Ich bedaure zutiefst, was mit Peter geschehen ist. Wenn ich dagewesen wäre, wenn er jemanden zur Aussprache gehabt hätte... und trotzdem kann man nicht wissen, was aus ihm geworden wäre. Doch jetzt ist es an der Zeit, das alles hinter uns zu lassen.«

Alexa nickte.

Damien strich mit einem Finger über ihr Kinn, dann hob er ihren Kopf. »Ich weiß, wie sehr du darunter gelitten hast, und dennoch kann ich nicht sagen, daß es mir leid tut. Wenn all das nicht geschehen wäre, dann hätte ich dich nie kennengelernt. Ich hätte nie mit dir am Abend bei dem Herzog am Spieltisch gesessen. Nie hätte ich dich geschlagen beim Kartenspiel, nie dazu gebracht, zu mir in den Gasthof zu kommen – also hätte ich mich nie in dich verlieben können.«

Alexa lächelte ihn zweifelnd an. »Du hast mich nicht geschlagen beim Kartenspiel, du hast falsch gespielt.«

Damien bedachte sie mit einem so bezaubernden Lächeln, wie sie es bei ihm noch nie gesehen hatte. »Das brauchte ich nicht. Du hast immer nur mich angesehen anstatt deine Karten – dein Spiel an jenem Abend war skandalös.«

Alexa lachte, dann kräuselte sie anzüglich die Lippen. »Vielleicht war ja auch ich diejenige, die falsch spielte ... vielleicht habe ich dieses Spiel ja absichtlich verloren ...«

Jetzt mußte auch Damien lachen. »Du Schlange – wahrscheinlich war es tatsächlich so ...« Er beugte sich zu ihr und küßte sie. »Wie auch immer die Wahrheit aussieht, am Ende habe ich das Spiel gewonnen. Und nie zuvor war der Einsatz den Gewinn mehr wert!«

Alexa blickte in seine wunderschönen blauen Augen, und ihr Herz floß über vor Liebe zu diesem Mann – sie wußte natürlich besser als er, daß aus diesem Spiel sie selbst als Siegerin hervorging.

Danksagung

Dank an Jennifer Weis, meine Lektorin, für ihre ausdauernde Arbeit und Unterstützung und an Sally Richardson, die mir das Gefühl gab, ein Star zu sein.

Ein besonderes Dankeschön an Roger Cooper, dessen Energie und Enthusiasmus es so erfreulich machen, mit ihm zu arbeiten; an Jen Richardson und alle Leute aus dem Verlag St. Martin's Press. Ihr seid wunderbar! Mit Euch ist nichts unmöglich.